ダーク・ムーン

馳星周

集英社

目次

装幀：多田和博
写真：オリオンプレス
ＣＧ合成：田中和枝

ダーク・ムーン

第一部　トライアングル・ブルー

1

呉達龍《ンダッロン》は煙草をくわえた。ハンドルにもたれかかった。

窓の外に目をやった。チャイナタウン——ほとんどの建物が派手に飾りたてている。どの店の軒先にも赤い紙が張りつけられている。爆竹の束が吊るされていた。

明日は大晦日。明後日の春節になれば世界中の中国人が浮かれ狂う。ヴァンクーヴァーも例外ではない。目の前のチャイナタウンと郊外のリッチモンドで大勢の移民が新しい年を祝うだろう。酒に酔った市民たちが爆竹を打ち鳴らす。麻薬にラリった古惑仔《グーワーヂャイ》たちが銃をぶっ放す。

ヴァンクーヴァー市警と騎馬警察、それにＣＬＥＵ（Coordinated Law Enforcement Unit ——ブリティッシュ・コロンビア州連合捜査局）は春節を目前に控えて合同で特別警戒態勢を敷いていた。アジア系マフィア——黒社会《ハクセイウィ》は今ではカナダ全土にとっての頭痛の種だ。

呉達龍はヒーターの温度をあげた。外は雨。気温はマイナス五度。冷たい雨の降りつづける季節。香港を思い、身体を顫《ふる》わせる。煙草に火をつける。相棒のケヴィンが車を降りていってから二時間近くになる。野暮用——ケヴィンはいった。おおかた、どこかの香港女の尻を抱えているのだろう。ヴァンクーヴァーには火照《ほて》った身体を持て余した女が溢れている。旦那《だんな》たちは香港に戻り、向こうで金を稼ぎ、向こうに女を作る。ヴァンクーヴァーに取り残された女たちの楽しみはショッピングと井戸端会議、それに、白人漁りだ。白人の男なら、選り好みさえしなければ餓えることはない。

ルームミラー——浅黒い肌。薄い眉。細い目。横に広がった鼻。呉達龍は自嘲した。プライドの高い香港女が自分に股を開いてくれる可能性は限りなくゼロに近い。

呉達龍は目を細めた。ルームミラーに映る自分の顔の奥。ブルゾンを頭まで引きあげ、濡れた歩道をかけてくる男——趙偉《ヂウワイ》。ヒモ、ポン引き、こそ泥、タレコミ屋。いくつもの仕事を持っている。十四K系組織のチンピラだった。

「龍哥《ロンコー》、待たせたかい？」

趙偉はリアシートに滑り込んできた。

「おれのことを気安く兄貴なんて呼ぶな」

呉達龍は英語でいった。哥という広東語は兄貴分を意味する言葉だった。

「ミスタ呉《ン》なんていえるかよ」

趙偉は広東語で返してきた。

「じゃあ、呉先生《ンシンサン》だ」

呉達龍は今度は広東語でいった。

「あんたとおれの仲じゃないか」

「おい――」ルームミラーの中の趙偉を睨んだ。「調子に乗るなよ」

「わかったよ。そう脅すなって。明後日は春節なんだ。少しぐらい舞い上がってもかまわないだろう？」

「春節だろうがなんだろうが関係ない」

「あんたにだって家族がいるんだろう？」

「それとこれとどういう関係があるんだ？」

ルームミラー――趙偉の目が左右に泳いだ。意気地のないチンピラ。だったら、最初からいきがるのをやめればいい。

「あんたは香港人らしくないってことさ」

「おれはカナダ人だ」

ルームミラー――煙草の煙をはきかける。

「そんなことは知ってる。おれがいいたいのは……」趙偉は口ごもった。媚びるような目を向けてきた。「あんたもわかってるだろう？」

「呉先生だ」

「わかったよ、呉先生」

不貞腐《ふてくさ》れた顔。追い打ちをかける。

「耳に入れてきたことを話せ。おれが煙草を吸い終わる前にだ。それができなきゃ、おまえの尻を蹴り飛ばして車から叩き出す。そして大声で叫んでやる。趙偉は仲間を警察に売る狗《いぬ》だってな」

「ヴェトナム系の連中がなにか企んでるらしい」趙偉は咳込むように話しはじめた。「先月、風紀課のおまわりたちがイーストペンダー・ストリートのレストランに手入れをしただろう？　白粉《パーファン》がごっそり見つかったってやつさ。ヴェトナムのやつら、慌てて新しいヤクを買い付けようとしたんだが、どこかで話がこじれちまったんだ。それで、このままじゃ飯の食い上げだってんで、一発ぶっぱなすってあちこちでふきまくってる」

話が漠然としすぎていてぴんと来ない。呉達龍は首を後ろに捻った。

「おれが聞きたいのはもっと――」

「わかってる。具体的な話だってんだろう？　それじゃ、

「こういうのはどうだ。三週間前、バーナビィで白粉がごっそり横取りされた。うちの組織が扱ってたヤクさ。先々週はまたヴァンクーヴァーで、今度は大圏仔《ダーイヒュンヂャイ》の白粉が、先週はリッチモンドで新義安《サンイーオン》系の組織が動かしてる白粉が盗まれた」

「それで？」

「ヴァンクーヴァーは白粉に飢えてるってことさ。黒社会の連中が怒り狂ってるってことさ。たった一ヶ月で数百キロの白粉が消えちまったんだぜ。末端価格は跳ね上がるばかりだし、薬の切れたヤク中どもがあちこちに溢れてる。みんな、目の色を変えて盗人を捜してる」

「すぐに見つかるさ。黒社会の白粉を盗むなんてのは、馬鹿かなにも知らない素人がやることだ」

「噂じゃ、盗んだ白粉は東部に運ばれてるらしい」

「馬鹿らしい」

呉達龍は鼻で笑った。

「どこのだれにそんなことができるっていうんだ？　アンダーグラウンドの連中しかいないだろうが。そんなやつらが白粉の横取りに関わっているとなったら、あちこちで戦争が起こる。もっとまともな話を聞かせろよ、偉《ワイ》仔《ヂャイ》」

「ここでもリッチモンドでもその話で持ちきりなんだぜ」

趙偉は唇を尖らせた。

「それがもし事実だとしても、それは風紀課の管轄だ。おれが喜ぶような話をおまえは知っているはずだ。それを話せよ、偉仔。おれは腹がへって気が立ってる。署で話を聞いてもいいんだ。あそこは暖かいし、くそまずいチョコレートバーならただでいくらでも食える。ただし、署に入る前に、おまえの身体検査をしなけりゃならん。まずそんなことはないだろうが、もし白粉が見つかったら、おれはおまえを拘留するし、おれの時間を無駄にしたってことで、市民権を取り下げられるような罪をでっち上げてやる」

呉達龍の脳裏にドレイナンの顔が浮かんだ。ヴァンクーヴァー市警凶悪犯罪課の警部。人種差別主義者——イエロウモンキィ扱いされたくなかったら犯罪者どもをしょっ引いてこい。今月は鄭奎《ヂェンフィ》に頼まれた仕事で忙しかった。まだこそ泥とヤク中をふたり挙げただけだ。ドレイナンをなだめる餌がいる。

「勘弁してくれよ、龍哥。みんな春節前で浮き足立ってるんだ。ろくな話なんかありゃしないよ」

呉達龍は趙偉の髪の毛を摑んだ。そのまま、シートのヘッドレストに趙偉の顔を叩きつけた。

「おれを龍哥と呼ぶなといっただろう。話せ。ここはチャイナタウンだ。なにかあるに決まってる」

呉達龍は手を離した。趙偉の鼻から血が垂れてきた。背筋を電流が走りぬける。拳が疼《うず》く。

「〝蓮華《リンワー》〟と〝中青堂《ヂョンチエントン》〟のガキたちが近いうちに、リッチモンドで派手な出入りをするってさ」趙偉は鼻を押さえながらいった。恨めしげな目。睨むこともできない小心者。「それから、李耀明《レイウミン》の娘がリッチモンドに来てるの、知ってるだろう？」

呉達龍はうなずいた。李耀明——香港黒社会の大物。昔はカナダにいた。今は、中国への香港返還をおそれて家族をカナダに送っている。

「その娘が、ケベックから来た古惑仔に熱をあげてるんだ。相手はフランス語を喋るいけ好かないガキで、ミッシェルとか名乗ってる。李耀明がそのガキを消すために殺し屋を雇ったって話をちらっと聞いたよ」

呉達龍は首を振った。李耀明の組織は、カジノの利権を巡ってマカオの組織と血みどろの抗争を繰り広げているはずだ。どれだけ娘を大事にしていたとしても、殺し屋を雇うほどの余裕があるはずはない。

「他の話だ。そろそろ、おれの胃袋が悲鳴をあげるぞ」

「阿一《アヤッ》って男を知ってるか？」

「福建のダニ野郎だな」

たしか、シアトルから来た男。どこの組織にも属さず、数人の女を抱えて売春稼業を営んでいる。だれも手を出さないのは、アメリカの福建幇《フッギンボン》が恐いからだ。福建から来た連中は命知らずで通っている。

「そう、てめえでてめえのことを一哥《ヤッコー》って名乗ってる馬鹿さ。ここんところ、あいつの抱えてる女の数が増えてるんだ。どうしてかわかるかい？」

「焦《じ》らすなよ、偉仔」

「太空人《ターイホンヤン》のかみさんだよ」

太空人。カナダに移民したのに、家族だけカナダにおいて香港に戻った連中のことだ。ヴァンクーヴァーやリッチモンドの新移民の母子家庭率は五十パーセントを超えている。

「それで？」

「あいつ、太空人のかみさんたちに近づいて、白粉を使わせるんだ。最初はただでさ。で、女たちが中毒にかかったところで吹っかけるのさ。ヤクが欲しかったら金を払え。金を作りたかったら、身体を売れ」

また背筋に電流が走った。一匹狼なら、どれだけぶちのめしても後腐れはない。いくらそいつが福建幇の一員だとしても、警官に復讐するためにアメリカからやってくる馬鹿もいない。

「そいつのヤサはどこだ？」

「パウエル・ストリートの433。だけど、あいつを捜すんならカジノにいった方が早いぜ。あいつ、カジノで客を物色するのさ。しこたま儲けた客に目をつけて、〝旦那、どうだい、素人のいい女がいるんだけどな〟。ひどい訛りの広東語でさ――」

呉達龍は百ドル札を放り投げた。

「鼻の治療代だ。とっととおれの車から出ていけ」

＊　＊　＊

無線――思いとどまる。携帯電話を使う。呼び出し音がいつまでも鳴りつづける。諦めかけたとき、相手がでた。

「ケヴィンか？　ロンだ」

呉達龍は英語でいった。

「どうした？」

「パーティがあるんだが、どうだ？　いかれた中国野郎をぶちのめすんだ」

口笛が聞こえた。

「そいつは豪勢だな。ちょうど野暮用が終わったところだ。どこに行けばいい？」

「ロイヤル・カジノ」

「OK。ところで、いつもの科白《せりふ》、いってもいいか？」

「好きにしろよ」

「あんた、本当に変わってるぜ。中国人をぶちのめすのが好きな中国人ってのを、おれは初めて見たよ」

白人をぶちのめすと問題が大きくなるからだ――喉まで出かかった言葉を飲み込んだ。

「じゃあ、後でな、ケヴィン」

「すぐに行くよ、ロン」

呉達龍は携帯電話を助手席のシートに叩きつけた。

＊　＊　＊

悪党どもは警官の体臭を敏感に嗅ぎわける。香港のやくざたちはこういった。「あんたからはおまわりの匂いがしないな、龍哥」。言外の意味はこうだ――あんたはおれたちの仲間だからな。間違っておまわりになった男。間違った側に生まれ落ちた男。呉達龍の左腕には龍の刺青《いれずみ》が彫られている。若いころ――本当にガキだったころ、遊び仲間に笑われたくなくていれた。呉達龍は決して半袖のシャツは着ない。

呉達龍は相棒のケヴィン・マドックスを車に残し、カジノの入ったビルに足を向けた。

チャイナタウンの南の外れ――メイン・ストリートに面した古ぼけた雑居ビル。ケヴィンを待っている間にも、何十人ものアジア系が出入りした。

エレヴェータには先客がいた。インド系がふたり。中華系が三人。

「こいつ、おまわりじゃないのか」

北京語が耳に飛び込んできた。

「おれがおまわりだとまずいことでもあるのか?」

口にだして臍《ほぞ》を噬《か》んだ。この性格は直さなければならない——鄭奎にもいつもそういわれている。幸い、相手は広東語がわからないらしかった。仲間の中国人が肘で脇をつつき、慌てたように目を伏せた。

カジノ——スロットマシーン、ルーレット、ブラックジャック、ミニバカラ。客の入りは六分。ほとんどがアジア系。白人がちょろちょろ。インディアンが二、三人。

呉達龍は二百ドルをチップに替えた。テーブルにはつかず、ぐるりとカジノ内を一周した。顔見知りのチンピラたち、カジノのスタッフ——目で挨拶をしてくる。大《おお》袈裟《げさ》にふるまうやつはいない。そんなことをすれば、後でぶちのめされる。だれもが理解している。二年の間に理解させた。呉達龍はただのおまわりじゃない。ただの悪徳警官でもない。金を握らせればいうことをきくというわけではない。

見つけた。五台あるルーレット台のうちのひとつ。奥からふたつめの台。チップを目の前にうずたかく積みあげた中国人——見たことはない。恐らくは旅行者か新しい移民。そいつの一挙手一投足に目を光らせている阿一。浅黒い肌、細い目、潰れた鼻——まるで呉達龍の弟のようだった。

ホイールの中を球が転がった——ノーモア・ベット。かけ声が飛んだ。球が音をたててとまり、チップを積みあげた男が飛び上がった。

「おい、これで五回連続だぞ、信じられるか? 博奕《ばくち》の神様がおれに幸運をさしだしてくれたんだ」

北京語だった。男の前にさらにチップが押しやられた。阿一が下卑《げび》た笑みを浮かべて男に近づいた。

「馬鹿ヅキですね、旦那」

「ああ、このチップを見ろ。マカオでも韓国でもこんなことはなかったぞ」

男はいいながらチップを賭けはじめた。阿一が目配せした。ディーラーが顎を引いた——ぴんとくる。阿一とディーラーはできている。男の張り目に球を置き、男を儲けさせる。損をするのはハウス——ディーラーには屁でもない。もっとも、ハウス側は損失を埋めるために他の客をカモにする。

男がまた飛び上がった。ディーラーの目配せ——そろそろヤバい。阿一がうなずいた。気づいていないのは男だけだった。

「旦那、そろそろやめておいたほうがいいんじゃないですか。いくらついてるといっても、七回連続で目が出るはずないですよ。おれもカジノ遊びは好きだけど、そんな話、きいたこともない」

喜びに水をさされて、男は唇を歪めた。掌で包みこんだチップを音を立ててこすりあわせた。

「しかし、こんなについてる夜は滅多にないんだ。もしかすると、一生で最高についてる夜かもしれん。ここでやめて損をしたら、おれは泣くに泣けないよ」

「だったらこうしませんか」阿一がほくそ笑んだ。「次は百ドルだけ賭けるんです。それで当たれば続ければいいし、当たらなきゃ、今夜のツキはここまでだってことでおしまいにする。どうです？」

「それはいいが、しかし、時間はまだあるんだ。ここでやめるわけにはいかん……」

「旦那……」

阿一は男の耳に口を寄せた。呉達龍は唇を読んだ——ヴァンクーヴァーには他にもおもしろい遊びができるところがあるんですよ。

男は合点がいったというようにうなずいた。

「後で酷《ひど》い目に遭うんじゃないだろうな？」

「そんなことありません。ここは香港じゃないんですから」

男はうなずき、百ドルのチップを一枚、三十の目の上に置いた。

ノーモア・ベット——他の客たちは、三十を中心とした張り目にチップを置いていた。乾いた音を立てて球がとまった——ゼロ。ため息。

呉達龍は踵《きびす》を返し、カジノを後にした。

＊　＊　＊

「あの男は何者だ？」

ケヴィンが口を開いた。目は真紅の寳馬《ボウマ》——ＢＭＷのテイルランプを追っていた。

「大陸から来た中国人さ」

無線でＢＭＷのナンバーを照会する——該当ナンバーはなし。無登録の車——ナンバープレートを付け替えた盗難車。呉達龍は右の拳を左の掌に叩きつけた。阿一を叩きのめすための理由が少しずつ増えていく。

「そうじゃなくて、車を運転している方だ。あんたに似てるじゃないか」

「おまえらには、中国人はみんな同じ顔に見えるんだろう」

「いいや、それは違うな。おれたちには中国人と日本人と韓国人の顔が同じに見えるんだ」

ケヴィンの身体からは石鹸の匂いがした。それがケヴィンの体臭を消していた。夏、ケヴィンと一緒に車に乗ることを考えると気が滅入ってくる。

「どこの組織に属してるんだ？」

「あいつは一匹狼だ」

「そんな中国マフィアがいるのか？」

「噂によると、あいつはシアトル辺りを根城にしてる福建幇の一員だ。向こうでなにかやらかして逃げてきたらしい。おまえも知ってるように、ヴァンクーヴァーじゃ福建幇の力は弱いからな。他の中国人は福建人が嫌いなんだ。だから、あいつはだれともつるめない」

BMWはフレイザー河をわたりはじめた。このまま突き進めばリッチモンド。阿一お抱えの素人淫売たちの街まで一直線。

「あんたには好都合ってわけだ」

「ああ、そういうことだ。後腐れのない点数稼ぎができる。ドレイナンの野郎にぐちゃぐちゃいわれると心臓に悪いからな」

「あんた、ここんところ仕事をサボりがちだったからな。まあ、おれはあんたがどんな小遣い稼ぎをしようが気にしないが、ほどほどにしておいたほうがいいぜ」

「ああ、わかってる」

BMWのウィンカーが点滅した。リッチモンド市内へ入っていく。

「なあ、ケヴィン」

「なんだ？」

「あんたが今日寝てた相手は香港の女だろう？」

ケヴィンの目がぎょろりと動いた。顔に張りついていた笑みが奇麗に消え去った。

「それがどうした？」

「少し探りを入れてくれないか。おれが聞いた話じゃ、最近、リッチモンドあたりの香港女の間でヘロインが流《は》行《や》ってるってことだ。ヘロイン買う金ほしさに、売春をやる女もいる」

「ああ、そういうことか」

ケヴィンの肩から力が抜けた。

「わかったぜ。耳を傾けておく」

ケヴィンがブレーキを踏んだ。BMWが停まったところだった。住宅街の一角。BMWのクラクションが鳴る。白壁の住宅から女がでてくる。

呉達龍は目を細めて女を観察した。香港女にしては最高の部類——つんと澄ました顔は女優といっても通じるぐらい整っている。首から下は毛皮のハーフコートに覆われて見えない。コートの裾から伸びた脚——男なら涎《よだれ》を垂らしそうなプロポーションであることは間違いなさそうだった。

ケヴィンが口笛を吹いた。

「香港の女にも凄いのがいるじゃないか。あれがヘロインをやって身体を売ってるってのか？」

「ああ」

呉達龍は上の空でうなずいた。女から目を離すことができなかった。ヴァンクーヴァーの中華社会で香港女といえば不細工な女のことだ。それぐらい、香港の女には美人が少ない。だが、ＢＭＷに乗り込んだ女は別物だった。

ＢＭＷが動きだした。ケヴィンがアクセルを踏んだ。呉達龍は女の家の住所を手帳にメモした。ＢＭＷの中で、男が女の肩に手をまわすのが見えた。突然の発作――抑えきれない怒り。呉達龍は身体を顫わせた。

「おれもああいう女と寝てみたいぜ」

ケヴィン――薄笑いを浮かべていた。呉達龍は気づかれないように腰の銃を握った。怒りの発作はまだ続いていた。

「で、どうする？」

「やつらは連れ込み宿に向かうだろう。あの福建野郎は男と女を部屋に送り込んだ後で、その辺をぶらつくはずだ。客と女を送らなきゃならないからな。まず、福建野郎の身柄を拘束しよう。それから、部屋に踏み込む」

呉達龍は舌打ちをした。英語を話していると自分が自分でなくなったような気分がする。口から出る言葉と頭に浮かんだ思考が一致しない。

本当にいいたかったことはこうだ――阿一をぶちのめしてから部屋に踏み込もう、男を脅してから追い出し、それから、あの女を二人でいただいちまおう。

銃から手を離し、ケヴィンの横顔をうかがった。ちんけな白人。少額の賄賂《わいろ》なら喜んでうけとるが、額が大きくなるとたんに怖気《おじけ》づく。黄色人種を馬鹿にしているが、香港女と寝、黒社会の連中や呉達龍を恐れている。一日風呂に入らないと酷い体臭を発するようになる。

こんなやつとあの女を分けあうのはごめんだ――呉達龍は口の中でつぶやいた。

＊　＊　＊

けばけばしいネオン――嘉禮客棧《ガーライハーヂャン》。連れ込みホテル。ＢＭＷの中では、阿一が男に話しかけていた。女の横顔が見える。つんとすましている。薬が欲しくて身体は売るが心まで売るわけではない――そんな態度。馬鹿な女。

ＢＭＷのドアが開いた。男と女が連れ込み宿に消えた。呉達龍は銃を抜いた。ケヴィンはリアシートからショットガンを引っ張りだした。

「さてと、パーティをはじめようか、相棒」

ケヴィンがいった。無線が鳴りだした。

「緊急連絡、緊急連絡。ポート・ロードウェイ1420の路上で殺人事件発生。くり返す。ポート・ロードウェイ1420の路上で殺人事件発生。詳細はわかっていない。捜査員はただちに現場に急行せよ。くり返す――」

呉達龍とケヴィンは目を見合わせた。

「パーティは中止か？」

「そういうことだな、くそっ」

呉達龍は唇を噛んだ。目の前のBMWと連れ込み宿に何度も視線を往復させた。

2

ウェイターが恭《うやうや》しく頭を下げた。キャサリン・デボアがにっこりと微笑《ほほえ》んだ。ハロルド加藤は静かにため息を漏らした。

料理はまずいくせに、目玉の飛び出るような料金を請求する一流レストラン。泡の弾けるピンク・シャンパン、胸も露《あらわ》なドレスで着飾ったキャスィ――チャイナタウンでヌードルをすすっていた方がよっぽどましだった。

「なにに乾杯しましょうか、ハリィ？」

細長いシャンパングラスを指でつまんで、キャスィがいった。キャスィに〝ハリィ〟と呼びかけられると背中の肌が粟《あわ》立つ。

「ぼくたちの両親のパートナーシップのためにっていうのは？」

「それじゃありきたりすぎてつまらないわ」

キャスィが唇を尖らせた。雀斑《そばかす》がうねったように思えた。

「君のお気に召すままに」

「あなたっていつもそうなのね、ハリィ。今夜は久しぶりのデイトなのよ。もう少し気のきいたことがいえないの？」

「だったらこういうのはどうだい？　ぼくたちの両親に利用されるぼくらの未来に乾杯」

「大人になってよ、ハリィ」

もちろん、大人になる。大人になって君と結婚しよう。ベッドで君のがさがさの肌を舐《な》めまわそう。君のゆるゆるのプッシィに、だらしなく萎《しぼ》んだあれをいれてやろう。だからキャスィ、頼むからそれ以上口を開かないでくれ。

「わたしはパパのためにあなたを愛したわけじゃないわ。あなただってそうでしょう？」

「そりゃそうさ」

そう。父さんのために君と付き合ってるわけじゃない。出世のためだ。白人の上流階級の娘との結婚――それで黄色い肌が白くなるわけじゃない。だが、気づかないふりをしてくれる人間が増えるだろう。

　ハリィはグラスを掲げた――大人になれよ、ハロルド。警官の仕事は多忙だ。特にＣＬＥＵの対アジア系組織犯罪班の刑事は。結婚しても家に寄りつかなければいい。多分、キャスィは荒れるだろう。だが、これだけプライドの高い女が、自分から離婚をいいだすはずもない。

「君の寛大さに乾杯しよう。明後日は君の誕生日なのに、ぼくは休暇を取れなかった。なのに、君は許してくれた」

「だって、仕方ないじゃない。わたしの誕生日は中国人のニュー・イヤーにぶつかるんでしょう？　なんていったかしら」

「シュンセツ」

　ハリィは日本語でいった。広東語なんてくそ喰らえ。北京語もくそ喰らえ。

「そう、そのシュンセツ。わたし、これでもあなたの仕事に対しては理解を持っているつもりよ。あなたがお父様の手伝いをせずに、警察官という職業を選んだことにも……あなたは昔から妙な正義感に取り憑《つ》かれていたもの」

　ハリィは小さく首を振った――君はなにもわかっちゃいない、キャスィ、本当になにもわかっちゃいない。

「乾杯、するのかい？　しないのかい？」

　ハリィはグラスを揺らした。細かな泡が立ち、弾けて消えていく。グレーター・ヴァンクーヴァーの中国人たちの命のように。

「するわ。でも、わたしの寛大さになんてごめんだわ」

「二日早い君の誕生日に。ぼくたちの未来に。いつか生まれてくるだろうぼくたちの子供のために」

　むかつきを抑えながらハリィはいった。

「気に入ったわ、ハリィ。乾杯しましょう」

　キャスィの大きな胸が揺れた。その胸にありったけの銃弾を叩き込みたいという衝動をハリィはなんとか抑えこんだ。

＊　＊　＊

味のしないステーキと格闘しているときに携帯が鳴った――天の助け。

「携帯電話は切っておくといったのに」

　キャサリンが声をひそめて抗議した。携帯電話を恥ずかしい持ち物だと思える階級の人間の言い草だった。

「忘れていたんだ。ごめんよ、キャスィ」

　席を外し、電話に出た。

「ハリィ？」

周瑞強《チャウソイキョン》――パトリック・チャウ。CLEUの潜入捜査官。

「どうした、パット?」

「デイトの最中に申し訳ないんだがな、今夜、ヤオハン・ショッピングモールの駐車場で地元の悪ガキどもとバーナビィの台青《トイチエン》のガキどもが大がかりな出入りをするって話を小耳に挟んだんだ」

頭の中に地図が広がった。リッチモンド。日本の会社が作り、中華系の金持ちが後を引き継いだショッピングモール。リッチモンドのど真ん中。

「確かな情報か?」

「ああ。悪ガキどもが刃物やバットをかき集めてる。中には銃を持ってるやつもいる。本部に連絡を入れて人をかき集めろ。出入りがはじまる前に連中を抑えるんだ」

「わかった。後で連絡を入れる」

ハリィは席に戻った。

「キャスィ、本当に申し訳ない。急な仕事が入った」

「ハリィ――」

「この埋め合わせは必ずするよ。だから――」

「わかったわ。いってらっしゃい。でも、このデイトのキャンセルは高くつくわよ」

「わかってる。これ、受け取って」

ハリィはジャケットのポケットから指輪のケースを取りだした。キャスィの手に握らせた。キャスィは顫えていた。

「ああ、ハリィ――」

「開けてみなよ、キャサリン」

キャサリンの顫える指先がケースを開けた。ダイアとルビィをあしらったエンゲージリング。ボーナスのほとんどを注ぎこんだ。

「ああ、ハリィ――」

「婚約指輪だ。今夜はそれで機嫌を直してくれるね?」

「もちろんよ、ハリィ。わたし、こんな素敵な指輪、見たことないわ」

嘘つきめ。君の寝室にはその指輪の何倍もするアクセサリィがゴミクズのように散らかってるじゃないか。

抱きついてこようとするキャスィをかわして、ハリィは仕事に戻った。

＊　＊　＊

混乱と騒動――警棒が肉にめり込む音。パトカーのサイレン。バットや肉きり包丁を手にした中華系の若者たちが駐車場に集まってくる。それを片っ端からしょっ引く。CLEU、州警察、リッチモンド騎馬警察の警官たち。駐車場では英語と広東語、それに北京語が飛び交っている。大麻とヘロインでラリった悪ガキども。手錠をかけられても悪びれるふうはない。ヴォランティアの通訳たちの顔が蒼醒《あおざ》めている。

　制服警官に左腕を摑まれた若者と目があった。若者が広東語でなにかを訴えた。早口と周りの騒音で聞き取れなかった。ハリィは首を振った。

「日本人」

　若者は唾を足もとにはいた。

「加藤巡査部長」耳もとで英語。「ガキどもは蟻みたいに湧いてきます。護送車の数が足りません」

　アングロサクソンの制服警官。若い。うんざりした気分が顔に現われている。数年前の自分を見ているようだった。

「バットしか持っていなかったガキは名前と住所、IDナンバーを控えて帰せ。刃物と銃、それに薬物を所持していたガキを選別して護送車に乗せるんだ」

「そのとおりにしてます。それでも、護送車が一杯なんです」

　ハリィは舌打ちした。若い警官についてこいと顎をしゃくった。

「巡査部長、お尋ねしてもいいですか？」

「ひとことで答えられる質問なら」

　若い警官は口ごもった。きかなくてもわかっていた――なんだって中国人のガキはこんなにクレイジィなんですか？

　香港と台湾から来たガキども。父親は仕事のために地元に帰っている。母子家庭もしくは十代の若さで異国の土地に一人で放り出されたガキども。金はある。教育もある。家族の愛情に餓えている。だから、ストリートギャングの真似をして偽物の家族の絆に縋《すが》りついている。

　ハリィは司令車の窓ガラスを叩いた。窓が開き、CLEUのウィリアム・ヴィンセンズ警部補が顔を覗かせた。

「どうした、ハリィ？」

「護送車の数が足りません。警官の数もです。ヴァンクーヴァーとバーナビィに協力を要請できませんか？」

　ヴィンセンズの顔が歪んだ。

「おまえも知ってるだろう、ハリィ。グレーター・ヴァンクーヴァーの各警察は今日から特別警戒態勢に入っている。余分な人手なんかどこにもありゃしないさ」

「だったら、この混乱をどうするつもりなんですか？」

「ガキどもに聞けよ。それとも、くだらない情報をおまえに伝えておれたちをうんざりさせてるパトリックにきいてみたらどうだ。おれにいわせれば、中国人のガキどもなんて、勝手に殺しあいをさせておけばいいんだ」

　ハリィは司令車の屋根を拳で叩いた。振り返り、若い警官にいった。

「聞いたとおりだ」

若い警官は途方に暮れたような顔つきになった。

「巡査部長」

「質問はなしだ。おれにだってどうすりゃいいかわからないんだからな!!」

乾いた破裂音――ハリィと警官は腰を屈めた。

「銃声ですよね?」

「くそっ!」

ハリィは銃声のした方向に走りはじめた。

＊　＊　＊

サイレン――猛スピードで走り去っていく救急車のテイルランプ。

三人の警官が一人の少年をアスファルトに押さえつけていた。怒号と罵声。少年の傍らに転がったオートマティック。少年は北京語で喚いている。警官の一人が少年の口許を殴った。それでも少年は喚くのをやめなかった。唇の端に溜まった白い唾の泡、血走った目――ヤク中。

「なにがあった?」

ハリィは訊《き》いた。騒然とする悪ガキたちを制止していた制服警官が振り向いた。

「このガキが、いきなりぶっ放したんです! ヘロインをやってるに違いありません」

「怪我人は?」

「香港系のガキが腹を撃たれました。今行った救急車に乗っています」

ハリィはもう一度少年を見た。年齢をどれだけ高く見積もっても十七歳というところだった。逮捕はできる。だが、裁判にはかけられない。ブリティッシュ・コロンビア州は少年法を改正すべきだ。

悪ガキどもの間に不穏な空気が広がっていた。仲間を撃たれた香港系のガキどもが腹をたてている。そいつをぶち殺せと喚いている――広東語で。ヤク中の少年の仲間が喚き返している。おまえらこそぶち殺すぞ――北京語で。

キャスィとデイトを続けていた方がましだったかもしれない。

「そのガキをしょっ引け。他のガキどももきっちり分離するんだ。生意気なガキは拳でいうことを聞かせてやれ!」

ハリィはその場を離れた。五十年も年を取ったような気分――ビールを飲みたかった。あるいは、よく冷えた吟醸酒。アペリティフのシャンパンと食事中に飲んだ赤ワインがまだ胃の中でうねっている。

駐車場の周囲――野次馬たち。大抵は白人。さっきの銃声のせいか、野次馬たちの顔は赤らみ、あるいは蒼醒めている。ハリィは人ごみの中にパットの顔を見つけた。苦虫を嚙みつぶしたような顔。広東人にしては際立った優男。それに広州訛りの広東語。これ以上はない囮《おとり》捜査官。パットは中国公安警察、トロント市警を経てCLEUにやってきた。初めてコンビを組まされた日からウマがあった。パットは広州人には珍しく酒が好きだった。一緒に日本酒を飲みながら、嫌な顔一つせずに広東語と北京語を教えてくれた。なによりもパットはハンサムだった。

パット——囮捜査を嫌がっている。人をはめる仕事にうんざりしている。

ハリィは足をとめた。パットのいる場所から左に十メートル。二人の中華系——男と女。ふたりともまだ二十代の前半。もしかすると十代。女は長い髪の毛をアップにまとめていた。黒っぽい毛皮のハーフコート。その下は白いワンピース。街灯に照らされて身体の線が浮き上がっていた。男は今時珍しくポマードで頭を固めていた。整った顔立ちがシニカルに歪んでいた。ゲイが好んで着そうなレザーブルゾン、ジャン＝ポール・ゴルティエの肌にぴったりくっついたシャツ、パンツ。恋愛映画のスクリーンから抜けだしてきたようなカップル。

頭の中のファイルが音をたててめくれていった。女の顔を見つけた。

李少芳《レイシウフォン》——香港黒社会《ハクセイウイ》の大物、李耀明《レイイウミン》の娘。CLEUの要注意人物リストにプロファイルが載っていた。男——頭の中のファイルをいくらめくってもそれらしい顔を思いだすことができなかった。

男は李少芳の腰を抱いていた。李少芳は首を捻って男の顎にキスしていた。トラブルの予感がした。黒社会のボスの娘とジゴロ風の男。香港の親がこのことを知ったら、きっとただでは済むまい。

頭の中のメモ用紙——男の身元をチェックすること。

ハリィは気づかれないように二人の観察を続けた。李少芳は楽しそうだった。男に惚れ込んでいるのが一目瞭然だった。男は暗い目をしていた。ハリィは寒気を感じた。そんな目をした人間を今まで見たことがなかった。

男がハリィの視線に気づいた。ウィンク——ハリィは凍りついた。あんたのこと、知ってるぜ——男の目はそういっていた。

3

「ロン！」

対面の男が手牌を倒した。万子で染めていることはわかっていた。だが、とまらなかった。落ち目の自分には当然の流れ——富永《とみなが》脩《おさむ》は薄笑いを浮かべながら金を払った。腰をあげた。

「もう帰るのか？　もう少しつきあえよ」

対面の男がいった。この辺りではアソウという名で知られている。どういう漢字を使うのかは知らない。古惑仔《グーワーチャイ》をまとめあげて親分を気取っているいけ好かない男。

「もう、おけらだ。また遊んでくれ」

富永はいった。

「日本人なのに金がないっていうのか？」

アソウが嗤《わら》った。他の二人も愛想笑いを浮かべた。

「それに、おまえのボスは李耀明《レイイウミン》じゃないか。金がないなんて話、聞けないぜ。それともなにか？　李耀明は香港人の手下には金をばら撒くが、日本人にはただ働きをさせるのか？」

思わず頭に血がのぼる——やめろ。アソウは騒ぎを起こしたがっている。おれに喧嘩を売って、李耀明からなにかを取り立てようとしている。それに——また博奕に手を出したことを知られたら、李耀明にいいわけできない。富永は右手で左手にはめた黒革の手袋をいじった。

「勘弁してくれよ、アソウ」

富永は薄笑いを浮かべたままいった。

「ソウの兄貴、だろう」

「勘弁してくださいよ、ソウの兄貴」

「腰抜けの日本人がそういってるが、どうしたもんかな」

わざとらしい声——落ち着け。こいつらはつるんでる。それを知っていて麻雀をつづけたのはおまえだ。落ち着け。

「もう、勘弁しておあげよ、アソウ。サムはお金はきっちり払ったんだろう？」

他の客と卓を囲んでいた馬麗華《マーライワー》が気怠《けだる》そうな目をこっちに向けていた。雀荘の女主人。この辺りを束ねるボスの母親。アソウでも頭はあがらない。

「まあ、小姐《シウチェ》がそういうなら……」

「サムもサムだよ。あんた、李耀明から博奕、禁止されてるんだろう？　いい加減にしないと、今度は本当に酷い目に遭うよ」

「やかましいんだよ、てめえら」

富永は日本語でいった。雀荘を出た。

＊　＊　＊

旺角《ウォンコ》から灣仔《ワンチャイ》へ。地下鉄に乗ればあっという間の距離。それでも、旺角なら李耀明の耳には入るまいと思っていた。距離の問題ではない。問題はマカオ——カジノ。利権を巡る泥沼の抗争。明後日は旧正月。つまり、今年に入ってまだ一ヶ月しか経っていない。それなのに、李耀明は三人の手下を殺された。その報復に五人のマカオやくざを殺した。抗争が鎮静化する兆しはない。李耀明は忙しすぎる。博奕狂いの部下に目くじらを立てる暇はない。それ以前に、マカオでの抗争に駆りだされるのはまっぴら御免だ。爆弾で殺されるのはぞっとしない。

地下鉄は混んでいた。中国への返還を目前に控え、旅行者が香港に雪崩《なだれ》込んできている。日本人、韓国人、欧米人。他人事の不幸を、今や遅しと待ち構えている。

「あのう……」

傍らに立っていた日本人の女に声をかけられた。ジーンズにスニーカー。背中にリュック。右手にガイドブック、左手にはグッチの紙袋。富永は鼻を鳴らした。

「コーズウェイベイに行きたいんですけど、このまま地下鉄に乗っていても……あの、日本の方ですよね？」

「それぐらい、自分で調べな」

富永は広東語でいった。女は怯えたように目を伏せた。周りの香港人が、富永の下手くそな広東語に奇異の視線を向けてきた。

「おまえら、なに見てやがんだ？」

もう一度、広東語。乗客たちが視線をそらした。

「すいません。もう、結構です」

女がいった。富永は唇を歪めた。手袋をはめた左手を女の肩に置いた。顫えおののく柔らかい身体——笑いがこみあげてきた。

「なあ、おねえちゃん、おまんこさせてくれないか？」

女の耳元に囁《ささや》いた。地下鉄が中環《チョンワン》についたところだった。ドアが開き、乗客が降りていく。女は身体を顫わせながら、走るようにして電車を降りた。富永は声をあげて笑った。雀荘での腹立ちが紛れた。そんなことで自分をごまかしている自分に腹が立った。笑うのをやめた。

携帯が鳴った。

「喂《ウァイ》？」

広東語でもしもしといって出た。

「サムか？」

李耀明の声。肝が冷えた。

「そうです、大老《ダーイロウ》」

「話がある。九時に〈ＪＪ's夜総会〉に来い」

「大老、なんの話でしょう？」

「会ったときに話す」

電話が切れた。旺角でのことがばれたはずはない。マカオでの抗争に明け暮れている李耀明がりちな用事で呼びだすはずがない。

調べろ、理由を見つけろ——頭の中に棲みついた覗き見野郎が喚きはじめる。
覗き見野郎――警官時代に罹《かか》った職業病。なんでも知らずにはいられない。
＊　＊　＊

仕事――日本のやくざと打ち合わせ。その後、女をあてがう。李耀明のせいで予定が狂った。富永は携帯電話を使った。

最初の番号――だれもでない。

二つめの番号――目当ての男はいない。

三つめの番号――当たり。

「サムだ。頼みがある」

「またかよ。あんた、おれにいくつ借りがあると思ってる？」

口の中でこね回すような広東語。許家榮《ホイガーウエン》。灣仔のなんでも屋、情報屋、タレコミ屋。灣仔で起こっていることで、許が知らないことはなにもない。覗き見野郎のお気に入り。

「これから、日本のやくざと飯を食うことになってるんだが――」

「蛇頭《セータウ》の仕事か？」

「おい――」

「心配するなって。ここにはおれしかいないよ」

「とにかく、飯の後に、やくざどもを夜総会に連れていくつもりだったんだが、大老から呼び出された。ポン引きの役、替わってくれないか？」

ため息。

「勘弁してくれよ、サム。日本のやくざはあれに真珠を埋めこんでるだろう。それにしつこいから女どもが嫌がるんだ。あんたも知ってるだろう」

「おまえが葉《イップ》のやつをサツに売ったこと、大老に教えてもいいんだぞ」

「それはいわない約束だろう。だったらおれも、おまえが旺角の雀荘で博奕にとち狂ってること、大老にいいつけるぞ」

「家榮……」

「わかったよ。やくざは引き受ける。どこに行けばいいんだ？」

「八時半にニューワールド・ハーバーヴュー」

富永はホテルの名前を英語でいった。

「新世界海景《サンサイガイホイゲイ》だな」

電話を切る気配――慌てて言葉を繋ぐ。頭の中で覗き見野郎が騒ぎ立てる。

「それからな、家榮。大老の周りでなにか変なことが起こってないか？」

「変なことって？」

「おれは大老から直に呼び出された。年が明けてからこっち、そんなことはなかった。おかしいだろう。今はマカオの一件で死ぬほど忙しいはずだ」

沈黙。富永は耳に神経を集中させた。

「いいや、おれはなにも知らないな。明後日は春節だぜ、サム。黒社会《ハクセイウイ》の連中だって、正月は人殺しをやめて先祖を敬うんだ。この時期に騒ぎが起こるってのは考えられないよ」

「そうか」富永はため息をついた。「悪かったな。じゃあ、やくざのことは頼んだぞ」

電話を切った。

覗き見野郎が不満の声をあげる。富永はその声に耳を塞いだ。

＊　＊　＊

「凄いとは聞いていたが、香港の旧正月ってのは話以上だな。街全体が真っ赤じゃないか」

田村義明《たむらよしあき》が口を開けた。黄ばんだ歯が剝き出しになった。

「明日からはほとんどの店が休みます。中国人にとっちゃ、新暦の正月よりこっちの方が大切なんですよ」

富永は鮑《あわび》を一切れ、口に放りこんだ。ゆっくり嚙んだ。やくざたちの皿は大方が空だった。馬鹿高い広東料理の醜い残骸。がさつな連中と一緒では、味もわからない。

「明日帰ることにしておいてよかったよ。こっちの若いもんは香港の女をもっと楽しみたいといっていたんだがな」

笑い声が起こった。富永は愛想笑いを浮かべただけで鮑を食べつづけた。

「富永さん、今夜はどうなっているんだ？」

「わたしは用事があって付き合えませんが、代わりのものが皆さんをナイトクラブにお連れします。店側とは話をつけてありますんで、好きな女を好きなだけ選んでくれて構いません」

「金は？」

田村の赤らんだ顔が下品に歪んだ。

「もちろん、こちらで持ちますよ」

大山と名乗った若いチンピラが紹興酒を田村と富永のグラスに注いだ。ウェイターが口を曲げて見守っていた。自分の仕事を奪った粗野な日本人に対する侮蔑が見え隠れしていた。富永はウェイターを手招きした。

「なんでございましょう？」

広東語訛りの英語。

「あのな、一流レストランの一流のウェイターを気取るんなら、その人を小馬鹿にしたような面を引っ込めろ」

富永は広東語でいった。ウェイターはばつが悪そうに顔を伏せた。

「広東語がおできになるんですか？」

「広東語ができなかったら、おまえら、客を馬鹿にするのか？」

やくざたちの声が途切れた。なにごとかというように富永とウェイターのやり取りを見守っていた。

「とんでもありません」

「あのな、こいつらは馬鹿だ。日本の黒社会の連中だから、下品で卑しい。おまえがこいつらを馬鹿にするのは構わんが、おれの目の前ではするな。おれも日本人だ。日本人が香港人にいいようにあしらわれるのを見てると腹が立つ。もう一度さっきと同じ顔でおれたちを見たら、支配人を呼ぶぞ」

「ご気分を悪くさせるつもりではなかったんです。申し訳ありません」

ウェイターは深々と頭を下げた。愛想笑いが引き攣《つ》っていた。

「行っていい」

富永は顎をしゃくった。ウェイターは逃げるように去っていった。

「なにかあったのか？」

田村が聞いてきた。

「食い物がうまいと誉めてやったんですよ」

「それにしちゃ、口調が険呑《けんのん》だったな」

「広東語ってのは、なにをどう喋っても喧嘩してるように聞こえるんです。関西弁と同じですよ」

「たいしたもんだな、あんた」

田村は紹興酒を飲み干した。大山がまた新しい酒を注いだ。大山は田村の左脇にぴったり寄り添っている。ボディガードを気取っているのか。飼主に忠誠を尽くす犬みたいな男なのか。

「なにがですか？」

「その若さで、こっちの蛇頭の組織を仕切ってるじゃないか。こっちの言葉もぺらぺらだし、英語もできるんだろう？」

「日常会話だけですよ」

蛇頭の仕事も、おれはただの使いっ走りだ——口には出さなかった。

「噂を聞いたんだが……」田村は声を潜めた。「あんた、昔、デカだったんだって？」

富永は聞こえなかったふりをした。酒を飲み、鮑を食べた。だが、田村には通じなかった。

「新宿の極道の渡世じゃ少しは名前も知られていたっていうじゃないか。新宿署の防犯にいたんだろう？」

「今は生活安全課って名前に変わってますよ」

富永は諦めて箸を置いた。この話を途中でやめたがるやくざはいない。

「ある組の幹部の女とできちまって警察をやめたって話、本当かい？」

富永はうなずいた。恭子《きょうこ》——覚醒剤とセックスにとち狂っていた日々。覗き見野郎に翻弄されていた時期。覚醒剤を打つと、覗き見野郎が決まって現われる。覗き見野郎はすべてを見たい、知りたいと喚きたてる。そのせいで命を落としかけた。

「警察をやめただけじゃなく、日本にもいられなくなりましたがね」

「あんた普通のデカじゃなかったんだろう？　極道から銭を受け取ってるデカが極道の女に手を出したらどうなるかわかってたんじゃないのか？」

「ええ、充分にわかってましたよ」

「それがどうして？」

「その女のおまんこが死ぬほどよかったんです」

田村の取り巻きが笑った——大山は笑わない。動かない目で富永を見ていた。嫌な目つきだった。腋の下に汗が滲む。昔は警察手帳が身を守ってくれた。李耀明に可愛がられている——今持っている保証はそれだけだ。李耀明がいつまでも目をかけてくれるという保証はどこにもない。

「なるほどな。命を張っても惜しくない女だったわけか。その女もこっちにいるのかい？」

「死にましたよ、日本で」

田村はわかったというようにうなずいた。

「だけど、あんたは香港でこんな仕事をしてる。あんたを追いかけてる組の耳に入ったらえらいことになるんじゃないのか？」

「うちのボスが向こうの組長に話をつけてくれたんです。おれが日本に戻らない限り、すべてはなかったことにするってね。おかげで、こうやって大手を振って歩いていられるわけです」

「信じられんな。日本のやくざが香港の連中と手打ちをしたって？」

「うちのボスはやり手なんです。じゃなきゃ、こうして日本の組織と仕事をすることなんてないでしょう。それに——」富永は左手の手袋を外しはじめた。「それなりの代価は払ってるんですよ、田村組長」

やくざたちの視線が富永の左手に集まった。富永の左手には小指がなかった。

＊　＊　＊

馬鹿みたいにだだっ広いナイトクラブ。支配人の後についていて女たちをかき分ける。

店の一番奥——ＶＩＰ席。李耀明がひとりでブランディグラスを弄《もてあそ》んでいた。富永は唾を飲み込んだ。李耀明が部下より先に来るということはあり得ない。なにがあったのか。なにをさせられるのか。鎌首をもたげようとする覗き見野郎——首根っこを摑んで押さえつける。

「来たな」

李耀明は英語でいった。目はブランディグラスを見つめていた。博奕のことがばれたわけではない。もっと悪いなにかが起こったに違いない。

「なにがあったんですか、大老」

富永は広東語でいった。

「まあ、座れ」

李耀明は自分の向かいのソファを指し示した。富永はそれに従った。

「大老——」

「英語で話したいんだが、付き合ってくれるか？」

李耀明は疲れていた。こんなにくたびれた顔をした李耀明を見るのは久しぶりだった。不安が広がっていく。

「いいですよ、ボス」

「おまえの広東語もずいぶんましになったが、それでも英語の方がよっぽどいいな」

「英語はちゃんと勉強しましたからね。広東語は耳で覚えてるだけです」

支配人がそばに突っ立ったままだった。声をかけようかどうしようか迷ってるようだった。富永は手袋をはめた手を振って支配人を追い払った。李耀明の顔——女を侍らす気分には見えなかった。

「初めて会ったときのことを覚えてるか？」

自分のグラスにブランディを注ぎ、富永はうなずいた。忘れるはずがない。富永ははめられたのだ。マカオのリスボアカジノ。蛇頭組織のために日本語のできる男を捜していた李耀明。バカラの卓。二時間ぶっ通しの馬鹿ヅキの後は、五時間連続して負けつづけた。からくりに気づいたときには借金でがんじがらめにされていた。

「あの時、おれは久しぶりに英語を使った。おまえはおれの英語がよくわからないといった」

「そうでしたね」

富永はブランディをすすった。アルコールの香りとともに、押さえつけていたはずの覗き見野郎が飛び起きる。

李耀明はいったいなんの話をしている？　李耀明はどうしてこんなにくたびれている？——覗き見野郎が叫びつづける。

「おれはどこで英語を覚えたと思う？」

「カナダじゃなかったですか？」

「そうだ。カナダだ。おれはヴァンクーヴァーで一儲けして香港に戻ってきた。あの頃はおれも若かった。なんでもできたし、なにも恐くはなかった」

「ボス――」

開きかけた口――李耀明が手で制した。

「少芳《シウフォン》がいなくなった」

李耀明は相変わらずブランディグラスを見つめていた。琥珀色の液体の中に、自分の捜しているものがあると思い込んででもいるように。

「もう一度いってください」

「少芳がいなくなったんだ。捜しに行ってくれ」

富永はグラスの中身を飲み干した。胃で火花があがる。炎が全身を駆け巡る。覗き見野郎が歓喜の雄叫びをあげた。

「どうしておれが……その前に、どうなっているのか、順を追って説明してください」

李耀明はグラスを見つめるのをやめた。富永は息をひそめた。灣仔の虎――李耀明はそう呼ばれていた。敵対するものは情け容赦なく叩き潰す。それが李耀明だった。李耀明のそういう生き方が顔にも滲んでいた。剃刀《かみそり》を思わせる酷薄な顔――その顔が歪んでいた。悲しみに戸惑っていた。

「一ヶ月ほど前に報告が入った。モントリオールから来たジゴロまがいの古惑仔に少芳が熱をあげているといってな」

李耀明はブランディを一気に呷《あお》った。苦いものを飲み干すようだった。富永は新しいブランディを李耀明と自分のグラスに注いだ。

「おれは向こうの連中にいったよ。そのチンピラを殺せ。少芳に喰らいつこうとするダニは、相手がだれであろうとぶち殺せ」

「そうでしょうね」

李耀明は娘を溺愛していた。李少芳――くそ生意気な牝犬。富永は李耀明の娘が嫌いだった。李耀明以外のだれもが、李少芳を嫌っていた。そのことを知らないのは李耀明だけだった。

「しかし、なんだっておれが？　おれは向こうの事情には詳しくないし、第一、日本人が向こうのチャイナタウンに潜りこんだって目立つだけじゃないですか？」

「マカオとの件で、おれの身内を向こうにやることはできないんだ」

言外の意味――おまえは身内じゃない。

「しかし――」

「黒社会というのは、いってみれば一つの家族だ。おれは父親ってことになる。自分の娘のために、他の家族を危険にさらすことはできん。わかるな、サム？」

富永は答えなかった。手袋の小指の部分を神経質にひっかいた。

「それに、ヴァンクーヴァーも少々きな臭いことになっている。そこに、香港のやくざ者が乗り込めば、なにが起こるかわかったもんじゃない。サム、おまえがうってつけなんだ」

「大老。お嬢さんは男に誑《たぶら》かされただけでしょう。そのうち戻ってきますよ。男に捨てられてね」

「サム、おれの娘がどうなってもいいというのか?」

光り輝く目——灣仔の虎の目。富永は怖気をふるった。

「とんでもありません」

「ヴァンクーヴァーの知りあいに話はつけてある。ひとり、助っ人を出してくれるそうだ。行ってくれ、サム。娘を捜してくれ。娘を誑かしたくそ野郎を殺してくるんだ」

「おれは殺し屋じゃありませんよ、大老」

「おまえはおれの飼犬だ、サム。おれがしろといったことをおまえはするんだ。おれがおまえの母親を殺せといったら、おまえはそうするんだ」

嫌な音がした。富永は視線を落とした。手袋の小指の部分が千切れていた。

馬鹿なことをするな——覗き見野郎が抗議の声をあげた。

4

薬の切れたヤク中が金目当てに通行人に襲いかかった——くだらない事件。おかげでせっかくの獲物を棒に振った。

呉達龍《ンダッロン》は道端に唾をはいた。拳を掌に叩きつけた。こんな馬鹿騒ぎを起こしたヤク中を叩きのめしてやりたかった。だが、肝腎のヤク中はパトカーの中。先に現場に到着した風紀課の刑事が尋問していた。

いくつもの赤色灯が道路を照らしだしていた。道端に倒れた白人——高そうなスーツを着たビジネスマン。血が広がっていた。どす黒く変色した臓物がてかっていた。

「獲物は先に狩られちまうし、パーティを続けていた方がよかったな」

ケヴィンがあくびをした。

「まったくだ。ヤク中のくそ野郎め」

呉達龍はパトカーに視線を走らせた。うなだれたヤク中——ヴェトナム系。おそらく、風紀課の連中には中華系かヴェトナム系かの見分けもつくまい。

「市警本部に戻るか？」

「いや、あれを見ろよ」呉達龍はパトカーを指差した。

「連中、そのうち助けてくれって泣きついてくる」

「十分で泣きついてくる方に二十ドル」

「なら、おれは五分だ」

野次馬が集まって来つつあった。呉達龍は車の中から警棒を取りだした。警棒をぐるぐる回しながら、野次馬に近づいた。

「見世物じゃない。とっとと帰りな」

英語と広東語でいった。野次馬たちの顔を見回す――ほとんどが中華系。裕福な白人は家で家族と過ごしているか豪華なディナーを楽しんでいる時間だった。

「なんてこった」

ケヴィンの声に振り返った。二十ドルの儲け――パトカーから風紀課の刑事が降りてくるところだった。

「ロン、ちょっと手を貸してくれないか。英語がまったく通じないんだ」

くたびれた中年の刑事。たしか、グレンヴィルという名だった。

「構わないぜ」

呉達龍は警棒を振りまわしながらパトカーに乗りこんだ。饐《す》えた汗の匂い。ヤク中は小康状態を保っていた。まだ若い――というよりガキ。

「名前は？」

広東語で訊いた――反応なし。

「名前は？」

北京語で訊いた――ガキの目が動いた。

「小安《シアオアン》」

「台湾人か……身分証明書を持ってるな？　出せ」

「お、おれ――」

「口答えするな。身分証明書を出すんだ」

呉達龍は唸るようにいった。ガキが顫え上がった。ブルゾン――金はかかっているが今は薄汚れている。ポケット――ＩＤカード。呉達龍はそれを奪いとった。

王志安《ワンヂーアン》。十九歳。学生。住所はノース・ヴァンクーヴァー――金持ちのどら息子。

「おまえは強盗殺人と麻薬不法所持の疑いで逮捕された。裁判にかけられれば、十年は喰らいこむ」少年法のことは口にしなかった。「両親は台湾か？」

「お、おれ――」

「両親は台湾か!?」

「そ、そうです」

「学生だって？」呉達龍はＩＤを運転席の刑事にわたした。「英語もろくに喋れないでなにが学生だ。親の金でろくでもないことをしまくってるんだろう。白粉《バイフェン》はどこで買っていた？」

「け、刑事さん、おれ――」

「白粉はどこで手に入れていたと訊いてるんだ」

「金葉酒家《ジンイエジオウジア》」

　イーストヘイスティングス・ストリートのレストラン――ヴェトナム系の溜まり場。半年前に手入れをくらい、経営者が替わった。だが、実体にはなんの変化もない。

「あそこで白粉を買えることをだれに訊いた？」

「だれって……友達がみんな――」

　呉達龍は表情を緩めた。目の前にいるのは馬鹿な子供にすぎなかった。どこかの幇――組織に属しているストリートギャングとは話が違った。

「おまえは白粉を買う金欲しさに、見ず知らずの通行人を襲って殺した――認めるな？」

「お、おれ――」

「認めるな!?」

「……やったよ。これでいいんだろう？」

　開き直ったガキ――ぶちのめしてやりたい。だが、他の警官の目があった。呉達龍は運転席の方に身を乗りだした。さり気ないふうを装って、ガキの脇腹に肘を打ちつけた。うめき声――溜飲が下がった。

「こいつの名前は王志安。十九歳。台湾系の移民だ。両親は台湾にいる。強盗を認めたよ。とっとと署に連行して、この馬鹿げた騒ぎを終わりにしようぜ」

＊　＊　＊

　ケヴィンは家に帰るといった。呉達龍にはやることがあった――ケヴィンを途中でおろした。車を東に走らせた。〈金葉酒家〉。どぎついネオン。入口のあちこちに貼られた赤い紙――恭喜發財《コンヘイファーチョイ》。お金が儲かりますように――中国人の新年の挨拶。

　レストランの前にはガキどもがたむろしていた。呉達龍が車を降りると、ガキどもは蜘蛛の子を散らすように逃げていった。ドアボーイが愛想笑いを向けてきた。

　店の中は満員だった。ヴェトナム系が六割、中華系が三割、白人が一割。客たちの話す声が壁や天井にこだまして騒がしかった。

　ドアボーイが店主のトランを連れてきた。

「これは呉先生、お食事ですか？」

　訛りのきつい北京語――ヴェトナム系は言葉でわかる。

「そうだな。食わせてもらおうか」

　トランは満員の店内に視線を走らせた。柄の悪い連中が占拠している円卓の上でその視線がとまった。

「ディエップ・チードゥンと一緒がいいですか？」

「そうしてくれ」

　トランが卓に向かった。ディエップ・チードゥンと話をはじめた。ディエップ・チードゥン。漢字で書くと狄其東。越青《ユッチエン》と呼ばれるヴェトナム系ストリートギャングのボス。年齢は二十八。

狄其東の視線が呉達龍を捉えた。狄其東がうなずくと、取り巻きの連中が席をあけた。呉達龍は取り巻きたちを睨みながら足を踏みだした。

「なにを食う、おっさん？」

狄其東は笑っていった。円卓に頬杖をつき、煙草をくわえていた。

「伊麺《イーミン》」

呉達龍は狄其東の隣に腰をおろした。

「ここはヴェトナム・レストランだぜ、おっさん」

伊麺は広東特有の麺だった。

「おれは〝おっさん〟じゃない。呉先生だ」

「固いこというなよ、おっさん。おれたち、なあなあの仲じゃねえか」

呉達龍は腕を振った。狄其東がくわえていた煙草が吹き飛んだ。

「なにしやがる!?」

狄其東の手が腰にのびた。

「その銃で何をする気だ？　おれを撃つのか？」

「おっさん、からかうのはよしにしようぜ」

狄其東の手がとまった。狄其東はじろりと呉達龍を睨み、荒い息を吐いた。

「さっき、ポート・ロードウェイで殺しがあった」

呉達龍は煙草をくわえた。煙草の先をこれ見よがしに狄其東に向けた。わななく唇――狄其東はライターを取りだし、呉達龍の煙草に火をつけた。

「殺しがなんだってんだよ。おれはずっとここにいたぜ」

「落ち着けよ。だれもおまえをパクるとはいってない」

呉達龍は煙を吐きだした。煙が渦を巻いてのぼっていく。それを見ながら自問した――こんなところでおれはなにをやっている？　答えはわかっていた。金のため。金を貯めて、広州《ゴンヂャウ》にいる家族を移民させるため。そのためなら糞だって食うだろう。

「殺したのは白粉が切れた台湾のガキだ。バックはいない。こっぴどく脅されればべらべら喋りだすタイプだ」

「そいつ、おれのところで白粉を買ってたのか？」

「おれにはそういった」

「名前は？」

「王志安。自分のことを小安といっていたな。白人の馬鹿な刑事たちがあいつから事情を聞きだすにはしばらく時間がかかる。今のうちに白粉をどこかに移して姿を隠せ」

狄其東が鋭い声を発した――ヴェトナム語。取り巻きたちが一斉に緊張するのがわかった。いくつかのやり取り。狄其東がなにかを命令した。取り巻きどもが四方に散った。店の中にあるヘロインを始末しにいったのだ。

「助かったぜ、おっさん。半年前にも手入れをくらったばかりだからな」

呉達龍はそれには答えなかった。じっと狄其東の目を見つめていた。狄其東の手が動いた。ジーンズの尻ポケット。分厚く膨らんだ財布。抜き取られる百ドル札――五枚。

「とっておいてくれ」

呉達龍は差し出された金を無視した。

「これだけか？　おれが教えに来なけりゃ、警察に白粉を押収されていたぞ。そうなったら、おまえ、いくら損をすることになったんだ？」

「あんまりがめついことというなよ、おっさん。最近、評判悪いぜ。龍の旦那はがめつすぎるってな。おれたちみたいな悪《ワル》にたかるのはいいが、ほどほどにしておきな」

狄其東は薄笑いを浮かべた。頭の中でなにかが爆発した――呉達龍は立ち上がった。銃を抜いた。

「おまえを逮捕する。両手を頭の上に乗せて後ろを向け」

「なにとち狂ってるんだよ、おっさん？」

「いわれたとおりにしろ」

呉達龍は銃身で狄其東の顔を殴った。店内のざわめきがやんだ。狄其東の取り巻きどもが怒鳴った――沈黙が破られた。

「警察だ！」英語と北京語で叫んだ。それから、狄其東と取り巻きどもに向かっていった。「黙れ、じっとしてないと、こいつを撃つぞ！　さあ、狄其東。さっさと両手を頭の上に乗せて後ろを向け」

「こんなことをして、ただですむと思ってるのか」

呉達龍は銃口を狄其東の鳩尾《みぞおち》にめり込ませた。狄其東は腹を抱えてうずくまった。うなじに銃のグリップを叩きつけた。手錠を取りだし、狄其東の両手にはめた。

「なめやがって、なめやがって、なめやがって!!」

喚きながら狄其東を引き起こした。手早く身体をチェックした。九ミリのオートマティック。ナイフ。そして、ビニールの包みに入れられた白い粉。

「銃器の不法所持、ならびにヘロインの不法所持だ。おまえを逮捕する」

呉達龍は狄其東の耳元に囁いた。

＊　＊　＊

呉達龍は狄其東を車に乗せた。取り巻きどもが後を追ってきた。気にしなかった。

「ふざけんなよ、おい。いつまでこんな馬鹿げたことを続けるつもりだ」

狄其東の口から血が飛んだ。

「おまえがなめた口をきくからだ。おれを甘く見るとどうなるか、思い知らせてやる。おとなしく乗ってろよ」

呉達龍は狄其東の手錠をリアシートの手すりに繋いだ。

「おっさん、おれたち仲間だろう？」

「おれは警官でおまえはたちの悪いチンピラだ」

呉達龍は運転席に乗り込み、車を走らせた。

「金がほしいんならくれてやる」

「黙らないとその口にくそを詰めこんでやるぞ」

ゴア・アヴェニューを南下した。ルームミラーに映る取り巻きども——空き缶や石を投げていた。

手に狄其東を殴った余韻があった。頭の中が燃えていた——そうなると、自分でも手がつけられない。だれかをいたぶることでしかこの炎は消すことができない。

「なあ、おっさん。勘弁してくれよ」

泣き言——無視して車を走らせる。ダウンタウンを突っ切って、スタンレイ・パークへ。ひとけのない駐車場で車をとめた。

ルームミラーを覗いた。狄其東——視線が絶え間なく左右に動いていた。鬱蒼と繁る森。その奥の闇。さっきまでの威勢のよさは完全に消えていた。呉達龍は警棒を握った。運転席を降り、リアシートに滑り込んだ。

「な、なにをする気だ？」

「聞きたいことがある」

呉達龍は歯を剝いた。

「おまえ、白粉をどこで仕入れてる？」

「あんたの知ったことじゃねえ」

「最近、どこかのだれかが黒社会の白粉をあちこちで盗んでまわってるそうじゃないか。だれがやってるのか、聞いたことはないか？」

「知らねえよ。おれたちも一度やられてるんだ。知ってたら、そいつの命はとっくにないぜ、おっさん」

警棒で狄其東のがら空きの脇腹を小突いた。うめき声——最高の精神安定剤。

「痛ぇよ……くそっ」

「もう一度聞くぞ。白粉はどこから仕入れてる？」

「あんた、知ってるじゃねえかよ」

警棒。額を一撃。手錠の鎖がこすれる音。「白粉を盗んでるのはだれだ？」

「知らねえって」

警棒——向こう脛。頭の中の炎が燃え盛った。

「おれを舐めるなよ、狄其東」

「さっきのことは謝る。だから——」

警棒——鳩尾にめり込ませた。

「おまわりにいいようにいたぶられたなんて、恥ずかしくてだれにもいえないだろう、狄其東？」

「勘弁してくれ……頼む。あんたのいうことはなんでも聞くからよ」

「おれの口を塞いだ方がいいんじゃないのか、狄其東？」

「そんなこと、しねえよ。あんたのバックには鄭《チエン》奎《フイ》がついてるじゃねえか——」

　呉達龍は狄其東の髪の毛を摑んで引き寄せた。

「それ以上いうと、本当に死ぬぞ」

「勘弁してくれって。あんたを恨んだりはしねえよ。今夜のことはおれが悪かった。調子に乗りすぎた。だからよ——」

「わかったよ、狄其東。これぐらいで許してやる」

　呉達龍は警棒を助手席に放り投げた。狄其東がほっと息をついた。その横顔を張り飛ばした。狄其東が声を発しなくなるまで殴りつづけた。

5

　書類仕事——いくらタイピングしても書類が減ることはない。ハリィはため息を洩らし、書類を投げ出した。

　昨夜の馬鹿げた騒ぎ——検挙者三十八名。ほとんどが銃器と麻薬の不法所持。それぞれの調書を今日中に提出しなければならないというのに、昼を過ぎても半分も進んでいなかった。

　ハリィはタイプの手をとめた。首を回した。関節が嫌な音をたてる。コーヒーを飲むために腰をあげた。オフィスの入口にレイモンド・グリーンヒル警部が立っていた。トラッドな仕立てのスーツ。鼈甲縁《べっこうぶち》の眼鏡の奥でグレイの目が冷たく光っていた——その目がオフィスを一回りし、ハリィの上でとまった。

「ハリィ、オフィスまで来てくれ」

「今すぐ行きます」

　グリーンヒルが背を向けた。ハリィは顔をしかめた。ネクタイの結び目を直し、ハリィはグリーンヒルの後を追った。

「なんでしょう、警部？」

　グリーンヒルのオフィスは相変わらずだった。たぶん、CLEU内でもトップクラスの清潔さ——他人を息苦しくさせる。

「座りたまえ、ハリィ。コーヒーはどうだ？」

「いただきます」

　ハリィはデスクの横の椅子に腰をおろした。グリーンヒルはインターカムでコーヒーを注文した。

「キャサリン・ヘスワースと婚約したそうだな」

ハリィは思わずグリーンヒルの顔を見た。

「どうして知ってるんです？」

「今朝、オフィスに来る前に州政府の庁舎に顔を出してきた。みんな、その噂で持ちきりだった。噂のもとはヘスワース州議会議員ご自身だ」

「参ったな」

「おめでとうというべきかな。いずれにせよ、ミスタ・ヘスワースは次の下院選挙に出馬するつもりだろう？徹底的に利用されるぞ、ハリィ。博愛主義はミスタ・ヘスワースの政治色だ。〝わたしの娘、キャサリン・ヘスワースは、前途有望な日系カナダ人の青年と婚約しております。このこと一つを取っても、わたしがどれだけ人種差別主義者を憎んでいるかの証明になりえます〟」

グリーンヒルはヘスワースの声を真似ていった。

「出世のためとはいえ、これが君自身の幸せに繋がるのかどうか、わたしには疑問だな」

「わたしは純粋にキャサリン・ヘスワース個人を愛しています。だから、婚約したんです――ねえ、警部。くだらないゴシップはこれぐらいにして本題に入ってください。昨日の馬鹿げた騒ぎのおかげで書類仕事が溜まってるんです」

「だったら、君もうぶな警官のふりをするのはやめたまえ。わたしは君に警官の仕事を一から教えた。君がどんなタイプの人間なのかもわかっている」

「どんなタイプなのか教えてくださいよ」

「君は冷徹な人間だ。キャサリン・ヘスワースを愛している？」冷笑。「本当のところは憎んでいるといった方が正しいんじゃないか？」

こみあげてくる怒り――こらえようとした。こらえきれなかった。

「わたしが冷徹な人間なら、あなたはなんでしょうね？冷酷な人間ですか？」

「わたしは職務に忠実な警官だ。もっとも、忠実過ぎて一部の警官には嫌われているがね」

オフィスのドアが開いた。秘書官のリンダ・ホーンがコーヒーカップを乗せたトレイを運んできた。

「あら、ハリィ。婚約おめでとう」

「君まで知っているのか、リンダ」

デスクに置かれたコーヒーカップを苦々しく見つめた。

「これであなたも警部の立派な後継者ね。出世の糸口を見事摑んだじゃないの」

「ミズ・ホーン。無駄話は別の機会にしてくれないか」

グリーンヒルの冷たい目が光った。

「申し訳ございません」

リンダはオフィスを出ていった。冷笑だけを残して。だれもがハリィのことを笑っている――やめろ、いつもの自意識過剰だ。

「彼女のいうとおり、君は出世の糸口を摑んだ。ただし、あくまでも糸口だ。もし、ミスタ・ヘスワースが下院選挙に勝てば、君の出世は約束される」

ハリィはコーヒーに口をつけた。苦みが口に広がった。グリーンヒルの好み――濃いエスプレッソ。カナダ人の舌にはあわない。

「用件はそれですか？」

ハリィはかまをかけた。グリーンヒルは動じなかった。

「ミスタ・ヘスワースと話をしてきたよ。彼は選挙の動向についてわたしに聞いてきた。彼は鄭奎《チエンフイ》のことを気にしているんだ」

頭の中のファイル――めくる必要もなかった。鄭奎は一九七〇年代に香港からカナダに渡ってきた。一代で巨大な建設会社を作り上げ、新移民の伝説と化した。黒社会との繫がりを絶えず噂されているが、馬脚を露したことはない。ここ数年は政治に色気を見せており、次の下院選挙に出馬すると見られている。

「去年のクリスマスに、どこかのナイトクラブが放火されましたね。犯人はつかまりませんでしたが、パットが噂を聞きつけてます」

「どんな？」

「あそこの店主が鄭奎の政治資金の寄付を断った。黒社会の連中がやってきて、見せしめに火をつけた……よくある話です」

「そういう事件、あるいはそういう噂を君やパットはどれぐらい聞いている？」

ハリィは記憶の襞《ひだ》を探った。報告書には書かなかったチャイナタウンの諍《いさか》い、おどおどした目、だれかにこっぴどく殴られた痕が残る顔、ひそひそ話。

「はっきりこれといえるのはありませんね。ただ、思い当たる節はいくつかあります。他の連中にも聞いてみましょうか？」

「いや。この件は君以外の耳に入れるつもりはない」

「警部――」

グリーンヒルは苛立たしげに眼鏡を外した。冷たいグレイの目――冷たさを増す。

「ミスタ・ヘスワースは鄭奎が暴力を背景にして票集めを行っていると睨んでいる。君も知ってのとおり、中華系の移民はあまり警察と関わりたがらない。そこを利用しているんだ、とな。どう思う？」

「充分ありえますね。生不入官門《ションプールーグアンムン》、死不入地獄《スープールーデイーユイ》」ハリィは北京語でいった。「連中の口癖です。意味はわかりますか？」

グリーンヒルは首を振った。

「生きている間は役所に入るな、死んでからは地獄に落ちるな」

「君のいいたいことはわかった。実は、わたしもある噂を聞いたんだ。聞きたくなくても聞かされるんでしょう。どうぞ、話してください」

「聞きたくはないかね？」

「鄭奎は警官と懇意にしているそうだ。暴力に屈しない連中に対しては、その警官が出向いていく。罪をでっちあげたり、私生活を調べあげていうことをきかせるらしい」

「そんな馬鹿な」ハリィは笑った。「ヴァンクーヴァーやリッチモンドの警官にそんなことはできませんよ。中国語も話せないやつらになにができるというんです」

「話せたら？」

グリーンヒルの冷たい目は瞬きもしなかった。ハリィは寒気を覚えた。

「どういうことです？」

「わかっているだろう。中華系の警官だよ、鄭奎から金を受け取っているのはな」

「うちにも、ヴァンクーヴァー市警にも、騎馬警察にも中華系の警官は数えるほどしかいませんよ」

「それだけ調べるのが簡単だということだ。書類仕事は他の者にやらせたまえ。今から君には特殊任務をいいわたす」

グリーンヒルの魂胆がやっと読めた――遅すぎた。

「待ってください、警部――」

「この仕事に中華系の人間を使うわけにはいかん。ミイラ取りがミイラになる可能性がある。それに、君はミスタ・ヘスワースの親戚になる予定だ。これが公式な任務でないことは、君にだってわかるだろう？　君以外の人間にやらせるわけにはいかんのだ」

「しかし――」

「出世のためには汚いことをする必要もある。ミスタ・ヘスワースの力になれ。彼が選挙で勝つように協力しろ。そうすれば、君の願いはかなう。父親を見返すことができる」

ハリィは立ち上がった。

「それ以上、わたしの私生活に口を出したら、あなたでも許しませんよ、警部」

「わたしを叩きのめしたかったら、わたしより出世することだ、ハリィ。なんのために好きでもない女と婚約したのかをよく考えろ」

目の奥がちかちかした。呼吸が苦しかった。

「レイモンド――」

電話のベルが鳴った。ハリィは口を閉じた。グリーンヒルが電話に出るのを見た。すぐに電話が終わりそうにもないと悟ると、身体を反転させた。荒々しくドアを叩きつけ、グリーンヒルのオフィスを後にした。

＊　＊　＊

「くそったれ！」

ハリィは叫んだ。新しい任務——仲間の警官を調査する仕事。犬の仕事。せめてもの救いは調査対象が中華系の警官に限られるということだ。白人警官はハリィがなにをしようと気にしないだろう。

気晴らしが必要だった。胸のむかつきを抑えるなにか——昨日の夜の光景が頭に浮かんだ。恋愛映画のスクリーンから抜け出てきたようなふたり。李少芳《レイシウフォン》と正体不明の男。犯罪の匂いがした。ハリィを見つめた目。あの男を追い詰めろ——刑事の勘が囁いていた。オフィスに戻り、書類仕事を放り出した。代わりにファイルに目を通した。中華系移民のブラックリスト。李少芳が載っている。だが、男の写真を見つけることはできなかった。

「クラレンス」ハリィは隣のデスクに声をかけた。「あんた、昨日の馬鹿騒ぎに加わってたかい？」

「ああ。ガキどもをぶん殴って気分がよかったよ」

クラレンス・スンは間延びした英語で答えた。

「野次馬の中に李少芳がいたの、見たか？」

「いいや。いっただろう。ガキどもをぶん殴るのに忙しかったんだ」

舌打ちをこらえてハリィは言葉を続けた。

「今度ランチを奢るよ、クラレンス。だから、他の連中に訊いておいてくれないか。昨日、駐車場の周りで李少芳を見なかったかって」

「いいけどよ、香港の大老《ボス》の娘になんの用だ？　下手に触ると火傷《やけど》するぜ」

「娘と一緒にいた男の方に興味があるんだよ」クラレンスの目が動いた。「なにか知ってるのか？」

「噂だけどな、李耀明《レイイウミン》の娘がジゴロに騙されてるって話を、どこかで聞いた覚えがある」

「そのジゴロだ。名前は？」

「知らねえな。パトリックならなにか話を聞いてるんじゃないか」

ハリィは電話に手を伸ばした。

＊　＊　＊

ヴァンクーヴァー、ダウンタウン。パットは寿司が食べたいといった。ハリィはジョージア・ストリートの寿司レストランに個室を予約した。パットはカウンターで食べたがるだろう。だが、パットと二人でいるところをだれかに見られるわけにはいかない。

パーキングに車をとめ、レストランに入った。顔馴染みのマネージャーが笑顔を向けてきた。

「加藤さんのお坊ちゃん。ずいぶんご無沙汰ですね」

日本語が耳に心地いい。だが、マネージャーの愛想笑いは不快だった。

「お坊ちゃんはよしてくれ」

「まあ、そうおっしゃらずに。お父様はお元気ですか？」

「もう半年以上顔を見てないよ。個室を予約してる。連れが来るから通してくれ」

マネージャーの顔が曇った。

「もうお越しになっておりますよ」

ハリィは腕時計を覗いた。新記録——パットは餓えているに違いなかった。

まだ話し足りなそうなマネージャーをその場に残して、ハリィは個室に向かった。個室といっても、金屛風で周りからしきっただけの悪趣味な空間だった。

「日本語っていうのはいつ聞いてもとらえどころがないな」

にやついたパットの顔が目に映った。

「おれには台湾人の北京語も同じように聞こえるよ」

パットの真向かいに腰をおろした。突き出された手——油にまみれ、薄汚れている。マネージャーの顔が曇った理由がわかった。くだらない。ハリィはパットの手を勢いよく握った。

「電話じゃえらい勢いだったな。なにがあった？」

「あんたの地獄耳に頼りたいんだ。人間の食い物を食うのは久しぶりだろう。なんでも好きなものを食えよ。山葵《わさび》たっぷりつけてな」

「おまえの金か？」

「親父の金さ」

パットが嬉しそうに笑った。

「とりあえずビールを頼んである。おまえのくそったれな親父に乾杯しようぜ」

「ビールだって？　昼間からいいのか？」

「固いことはいうなよ、ハリィ。昨日のあの騒ぎのせいでむしゃくしゃしてるんだ。ビールぐらいどうってことはないさ」

ビールと刺身が運ばれてきた。運んできたのはマネージャーだった。刺身はサーヴィスだった。パットが奇声をあげてキリンビールをグラスに注いだ。特別に運ばせた山葵を大量に醬油にとかした。中国人の食べ方で、パットは刺身を食べはじめた。

「板前さんに任せるから、握りをどんどん運んできて。

ぼくはともかく、友達は普段、まともな飯を食ってないんだ」

「かしこまりました」

慇懃《いんぎん》に頭を下げてマネージャーが退場した。

「で、おれに聞きたいことってなんだ？」

パットがサーモンの刺身を頬張り、ビールで流し込んだ。

「昨日の夜、野次馬の中に李耀明の娘がいた」

「そういや、いたかもしれないな」

「男と一緒だったよ。気がつかなかったか？」

「ああ、フランス野郎だろう」

「そいつのことを教えてくれ」

「有名な話さ。あの李耀明の馬鹿娘が、モントリオールから来た女たらしに入れこんでるってな」

モントリオール、ケベック——ＣＬＥＵのリストに載っていないのもうなずけた。

「そいつは自分が相手にしてるのが黒社会の大物の娘だってことを知ってるのか？」

「さあな……おまえ、食わないのか？」

「ぼくは寿司をつまむ。それより、そいつの名前を教えてくれ」

「知らんよ。みんなはフランス野郎って呼んでる。フランス語を話すいけ好かない野郎だってな」

「調べてくれ」

パットが箸をとめた。まじまじとハリィの顔を覗きこんだ。

「なにをそんなに入れこんでるんだ、ハリィ？　馬鹿な女が馬鹿な男に入れあげてるだけだぜ。そのうち李耀明が殺し屋を差し向けて、男は殺される。女は家に帰る。それだけだ」

「わかってる。だが、どうも気になるんだ。調べてくれるか、パット？」

「いいさ。寿司が食えるのはおまえのおかげだ」

パットが破顔した。ちょうど、寿司が運ばれてくるところだった。

6

カナダ——ヴァンクーヴァー。行ったことはない。行きたいと思ったこともない。
それでも、覗き見野郎ががなりたてる。李少芳《レイシウフォン》はどんなろくでなしに誑かされたのか。李少芳を誑かした馬鹿野郎は、李少芳の父親がだれか知っているのか。
灣仔《ワンチャイ》から中環《チョンウン》——富永脩《とみながおさむ》はタクシーを拾った。軒尼《ヘネシー》詩道《ロード》を西へ、皇后大道中《クイーンズロードセントラル》から狭い路地に入り、坂を登った先で降りた。蘭桂坊《ランカイフォン》――白人たちのパラダイス。いくつもの洋風の酒場。ブロンドやブルネットの髪をなびかせた白人たち――片手にはビール瓶。香港人の姿は極端に少ない。白人たちのパラダイス。来るたびに胸がむかつく。

「クソどもが、とっとと国に帰りやがれ」

富永は独りごちた。人ごみをかき分けた。一軒の飲み屋の前で足をとめた。〈カサ・ノヴァ〉。黒い扉に金のイタリック文字。周囲の雰囲気からは浮き上がった店。ドアを押す――ダークスーツを着た白人がふたり。バウンサー。鋭い視線が富永を射貫いた。

「ミスタ・リーに用がある」

富永は英語でいった。白人たちの視線は揺るがなかった。右の男は固太り、左は長身。固太りはブルネット、長身は長いブロンドを頭の後ろで結《ゆ》わえていた。

「お名前は？」

「知ってるだろう」

ブロンドがいった。

「お名前は？」

固太りがいった。ブロンドも固太りも薄笑いを浮かべている。

屈辱と恐怖――恐怖が勝つ。いつだって恐怖が勝ち名乗りをあげる。

「サムだ。早く行ってボスに伝えてくれ」

固太りが店の奥に消えた。ブロンドが薄笑いを浮かべたまま富永を睨んでいる。

居心地が悪い。腋の下にたまった汗が不快感を運んでくる。

跳ねっかえりは早死にする、最後まで生き延びるのは臆病で卑劣な人間だ――自分にいい聞かせる。

＊　＊　＊

黒で統一されたインテリア。ブロンドのホステス。衣装は黒のタイトミニ・スーツ。黒いエナメルのピンヒール。

秘書をイメージしてるのさ、サム。だれだって自分専用の秘書を持つような身分になりたいだろう？　それも、とびきりのブロンドの秘書だ。そいつを奴隷みたいに扱ってやる。アジア人の夢だ。それをおれが提供してやってるんだ。

李冠傑《レイグンキッ》はそういっていた。お笑いだった。店の客は白人しかいない。

李冠傑――サミュエル・リー。おまえもサムか？　おれもサムだ。それからビジネスがはじまった。覗き見野郎も李冠傑のことはお気に入りだった。

　李冠傑はカウンターの端っこに座っていた。葉巻をくゆらし、スコッチのオン・ザ・ロックスをすする。後退した額、その上に茶色がかった短髪が申し訳なさそうにのっかっている。香港人ばなれした彫りの深い顔が退屈にくすぶっていた。イギリス人とのハーフ。広東語と同じように英語を話す。年の半分は北米大陸で過ごしている。それでも、中華の血の方が濃い。

　富永はフロアを横切ってカウンターに向かった。李冠傑の吐きだす葉巻の煙を鼻で嗅いだ。李冠傑は富永に視線を向けようともしなかった。富永は李冠傑の横のストゥールに腰をおろした。

「ご機嫌斜めじゃないか、サム」

　葉巻の煙。李冠傑はカウンターの中のバーテンダァの動きを目で追っていた。

「金髪の気どったおカマとデブになめられた」

　李冠傑が喉を鳴らして笑った。

「おまえはだれからも嫌われる。この香港でおまえのことを気にかけてるのはおれと、おまえのボスだけだ。おれがおまえのことを気に入ってるのはおまえに学があるからだし、おまえのボスがおまえを気にいってるのは、おまえが使える男だからだ。だが、他の連中は違う。知ってるか、サム？　灣仔の連中が陰でおまえのことをなんて呼んでると思う？」

「日本鬼《ヤップンクワイ》」

　李冠傑が溜め息をついた。

「こういうときは知ってても知らないふりをしろよ、サム。だからおまえはみんなに嫌われるんだ」

「別に好かれたいとは思っちゃいないさ。それより、あんたはどうなんだ、サム？　退屈そうな顔をしてるじゃないか」

　富永は李冠傑の方に手を伸ばした。放り出したように転がっていた葉巻を取りあげた。シガー・カッターで吸い口を切った。

「いつもと同じさ。くだらない連中を相手にして金を稼いでる。黒社会《ハクセイウィ》の連中に頭を下げて回ってる。死にたいぐらい下劣で退屈な人生だ」

　李冠傑は〝黒社会〟という単語だけを広東語で発音した。デュポンのライターを取りだした。音をたてて炎があがった。富永は顔を近づけ、葉巻に火をつけた。煙を味わう——銘柄や、デリケートな味はわからない。ただ、高い葉巻だということがわかっただけだった。

「また鬱病がはじまったのか？」

「女にふられたんだ、サム。ゴージャスな女だった」

「アメリカ人か？」

　李冠傑が富永に顔を向けた。富永の目を覗きこんだ。

ゆっくり、首を振った。

「フランス女だ」

「処置なしだな」富永は指を鳴らした。バーテンダァが音もなく近寄ってきた。「フローズン・マルガリータをくれ」

バーテンダァの動きが止まった。

「今の季節はフローズンは——」

「いいから出してやれ」

李冠傑の声——重く沈んでいた。バーテンダァは弾かれたようにあとずさった。

「聞いてくれよ、サム。いい女だったんだ。東洋美術をビジネスにしてる。そのくせ、フランス語しか喋らねえ。おれはフランス語を習ったぜ」

「おれにフランス語を聞かせるつもりならやめておけよ、サム」富永は李冠傑に指を突きつけた。「アメリカ人やカナダ人なら、好きなだけ遊べ。だが、ヨーロッパの連中は別だ。あいつらの人種差別は年季が入ってるし、おためごかしもずっとうまい」

「おいおい、人の話は最後まで聞けよ、サム」李冠傑は嬉しそうに頬を顫わせた。「おれはフランス女だといったがな、フランス人とはいわなかっただろう？」

富永は葉巻を灰皿に押しつけた。なにかを確認するように何度もうなずいた。

「カナダ人か？ モントリオール辺りの？」

「それよ。ニューヨークで知りあったんだ。半年ほど香港を留守にしたが、それもこれもあのモニカのせいだ。白人女にしちゃ小柄で、その分、胸は物足りねえが、あそこが抜群にいい。それにおしゃぶりもだ。知ってるか？ 連中はおしゃぶりのことをフレンチっていうんだぜ。モニカは最高のフレンチ・レイディだ。サム、おまえにもあの感触を味わわせてやりたいぜ……」

李冠傑は夢見るような視線を宙に向けていた。薬でハイになったように喋っていた。富永は目の前に置かれたグラスに口をつけた。フローズン・マルガリータ——恭子《きょうこ》の好きな酒。恭子もフェラチオがうまかった。うまいだけじゃない。好きだった。富永が声を荒らげなければ、いつまでも口の中に含んでいた。

「おい、聞いてるのか、サム？」

李冠傑がいらだたしげに葉巻の煙を吐きだした。

「ああ、聞いてるさ、サム。いいところでカナダの話が出てきた。うちのボスから連絡があっただろう？」

「ああ、おまえ、ヴァンクーヴァーに行くんだってな。ご苦労なこった」

李冠傑の目尻が痙攣《けいれん》した。話を途中で遮られたことに対する怒りが目の奥でくすぶっていた。その視線を富永は受け流した。

「ヴァンクーヴァーの様子を教えてくれ」

「サム、中環界隈でな、おれの話を遮るやつはそうはいないぜ。おれとおまえはダチだが、だからって、おれの機嫌を損ねてもいいってわけじゃない。おまえ、おれのことが怖くないのか？」

「おれが怖いのはおれのボスだけだ。ヴァンクーヴァーのことを教えろよ、サム」

「みんないってるぜ、サム。おまえは道端を歩いてる犬も怖がるってな。小指と一緒に肝っ玉までなくしたんだ」

「馬鹿らしい」

富永は喉を顫わせて笑った。

「ヴァンクーヴァーには呉達龍《ンダッロン》がいるぜ」

吐きだすように李冠傑がいった。笑いがとまる――富永は唇を舐めた。

＊　＊　＊

李冠傑から聞いたヴァンクーヴァー――中華系の見本市。入り組んでいて錯綜している。

昔からの華僑がいて、九〇年代になって大挙して押し寄せた新華僑がいる。ヴェトナム系がいて、大陸の連中がいる。台湾の連中も数を増している。人が動けば、黒社会も動く。

昔からの連中はある程度まとまっている。新しい連中はばらばら。ガキどもがのさばっている。

李冠傑が挙げた名前――凌松勇《リンチュンユン》、張文健《チョンマンギン》、鄭奎《ヂェンフィ》、呉達龍。

凌松勇は旧華僑系のボス、張文健は新華僑のボスのひとり。鄭奎は李耀明《レイイウミン》の昔の仲間――ただし、堅気。そして、呉達龍――元香港皇家警察対黒社会捜査班のおまわり。やくざより下品でやくざより乱暴だと噂された男。富永は何度となく因縁をつけられ、小銭をせびられた。日本鬼――最初にその言葉を使ったのも呉達龍だった。呉達龍を殺そうと思った。背後から撃ち殺す分には度胸はいらない。だが、実行に移す前に呉達龍は香港から消えた。娘と息子を広州に残して。

ヴァンクーヴァー――呉達龍。どうせおまわりをやっている。それしかできない男だった。面倒なことになるかもしれない。保険をかけておく必要がある。

携帯電話――広州へ。

「喂《ウァイ》？　おれは香港のサムだ……そう、灣仔の日本人だ。楊先生《ヨンシンサン》はいるか？　代わってくれ」

携帯を耳に当てたまま、富永は煙草をくわえた。意味もなく明滅するネオン、その向こうにヴィクトリア湾、さらにその先は九龍《ガウロン》の夜景。かりそめの時間とかりそめの土地――欲望だけが渦巻いている。

「楊先生、灣仔のサムです。お願いがあるんですが……呉達龍を覚えてますか？　えー、あのくそったれのおまわりです。あいつの家族がたしか広州にいると思ったんですが……楊先生、もしわたしがお願いしたら、そいつらをさらうこと、できますか？」

　富永は煙草に火をつけた。

＊　＊　＊

行きがけの駄賃――富永は旺角《ウォンコ》に戻った。真夜中をまわった裏町。どこからか爆竹の音が聞こえる。春節の真夜中。堅気の連中は家で新年を祝っている。人の気配はない。ネオンだけが皓々と輝いていた。

　香港名物の工事現場。いつもどこかで古い建物が解体され、新しいビルが建築されている。足元に転がった鉄パイプ。拾い上げ、腰にさした。ジャケットで隠した。

　情報は集めてあった。集めなければ覗き見野郎が騒ぎ立てる。

　アソウ――みかじめを集めてまわっている。集金が終われば、女を買う。ネオンがまたたいている――日本小《ヤップンシウ》姐《チェ》。アダルトヴィデオがまき散らした幻想。日本の女はスケベでなんでもしてくれる。そこら辺に〈日本小姐〉の文字が飛び交っている。だが、日本の女がいるわけではない。幻想――すべては幻想だ。

　緑と赤のネオンに照らされた粗末な雑居ビル。アソウが出てきた。にやけた笑顔。大きく開いた鼻の穴。売春宿の若い衆に送られて大物ぶっている。右手の脇にヴィトンのセカンドバッグを抱えている――金。アソウが鷹《おう》揚《よう》に手を振り、歩きだす。ビルの影――暗闇。心臓が早鐘を打つ。掌にべとついた汗が浮かぶ。屈辱と恐怖。常に恐怖が勝ちを収める。だが、屈辱が消えてなくなるわけではない。

　彌敦道《ネイザンロード》を西へ折れて三本目の路地――上海街。人通りが途絶え、ネオンの明かりが途切れる。

　富永はアソウに近づいた。鉄パイプを抜く。気配に気づいてアソウが振り返る――顔を見られる前に鉄パイプを振る。鈍い音――腕に痺れ。アソウがふっ飛ぶ。血が飛び散る。ヴィトンがアスファルトの上に転がる――拾いあげる。アソウのうめき声。顔を両手で覆い、転げ回っていた。

　鉄パイプを放りだし、富永は走りだした。

　行きがけの駄賃――五万香港ドル。多くはないが少なくもない。

　彌敦道――光の渦。富永は口笛を吹いた。

＊　＊　＊

リムジン——李耀明が用意した。大切な娘を救う騎士のために用意された白馬。まんざらでもなかった。

娘を頼む——李耀明はいった。

これが軍資金だ——李耀明は紙包みを用意していた。紙包みの中身は五万米ドルだった。

リムジンはごみごみした香港の道路を走った。

キャセイ航空、香港発ヴァンクーヴァー行き256便。この数年、カナダ行きのフライトは倍増した。啓徳《カイタック》空港は春節を故郷で祝い、ヴァンクーヴァーに帰る移民たちでごった返していた。

富永脩はチェックインした足で免税店へ向かった。ビジネスクラス——しかし、キャセイに喫煙席はない。八時間以上のフライト——酔っぱらって眠るしかなかった。

最高級のブランディを買い、ラウンジへあがった。ボトルに直接口をつけてブランディを飲んだ。周囲のエグゼクティヴたちが嫌悪の目を向けてきた。富永はブランディを飲みつづけた。

7

ウェスト・ヴァンクーヴァー。昔は白人たちの高級住宅街だった。九〇代以降は、中華系移民が大挙して押し寄せている。白にしろ黄色にしろ、住めるのは金持ちだけだということは変わらない。海とダウンタウンを見下ろして悦に入っている金持ちども。

呉達龍《ンダッロン》は唇をねじ曲げながら車を走らせた。早朝の道はすいていた。重々しく立ちこめた雲が細かな雨を降らせていた。出勤前の寄り道というには時間がかかりすぎるドライヴ。それでも、鄭奎《ヂェンフイ》との約束をすっぽかすわけにはいかない。

ハイウェイをシャーマンで降り、サンディ・コーヴへ向かった。曲がりくねった道——そのまま下っていくと鄭奎の家が見えてきた。

鄭奎——伝説になった新移民。七〇年代、無一文で香港からやってきてのし上がった。建設会社を基盤にいくつもの企業を傘下におさめ、白人どもとディナーを食べる。金儲けだけでは飽き足らず、今度は選挙に打って出ようとしている。

呉達龍は正門を通りすぎた。裏門——狗の出入り口。ベンツを洗車していた使用人が面倒くさそうに鼻を鳴らし、セキュリティを解除した。虫けらでも見るような一瞥を呉達龍のホンダに向けた。挨拶はなし。北京語を喋れない福建人。呉達龍にも使用人に用はなかった。ゆっくり門があいた。門が開ききる前に呉達龍は車を敷地の中に滑り込ませた。

　使用人用のガレージにスペースを見つけた。そこにホンダを駐《と》めた。グラヴボックスからホルスターに入ったオートマティックを取りだし、腰に取りつけた。鄭奎はタフな男を好む。いかつい顔にがっちりした体格で、いつも腰からオートマティックをぶら下げているおまわり——呉達龍が鄭奎に見染められたのにはそれなりのわけがある。

　車寄せを横切って裏庭へ向かった。ゴルフクラブを振り回す音——鄭奎の日課。裏庭——奇麗に刈り込まれた芝生。呉達龍のアパートの何倍もの広さがあった。ゴルフクラブを振る鄭奎。その周りを飛び跳ねているゴールデン・レトリーヴァー。鄭奎が打ったゴルフボールが専用のネットを揺らす。落ちてきた球を犬がくわえる。

　ここに来るたびに、いつも呉達龍は歯を噛み締める。鄭奎と自分の間にどんな違いがあるというのか——頭の中で疑問が渦巻く。娘をこんな家に住まわせてやりたい——欲望が身体を引き裂こうとする。

　犬が呉達龍に気づいた。吠えながら駆け寄ってくる。撃ち殺してやりたい——欲望をこらえて呉達龍は犬に手をさしだした。濡れた舌が掌を嘗め回した。鄭奎が振り向いた。呉達龍は表情を消した。

「おはようございます。鄭先生《チェンシンサン》」

　呉達龍は広東語でいった。鄭奎が首を振った。

「リックだ、ロン。我々はカナダ人なんだぞ。何度いったらわかるんだ」

　洗練からはほど遠い英語。それでも、意味は摑める。鄭奎の意志を汲みとることもできる。

「すみません、リック。英語にはまだ自信がないもので」

　鄭奎は呉達龍に背を向けた。プラスティックのターフの上に球を置き、アドレスした。スウィング——クラブが球の芯をとらえる。球が弾丸のように飛び出してネットを揺らした。

「いつも使っていれば英語なんかすぐに上達する」

　満足げな笑み。自分が持っている金と権力に満足している者の笑み。

「こっちに来て、何年になる？」

「もうすぐ、三年です」

「短い割には、おまえの英語はちゃんとしている。我々のだめなところは、どこへ行っても広東語で通そうとしてしまうことだ――おい、終わりだ。片づけてくれ」

鄭奎が北京語で叫んだ。裏庭の奥からさっきの使用人が現われた。鄭奎に家族はいない。結婚したこともない。運転手もいない。ボディガードも自宅には置かない。最先端のセキュリティシステム――他人に煩わされる必要はない。

男がゴルフクラブを片づけるのを、鄭奎が苦々しげな顔で見守る。

「こいつはヴァンクーヴァーに来て四年になる。それなのに、英単語一つ喋ることができん。こういう輩は一生だれかにこき使われるだけだ」

呉達龍は足を踏みだした。

「リック、あまり時間がないんです」

「ああ、それはすまなかった。中で食事を摂りながら話をしよう。サンドウィッチとコーヒーだが、食べるだろう？」

お粥と油条《ヤウテイウ》とポーレイ茶――食事はすませてきた。だが、呉達龍はなにもいわずにうなずいた。

＊　＊　＊

「年寄り連中は頭が固い」

鄭奎はサンドウィッチを頬張った。右手に握ったリモコンでテレビのチャンネルを次々に変えた。ニュース番組が画面に映るとリモコンを置いた。

ニュース――この夏行われる選挙の情勢。ブリティッシュ・コロンビア州。鄭奎とジム・ヘスワースの一騎討ち。ブロンドのキャスターがヘスワースが頭一つリードしていると告げていた。

「中華移民が一つにまとまれば、ヘスワースなど敵ではないんだがな」

「ですが、中華系移民を一つにまとめるのは至難の業ですよ」呉達龍はコーヒーをすすった。「古い華僑は我々新移民を苦々しく思ってます。新移民にしても、香港やら台湾やら大陸やら、いろんな連中がでたらめをやっていて、統制を取ることができないのが現状でしょう」

「だが、新移民のほとんどはわたしに投票するはずだ。わかっているか、ロン。グレーター・ヴァンクーヴァーの全人口の二十五パーセント以上を中華系移民が占めようとしているのに、行政は相変わらず白人どもの手の中だ。もっと国会に中華系の移民を送りこまなければ、我々の伝統と文化は白人どもに蹂躙《じゅうりん》されるだけだ」

「リック、おれの前で建前を演説するのはやめてくださいよ」

呉達龍は知っている。鄭奎はヴァンクーヴァーの黒社《ハクセイ》会《ウィ》と結びついている。悪どく儲けている。国会議員になればその儲けが倍増する。

「あなたが何者であるのか、何を望んでいるのか、おれは知ってます。おれが待っているのは命令ですよ、リック。あれをしろ、これをしろ。命じてください。おれはそれをやってきます」

「チャイナタウンの年寄りどもをなんとかしてくれ、ロン」

呉達龍は顔の前に手をかざして振った。

「おれひとりじゃ無理ってもんです、リック。おれはただのおまわりですよ。張文健《チヨンマンギン》あたりに頼んだ方がいいんじゃないですか？」

テレビは天気予報に変わった。鄭奎はまた、リモコンを手にした。

「黒社会の連中を使って派手に動くわけにはいかん。わかっているだろう。ヘスワースのやつはわたしの動きに目を光らせている。こんな早い時間におまえを呼び出しているのはなんのためだと思っているんだ？」

鄭奎はモニタを睨んだままいった。

「しかし、リック……チャイナタウンの連中は結束が固い。しかも、トップにいるのは郭寶明《コウボウメン》だ。おれひとりじゃとても——」

「そこをなんとかしろ」

テレビ画面——アニメイション。デフォルメされた猫と鼠。猫が鼠を追いかけていた。鄭奎がリモコンを放り投げた。呉達龍は底光りのする目でテレビ画面を睨んだ。

「そのためにわたしはおまえに金を払っているんだ。違うか？」

「おれひとりじゃ無理ですよ」

呉達龍は繰り返した。

「なにか手を考えるんだ、ロン」

テレビ画面——追いつめられた鼠が反撃を開始した。

「わたしが議員になれば、大陸にいる君の子供たちがカナダに来る手助けをしてやれる」

甘い言葉——しかし、それしか縋るべきものがない。カナダは移民法を改正した。大陸からの移民は難しい。金がなければ、コネがなければ絶望的だ。

テレビ画面——鼠が猫を撃退した。猫は鄭奎、鼠は呉達龍。そう考えると気分がましになった。

「わかりましたよ、リック。なにか、考えましょう」

呉達龍は腰をあげた。

「待て。まだ話がある」

「なんですか？」

「香港から人が来る」

「香港から？」

「李耀明《レイイウミン》の手下だ。あれの娘がろくでもない男にひっかかっているらしくてな、子守り役が派遣されるというわけだ」

李耀明。香港黒社会の大ボス。娘がヴァンクーヴァーにいるという話は聞いていた。

「それがおれになにか？」

「李耀明とは古いつきあいだ。助けてくれといわれたら、むげに断るわけにもいかん。あれの手下がなにか助力を求めてきたら助けてやってくれ」

鄭奎と李耀明——七〇年代のヴァンクーヴァー。二人の新移民の成功物語。一人はヴァンクーヴァーに残り、もう一人は香港に帰った。ヴァンクーヴァーに来る香港からの移民は、必ずこの二人の話を聞かされることになる。しかし、聞かされるのは噂と推測だ。真実はだれも知らない。

「香港から来るという男の名前は？」

「オサム・トミナガ。日本人だそうだ」

日本鬼《ヤップンクワイ》のサム——李耀明の威光を笠にきたくそ野郎。灣仔《ワンチャイ》で肩で風を切って歩いていた。その姿を見るとむかついて、なにかといいがかりをつけた。

サム——横顔が脳裏に浮かんだ。背中が顫えた。

＊　＊　＊

凶悪犯罪課のオフィスは閑散としていた。当直の刑事がふたり、眠たげに目を瞬いている。冷めたコーヒーをすすっている。

「早いじゃないか、ロン」

当直のひとり——スタントンが顔をあげた。

「ちょっと調べたいことがあってな」

呉達龍は自分のデスクに座った。ガラクタ置き場のように散らかった机の上。いくつかの伝言。目を通す——くだらない。メモを捨てる。スティールの収納棚に向かい、目当てのファイルを捜した。ファイル——ダウンタウンのチャイナタウンを根城にするやくざたちのブラックリスト。写真と名前に目を通した。神経になにかがひっかかってくるのを待った——時間の無駄。連中のことはすべて頭に叩きこんである。今さら新しい情報が得られるはずもない。

オフィスが騒がしくなってきた。肩を叩かれた。

「精が出るじゃないか、ロン」

呉達龍は顔をあげた。ケヴィンが微笑んでいた。

「ドレイナンにくれてやる餌を捜さなきゃならないからな」

「午後一でミーティングをするらしいぞ。張り切らなきゃな」

ケヴィンは自分のデスクに向かっていった。呉達龍は唇を噛んだ。苛立ちが募る――ヴァンクーヴァーに来てから、苛立ちが消えたことはない。

ミーティング――ドレイナンの赤らんだ顔が脳裏に浮かんだ。

「ケヴィン」呉達龍はファイルを腋の下に抱えこんだ。「今の話、聞かなかったことにするぜ」

「おい、ロン。そいつはまずいぜ」

「あの豚野郎がなにかいったら、適当にごまかしておいてくれ」

呉達龍はオフィスを後にした。廊下を出て左、署の奥へ向かった。出入口は右。だが、そちらに向かえばドレイナンと鉢合わせするおそれがある。視線を落として先を急いだ。いくつかの廊下を曲がると、煙でいぶされたような空間が広がった。署内でただ一ヶ所の喫煙エリア。コーヒーの自販機にパトロールの警官たちが群がっている。呉達龍はファイルを空いているテーブルの上に置いた。ポケットの中の小銭を捜した。舌打ち――小銭がなかった。

「だれか、悪いが小銭を貸してくれないか」

警官たちが振り返った。口を開く者はなかった――全員が白人だった。全身の血が沸騰するような感覚に襲われた。

「黄色人種には小銭も貸せねえっていうのか?」

呉達龍は口を開いた。冷たい声が漏れてきた。

「貸すよ」

背後からの声――反射的に振り返る。同じ東洋人がコインを放ってよこした。呉達龍はコインを受け取った。訛りのない英語。艶やかな肌。高そうなスーツ。中華系ではない。中華系なら北京語か広東語で話しかけてくる。日系か韓国系か――いずれにせよ、どこかで見た顔だった。ただ、どこで見たのかが思いだせなかった。

「悪いな」

沸騰していた血が冷めていく。呉達龍はわざとらしく警官たちをかき分けた。自販機にコインを放りこんだ。紙コップにコーヒーが注がれる。待ちながら考えた――思いだした。ハロルド加藤。CLEUの捜査官。金持ちの息子。なにをとち狂ったか警官になった。親父のコネでCLEUに引き抜かれ、アジア系だというだけの理由で対アジア系組織犯罪班に放りこまれた――そんなやつがなぜここにいる?

コーヒーを取りだし、振り返った。ハロルド加藤がファイルを覗きこんでいた。

「おい、そのファイルは部外秘だぞ」

「うちにも同じものがあるよ」

ハロルド加藤は動じなかった。童顔に微笑を浮かべ、手を差し出してきた。

「ＣＬＥＵのハロルド加藤だ。君の名前は？」

最後の科白は北京語だった。まずくはない。だがネイティヴのそれからはほど遠い。

「呉達龍だ」

呉達龍は広東語で答えた。

「呉達龍《ウーダーロン》」ハロルド加藤は北京語でいい直した。「いい名前だな」

自慢げな笑い――広東語も北京語もわかるんだぞと訴えている。呉達龍はその笑みを無視した。差し出された手も無視した。

「コインは助かった。そのうち返す。悪いが忙しいんだ。ＣＬＥＵのお坊ちゃんに付き合っている暇はない」

「冷たいことをいうじゃないか」

ハロルド加藤は英語でいった。相変わらず動じる気配はなかった。呉達龍はコーヒーに口をつけた。苦くて熱いだけだった。煙草をくわえ、火をつけた。ハロルド加藤が顔を歪めた――煙草には弱いらしい。

「二、三、質問に答えてくれたら消えるよ」

「おれは忙しいんだ」

煙草の煙をハロルド加藤にふきかけた。ハロルド加藤の表情が動いた――目の奥に敵意とも取れる光が浮かんで消えた。

「この前、リッチモンドでガキどもの出入りがあったの、知ってるだろう？」

「知らん」

「そこで、李少芳《レイシウフォン》を見た」

ハロルド加藤が顔を覗きこんできた。呉達龍は耐えた。つい一時間前に話題にのぼった女の名――頭の中で警報ベルが鳴り響いた。

こいつの狙いはなんだ？　こいつはここでなにをしている？

「李耀明の娘だな。カナダの市民権を取得してリッチモンドに住んでいる。若い娘だから、夜、出歩くことも珍しくはない。それがどうしたっていうんだ？」

「見たこともない若い男と一緒だった。李耀明の娘だぞ、気になるだろう？」

「おれはならんな。日々の仕事をこなすので精一杯だ。金もコネもないアジア系の移民は、この国で生きていくのに苦労する」

「どういう意味だ？」

呉達龍は笑った。若造の顔つきが変わっていた。痛い所を突いてやったらしかった。

「別に、深い意味はない。おれにはおれの仕事があるんだ。とっとと消えてくれ」

「待ってくれ、もう少し話を――」

呉達龍はハロルド加藤の身体を太い腕で押しやった。

「おまえさんもしつこいな」

「これも仕事なんでね」

ハロルド加藤の顔に宿っていた表情は消えていた。呉達龍は煙草の煙を深く吸いこんだ——ゆっくり、ハロルド加藤に吹きつけた。

「失せろ」

ハロルド加藤が驚愕した。

「日本語ができるのか？」

できはしない。香港にいたころ、サムによく浴びせられた言葉を口にしただけだった。

「どこで日本語を覚えたんだ？」

ハロルド加藤は英語で問いつづけた。呉達龍はそれには答えなかった。視線をファイルの上に落とした。意識からハロルド加藤の存在をしめだした。

＊　＊　＊

午後一のミーティング——はじまる頃合いを見はからって喫煙エリアを後にした。きっかり一時間、ドレイナンに出くわすことはない。

呉達龍は総務課のドアを押し開けた。

「小姐《シウチェ》、頼みがある」

サンドウィッチをぱくついていた呉海媚《ンホイメイ》が顔を向けてきた。同じ呉姓だということで、なにかと助けになってくれるオールドミス。

「あら、龍哥《ロンコー》。珍しいじゃない。わたしになにをしてほしいの？」

「データベースにアクセスしてCLEUの捜査官のプロファイルを呼び出してほしいんだ」

呉達龍は広東語でまくしたてた。オフィスにいるのは白人ばかり。だれにも意味は理解できない。

「CLEUの捜査官？　どうして？」

「やってくれ、マギー。頼むよ」

「わかったわ」呉海媚は肩をすくめた。「その捜査官の名前と所属部署は？」

「ハロルド加藤。対アジア系組織犯罪班だ」

「少し待ってね……」

呉海媚の指がキィボードを叩きはじめた。やがて、コンピュータのモニタにハロルド加藤の顔が浮かび上がってきた。

「手に入れたわよ。プリントアウトする？」

「頼む」

「可愛い顔をしてるじゃない、この子」

「金持ちの日本人だ」

呉達龍は吐きだすようにいった。

「あら、金持ちの白人よりはよっぽどましじゃない」

そのとおりだった。

プリンタが用紙を吐きだしはじめた。呉達龍は吐きだされた紙を手に取った。

「どういうことなのか、説明してくれるの？」

「そのうちな、呉小姐」

プリントが終わるのを待って、呉達龍は総務のオフィスを出た。

ハロルド加藤——父はアキラ・カトー。漢字で書けば加藤明。パシフィック・アジア・トレイディング社社長。母親のケイコ・カトーは一九七九年に死亡——侵入盗による殺害。事件は迷宮入り。ハロルド加藤に兄弟はいない。ブリティッシュ・コロンビア大学法学部卒。一九九三年、ヴァンクーヴァー市警に。翌年、ＣＬＥＵに移動。未婚。賞罰なし。

平凡なプロファイル。神経にひっかかるところはなにもない。それでも——李耀明の娘。偶然か、それとも裏があるのか？

呉達龍は頭をふった。香港で得た教訓——考えてもわからないことは無視しろ。わかることだけをしろ。

わかること——鄭奎のご機嫌を取る。ドレイナンに餌を与える。いずれにしても、チャイナタウン。ダウンタウンかリッチモンドか？——リッチモンドには李少芳がいる。ヘロインに溺れて身体を売るあの女がいる。

呉達龍は車を出した。リッチモンドに向かった。

8

犬の仕事——簡単だった。パットが知っていた。ヴァンクーヴァーに巣くう悪徳警官。アンダーグラウンドの連中ならだれもが知っている。知らないのは中華系ではない警官だけだ。

呉達龍《ンダッロン》。三年前、香港から移民してきた。粗野ではあるが成績優秀な警察官。白人どもはなにもわかっちゃいないのさ——パットは唇を歪めていった。呉達龍は街の古惑仔《グーワーヂャイ》を脅して金をまきあげる。組織の仕事に目をつぶる代わりに親分連中から小遣いをもらっている。鄭《ヂエン》奎《フィ》に飼われて犬のようにおべっかを使っている。香港でも同じことをしていたらしい。

鄭奎——ヘスワースのライヴァル。尻尾を摑め。

呉達龍を尾行するのはやめた。パットは、頭の回転の悪い粗野な男として呉達龍を説明した。実際に会った印象——粗野だが、頭は悪くない。ハリィの出現に違和感を抱いていた。下手に尾行すれば悟られる。

ハリィは刑事部屋に向かった。

将を射んと欲すれば先ず馬を射よ――父親の口癖。意味はわかっている。何度も繰り返された日本語教育。熟語もことわざも日本人並みに理解することができる。上着のポケットの中には発信器が入っている。

凶悪犯罪課のオフィスはざわついていた。思い思いの恰好をした刑事たち。九割が白人、残りが東洋系。

「ロナルド・ン刑事を捜しているんだが」

ハリィは入口のすぐそばにいた刑事に声をかけた――芝居がからぬように努めながら。

「ロナルド・ンだ？」禿げあがり、赤らんだ額。ケチャップの染みのついたシャツ。「ああ、ロンのことか。いいか、坊や。ここじゃ、あいつのことをロナルド・ンなんて呼ぶやつはいない。みんな、ロンかドラゴンって呼ぶんだ。ロナルド・ンなんてのはな、どこかの間抜けが名乗る名前だぜ」

「ロンはどこにいます？」

「さてな。相棒に聞いてみろよ」

「相棒というのは？」

刑事は苛立たしそうに顔を歪めた。右手の人差し指をオフィスの奥に向けた。指の先――ハンサムなブロンドがいた。

「ケヴィンだ。この部署でロンのお守りがつとまるのはあいつだけだ」

ケヴィン・マドックス。CLEUのファイルにあった顔。ハリィは刑事に礼をいった。刑事は鼻を鳴らしただけだった。オフィスの中に足を踏み入れる。ハリィに注意を向ける人間はいなかった。

「ケヴィン・マドックス？」

ブロンドが振り返る。寝不足にむくんだ顔がハリィを見返した。

「なんだ、おまえ？」

「CLEUのハロルド加藤。あんたの相棒に用があるんだが……」

「ロンか？　ロンなら逃げたぜ」

「逃げた？　なにから？」

「うちの課長さ。こちこちの人種差別主義者だ。ロンは目の仇にされてるんだ。あんたも課長が姿を現わさないうちに逃げた方がいいぜ」

「ロンはどこに逃げたんだ？」

「さてな……あんた、ロンになんの用だ？」

用心深げな声――しかし、本人が思っているほどには効果がなかった。

「いま、追いかけている事件の参考人が捕まらないんだ。いろいろ聞いてまわったら、ここのロンならなにかを知っているんじゃないかと思ってね」

「あんたが捜してるのは中華系か？」

「そうだ」

ケヴィンの無遠慮な視線がハリィを上から下まで舐めまわした。

「あんたも中華系？」

「いいや。ぼくは日系だよ」

「そうかい？」

ケヴィンは肩をすくめた――どちらでも違いはないというように。

「悪いが、おれにもロンがどこにいるかはわからない。そのうち、連絡が入るだろう。名刺でも置いていってくれよ。これから、ミーティングなんだ。中国人どもの正月のせいで、めちゃくちゃだよ。あんたも知ってるだろうがね」

ケヴィンは腕時計を覗きこんだ。文字盤を盗み見る――午後一時。

「時間だよ。デスクの上に名刺を置いて行ってくれ。ロンと合流したら、あんたに連絡するようにいっておくから」

書類をまとめて、ケヴィンは机を離れた。ハリィを気にする様子もなかった。チャンス――ポケットから発信器を取りだした。机の上に散らばった私物と支給品。一瞬で吟味する。手錠の入った革のケース。勤務中は必ず携帯するはずだ。ケースを開けた。手錠を取りだした。ケースの奥に発信器を貼りつけた。振ってみる。発信器はケースの底に貼りついたままだった。手錠を収め、机の上に置いた。何食わぬ顔でオフィスを後にした。

＊　＊　＊

犬の仕事――しばらくはすることがない。
本来の仕事――チャイナマフィアの動向を探る。李少《レイシウ》芳《フォン》とボーイフレンド。あの夜の目つき。忘れることができない。リッチモンドへ。パットがなにかを摑んでいるかもしれない。
グランヴィル・ストリートを南へ。道はすいていた。オークストリート・ブリッジを渡ってリッチモンド市内に入る。李少芳の家は、オフィスのファイルで確認してあった。
ブランデル・ロードを西へ、レイルウェイ・アヴェニューを南へ。白壁の家が続く。ヴァンクーヴァー郊外のベッドタウン。河の中州――湿地帯。土地はべらぼうに安かった。あるとき、デヴェロッパーが香港から高名な風水師を招いた。風水師はこの地を龍珠《ドラゴンボール》と呼んだ。地図を見れば、河の両岸に挟まれた中州は、龍の口にくわえられた珠に見えなくもない。だが、でたらめだ。風水師は莫大な金をもらって香港に帰った。入れ代わるようにして、香港から人がやって来た。移民はみな、リッチモンド──龍珠を目指した。風水によって成功を約束された地を。今では、香港系移民はリッチモンド総人口の二十五パーセント以上を占めている。

ハリィは車を降りた。ひときわ瀟洒《しょうしゃ》な邸宅。静まり返っていた。年老いた中華系の女が間延びした動作で庭を掃いていた。家の持ち主は李耀明《レイイウミン》。住人は李少芳と黄萊《ウォンレイ》──庭を掃除している老女。他に何人かの黒社会《ハクセイウィ》メンバーが出入りしているのが確認されている。

ジャケットの内ポケットからバッジを取りだし、門に近づく。

「李小姐《リーシアオジエ》は在宅かい、お婆さん？」

北京語で老婆に声をかけた。老婆は顔をあげようともしなかった。ハリィは広東語で同じことを聞いた。

「あんた、どこの出身だい？　酷い広東語だね」

「ぼくは中国人じゃないよ。李小姐はいるかい？」

老婆は手をとめた。ハリィが手にしたバッジを見つめた。

「警察が小姐になんの用だい？」

「先日、リッチモンドで悪ガキたちが騒ぎを起こしたんだ。発砲事件があってね、目撃者を捜している。騒ぎが起こった場所で小姐を見かけたのさ。それで、なにか聞けないかと思ってね」

「警察学校で真っ先に教えられるカリキュラム──うまく嘘をつけ。市民に真実を教えることはない。

「小姐は夜に外出するようなふしだらな娘じゃないよ。それに、この家は、警察がめったにやって来れるような家じゃないんだ。お帰り」

老婆の嘘も堂に入っていた。

「警官の話を聞いてくれる気があるかどうか、小姐に聞いてくれ」

「わたしを嘘つき呼ばわりする気かい？　小姐はいないよ。とっととお帰り」

老婆は背中を向けた。取りつく島はなさそうだった。ハリィは首を振り、門を離れた。

近所の家の聞き込み──ここ一週間ほど、だれも李少芳の姿を見ていない。

推論──李少芳はモントリオールから来たチンピラと暮らしている。

肌が粟立った。このことが香港の李耀明の耳に入れば、リッチモンドに血の雨が降る。

ハリィは車に戻った。携帯電話でパットに電話した。

「喂《ウァイ》？」

パットの声──用心深く、苛立っている。

「ぼくだ。いま、だいじょうぶか？」

「夜にしてくれないか？」

「わかった。李少芳の件だ。まずいことになるかもしれない。また、電話するよ」

電話を切った。唇を噛んだ。日系人の限界——決して中華系社会に入りこむことができない。パットの協力がなければ、満足な情報を仕入れることができない。望んで就いた部署ではない。しかし、成績をあげなければ出世の階段を昇ることもできない。

歯嚙みしたい気持ちを抑えて車を出した。携帯が鳴った。

「喂?」

「わたしよ。変な中国語を使うのはよして」

キャスィだった。

「勤務中だよ、キャスィ」

「わかってるわ、ごめんなさい。でも、パパに頼まれたの。すぐあなたに連絡を取ってくれって」

パパ——ジェイムズ・ヘスワース。出世への糸口。

「ミスタ・ヘスワースがぼくになんの用だい?」

「明日の夜、パーティがあるの。今度の選挙に立候補する予定の人たちが集まって、クリーンな選挙を訴えるのよ。パパが、ぜひ、あなたにも出席してもらいたいって」

「それを望んでるのは君のパパなのかい? それとも——」

「もちろん、あなたのお父様もパーティには出席するわ。ジム・ヘスワースの大切な後援者ですからね」

父親と顔を合わせる——気に入らない。それでも、ヘスワースの機嫌を損ねるわけにはいかない。

「行くよ。場所はどこだい?」

「フォーシーズンズのバンケット・ホール。八時からよ」

「了解」

「わたしを迎えに来てくれる?」

「了解」

「クリスマスに買ったヴェルサーチのスーツを着てきて」

「了解——キャスィ、申し訳ないが、本当に仕事中なんだ。今夜、電話するよ」

「待ってるわ、ダーリン」

ダーリン——背筋に顫えが走った。ハリィは携帯電話を助手席のシートに叩きつけた。

＊　＊　＊

再び、犬の仕事。カー・ナヴィゲーションをオンにする。最新のハイテク兵器。ケヴィン・マドックスの手錠ケースに仕込んだ発信器——モニタに映し出される道路地図の上で点滅していた。ハンサムなブロンドはまだ市警本部にいた。

「くそ。呉達龍はどこにいる？」

呟いた。犬の気分がわかったような気がした。

9

ヴァンクーヴァー国際空港――香港とは異質の湿度。骨の芯まで凍りつくような冷気。空は低く、小雨がいつまでも降りつづいている。

足早にパスポートコントロールを抜けた。手荷物を受け取り、ロビィに出る。出迎え用のロビィは啓徳《カイタック》空港と同じ――ごった返している。春節を終えた幸せな堅気たち。ロビィの一角に不自然な空間――険呑な雰囲気を漂わせた男たち。アルマーニのスーツにサングラスをかけた男が富永《とみなが》に顔を向けた。頬の筋肉がほころんだ。男は近寄ってきた。

「あんた、サムだな？」

香港訛りの広東語――富永はうなずいた。

「あんたは――」

「おれは許光亮《ホイグオンリヨン》。マックと呼んでくれ。あんたのことは大老《ダーイロウ》から聞いている。なんでもいいつけてくれ」

香港人のイングリッシュネーム――由来を聞いても無駄だ。連中は勝手にイングリッシュネームを名乗る。

「とりあえず、風呂に入りたい」

富永は目尻をこすった。ブランディがまだ体内に残っているような感覚を覚えていた。

「なかなかいい家を用意してある。そこへ行こう」マックは背中越しに声をかけた。「おい、サム哥《コー》の荷物をお持ちしろ」

マックの手下たちが飛んできた。富永は手荷物をひったくられた。車に押し込まれた。

ベンツＳ５００――リムジンよりは落ちる。だが、快適であることに変わりはない。昔見た夢が現実になったような錯覚に襲われた。

金を摑み、遊び暮らす――恭子《きょうこ》と見た夢。シャブを打って、一日中やりまくり、くたびれきった揚げ句に見た夢。覗き見野郎がすべてを台無しにした。恭子は死んだ。富永は小指を失った。小指とともに他のものも失った。李冠傑《レイグンキッ》はなんといった？――小指と一緒に肝っ玉までなくしちまったんだ。

くそ喰らえ。臆病で卑劣なやつが最後まで生き延びる。それがこの世界の掟だ。

ベンツは大きな河を渡っていた。前方にヴァンクーヴアーの街並みが広がっていた。

「あんたは大老の娘のことはどれぐらい知っているんだ？」

　マックに声をかけた。

「ほとんどなにも知らん。大老のいいつけでな、少芳《シウフオン》小姐《シウチエ》にはなるべく近づかないようにしてたんだ。もちろん、ときどき様子はうかがってたけどな。大老は、あの子を黒社会《ハクセイウィ》とは関係のない人間として育てたかったんだろう」

　マックの横顔は苦々しかった。李少芳のひねくれた根性に度々振り回されたことを物語っている。

「そもそも、おれたちの縄張りはヴァンクーヴァーの方にあるんだ。リッチモンドには別の組織があって、おれたちがしょっちゅう顔を出すと、きな臭いことになるおそれがある」

「大老もそういってたよ。だから、日本人のおれが来たんだ。小姐をひっかけた野郎ってのは？」

「それもよくわからねえんだ。どうも、モントリオールから来た古惑仔《グーワーヂャイ》らしいんだがな。一応、人を使って調べさせてるんだが、よその組の縄張りだもんで、うまい具合にはいかねえ。まだヤサも摑んでねえっていう体たらくさ。申し訳ねえんだがな」

　ベンツはヴァンクーヴァー市内を進んでいた。香港や東京に比べると田舎臭さは拭えない。代わりに、落ち着いた雰囲気をかもし出している。

「ヴァンクーヴァーのことはどの程度知ってるんだ？」

「ほとんど知らない。北米大陸自体がはじめてなんだ」

「寒いのを除けば、いい街だぜ。白人どものレストランは死ぬほどまずいが、ちゃんとした中華レストランは腐るほどあるし、日本の寿司もいける」

　富永はコートの内ポケットから地図を取り出した。香港で買い求めた地図。眺めるのは初めてだった。

「今はどの辺りを走ってるんだ？」

　地図をマックに見せた。マックの指が地図の上をたどった。薬指に嵌められた太い金の指輪が光っていた。

「ここだ」

　マックが指差したのはヴァンクーヴァーの西側だった。

「街の西側は住宅街でな、静かなもんだ。あんたのヤサはそっちに用意してある」指が動く――東へ。「東側はいわゆるダウンタウンさ。正式にダウンタウンって呼ばれるのはこの辺りで、チャイナタウンがここらだ」

　マックの指が海に向かって突き出た岬を指した。

「今夜の飯はダウンタウンで食おう」

　富永はいった。

「おれはかまわないが……」

「家についたら少し休みたい。晩飯のときに、ヴァンクーヴァーのことをいろいろ教えてもらおう」

「そうだな、太平洋を渡ってきたんだ、くたびれてるだろう。夜までゆっくり休みな。女が欲しけりゃ、用意してやるぜ」

富永は地図を畳んだ。窓の外に目を向けた。

「そうだな。金はかかってもいいから、飛び切りの女をひとり、用意してくれ」

＊　＊　＊

東京で生まれ育ち、香港へ渡った。土地の狭さが身体に染み込んでいる。富永脩《おさむ》は部屋の中を歩き回った。だだっ広いダイニング、書斎、ベッドルームとゲストルームはふたつずつ、トイレとバスルームも二ヶ所――眩《めま》暈《い》がしそうな広さだった。

富永はキッチンに回った。そこだけ生活臭が拭い落とされていなかった。ここに住んでいただれか――追いだされた。富永のために。李耀明《レイイウミン》の威信はヴァンクーヴァーでも揺らぐことがない。

荷物をほどき、衣類をクローゼットに押しこんだ。することがなくなった。ダイニングのソファに身を投げだし、テレビをつけた。こちらの英語に耳を馴らしておく必要があった。広東語訛りの英語に馴れた耳には辛い作業だった。

リモコンのボタンを押す。画面が切り替わる。ニュース――富永はリモコンを足元に放り投げた。

旧正月で賑わうチャイナタウン。ストリートギャングたちの抗争事件。ヘロイン中毒者による犯罪の激増。リポーターの喋る英語はなんとか理解することができた。ところどころ、埋まらない個所もある。だが、この街に馴れればそれも埋まっていく。

ニュースが変わった――選挙報道。ジョナサン・ハンター下院議員死去に伴う、ブリティッシュ・コロンビア州選出下院議員選挙。候補者の中に中華系の顔が映った。画面に流れた名前は鄭奎《ヂェンフィ》だった。蘭桂坊《ランカイフォン》のサムから聞いた名前。黒社会と繋がりを持つ実業家。李耀明とも面識がある。そいつが、国会議員選挙に立候補している。地球は丸い。どこに行っても同じことが起こっている。

富永はテレビから流れてくる英語に神経を集中した。鄭奎は有力候補と目されていた。近年増大している中華系移民の支持を得て、泡沫候補から一気にステップアップしたとリポーターは早口の英語で伝えた。最新の世論調査では支持率二位。一位はジェイムズ・ヘスワース。

画面がヘスワースの顔を映し出した。上品な物腰の白人。ブルネットの髪に青みがかった灰色の瞳。微笑が顔に張りついていた。

「どうせ、おカマか、サディストか、ロリコンだろうが」

富永はひとりごちた。

リポーターは喋りつづける——ジェイムズ・ヘスワースは明日、ヴァンクーヴァーの有力支持者を集めてパーティを開く。場所はフォーシーズンズ・ホテルのバンケット・ホール。開始は午後八時。

富永は情報を頭の隅に書き留めた。

ヘスワースは鄭奎をパーティに招くだろうか。白人好みのパフォーマンスだ。充分にありえそうな気がした。鄭奎と話をしたければ、明日、パーティに顔を出してみるのもいいかもしれない。

富永はテレビを消した。左腕のロレックスを覗きこんだ。マックは七時すぎに迎えに来るといった。時間はまだ充分にある。情報を集めろ——頭の中で覗き見野郎が訴える。サムから聞いた番号に電話をかけろ。その声と同時に欠伸《あくび》がもれた。八時間のフライトと一本のブランディ。身体は休息を欲していた。食事の後には女も来る。

「ここは日本じゃないんだ。あくせく働いたってしょうがないだろう」

富永は言い訳するようにひとりごちた。ソファに身体を伸ばし、目を閉じた。

＊　＊　＊

夢——覗き見野郎と恭子。
覗き見野郎——いつ現われたのかは思いだせない。気づくと、頭の中に棲みついていた。
恭子——新宿のクラブで出会った。暴力団幹部の情婦。シャブ中の売女。
あなたが好き——恭子がいう。
シャブも好き、やめられないの——恭子がいう。
あなたも一緒に狂って——恭子がいう。
富永は覚醒剤を打つ。昂った神経のまま恭子と絡みあう。
破滅の予感——暴力団幹部の情婦との逢瀬。やくざ組織と警察双方に注意を払わなければならない。すり減る神経——覚醒剤が拍車をかける。ささくれ立った神経をなだめるために博奕に溺れる。破滅がさらに近づいてくる。
あるとき、覗き見野郎が囁きはじめた。すべてを知らなければならない。すべてを把握しなければならない。破滅はすぐそこにある。破滅は避けることができる。
覚醒剤がつくりあげた幻覚——わかっていても、耳を塞ぐことはできない。歌舞伎町で噂話に耳を傾け、同僚の刑事ややくざたちを尾行する。

蓄積する情報——錯乱する意識。あるやくざの大立て者は薄汚いおカマだった。清廉で知られたノンキャリアの警部はロリコンだった。

もっと知りたい、知らずにいられない——覗き見野郎はせきたてつづける。

覗き見野郎は満足することを知らない。破滅に向けて富永をせきたてる。わかっていても、覗き見野郎の声を完全に遮断することはできない。

夢が終わる。眠りが途切れる。

情報を集めろ、なにもかもを知り尽くせ——覗き見野郎が涎を垂らして富永を待ち構えている。

10

リッチモンド市フランシス・ロード５８１１。白い外壁の家。表札にはアルファベットで「Ｋ・Ｍ・ＴＡＭ」。無線で家の持ち主を調べた。譚家明《タムガーミン》——知らない名前。職業、映画俳優——ピンときた。芸名は譚子華《ジーワ》。八〇年代に名を馳せた俳優。黒社会《ハクセイウィ》との繋がりをすっぱ抜かれて、その後、人気を落とした。だが、いまだに香港の主だった組織の幹部連中と親交がある。香港で一度、飯を食ったことがある。その時、背中に彫った刺青を見せられた。

「なるほど、そういうことか」

呉達龍《ンダッロン》は目を細めた。譚子華の女房——劉燕玲《ラウインレン》。おそらくは元女優。だからあれほどの顔と身体を誇っている。

黒社会と繋がりのある女がヘロインに中毒し、身体を売っている。阿一《アヤッ》と名乗る福建人は女が何者か知っているのか。

トラブルと金の匂いがする。

呉達龍は頭の中に女の姿を浮かべた。女を裸に剝いた。白い肌と桃色の乳首。それを思う存分蹂躙する自分——笑みが浮かぶ。

無線がケヴィンの声を伝えてきた。

「どこにいるんだ、ロン？」

呉達龍は笑みを消した。

「リッチモンドだ、相棒」

「昼間のリッチモンドなんかでなにをやらかそうっていうんだ。ドレイナンはカッカきてるぜ。餌をやらなきゃ、おまえを食い殺すかもしれないぐらいだ」

「ＯＫ、ケヴィン」呉達龍は唇を舐めた。「ダウンタウンで狩りをはじめようじゃないか」

タレコミ屋の趙偉《ヂウワイ》の言葉が頭の中で谺《こだま》した——パウエ

ル・ストリート433。阿一のヤサ。やつを脅してなにかを吐かせるのもいいかもしれない。それに、鄭奎《チエンフイ》の仕事もある。チャイナタウンのじじいたちを脅しつけろ。

「署で待ってる。ピックアップしてくれ」

「すっ飛ばして迎えに行くぜ、ケヴィン」

無線を切り、アクセルを踏んだ。ルームミラーの中、譚子華の家が小さくなっていった。

＊　＊　＊

チャイナタウン——旧正月の余韻がくすぶっていた。路上に散らばる爆竹の破片。風に舞う赤い紙。商売を再開したレストラン——リタイアしたじじいたちが茶を飲んでいる。

「で、なにをするつもりだ？」

ケヴィンがいった。

「あのレストランのな——」呉達龍は車の斜め前にあるレストランを指差した。「オーナーのガキがストリートギャングのメンバーなのさ」

「それで？」

「親父はもうガキのことを見限ってるんだが、爺さんの方は孫が可愛くて仕方がない」

「おい、ロン。回りくどいいい方はやめてくれよ」

呉達龍は小さく舌を鳴らした。ケヴィンには我慢ならなくなるときがある。

「その爺さんってのはな、古い華僑の末裔で、このあたりにかなりの影響力を持ってるんだ。孫を梃子《てこ》にして揺さぶりをかけりゃ、ドレイナンが喜びそうななにかがきっと出てくるって寸法さ」

「じゃあ、その爺さんを締めあげてやろうぜ」

ケヴィンは嬉しそうに笑った。ホルスターから銃を抜き、銃身をスライドさせた。大口径のオートマティック——ふにゃちんの代用品。ケヴィンは用もないのに銃を誇示したがる癖がある。助手席の足元にはショットガン。ここをLAかどこかと勘違いしている。

呉達龍は車を降りた。道を渡り、レストランに近づいた。〈新記飯店《サンゲイファンディム》〉。入口の横はガラス張りになった厨房。吊るされた焼豚、鳥のロースト。世界中のチャイナタウンでお馴染みの景色——広東料理のマーク。ドアを開けた。左脇のレジカウンターの中で中年女が欠伸をしていた。女は呉達龍を見て、欠伸をとめた。

「阿Ｓｉｒ」

香港人のスラング——おまわりさん。その言葉を口にして、女は店の奥に視線を向けた。縁起でもない、どうする——女の目はそう語っていた。

ケヴィンが入ってくる。女は首を振りはじめた——白人まで来やがった。

「どうしました、阿Ｓｉｒ」

店の奥から度のきつい眼鏡をかけた男がやってきた。

「お食事ならなんだって注文してください。特別にサーヴィスいたしますよ」

「あんたの親父さんに用があるんだ」

呉達龍は男を押しのけて店の奥に進んだ。

「阿Ｓｉｒ、店のことは親父じゃなくわたしが仕切ってるんですが」

男の手が肩に置かれた。ケヴィンが銃を抜いた。空気が凍りついた。

「大袈裟すぎるぜ、ケヴィン」

呉達龍はうんざりしたようにいった。

「締めあげてやるんだろう？」

「こいつら相手に銃なんか必要ない」

ケヴィンが銃をホルスターに戻した。

「どういうことなんですか、阿Ｓｉｒ？」

顫える声——潤んだ瞳。男の身体は細かく顫えていた。

「なんでもない。親父さんに話があるだけだ」そういって、呉達龍は声を落とした。内緒話をするように。「まったく、白人ってのは馬鹿でしょうがねえな」

男は引き攣った愛想笑いを浮かべた。その顔の真ん中に拳を叩きつけてやりたかった。衝動をこらえて、足を進めた。店の一番奥の円卓。干からびた老人が三人、座っていた。感情のないどんよりと曇った目を呉達龍に向けていた。

「杜徳鴻《トーダッホン》」

真ん中の老人に声をかけた。曇った目がぎょろりと動いた。礼儀知らずを咎める目だ。呉達龍はせせら笑った。

「わたしになんの用かね、刑事さん」

「おれのことを知ってるんだな」

「鄭奎の腰巾着を知らない者がいるかね？」

呉達龍は笑うのをやめた。目を細めて杜徳鴻を睨んだ。

「偉そうな口をきいてると、そのうち後悔するぞ、爺さん」

「その言葉はそっくりお前さんに返そう。年寄りを敬わない者はそのうち、きっと後悔する」

呉達龍はさらに目を細めた。テーブルの上に身を乗りだし、小声で囁いた。

「あんたの孫もそうなりそうだな」

杜徳鴻は目を瞬《しばた》いた。

「わたしの孫がなにかしたのか？」

「ここでその話はできないだろう」

呉達龍は身体を起こした。顎を引き、外を指し示す。

「これは正式な捜査なのか？」

「あんたの態度次第では正式な捜査になる可能性もあ

る」

杜徳鴻は小さく首を振った。弱々しくはあった。だが、瞳の奥で敵愾心《てきがいしん》が燃えている。

「それじゃ、しばらくお前さんに付き合ってみようか」

「そうするのが利口ってもんだ」

杜徳鴻が立ち上がった。途端に、周りの人間たちが喚きはじめた。干からびた老人たちの口から迸《ほとばし》るマシンガンのような広東語。背後でケヴィンが銃を抜く気配がした。呉達龍は手を後ろに向けてそれを制した。

「騒がなくてもよろしい」杜徳鴻の重々しい声が喚き声をかき消した。「わたしがこの刑事さんと出かけるのはあんたたちが見ている。いくらこの刑事の評判が悪いからといって、酷いことにはならんさ」

「その点はおれが保証する」

呉達龍は静かにいった。ケヴィン以外の全ての目が自分に集まるのを感じた。狗を見る目——心臓が不規則に脈打った。拳を握り締め、激情を抑えこんだ。

「行こう。外に車がある」

テーブルに背を向けた。ケヴィンが間抜け面をして突っ立っていた。

＊　＊　＊

運転はケヴィンに任せた。杜徳鴻と共にリアシートに腰を落ち着けた。車が動きだす——メイン・ストリートを南へ。

ルームミラーの中のケヴィンと目があった。

「この中国人は英語がわかるのか？」

杜徳鴻を見下したような声。自分の間抜けさ加減がわかっていない。

「あんたと同じ程度には理解するよ」

杜徳鴻がいった。訛りはある。だが、流暢な英語だった。ケヴィンは眉をしかめた。口の中で呪詛をつぶやく。老人たちが自分に向けた目——頭の中から追い払う。口を開く。

「杜芝霖《トーチーラム》は〝蓮花幇《リンワーボン》〟のメンバーだ」

事務的な声でいった。蓮花幇——旧移民の子孫たちが結成した愚連隊。新移民のガキたちの〝中 青堂《チョンチエントン》〟と反目し、抗争を繰り返している。

「違う」

杜徳鴻——答えが早すぎた。

「先月の二十八日、ヘイスティングス・ストリートで、四十二歳の白人女性が強盗にあった。被害者は脇腹をナイフで刺されて全治二ヶ月の重傷。ハンドバッグの中に入っていた現金二千八百ドルとクレディットカード、それに身につけていた貴金属類を盗まれた」

呉達龍は口を閉じた。杜徳鴻を盗み見た。杜徳鴻は目を閉じていた。目尻がかすかに顫えていた。

「目撃者の証言によると、被害者を襲ったのは三人の中華系の若者だ。目撃者は彼らが仲間の一人を中華訛りの発音で『ジョニィ』と呼んだのを聞いている。『ジョニィ』だ」

杜徳鴻の反応はなかった。呉達龍は先を続けた。

「ここらでジョニィという名のチンピラといえば、葉《イップ》錦輝《カムファイ》に決まってる。ジョニィ・イップ」

「それで？」

杜徳鴻が目を開いた。敵意はなく、輝きを失った瞳がじっと呉達龍を見つめた。

「おれはリッチモンドのカラオケボックスでジョニィを見つけた。散々てこずったが、ジョニィは吐いた。一月二十八日に白人女を襲ったのはやつだ。だが、女を襲った時、やつはヘロインを血管にぶち込んでいた。記憶があやふやなんだ。やつが覚えているのは、一緒に強盗をやったのは、蓮花幇の仲間だってことだけだ。そこで問題なのは、あんたの孫が蓮花幇のメンバーだってことだ」

「違う。芝霖はそこらのチンピラとはわけが違う」

「意地を張るのはやめな、爺さん。杜芝霖が始末に負えないチンピラだってことはチャイナタウンのだれもが知ってるし、あんただって知っているんだ」

杜徳鴻のこめかみが細かく顫えはじめた。

「ジョニィはおれが抑えてる。一緒に強盗をやったのは芝霖じゃないかと聞いたら、やつは、そうだ、と答えるぜ」

「なにが望みだ？」

杜徳鴻は吐きだすようにいった。呉達龍は笑った。ルームミラーに目をやる。ケヴィンが車のスピードをあげた。交差点を左折し、ブロードウェイ・イーストに入った。

「望み？　おれは自分の職務を遂行したいだけだ」

喜びがこみあげてきた。自分より弱いものをいたぶる快感に声がかすれた。

「無実の者を犯罪者にすることがお前さんの職務だというのか」

「始末に負えないチンピラをこの街から叩き出すのは、たしかにおれの職務さ」

「なにが望みだ？」

同じ言葉。だが、前よりも声が甲高く、顫えも大きかった。

「あんたたちチャイナタウンの年寄りは、鄭奎を目の敵にしている」

「豚め」

快感が霧のように消えた。代わりに冷気が臍を中心に全身に広がっていく。

「もう一度いってみろ」

低い声——杜徳鴻は動じない。

「豚め。おまえは胡露娟《ウーローグエン》の家に火をつけた。わたしは知っているぞ。鄭奎の土地買収に応じなかったあの婆さんを、おまえは焼き殺したんだ」

記憶がよみがえった。テストだ——鄭奎はいった。頑固婆あの首を縦に振らせろ。そうすれば、狗として雇ってやる。

胡露娟は頑なだった。脅しても殴っても無駄だった。それどころか、呉達龍をくそ味噌にけなした。焦りが深まった。金が必要だった。コネが必要だった。鄭奎の懐に潜り込む必要があった。

燃えあがった家。焼け跡から発見された死体。胡露娟は留守のはずだった。なぜ、家にいたのか、わけがわからなかった。現場に駆けつけたふりをして、証拠を処分した。自らの罪を忘れるために酒を呷った。ヴァンクーヴァーに来て、一年が経つか経たないかのころだった。

呉達龍は手を握りしめた。関節が鳴った。

「どうしたんだ、ロン？」

「なんでもない。黙って車を運転していてくれ」

ケヴィンの間抜けな声がふくれあがる憤怒と恐怖に水を浴びせた。呉達龍は深く息を吸った。自分にいい聞かせた。

——これは遊びじゃない。これは遊びじゃない。これは遊びじゃない！　広州《ゴンヂャウ》にいる子供たちのことを思いだせ!!

「おれが豚なら、あんたはなんだ？　自分の孫の面倒もみれない老いぼれ猿か？」

「わたしの親父が広州を出てカナダに来たのは一九一〇年の冬だ。金も縁故もなく、白人たちに虐待され、それでも、中国人の誇りを忘れずに働いてきた。この街にこうして中華街があるのも、そうした祖先たちの努力のおかげだ。だが——」杜徳鴻は目を剝いて呉達龍を睨んだ。「それから百年近くが経って、カナダに渡ってきた中国人は、誇りを忘れてしまった。ほとんどが、おまえや鄭奎のような豚みたいな連中だ」

「あんたの孫もそうだ」

呉達龍はいって、足元に唾を吐いた。反吐《へど》が出そうな話——杜徳鴻が言葉を発するたびに、生肉が腐ったような匂いがする。ルームミラーの中でケヴィンが眉をひそめていた。

「おれの知ってる話を聞かせてやろうか？　去年、黄《ウォン》寶蓮《ポーリン》という少女が自殺したのを覚えてるか？」

杜徳鴻は怪訝そうな表情でうなずいた。

「香港から来た女の子だ。足が不自由で車椅子に乗っておった」

「そう、彼女が寶蓮だ。拳銃で頭をぶち抜いて死んだ。まだ、十五歳だった。自殺の理由を知ってるか？」

「新聞には確か、将来を悲観して――」

「信じてるわけじゃないだろうな？」

杜徳鴻は目を剝いた。なにも聞きたくないというように首を振った。

「おれが摑んだ事実はこうだ。学校を出た寶蓮を数人のチンピラが連れ去った。誘拐だ。足の不自由な少女なら簡単に誘拐できるからな。チンピラどもは、金を要求するために寶蓮の家に電話した。だが、寶蓮の両親は留守だった。香港に戻ってたんだ。家の人間が戻ってくるのは二週間後の予定だった。馬鹿な連中さ。計画性なんてあったもんじゃない。遊ぶ金欲しさに、行き当たりばったりに寶蓮を誘拐したんだ。二週間も待つ気はなかったんだ。それで、連中は寶蓮にヘロインを打って、代わる代わる彼女をレイプした」

「でたらめだ」

杜徳鴻の声はかすれていた。

「事実さ。寶蓮の死体からはヘロインが検出されたし、性器には裂傷があった。膣内からは複数の男の精液が出た。事件沙汰にならなかったのは、現場に最初に駆けつけたのが市警の凶悪犯罪課の刑事で、凶悪犯罪課のボスがろくでもない人種差別主義者だからだ。中国人の小娘が殺された？　放っておけ、おれたちは忙しい――そういうわけだ。それでも、何人かの刑事が一応の捜査をした。寶蓮を誘拐した連中の中に杜芝霖がいたことはわかってる。もっとも、芝霖は見張り役で、たいした罪は犯していないらしいがな」

「芝霖は――」

杜徳鴻は絶句した。目尻の顫えは痙攣に変わっていた。勝利の確信に呉達龍はほくそ笑んだ。

「あんたは子供の育て方を間違えたのさ。あんたのいうとおり、おれは豚かもしれん。だが、あんたの孫は豚にもなれないクズだ」

「その話は本当なのか？」

「蓮花幇のガキどもを捕まえて聞いてみればいい」

杜徳鴻は視線を窓の外に向けた。小雨が降りはじめていた。雨に濡れた窓が老人の瞳に反射して、涙のように見えた。

「鄭奎はわたしになにを望んでおる？」

窓の外を見つめたまま杜徳鴻はつぶやいた。

「協力だ。鄭奎は選挙に勝つためならなんだってする気になっている。あんたが、チャイナタウンの爺さん連中を説得してくれれば、鄭奎はあんたに感謝する」

「やれるだけのことはやってみよう」

杜徳鴻は肩を落とした。

「孫をこの街から逃がそうとしても無駄だぜ」

呉達龍は杜徳鴻に顔を近づけた。首根っこを捕まえたら決して手を離すな——警察学校の教官に教わった言葉が頭の中で谺していた。

「そんなことをしたら、おれはどんな手を使ってでもあんたの面子《メンツ》をぶっ潰してやる」

「そんなことはせんよ。元の場所に戻ってくれんか」

「もう一つ、あるんだ」

「この年寄りから、まだなにかを奪おうというのか？」

「チャイナタウンで働いてる連中の中で、ヘロイン密売に関わっているやつらの名前が知りたい。強盗事件をうやむやにしてやるかわりに、警察に差し出す餌が必要だ」

「わたしは知らん」

「名前だ」

呉達龍は強引に詰め寄った。杜徳鴻は相変わらず窓の外を見つめていた。車が左折した。ナナイモ・ストリート。このまま直進すればヘイスティングス・ストリートにぶつかり、そこを左折すればチャイナタウンに戻ることになる。

「洪尊賢《ホンジュンイン》」杜徳鴻が口を開いた。「〈四海餐廳《サンホイチャヤンテン》〉のコックだ」

台湾系の華僑がやっているレストラン。洪尊賢も台湾系だろう。呉達龍は首を横に振った。

「たいしたもんだな、杜徳鴻。台湾系の連中なら売っても良心は傷まないというわけか」

杜徳鴻はなにも答えなかった。

＊　＊　＊

「で、どういうことになったんだ」

悄然として車を降りた杜徳鴻の背中を見ながらケヴィンがいった。

「洪尊賢《ホンジュンシエン》ってコックがヘロインをさばいてる」

呉達龍はコックの名前を北京語で発音した。

「そいつをパクりに行くのか？」

「いや」腕時計を覗いた——午後三時。「この時間なら、店は休みだ。夕方、そいつが働いてるレストランに行ってみよう」

「じゃあ、どうする？」

「パウエル・ストリートに行ってくれ」

ケヴィンがアクセルを踏んだ。ボディが顫えて、車が動きだす。雨がやむ気配はなかった。

「パウエル・ストリートのどこだ？」

「433。この前、女に売春をやらせていた中国人がいただろう。そいつのヤサだ」

「パーティの続きをやるのか？」

「うまくいけばな」

ケヴィンは車を路地に乗りいれた。パウエル・ストリートは一方通行路だった。車を東に向けて走らせ、それからパウエル・ストリートに入るしか方法がない。

「パーティはどの方法でやる？」

「サプライズ・パーティだ。一気に乗り込んで締めあげる」

「わくわくしてくるぜ。あれはいい女だったもんな」

劉燕玲。香港黒社会と深い繋がりのある俳優の女房。目を閉じれば、瞼にあの夜見た女の姿が浮かぶ。自分がヘロインに中毒していること、ヘロイン欲しさに身体を売っていること――だれよりも夫にばれることを恐れているはずだった。そこを押せば、なんとかなるかもしれない。まず、阿一を排除する。それから、ヘロイン片手に近づいていく。

背筋が顫える。快楽の予感に、股間がうずく。

左折を二度繰り返して車はパウエル・ストリートに入った。かつての日本人街。今は見る影もない。日本人は去り、街はさびれた。貧しい人間たちが寄り集まり、夜になれば、アウトロゥたちが通りを跋扈《ばっこ》する。


「ここだな」

ケヴィンが車をとめた。通りの左側に古ぼけたアパートメントが建っていた。住居表示はパウエル・ストリート433。間違いなかった。

「準備をはじめよう」

呉達龍は腰のホルスターから銃を抜いた。グロック社製の九ミリのオートマティック。薬室に弾丸を装填し、セイフティをかけた。銃をホルスターに戻し、車を降りた。ケヴィンが続く。ケヴィンは両手でショットガンを抱えていた。吐く息が白い。雨が体温を奪っていく。武者震いが背中を駆けのぼった。ケヴィンに顎をしゃくり、呉達龍はアパートメントの中に入っていった。

むっとする匂いが鼻をついた。生ゴミと黴《かび》の混じりあった匂い。香港を思いだす。だが、香港はこれほど寒くはない。板張りの床は湿っていた。歩くたびに軋んだ音をたてた。

一階はホールになっていた。エントランスの脇に郵便受け。片っ端からあけていく。ダイレクトメールが零《こぼ》れ落ちる。

「なにか見つかったか？」

ケヴィンの声。増幅して聞こえる。神経が過敏になっている。白人の名前、中華系の名前――どれが阿一かはわからない。2―Bの住人宛のダイレクトメール。宛名は、ジェシカ・マーティン。

「虱潰《しらみ》しに行くか」

ケヴィンに声をかけ、エレヴェータに向かった。がたのきたエレヴェータで二階へ。一フロアにふたつの部屋。奥に向かう。2―Bの呼び鈴を押す。反応はない。もう一度呼び鈴を押す。怒鳴り声が聞こえた。くぐもっていて意味は摑めなかった。

ケヴィンに肩を叩かれ、呉達龍は振り返った。ケヴィンは右手の親指を自分に向けていた。ウィンク――ここはおれに任せろ。呉達龍は後退した。ケヴィンがもう一度呼び鈴を押した。

「こんな時間に、どこのどいつよ!?」

白人女の声。低く、嗄《しやが》れていた。

「ミズ・マーティン。我々はヴァンクーヴァー市警のものです。少しうかがいたいことがあるんですが」

「警察？　待ってて。今、開けるから」

用心深い声が返ってくる。呉達龍とケヴィンはＩＤカードを胸にとめた。ドアが開いた。チェーン・ロックの鎖が伸びた。隙間から、くすんだブロンドが顔を出した。三十代後半から四十代のどこかといった年恰好。荒れた肌、目の下の隈――売春婦兼ヘロイン中毒者の証。

女がケヴィンのＩＤを睨んだ。

「ケヴィン・マドックス巡査ね……なかなかいい男じゃない。そっちの黄色いやつはなによ？」

「ロナルド・ン巡査部長だ」

呉達龍は冷たい視線を女に向けた。

「ロナルド・ン？　人間の名前なの、それ？」

呉達龍は足を前に踏み出した。ケヴィンの腕に制された。

「ミズ、聞きたいことがあるんだ。このアパートメントに中国人が住んでいるだろう？」

「ここだけじゃないわ。中国人ならヴァンクーヴァー中にいるじゃない」

「ミズ――」

「わかったわよ。話すから、そっちの中国人をわたしの側に近づけないで。なんて目で人を見るのかしら」

呉達龍は腰の銃に手をかけた。口の中で呪詛をつぶやいた――クソ売女め、いつか、ぶち殺してやる。

「それ以上へらず口をきいたら」ケヴィンが低い声でいった。「正式な令状を取って、この部屋にガサ入れするぞ。ヘロインが見つかったら、ン巡査部長が喜んであんたを尋問する」

「どの中国人のことが知りたいのよ？」

ジェシカ・マーティンは不機嫌そうに頰を膨らませた。たるんだ肌が醜く顫えていた。

「男だ」

「このアパートメントには中国人の男が四、五人住んでるわ。どの男のことなのか説明してくれなきゃ、答えようがないじゃない」

ケヴィンが振り返った。救いを求める目――待っていた。呉達龍はケヴィンを脇にどけた。敵意を剝きだしにした視線を受け止めた。

「おれたちが知りたいのは、あんたがヘロインを買ってる中国人のことだ」

ジェシカ・マーティンが、一瞬、息をのむ。すぐに、芝居がかった笑い声をたてる。

「わたしがヘロインを中国人から買うだって？」

呉達龍は銃を抜いた。銃口をジェシカ・マーティンの額に押しつけた。

「肌の黄色い連中は気が短いんだ。よく知ってるだろうが、売女め」

「まずいぜ、ロン」

「黙ってろ、ケヴィン」

呉達龍は吐き捨てるようにいった。

「ゆ、ゆるして……殺さないで……」

「おまえがヘロインを買うのは、どの階の中国人だ？」

「四階のAのフラットよ……お願いだから――」

呉達龍は銃をおろした。

「ご協力、ありがとう、ミズ。街で商売する時は、中国人のおまわりに気をつけな」

「せいぜい気をつけるわ。お礼にひとつだけ教えてあげましょうか。一時間ぐらい前にも、別の中国人がやつのことを聞きにきたわよ」

呉達龍はドアを叩き閉めた。

「どうした!?」

「先客がいる」

呉達龍はエレヴェータに向かって走りだした。

＊　＊　＊

四階のAフラット。ドアに鍵がかかっていなかった。呉達龍はケヴィンに目配せをする。壁に背中を押しつける。銃を抜く。ケヴィンがショットガンのポンプをスライドさせる。

「阿一、警察だ。中にいるなら返事をしろ！」

ドアの隙間から北京語で声をかけた。待つ――返事はない。

「阿一、警察だ」

広東語、ついで英語で叫ぶ。部屋の中からは物音ひとつ聞こえてこない。

「突入するか？」

ケヴィンの声。普段は赤らんでいる頰が血の気を失っている。

「おれが先に入る。カヴァーしてくれ」

ケヴィンがうなずく。呉達龍はドアを蹴り開いて部屋の中に転がり込んだ。銃を突きだす。素早く左右に身体を動かす。

「警察だ！」

叫び声は湿った空気に虚しく吸い込まれた。バスルーム、ダイニングキッチン――引っ掻きまわされた痕。キッチン・シンクに積み上げられたインスタントヌードルの空容器が腐臭を放っている。左手をあげ、ケヴィンを招きいれる。ダイニングの奥に、朽ちかけたドア。蝶《ちょう》番《つがい》がいかれ、軋んだ音をたてて揺れている。

「阿一、いるのか？」

返事はない。呉達龍はケヴィンと顔を見合わせた。

「ひでえ匂いだ」ケヴィンが顔をしかめる。「食い残したものぐらい片付けて欲しいぜ」

「食い物の匂いだけじゃない」

呉達龍は寝室のドアに手をかけた。ドアを開ける。噎《む》せるような匂いが襲ってくる。クローゼットとダブルベッド。床にぶちまけられた白い粉。ベッドの上に、死体。目を潰され、喉をぱっくりと切り裂かれている。呉達龍は死体の顔を覗きこんだ。阿一――間違いなかった。

心臓が激しく脈打つ。邪な欲望が鎌首をもたげる。白い粉――ヘロイン。ヘロインは金になる。金があれば、子供たちを呼び寄せることができる。

「なんてことだ……」

ケヴィンのかすれた声が聞こえてきた。振り返った。

「ケヴィン、無線で署に連絡してくれ」

「あんたは？」

「手がかりを探す。下の売女は一時間前に来たといっていた。手配を早めれば、逮捕できるかもしれん」

「了解」

ケヴィンが走り去る。呉達龍は手袋をはめた。死体の衣服をあらためる。クローゼットを開ける――なにもない。ダイニングキッチンに戻る。キッチンの収納棚、ライティングデスクの抽斗《ひきだし》――なにもない。当たり前だった。部屋の散らかり具合――阿一を殺した連中が隈なく探しまわった痕。呉達龍は腕時計を見た。バスルームに飛び込む。X線と化す視線――貯水タンク。

便器に足をかけ、タンクに手をかけた。蓋を外し、中を覗きこむ――ビニール袋。手を突っ込み、引きずり出す。ビニール袋の中身は白い粉だった。もう一度、腕時計を見る。ケヴィンが出ていって五分。無線連絡にそれほどの時間はかからない。

躊躇している暇はない。部屋を飛び出る。エレヴェータの階数表示――一階でとまったまま。非常階段をかけおりる。２—Ｂの呼び鈴を押す。

「ジェシカ！　金持ちになるビッグ・チャンスだ。早く開けろ！」

低いが鋭い声。ドアがすぐに開く。ジェシカ・マーティン。恐らく、戸口で階上の様子をうかがっていた。

「金持ちになるチャンスってどういう意味よ、刑事さん？」

ビニール袋を突きだす。叫ぶ。

「ヘロインだ。どこかに隠しておけ。儲けは山分けだ。下手なことは考えるなよ」

ジェシカ・マーティンの返事を待たず、背を向ける。階段を駆けあがる。呼吸があがる。肺が破裂しそうになる。阿一の部屋に飛び込む——エレヴェータに視線を走らせる。階数表示のランプが二階から三階に切り替わる。

呉達龍はドアを締め、何度も息を吸いこんだ。

11

ケヴィン・マドックスが血相を変えて飛び出てきた。車に飛び込み、無線のレシーヴァーを摑むのが見えた。

ハリィは反射的に無線をオンにした。

「パウエル・ストリート４３３で殺人事件発生。くり返す、パウエル・ストリート４３３で殺人事件発生。殺されたのは中華系の男性だ。容疑者はすでに逃亡した模様。こちらは本署のケヴィン・マドックス巡査。殺害現場の指揮を執っているのはロナルド・ン巡査部長。巡査部長は現在、殺害現場の状況保全を行っている。至急、応援を頼む」

無線でのやり取りが続いた。ハリィは無線のひび割れた声に耳を傾けながら、車の外の古ぼけたアパートメントに視線を向けた。

カー・ナヴィゲーション・システムのモニタ上で光の点滅が移動しはじめたのは一時間ほど前のことだった。車を飛ばし、チャイナタウンで呉達龍《ンダツロン》をつかまえた。

呉達龍の行動は解せなかった。〈新記飯店《サンゲイファンディム》〉と看板のかかったレストランから連れ出した老人は何者なのか？　あの老人とこの殺人事件に関連はあるのか？　調べなければならないことが多すぎる。

ケヴィン・マドックスがアパートの中に戻っていった。ハリィは車を降りた。辺りを見渡す。古ぼけた建物のエントランスの階段に座り込んだ白人がひとり。他に人影はない。白人は澱んだ目を入江に向けていた。ヘロイン中毒者特有の気怠さが男の全身を包んでいた。

ハリィは手袋をはめた。アパートメントの前にとめられた車に近づいた。赤色灯が屋根にのっかっている。ケヴィン・マドックスがのせていったものだった。車のドアを開けた。鍵はかかっていなかった。ここは合衆国ではない。警察車をかっぱらおうとするジャンキィもいない。

心臓が不規則に脈打ちはじめた。喉が渇く。舌が上顎に張りつきそうだった。ハリィはしきりに唇を舐めた。顫える手で車内に残されたものを調べた――ろくなものはなかった。グラヴボックスや後部座席に散らばっているもの――ガムの包み、電話帳、革ジャン、スニーカー。香港からやって来た中華系移民にはそぐわないものばかりだった。おそらく、すべてがケヴィン・マドックスの私物だ。

ハリィはジャケットのポケットから小さな塊を取りだした。小型の録音機。人の声に反応して録音をはじめる。テープの録音時間は四時間。なにかを摑めるかもしれない。くだらない与太話しか聞けないかもしれない。それでも試してみる価値はある。

ハリィは運転席の足元に屈み込んだ――犬になったような気分に襲われた。録音機をダッシュボードの真下に取りつけた。よほど用心深い人間でない限り見つけることはないだろう。

遠くでサイレンの音が聞こえた。ハリィは素早く車から抜け出た。ドアを閉め、自分の車に駆け戻った。ハンドルを握ろうとして、両手をじっと見つめた。細かく顫えた手――ハンドルを握るどころの話ではなかった。

「頼むぜ、おい」

ハリィはつぶやき、目を閉じた。

入れっぱなしにしておいた無線から声が飛び込んでくる。ヴァンクーヴァー市警の警官たちの声。すぐにここを離れるべきだった。市警とCLEUの仲は決していいとはいえない。殺人事件の現場にCLEUの捜査官がいたことが知られれば、市警はなにごとかと警戒するだろう。

「くそっ」

ハリィは意を決したようにハンドルを握った。まだ手は顫えている。かまわず、アクセルを踏んだ。スピードを出しすぎないようにパウエル・ストリートを進んだ。サイレンの音が近づいてくる。無線から流れてくる声――到着を知らせる声。

「現場は四階のAフラットだ」ケヴィン・マドックスの声「被害者は中華系。正式な名前はわからない。福建人でヘロインの密売に関わっていると思われる。死体には拷問を受けた痕がある。ヘロイン密売のトラブルかもしれん。麻薬課の連中に問い合わせてくれ」

「了解。まもなく、応援が到着する。殺人課の連中もすぐに駆けつけるはずだ。現場にはあんたとン巡査部長以外、だれも入れるな」

ハリィは車を左折させた。メイン・ストリート。しばらく走って、路肩に車をとめた。頭の中のファイルをめくった。福建系のマフィア。ファイルにはなかった。ヴァンクーヴァー一帯で猛威をふるっているチャイナマフィアは大別して三つのグループに分類できる。香港系、台湾系、ヴェトナム系。他に、北京や上海の連中もいるが、それほど大きな組織ではない。ましてや福建系となれば、数は限られる。おそらく、殺された福建系のマフィアは新顔だ。

そんな男に、呉達龍はなんの用があったのか？

無線を手にした。顫えはとまっていた。ＣＬＥＵの本部に連絡を入れた。

「こちら、対アジア系組織犯罪班のハロルド加藤巡査部長だ。グリーンヒル警部に伝言を願いたい。今日、ヴァンクーヴァー市パウエル・ストリートで殺人事件が発生した。調査を担当しているのはヴァンクーヴァー市警。この事件に関する詳細な情報をまとめてほしい」

一方的に用件を告げて無線を切った。グラヴボックスをあけた。モバイル用の小型コンピュータを引っ張りだした。携帯電話とコンピュータを繋ぎ、ＣＬＥＵのデータベースにアクセスする。


チャイナタウン——新記飯店。液晶モニタにデータが流れ込んできた。

経営者は杜永康《トーウィンホン》。配偶者は鐘碧心《ジョンビッサム》。共に香港系のヴァンクーヴァー市民。杜永康の父は杜徳鴻《ダッホン》。母親は死亡。鐘碧心の両親も死亡。息子が杜芝霖《チーラム》。新記飯店は、三十年前に、杜徳鴻が開店した。

頭の中のファイルが音を立てて開く。

杜徳鴻——チャイナタウンの十賢老と呼ばれる老人たちのひとり。中華系旧移民に重大な影響力を持つ長老。

杜芝霖——蓮花幇《リンワーボン》のチンピラ。いくつかの犯罪事件に関わっていると目されているものの、なんとか警察の追及の手を逃れている。最近のヴァンクーヴァーでは珍しくもない、クズ以下のチンピラだった。

ハリィはコンピュータの電源を落とした。チャイナタウン。あそこの旧移民は、新移民のことを毛嫌いしている。鄭奎《ヂエンフイ》のような輩を忌み嫌っている。呉達龍の目的がわかったような気がした。

あちこちからサイレンの音が聞こえはじめた。サイレンはパウエル・ストリートに向かって集まっているようだった。

呉達龍は杜徳鴻と話をしてからパウエル・ストリートに向かった。チャイナタウンの長老とヘロインの密売人。どう繋がっているのか。

犬の仕事――思っていたよりおもしろくなりそうだった。

＊　＊　＊

新記飯店には重い空気が澱んでいた。レジカウンターの内側には不貞腐れたようにそっぽを向いている中年女――鐘碧心。厨房には活気がなく、若い料理人たちが手持ちぶさたにしていた。店の奥――老人と中年男が差し向かいで睨みあっていた。老人は杜徳鴻。中年は杜永康。杜徳鴻の目は怒りのために皓々と輝いていた。

「杜先生《トーシエンシヨン》」

ハリィは北京語で声をかけた。返事はなかった。

「ミスタ・トー」英語に切り替えた。杜徳鴻がわずらわしそうに顔を向けてきた。「わたしはＣＬＥＵの捜査官です。少しお時間をいただきたいのですが」

「今度は連合捜査局か……もうしわけないが、捜査官。わたしは今忙しい。後日にしてもらえんかね」

訛りはあるが流暢な英語だった。この世代の中華系移民の英語能力は、背負ってきた困難に比例して発達している。杜徳鴻の顔に刻まれた皺は、年月だけが刻んできたわけではないということだった。

「今度は、とおっしゃいましたか？」

ハリィは杜徳鴻の迷惑そうな表情を無視した。

「それがどうした？」

「わたし以外に警察関係の者がだれか来たんですか？」

杜徳鴻はわざとらしくため息を洩らした。

「捜査官、あんたはどこの出身だ？」

黄色い肌をしたものはすべて中国人だと思いこんでいる人間の声だった。

「わたしはハロルド加藤。日系のカナダ人です」

「日本人か」

杜徳鴻は首を振った。

「わたしはカナダ人です」

「どこが違うのかね？　わたしは確かにカナダ国籍を持っている。だが、アイデンティティを問われれば、わたしは中国人だと答える。日本人は違うのかね？」

「わたしはカナダ人です」

ハリィは辛抱強い口調でいった。

「それは、わたしは地球人ですというのと一緒だな」

「ミスタ・トー、わたしはあなたと自分のアイデンティティについて議論する気はありません。二、三、お伺いしたいことがあるんです」

「わたしの方は警官には用はない」

にべもないいい方だった。

「しかし、あなたはヴァンクーヴァー市警のロナルド・

ン巡査部長には用があったというわけだ」

「ロナルド・ン？　だれのことかね？」

「呉達龍《ウーダーロン》です」

ハリィは北京語でいった。一瞬、杜徳鴻の表情が歪んだ。その瞬間を待っていたかのように、杜永康がテーブルを離れた。

「失礼、仕事があるので」

杜徳鴻に比べれば、英語とはいえないような代物だった。

杜徳鴻が広東語でなにかを怒鳴った。早口すぎてハリィには聞き取れなかった。杜永康はなにかをいい返し、店の外に出ていった。杜徳鴻は舌打ちをし、レジカウンターの女に鋭い声を浴びせた。女は哀しそうに首を振るだけだった。

「ミスタ・トー。質問に答えてくれれば、わたしはすぐに退散します。呉達龍をご存じですね？」

「呉達龍――」杜徳鴻は静かにいった。「あいにく、そういう人間は知らないな」

「つい、三十分ほど前、あなたは彼の車に乗ってドライヴしていましたよ」

「ああ、彼が呉達龍というのか」

「彼が何者か知らなかったというつもりですか？」

「知らなかった。彼は、警察の者だといっただけだからな」

「身分証を確認しなかったんですか？」

「中国人はそういうことはしないものなのだ」

「最近はそうでもないようですがね……彼とはなんの話を？」

「あの男はヘロイン密売の調査をしているといっていたな。わたしになにかを知らないかと聞いてきたんだ。わたしはなにも知らないと答えたが、あの男は信用しなかった。それで、車の中で簡単な尋問をされたというわけだ」

「ヘロイン密売ね……」

ハリィは疑うような視線を杜徳鴻に向けた。

「わたしはそういう非合法な商売に関わったことはない」

杜徳鴻は食えない老人だった。多少の変化球では効きそうにもなかった。ストレートで勝負だ――ハリィは腹を決めた。

「わたしはこう思っていたんですよ。彼はあなたになにかを頼みにきた。しかし、あなたは断った。それで、呉達龍はあなたを車につれこみ、脅しをかけた」

言葉を切って反応を待った――杜徳鴻は枯れ木のように突っ立っているだけだった。

「呉達龍は鄭奎のために働いています。ご存じですね？」

反応はない。

「彼に、鄭奎の選挙のために骨を折ってくれと頼まれたんじゃないですか？」

反応はない。

「お孫さんの杜芝霖のことでなにかいわれませんでしたか？」

反応――杜徳鴻の頬が紅潮した。

「帰ってくれ」

「お待ちください。わたしは――」

「帰れといっているんだ。わたしからなにか聞きたければ、正式な書類を持ってくるといい。これ以上わたしの時間を無駄な質問に使うわけにはいかん。時間は、金を稼ぐために使うものだ」

「ミスタ・トー――」

「ミスタ加藤、これ以上店に留まっていると、わたしにも考えがあるぞ！」

杜徳鴻は本気だった。我を忘れんばかりに怒り狂っていた。

杜芝霖――チンピラ以下の孫が、杜徳鴻の弱点なのだ。そこを呉達龍は突いたに違いない。

「わかりました」

ハリィはあとずさった。粘りすぎると藪蛇になるおそれがある。

「また後日にでも、お話をうかがいに来ると思います。今度は、呉達龍のことだけでなく、杜芝霖についても」

いわずもがなの言葉――いわずにいられなかった。杜徳鴻が目を剝いた。

「帰れ！」

凄まじい剣幕だった。ハリィは踵を返した。店を出て、振り返った。杜徳鴻が入口まで迫ってきていた。

「申し訳ありません。怒らせるつもりはなかったんですが」

「ハロルド加藤といったな？」

杜徳鴻の頬は紅潮したままだった。

「そうですが？」

「加藤明と関係があるのか？」

ハリィは耳を疑った。ガータン・ミン――杜徳鴻はハリィの父の名を明確な広東語で発音した。

「父をご存じですか？」

「どこかで見た顔だと思ったわ」

杜徳鴻はハリィの足元に唾を吐いた。広東語でなにかを叫んだ。

「どういう意味ですか？」

思わず聞き返した。

「いったとおりの意味だ。おまえがあれの子供だとわかったからには、もう、遠慮はせんぞ。次にわたしに会いに来る時は書類を持ってこい。いいな。そうでなかったら、おまえがこの店に入ることを、許さん」

杜徳鴻は背を向けた。取りつく島がなかった。

ハリィは首を振り、〈新記飯店〉を出た。頭の中で疑問が渦巻いていた。杜徳鴻は父を知っている。なぜだ？それに、杜徳鴻の吐きだした広東語。なんという意味だったか——思いだした。豚の息子。杜徳鴻は確かにそういった。豚の倅はやはり豚だ、と。

振り返った。店の入口にシャッターがおりるところだった。急いで戻った。遅かった。シャッターは完全に閉じてしまった。

ハリィはシャッターを揺さぶった。

「ミスタ・トー。豚の息子とはどういう意味だ!? おれの親父がなんだって豚呼ばわりされなきゃいけないんだ!?」

返事はなかった。ハリィは同じ言葉を北京語で繰り返した。返事がないのはわかっていた。それでも問わずにいられなかった。

「どうして父さんが豚なんだ!?」

答えはない。シャッターが無機質な金属音をたてるだけだった。

12

マックは時間通りにやってきた。車はベンツだった。

「サム哥《コー》、いい服を持ってるな」

富永《とみなが》を一瞥してマックはいった。富永はベンツのバックミラーに映る自分の姿に目をやった。頭のてっぺんからつま先まで、イタリアン・ブランドで固めたスタイル。李耀明《レイイウミン》からもらった金は、すべて博奕か服に注ぎこんでいる。

「大老《ダーイロウ》はみすぼらしい恰好を厭がるからな」

「確かに。おれも出世するたびに大老には叱られたぜ。それなりの地位についたら、それなりの恰好をしろ、いつまでもチンピラじゃないんだぞってな」

ベンツはだだっ広い通りを走っていた。雨にけぶった街並みは、香港のどぎついネオンに慣れた目にはゴーストタウンのように映る。

「ここはなんていう通りだ？」

口を開いた瞬間、マックの携帯が鳴りはじめた。マックは富永に掌を向け、携帯に出た。

「ああ、おれだ……それで、どういうことになってる？

……じゃあ、あの福建野郎がくたばったってのは本当なんだな？……ああ、わかってる。それで、白粉《パーファン》は？」

富永は顔をゆっくりマックに向けた。覗き見野郎が舌なめずりするような会話だった。

「ねえだと？　そんな馬鹿な話があるかよ。やつは、白粉をたんまり隠し持ってたはずだ。それじゃなきゃ、女どもにあれだけばら撒いてやれるはずがねえ……捜せ。どこかにあるはずだ。もし、だれかが持ってたら、かまわねえからぶっ殺して取ってこい」

マックは電話を切った。

「物騒な話だな」

「ああ、今日、福建から来たチンピラが殺されてな」

「あんたらが殺ったのか？」

「いいや。それがわからねえから困ってる」

マックは苦りきったような声を出した。

理由を訊ねろ。ヴァンクーヴァーでなにが起こっているのかを探り出せ――覗き見野郎の声。覗き見野郎は飽くことを知らない。

「どういうことだ？」

「最近な、どこかの馬鹿野郎がおれたち黒社会《ハクセイウイ》の白粉をあちこちで横取りしてやがるんだ。おかげで、値段も跳ねあがってな」

「横取りされた白粉はどこに流れてるんだ？」

マックの横顔に笑みが浮かんだ。

「あんた、切れるな。大老がわざわざ日本人を寄越すわけだ」

「あんたらはなにも掴んじゃいないのか？」

「いや、おそらく、物《ブツ》は東海岸に運ばれてるはずだ。ただ、証拠がなくってな。同じ中国人でも、西と東じゃ仲がいいってわけにもいかない」

「横取りしてるのは新興の組織か？」

マックは首を振った。

「そんなものができりゃ、おれたちの耳に入るはずだ。今日殺されたのは福建野郎だっていっただろう？」

富永はうなずいた。

「東海岸はともかく、こっち側じゃ、福建野郎は肩身が狭いんだ。殺された野郎はシアトルから来たってことになってる。それも、涎がでるぐらいの量の白粉を持ってな。おれはあいつを締めあげてやるつもりだった」

「だれかに先を越されたってわけだな」

「そうだ。この街にいる黒社会の連中はおれたちだけじゃねえからな。そんなこともあって、大老のお嬢さんの件も放り出したまんまになってるってわけよ。あんたには迷惑をかけることになる」

「遠慮はいらない。身内じゃないか」

「日本人の身内ってのも、妙なもんだぜ」

マックの唇が歪んだ。

「晩飯にはだれが来るんだ？」

「リッチモンドで商売をしてるガキどもだ。柄は悪いが、勘弁してくれ。若い連中のことは若い連中に聞くのが一番だからな」

マックが煙草をくわえた。富永はライターを差しだした。

「デュポンのライターか……あんた、徹底してるな」

「他に金の使い道を知らないだけさ」

「ああ、それからな、妙な話がある」

煙が車内に立ちこめた。

「どんな話だ」

「今日、リッチモンドの大老の家におまわりが来た」

「おまわり？」

覗き見野郎が敏感に反応する。

「大老の家には婆あをひとり雇ってあるんだが、前に起きたガキどもの乱闘事件のことで小姐《シウチエ》に聞きたいことがあるといって訪ねてきたそうだ」

「乱闘事件というのは？」

「ラリったガキどもの喧嘩さ。何人かが怪我をして、薬やチャカを持っていた悪ガキが何人か逮捕された。それだけだ」

煙が車内に立ちこめる。富永は窓をあけた。冷たい風が流れ込んできた。

「それで、大老の家に来たってのはどんなおまわりなんだ？」

「日本人だそうだ」

マックの唇が歪む。

「日本人？」

「婆さんがそういってた。そいつは酷い発音の北京語と広東語を話したそうだ。肌は黄色いが中国人じゃねえ。ヴァンクーヴァーでいえば、残るのは日本人と韓国人だ。婆さんは、日本人だといいきってるがね」

富永はコートのポケットから煙草を取りだした。赤いマールボロのパッケージ。どういうわけか、香港人はこの煙草を好む。何度かもらい煙草をしているうちに自分もマールボロを吸うようになっていた。

目の前にオレンジ色の炎が差し出された。ジッポだった。マックは富永の煙草に火をつけながら小さく首を振った。

「あんたのデュポンにはかなわねえけどな」

「デュポンなんていつだって買えるさ」

金属質の音をたてて炎が消えた。富永は煙を深く吸いこんだ。笑みを浮かべた。

「なにがおかしいんだ？」

富永はマックに顔を向けた。笑みが広がった。

「香港に来てから、日本人と口をきくのはやくざばかりだった。その日本人のおまわりと会うのが楽しみなのさ」

「日本人といっても、カナダ人だぜ、そいつは」

「かまうもんか」

煙を吐きだす。煙は風に流されて、窓の外に消えていった。

＊　＊　＊

「ようこそ、チャイナタウンへ」

車がとまった。マックが芝居がかった仕種で車の外を示した。それほど広くはない一角に無数の原色のネオンが輝いていた。通りを行き交う人の群れ——なにかに追われてでもいるかのようにせわしない。屋台に積みあげられた中国野菜。レストランのウィンドウの向こうに吊るされた焼豚。ドアを開ければやかましい広東語が聞こえてくるに違いなかった。

「驚いたって顔だな」

「ああ。話には聞いていた。だが、見たのは初めてだ。マック、なんだって中国人は外国にも中国を作りたがるんだ？」

「おれたちの食い物とおれたちの文化が世界一だからさ——降りようぜ」

助手席に座っていた古惑仔《グーワーヂャイ》がいつの間にか車を降りていた。リアシートのドアを開け、殊勝な顔をしていた。富永は柔らかく微笑みながら車を降りた。

「唔該《ムゴイ》」

広東語で礼をいった。古惑仔の向こうに広がる街並みに視線をやった。眩しそうに目を細めた。目、耳、鼻——五感を刺激するものはほとんど香港と変わらない。違うのは冷たい雨だけだ。

「ここにくれば、大抵の物は手に入る。香港の食い物、女、金、噂話。香港にあるものはなんでもある」

マックが隣に佇《たたず》んだ。自慢げな声だった。

「ここにあって香港にないものはなんだ？」

「白粉さ……行こうぜ。ここで突っ立ってても濡れるだけだしな。店はすぐそこだ」

マックに背中を押されて、富永は歩きだした。フェラガモの靴が濡れた路面を踏みしめる。狭い道を突っ切って反対側に渡った。いくつものレストランが並ぶ中、ひときわ派手なネオンが目を射貫いた——梁記麻辣火鍋《リョンゲイマーラーフォウオッ》。ネオンは真っ赤。エントランスは火を噴く龍をかたどっていた。マックは脇目も振らずにその店の中に入っていく。富永はあとを追った。龍のエントランスを潜りぬけると、火鍋特有の匂いが鼻をついた。

マックは案内を待たずに店の奥に進んでいく。富永は店の中を見渡した。客の入りは五分――みんな堅気だった。家族連れに給仕をしていた若い男がマックの背中を視線で追った。目には軽蔑の色が浮かんでいた。

「どこに行ってもやくざは嫌われる」

日本語でいって、富永は店の中に足を踏み入れた。マックは店の一番奥にある扉の向こうに消えていた。ろせましと並べられたテーブルを縫う。店の真ん中ほどに進んだあたりで、富永の足が凍りついた。視線は左手のテーブルに注がれた。親子連れ——おそらく、祖母と母と息子。顔に皺を刻んだ祖母が孫の椀に鍋の中身をよそっていた。母親は退屈そうな眼差しでそれを見ていた。富永は女の顔を見つめていた。女が気づいた。

「なにか用？」

突き放すような声——人生に倦んだ女の声。

富永は手袋の上から欠落した小指の部分を撫でた。

「香港でお会いしたことはありませんでしたか、太《タイ》太《タイ》？」

慇懃な口調でいった。頭の中で覗き見野郎が騒ぎはじめる。覚えているぞ、この女のことは覚えている。

過去が音をたてて再現されていく。芸能人の誕生パーティ。李耀明のお供で出席した。お調子者のプロデューサーが李耀明をだれかれかまわず紹介してまわった。焦点があう——譚子華《タムジーワ》。その昔、一世を風靡した俳優。その妻として紹介された。売れない女優。顔と身体は図抜けているが、演技がからっきしだと聞かされた。三級片《サンカッピン》——ポルノに出演するか女優をやめるかとプロダクションに迫られ、譚子華と結婚する道を選んだ。名前はたしか、劉燕玲《ラウインレン》といった。

「だれかのパーティで会ったかもしれないわね。あなた、日本人でしょう？」

声の冷たさは変わらなかった。ファウンデーションでごまかしていたが、目の下に微かな隈があった。ヘロイン——言葉がネオンのように明滅する。

「そうです」

劉燕玲の母親が胡散臭そうに富永の顔を眺め回していた。富永は微笑みを浮かべたまま頭を下げた。

「お食事中に失礼します。ヴァンクーヴァーに来たばかりで懐かしい顔をお見かけしたものですから」

「酷い発音だね。言葉はちゃんと勉強しなきゃだめだよ」

「気をつけます、大姐《ダーイチェ》」

老婆は鼻を鳴らした。

「こちらにお住まいですか？」

「去年からね——」

「サム哥——」

劉燕玲の声にがさつな叫び声が重なった。奥の個室からマックが顔を出して手招きしていた。富永は唇を噛んだ。

「お友達がお呼びのようね」

「残念ながら」

手帳を取りだし、数字を走り書きした。部屋の電話と携帯電話の番号。紙を引きちぎり、劉燕玲に手渡す。

「もし、お暇なときがあれば電話をください。しばらくはこっちにいますので——必要なものがあれば、いっていただければご用意しますしね」

劉燕玲の目尻が一瞬、顫えた。富永は丁寧に会釈してその場を後にした。マックがにやけた顔をしていた。手が速いな——そう語っていた目が、次の瞬間には曇った。富永は肩ごしに振り返った。

老婆が劉燕玲の手から紙切れを奪いとり、丸めているところだった。

＊　＊　＊

先客は三人だった。男がふたり、女がひとり。円卓の奥側に座っていた。三人とも若かった。

「紹介するぜ、サム。こいつが、リッチモンドの〝中《ヂヨン》青堂《チエンドン》〟の幹部のトニィだ」

マックは革のロングコートを着た若者を指差した。短く刈り上げた髪にもみあげを伸ばしていた。立ち上がることもせず、不貞腐れたような態度で煙草をふかしていた。

「トニィ、こちらが香港から来たサム哥だ」

トニィはちらっと視線を送ってきた。それが挨拶のつもりのようだった。富永は苦笑した。

「なにがおかしいんだ、サム哥？」

トニィが口を開いた。若いわりには凄味のある声だった。

「日本人はいつだってへらへら笑ってるんだ。深い意味はない」

富永はトニィの真向かいに腰をおろした。

「彼女はシェリィ。シェリィはトニィの妹だ。それから、最後のひとりがウィリィだ」

マックが残りのふたりの名を告げた。シェリィはミニのこげ茶のワンピースを着ていた。ウィリィは革のスタディアム・ジャンパー。

「トニィはまだ二十二だが、リッチモンドの悪ガキどもを仕切ってる。あっちの悪ガキ連中のことなら、大抵のことは知ってるんだ」

マックは富永の横に腰をおろした。手を叩く。待っていたかのように店の人間が個室に入ってきた。

「火鍋でいいな？　酒はどうする？　ビールでいいか？」

「ワインがあれば、ワインをもらおう」

「あるさ。さっきいっただろう。香港にあるものはここにもあるってな」

　マックが手際よく注文していく。鍋の中身に酒。ガキどもはビール。トニィは相変わらず不貞腐れている。シェリィはトニィの機嫌をうかがっている。ウィリィはじっと富永を睨んでいる。香港であったやくざを思いださせる視線。富永は煙草に火をつけた。頭の中──劉燕玲の顔がちらついていた。ウィリィの視線がわずらわしい。恐ろしい。若い連中は恐怖を知らない。ルールを守らない。

　だが、なめられるわけにはいかない。香港からやって来た、李耀明の代理。富永がなめられるということは、李耀明がなめられるということだ。ウィリィから感じる恐怖と、李耀明から与えられるだろう恐怖──後者が勝つ。李耀明の恐ろしさは身に沁みている。

　富永は煙をウィリィに吐きかけた。

「トニィになめた真似をしたら、後悔させてやる」

　瞬きもしない目でウィリィがいった。

「おい、ウィリィ。サム哥はおれの大事な客だ。突っ張らなくてもいい」

　マックがいった。ウィリィは怯まなかった。マックは舌打ちした。

「おれの顔を潰す気か、トニィ？」

「ウィリィ、日本人を睨むのはやめろ」

　トニィの声──ウィリィは富永から目をそらした。まるで操り人形のようだった。ますますあの日本のやくざを思いださせた。

　鍋と材料が運ばれてきた。真ん中でふたつに仕切られた鍋。片方のスープは白く、片方は赤い。鍋に火が点される。野菜、海産物、肉。鍋奉行の役目は無言のうちにシェリィに任された。最後にビールとワインが運ばれてきた。注がれたのは白ワイン。富永はマックに注ぎ返した。ガキどもは勝手にビールを注いでいた。

「それじゃ、乾杯だ」

　マックがいった。

「なにに？」

　トニィがいった。

「あんまり調子にのるんじゃねえぞ、トニィ」

　低い声──マックの目が細くなる。愛想笑いが消え、野卑な表情が浮かんだ。

「そんなつもりはないよ、マック哥。日本人がおれたち香港人の問題に首を突っ込んでくるっていうんで、あんまりいい気がしないだけだ」

トニィの顔に薄笑いが浮かんだ。

「サム哥は大老のために働いてる。ってことは、おれの身内だ。日本人だろうが何人だろうが関係ねえんだぜ、トニィ」

「わかってる。気に障ったんなら謝るよ、マック哥」

「わかりゃぁいい」

マックのこめかみの血管が脈打っていた。富永は煙草を灰皿に押しつけた。

「ビールがぬるくなっちまうぜ」

ワイングラスを掲げた。四人がそれに倣った。

「乾杯の音頭はおれに取らせてくれるか、トニィ？　日本式のやり方でおまえの未来を祝ってやるよ」

「日本式？　おもしろそうじゃないか。やってくれよ、サム哥」

トニィは〝サム哥〟という言葉をゆっくり発音した。なめられている。恐怖を押し殺す。李耀明の怒りに歪んだ顔を思い起こす。

「首を洗って待ってな、くそガキ」日本語でいった。「そのうち、ぶち殺してやるからよ。乾杯！」

グラスをさらに高く掲げた。ワインを一気に飲み干した。

「いま、なんていったんだ？」

「無限の可能性が広がる才能豊かな若者の人生に幸あれ、といったんだ」

トニィは疑うような視線を向けてきた。富永は微笑みながらその視線を受け止めた。はったり――海千山千の相手には通じなくても、ガキならなんとかあしらうことができる。

「どうした？　飲めよ」

トニィは富永とグラスを見比べた。意を決したようにグラスを呷った。

「ブラヴォー」

富永は手袋を脱いだ。円卓の上に身を乗り出した。左手をトニィに差しだした。

「これで、おれとおまえは朋友だ」

トニィはいぶかしげな顔をした。やがて、富永の左手に小指がないことに気づいた。

「日本のやくざなのか、あんた？」

「おれは李耀明大老の身内だ。それ以上でもそれ以下でもない」

富永はトニィの手を握った。細くしなやかな指――ナイフの扱いがうまそうな指。やめろ――自分にいい聞かせる。トニィの手を離す。

いい子だ――覗き見野郎が囁く。落ち着いて対処しろ。このガキどもからなにもかもを聞きだせ。

「さあ、挨拶が済んだところで、とっとと飯を食って話を終わらせよう。肉はもう、煮えてるぜ」

「そうだな」

富永はマックの声にうなずいた。箸を取り、鍋に手を伸ばした。真っ赤に煮たったスープ。肉を摘み、口に放りこむ。火を噴きそうな辛さ――汗が噴き出る。恭子《きょうこ》と共に覚醒剤に溺れはじめた頃から汗をかくことが多くなった。覗き見野郎のせいだ。覗き見野郎は他人の秘密を養分にしている。だから富永を始終せっつく。喰らうべき情報がないときは、富永の体力を絞り取る。そのたびに脂汗をかく。

妄想――わかっている。だが、覚醒剤とはきっぱり手を切ったあとでも、覗き見野郎は頭の中に棲みついたままだ。

「それで、サム哥。おれになにを訊きたいんだ？」

「大老の娘に手を出した馬鹿なやつのことを」

「ミッシェルか」

トニィは吐き捨てるようにいった。シェリィが顔をしかめた。ウィリィは反応を示さなかった。鍋をつつきながら、ときどき、鋭い視線を富永に向けるだけだった。

「どんなやつだ？」

「いけ好かないやつだぜ。だれかれかまわずフランス語で話しかけてきやがる。ジュ・マペル・ミッシェル、エ・ヴゥ？」

おれはミッシェル、おまえの名前は？――トニィのフランス語は聞けたものではなかった。富永は小さくうなずいた。

「馬鹿丸だしだぜ。だけど、それ以上に馬鹿な連中はそのフランス語にころりとやられちまうんだ。男でも女でもな」

トニィがちらりとシェリィを見やった。シェリィは気がつかない振りをした。

覗き見野郎がほくそ笑む。覗き見野郎は気づいている。シェリィのワンピースから覗く手首――刃物で切った痕がある。ミッシェルに弄ばれて悲観したのか。トニィにこっぴどく折檻されたのか。いずれにせよ、トニィもシェリィもミッシェルを殺したいほど憎んでいる。

「シメてやればいいじゃねえか」

マックが口を挟んだ。

「それがな、あの野郎、なんだか知らねえけど金を持ってやがるのさ。その金で、ヴェトナムのチンピラどもを周りに侍らせてる。ヴェトナム野郎はなにをしでかすかわからねえからな。迂闊には手を出せねえ」

トニィの唇は憎々しげに歪んでいた。

「こっちに来てから半年だっていったな？　その前はどこにいたんだ？」

「モントリオールだって話だぜ」

「なんだってこっちに？」

トニィはシェリィに顔を向けた。シェリィは首を振った。

「わからねえな」

「ねぐらは？」

トニィがまたシェリィを見た。シェリィはおずおずと口を開いた。

「ウィリアムズ・ロードにアパートメントを借りてるけど、そこには滅多に帰らないの。そのアパートはヴェトナム人たちがよく寝泊まりしてるわ」

「じゃあ、ミッシェルは普段はどこで寝起きしてるんだ？」

シェリィがうかがうような視線をトニィに向けた。

「教えてやれ」

「女の部屋か、そこがだめならモーテル」

「携帯の番号は？」

シェリィは首を振った。

「いくら訊いても教えてくれないの。自分から連絡するからって」

「あいつはクソ野郎だ。クソ野郎に引っかかる女はそれ以下だ」

トニィがいった。呪詛のような声だった。シェリィが顔を伏せた。


富永はネクタイを緩めた。鍋の湯気——唐辛子の効いたスープ。身体が火照りはじめていた。劉燕玲の横顔が脳裏にちらついていた。

覗き見野郎が抗議する——女のことなんかどうでもいい、もっと話を聞きだせ。

「なんでもいいから、おれに教えてくれ。ミッシェルに会いたかったらどこへ行けばいいと思う？」

「ビリヤードバーかカジノ。ミッシェルはそういう騒がしいところが好きなのよ」

富永はマックに問いかけるような視線を向けた。マックは首を振った。

「ビリヤードはわからねえが、カジノはおれたちの息がかかってる。小姐を見たって話は聞いてねえ」

「リッチモンドは？」

「あっちにあるのはアンダーグラウンドのカジノだけだ」トニィが煙草の煙を吐きだした。「ミッシェルも李《レイ》少芳《シウフォン》も最近見かけたことはない」

「少芳小姐はどうなんだ？　完全にミッシェルにいかれてるのか？」

「ミッシェルにいわれれば、人前でも股を開くんじゃねえか。それぐらいいかれてるよ。李耀明も大変だな、あんなのが娘だっていうんだから」

トニィは笑った。富永は笑わなかった。マックも笑わなかった——テーブルの上で拳を握っていた。

「そんな恐い顔すんなよ。ただの冗談さ」

「冗談だよな」マックが口を開いた。「じゃなきゃ、おれはおまえを殺さなきゃならなくなる」

「だれがトニィを殺すって？」

ウィリィが立ち上がった。すわった目、紅潮した頰、ジーンズのポケットの中に突っ込まれた右手——十中八九、ナイフを握っている。ルールと恐怖を知らないガキ。こういうガキが一番始末に負えない。

「だれがトニィを殺すって？」

ウィリィは同じ言葉を繰り返した。マックは答えなかった。代わりに右手をスーツの中に入れた。ゆっくり銃を引き抜いた。シェリィが息をのむ。トニィは平然としていた。

「だれがだれに口をきいてるんだ、ウィリィ？」

マックはウィリィの口調を真似た。ウィリィの頰が顫えた。

「大人げないぜ、マック」

富永は囁いた。

「そういうわけにはいかねえな、サム哥。頭のいかれたガキが大老をなめてやがるんだ。お仕置きが必要だ。そうだろう？」

「頭のいかれたガキってのはだれのことだ？」

ウィリィの声が罅した。富永は首を振った。ルールと恐怖を知らないガキ。マックが相手ならぶちのめされるだけだろう。

マックの顔を盗み見る——目が血走っている。とめる手だてはない。逃げ出すこともできない。そんなことをすれば、マックは李耀明に報告する。

目の前の恐怖と香港にいる恐怖の源。考えるまでもない。マックに手を貸す以外にない。

「おまえのことだよ、ウィリィ。他にだれがいる？」

「死にたいのか、おい」

ウィリィがナイフを抜いた——スウィッチ・ブレイド。富永は円卓を蹴りあげた。鍋が飛んだ。煮たったスープが飛んだ。ウィリィの顔に赤い飛沫がぶちまけられた。

悲鳴——シェリィとウィリィ、それに覗き見野郎。トニィは声を立てずに椅子から転げ落ちた。マックがトニィに銃を向けた。

富永は立ち上がった。床を転げ回るウィリィに近寄った。睾丸が縮みあがっている。心臓がでたらめに躍っている。顫えそうになっている身体に喝を入れてナイフを拾いあげた。

「熱いか、ウィリィ？」

静かな声でいった——声は顫えてはいなかった。ウィリィは唸りつづけるだけだった。扉が開いて従業員が飛び込んできた。

「どうしました!?」

富永は振り返った。マックの銃を見て従業員が凍りついていた。

「なんでもない。ちょっと鍋がこぼれただけだ」マックが微笑む。「たいしたことはないから、気にするな」

「で、でも……」

「嫌なものを見たくなかったら、出ていった方がいいといってるんだ。行け」

マックが手を振った。従業員は逃げるように出ていった。

「トニィ」富永は口を開いた。「これはおまえとはなんの関係もない」

「なんだと?」

「おれたちはおまえとことを構えるつもりはない」

富永は指の腹でナイフの刃先を撫でた。

「だが、ウィリィは別だ。こいつは大老を馬鹿にした」

「なんの話をしてるんだよ!?」

「こういうことさ」

富永は指先でナイフの柄をつまんだ。刃を下に向けた。両手で顔を掻きむしるウィリィ——右手を踏みつける。ウィリィがもがく。足に体重をかける。なにかが折れる音がした。

「なにしやがる!」

トニィの絶叫。

「動くんじゃねえ、トニィ!」

マックのどすのきいた声。

シェリィとウィリィの悲鳴。

富永は目を閉じた。ナイフを放した。ウィリィの悲鳴が甲高いものに変わった。富永は目を開けた。ナイフがウィリィの掌に突き刺さっていた。ナイフごとウィリィの手を踏みにじった。ウィリィの悲鳴がかすれて消えた。

「気絶しやがった。これからだっていうのに——トニィ、代わりの用心棒を捜した方がいい。ウィリィじゃ話にならない」

富永は歌うような口調でいった。心臓は相変わらずでたらめなリズムを刻んでいた。

＊　＊　＊

ミッシェル——柔らかそうな長髪を頭の後ろで束ねている。口許が皮肉に歪んでいる。醒めた目がレンズに向けられている。車窓から差しこむ街の明かりが写真に微妙な陰影をつけていた。
「よっぽどその写真が気に入ったのか?」

マックの声に、富永は視線をあげた。指先で摘んだ写真──シェリィから譲り受けた。握り潰された痕がはっきりと残っている。ミッシェルに捨てられ、怒り狂ったシェリィの姿が脳裏に浮かぶ。写真に向かって罵り、涙を流し、それでも、一縷《いちる》の望みを捨てられない愚かな娘。

「大老の娘を誑かすガキってのはどんなもんかと思ってな」

富永は写真をスーツのポケットに落としこんだ。

「小姐は携帯電話は持ってないのか？」

「持ってるさ。ただ、かけても無駄だ。電源を切ってるんでな」

「行き止まり、か」

「明日から、どうする？」

「ガキどもが集まりそうなところを片っ端から当たってみる。とりあえず、リッチモンドだな。ヴェトナムの連中の溜まり場を教えておいてくれ」

「使えるやつをつけてやるよ。ヴェトナム系は荒っぽいからな……といっても、さっきのあれを見せつけられたあとじゃ、いうだけ無駄か」マックは何度も首を振った。

「正直いってな、日本人になにができると思ってた。まいったよ。あんた、筋金入りだ。大老が気に入るわけがわかった」

無謀なはったりと幸運──今でも睾丸は縮みあがったままだ。だが、マックの尊敬を勝ちえたことには意味がある。

「あんたもたいしたもんさ、マック。おれがなにをするか知りもしなかったのに、きっちりトニィを抑えつけてくれた」

「慣れたもんさ。こっちのガキどもは痛い目を見ないとなにもわからないからな。だが、気をつけろよ。トニィはだいじょうぶだと思うが、あのウィリィってガキは、あんたのこと、狙うかもしれないぜ」

恐怖が胸を締めつける。

「銃は用意できるか？」

「もちろんだ。明日、届けさせる」

富永は視線を窓の外に向けた。雨にけぶる街並みをベンツは走っていた。雨はやむ気配がなかった。

「この車はどこに向かってるんだ？」

「あんたのねぐらさ。女が待ってる。飛び切りの女だ」

「そうか……」

劉燕玲の横顔──ヘロインでやつれた顔。恭子を思いだす。弾力を失った肌と乳房。恭子は覚醒剤を打つためだけに日々を生きていた。

「悪いが、女は帰してくれないか」

「どうした？　問題があるのか？」

「血を見た日は、女を抱く気にはなれないのさ」

富永は唇を歪めた。

「普通は逆だぜ、サム」

「あの火鍋屋にいた女、知ってるか？」

「あれはやめとけよ」マックの声から陽気さが消えた。

「譚子華の女房だ。バックに新義安《サンイーオン》がついてる」

新義安――香港黒社会の有力組織。芸能界と深い関わりを持っている。

「そいつは恐いな」

「ああ、あんな顔してるが、恐い女なのさ」

だが、だれかがその恐い女にヘロインを売っている――確信があった。

「どうする？　本当に女を帰すか？」

「ああ。カジノに行き先を変えてくれ」

「この街にはショボいカジノしかないぜ」

富永は肩をすくめた。嬉しそうに笑った。

「だれかを痛めつけた日は、運がいいんだ。せいぜい稼がせてもらうさ」

「悪いが、おれは付き合えない」

「わかってる。福建野郎の後始末があるんだろう」

「そういうことだ。だれが野郎をぶち殺したのか突き止めねえことには、尻の辺りが薄ら寒くていけねえ」

ヘロイン――ヴァンクーヴァー。逃げ出したい。逃げ出すわけにはいかない。


富永は目を閉じた。ウィリィの悲鳴が耳にこびりついている。身震いしたくなるほどおぞましい悲鳴だった。

13

くだらない仕事――殺人課と麻薬課の刑事に状況を話す。何度も繰り返す。それを書類にしたためる。苛立ちが募る。

ヘロイン欲しさに身体を売る劉燕玲《ラウインレン》。ジェシカに預けたヘロイン。両方を手に入れるためには慎重に行動しなければならない。

阿一《アヤッ》――所持していたシンガポールのパスポートは偽造されたものだった。正確な身元はいまだに不明。死因は失血死。身体のあちこちに煙草を押しつけられた痕があった。

床にぶちまけられていた白い粉――ヘロイン。純度は高い。鑑識の連中が部屋の中を隈なく捜し回った。ヘロインも指紋も出てこなかった。

タレコミ屋の声が蘇る。ヴァンクーヴァーは白粉《パーファン》に飢えている。あの時は笑い飛ばした。今では笑う気にはなれない。瀕死の白粉市場――阿一のヘロインもだれかが目の色を変えて追いかけているはずだ。

ジェシカからヘロインを取りあげて、売りさばく――そのヘロインを使って劉燕玲に近づく。思うだけで背筋に顫えが走った。

最後の文字をタイプする。末尾に署名――ロナルド・ン巡査部長。いつもの違和感がつきまとう。ロナルド・ン？――いったい、だれのことだ？

呉達龍《ンダッロン》は椅子から腰をあげた。タイプした書類を束ね、ドレイナンのオフィスに向かった。

「警部、報告書を書きあげました」

ガラス張りのドアをノックする。ドレイナンは書類を読んでいた。ゆっくり視線があがる。呉達龍を認めると、その目に侮蔑の光が走った。

「時間がかかりすぎだ」

ドレイナンはいった。

「申し訳ありません」

屈辱をこらえる。抗《あらが》って時間を無駄にするわけにはいかなかった。ジェシカの手元にあるヘロイン。あの売女がおとなしく自分を待っているとは思えない。

呉達龍は報告書をドレイナンに渡した。ドレイナンが目を通しはじめる。いたたまれない気分に襲われる――いつもそうだった。くそったれの白人相手に卑屈になる必要はない。何度自分にいい聞かせてもこの気分は消えない。ヴァンクーヴァーに来るまでは感じたこともなかった。蘭桂坊《ランカイフォン》あたりでたむろする白人連中――馬鹿にしていた。だが、この国に来るとすべてが変わる。自分の運命を握っているのは、目の前のクソ野郎なのだというこことが身に沁みてくる。

ドレイナンが目をあげた。

「犯人は中国人だな。まったく、どうかしている。おれたちの国に、おまえらのような連中が大挙して押し寄せて、殺し合いをはじめてるんだ」

呉達龍は口を開かなかった。

「おまえたちはどうして人の国にやって来る？　いや、やって来るのはかまわん。だが、どうしてやって来た国のルールを守らんのだ？　おまえらときたら、世界中どこへ行っても、そこが中国だと思いこんでいるんじゃないのか？」

名状しがたい感情が襲ってきた。人の国――どこがだれの国だというのか。もとはといえば、北米大陸はインディアンの土地だ。それを奪い、好き勝手に作り替えたのはどこのだれなのか。

呉達龍は口を開かない。感情のない目でドレイナンを見つめていた。

「この件は殺人課と麻薬課、それにうちとの合同捜査になる。明日の十時にミーティングだ。必ず出席しろ。二度と、今日のようなことは許さん」

「わかりました」

呉達龍は回れ右をした。足早に部屋を出る――イエロウモンキィ。聞こえよがしの声が聞こえた。拳を握りしめた。自分のデスクに戻り、乱暴に腰をおろした。

ビー・クール。英語でつぶやいた。熱くなっている場合じゃない。おまえにはまだ仕事がある。おまえには子供たちへの義務がある。

机の上を整理し、拳銃を取りだした。動作をチェックし、弾倉を叩きこむ。ドレイナンを撃つシーンを思い浮かべる。気分がましになった。

＊　＊　＊

雨にみぞれが混じっていた。午前零時。パウエル・ストリートには人気がない。百メートルほど先の路上のパトカーの屋根の上で赤色灯が明滅している。

呉達龍は車の中に潜んでいた。路肩にとめた車。エンジンをかけたまま停車していると怪しまれる。車内は冷えきっていた。手袋をはめ、コートの襟を立てる。それでも、冷気は忍び寄ってくる。

アパートメントを見張りはじめて二時間が経つ。床には、チャイナタウンで仕入れてきたテイクアウトの空箱が落ちている。二時間の間に電話を二本かけた。一本は鄭《ヂェンフィ》　奎に――杜徳鴻《トーダッホン》がイエスといった。鄭奎は満足して選挙に当選した時は特別ボーナスを用意しようといった。呉達龍は相手に聞こえないように唾を吐いた。もう一本はタレコミ屋の趙偉《ヂウワイ》に――阿一とつきあいのあった連中の名前を片っ端からかき集めろ。白粉の匂いがする情報をかき集めろ。趙偉は返事を渋った。飴と鞭――うまくいったら金を弾んでやる、断ったら、おまえはフレイザー河に浮かぶ。趙偉もイエスといった。

アパートメントから制服警官が出てきた。その後に続いて私服がふたり。顔に覚えがあった。殺人課の連中だった。阿一の部屋の封鎖を終えて、署に戻るのだろう。だれの顔にも苦役から解放されたという雰囲気が漂っている。

「早く行け」

呉達龍は広東語でいった。歯が鳴っていた。寒気にこめかみが痛んでいた。

警官たちがパトカーに乗り込んだ。排気ガスがふきあがった。みぞれのせいで車輪が滑る。二台のパトカーが尻を左右に振りながら去っていく。

呉達龍は腕時計を覗いた。吐く息が白い。そのまま、五分待った。辺りに変化はなかった。みぞれ混じりの雨がアスファルトを叩く音がするだけだった。身を起こし、エンジンをかけた。身体の節々が痛んだ。無線のスウィッチを入れた。ヒーターをオンにした。スピーカーから声が流れてくる。耳を傾けながら、身体を入念に揉みほぐした。

不審な情報はない。アパートメントに警官が残っているという情報もない。当然だ。ここはアメリカではない。

ジェシカは部屋にいる。仕事に出たいといっても警官が許さなかったはずだ。繰り返される事情聴取。部屋の中に隠した白粉。ヘロイン中毒のジェシカ。気も狂わんばかりになって、今ごろはヘロインを打っている。

呉達龍は車を移動させた。人目につかない場所。闇にまぎれることができる場所。パウエル・ストリートではそんな場所は簡単に見つかる。打ち捨てられた商店の脇の路地に車を入れた。エンジンを切り、手袋を外した。銃を点検する——異状なし。自分の心の中の声に耳を傾ける——白粉を手に入れろ。もう一度手袋をはめた。車を降りた。パウエル・ストリートに出た。左右を見渡した。人影はない。雨を跳ね上げる車の姿もない。

ゆっくり、アパートメントに近づいた。もう一度、左右を確認し、アパートメントの中に入った。

階段を使って二階へ。Bフラット。ドアをノックする。

「だれ?」

ひそめられた声。

「あんたのビジネス・パートナーだ」

呉達龍はいった。チェーンが外れる音がしてドアが開いた。弛緩した顔。どこか焦点のあわない瞳。ジェシカはご機嫌だった。

「遅かったじゃない」

ジェシカは身体を横に開いて呉達龍を招き入れた。呉達龍の背中で扉が閉じる音がした。部屋の中はむっとするほど暖かかった。ジェシカはキャミソールの上にカーディガンを羽織っていた。むくんだ肌が憐れさを醸しだしていた。

「今日は仕事は休みか?」

「あんたのお仲間が入れ代わり立ち代わりやってきて、それどころじゃないわ。損害賠償してもらいたいぐらいよ」

呉達龍はジェシカの腕を掴んだ。カーディガンを払い落とした。右腕の静脈に注射の痕があった。

「なにすんのさ!」

ジェシカは呉達龍の手を振りほどいた。落ちたカーディガンを拾いあげ、羽織った。

「今夜の稼ぎなんて、あのヘロインを売っぱらえば、あっという間に回収できる」

「そのことなんだけど——」

呉達龍が〝ヘロイン〟といった途端、ジェシカの顔から険が消えた。売女特有の媚が滲みはじめた。

「お酒でも飲みながら話さない？　あんたの手、冷たいわ。凍えてるんじゃないの？」

「飲ませてくれるっていうなら、もらおうじゃないか」

呉達龍は足を踏みだした。ジェシカの部屋の作りは、阿一のそれと同じだった。廊下の先が狭っ苦しいダイニング、その奥にベッドルーム。ダイニングは阿一の部屋よりはましという程度に片づいていた。古いが味わいのあるダイニングテーブルが中央に据えられていた。阿一の部屋と違うのはダイニングとキッチンがカウンターによって仕切られているところだった。

「なにを飲む？　たいがいの物は揃ってるわよ」

その言葉で、ジェシカがこの部屋を仕事に使っていることがわかった。ホテル代も払えない貧乏人専用の娼婦。香港にも腐るほどいた。彼女たちは大陸から成功を夢見てやってくる。香港ドリーム。そんなものは存在しない。この世を統《す》べる真理は、金持ちはさらに儲け、貧乏人はとどまることなく貧しくなっていくという事実だ。

「ブランディをくれ」

呉達龍はいいながら、腰をおろした。

「ブランディね。中国人って、どうしてブランディが好きなのかしら」

ジェシカが背を向けた。カウンターの向こうに歩いていく。呉達龍は腰のホルスターから素早く拳銃を抜いた。銃身を下に向けて腿の間に挟んだ。その間もジェシカの背中から目を離さなかった。ブランディになにを入れられるか、わかったものではなかった。

「ねえ、あのヘロインなんだけど」

ジェシカが振り返った。カウンターに肘をつき、グラスを揺らした。怪しい動きはなかった。最初からグラスかボトルになにかを仕込んでおけば、確かめる術はない。だが、ジェシカの緩慢な動きを見ると、それも杞憂だという気がした。

「ヘロインの話の前に、悪いが、それを飲んでみてくれ」

呉達龍はいった。平板な声だった。

「どういう意味？」

「あのヘロインを売って手に入る金は、身内だって殺しかねない額だってことだ」

ジェシカの顔に険がよみがえった。映画の特撮を見ているような変わりぶりだった。

「わたしがあんたを殺すと思ってるの？」

「そうは思ってない。あんたはおまわりを殺すことのリスクを心得てるはずだからな。ただ、用心のために、それを飲んでほしいのさ」

「まあ、確かに――」ジェシカはグラスを掲げた。「あんな量のヘロイン、見たことないわ。売れば凄いお金になるわよ」

グラスが傾いた。琥珀色の液体がジェシカの口に流れ込んでいった。呉達龍はじっと見守った。

「これで満足？」

ジェシカの目には陶酔の色があった。ヘロインがもたらした偽りの魔力。呉達龍を丸め込めるつもりでいる。

「合格だ。ビジネスの話をしよう。ヘロインはどこだ？」

呉達龍は煙草をくわえた。腿の間に挟んだ銃の感触を確かめた。

「その前に、分配の方法を決めましょうよ」

ジェシカは唇を舐めた。誘うような目で呉達龍を見た。化粧で隠そうとした皺――ごまかしきれていない。呉達龍は劉燕玲を思った。あの滑らかな肌もいつかジェシカのようになる。その前に、なんとしてでもいただいてしまいたい。

「それもそうだな。あんたはどうしたい？」

「わたしが六割であんたが四割」

「馬鹿をいうな」

「変な話ってわけじゃないわ。考えてみなさいよ、あんた。もし、わたしが警察に駆け込んだらどうなる？　中華系の刑事が殺された人の部屋からなにかを持ち出して、わたしに預けたって」

「そんなことをすれば、あんたもただじゃすまない。他の刑事が来たときにどうしていわなかったんだってことになる」

「あんたが恐かったのよ」

ジェシカは勝ち誇ったような笑みを浮かべた。わかっている。それでも、鳩尾の辺りが熱くなるのを抑えられなかった。鄭奎の傲慢な命令、ＣＬＥＵの捜査官、杜徳鴻とのやり取り、叶えられなかった劉燕玲への想い、そして、ジェシカ――すべて絡み合って沸騰している。

「そういうわ。たとえ、信じてもらえなかったとしても、わたしは微罪。だけど、あんたはそうはいかない。違う？」

刑務所行きは間違いなかった。広州《ゴンヂャウ》にいる子供たちを呼ぶというプランもおしまいだった。

「そんな恐い目で見ないでよ」

勝ち誇った笑みと憐れむような視線。噴きでそうなどろどろとした感情。ジェシカの顔に鉛の弾丸を叩きこむことを想像した。

「わたしは別に、全部よこせっていってるわけじゃないのよ。あの粉を売ることを考えなきゃならないし、女ひとりじゃ危険だもの。悪徳警官と手を組めるなら、これ以上のチャンスはないでしょう？　それに――」

　ジェシカはもう一度唇を舐めた。羽織っていたカーディガンを払い落とした。捻った腰に手を当てた。

「わたしのいい分を聞いてくれたら、好きなときにやらせてあげるわ。どう？　いい話じゃない？　白人女を好きにできるのよ」

　喉が顫えるのを感じた。笑いが込みあげてきた。

「なにがおかしいのよ？」

　笑い声は部屋中に響いた。

「なにがおかしいのかって聞いてるのよ！」

「おまえみたいなくたびれた売女を、だれが好き好んでやりたがるっていうんだ？　冗談も休み休みいえよ」

　ジェシカの目尻が吊りあがった。唇がわなないた。

「イエロウモンキィ！　わたしを馬鹿にするのは許さないよ」

「おれが猿なら、おまえは豚だろう。薬のやりすぎで、食うこともできないクズの豚だ」

　ジェシカが動いた。腰に当てていた手を、カウンターの下に伸ばそうとした。呉達龍は腿の間に挟んでいた銃を手にした。ジェシカに向けた。

「動くな！」

　低いがよく通る声で命じた。ジェシカの動きがとまる。凍りついた表情が銃に気づいて歪みはじめた。

「そのまま動くなよ、白豚め」

　呉達龍は立ち上がった。銃をジェシカに向けたままキッチンに向かう。カウンターを回り込む――カウンターの下は抽斗と棚になっていた。銃身でジェシカを押しのけた。半分開いた抽斗の中を覗いた。銀色に輝く銃があった。小振りのリヴォルヴァー。左手で拾い上げ、ジェシカに向き直る。

「知ってるか？　猿と豚じゃ、猿の方が知能が高いんだぜ」

「許して……」

　ジェシカの声は顫えていた。目に宿っていたヘロインの魔力が消え失せていた。呉達龍は銃口をジェシカの額に押し当てた。

「許すかどうかはおまえ次第だ。ヘロインはどこだ？」

「べ、ベッドルームよ」

「案内してもらおうか。変な真似をしようと思うなよ。イエロウモンキィはすぐに引き金を引きたがる生き物だぜ」

「撃たないで。お願いよ……」

「歩け」

　呉達龍はリヴォルヴァーをコートのポケットに入れた。あいた手でジェシカの肩を押した。ジェシカが操り人形のように歩きはじめた。

＊　＊　＊

ベッドルーム――精液の匂いがこびりついているような気がした。

ジェシカが明かりをつけた。すべてが古びていた。ベッドだけが分不相応に立派だった。

「どこにあるんだ？」

目を細めて部屋の中を見渡しながら呉達龍は訊いた。

「お願い……」ジェシカが振り向いた。「もう、馬鹿なことはしないわ。だから――」

「ヘロインはどこだ？」

「わたしを殺すつもりなのね？」

「そこまではしない」呉達龍はジェシカの目を覗きこんだ。「おまえが、おれを警察に売ったりはしないと納得できたらな」

「そんなことしないわ。信じて」

「だったら、ヘロインの隠し場所を教えろ」

「冷蔵庫の中よ」

ジェシカの目から涙がこぼれはじめていた。ジェシカの目を彩ったマスカラが涙に溶けて滲んでいた。

「ヘロインはベッドルームにあるといわなかったか？」

「ごめんなさい。もう、嘘はつかないわ」

ジェシカの息が顔にかかった。香港で嗅いだことのある匂いがした。黒社会《ハクセイウィ》の掟に逆らった連中が吐く息と同じ匂い。もうすぐ死ぬことを宣告された連中の息と同じ匂い。呉達龍は知っていた。こういう匂いの息を吐く連中は嘘をつかない。そうした連中は、金よりも自分の命の方が大切だということを悟っている。

「ベッドにあがれ」

呉達龍は銃身を振った。涙に濡れたジェシカの目が怪訝そうに曇った。

「ベッドにあがれ。好きにしていいんだろう？」

「わ、わたしを抱くの？」

「そうすれば、おまえも安心だろう。このままおれがヘロインを持って出ていけば、おまえは不安になる。おれが分け前をくれるだろうかってな。抱いてやるよ。それで、おれを喜ばせてみろ。満足したら、おれは白豚を飼ってやってもいいと思うかもしれないぜ」

ジェシカは唇を噛んだ。屈辱と打算が瞳の奥で火花を散らしていた。

呉達龍は右手の銃をホルスターにしまった。まき餌――ジェシカはすぐに引っかかった。

「いいわ」

顫える声がジェシカの口を割って出た。ジェシカはベッドに腰をおろした。キャミソールを脱ぎはじめた。

「この商売、二十年もやってるのよ。男を喜ばせる方法はいくらでも知ってるわ」

荒れた肌があらわになった。たるんだ皮膚が揺れた。萎びはじめた乳房。栗色の陰毛。ヴァンクーヴァーに行ったら、白人女を買うんだろう――ふいに言葉が蘇る。香港皇家警察の同僚の言葉。そのつもりだった。すぐに実行した。そして、売女の目の奥に潜む蔑みに我を忘れた。沸騰しそうだった感情――いまは煮えたぎっている。

ベッドが軋んだ。ジェシカが身体を横たえた。

「来ていいわよ。楽しませてあげる」

呉達龍はジェシカのうえに屈み込んだ。左手をコートのポケットに突っ込んだ。リヴォルヴァーが手に触れた。グリップを握った。

「ねえ、コートと手袋ぐらい、脱ぎなさいよ」

媚を含んだ声。呉達龍は右手を萎びた乳房に伸ばした。左手をポケットから抜く。乳首を摘む。固くなった乳首――おぞましい。吐き気を覚える。ジェシカに体重をかける。

「あ、あんた――」

身体の下で、ジェシカがもがく。呉達龍はジェシカの口を手で塞ぐ。

「白豚め、身のほどを思い知らせてやる」

広東語で囁く。口を押さえたまま、左手の銃でジェシカを殴る。皮膚が裂け、血が飛び散る。阿一を殺った連中の手口だと思わせろ――だれかが囁く。何度も殴った。力を込めすぎないように意識を集中させなければならなかった。ヒーターの熱気、重いコート、煮えたぎる感情。汗が流れ落ちてくる。

ジェシカが動かなくなる。呉達龍はゆっくりジェシカのたるんだ肌から身体を離す。銃口に抉られた顔。静かに隆起する胸。白豚の末路――笑みが込み上げてくる。

銃を右手に持ち替える――ジェシカの股間に押し当てる。銃口を強引に襞の中にめり込ませる。

手を伸ばして枕を取る。ジェシカの股間を枕で押し包む。引き金を引く。くぐもった銃声がする。ジェシカの身体が大きく跳ねる。

もう一度、引き金を引く。銃声。腕に衝撃が伝わる。心臓がひときわ強く脈打つ。枕から腕を抜く。血まみれの銃身が鈍い光を放つ。手袋とコートにも血は飛び散っていた。

呉達龍は銃を放り投げた。キッチンへ向かう。冷蔵庫――フリーザーの中。ビッグサイズのアイスクリームのパッケージ。中にはビニールに包まれた白い粉。

また、笑いが込み上げてきた。今度は抑えることができなかった。呉達龍は腕の中にヘロインを抱えて、涙を流しながら笑いつづけた。

14

「相変わらず、お坊ちゃんの住む部屋は違うな」

パットはへべれけだった。アルコール。あるいはマリファナ。あるいは両方。目がうるみ、口もとが垂れさがっていた。

「どこで飲んでたんだ？」パットは窓際によろめいていった。いつもの儀式――窓の外に広がるヴァンクーヴァーの夜景を見おろす。「わかってるだろう、ハリィ。リッチモンドのビリヤードバーで黒社会《ハクセイウィ》の連中とおだをあげてたのさ」言葉のあとに、口笛。「いつみても恐ろしい景色だぜ、ここは。いつか、おれも住んでみたいもんだ」

「住めるさ」

「馬鹿いえ」パットが振り向いた。「こんなアパートメントに住めるおまわりはな、数億ドルの資産を持つくそったれを親父に持ったおまわりだけだ」

「親父が金持ちなのはおれのせいじゃないよ、パット」

ハリィは弱々しい声で応じた。ベッドルームが二つあるイングリッシュ・ベイのアパートメント――確かに、普通の警官の給料で借りられる部屋ではない。

「そんなことはわかってる。親父がくそったれの金持ちで、おまえ自身は上昇志向の鬼ってわけだ。たいした連中だぜ、日本人ってのはよ」

「パット――なにがあったんだ？　今日はやけに荒れてるじゃないか？」

パットが口を開き、閉じた。唇の端がかすかに痙攣した。目からうるみが消えた――くたびれたような表情が浮かんでくる。

「悪かったな、ハリィ。こんな仕事をしてると、いろいろあるのさ」

「おれでよかったら、悩みを聞くよ」

パットはよろめくような足取りでリヴィングを横切った。崩れ落ちるようにソファに腰をおろした。

「近いうちに、トロントに行ってくる」

うなだれながらパットがいった。

「トロント？」

「ヘロインを運ぶのさ――酒をくれよ、ハリィ。もう、絡んだりはしないから」

「ブランディでいいか？」

うなだれたままでパットがうなずいた。口だけが動きつづけていた。

「おまえも知ってるだろう。去年の秋あたりから、この街のヘロイン市場はきな臭いことになってる」

ハリィはパットの声に耳を傾けながら部屋の隅に足を向けた。黒光りするカウンターバー。ここに越してきたときからあった。ハリィは取り外させようとしたが、父親がそれを阻んだ――ホームパーティを開くときは、こういうものがあった方がいいんだ。この部屋でパーティを開いたことはない。

「毎日のようにどこかで黒社会の連中のヘロインが略奪されている。おかげで、ヘロインの値段は跳ねあがりつづけてる」

ハリィはカウンターの裏の棚からヘネシーを取りだした。ブランディグラスに注いだ。

「ああ、確かにおかしいことになってるな。うちでも対策本部を作ろうかっていう話が出ているぐらいだ」

「黒社会の連中は、疑心暗鬼に陥ってるのさ。こんなこと、今まではなかった。だれかがなにかを企めば、だれかの耳に伝わる。それがこの世界だ。ところが、今度のヘロイン騒動に関しちゃ、だれもなにも知らないんだ」

ブランディグラスをパットの前に置いた。パットがグラスを手にした。匂いを嗅ぎ、口をつける。それだけでグラスを置いた。

「それとおまえのトロント行きになんの関係があるんだ」

ハリィは用意した小振りのグラスに日本酒を注いだ。

「おれは疑われてるのさ」

「おまえが？　CLEU最高の潜入捜査官といわれてるパトリック・チャウが？」

「いっただろう。いま、黒社会は疑心暗鬼の雲で覆われてるんだ。ボス以外のだれもが疑われる」

パットがもう一度ブランディグラスに手を伸ばした。両手で包み込むようにグラスを摑む。口はつけなかった。ブランディの中にだれかがいるとでもいうように、グラスの中身を凝視するだけだった。

ハリィはその横顔を盗み見た。無精髭が生えた顎。日焼けした首筋には深い皺が刻まれている。

この二年でパットは変わった。初めて会ったのは三年前。広州からやって来た陽気で頭の切れる中国人。滑らかな肌と、人の心を見透かすような鋭い目が印象的だった。潜入捜査官としての歳月が、パットを変えた。薄汚れ、ひび割れた肌。素面《しらふ》のときは相変わらず陽気だが、酒がすぎれば一変する。昏《くら》い目――煉獄で生きながら身体を焙《あぶ》られている者の目。

その目がハリィを見た。

「わけがわからないって顔だな、ハリィ。そりゃそうだ。ヘロインを運ぶことぐらい、今までだって何度もやってるからな」

「だったら、どうして？」

「状況が今までとは違うからさ。おれは今まではうまくやってきた。そうだろう？」

ハリィはうなずいた。

「おれは黒社会の阿呆どもを手玉に取ってきた。大物を気どってるやつらだって、おれがおまわりだなんてこれっぽちも気づきやしない。リッチモンドのワルどもで、臆病者の阿強《アキヨン》を知らないやつはいない。根性がすわってないからひどい悪さはできないが、気のいい阿強。金がありゃ仲間に奢り、なけりゃたかる。CLEUに引き抜かれてからの二年間、おれはずっとそうやってきた」

パットの声——だんだん甲高くなっていく。ハリィはバーに行き、ヘネシーのボトルを持ってきた。ほとんど減っていないパットのグラスに注ぎ足す。

「飲めよ、パット。飲んで、少し落ち着け」

「いらん。おまえが飲め」

「他に欲しいものは？」

パットは首を振った。

「みんなおかしくなってやがる。このおれがヘロインの運び屋だぜ。ことわったら、バラすと脅された。こんな時期に運び屋をやりたがるやつなんてどこにいる？」

呻くような声。パットの気持ちは充分に理解できた。

「今日もダウンタウンで殺しがあった。福建から来たやつがバラされただろう？」

パウエル・ストリート433。呉達龍《ンダツロン》が見つけた死体。

「ああ、それなら知ってる」

「そいつも運び屋だったって話だ。シアトルからヘロインを運んで、自分で売りさばいてた。こっちの流通網がガタガタになってる隙を狙ってやって来たハイエナ野郎だ。あいつが殺されて、みんな喜んでる。ところがだ、ハリィ。だれがあいつをバラしたのかはだれも知らないんだ。みんな、犯人を血まなこになって捜しまわってる。あいつがシアトルから運んできたはずのヘロインが見つからないってな。このグレーター・ヴァンクーヴァーで、黒社会に情報が一つも流れてこないんだぜ。前はこんなじゃなかった。去年の秋あたりから、なにかが変わっちまったんだ」

パットは頭を抱えた。アルコールとマリファナがパットの神経を過敏にしていた。それとも、神経が過敏になっているからアルコールとマリファナが必要だったのか。いずれにせよ、パットは変わった。ハンサムで気のいい中国人はどこかに消えてしまった。

「怖いのか、パット？」

小刻みに顫える背中——ハリィは悲しげに首を振り、その背中に腕をまわした。パットの体温が伝わってくる。心臓が暖かなものにくるまれる。

「ああ。もう、終わりにしてほしい。おれは充分にやった。普通の仕事に戻してもらってもいいころだと思わないか？」

「グリーンヒルには相談したのか？」

パットの顫えがとまった。

「あのクソ野郎」

それだけで答えがわかった。レイモンド・グリーンヒル――冷徹な策謀家。部下の言葉に耳を傾けるとは思えない。

「おれが明日、話してみるよ」

ハリィはいった。乾いた笑い声――パットの背中がまた顫えはじめた。

「おまえが話してくれる？　同じだよ、ハリィ。あのクソ野郎がおれたちアジア系の話を聞いてくれるもんか」

憐憫と屈辱が入り交じった声だった。ハリィは辛抱強くパットに語りかけた。

「おれはキャスィと婚約したよ、パット」

笑い声がやむ――顫えもやんだ。

「嘘だろう？」

パットが顔をあげた。ハリィはうなずいた。

「キャサリン・デボア・ヘスワースとハロルド加藤が婚約した？」

「そう。うまくいけば、おれは下院議員の婿だ。あのクソ野郎のグリーンヒルだって、おれの話は聞くさ」

「本気か、ハリィ？」

「本気だ。エンゲージリングも渡したよ」

「おまえ、あの女のことは毛嫌いしてたじゃないか……そうまでして出世したいのか？」

「おれが出世すれば、おまえを潜入捜査から外す。約束するよ」

パットがグラスに手を伸ばした。一気に中身を飲み干した。

「おれにはわからんよ、ハリィ」ブランディで濡れた唇を拭いながらパットが首を振った。「親父さんの会社にいれば、出世なんて思いのままだろうが。なんだって、警官なんて割りに合わない商売についてるんだ？」

「おれのおふくろは強盗に殺された。犯人は見つからなかった。おれは――」

「だからおまわりになったなんていうなよ。おまえがそんなやつじゃないことは百も承知だからな」

「だけど、そうなんだよ、パット」

「だったら、出世の亡者になってることはどう説明するんだ？」

「簡単だ。親父の血が流れてるからさ」

パットが溜め息をついた。

「お手上げだ。おまえのことを理解するにはおれの脳味噌じゃ力不足だ」

「だったら、パット、仕事の話をしよう」

ハリィはいった。パットは唾を吐きかける真似をした。

＊　＊　＊

電話——たたき起こされる。日本酒の復讐。頭が割れるように痛んだ。うなりながら受話器を掴んだ。

「加藤巡査部長ですか？」

機械的な女の声がした。ＣＬＥＵのくそったれのオペレーター。ハリィは枕元の時計を見た。午前六時三十分。もう一度、うなった。

「そうだ。なにがあった？」

「昨日、照会されましたヴァンクーヴァー市パウエル・ストリート４３３で発生した強盗殺人事件ですが、つい先程、新しい通報がヴァンクーヴァー市警に入りました。グリーンヒル警部の指令で、連絡をしています」

頭痛がひどくなる。

「新しい通報？」

「同じアパートメントでまた殺人事件です。被害者はジェシカ・マーティン。昨日起こった殺人事件現場の階下に住む女性です。データベースを検索すると、名前がありました。娼婦です。情報を集めますか？」

ハリィは飛び起きた。呉達龍のいかつい顔が脳裏をかけめぐった。

「頼む。すぐに行くから、できるだけ集めておいてくれ」

「了解しました」

福建出身の中国人——売女。繋がり——ヘロイン。それ以外、考えられない。

顫えがくる。パジャマも着ずに寝ていた。ベッドをおりる。半分勃起したペニスが寒々しかった。痛む頭をかかえ、リヴィングに向かった。飲み散らかした酒とつまみ——跡形もなかった。パットも消えていた。グラスや皿はきちんと洗われて、キッチンに積みあげられていた。

断続的な頭痛の合間に記憶がよみがえった。

李耀明《レイイウミン》の娘の話。一緒にいた男はミッシェルと名乗るケベックから来たチンピラ。ヴェトナム人とつるんでいる。ヴェトナム人たちのねぐらを転々としている。

飲み干したグラス——パットの体臭。

パットは話した。

ミッシェルは気どっている。ミッシェルは金を持っている。ミッシェルは毎晩、ヴェトナム系のチンピラたちとパーティを開く——カラオケ、ビリヤード、ハシッシとヘロインのカクテル。

ミッシェルの現われそうな場所を教えてくれ——ハリ

ィはいった。

いいとも――パットは答えた。

その先は記憶が途切れている。覚えているのは日本酒の芳香。パットの体臭。パットの体温――素っ裸で眠っていた自分自身。

なにをした？　なにをしなかった？

思いだせなかった。

ハリィはよろめきながらバスルームへ向かった。

＊　＊　＊

ＣＬＥＵの本部は閑散としていた。眠たげな目をした夜勤の連中がむっつりと職務をこなしているだけだった。

対アジア系組織犯罪班のオフィスに向かう。デスクの上に何枚かのプリントアウトが置かれていた。

ジェシカ・マーティン殺害事件の概要――ジェシカ・マーティン。白人。女性。一九五七年オタワ出身。一九七五年、ヴァンクーヴァーへ。二十二歳のとき、売春の容疑でヴァンクーヴァー市警風紀課に逮捕されて以来、何度も警察の世話になっている。ベテランの娼婦。年をとり、落ちぶれ、ヒモにも見放された。今ではホームレス相手のたちんぼう。

第一発見者はそのホームレス。ビル・クレイモア。酒に酔い、手軽なセックスパートナーを求めてパウエル・ストリート４３３のアパートメントを訪れた。ドアに鍵はかかっていなかった。部屋に入り、異状を悟った。ベッドルームでジェシカの死体を発見、警察へ通報。注意書――市警はビル・クレイモアを拘留中。

再び、ジェシカ・マーティン。死体は現在解剖中。ヴァンクーヴァー市警殺人課、ジョン・シモンズ警部補の所見。ジェシカ・マーティンは局部に銃を押しつけられ、二度、撃たれた。凶器は現場に落ちていた三八口径のリヴォルヴァー。持ち主は不明。ジェシカ・マーティンは殺される前に拷問を受けている。怨恨、もしくは犯罪組織とのトラブルの線で捜査を開始。

プリントアウトはそれで終わっていた。

犯罪組織とのトラブル――ヘロイン。パットの声がよみがえった。殺された中国人はシアトルからヘロインを運んできた。

ハリィは電話に手を伸ばした。コンピュータ・セクションの内線番号を押した。

「はい。コンピュータ・セクション」

不機嫌な女の声が聞こえてきた。

「こちらは対アジア系組織犯罪班のハロルド加藤巡査部長――」

「あなたね、こんな朝っぱらから仕事を持ち込んできたのは」

「すまない。もう一つ、頼みがある」

溜め息――仕事にくたびれた中年女の姿が瞼に浮かんだ。

「昨日、パウエル・ストリート433で殺人事件があった」ハリィは慌てていった。「殺されたのは中国人だ。その現場でヘロインが発見されたかどうか調べてもらいたいんだ」

「ヘロインね……」

回線の向こう――キィボードを叩く音。

「殺害現場の床に多量のヘロインがばら撒かれていた。ヴァンクーヴァー市警はそれを回収。満足？」

「いや……まとまったヘロインが押収されたという記録は？」

また、キィを叩く音。

「ないわね。市警の方はだれかが現場から持ち去ったおそれがあると見てるらしいけど」

それだ――ジェシカ・マーティンがヘロインを持ち去った。殺された。だが、どうやって持ち去った？　だれに殺された？　呉達龍の顔がちらついた。そんなはずはない――自分にいい聞かせた。悪徳警官といっても、警官は警官だ。殺人まで犯すはずがない。それに、証拠もなにもない。

「ありがとう」

ハリィは受話器を置こうとした。女の声がそれを遮った。

「本当にそう思ってるなら、今度、食事でも奢ってもらいたいわね、ハリィ」

甘い声。不機嫌な響きは消えていた。頭の回路が繋がって、ハロルド加藤が何者かを思いだしたようだった。

「ぼくにはフィアンセがいるぜ」

「知ってるわ。ジム・ヘスワースの娘さんでしょう？　胸に脳味噌を吸い取られたって評判だわ」

低く抑えた笑い声がした。腹は立たなかった。

「オーケイ。君の名は？」

「スザンヌよ」

「時間ができたら電話するよ、スザンヌ」

ハリィは受話器を置いた。

＊　＊　＊

発信器とナヴィゲーション・システムが、ケヴィン・マドックスはパウエル・ストリートにいると告げていた。呉達龍もそこにいるはずだった。

道路は凍っていた。慎重に車を運転した。ヘイスティングス・ストリートのパーキングメーターの前で車をとめた。歩いてパウエル・ストリートに向かう。

アパートメントの前には警察の車が何台もとまっていた。頬を紅潮させたホームレスたちが周りを取り囲んでいた。ハリィはアパートメントに近づいた。ホームレスたちの背後からアパートメントの入口を覗きこんだ。無表情な顔をした制服警官がふたり、見張りを務めている。カメラと道具箱を持った鑑識の連中が忙しく出入りを繰り返している。私服の刑事がホームレスたちに聞き込みをしていた。

「なにがあったんだ？」

目の前にいたホームレスにハリィは訊いた。

「ジェシカが殺されたのさ」

ホームレスは振り向きもしなかった。

「ジェシカ？」

「知らねえのかよ？」

ホームレスがやっと振り向いた。

「たった二十ドルでおれたちのあれをくわえてくれる女さ。性根は腐ってたが、あんな安い女はいなかった。これから、おれたちはどうやって溜まったもんをぶっぱなせばいいんだ？」

「そうだな。二十ドルでしゃぶってくれる女はなかなかいないな……犯人は捕まったのかい？」

「おれが知るかよ。おまわり連中はおれたちからいろんなことを聞きたがるが、なにひとつ教えちゃくれねえからな」

かすかなざわめきが起こった。ホームレスが前を向く。アパートメントの入口からだれかが出てくる——ケヴィン・マドックス。その後ろに呉達龍。

ハリィは唾を飲みこんだ。

呉達龍の短く刈った髪にはところどころに白いものが混じっていた。薄い眉の下に大きな目、潰れた鼻、厚ぼったい唇。目は寝不足を物語るように血走っている。

頭の中の映像——くたびれた娼婦を殺す呉達龍。血まみれの手でヘロインを摑む呉達龍。違和感はなかった。

やめろ——映像にストップをかけた。思いこみや予断は厳禁だ。警察学校でそう教わったはずだ。

呉達龍は入口を出たところでケヴィン・マドックスと立ち話をはじめた。身振り、手振り——腕利きの警官そのもの。

ハリィはアパートメントに背を向けた。

15

ジェシカが見つかるのが早すぎた。あと、四、五時間は余裕があるはずだった。その間に白粉《パーファン》を隠すつもりだった。

呉達龍《ンダッロン》は眉をしかめた。血の匂いが鼻をついた。

自宅のキッチン——フリーザーの中。結局、ジェシカがやったのと同じようにヘロインを押し込んで飛び出てきた。意識がすぐにフリーザーに向かう。

　昨日の殺しと関連しているに違いない、すぐに現場に向かえ——ドレイナンからの電話。心臓が止まりそうになった。

　ジェシカの死体はすでに運ばれたあとだった。鑑識の連中が忙しげに動いている。殺人課の連中が眉を寄せてなにかを話しあっている。

「しかし、驚いたな。昨日の今日で、あの売女が殺されるなんて」

　ケヴィンがつぶやいた。

「そうだな」

「どうして殺されたと思う？」

「あの中国人を殺したやつを見てたんじゃないか」

「だけど、あの売女、そんなことはいわなかったじゃないか」

　だれがこいつを採用したんだ——舌打ちをこらえる。

「金になると思ったのさ。ところが、相手はそんなヤワじゃなかったってところだろう」

　フラッシュが焚かれた。ベッドの上の血痕。背筋を顫えが駆けぬける。

「外へ出よう」ケヴィンに声をかけた。「ここにいてもすることがない」

　ヘロインが気になってしょうがなかった。

＊　＊　＊

　凍えるような寒さ。気温は零度を割っている。車をおりるのが億劫《おっくう》だった。だが、働かねばドレイナンにどやされる。

「次はどこに行く？」

　ケヴィンが右の拳をさすりながらいった。ケチな売人を殴った痕が赤くなっていた。

　チャイナタウンを行ったり来たり。午前九時前。黒社《ハクセイ》会《ウィ》の連中が眠りにつく時間だった。めぼしい連中を捕まえたいなら、夜を待たなければならない。

「こんな時間に街をうろついても、だれも捕まりはしないぜ、ケヴィン」

「だったらどうする？」

「家に帰って眠ろう。夕方になったら落ち合って、チャイナギャングたちをとっ捕まえた方がいい」

「いい考えだが、ドレイナンにばれたらどうする？」

「どうやったらばれるっていうんだ？　おれとおまえが口をつぐんでれば、だれにもばれやしない。ゆうべは遅くまで飲んでたんだ。それなのに、朝っぱらから叩き起こされた。眠らなきゃ、身体がもたない。おまえだってそうだろう、ケヴィン？」

「そうだな。昨日の夜は、ガスタウンのバーでなかなかいける女を引っかけたんだが、この女が凄くてな。なかなか満足してくれないんだ……」

ケヴィンの自慢話——呉達龍は小さな溜め息をもらした。

ケヴィンの下品な声が女のバストを品定めしはじめたとき、携帯が鳴った。

「悪いな、ケヴィン。電話だ」ほっとしながら電話に出た。「ハロー？」

「わたしだよ、ロン」

鄭奎《チエンフイ》の気どった声が聞こえてきた。

「どうしました？」

呉達龍は広東語で答えた。

「英語だとまずいのか？」

鄭奎の声も広東語に切り替わる。ケヴィンの顔を盗み見た。唇を尖らせていた——話を途中で遮られたことが気に入らない。ただ、それだけだった。

「相棒と一緒なんで」

「そうか。わかった。今夜、時間は取れるか？」

「ちょっと難しいですね。昨日、今日と立て続けに同じ場所で殺人事件がありまして、そっちに駆りだされてるんです」

「三十分程度でいいんだが」

鄭奎の声が不機嫌になる。飼犬に反抗された主人の声だった。

「それぐらいならなんとか」

いつものような怒りは湧いてこなかった。フリーザーの中のヘロイン——好きにいわせておけと囁いている。

「では、七時半にフォーシーズンズ・ホテルで会おう。ヘスワースのやつがパーティを開く。わたしもそこに呼ばれてるんだ」

「七時半にフォーシーズンズですね？」

「部屋を取っておく。フロントで確認するといい」

電話が切れた。待ち構えていたというように、ケヴィンが女の話を再開した。

＊　＊　＊

ヘロイン——魔法の白い粉。五キロはありそうだった。末端価格で七十万カナダドル。半分に見積もったとしても三十五万ドル。これを使ってあの女に近づくことができる。これを売れば、広州《ゴンヂャウ》にいる子供たちに市民権を取ってやることができる。

だが、売り時は慎重に選ばなければならない。その時がくるまでは、安全に保管しておく必要がある。

安全な場所――思い浮かびもしない。香港ならそんな場所はいくらでもあった。だが、ヴァンクーヴァーにはない。

呉達龍はフリーザーのドアを開けた。アイスクリームのパッケージを取りだした。ビニールに包まれた白い粉。手が顫える。パッケージをテーブルの上に置いた。テーブルに腰をおろし、ヘロインを見つめた。身じろぎもせずに見つめつづけた。

金を産む白い粉――頭の中で札束が舞う。

ナイフでビニールの上の方を切った。スプーンでヘロインをすくい、用意しておいたフィルムケースに詰め込んだ。ケースがいっぱいになったところできつく蓋をとじた。

布製の梱包テープでビニールの切り口を塞ぎ、アイスクリームのパッケージを閉じた。梱包テープを蓋の周囲に何重にも巻きつけた。

手の顫えはおさまっていた。パッケージをフリーザーの奥に押し込んだ。リヴィングに向かい、電話を取った。広州への国際電話。回線はすぐに繋がった。

「喂《ウァイ》？」

幼い声が答える。緊張していた神経が弛緩していく。

呉達龍は静かに微笑んだ。

「阿兒《アイー》、まだ寝ないで起きてたのか？」

呉達龍は七歳になったはずの娘――呉探兒《ンタムイー》の愛称をやさしい声で囁いた。

「パパ？」

「そうだ。パパだ。元気だったか、阿兒？」

「うん、パパは？」

「パパは元気だ。一生懸命働かないと、おまえたちに会えないからな」

「今度、いつ会えるの？」

「近いうちに会いに行くよ」

「春節に会えると思ってたのに、パパ、来なかったから」

「悪かった。仕事が忙しかったんだ。浩南《ホーナム》はどうしてる？」

「もう、寝ちゃった。ねえ、パパ、聞いてよ。南仔《ナムヂャイ》ったら酷いのよ。わたしのスカートの上におしっこ漏らしちゃったんだから」

呉達龍の笑みが大きくなった。浩南――探兒の三つ下の弟。浩南が生まれて一年もしないうちに、呉達龍は香港を後にした。

「そいつは酷いな。お爺ちゃんに叱ってもらわなきゃ」

「お爺ちゃんは南仔には甘いんだから。ちっとも叱ってくれないの」

「うん。かわる？」

「お爺ちゃんは起きてるか？」

「そうしてくれ……ああ、阿兒、なにか欲しいものはあるか？　パパが買ってやるぞ」

「新しいスカート。南仔のおしっこ臭いスカートなんてはけないもの」

「わかった。すぐに買って送ってやる」

「約束だよ、パパ」

「ああ、約束する。だから、お爺ちゃんにかわったら、早く寝るんだ。明日も学校だろう？」

「赤いスカートがいい」

「わかったよ」

探兒の気配が遠ざかっていく——だれかが咳込んでいる。

「達龍か？」

嗄れた声——すぐに咳込みに変わった。

「だいじょうぶですか、お義父さん？」

「いつもの気管支炎さ。それより、達龍、春節にも子供たちの顔を見に来んとはどういうつもりだ？」

「申し訳ありません。仕事が片づかなくて……」

「いつも、仕事、仕事、仕事だ。仕事が大切なのはわかっておる。しかし、おまえの娘と息子になにより必要なのは、父親の愛情じゃないか——」

林健國《ラムキングオック》がまた激しく咳込みはじめた。

母親の愛情もな——喉まで出かかった言葉を飲みこんだ。林健國の娘。探兒たちの母親。呉達龍の妻。林惠文《ラムワイマン》。呉達龍を裏切り、子供たちを裏切った。

「わかってるんです、お義父さん。しかし、金を稼がなければ、阿兒たちをこちらに呼ぶことができないんですよ」

「わたしも先は長くない」荒い息で林健國はいった。「いつになったら、阿兒と南仔はカナダに行けるんだ？」

「今年中にめどをつけますよ、お義父さん」

「去年もそういってなかったか、達龍？」

「今度こそだいじょうぶです。こっちの有力者とコネができましたから」

「そうか。頼んだぞ、達龍。老い先短い老いぼれより、父親と一緒に暮らす方が子供たちにはいいんだ」

「また、電話しますよ、お義父さん。……なにか、必要なものはありますか？」

「金だ。今の広州にはなんでも揃っておる。足りないのは金だけだ」

「送ります。その金の中から、阿兒に新しいスカートを買ってあげてください」

林健國がなにかいう前に、呉達龍は電話を切った。

＊　＊　＊

ダウンタウンからリッチモンドへ。自分の車を飛ばした。気温があがり、凍っていた路面が濡れはじめていた。時間がない――夕方になれば、ケヴィンが迎えにくる。かといって、スピードを上げるわけにもいかなかった。苛立ちだけが募っていく。林健國の嗄れた声が耳にこびりついていた。ヘロインのことを考えても、子供たちのことを考えても、耳にこびりついた声は消えない。

金――あの老人はいつだって金のことしかいわない。愛情の話をして、金の話をする。探兒と浩南は人質というわけだ。

対向車線を走っていたトラックが派手に水しぶきをあげた。視界が一瞬、奪われる。頭に血がのぼる――呉達龍はルームミラーを睨みながらクラクションを鳴らした。

広州じゃ、女がべらぼうに安いんだぜ――だれがいったのかはもう思いだせない。深圳《サムジャン》なんか問題にならないぐらい安くていい女が揃ってる――その言葉にのって広州へいった。もう、八年前のことになる。

広州――呉一族の父祖たちの土地。年老いた親戚たちから、嫌になるほど聞かされていた街は、共産党がすすめる改革開放政策のせいで様変わりしていた。その街で、呉達龍と同僚たちは、飲み、食い、歌い、買った。なにもかもが香港の十分の一以下の値段だった。香港では汲々として暮らしていても、広州に来れば大尽遊びができた。

中でも、女たち。香港女のきつい性格に慣れていた目には、だれもが天女のように思えた。

林恵文。たまたま入った海鮮レストランで働いていた。すべての女が天女だと錯覚していた男と、香港のきらびやかさに憧れていた女。その日の内に交わった。何度も何度も。

手紙と電話のやり取り。休暇が取れれば、広州に通った。やがて、恵文は探兒を身ごもった。晴れやかな結婚式。呉一族と林一族のセレモニー。だが、香港政府は恵文の移住を認めなかった。恵文の腹の中にいる子供に香港の市民権を与えることもしなかった。

暗転――優しかった女が本性をあらわしはじめた。常に眉間に皺をよせ、呉達龍を詰《なじ》るようになった。

警官のくせに、わたしを香港に行かせることもできないの？

恵文には香港と大陸の違いがわからなかった。

失ったものを取り戻そうとする努力――金が必要だっ

た。恵文は金以外のものを信用しなかった。林健國がそうであるように。

黒社会とのつきあいが深くなり、恵文はますます遠ざかっていった。そして、浩南。

恵文は浩南を堕ろすといった。どうしても産めというなら別れるといった。手切れ金が必要だといった。

自分の子供を人質にする気か？——呉達龍の詰問は冷笑とともに葬られた。呉達龍には折れるしか方法がなかった。煮えたぎるような憎悪を噛み締めながら。

浩南が生まれた。恵文が死んだ——呉達龍が殺した。恵文の首を絞めたときの感触はまだ、手の中に残っている。

恵文は広州の郊外の森の中に埋まっている。周りの連中は男を作って逃げたと思っている。

車はフレイザー河を渡りきった。

呉達龍は頭蓋骨の奥で荒れ狂う記憶の波を振りきった。

＊　＊　＊

フランシス・ロード５８１１。子供たちの声が谺している——近くに小学校がある。

呉達龍は車をおりた。札入れに留めたバッジを確かめた。上着のポケットに入れたフィルムケースを確かめた。

周囲を見渡した。真っ昼間の住宅街は静寂の中に沈みこんでいた。

譚家明《タムガーミン》——譚子華《ジーワ》の家。前庭を横切り、玄関に続く階段をあがる。ドアをノックしようとして、インタフォンがあるのに気づいた。呉達龍はボタンを押した。

「どなた？」

しばらく間があって、スピーカーから広東語が聞こえてきた。予想していたのと違って、年老いた女の声だった。

「ヴァンクーヴァー市警の呉達龍巡査部長です。劉燕玲《ラウインレン》さんはご在宅ですか？」

「警察がうちの嫁になんの用だい？」

「ちょっとお聞きしたいことがあるんですが」

「嫁は警察の世話になるようなことはなにもしてないよ」

「奥さん、わたしは彼女を逮捕しに来たわけじゃありません。少しお伺いしたいことがあるだけです。彼女とお話しさせていただけませんか」

「わたしの息子はね、譚子華なんだよ。知ってるだろう？　譚子華だよ。あんな有名人の嫁が、警察の厄介になるわけないだろう」

クソ婆あめ——呉達龍は深く息を吸った。ここがダウンタウンなら、ドアを蹴破ってぶちのめしてやるところだった。

「彼女と話をさせてください。どうしてもだめだというなら、次は令状を持ってきますよ」

「あんた、何様のつもりだね!? わたしのいってることがわからないのかい? わたしの息子は譚子華——」

「なにしてるの、お義母さん!」

若い声が割り込んできた。劉燕玲。

「阿玲《アレン》、わたしはただ——」

「だれと話をしてるのよ?」

「警察だといってるよ」

沈黙。

「劉燕玲さんですね? こちらはヴァンクーヴァー市警の呉達龍といいます」

「どんなご用件でしょう?」

怯えと警戒が入り交じった声——呉達龍は劉燕玲の表情を想像した。

「昨日、福建からきたヘロインの売人が殺されましてね」

呉達龍は英語でいった。息をのむ気配が伝わってきた。

「それが、わたしになにか?」

劉燕玲も英語でいった。元女優のはずだった。それにしてはあまりにも芝居が下手だった。

「あんたはあの福建野郎からヘロインを買っていた。買う金が足りなくなると、あいつにいわれて身体を売って稼いでいた——あんたの横にいる強突《ごうつ》くばりの婆あに聞かれたくなかったら、おれのいう通りにした方がいいんじゃないか?」

また、沈黙——やがて諦めのため息。

「どうすればいいの?」

「おれの車で話を聞こう」

「わかったわ。支度をするから少し待ってて」

呉達龍は笑った。

「五分だ。それで出てこなかったら、なにがどうなってもあんたはかまわないと思ってるとみなすぞ」

「五分で行くわ」

スピーカーの音声が途切れた。呉達龍は笑いを浮かべたまま車に戻った。窓をあけ、煙草に火をつける。

運が向いてきたのかもしれない——煙を吐きだしながら考えた。劉燕玲の声を聞いただけで、ここ数日に募ったいらいらが掻き消えた。劉燕玲の素晴らしい身体を思いどおりにする。ヘロインを売りさばく。金を使って子供たちを呼び寄せる。あまった金で商売をする。刑事稼業とおさらばする——昔、夢見ていた暮らしをする。

煙草を吸い終わるころ、劉燕玲が出てきた。顔には化粧っ気がない。かわりに鮮やかなブルーのコートを着ていた。思い詰めたような表情。目の下の隈がはっきり見える——禁断症状寸前の中毒患者。

ドアが開き、劉燕玲が乗り込んできた。香水の香りが漂った。

「IDを見せて」

劉燕玲は強ばった顔を前に向けたままいった。呉達龍はコートのポケットから札入れを出した。札入れを開き、留めたバッジを劉燕玲に見せた。劉燕玲の視線が一瞬、動いた。それだけだった。

「車を出して。人に見られたくないわ」

「仰せのとおり」

呉達龍は煙草を灰皿に放りこんだ。アクセルを踏む。車が動きだす。

「阿一《アヤッ》から買ったヘロインが切れたのか?」

なにげない口調でいった。

「なんの話かしら?」

「とぼけるなよ。二、三日ほど前だ。あんたは阿一に呼び出されてカジノで儲けた客と寝た。くだらない嘘はつくな。おれは阿一を尾行してたんだ。その金でヘロインを売ってもらったんだろう?」

交差点——レイルウェイ・アヴェニューを左折した。劉燕玲の顔——頬のあたりが痙攣していた。

「昨日、阿一が殺された。おれがあんたとやつの仲を報告すれば、間違いなくあんたは取調べを受ける。譚子華の女房で元女優の劉燕玲がヘロイン欲しさに売春……スキャンダルだな。香港からも記者連中がどっと押し寄せる」

「なにが欲しいの?」

気丈さを装った声——語尾の顫えが劉燕玲の努力を裏切っていた。

「情報。それと——」

呉達龍は右手を伸ばした。ブルーのコートの裾を払った。黒いパンツに包まれた太股に手を置いた。

「あんたの身体だ」

「映画によくある科白だわ」

劉燕玲の身体は強ばっていた。呉達龍は彼女の太股をなで回した。筋肉は強ばっている。だが、薄い布地を通して、劉燕玲の肌の滑らかさが伝わってきたような気がした。

「現実は映画より陳腐なんだよ——」手を離す。その手を自分のコートの下に突っ込んだ。「もっとも、ただで全部よこせとはいわねえ。おれみたいな醜男にいいよられても、あんたは嬉しくないだろうからな」

フィルムケース——劉燕玲の膝の上に置いた。

「蓋を開けてみろ。ゆっくりだぞ。中身をぶちまけたら面倒なことになる」

劉燕玲の顔がゆっくり呉達龍に向いた。極度の緊張に凍りついていた表情がかすかに動いた。

前方で信号が赤に変わった。呉達龍はブレーキを踏んだ。ウィリアムズ・ロードとの交差点。左折のためにウィンカーをつけた。

「遠慮することはない。早く開けてみろよ」

劉燕玲は視線を落とした。おずおずとフィルムケースをつまんだ。蓋に手をかける。期待と興奮——荒い息づかいが聞こえた。それが溜め息に変わる。

「本物なの？」

「ああ、純度も高いはずだ」

信号が青に変わった。クラッチを戻し、アクセルを踏んだ。

「そんな顔をしなくてもなくなりゃしない。しまえよ。後でたっぷり打てばいい」

劉燕玲がフィルムケースの蓋をしめる。呉達龍はまた右手を彼女の太股の上に置いた。今度は遠慮なく指を這わせた。

「中身がなくなったら、おれにいえ。好きなだけ用意してやる」

股間に指を伸ばす——劉燕玲の太股に力がこめられた。

「それとも、おれとやるのは嫌か？」

太股をこじ開ける。劉燕玲は唇を噛んだ。ヘロインを見て血の気の戻った顔がふたたび蒼醒めていく。

「今日はだめよ……」

呉達龍は太股のつけ根に這わせた指に力をこめた。劉燕玲の顔が歪んだ。

「義母と息子が家にいるの。時間がかかると、なにをしてたのか聞かれるわ。お願い——」蒼醒めた顔が懇願する。「今日は許して。明日なら、いつでも時間を作るから」

呉達龍は路肩に車をとめた。窓の外——白い息を吐きながら歩く通行人。車に注意を向ける人間はいない。

劉燕玲の顎を指で摑んだ。引き寄せた。目を覗きこんだ。

「おれを騙そうとしたら、とんでもないことになるぞ」

「今日はだめなの。お願い……信じて。わたしには夫がいるし、ヘロインが必要だわ。裏切ったりしないから」

顫える唇——呉達龍は自分の唇を押しつけた。逃げようとする劉燕玲の頭を右手で押さえこんだ。舌を入れた。舐めまわした。目は開けたままだった——劉燕玲の顔が嫌悪に歪むのを見ていた。

唇を離し、突き飛ばした。劉燕玲は背中をドアに打ちつけた。

「こっちの方は明日まで待ってやる。阿一のことを話せ。どうやってやつと知りあった。やつからなにを聞いた？」

劉燕玲はハンカチで口を拭った。呉達龍はハンドルをきつく握りしめた。アクセルを踏む——車が蹴飛ばされたように発進した。

「あの男と会ったのはカジノよ」

今にも泣き出しそうな声だった。呉達龍はアクセルを緩めた。自分に怯える女の声——気分が良くなる。

「どこのカジノだ？」

「わからないわ。友達に連れていってもらったの……憂さ晴らしに」

太空人《ターイホンヤン》の女房同士の連帯というやつだった。足を踏みはずす女には、必ず、先に足を踏みはずした友達がいる。

「それで？」

「ブラックジャックやルーレットで遊んだわ。久しぶりだから、楽しかった。気がつくと、午前三時を過ぎていて、千ドルほど負けていた。ちょっと疲れた気がして、バーで飲み物を飲んでいたの」

「そこにやつが現われたってわけか」

「下手くそな広東語で話しかけてきたわ。お疲れのようですね、奥さん」

劉燕玲はわざと声調を外した広東語でいった。それ以外の声は平板だった。話し続けることで気持ちを紛らわしている。

「それで、ヘロインか」

「その時はコカインよ。あいつは疲れが取れる薬だといったけど、それが悪い薬だってことはわかってた。でも、どうでもよかったのよ。あいつは、こういう薬が欲しかったら連絡をしてくれといって、携帯電話の番号を書いた紙をくれたわ。その番号に一週間後に電話したの。それだけよ」

「その時もコカインか？」

「ヘロインよ。わたしはコカインが欲しいっていったけど、あいつはヘロインしかないって……注射器も一緒にもらったわ」

「ただで？」

「ただだったわ」

見え透いた手口。だが、退屈で我を忘れた女には充分に通じる。

「だが、そのうち金を要求された」

「そうね」

「金額がどんどん跳ねあがっていった」

「そうよ」

「金が足りなくなると、身体を要求された。その次は、売春だ」

「なんでもご存じってわけね。だったら、わたしに聞く必要はないんじゃない？」

香港の女はすぐにつけあがる。呉達龍は開いた右手で劉燕玲の頬を殴った。小さな悲鳴。劉燕玲は左頬を押さえて身を引いた。

「おれに向かってなめた口をきくなよ、売女め。おれがご主人様でおまえは牝犬だ。そのことを忘れるな」

興奮が体内を駆け回る。チンピラたちをどやしつけているときと同じ種類の興奮。自分が絶対者だと思えるときに感じる興奮。おれのいうことをきかせてやる。ひざまずかせてやる。おれの靴を舐めさせてやる。

「わかったわ……わかったから、殴らないで」

「おまえはおれの質問に答えてりゃいい。次の質問だ。今までに何人ぐらいの客と寝た？」

「わからないわ」

「答えろ！」

「二十人ぐらい……もっと少ないかもしれないし、多いかもしれない。わからないわ」

「旅行者ばかりか？」

「地元の人もいたと思うけど、ほとんどそうだと思うわ」

車が交差点に差しかかる。ギルバート・ロードに入り、北へ車を向けた。このまま直進すると、再びフランシス・ロードにぶつかることになる。呉達龍は腕時計を覗きこんだ。劉燕玲を乗せてから、まだ十分も経っていなかった。

「これからは、おれにだけ股を開けばいいんだ。前よりはずっと楽だ」

返事はない。劉燕玲は蒼白な顔で前を見つめていた。

「もう一つ聞かせろ。阿一からヘロインのことでなにか聞いてないか？　どうやって仕入れているとか、バックにだれかがいるとか、そういった話だ」

劉燕玲は首を振った——その動きが途中でとまった。

「一度、いつもの半分の量しかくれなかったことがあるの。わたしが文句をいったら、こんなものはすぐ手に入るから心配するなといってたわ。聞いたことがあるのはそれだけよ」

劉燕玲はなにも知らない。ただの愚かな女にすぎない。呉達龍は車をとめた。グラヴボックスからメモ帳を取りだし、自分の携帯の番号を走り書きした。

「おれの携帯の番号だ。毎日、十二時に電話を入れろ」

破りとったメモを劉燕玲に渡した。

「おまえの携帯の番号は？」

劉燕玲は懇願するように呉達龍を見た。呉達龍は首を振った。劉燕玲の唇が開く。呉達龍は番号を書きとめた。

「明日の夜、時間を空けておけ。今日できない分、たっぷり可愛がってやる。おれから逃げようとは思うなよ。

そんなことをしたら、地獄の底まで追いかけまわしてやるからな」

16

昼過ぎに迎えが来た——鼻のつぶれた中国人。広東語に訛りがある。恐らく、広州出身だろう。名前——阿寶《アボー》と名乗った。呼びにくければ、ポールでもいい、と。

富永《とみなが》は嗤った。

車でリッチモンドへ。車はホンダだった。ベンツ——マックが使っているのだろう。

ホンダはヴァンクーヴァー市街を東に向かっていた。整然とした街並みは香港島を思い起こさせる。違うのは天候だった。どんよりと垂れこめた雲。ぴかぴかの新築の高層ビルすら澱んで見える。香港なら、昼だろうが夜だろうが、大通りを行けば気分が盛りあがってくる。街にエネルギィが満ち溢れている。ここは違った。だらだらと降りつづける雨——気持ちが塞ぐ。

「カジノはどうでした、サム哥《コー》？」

阿寶が口を開いた。ホンダは橋を渡っていた。だだっ広い道路。ステアリングを握ってはいても、喋っていなければすることがないとでもいいたげな表情がルームミラーに映っていた。

「ショボいな。澳門《マカオ》のカジノが懐かしいよ」

「澳門には、一度行ったことがありますけど、カジノには行けなかったな」

「仕事か？」

「人を殺しに行ったんです。頼まれてね」

「凌《リン》一族のだれかを殺したっていうんじゃないだろうな？」

マカオのカジノ産業を牛耳る男の顔が脳裏に浮かんで消える。凌鍾宇《ジャンユー》——李耀明《レイイウミン》のお供でマカオに行ったときに、ちらりと顔を見た。近ごろはヴァンクーヴァーにも進出して、不動産を買い漁っているはずだった。

「まさか。そんなことをしたら、今ごろ生きてませんよ」

阿寶は歯を剝いて笑った。顔はいかついが、笑うと愛敬があった。

「凌鍾宇の知り合いに頼まれて、おまわりをひとり殺したんですよ」

警官殺し——マカオでは極道の命より警官の命の方が安い。

「香港から澳門に入って、その日の内におまわりを殺して、香港に戻ったんです。で、そのままヴァンクーヴァーに来ましたよ。十万ドルとカナダの市民権が報酬だったんです」

「アメリカドルか?」

「まさか。香港ドルですよ」

日本円にして百五十万足らずの金だった。高いのか安いのか——凌鍾宇絡みなら、もしかすると破格の値段かもしれない。富永の知っている大陸から来たチンピラは、十万円程度の金で人を殺す。

「そろそろリッチモンドですよ」

阿寶の声に促されて、富永は視線を窓の外に移した。マッチ箱のような家が整然と並ぶ街並みが広がっていた。

「これが?」

思わず聞いた。阿寶がうなずく。富永は嘆息した。もっとごちゃごちゃした街を想像していた。香港のような街を。たとえ、そこが中華文化の及ばない最果ての地であったとしても、自分たちの流儀を押し通す——それが香港人、いや、中国人だと思っていた。目の前に広がる景色は、中国人の流儀にはまったくそぐわなかった。

「本当にこんなところに香港人がうじゃうじゃいるのか?」

「腐るほどいますよ」

阿寶がまた笑う。ホンダは橋を渡りおえた。


「結局、みんな様子を見てるんですよ」阿寶はいった。「今年の七月以降、共産党が香港をどうするつもりなのか、それがわかるのを待ってるんです」

「たいしたことがないとわかったら、みんな香港へ帰るつもりなんだな?」

「そうです。だから、みんな白人連中が作った家を買ってるんですよ。骨を埋める気なら、もっと自分たちの住みやすい家を建てるでしょうからね。それに、香港と違って、こっちは土地と家がべらぼうに安いってこともありますけど」

「意外とインテリだな、阿寶」

「からかわないでくださいよ」

阿寶が笑う。想像する——愛想のいい笑みを浮かべながら警官を殺す阿寶の姿。簡単に思い浮かべることができる。

＊　＊　＊

「とりあえず、飲茶《ヤムチャ》をしましょう。腹も一杯になるし、この街の空気もわかりますよ」

阿寶がいった。拒否する理由はない。

ホンダは街路樹がたちならぶ道を走っていた。両脇にはアメリカンスタイルの家々。濡れた歩道から湯気がのぼっていた。前方にだだっ広い駐車場があった。その奥にはショッピングモール。看板にアルファベットで〈ヤオハン〉の文字。

「知ってますよね、日本のヤオハンは？」

「ああ。大陸の連中に騙されて酷い目にあってるらしいな」

「このショッピングモールも、元々はヤオハンが建てたんですけどね、今は台湾系の企業のものですよ。名前はヤオハンのままですけどね」

阿寶はホンダを駐車場にいれた。ショッピングモールの入口に近い場所にスペースをみつけ、そこにとめた。

「中に入ったら驚きますよ」

車を降りながら阿寶は思わせぶりに微笑んだ。

「中に入ると、いきなり香港みたいになってるんじゃないだろうな」

「どうしてわかったんです？」

阿寶は驚いたように目を開いた。

「冗談でいってみただけさ」

富永は車のドアを閉めた。霧のような小雨が顔にまとわりついてきた。湿って重い空気の中に、覚えのある匂いが混じっていた。香辛料——五香粉の匂い。香港の街に立ちこめている匂い。

阿寶が小走りで入口に向かっていった。富永は悠然とした足取りであとを追った。阿寶がガラス張りのドアを開けて富永を促した。中に入る——足がとまる。

冗談ではなかった。モールの中は香港だった。目に入ってくる色は赤か金——漢字で書かれたセール札。鼻に入ってくるのは広東料理の香り。耳に入ってくるのは、さざ波のように響き渡る広東語のリズム。外の景色とは百八十度違った。モールの中はまさしく香港だった。

「やっぱりね、中国人は中国人なんですよ、サム哥」

阿寶が肩を叩いてきた。

「まったくな。おまえたちは本当にとち狂ってるぜ」

富永は大きく息を吸い込んだ。途端に空腹を覚えた。

「早く飯にしよう」

エスカレータで二階へ。昇りきった正面に映画館があった。ウィンドウに貼られたポスターは香港映画のものだった。つい先日、香港で公開されたばかりのはずの映画。主演男優と女優の顔が大写しになっている。吹き抜けになっている通路を縫って歩いた。貴金属店があり、香港ブランドのショップがあった。レンタルヴィデオ屋があった。雑誌や新聞を売る店があった。香港にあるものはなんでも揃っていた。

匂いが強くなる——人だかりがしている場所があった。中華レストラン。〈広東名菜・大香港〉という文字が派手なエントランスの上で躍っていた。

「ここです。味は香港でいうところの中の上って感じですけど」

「待ってる連中がいるじゃないか」

富永は人だかりに顎をしゃくった。

「サム哥、おれたちは黒社会《ハクセイウィ》の人間ですよ」

そういって、阿寶は笑うのをやめた。愛想の良さが消え、険呑な雰囲気が醸しだされる。

「ちょっと待っててください」

阿寶は行列をかき分けて入口の脇にある受付けデスクに進んでいった。チャイナ服を着た中年女が阿寶の言葉に何度もうなずいていた。

「サム哥、どうぞ」

阿寶が叫んだ。行列を作っている連中が非難の視線を向けてくる。富永は笑みを浮かべて足を踏みだした。

「唔該《ムゴイ》」

押し殺した声でいうと、行列が割れた。空いたスペースを通って、店の中に入る――また足がとまった。

広いフロアはほぼ満席だった。天井や壁に客たちの話す声が反響してどよめいていた。

「まるっきり香港の飲茶レストランじゃないか」

「やっぱりおれたち、とち狂ってますかね？」

阿寶は笑った。言葉とは裏腹に、その笑いには身内を自慢するような色があった。

＊　＊　＊

味は中の上だと阿寶はいった――減点一。餃子類は蒸しすぎで皮が破け、腸粉《チョンファン》のタレは甘すぎた。中の下――このクラスの店は香港なら一ヶ月も保たずに閉店に追いやられる。

「ここら辺りじゃ、これでもましな方なんです」

阿寶がいった。いいわけがましかった。

點心《ディムサム》を食べながら周りの人間の話に耳を傾ける。覗き見野郎のおかげで、空気を伝わる無数の会話の中から特定のものを拾いあげるのは得意技になっている。話題――仕事、金、香港、家族。とりわけ、ガキたちの話題が多かった。うちの孫が最近、悪い連中とつきあっている。うちの娘の着るものが派手になった。うちの娘なんか、だれが父親かもわからん子供を孕みやがった。息子の服を洗濯したら、ズボンのポケットから白粉が出てきた――リッチモンドのガキども。香港よりもいかれている。

「この後、どうしますか？」

ポーレイ茶をすすりながら、阿寶がいった。

「悪ガキたちの溜まり場を案内してくれ。特に、ヴェトナム系の連中の溜まり場だ」

「この時間に行っても、だれもいませんよ」

「場所と雰囲気を知っておきたいだけだ。夜になったら、もう一度回る」

「わかりました」

阿寶が手をあげた。

「おい、勘定だ」

ボーイがすっとんでくる。テーブルの上の伝票をつまみあげる――破り捨てた。

「お客様、お支払いはもうお済みです」

引き攣った微笑。まだ若いボーイだった。阿寶を見る目に、畏怖と憧憬の色が同居していた。

「そいつは気づかなかったな」

阿寶が薄笑いを浮かべた。ポケットからしわくちゃの紙幣を取りだし、テーブルの上に置いた――十ドル。

「料理長に伝えておけ。もう少しましな料理を作らないと、フレイザー河に沈めるぞ。まずい料理のせいで、おれは香港から来た客の前で恥をかかされた」

「つ、伝えておきます」

阿寶が満足げに鼻を鳴らした。

「行くぞ、阿寶」

富永は腰をあげた――電子音。椅子の背もたれにかけたコートのポケットから携帯電話を取りだした。

「喂《ウァイ》？」

「わたしのこと、覚えてる？」

押し殺した女の声――英語。それでも聞き違えようがなかった。富永は携帯を握りなおした。

「もちろん、太々《タイタイ》。香港でもヴァンクーヴァーでも、あなたを忘れる人はいませんよ。でも、どうしてこの番号を？　わたしが書いたメモをお母さんが捨てるのを見ましたが――」

「わたしは数字を覚えるのが得意なの。それより、助けて」

劉燕玲《ラウインレン》は富永の話を遮った。広東語訛りが酷くなった。

「どういうことですか？」

鼓動が速くなるのを感じた。このショッピングモールと劉燕玲。カナダも捨てたものではないと思えてきた。

「酷い男に脅されてるの。主人の知り合いには頼めないわ。あなたしか頼れそうな人がいないのよ」

「今、どこに？」

「家よ」

「すぐに行きますよ」

「だめよ。義母と息子がいるの」

「では、どこか別の場所で？」

「夕方には時間が作れるわ」

脳味噌が音をたてて回転する――テレビのニュースで見た情報が吐きだされる。フォーシーズンズ・ホテル。

下院議員選挙候補者のパーティ。鄭奎《チェンフィ》に面通しするつもりだった。

「ヴァンクーヴァーまで出てこられますか？」

「ええ、だいじょうぶよ」

「では、午後六時に、フォーシーズンズ・ホテルに来てください。部屋を取っておきます。わたしの名前は――」

「サム富永《フーウィン》。知ってるわ」

劉燕玲は富永の姓を広東語で発音した。背中の肌が一斉に粟立った。

「それでは、お待ちしてますよ、太々」

「アイリーンよ。こっちではそう呼ばれてるの」

「わかりました、アイリーン」

電話が切れた。富永は携帯の通話解除ボタンを押した。そのまま、携帯を握った手を阿寶に突きだした。

「フォーシーズンズ・ホテルに電話して部屋を取ってくれ」

「なにかあったんですか、サム哥？」

「野暮用だ」

「わかりました」

阿寶が下卑た笑いを浮かべた。携帯を受け取り、電話をかけはじめた。

富永は煙草に火をつけた。電話をしている間に、若いボーイの姿は消えていた。

劉燕玲――向こうから飛び込んできた。ものにしない手はない。酷い男に脅されている――相手はだれか、なにをネタに脅されているのか。富永も満足し、覗き見野郎も満足できる。

「サム哥、部屋はツインの部屋でいいですか？」

阿寶が聞いてきた。

「野暮用だといっただろう、阿寶。ダブルだ。でかいベッドの上で、いい女とやりまくるんだ」

富永は煙を勢いよく吐きだした。

「金がありゃ、スイートを取るんだがな」

日本語でつぶやいた。

17

レイ・グリーンヒル警部はオフィスにいた。塵ひとつ落ちていない部屋で、眉を曇らせて書類に目を通していた。ドアをノックすると、視線だけを向けてきた。

「入れ」

ハリィはドアを開けた。部屋にはコーヒーの匂いが充満していた。

「なにか用か、ハリィ？」

「ご相談したいことがあります」

グリーンヒルは執務デスクの向かいにある椅子を顎でさした。

「掛けたまえ。ちょうど、わたしも君に聞きたいことがある」

ハリィは椅子に腰をおろした。グリーンヒルの左斜め向かい。グリーンヒルはよく横目で人を睨む。そうすることで相手は自分を畏怖すると思いこんでいる。だから、椅子は常にこの位置に置かれている。

「まず、わたしの質問からはじめてもいいかね？」

「どうぞ」

ハリィはうなずいた。

「パウエル・ストリートの殺人事件だが、いやにご執心のようだな。理由を説明してくれ」

ハリィは唇を舐めた。グリーンヒルの顔色を読もうとしたが無駄だった。あきらめて口を開いた。

「同じアパートメントで二十四時間以内に二件の殺人事件が立て続けに起こりましたからね。警官であれば、だれでも興味を持つと思いますが」

牽制球——グリーンヒルは慌てなかった。

「わたしの時間を無駄にするな、ハリィ」

グリーンヒルの目が動く。ハリィは肩をすくめた。

「最初の中国人の殺人事件ですが、第一発見者はヴァンクーヴァー市警凶悪犯罪課のロナルド・ン巡査部長です」

「その巡査部長になにかあるのかね？」

「鄭奎《チェンフイ》の犬です——まだ、確証はありませんが」

「中国人かね？」

「カナダ市民です」

「わたしの聞きたいことはわかっているだろう」

「中華系移民です。出身は香港。ご存じのように、鄭奎も香港から移民してきました」

「あの男がカナダに来たのは二十年も前のことだよ」

グリーンヒルはデスクの上のコーヒーカップに手を伸ばした。まず、香りを嗅ぎ、口に含む。眼鏡の奥のグレイの目は冷たい光を放っている。

「それで、その巡査部長が鄭奎の代わりに、棍棒を持って、チャイナタウンの老人たちをどやしつけているというわけか？」

「おそらく」

「早速辿りついたというわけだ。わたしが見込んだだけのことはあるじゃないか、ハリィ」

「ぼくの手柄ではないんです」

グリーンヒルの目が瞬いた。ハリィは唇を舐めた。

「どういうことだね？」

「パトリック・チャウが知っていたんですよ。鄭奎の尻を舐めている警官はだれだと聞いたら、彼は即座に教えてくれました」

パット――やつれ、荒《すさ》んだ顔。飲み散らかした酒。裸で寝ていたハロルド加藤。ハリィは小さく首を振った。やめろ。余計なことは考えるな。

「つまり、どういうことだね？」

「中華系の警官の間では有名な話だそうです。ロナルド・ンは札つきの悪徳警官だ、と」

「しかし、わたしも君も知らなかった」

「そういうことになります」

「実に興味深い話だな……そう思わないかね、ハリィ？」

「うちに限らず、カナダの警察組織は中華系移民に対して、もっと具体的な対策を練るべきです」

「そのとおりだ……よろしい、この二件の殺人事件に関する情報を優先的に扱う権限を君に与える。その、ンとかいう巡査部長を徹底的にマークしろ」

「わかりました」

「次は、君の番だ。話したまえ」

ハリィは椅子の上で背筋を伸ばした。

「今、話に出たパトリック・チャウのことなんですが――」

「彼がどうかしたのかね？」

「彼を潜入捜査から外してください。精神的に、かなり参っています。このまま潜入捜査を続けるのは危険です」

グリーンヒルは興味を失ったというように視線を落とした。コーヒーカップに手を伸ばし、飲んだ。もったいぶった仕種――尊大で冷徹な男。

「この部署の人事権はわたしにあることは知っているかね、ハリィ？」

「もちろんです」

グリーンヒルはカップをソーサーに戻した。陶器が触れ合う冷たい音――グリーンヒルの目はコーヒーカップに向けられたままだった。

「ということはだ、ハリィ。君はわたしのやっていることに文句をつけているということになる。どうしたものかな？」

「そういうつもりではないんです、警部。ぼくはただ――」

「ただ、次期下院議員の義理の息子として、友人のために口をききに来たということか」

「率直にいえば、そうなります」

ハリィはいった。今さら言葉を飾っても意味がなかった。

「チャウ巡査部長が精神的に参っているという話だが、わたしはそれには賛成しかねるな、ハリィ。彼はわたしが抱える中でも最高の潜入捜査官だ。つまり、並外れて芝居がうまいということだよ」

「そんなことはありません」

　思わず腰が浮いた。グリーンヒルが掌を向けてきた。

「落ち着きたまえ、ハリィ。君が友人を思う気持ちはわかる。しかし、上司はわたしだし、君はいやだと思っても、わたしの意見を聞く義務がある」

　ハリィは椅子に座りなおした。鳩尾の辺りが熱を持っていた。デスクの上のコーヒーカップ——グリーンヒルに中身をぶちまけてやりたかった。

「パトリックは確かに疲れているのかもしれない。今の仕事にうんざりしているのかもしれない。それでも、だ。彼が最高の潜入捜査官である事実に変わりはない。彼を外して、代わりの者を使えば、その捜査官の身元がばれて殺される可能性の方が高い。わかるかね、ハリィ？　パトリックを今の仕事から外す気はない。もしパトリックが今の仕事に耐えられないというなら、わたしに辞表を出すしかないんだ」

「ぼくがお願いしても、ですか？」

「次期下院議員と深い関わりのある者に頼まれれば、考えを変える余地はあるがね」

　グリーンヒルは眉を吊りあげた。暗く沈んだ目——おまえの願いを叶えたらなにを貰えるんだといっていた。

「変えてください、警部。昨夜、パットと話をしました。彼は怯えています。ヘロイン・マーケットできな臭い動きが起こっていることはご存じでしょう？　チャイナマフィアの間に疑心暗鬼が広がっているとパットはいいました。いつ、だれが殺されてもおかしくない、と」

「そして、身代わりを送りこんで殺させろ。君はそういうわけだ」

「いけませんか？」

　グリーンヒルが微笑んだ。グリーンヒルにいわれた言葉を思いだした——君は冷徹な人間だ。そのとおりなのかもしれない。だが、ハリィ以上に、グリーンヒルは冷酷な人間だった。

「かまわんよ。本当に君が下院議員の家族になるのなら、だがね。友人を思うなら、仕事に精を出すんだ、ハリィ。その巡査部長を徹底的に追い回せ。鄭奎の尻尾を摑むんだ。ミスタ・ヘスワースの最大のライヴァルはあの男だ。彼が選挙レースから脱落すれば、君の友人は望む部署につくことができる。わかったかね、ハリィ？」

　ハリィはただ、うなずいた。喉が渇いていた。口の中に、大吟醸の芳香がよみがえる。憔悴したパットの横顔——真っ裸のハロルド加藤。頭を振った。グリーンヒルは書類に目を落としていた。これ以上話はないということだった。

　ハリィは席を立った。グリーンヒルはハリィを見ようともしなかった。

＊　＊　＊

　発信器とナヴィゲーション・システム——点滅するドットを追跡する。ケヴィン・マドックスはウェストエンドにいた。ダウンタウンの住宅街。路肩にとめられた車。車内に人影はなかった。

　五分待った。マドックスと呉達龍《ンダッロン》が戻ってくる気配はなかった。ハリィは車に近づいた。ピッキング・トゥールで鍵を開けた。ダッシュボードの下に潜り込み、テープを取り外す。新しいテープをセットする。ドアを閉め、鍵をかけ、逃げるように自分の車に戻った。

　テープ——デッキにはめ込む。再生する。くぐもった音が聞こえてくる。

　呟き、囁き、舌打ち。悲鳴——だれかがだれかを殴る音。広東語——呉達龍。殺された中国人のことを聞いている。ヘロインのことを聞いている。

　静寂——また、声。

「次はどこに行く？」マドックス。

「こんな時間に街をうろついても、だれも捕まりはしないぜ、ケヴィン」呉達龍。

　ふたりは仕事をサボる段取りをつけはじめた。やがて、マドックスの女に関する自慢話がはじまった——早送り。もう一度、再生。マドックスの声がまだ続いていた。早送りしようと伸ばした手がとまる。携帯電話の着信音。続いて、呉達龍の声。

「悪いな、ケヴィン。電話だ……ハロー？……どうしました？」

　英語から広東語——呉達龍の言葉が切り替わる。ハリィは耳に神経を集中させた。

「相棒と一緒なんで」呉達龍の声。

　推測——呉達龍は人に知られたくない相手と話している。相手の声は聞こえなかった。

「ちょっと難しいですね。昨日、今日と立て続けに同じ場所で殺人事件がありまして、そっちに駆りだされてるんです……それぐらいならなんとか……七時半にフォーシーズンズですね？」

　呉達龍の声が消える。マドックスのくだらない話が再開される。

　ハリィはテープをとめた。

　人に知られたくない相手。広東語で会話できる相手。鄭奎——間違いない。呉達龍は鄭奎に呼び出されたのだ。

七時半にフォーシーズンズ。ジム・ヘスワースのパーティが八時に開かれる。鄭奎もそのパーティに出席する。

ハリィは口笛を吹いた。無線に手を伸ばした。

「こちら、ハロルド加藤巡査部長。グリーンヒル警部を頼む。大至急だ」

アドレナリンが体内を駆け回った。送話器を握る掌が汗でびっしょり濡れていた。

＊　＊　＊

鄭奎はフォーシーズンズにスイートを取っていた。いつ、チェックインするかはわからない。科学捜査班の連中が大急ぎで盗聴器を取りつける。

隣の部屋を確保する。可もなく不可もないダブルの部屋。ベッドサイドに置かれた受信機が不釣り合いだった。受信機には科学捜査班の捜査官がふたり、張りつくことになっている。

すべての準備が整った。ハリィは腕時計を覗きこんだ。午後二時四十五分。着替えをすませてキャスィを迎えに行くには早すぎる。

フォーシーズンズを出て、リッチモンドへ。じっとしていることはできなかった。憔悴したパットの横顔と真っ裸のハロルド加藤——頭の中から追い出したかった。

＊　＊　＊

ビリヤードバーとカラオケ店。まだ時間が早いせいか、ろくな連中がいなかった。李耀明《レイイウミン》の娘とミッシェルと名乗る男を知っている人間は捕まらなかった。

五軒目に寄ったビリヤードバーで顔見知りのチンピラを見つけた。ヘロインを買う金欲しさに、リッチモンド市警のタレコミ屋をやっている男——目くばせ。ハリィは店を出た。五分ほど待つと、男が後を追ってきた。車に乗りこんできた男のポケットに二十ドル札を押し込んだ。

「なにか変わったことはないか？」

「阿寶《アポー》って知ってるかい、刑事さん？」

頭の中のファイルが音をたてて開く。阿寶——書類上の名前は梁志寶《リヨンチーポー》。中国広東省出身。許光亮《ホイグオンリヨン》の部下。許光亮は香港の李耀明の組織の幹部。月光に浮かび上がった李耀明の娘とミッシェルのシルエットと結びつく。

「知ってる。鼻の潰れた大男だろう？　普段はヴァンクーヴァーにいる」

「そう、その阿寶が香港から来た男と一緒にこの辺を歩いてる」

「香港から来た男？　何者だ？」

「わからねえよ。ああいう連中が、おれらみたいなチンピラにいちいち自己紹介してくれるわけもないしさ。ただ、広東語を話してるのを聞いたけど、訛りがあったな。日本人か韓国人だと思うぜ」

香港から来た男。恐らくは李耀明の肝煎り。日本人？　韓国人？

「阿寶とそいつは今、どこにいる？」

「知らねえな……なんか、だれかを探してるみたいだったけど」

二十ドル札をもう一枚、男に握らせた。

「そいつを見かけたら、連絡してくれ。その時は、百ドル払ってやる」

男の唇が吊りあがった。

「悪いね、刑事さん。だったら、今すぐ百ドルもよこせよ」

「どういうことだ？」

ハリィは目を細めた。男は慌てて両手を突きだした。

「待てよ、あんたをはめたってわけじゃないんだ。あれを見てくれよ、あれを」

男の視線の先――道路の向かい側にあるカラオケ店。ちょうど人が出てくるところだった。


鼻の潰れた大男と仕立てのいいコートを着た男――酷薄さと尊大さを感じさせる顔つき。頭の中のファイルをめくる。コートを着た男には見覚えがなかった。

阿寶と男は路肩に駐めてあった車に乗りこんだ。メタリックブルーのホンダだった。

「降りろ」

ハリィはエンジンをかけた。

「待てよ。百ドルはどうなったんだ？」

「後で銀行にでも振り込んでやる。とっとと降りろ」

ホンダが動きだした。ハリィは男を叩き落とし、アクセルを踏んだ。

＊　＊　＊

慎重な尾行――ホンダはリッチモンドを後にしてヴァンクーヴァーに向かった。オークストリート・ブリッジを渡ってグランヴィル・ストリートへ。キング・エドワード・アヴェニューを西へ。ダンバー・ストリートを北へ。瀟洒な造りの家の前でホンダはとまった。
頭の中のファイル――見つけた。張文健《チヨンマンギン》が親戚に貸し与えていた家。張文健は新華僑系の大ボスのひとりだった。
ハリィはホンダの二十メートルほど後ろに車をとめた。

観察する。家は静まり返っていた。

阿寶と男が家の中に入っていった。

間違いない。男はあの家を与えられている。張文健が親戚を追いだした――男は大物だということだった。李耀明の子飼い。それ以外、考えられなかった。

ハリィは無線に手を伸ばした。

「加藤巡査部長だ。グリーンヒル警部を頼む」

しばらく待たされて、グリーンヒルの声が聞こえてきた。

「今度はなんだね、ハリィ？」

「尾行チームを用意してください」

「なんのために？」

「まだはっきりしたことはわかりません。ただ、例の巡査部長の件に関わっていると思われる人物を調べたいんです」

嘘――かまうことはなかった。

「確かなんだろうな？」

「ほぼ確実です」

「その人物は中華系か？　尾行するだけでいいのか？」

「中華系です。できれば、どこへ行き、だれとなんの話をしたかまで摑めれば……」

「わかった。尾行班に話をつけよう。ターゲットの住所と特徴を教えてくれ」

ハリィは教えた――的確に。

18

シャワーを浴びる。念入りに身体を洗う。グッチのスーツ、グッチの靴。迷った末にヴェルサーチのネクタイをしめた。鏡でチェックする――昏い目をした男が見つめ返してくる。

「小便臭い小娘の尻を追いかけまわす仕事よりよっぽどマシだ。そうじゃないか？」

呟いてみる。昏い目をした男は笑わない。代わりに頭の中で覗き見野郎が叫ぶ――なにもかもを知りたい。知らずにはいられない。

富永《とみなが》はバスルームに背を向けた。

部屋は905号室。ダブルの部屋といっても、広々とした雰囲気があった。香港や東京の同じクラスの部屋と比べても、違いは歴然としていた。ルームサーヴィスで赤ワインを取った――なにもすることがなくなった。待った。

五時五十八分――ドアが叩かれる。

劉燕玲《ラウインレン》はサングラスをかけていた。人目を避けるためだとしたらお笑いだった。目の下の隈を隠すためだとしたら物悲しかった。左手にエルメスのバッグ。毛皮――恐らくは黒テン――のロングコートの裾からエナメルのような光沢を放つブーツが覗いていた。

「君のような女性は時間にルーズなものだと相場は決まってるんだがな、アイリーン」

富永は広東語でいった。くだけた言葉、くだけた口調。言葉つきとは逆に、丁寧な仕種で劉燕玲の手を取った。

「昔はそうだったわ」

劉燕玲は臆する様子もなく部屋の中に入ってきた。

「昔は?」

「そう。結婚して、約束に遅れるたびに殴られるようになって、時間に敏感になるようになったの。おわかり?」

「了解した」

富永はいった。譚子華《タムジーワ》――酒乱だという噂。噂ではない。事実だ。

富永は劉燕玲の背後にまわった。毛皮に手をかける。劉燕玲はそれが当然というように毛皮を脱いだ。毛皮の下は真っ赤なスーツ。ブランドはわからないが、多分、フレンチ・メイド。タイトなスカートは膝上十センチ。形のいい脚は黒いストッキングとロングブーツで覆われていた。


受け取った毛皮をクローゼットにかけて、富永は振り返った。劉燕玲がソファに腰をおろし、脚を組んだ――反射的に視線がスカートの奥に行こうとする。富永は抑制した。

「喉が渇いたわ」

劉燕玲がサングラスを外した。昨夜見たときにあった目の下の隈は消えていた。ファウンデーション――ノー。目は眠たげだった。ヘロイン――イエス。携帯電話にかかってきた声は怯えていた。今は気怠げだった。どこかでヘロインをぶち込んできたに違いなかった。

「準備怠りなしってわけか――」

富永は日本語で呟いた。

「なんですって?」

「奇麗だといったんだ」

劉燕玲は富永の言葉を鼻で笑った。

「このワイン、いただいてもいいのかしら」

「お注ぎいたしましょう」

富永は優雅な手つきでボトルを摑んだ。ワインをグラスに注ぐ。ルビィのような液体が音をたてて流れた。

「貴方は飲まないの?」

「食事の前にワインを飲むと眠くなるんでね。おれのことは気にしないで飲んでくれ」

「そう……じゃあ、遠慮なくいただくわ」

劉燕玲はグラスを傾けた。ワインを口に流し込む。喉が隆起する。富永は立ったまま劉燕玲を見つめた。赤いスーツの胸元——インナーは見えなかった。妄想——膨らむままに任せた。

「美味しいわ、このワイン」

劉燕玲は微笑んだ。艶《あで》やかという形容が相応しい笑い方だった。

「おれの一ヶ月分の稼ぎがふっ飛ぶぐらい値が張るワインだからな」

富永はいって、劉燕玲の横に腰をおろした。劉燕玲が脚を組みなおした。露になった太股に手を置く——撥ねつけられることはなかった。そのまま指を這わせた。

「あの男も同じことをしたわ」

劉燕玲の顔が嫌悪に歪んだ。

「あの男？」

覗き見野郎が目を輝かせる。なにもかもを知りたい、知らずにはいられない。

恐怖心が鎌首をもたげる——厄介な相手だったらどうする？

「電話でいったでしょう。わたし、脅されてるの」

「どういうことになってるんだ？」

劉燕玲は溜め息を洩らした。グラスの中のワインを飲み干し、富永を見た。富永は太股から手を離した。ワインを注ぐ。掌に残った温もりが、ボトルの冷たさに中和された。

「わたし、ヘロインをやってるの」

劉燕玲は話しはじめた。愚かな女の転落の物語。元女優。今は有名俳優の妻にして麻薬中毒。それに、売春婦。

恭子《きょうこ》を思いだす。ただれた性——覚醒剤の魔力。恭子は皮と骨だけになって死んだ——殺された。すべては覗き見野郎のせいだった。覗き見野郎は飽くことを知らない。すべてを知りたがる。恭子の男の動きを把握しろ——覗き見野郎はそういった。いい続けた。過酷な職務と恭子とのひと目を避ける密会、それに覚醒剤。注意力が散漫になる。それでも覗き見野郎は騒ぎ立てる。揚げ句、相手の男に悟られる羽目になった。富永と恭子の関係に気づいた情夫は恭子を手下たちに投げ与えた。穴という穴を犯され、絶え間なく覚醒剤を打たれ、恭子は死んだ。

富永は逃げた。復讐することもせず、恭子のために泣くこともせず、ただ恐怖に囚われて逃げた。覗き見野郎を罵り、己を罵った。警察を追われ、日本を脱出した。覗き見野郎はどこまでもついてきた。恭子の情夫のやくざも香港まで富永を追いかけてきた。

左手の小指がなくなった。

恭子の声を思いだすことはない。ただ、覗き見野郎の声が頭の中で反響しつづけるだけだった。ときおり、なくなった小指がうずく。そのときだけ、恭子の儚《はかな》げな顔を思いだす。

「それで、悪徳刑事に脅されてるってわけか……」

劉燕玲の話が終わるのを待って、富永はいった。

「そうよ。酷い男。がさつで醜くて……それがわたしの脚を撫でまわして、嗤うのよ」

「どうしておれに縋《すが》ってきた？」

「知り合いに知られたくないの。ヴァンクーヴァーの黒《ハク》社会《セィウィ》の連中は、みんな夫を知ってるわ。そんな人たちに頼んだら、すぐに夫の耳に伝わるもの」

「おれも黒社会の人間だよ、アイリーン。あんたの旦那も知ってる」

「でも、あなたは日本人だわ……昨日、あなたはわたしに誘いをかけてきた。ただの黒社会の人間なら、報復が怖くてそんなことしないわ」

報復は怖い。だが、譚子華は香港にいる。うまく立ち回れば、美味しい思いをすることができる。あさましい考え――逃れようもない。

「おれが日本人で、あんたとやりたがってるからか？」

「いけないかしら？」

「おれがどんな人間かも知らないのに？　もしかすると、後で君を脅すかもしれないぜ」

「あなたはそんなことはしないわ」

劉燕玲が笑った。自信に満ち溢れた笑みだった。

「なぜいい切れる？」

「これでも、わたし、いろんな男を見てきたわ。だから、わかるの？」

「君を脅してるおまわりはどうだ？　君のためにヘロインを用意するとまでいってるんだろう？　それでも、君の眼鏡にはかなわないのか？」

「あの男は虫酸《むしず》が走るわ」

吐き捨てるような口調だった。富永はきいた。

「それで、そのおまわりの名前は？」

「呉達龍《ンダッロン》」

絶句――身震い。氷のように冷たい恐怖が胸に広がっていく。

「どうしたの？」

「いま、なんていった？」

「あの警官の名前は呉達龍よ。それがどうかしたの？」

呉達龍のいかつい顔が脳裏に浮かんだ。香港を出る前にかけておいた保険を思いだす。富永は笑った。

「なによ？　なにがおかしいの？」

劉燕玲の顔に険が宿った。違う、そうじゃない――いおうとしたが、言葉にならなかった。こみあげてくる笑い――富永は噎せながら劉燕玲のワイングラスに手を伸ばした。笑いをこらえて飲み干す。
「取引き成立だ、アイリーン。そいつのことなら、おれに任せておけ」
劉燕玲の脚に手をかける――笑いの発作が収まった。顔を近づける。拒まれる様子はなかった。富永は劉燕玲の唇を貪った。

＊　＊　＊

劉燕玲はベッドに行きたがった――ゆるさなかった。劉燕玲は服を脱ぎたがった――ゆるさなかった。都合のいい男ではないということを思い知らせておく必要があった。

ズボンのジッパーをおろした。熱をもって固くなったものを引きだした。

「口でしてもらおうか、アイリーン」

「そんなこと、したことないわ。嫌よ」

劉燕玲が富永の股間から目をそむける。富永はウェイヴのかかった髪の毛を摑んだ。かすかな悲鳴があがる。劉燕玲の顔を股間に押しつけた。

「馬鹿なことをいうなよ、アイリーン。譚子華が女とどういうふうにやるのか、おれが知らないとでも思ってるのか？」

覗き見野郎にせっつかれて集めた収穫――譚子華は名うてのポルノコレクター。あらゆるツテを使って、アメリカ産のポルノヴィデオを集めまわっている。黒いレースの下着――ガーター・ベルトにストッキングを身につけた金髪女優がお好みだという話だった。本番よりもフェラチオのシーンに目を輝かせるという話だった。日本人に比べれば可愛いものだった。

「しゃぶれよ、アイリーン。おれを喜ばせた方が君のためだ」

上目づかいに睨んでくる双眸――ヘロインで麻痺しかけた理性。

「明かりを消して……」

「だめだ」

劉燕玲のルージュを塗った唇が開いた。富永はぬめった感触を覚えた。くわえこまれ、舐めあげられる。あまり上手だとはいえない動きだった。日本なら、渋谷あたりを闊歩している女子高生の方がよっぽど淫らな舌づかいを知っている。

富永は劉燕玲のスーツの胸元に手を伸ばした。指を差しこんだ。想像していたとおり、スーツの下は下着だけだった。シルクの指ざわり。布地をかき分け、乳首に触れた。固かった。指先で弄《なぶ》る――劉燕玲が呻いた。

「やめるな。続けるんだ」

劉燕玲はソファの上で四つんばいになっている。スカートに包まれた尻が艶《なま》めかしく動く。新宿のシティホテルで、恭子にも同じことをさせた。シャネルのスーツ――下着はつけるな。恭子は恥ずかしがった。しきりにスカートの裾を気にした。エレヴェータの中で、スカートの中に指を這わせた。恭子はいつもより濡れていた。

劉燕玲の身体の下に、エルメスのバッグがあった。気づかれないように開ける。指だけで中を調べる。財布。化粧ポーチ。ポケットティッシュ――香港人はハンカチは使わない。フィルムケース。富永は指の動きをとめた。カメラが入っている気配はなかった。化粧ポーチを指で押す。細長いものを捜す――注射器。それらしいものがあった。バッグを閉じた。

「よし、背もたれに手を突いて、尻を突き出せ」

劉燕玲の顎に手をかけ、いった。劉燕玲が顔をあげる――唇が唾液に濡れて光っていた。

「どういうこと？」

富永は答えなかった。立ち上がり、劉燕玲の腰を抱えた。

「背もたれに手を突くんだ」

スカートをまくりあげる。


「こんなの、嫌よ。やめて！」

劉燕玲がもがいた。

「黙れ。いわれたとおりにするんだ」

押し殺した声――嗄れ、ひび割れていた。掌で劉燕玲の尻を叩いた。乾いた音がした。

「ぶたないで。身体に痕がつくわ。お願い。ぶつのはやめて」

「痕がつく？」

富永は嗤った。パンティストッキングとショーツを一気に引きおろした。滑らかな白い肌――太股のつけ根が変色していた。注射痕。

「尻に痣《あざ》ができるぐらい、これにくらべたらどうってことはないだろう……脚を開け」

富永は注射痕を指でさすった。劉燕玲の内腿が細かく痙攣する。

「なにをしている。早く脚を開け」

指先を上にずらす――劉燕玲は濡れていた。恭子のように。

尻を抱え、突きいれた。劉燕玲のそこは、なんの抵抗も示さずに富永を受け入れた。堪え切れないというように、劉燕玲が振り向く。

苦しげに歪んだ顔。切なげに細められた目。唇が開く。快楽の呻きが漏れてくる。富永は腰を振りながら、その唇を塞いだ。

＊　＊　＊

「煙草、ある？」

バスルームの扉が開き、劉燕玲の声が流れてきた。

「ああ」

富永はベッドの上で寝返りをうった。背中が冷たいものに触れた——劉燕玲の中から溢れ出てきた自分の精液の名残だった。

舌打ち——サイドボードに手を伸ばす。煙草のパッケージは空だった。もう一度、舌打ち。ベッドをおり、クローゼットを開ける。コートのポケットから真新しいパッケージを取りだした。

「日本人はスケベだって聞いてたけど、本当ね」

劉燕玲がバスルームから出てきた。髪の毛は乾いたまま。化粧を拭き取った顔——それほど変わりはなかった。眉が薄くなったように感じられる程度だった。

富永は煙草とライターを放り投げた。劉燕玲は器用に受け止めた。煙草を取りだし、火をつける。落ち着き払った顔——つい二十分ほど前まで富永に絡みつき、腰を振った女の面影はない。ソファで後ろから貫かれた後は、自分から富永を求めてきた。富永の命じる淫らな姿態を積極的にとった。

エルメスの中のヘロイン——奪い取れば、落ち着き払った顔が不安に歪むだろう。

劉燕玲はベッドの縁に腰をおろした。

「こっちに来て……」

富永は従った。横に腰かけ、肩に手をまわした。劉燕玲が首を傾ける。富永の首に唇を押しつけてくる。煙草の煙が漂う。股間に手が伸びてくる。

「二回もしたのに、まだ頑張れそうね」

「相手によるんだ」

富永は劉燕玲の手を押しのけ、立ちあがった。床に散らばった服をかき集め、着はじめた。

「シャワー浴びないの？」

「今夜はおまえの匂いをつけたままでいたくてね」

「気障《きざ》なのね」

微笑——恭子はあまり笑わなかった。いつも、なにかに追い詰められているような表情を浮かべていた。劉燕玲は恭子ではなかった。

「ねえ、あの警官のこと、本当にちゃんとやってくれるんでしょうね？」

「任せろといっただろう。心配なら、今すぐ手を打ってやろうか？」

「本当にそんなことができるの？」

「もちろん」

富永はサイドボードの電話に手を伸ばした。広州《ゴンヂャウ》に電話をかけた。しばらく待って、回線が通じた。広東語が聞こえてきた。

「喂《ウァイ》?」

「灣仔《ワンヂャイ》のサムだが、楊先生《ヨンシンサン》はいるかい?」

「ちょっとお待ちください」

ちらりと横を見る。劉燕玲が真剣な眼差しで見守っていた。

「こんな短い間に二度も電話をしてくるとは珍しいじゃないか、阿《ア》サム」

楊の声。

「この前お話しした件、覚えてますか、先生?」

「ああ、覚えておるとも。呉とかいう刑事の子供たちの話だろう?」

「そう。呉達龍の子供たちをさらう話です」

富永は呉達龍の名に力をこめていった。劉燕玲の肩が顫えるのがわかった。

「こちらでトラブルがありましてね、どうやら呉達龍が一枚嚙んでるようなんです。あいつを黙らせたいんですよ、大哥《ダーイコー》」

「それで、子供たちをさらえというのか?」

「ほんの二、三日さらうだけです。呉達龍が駄々を捏ねなければ、それで充分でしょう」

「報酬は?」

考える――香港でアソウから奪った金がまるまる残っていた。五万香港ドル――日本円にして八十万弱。劉燕玲を見る。その金に値する女か?――自問する。暇つぶしにはなるだろう――答えが返ってくる。

「五万香港ドルでいかがですか?」

「請け負った」

楊がいった。

「それじゃ、早速今日中にお願いできますか?」

「これからすぐ、若い者を行かせよう」

「お願いします、大哥」

富永は電話を切った。煙草の煙――劉燕玲の指に挟まった煙草。灰が落ちそうだった。煙草をもぎ取る――灰が落ちる。かまわず、短くなった煙草を吸った。

「こんなもんだよ、アイリーン」

「でも、相手は子供よ」

劉燕玲の声は顫えていた。富永は劉燕玲が連れていた少年を思いだした。母親――ろくでもない。

「子供だろうと大人だろうと関係ないさ。問題なのは、呉達龍がおまえを脅したってことだ。身の程知らずにも、な。余計なことを考えるのはやめろよ、アイリーン。おまえが善良な人間じゃないことは、おれもおまえもわかっている。人間ってのはな、やるべきことをやって生きていくんだ」

「燕玲よ」

劉燕玲の唇が開いた。声はまだわなないている。だが、官能とヘロインに蕩《とろ》けていた瞳に、一瞬、力強い光が宿った。

「わたしのことは燕玲と呼んで。アイリーンなんて、馬鹿みたいだと思わない？」

＊　＊　＊

エレヴェータが下降する。燕玲は富永の腰にしがみついてきた。

「だれかが乗ってきたらどうするんだ？」

「その時はその時よ」

声には媚が含まれていた。燕玲は男が持つ力に弱いタイプだった。それが錯覚だったとしても、自分にはない力を見せつけられると、従順になる。

「次はいつ会える？」

富永は燕玲の髪に鼻を埋めながらきいた。匂いを嗅ぐ。嗅ぎながら、尻の肉を鷲づかみにする。燕玲が顫える――心地よかった。

「いつでも……さっき教えた携帯の番号に電話して。都合がつくかぎり、必ず会いに行くわ」

「おれと会うときは、いつもスーツにしろ。そして、下着はつけるな」

恭子にした命令――恭子は抗わなかった。

「恥ずかしいわ」

「おまえは譚子華の女房だ。母親だ。だが、おれと会うときは、ただの女でいるんだ。いいな？」

強い口調でいう――燕玲はうなずいた。エレヴェータがとまった。ドアがスライドする。ロビィ――人でごった返していた。八時からはじまるパーティの客たち。燕玲が身体を遠ざけた。

「ここでいいわ、サム。やっぱり、だれかに見られるのが怖いから」

「気をつけて。呉達龍のことは心配するな」

サングラスに隠れた目――表情はわからない。それでも、燕玲は唇だけで微笑んでみせた。

「それじゃ……」

燕玲は踵を返した。遠ざかっていく背中を富永は見守った。ふいに、燕玲の足がとまった。背中が緊張に強ばった。燕玲は巨大な植え込みの陰に隠れて、頭を低くした。こちらを振り向く――唇。なにかを訴えている。

燕玲が進んでいた先――左脇にフロントデスク。スタッフになにかを聞いている男。薄くなった頭。浅黒い肌。

いかつい顔。

呉達龍。

富永は目を細めて、呉達龍の横顔を睨んだ。

19

スイートルーム。だだっ広いリヴィングの奥にベッドルーム。風呂はおそらくジャグジー。呉達龍《ンダッロン》が住んでいる家の倍は広かった。

鄭奎《ヂェンフィ》はソファにふんぞり返っていた。携帯電話でだれかと話している。二人の秘書——というよりはボディガードといった方がぴったりくる連中が忙しげに部屋の中を行き来していた。

おあずけを食わされている狗——呉達龍は煙草を吸いながら鄭奎の電話が終わるのを待った。いつもと違って苦痛を感じることはなかった。掌に残る余韻——劉燕玲《ラウインレン》の太股の感触。明日のことを考えると、自然に笑みが浮かんでくる。

「待たせたな、ロン」

鄭奎の気どった英語が聞こえてきた。鄭奎は携帯電話を秘書に渡し、部屋から出ていくように指示していた。

呉達龍は煙草を消した。秘書たちが部屋を出ていくのを待った。

「チャイナタウンの件はご苦労だった。ベニィにボーナスを渡しておくようにいってあるから、あとで受け取るといい」

鄭奎は広東語でいった。ベニィ——秘書のひとりのイングリッシュネーム。呉達龍はうなずいた。

「ありがとうございます」

「来月から本格的な選挙戦がはじまる。その前に、障害はできるだけ排除しておかねばな」

「次はだれを痛めつけろと？」

「年寄りは頭が固いし、民主主義を訴える人権派は鼻持ちならん」

鄭奎は言葉を切った。スーツの内ポケットから紙切れを取りだした。紙切れ——中華系新聞の切り抜きだった。呉達龍は切り抜きに目を通した。〈台加交流協會理事長、香港系移民協會を糾弾〉

仰々しい見出しのあとに記事は続いていた。要するに、カナダ政府が中華系移民のために設立した基金の大半を香港系移民が独占していることに対して、台湾系移民が腹を立てているということだった。中でも、台加交流協會理事長の王聖哲《ウォンシンジッ》は鄭奎を名指しで批判していた。

記事の内容は概ね事実に即していた。かつての華僑はそのほとんどが広東人だ。そのせいで、世界各地のチャイナタウンでは広東語が主流言語であり、広東語を話せない中国人には身の置きどころがなかった。今でも、台湾や大陸からやってきた連中は酒を飲みながらこんな愚痴をいう——北米大陸じゃ、広東語を話せない中国人は中国人じゃないのさ。

　移民の歴史が古い分、地元とのかかわりも広東系の人間の方が深い。そもそも、白人連中には広東語と北京語の区別もつかない。だから、白人のだんな様方が恵んでくださる貴重な金は、すべて広東人——今では香港系移民に吸いあげられることになっている。もちろん、鄭奎もそこに深くかかわっている。

「台湾の連中は難しいですよ」呉達龍は切り抜きをテーブルの上に放り出した。「ガキどもならまだしも、前からカナダにいる連中はインテリぞろいだし、身持ちも固い。それに、連中は徴兵を経験してるんで、二、三発殴られたぐらいじゃ屁とも思いませんしね」

「そこをなんとかするのがおまえの仕事だろう」

　鄭奎は唇をねじ曲げながらいった。

「しかし——」

「言葉はいらん。わたしが欲しいのは結果だけだ。そのためにおまえを雇っている。違うか？」

　呉達龍は答えなかった。新しい煙草をくわえ、火をつける。鄭奎は険しい表情を浮かべていた。地が覗いている。テレビカメラの前でどれだけ愛想のいい笑みを振りまいても、鄭奎がやくざ者と同じ思考方法の持ち主であることに変わりはない。

　鄭奎のいいたいことはわかっていた。脅しをかけるための梃子になるものがないのなら作りだせ——そういうことだ。台加交流協會。メンバーのほとんどがインテリか実業家層だった。だが、欲望を持たない人間はいない。その欲望を知れば、つけ込むことができる。フリーザーの中の白粉《パーファン》——売りさばくまでは鄭奎の力がまだ必要だった。

「わかりました。なんとかしましょう」

　鄭奎の顔に笑みが広がった。

「そういってくれると思ったよ。いいか、わたしが下院議員になったあかつきには、おまえにどれだけのことをしてやれるか……そのことを忘れるな」

　鄭奎が呉達龍を動かすための梃子——金と権力。下院議員になれば、娘と息子のための市民権を手に入れてやる。その必要はない——呉達龍は喉の奥で吐き捨てる。おまえの手は借りない。白粉を売った金で市民権は買い取ってやる。その時はおまえにも代価を払わせてやる。

　呉達龍は腰をあげた。煙草を灰皿の中に放り投げた。

「それでは、失礼します」

「パーティには出んのか？」

「柄じゃないんで」

「少しだけでも顔を出していくといい。敵を知るのは兵法の基本だぞ」

敵――ジェイムズ・ヘスワース。

「そうですね」呉達龍はいった。「小腹も減っていることだし、サンドウィッチでもつまみながら、白い連中の顔を眺めるのも悪くはないかもしれない」

＊　＊　＊

ホールは人でごった返していた。ドーム型の天井に反響した声が鼓膜を震わせる。呉達龍は来たことを後悔した。

ビールの入ったグラスを受け取り、隅の比較的目立たない場所に移動した。ビールをちびちび飲みながら辺りを観察する。中央に料理を並べた馬鹿でかいテーブル。その奥にマイクを仕立てたステージ。空いたスペースは人で埋まり、立錐の余地もない。客の七割は白人。残りが東洋系。華人の他に日系や韓国系も混じっている。いずれにせよ、着飾った男と女。どの顔にも似たような笑顔が広がっている。

鄭奎はステージの近くにいた。年老いた中華系の男と話し込んでいる。鄭奎の背後ではふたりの秘書が目を光らせていた。

呉達龍は視線を会場への入口に移した。出入りする人間の顔をチェックする――刑事の習性。くだらないが、他にすることがなかった。入口を見張りながら、ジャケットの胸の部分を押さえた。百ドル札の束の感触――一万ドル。たいした金ではない。胸くその悪くなる仕事の報酬にしては少なすぎる。それでも、まとまった金であることに違いはない。

思考が白粉に飛ぶ。金を手に入れたなら、真っ先に娘たちを呼び寄せる。蛇頭《セータウ》組織に関係している連中に五万ドルもくれてやれば、ことは楽に運ぶ。市民権の問題はそれからだ。金があれば大抵の問題はクリアできる。アメリカの市民権を買い取ってもいい。いずれにせよ、ヴァンクーヴァーは出る。この街にはうんざりだ――

拍手が起こった。客たちの視線が一斉にステージに向けられた。大柄な白人がマイクの前に立っていた――ジェイムズ・ヘスワース。ブルネットの髪、年の割りに若々しい肌は白というより赤みがかっていた。顔に張りついた笑みは苦労を知らない者特有のそれで、青みがかった灰色の瞳は傲慢さを物語ってあまりあった。

ざわめきが消えた。ヘスワースが演説をはじめた。呉達龍はあくびを噛み殺した。政治家のたわごとには興味が持てなかった。もう一度、視線を入口に向ける——動きがとまる。

一組の男女が慌てた様子で入ってくるところだった。ダークスーツの東洋人と、派手なドレスを着た白人のカップル。呉達龍の目は男に張りついて動かなかった。ハロルド加藤。ＣＬＥＵの捜査官。なぜあいつがここに？——脳裏に浮かんだ疑問を呉達龍はすぐに打ち消した。ハロルド加藤はお坊ちゃんだった。こういうパーティに出席するのはお手の物だろう。

「失礼」

呉達龍は周りにいた人間をかき分けた。ハロルド加藤と女は、ステージの方角に向かって歩いている。気づかれないように後を追った。

ふたりはステージの前に陣取っていた集団に加わった。集団の中心にいるのは初老の東洋人だった。初老の男の周りには他にも東洋系の男たちがいた——呉達龍は首をひねった。ステージのまん前にいるということは、集団はヘスワースの支持者たちということになる。その中にいる東洋人。理解できなかった。鄭奎の立候補に反対する中華系は腐るほどいる。だが、白人に加担する中華系などいるはずもない。

ハロルド加藤は初老の東洋人と話しはじめた。仲がいいというわけではない。どちらかといえばよそよそしい態度だった。それでも、ふたりの間になんらかの繋がりがあることはうかがえた。

ハロルド加藤の脇で女が不機嫌そうに顔をしかめている。黒いドレス——超弩級の胸。婚約者。あるいはそれに近い存在。女は視線をステージに向けた。そこで初めて笑みを浮かべた。ステージの上でヘスワースが女に微笑み返した。ヘスワースと女——どこか似た雰囲気。頭蓋骨の中で警報ベルが鳴り響いた。女はヘスワースの娘だ。ハロルド加藤はなんのために自分に近づいてきた？　自分の女のために。女の父親のために。それ以外、考えられなかった。

呉達龍はその場を離れた。鄭奎を捜す。情報が足りない。どんな些細なことであったとしてもハロルド加藤に関する情報が必要だと本能が告げていた。

鄭奎は同じ場所にいた。薄笑いを浮かべながらヘスワースの演説を聞いていた。

「鄭《ヂエン》先生《シンサン》」

広東語で呼んだ。鄭奎は露骨に顔をしかめた。

「どうした？」

「お話ししたいことがあります。ちょっと来ていただけませんか？」

「パーティの主役が演説している最中だぞ」

「お願いです」

鄭奎の強い視線がまともに浴びせられた。呉達龍は怯まなかった。それ以上に強い視線で睨み返した。

「くだらない話じゃないんだろうな」

鄭奎が折れた。呉達龍は鄭奎の肩を抱き、ホールの隅の方へ誘った。周りには白人しかいない。ここなら、広東語の意味を聞き咎められることもない。

「あそこにいる男をご存じですか？」

呉達龍はハロルド加藤と初老の東洋人のいる方角を指差した。

「ああ、加藤明じゃないか。彼がどうかしたか？」

ファイルで目にした名前。ハロルド加藤の父親。

「なにものですか？」

「貿易会社の社長だ。古いつきあいのある人間さ。彼がどうしたんだ？」

「横にいるのは息子ですね？」

鄭奎が目を細めた。顔の筋が強ばっていく――すぐに強ばりは消えた。

「ああ、ハリィだ。彼の息子だよ。しばらく見ない間にいい面構えの若者に育ったな」

「ハロルド加藤。CLEUの対アジア系組織犯罪班の捜査官です。先日、署に顔を見せましたよ。李耀明《レイイウミン》の娘を捜しているといっていた。本当かどうかは知りませんがね。加藤明はジェイムズ・ヘスワースを支持してるんですか？」

「ハリィが李耀明の娘を捜している？　どういうことだ、それは？」

「わかりません。もし必要なら調べますが――」

「そうしてくれ」

「それより、加藤明はヘスワースを支持しているんですね？」

鄭奎がまた視線をステージの前に向けた。

「どうやら、そのようだな」

力のない声――鄭奎のいつもの態度にはそぐわない。神経になにかが引っかかる。だが、それを確かめるにはあまりにも気が急いていた。

「だとしたら、李耀明の娘の話をまともに信じることはできませんね。あなたの敵対者を支持する人間の息子がわたしに接触してきた。しかも、そいつはCLEUの捜査官だ。加藤明の息子はわたしを探りに来たんです」

「ロン――」

「聞いてください。もし、わたしの読みが当たっていたらまずいことになります。CLEUには中華系の捜査官もいる。もし、あの息子がそいつらを使ってチャイナタウンに聞き込みをかけはじめたら、わたしたちのやってきたことがばれます」

「どうしたいというんだ？」

間延びした声——鄭奎は呉達龍の願いに気づいている。

「殺します」

呉達龍は低い声でいった。

「だめだ。警官殺しはスキャンダルになる。殺されるのが加藤明の息子となればなおさらだ。あれがヘスワースの有力な支持者だというのは周知の事実だ。わたしは痛い腹を探られることになるし、ヘスワースは加藤明の息子を英雄に仕立てあげて自分の選挙戦に利用する。殺すのはだめだ」

「しかし、放っておけば、確実にまずいことになりますよ」

鄭奎は腕を組んだ。唇を噛みながら、加藤明の方をまた見やった。

「加藤明とは古い付き合いだ。初めて彼と会ったのはこの国にやってきたばかりのころだった。今でこそふたりとも成功し違う道を歩いているが、あの頃は違った。ふたりとも若く、貧しかった。このカナダで生きていくために、いろいろなことをやった。わかるか？」

鄭奎は呉達龍に向き直った。挑むような視線を向けてきた。

「わかりますよ。あの日本人も叩けば埃《ほこり》の出る身体だということでしょう？」

「そうだ。息子の件は、わたしから加藤明に話してみよう。おまえが手を出すことは許さん」

「あなたの選挙のことだけじゃない。わたしの将来のこともかかっているんです」

「わたしを信用しろ」

鄭奎がいった。取りつく島があるようには思えなかった。

なぜだ？——いくつもの疑問符が頭の中を飛び交った。殺すのが一番手っ取り早い。なのに、なぜ躊躇《ためら》う？

「不満があるのはわかる。だが、我慢してくれ。加藤明とは本当に古い付き合いなんだ——さて、わたしは仲間のところに戻らなければな」

鄭奎が踵を返そうとした。呉達龍は手を伸ばした。鄭奎の肩を掴む。

「まだなにかあるのか？」

鄭奎が振り返った。目に苛立ちの色があった。呉達龍は口を開き、閉じた。不満、怨嗟、憤り——いくつもの感情が絡み合って声にならなかった。

「久しぶりだな、呉達龍」

ふいに背後から声がした。呉達龍は肩ごしに声の主を見た。

仕立てのいいスーツを着た男が笑っていた。記憶の波が呉達龍を飲みこんだ。富永脩《フーウィンサム》——日本鬼《ヤップンクワイ》。

「どうして、おまえが……？」

「呉達龍、鄭先生を紹介してくれよ。それぐらい、かまわんだろう」

富永を見るのはほぼ三年ぶりだった。富永は太々《ふてぶて》しく笑っている。小指と一緒に肝っ玉もなくした男――当時の面影はなかった。広東語も上達していた。

「こちらはどなたかな？」

鄭奎が富永を認めた。如才のない政治家の笑みが顔に浮かんでいた。

「呉達龍の古い友人で、富永脩といいます。サムと呼んでください」

「日本人か？」

「ええ。今は李耀明大老《ダーイロウ》の下で働かせてもらっています」

「おお、李耀明は元気かね？　マカオの問題で頭を抱えていると聞いたが」

李耀明の名を聞いて、鄭奎の目が輝いた。

「ええ、マカオの件は相変わらずです。それに加えて、大老には手のかかる娘がいますので……」

「それじゃあ、君が捜すために？」

「娘を捜し出せ、娘を誑かしたチンピラにお灸を据えてやれという大老のきつい命令でして」

「なるほど……」鄭奎が何度もうなずいた。「李耀明も大変だ」

「実は、大老から、ヴァンクーヴァーで困ったことがあったら、鄭先生にお願いしてみろといわれておりまして」

「ああ、わたしで力になれることならなんでも協力しよう。わたしに会いたければ、この呉達龍に連絡するといい。今は選挙で忙しいが、李耀明のためとあれば、なんとか時間を作る」

「よろしくお願いします」

富永が深々と頭を下げた。

「それでは、失礼する。人を待たせているものでね。ロン、彼のことは頼んだぞ。李耀明の手の者なら、わたしにとっても大切な客人だからな」

「わかりました」

呉達龍は抑揚のない声で答えた。鄭奎は満足そうにうなずき、人ごみの中に消えて行く。

「ロンなんて名前で呼ばれてるのか？」

富永がいう。唇の端に皮肉混じりの笑みが浮かんでいた。

「なにしにヴァンクーヴァーまで来た？」

呉達龍はいった。

「おれの話を聞いてなかったのか？」

「いつからここにいる？」

富永が煙草をくわえた。

「答えろ」

富永が煙草に火をつけた。

視界が暗くなったように感じた。こめかみの血管が脈打っているのがわかった。

「そんなに熱くなるなよ、呉達龍。ここは香港じゃないんだぜ」

「おれの質問に答えろ」

呉達龍は歯を食いしばった。そうしなければ叫んでしまいそうだった。

「あんたと鄭奎が話をはじめてすぐさ。鄭奎を捜してたもんでね」

「おれが周りを見渡したときには、おまえはいなかった。盗み聞きするつもりで近づいてきやがったな」

「たまたま耳に入っただけさ。もっとも、警官を殺すとか、そういう物騒な話が聞けるとは思ってもいなかったがね」

「貴様――」

呉達龍は富永に向かって足を踏みだした。富永が火のついた煙草の穂先を突きだしてきた。

「よせって。あんた、血の気の多すぎるところは本当に変わってないな」

「なにを企んでる？」

呉達龍は両手で拳を握った。鼻から息を吐き出した。

「別に。さっきいったように、おれは李耀明から娘を捜し出せという命令を受けてる。そのために、鄭奎に手を貸してもらいたいと思っただけさ」

「そんなたわごとが信じられるか。この街には、李耀明の息がかかってる連中がごまんといる。そいつらを使えば、あばずれ娘のひとりやふたり、捜し出すのは簡単だ。もう一度聞くぞ、日本鬼。なにを企んでる？」

「久しぶりに聞いたな、その言葉」富永は煙を吐き出した。「その言葉を聞くと胸くそが悪くなる」

「だったらどうするつもりだ、日本鬼」

富永の目が細くなった。皮肉混じりの色が消え、険呑な光を放ちはじめた。呉達龍の背中を歓喜の波が駆けのぼった。ハロルド加藤を目にしたときからわき起こっていた感情――呉達龍の忍耐の限界を越えて煮えたぎっていた。だれかをぶちのめしたい――それが目の前の日本人なら好都合だった。

「じゃあ、おれがどうするつもりか教えてやろう。劉燕玲から手を引け」

暴力への期待――急速に消えていった。

「なんだと？」

「あれはおれの女だ。てめえの薄汚れた手でどうにかしようなんて、二度と考えるな」

腰のあたりに冷気が忍びこんでくる。暴力への期待

——殺意に切り替わる。

「相変わらず、女には手が早いな、日本鬼。男が相手ならすぐに尻尾を巻くくせによ」

「あんたのガキ、可愛い盛りらしいな」

殺意が急速に膨らむ。

「どういう意味だ？」

「電話してみろよ。今ごろ、親代わりの爺さんが慌ててるんじゃないか」

殺意——子供たちの顔に塗りつぶされる。パニックに似た恐怖が襲いかかってきた。

「貴様……子供たちになにかあったら、貴様を殺してやる」

呉達龍は携帯を取りだした。顫える指で電話をかける。

「おれの知り合いがちょっとだけあんたのガキを預かるといっていた」

富永の声——意味が摑めなくなっていた。回線が繋がるまでの時間が無限に思えた。

「あんたが劉燕玲から手を引いて、あんたの持ってるヘロインをおれに渡したら、ガキたちは無事お爺ちゃんの家に帰ることができるそうだ」

回線が繋がる——呼びだし音。相手が出た。

「喂《ウアイ》？　子供たちは？」

「達龍か？　どうした？」

「子供たちはどこにいる？」

「まだ、学校に行っている時間だが、なにがあったんだ？」

「すぐに探してくれ。黒社会の連中に誘拐されたかもしれん」

「まさか——」

呉達龍は電話を切った。顔をあげた——富永は消えていた。

20

尾行班からの連絡——例の男が移動をはじめた。車を運転しているのは梁志寶《リヨンチーポー》。
シャワーを浴び、着替えをすませる。キャスィを迎えに行く時間。おそらく、キャスィには待たされることになる。ドレス、アクセサリィ、化粧の色。どうでもいいことを決めかねている。それでも遅れるわけにはいかなかった。
車を飛ばす——ウェスト・ヴァンクーヴァーへ。ヘスワースの豪邸へ。
また、尾行班からの連絡——例の男はフォーシーズンズにチェックインした。

　フォーシーズンズ？　パーティに関係あるのか。それとも鄭奎《チェンフィ》と関係しているのか。

「どうしますか？」

　尾行屋の声——退屈に沈んでいる。

「部屋に出入りする人間をチェックしてくれ」

「写真を撮るだけで勘弁してもらえますかね？　人数が足りないもんで」

「ああ、それでかまわない。それで、男はなんという名前で部屋を取ったんだ？」

「ポール・レオンです」

　ポール＝阿寶《アポー》。レオン＝梁。梁志寶。なんの役にも立たない情報。

　無線が切れる——すぐに盗聴班から連絡が入る。

「鄭奎が部屋に入りました。ふたりの秘書と一緒です。盗聴を開始しますか？」

「ああ、頼む」

　ハリィは三十分でヘスワース邸に着いた——ゲイトまで二十五分。ゲイトから車回しまで五分。広すぎる敷地。まるで、森の中に佇む館。いくらカナダの土地が安いとはいえ、これだけの敷地を手に入れるのにいくらの金がかかるのか——考えるだけ無駄だった。

　キャスィはシャワーを浴びていた。キャスィ付きのメイドがちっとも申し訳なさそうでない口調で申し訳ございませんといった。ハリィはリヴィングルームに通された。

　無為の時間。舌打ちと貧乏揺すり。携帯電話を使って連絡を取る。尾行班——男の部屋に女が訪ねてきた。写真は撮ったが女はサングラスをかけている。盗聴班——鄭奎と秘書たちはまっとうなビジネスの話を続けている。

　ソファに身体を投げだす。身体の内側が火照っていた。なにかが動いている。その尻尾を自分が捕まえた。呉《ン》達《ダッ》龍《ロン》、鄭奎、香港から来た男——なにかが動いている。確実に。

「お待たせしてごめんなさい、ハリィ」

　ハリィは我に返った。リヴィングとバスルームを結ぶ廊下へ通じるドア——バスローブを羽織ったキャスィが立っていた。髪は乾いていた。

「今日着ていくドレスを選ぶのに、思ったより時間がかかったの。それなのに、まだ決まらないのよ」

　話しながら、キャスィは近づいてきた。後ろにメイドが続く。メイドは右手に黒いドレス、左手に赤いドレスをぶら下げていた。

「どっちがいいと思う、ハリィ？」

　赤いドレスは色が派手な割りにはオーソドックスなデザインだった。黒の方は胸が大きくあき、深いスリットが入っていた。

「黒い方だね」

ハリィはいった。ドレスを見た瞬間から、キャスィがどちらを着たがっているのかがわかった。

「本当に？」

「ああ、黒い方がセクシィだ」

「じゃあ、あなたの意見に従うわ」

キャスィは微笑んだ。顔から胸にかけて散らばった雀斑が微笑みにあわせてうねったような気がした。

「悪いけど、少しの間後ろを向いていてくださる？」

「仰せのとおりに」

ハリィはキャスィに背を向けた。顔をしかめて窓の外に広がる森林に視線をさまよわせる。バスローブが床に落ちる音——衣擦れの音。ガラスにぼんやりとキャスィの裸体が映った。巨大な乳房が揺れていた。ピンク色の乳輪が赤ん坊の掌を思わせた。ハリィは目を閉じた。途端に、パットの横顔が脳裏に浮かぶ。落ちくぼんだ眼窩、無精髭の生えた頬はこけている。

どうしておれは裸で寝ていたんだ？——何度も繰り返される疑問。パットが答えてくれることはないだろう。パットは知っている。知っていて、気づいていないふりをしている。

「もういいわよ」

ハリィは振り返った。パットではなくキャスィが微笑んでいる。メイドの姿は消えていた。キャスィは腰に手をあて、身体をくねらせた。胸元のあいた黒いドレス。生地が乳房を押しあげて、西瓜がふたつ並んでいるかのようだった。

「セクシィだよ」

ハリィはいった。おざなりに聞こえないように努力する必要があった。

「本当に？」

「本当さ。パーティに行ったら、男たちの視線は君の胸に釘づけだ」

ハリィはソファから腰をあげた。キャスィに近づき、腰に手を回した。首筋にキスをする。

「嫉妬する？」

「ああ。だが、こればかりはしょうがない。そうだろう？」

キャスィの目を覗きこむ。キャスィはそうされるのが好きだった。この数年、キャスィが喜ぶことを観察してきた。ポン引きのように。ポン引きと違うのは、飴と鞭を使い分けないことだ。キャスィは飴だけが好きだった。鞭をくれてやろうものなら、牝猫のように猛り狂う。

「お世辞でも嬉しいわ、ハリィ」

キャスィが抱きついてきた。キャスィの乳房がハリィの胸に押し潰される。不快な感触——押し殺してキャスィの尻の肉を鷲づかみにする。また、パットの横顔が脳裏に浮かんだ。

「だめよ、ハリィ。ドレスが皺になるわ」

「だったら——」

ハリィはキャスィの肩に両手を置いた。少しずつ力をこめて下に抑えつけていく。

「口でしてくれ、キャスィ」

「しょうがない子ね、ハリィ」

キャスィは舌で唇を舐めた。両手はハリィの股間をさすっていた。

＊　＊　＊

今までに交渉を持った女たち——だれもが自分勝手だった。美しく着飾って男を誘惑し、そのくせ、満足できないと相手のせいだといってなじる。

それでも、我慢してきた。愛とは、セックスとはそういうものだと思っていた。あの日までは。

パトロールをしていた。ダウンタウン。トップレスバーとカジノが軒を連ねる一角の薄暗い路地裏。車の中——ネッキングしているカップル。適当に脅しつけようとして車に近づく。足が凍りつく。互いの身体を愛撫しているのはふたりの男だった。押し殺した喘ぎ声——奇妙な熱情。最初に襲ってきたのは嫌悪。ついで好奇心。そのうち、車の中で行われていることから目が離せなくなった。

男たちは慈しむようにお互いの身体を貪っていた。肌に舌を這わせ、勃起したペニスを口に含む。いちいち相手の反応を窺い、相手が喜べば自分も喜んだ。

やがて、片方がうめき声をあげ、もう片方の口の中に精液が溢れかえった。終わった後でも、男たちはきつく抱き合い耳元でなにかを囁きあっていた。

ハリィは震える足でパトカーに乗りこみ、署に戻った。だれかに顔が蒼いぞといわれ、余計なお世話だと怒鳴り返した。今夜の坊やはご機嫌斜めだな——その警官に飛びかかり、殴り、懲罰を喰らった。一週間の職務停止。

アパートメントの部屋に閉じこもり、浴びるように酒を飲んだ。それでも、脳裏に刻まれたふたりの男の姿は消えなかった。ダウンタウンに繰りだし、女を漁った。女の柔らかい身体を蹂躙しても、男たちの姿が脳裏から消えることはなかった。

停職があけると、なにもなかったように職場に戻った。自分殴りかかった先輩警官に丁寧に詫び、酒を奢った。自分に気がありそうな女なら、だれにでも声をかけ、遊んだ。

女狂いのハリィ坊や——オフィスの掲示板に張り出さ

れたハリィの似顔絵。女の尻に齧《かじ》りついている。吹き出しには科白――おれのあれをしゃぶってくれよ、おれのあれはカミカゼパワーだぜ。

すべてはたわごとだった。ＣＬＥＵへ引き抜かれ、そこでパットと出会った。パットの端正な顔を見た瞬間、ダウンタウンの路地裏で見た光景がよみがえった。

パットの横顔を思い浮かべながら、ハリィはキャスィの口の中に射精した。

＊　＊　＊

キャスィが、身につけたアクセサリィがドレスに合わないと騒ぎはじめた。

苛立ち――押し隠す。自嘲――ホモのポン引きにはそれが似合う。

キャスィを納得させるのに三十分かかった。パーティの開始には間に合いそうもなかった。

車――ヘスワース家のリムジン。運転するのは使用人。本物の金持ちは自分で車を運転したりはしない。ヘスワースに比べれば、加藤明の財力などたかが知れていた。

だだっ広いシートでキャスィが身体を寄せてくる。抱きしめ、剝きだしの肌を撫でてやる。キャスィは下着をつけていなかった。誘われるままドレスの下に手を伸ばす。柔らかな陰毛の奥の襞――かすかに濡れている。

キャスィがヒップをくねらす。タイミングをはかったように携帯電話が鳴りはじめた。

「ハロルド加藤巡査部長だ」

露骨に顔をしかめるキャスィに笑顔を振りまきながら電話に出た――尾行班。

「男と女が部屋を出ました」

「ふたり一緒か？」

「そうです。ふたりでいちゃつきながらエレヴェータに乗りこみましたよ。下で相棒が待ち構えてますが」

「写真を現像に回してくれ」

「もうやってます。このまま男の方を見張っているってことでいいですね？」

一瞬の躊躇――時間がない。

「ああ、そうしてくれ」

「了解」

電話が切れる。キャスィの手が伸びてきて携帯電話を奪っていく。

「なにをするんだ？」

「わたしと一緒にいるときは携帯電話の電源を切ってっていわなかった？」

キャスィの目つきは険しかった。反抗する飼犬を見る目。そう。キャスィは犬を愛するようにハリィを愛している。自分の愛情の異常さに気づいてはいない。気づく必要はない。キャスィには超弩級のバストがあり、金がある。

「わかってくれよ、キャスィ。警官は非番のときでも警官なんだ。そう説明しただろう？」

「警官なんてやめればいいのよ。あなたが警官でいるべき理由なんてどこにもないじゃない。あなたのお父様だって、わたしのパパだって、喜んであなたを会社に迎えると思うわ」

「ぼくはこの仕事が好きなんだ、キャスィ」

「わたしより？」

きつい視線、きつく結ばれた唇——わたしの望む言葉をいえといっていた。

「もちろん、君の方が大切だ」

「だったら——」

「頼むよ、キャスィ。今はとても大きな事件を抱えているんだ。詳しい説明はできないが、君のお父さんにも関係がある事件だ。ぼくがうまく解決すれば、お父さんの選挙戦略がかなり楽になる——そんな事件なんだ。自分のことだけでいってるんじゃないんだよ、キャスィ。ぼくと君の未来のために、ぼくは働いてるんだ」

言葉の代わりに反吐を吐きたかった。

「パパに関係あるの？」

キャスィの表情が和らいだ。

「そう。お父さんの対立候補にまつわる人間を調べている。覚えているだろう、あの中国人さ。彼も今日のパーティに出席することになっている。ぼくが目をつけている連中もフォーシーズンズに出入りしている。そいつらには尾行をつけてあるんだが、ぼくが指示を出さなければならない。わかってくれるね、キャスィ」

「約束して」

「なにを？」

「今回は我慢するわ。でも、今回だけ。今後、わたしと一緒にいるときは仕事のことは考えないで。わたしのことだけを考えて」

「もちろん、そうするさ」

結婚したら、君の首を絞めて声を出せないようにしてやる——微笑みながら、ハリィは喉の奥で呪詛を呟いた。キャスィの手の中で携帯電話が鳴った。ハリィはなにもいわずに待った。キャスィが携帯電話を放ってよこした。

「ハロルド加藤巡査部長」

今度は盗聴班からだった。

「ターゲットが部屋に入りました」

「ひとこと漏らさず録音してくれ」

21

大勢の人間が思い思いに喋る声が反響している。覗き見野郎が涎をたらす。

馬鹿でかい男――二メートルに百五十キロはありそうだった。富永《とみなが》はその男の陰に隠れて呉達龍《ンダツロン》を観察した。白くなるまで嚙み締めた唇、血走った目。呉達龍は富永を捜していた。見つからないと知ると歯を剝いて天井を睨んだ。地獄の番犬を思わせる表情――呉達龍は足早にホールを出ていった。同時に、喉をつまらせそうな恐怖も消えた。

「せいぜい荒れるんだな」

富永は日本語で呟いた。大男が怪訝そうな顔をして富永を見おろす。

「なにを食ったらそんなにでかくなるんだ？」

英語で聞いた。大男が破顔した。

「ここだけの話、プッシィを食べまくるのさ」

「この年になってからじゃ遅いんだろうな」

富永は男にウィンクして踵を返した。タイミングを合わせたように拍手がわきおこった。ヘスワースの退屈な演説が終わったところだった。ステージを降りるヘスワースに視線を向けた。支持者たちがヘスワースを取り囲む。少し離れたところに、呉達龍が怖い目で睨んでいた若い東洋系の男がいた。

盗み聞きした呉達龍と鄭奎《ヂエンフイ》の会話の断片――あれがハロルド加藤に間違いない。

富永は携帯電話を取りだし、かけた。

「阿寶《アポー》か？　サムだ。聞きたいことがある」

「なんなりと」

「ハロルド加藤っておまわりを知ってるか？　呉達龍とトラブってるらしいんだが」

「知ってますよ。日本人だ。ＣＬＥＵの捜査官で、おれたち黒社会《ハクセイウイ》の人間を目のかたきにしてるやつですよ」

「ＣＬＥＵ？」

「アメリカのＦＢＩみたいなもんですよ。あちらさんと違って、こっちはブリティッシュ・コロンビア州の中でしか威張れませんがね」

「なるほどな……じゃあ、このハロルドってやつはそのＦＢＩみたいなところで黒社会に喧嘩を売ってるわけだ」

「そうなりますね」

マックの言葉を思いだす。リッチモンドの李耀明《レイイウミン》の家を訪れた警官――日本人だといっていた。ハロルド加藤がその警官だとは限らない。しかし、神経に引っかかる。

「そのおまわり、呉達龍とトラブルを起こしたって、いったいなにやったんですか？」

「それをこれから調べるのさ」

知らなければならない、知らずにはいられない——覗き見野郎が賛同する。

富永は携帯を切った。優雅な足取りで人を避け、ステージの方に向かった。

ヘスワースを取り囲む人の輪は消えつつあった。ヘスワースは右手にシャンパングラスを持ち、支持者たちににこやかに語りかけている。ヘスワースのすぐ目の前にいる男——加藤明。ヘスワースは親しげに加藤明の肩に手を置いた。ヘスワースの後ろにぴったり張りつくようにしている男たちが三人。ひとりは秘書。残りのふたりはボディガード。

ハロルド加藤は同じ場所に突っ立っていた。横に女——牛のような胸を見せびらかすドレス。ウェーヴさせたブルネットの髪、同じ色の瞳。しきりにハロルド加藤に話しかけている。ハロルド加藤はやがて、諦めたように首を振り、女に手を取られてヘスワースに近づいていった。女とハロルド加藤を認めてヘスワースと加藤明の表情が緩んだ。

推測——女はヘスワースの娘。ハロルド加藤の婚約者。

推測——ハロルド加藤は女を利用している。愛はない。

推測——ハロルド加藤は婚約者の父親のために、鄭奎の背後を嗅ぎ回っている。そのために呉達龍が恐れている。呉達龍はハロルド加藤を殺したがっている。

ハロルド加藤とヘスワースの面談はほんの数秒で終わった。挨拶もそこそこといった感じでハロルド加藤はヘスワースに背を向ける。女が不満そうに唇を尖らす。加藤明が息子の肩に手を回す。息子はそれを振り払う。

推測——ハロルド加藤は父親を嫌っている。

覗き見野郎が苛立ちはじめる——推測なんかくそ喰らえ、知りたいのは事実だ、確実な情報だ。

「たしかに、考えていてもしょうがねえか」

富永は呟いた。通りかかったウェイトレスから水割りの入ったグラスを二つ、受け取った。そのまま、ハロルド加藤に近づいていった。

「ミスタ加藤？」

英語で聞く。ハロルド加藤の目が瞬く——不自然な動き。この男はおれのことを知っている。なぜ？——答えが閃く。李少芳《レイシウフォン》。リッチモンドであのあばずれ娘を捜し回っているところを見られたか、どこかにお喋り野郎がいたに違いない。

「そうですが……あなたは？」

澱みのない英語が返ってきた。富永はグラスをハロルド加藤に押しつけた。迷惑そうな相手にはかまわず、乾杯の仕種をみせ、グラスに口をつけた。

「富永といいます。日本語はだいじょうぶですか？」

「あまりうまくはないですが」

「それじゃ、日本語で喋らせてもらおうか」富永はハロルド加藤に片目をつぶってみせた。「あんたがいま考えていることを当ててみようか？　ひとつ、おれは何者だと思っている。ふたつ、なぜおれがここにいるんだと考えている」

「ふたつとも外れだよ」

ハロルド加藤の日本語には微妙なイントネーションのずれがあった。だが、日本語がうまくないというのは謙遜にすぎなかった。

「つまり、あんたはおれがここに来ることを知っていた、と……尾行か？　気がつかなかったな」富永は舌打ちした。「いつからだ？」

「どうしてぼくのところに来たんだ？」

ハロルド加藤は質問をはぐらかした。育ちがよさそうでいて油断ならない視線――不自然な感じが消えていた。いっぱしの警官の目が富永を見つめていた。

「おれは香港の黒社会の人間だ」富永はハロルド加藤の表情をうかがいながら口を開いた。「元々は東京で警官をやっていたがね」

「東京の警官がどうして？」

「人生にはいろんなことが起こるのさ。とにかく、おれは李耀明の下で働いている」

ハロルド加藤の顔色に変化はなかった――知っていたということだった。

「それで？」

「どうして李耀明の手下のおれがヴァンクーヴァーなんかにいると思う？」

「想像もつかないな」

富永は笑った。目の前のお坊ちゃんはなかなか図太い神経の持ち主だった。

「李少芳だ。とぼけなくてもいい。あんたがリッチモンドの李耀明の家にいって、娘のことを尋ねてるのはわかってるんだ」

「だったらどうだっていうんだ？」

富永は口を閉じた。ぐるりと周囲を見渡す。呉達龍の姿はなかった。

「どうして李少芳を捜してる？」

ハロルド加藤の目を覗きこんできいた。ハロルド加藤も睨み返してきた。こちらの腹を探ろうとしていた。

「彼女は香港黒社会のボスの娘だ。彼女が家に帰っていないなら、なにかが起こるのかもしれない。だから、捜してみた」

「なにか摑んだか？」

ハロルド加藤が首を振った。不満そうに腕を組む。

「こういうのは気分のいいものじゃない。本来なら、ぼくの方から質問すべき問題だよ」

富永は両手を広げた。落ち着けというように細かく首を振る。

「おれが悪かった。今度はこっちの手札をさらそう。李少芳はどこかの悪ガキに誑かされて家出した。パパはかんかんだ。それで、おれが彼女を捜しにきた。ここまではいいか？」

ハロルド加藤がうなずいた。

「ところが、おれは戸惑っている。ここは香港じゃない。香港なら、李耀明の名前を出せば大抵のことはなんとかなる。しかし、ここには香港の連中以外に、大陸、台湾、ヴェトナムの連中がいて、それぞれにいがみ合っている。広さも半端じゃない。時間がたっぷりあるというわけでもない。パパは気が立っているし、おれはとっとと馬鹿娘を見つけて香港に帰りたいんだ」

「いってることの意味がわからないな」

「簡単さ」富永は唇を舐めた。「こういうことは、地元のおまわりに助けてもらうのが一番手っ取り早いんだ」

ハロルド加藤が視線を落とす。靴の先で床のタイルを軽く蹴った。手にしていたグラスにいま気づいたというように目をやり、口をつけた。

「李少芳が見つかったら、君は香港に戻るんだな？」

「ああ、そのつもりだ」

ハロルド加藤のグラスの中身は半分近くに減った。かなりの酒飲みということだ。

「李少芳を誑かした男はどうなる？」

「さあね」

「殺すのか？」

「そこまではしない。もっとも、そいつが娘を孕ませていたり、たちの悪い病気を移したりしていたら保証の限りじゃないがね」

ハロルド加藤がゆっくりうなずいた。それならばだいじょうぶという表情――ハロルド加藤は李少芳の相手を知っている。

「あんた、相手の男を知ってるのか？」

「一度、ちらりと見ただけだ」

「どんなやつだった？」

「女たらしの二枚目さ。君のようにね」

「二枚目だと？　二世の割りにはくだらない言葉を知ってるな」

「父親の教育の賜物さ。そんなことより、君に協力して、ぼくはなにを手に入れる？」

「まず、ヴァンクーヴァー黒社会の治安の安定だな。誓ってもいいが、娘になにかあったら、李耀明は軍隊を仕立ててヴァンクーヴァーに攻め入ってくるぞ」

ハロルド加藤はにこりともしなかった。

「まず、といったね？　他にもあるのか？」

「ああ、協力してくれれば、あんたにとって重要な情報を流してやろう」

「重要な情報？」

「協力してくれるか？」

ハロルド加藤は腕を組んだまま口を開かなかった。視線はまっすぐ富永に向けられていた。

「そんなに真面目に考える必要はない。おれはよそ者だ。用が済んだら、ただ、いなくなる。あんたにまとわりついたりはしない」

ハロルド加藤はグラスを側にあったテーブルの上に置いた。空いた手をジャケットの中に突っ込んだ──手帳。ボールペンで走り書き。メモを破り、差し出してくる。

「ぼくの携帯電話の番号だ。明日にでも電話をくれ。その時、お互いの情報を交換しあおう」

覗き見野郎が歓喜の声をあげる。

「契約成立だな」

富永はメモの切れ端を受け取った。

「重要な情報ってなんだい？」

「さっき、鄭奎と呉達龍が話しているのを小耳に挟んだんだけどな──」

富永はふたりの名前を広東語で発音した。

「呉達龍を知っているのか？」

ハロルド加藤の広東語──日本語に比べれば酷いものだった。

「香港でいじめられた口でね」

「それで？」

「あいつはあんたを殺そうとしてる」

ハロルド加藤の顔が一瞬で紅潮した。

「まさか」

「本当さ。あいつはこのパーティであんたがヘスワースの側にいることを知った。あんた、あいつに会いに行ったことがあるんだろう？　あいつは、あんたが自分の悪事を暴こうとしていると思ってる。それをとめるには殺すのが一番──あの馬鹿の考えそうなことだ」

「鄭奎はそれに同意したのか？」

「いいや──」富永は首を振った。「あの親父は呉達龍をとめていた。だが、おれの知っている呉達龍なら、気にもとめないと思うね。これからは、背中に気をつけた方がいい。ただでさえ、あいつは頭にきてるからな」

「それはどういう意味──」

「ハリィ、こちらはどなた？」

甲高い声の英語がハロルド加藤の声にかぶさって聞こえてきた。ハロルド加藤の顔から表情が消えた。

「ああ、キャスィ。こちらはミスタ富永。香港からきたゲストだ」

「ミスタ富永？　中国人らしくない名前ね」

キャスィと呼ばれた女は富永とハロルド加藤の間に割り込んできた。

「日本人ですから――」

言葉を途中で濁して、富永はハロルド加藤に視線を向けた。

「ミズ・キャサリン・デボア・ヘスワース」

ハロルド加藤が視線の意味に気づいて口を開いた。

「ミズ・ヘスワース、初めまして」

富永は右手を差し出した。キャサリン・ヘスワースが握り返してくる。劉燕玲《ラウインレン》の肌の滑らかさに比べれば、象の皮膚のようだった。

「日本人なのに香港にいらっしゃるの？」

「そうです」

富永は優雅に微笑んだ。

22

どす黒い炎――燻《くすぶ》っている。燃えあがろうとしている。だが、怒りに我を忘れている場合ではない。トラブルを抱えている。なんとか処理しなければならない――まず、子供たち。

呉達龍《ンダッロン》は署に戻った。凶悪犯罪課のオフィスには当直の刑事がふたりいるだけだった。悪党どもが跋扈する時間。こんな時間にオフィスにいたことがばれれば、ドレイナンにどやされる。

呉達龍は電話をかけた――中国へ。広州《ゴンヂヤウ》へ。

「喂《ウァイ》？」

眠たげな広東語が聞こえてきた。

「おれはカナダ・ヴァンクーヴァー市警の呉達龍巡査部長だ」

呉達龍は広東語でまくしたてた。

「カナダのなんだって？」

相手の声から眠たげな響きが消えた。

「ヴァンクーヴァー市警の呉達龍巡査部長。袁先生《ユンシンサン》と話したいんだが」

「カナダの警官ね……袁はうちにはたくさんいるんだが、どの袁先生かね？」

「袁武《ユンモウ》先生だ」

相手が息を飲むのがわかった。袁武――悪者の名をほしいままにしている公安警官。袁武に目をつけられたら、堅気だろうが黒社会《ハクセイウィ》の連中だろうが丸裸にされる。昔、大陸から来たワルどもがしでかした事件を一緒に調べたことがある。袁武が香港に来たときには、最高の食事と酒を奢った。できれば関わりにはなりたくない男だった。だが、袁武は金で動く。呉達龍には手つかずの白粉《バーファン》がある。子供たち――背に腹はかえられない。

「少々お待ちください」

袁武の名を出しただけで、相手の口調が変わった。回線が切り替わる。

「喂」

尊大な声が聞こえてくる。

「阿武《アモウ》か？」

「貴様はだれだ？　おれの名をそんなふうに呼べる人間は限られてる。もし、おれの知らない男だったら、おまえの人生はおしまいだ。それが嫌ならこのまま電話を切るんだな」

「相変わらずだな、阿武。ヴァンクーヴァーからわざわざ電話をかけてる人間を脅すのはやめろよ」

「ヴァンクーヴァーだと？……阿龍《アロン》か？」

「よく覚えていてくれたな」

「忘れてたまるか、この悪党め。今年、香港が中国に回帰したら、香港でおまえとことん酒を飲もうと思ってたのに、とっとと逃げだしやがって」

「すまん。こっちにもいろいろ事情があってな」

「そんな神妙な声を出すな。わかってる。みんな、共産党が嫌いなんだ。おれもそうだ」

他をはばからない笑い声。あの地では、小物がそんなことを口にしたらどこかに飛ばされる。

「阿武、頼みがあるんだ」

呉達龍は声を落とした。袁武はすぐに反応した――笑い声がやむ。金の匂いを嗅ぎつけたハイエナが息をひそめている――そんな感じだった。

「どうした？」

「息子たちが誘拐された」

「さらったのは黒社会の連中か？」

「多分。命令したのは香港の李耀明《レイイウミン》の息がかかった人間だ」

「だとしたら、やったのは楊《ヨン》のところの連中だな」

「楊。下の名はわからない。広州で悪党たちを束ねている。香港との繋がりも深い人間だった。

「なんとかしてくれ」

一瞬の間――やがて、冷たい声が流れてきた。

「諦めろ、阿龍。おまえが連中を怒らせたんなら、子供たちはもう死んでる」

どす黒い炎が燃えあがる。

「違う」

自分の声の大きさに驚いた。当直のふたりが、何事だという顔を向けていた。

愛想笑い――どす黒い炎が心臓を焙る。

「気持ちはわかるが、おれに怒ってもしょうがないだろう」

受話器から聞こえてくる声は平然としていた。

「そうじゃない、阿武。別に組織とトラブルを起こしたわけじゃないんだ。これは個人的な問題だ。おれを恨んでる野郎がいて、そいつが腹いせに子供たちを誘拐させた。それだけの話で、いくら楊でも、子供を殺すはずがない」

「あいつならやりかねん」

「阿武――」

「わかった、わかった。そういきり立つな……おまえのためだ。なんとかしてやってもいいんだが、楊が相手となれば金がかかる」

金。袁武が話題にするのはいつだって金のことばかりだった。

「子供たちを無事取り戻してくれたら、五万ドルをプレゼントする」

呉達龍は中国式のいいまわしを使った。金に関する直截な言葉を連中は嫌う。くだらない見栄――だが、従うしかなかった。

「五万ドル？　アメリカドルでか？」

疑わしい声。

「子供たちをこっちに呼ぶために貯めていた金があるんだ」

「そういうことか……」袁武の声から疑わしさが消えた。

「だったら、なんとかしよう」

「頼む、阿武。もし、子供たちになにかあったら、おれは――」

「この広州じゃ、おれがなんとかするといったら、大抵のことはなんとかなるんだ。安心しろ、阿龍」

「そうだったな」

「ただし、だ。おまえが約束を違えたら、その時はとんでもないことになるぞ」

「おれは約束は守る」

「そうした方が利口だ、阿龍。おれにだって、ヴァンクーヴァーにひとりやふたりの知り合いはいる。ただのチンピラじゃないぞ。太子党《タイジードン》の知り合いだ」

太子党――共産党幹部の子息たちをさして呼ぶ言葉。

カナダにも大勢いる。やつらには金がある。十億以上の農民たちから搾取した金。金は力に繋がる。太子党の連中を怒らせるのは馬鹿のすることだった。

「約束は守る。子供たちの無事が確認できたら、すぐに金を送る」

つまり――フリーザーの中のヘロインをできるだけ早く売りさばかなければならない。

「朗報を待っているんだな、阿龍」

電話が切れた。呉達龍は受話器を戻した。掌――大量の汗。まるで水に浸したようだった。

＊　＊　＊

子供たちは袁武に任せればなんとかなるはずだった。視界が広がった。霧に覆われていた頭の中が晴れていく。だが頭の中で鳴り響く警報ベルがやむことはない。

署を出て車に乗った。アクセルを踏みこんだ。できるだけ早く署から遠ざかりたかった。

ハロルド加藤。どこまで嗅ぎつけているのか。どこまで知っているのか。

呉達龍は携帯電話でケヴィンを呼び出した。

「どうした、相棒？　無線は故障か？」

緊張感のない、間の抜けた声。こんな男を相手に無線を使うわけにはいかなかった。

「ケヴィン、ハロルド加藤って男があんたに会いに来たことはないか？」

「ハロルド加藤？　聞いたことはないな。どんな男だ？」

「日系人だ。ＣＬＥＵの捜査官。おれたちのいたずらを嗅ぎ回ってるらしい」

「いたずらだって？　おれたちがなにをしたっていうんだ？」

「おれたちのやり方は少しばかり荒っぽいからな。内務課あたりから調査を依頼されてるのかもしれない。用心するに越したことはないだろう」

沈黙――足りない脳味噌を絞っているケヴィン・マドックス。

「そういえば……思いだしたぜ、ロン。オフィスにそんな名前の日系人が来たよ」

やはり――警報ベルが大きくなる。あの日、ハロルド加藤はなにげない顔で近づいてきた。その前後にオフィスに立ち寄ったに違いなかった。

「なにをいわれた？」

「あんたに聞きたいことがあって捜してるって……多分、それだけだ」

「ミーティングのあった日だな？　まさか、そいつをオフィスに残してミーティングに行ったんじゃないだろうな？」

沈黙――答えがわかった。呉達龍は舌打ちした。

「あんただって、ドレイナンは怖いだろう？」

いいわけがましい声が返ってくる。怒鳴りたい――こらえる。そんなことをすればケヴィンは拗《す》ねるだけだった。

「今、どこにいる？」

「車の中だ。一杯引っかけに行こうかと思ってたんだが……」

「悪いが、自分の持ち物を調べてくれ。それから、車の中もだ」

「まさか、盗聴されてるなんていいだすんじゃないだろうな？」

「相手はCLEUのくそったれだぞ、ケヴィン」

「わかったよ。少し待っててくれ。折り返し連絡する」

「無線は使うなよ、ケヴィン」

「もちろんだ」

電話が切れた。呉達龍は携帯電話を助手席のシートの上に放り投げた。

どうする？――自問する。答えは見つからない。ハロルド加藤。どこまで嗅ぎつけているのか。どこまで知っているのか。

ダウンタウン――チャイナタウン。ゆっくり車を流す。ぶちのめしてもかまわなそうな連中を探す。

携帯電話が鳴った。車をとめ、手を伸ばした。

「やばいぜ、ロン」

ケヴィンだった。

「どうした？」

「手錠ケースの中に発信器が入っていた」

舌打ち――ケヴィンと一緒にいた間の行動は日系人に筒抜けになっていた。

恐怖が心臓をしめつける。ジェシカの死に顔――フリーザーの中の白粉。

ハロルド加藤はどこまで嗅ぎつけている？ どこまで知っている？

「それから、車のダッシュボードの下に小型のテープデッキが貼りつけてあった。音に反応して動くタイプのやつだ」

恐怖――息が苦しくなった。

「どうする、ロン？」

ケヴィンの声も恐怖に顫えていた。呉達龍ほどではないにしても、ケヴィンも叩けば埃が出る身体だった。

「まだ車の中にいるのか？」

「まさか。そんなことするわけないだろう……やばいぜ、ロン。おれたちが中国人を痛めつけてたことがばれちまう」

恐怖に麻痺しそうになる思考——鞭打った。考えろ。考えろ。檻の中にぶちこまれたくなかったら考えろ。

呉達龍は首を振った。盗聴器は問題ではない。気にすべきは発信器。ハロルド加藤は発信器でなにをする？　呉達龍の居場所を確認する——尾行する。ハロルド加藤の狙いはケヴィンではない。呉達龍——鄭奎《ヂェンフイ》。チャイナタウン——人を脅して歩いた。ぶちのめして歩いた。ダウンタウン——ジェシカを殺した。ヘロインを盗んだ。

恐怖——真綿のように心臓をしめつける。

すべてを見られたとしたら、なぜ、ハロルド加藤は行動に出ないのか。解答——あいつはまだすべてを知っているわけではない。

「聞いてるのか、ロン？」

「発信器も盗聴器も叩き壊せ」

「いいのか？」

「かまうもんか。全部叩き壊せ。それから、女漁りはやめて家に帰って寝るんだ」

「ロン——」

呉達龍は電話を切った。

＊　＊　＊

車を飛ばす——フォーシーズンズ。パーティの余波——人でごった返すロビィ。乱暴に人をかき分けてフロントへ。

「なにか御用でしょうか？」

慇懃な笑みを浮かべるホテルマン。鼻っ面にＩＤカードを突きだす。

「市警のロナルド・ン巡査部長だ。今日、ミスタ鄭の隣の部屋をとった人間がいるはずだ。そいつの名を知りたい」

「ですが、ン巡査部長——」

「令状を取ってる暇はない。緊急事態なんだ」

財布——紙幣を取りだす。男の手の中に握りこませる。

「少々お待ちください」

男はデスクに設置されたコンピュータの前に移動した。キィボードを叩きはじめた。

「お部屋をお取りになったのは、個人ではありませんね。連合捜査局名義になっております」

ＣＬＥＵ。盗聴班が待機していたに決まっていた。

恐怖——掌に汗が滲んだ。

「そうか……済まなかったな」

呉達龍はフロントに背を向けた。来たときとは違って、しっかりと床を踏みしめた。
肚が決まった——ハロルド加藤を殺す。鄭奎がなんといおうとかまってはいられない。
腕時計——九時五十分。そろそろパーティがお開きになる時間。呉達龍はホテルを出た。車に乗りこんだ。ハロルド加藤が出てくるのを待った。

23

盛大な拍手がパーティの終わりを告げた。

「ハリィ」キャスィが乳房を腕に押しつけてきた。「パパが、この後親しい人だけを呼んでディナーを摂るんだけど、わたしたちにも是非出席してほしいって」

溜め息——押し殺す。

「ぼくが行っても場違いなだけだよ」

「そんなことはないわ。あなたはわたしのフィアンセなのよ、ハリィ。みんな、歓迎してくれると思うわ」

上流階級の連中の意味のない会話、政治的な駆け引き——うんざりだった。一刻もはやく、盗聴した鄭奎《チェンフィ》と呉達龍《ンダッロン》の会話を聞きたかった。

「キャスィ、すまないが——」

「今日は逃がさんぞ、ハリィ」

太く低い日本語——ハリィは顔をしかめた。

「仕事があるんだ、父さん」

昔は日本語を使うと叱られた。最近は明《あきら》の方から日本語で話しかけてくるようになっている。

「おまえが自分で思っているほどには、仕事はおまえを必要とはしていない。仕事とはそういうものだ。この国ではワーカホリックが尊敬されることはないんだからな。キャサリンだって、たまにはおまえとゆっくりしたいだろう。女性の気持ちを敬ってやるのも男の仕事のうちだぞ」

加藤明とキャサリン・デボアのタッグチーム——かないそうにもなかった。

「わかりました。食事だけ、つきあいますよ」

ハリィはいった。袖をキャスィが引っ張った。

「ねえ、なんの話をしてるの？」

「君のパパのディナーにつきあうよ」

キャスィの顔がぱっと輝いた。

「本当に？　早速パパに報告してこなきゃ」

キャスィはハリィに背を向けた。ジム・ヘスワースの傍らに駆け寄っていく。

「ほら見ろ。おまえがちょっと優しくしてやるだけであの子はあんなに喜ぶんだ」

「母さんもそうだったのかい？」

明の表情が曇った——残酷な喜びがわきおこってくる。

「おまえの母さんは不幸な女だった」

「知ってるよ。だから、ぼくも不幸な息子なのさ」

「たまに会ったときぐらいは、親子喧嘩の種を蒔くのはやめたらどうだ」

「だったら、ぼくに偉そうな説教を垂れるのはやめてほしいね」

明の口が開きかけた。ハリィは気づかない振りを装った。視線を外す——ホールの中央。突然のフラッシュバック。耳の中で滑らかな日本語が谺する。

——あいつはあんたを殺そうとしてる。

いくら捜しても富永脩《とみながおさむ》の姿はなかった。

＊　＊　＊

退屈な会話。まずい食事。許せるのはワインだけだった。

だだっぴろい個室に声が溢れている。二十人は楽に座れそうなダイニングテーブル。座っているのは十五人。ジム・ヘスワースの右脇にキャスィ、左脇には赤ら顔の白人——トム・ブラッドショー。ブリティッシュ・コロンビア州知事。横にいる太った女は奥方だろう。キャスィの横は縮れた毛を頭に載せた男。やり手で有名な弁護士。依頼人からふんだくる金の高さでも有名だった。ヘスワースの正面は明。ハリィは明の横、キャスィの真向かいの席に座り、皿の上のロブスターをつついた。ロブスターはゴムの塊のように固かった。その他の連中——遠すぎて、暗すぎる。顔の判別がつかなかった。

「そういうわけで、トム、明はわたしの大事なスポンサーなんだ」

ヘスワースはブラッドショーに笑顔を向けている。ブラッドショーでなくても、ヘスワースの正面に東洋人が座っているのを疑問に思うだろう。確かに明は成功したビジネスマンだった。だが、ここにいる面子にくらべれば格が落ちるのもまた事実だった。

「彼にいくら金を出したんだい？」

ハリィは小声で囁いた。

「ちょっとした金額だ。おまえが気にすることはない」

明が答えた。口をかすかに動かすだけ——見事な喋り方。

「きっと凄い金なんだろうな。じゃなきゃ、彼が自分の正面に座らせるわけがない」

「この選挙はジムにとっては中央政界に進出する絶好の

チャンスだ。そして、我々にとっても大きなビジネスチャンスになる。投資を惜しんでいる場合じゃない」

「我々？」

「わたしとおまえだ、他にだれがいる？」

「ぼくは父さんの後を継ぐ気はないよ」

「その話はまた今度にしよう」

今度――そんなものがやってきたためしはない。

「ジムが当選すれば、ぼくは警部補になる」

ハリィは話をつづけた。

「ジムがそんな約束をしたのか？」

「連合捜査局内の政治だよ、父さん。たぶん、ジムは関係ない」

「そうだろうな」

「ぼくは出世の階段を昇りはじめたってわけさ。父さんがジムに肩入れすればするほど、ぼくは父さんから離れていく。皮肉な話だと思わないか？」

「おまえに日本語を教えたのは間違いだったかもしれんな。キャスィが寂しそうにおまえを見てるぞ」

ハリィはロブスターから視線をあげた。キャスィとジム。ジムは相変わらずブラッドショーと話し込んでいる。

「どうしたんだい、キャスィ？」

「政治の話はわたしには難しすぎるわ。それに、日本語も」

刺のある声――それでもキャスィは抑えていた。横に父親がいなければ爆発しているにちがいない。

ハリィは席を立った。まずい料理にも退屈な会話にももう我慢がならなかった。それに、キャスィ。出世の階段を駆けあがるための大切な触媒。失うわけにはいかない。

「少し、外の空気を吸ってこよう。ここのテラス、夜の眺めはどうだっけ？」

「暗くてなにも見えないわ」

不機嫌な声――顔にはかすかな笑み。飼犬の忠誠心がお気に召したようだった。

「まさか、このまま帰るつもりじゃないだろうな、ハリィ？」ヘスワースが芝居じみた声を出した。「ここのところ忙しすぎて、娘の未来の夫と話す機会がなかった。今夜はつきあってもらうぞ、ハリィ」

「キャスィを少しお借りするだけですよ、ジム。お姫様は少々退屈らしいので」

笑顔――無意識に浮かべることができる。へつらい、ごまをすり、心の中で悪態をつく。昔はその度に傷ついた。

「大切に扱ってくれよ、ハリィ。わたしの娘は壊れやすいガラスみたいなものだからな」

ジムの声――相変わらず芝居じみている。追従の笑い声がそれにつづく。ハリィはキャスィの腰に手を回した。

「来るんじゃなかったわ」

キャスィが小声で毒づいた。

「ぼくを誘ったのは君だぜ、キャスィ」

「だって、わたしとあなたがいなかったら、パパが困るじゃない」

「だったら、退屈は飼い馴らさないとね。ああいう連中の話はとてつもなくつまらないって昔から決まってるんだ」

個室を出て廊下を歩いた。どこからかウェイターが飛び出してくる。恭しく頭をさげる。

「ご気分でも……？」

「いいえ、テラスに出てみたいだけよ」

「外はかなり冷えておりますが」

「かまわないわ。外の空気を吸いたいの」

「かしこまりました」

廊下の突き当たりは吹き抜けになっていた。その奥に、象を横に半ダース並べられそうな巨大なガラス戸があった。ウェイターが飛んでいった。ガラス戸をあけた。冷たい風が吹きこんできた。

「本当、寒いわね」

キャスィは両手で剝きだしの肩を抱いた。ハリィはジャケットを脱いだ。キャスィにかけてやる。

外に出ると、寒さはさらに強まった。テラスの向こうはうっそうと茂った森だった。風が枝を鳴らす。木々の向こうにダウンタウンの夜景が透けて見えた。さらにその上方には月が雲の隙間から顔を覗かせている。月は暗い光を放っていた。

「雨が降っていないだけましね」

「そうだね」

ハリィは手すりに手をついた。下を覗きこむ。テラスの下はこのレストランのエントランスだった。森をふたつに割って、舗装された道が伸びている。車寄せの中央には古代ギリシャ風の噴水があったが、水は流れていなかった。羽を生やした女神が恨めしげに空を見上げているだけだった。

「仕事のことを考えてるんでしょう、ハリィ」

「君はなんでもわかるんだな」

ハリィは振り返った。風にキャスィのドレスの裾がはためいていた。キャスィの背後――ガラス戸の向こうでウェイターが心配そうな顔をこちらに向けていた。

「日本人は本当にワーカホリックなのね。あなたも、あなたのパパも」

「そんなことはないよ、キャスィ。たまたま忙しい時期がつづいただけさ。警察の仕事っていうのは、どうしてもプライヴェイトを犠牲にしなきゃ務まらないことが多いからね」

「そんな仕事、辞めちゃえばいいのよ」

舌打ち――かろうじてこらえた。なんども繰り返された会話をキャスィはまた蒸し返そうとしていた。

「キャスィ――」

「あなたのいいたいことはわかってる。あなたの気持ちも理解してる。このことは何度も話し合ったもの」

「だったら、もういいだろう」

キャスィは首を振った。

「わたし、あなたみたいに頭がよくないからうまくいえないんだけど……」

よくわかってるじゃないか――喉まで言葉が出かかった。

「ときどき思うの。あなたが愛してるのはわたしじゃなくて、仕事。あなたがわたしを必要としてるのは、わたしがヘスワース家の人間だからじゃないか」

風が強くなった。さむけが背筋を駆けあがっていく。うまく切り抜けろ――風が囁きかける。

「馬鹿なことを……キャスィ、ぼくは君を愛してる。そのことはわかってるはずだ」

ハリィはキャスィに近づいた。そっと腰に手を回した。

「わかってるのよ。だけど、あなたの態度を見てると、ときどきそんなことを考えちゃうの」

「ぼくと結婚することが不安なのかい？」

「違うわ――」

「ぼくもときどき不安になることがあるよ」話し続けろ――キャスィに喋らせるな。「ヘスワース家はヴァンクーヴァーの名門だ。そんなところに、ぼくみたいな東洋人が土足で踏み込んでいいんだろうかってね」

「ハリィ――」

「ぼくが馬鹿げたことを口にしてるのはわかってるよ、キャスィ。ただ、そう考えてしまうことがあるっていう話さ。ぼくも不安なんだ。わかるだろう？　この手の話はどこにでも転がってるんだ。ぼくが昔、市警でパトロール警官をしてたときに――」

乾いた音がした。視線の先――ガラスに穴があいた。心臓がとまった。キャスィを抱いたまま、身体を投げだした。

乾いた音――火薬の炸裂する音。ガラスにあく穴が増えていく。

「どうしたの、ハリィ!?」

キャスィの金切り声が炸裂音をかき消す。

「静かに!!」

耳をすませる――音はしない。頭の中で十数えた。立ち上がり、テラスから身を乗りだす。森の中、だれかが走り去る気配。

ハリィは振り返った。叫ぶ。

「警察に連絡だ!!」

状況を飲み込んでいないウェイターが間抜けな顔を向けていた。

「早くしろ。ジム・ヘスワースの娘が銃撃されたんだぞ!!」

ウェイターはだれかに蹴飛ばされたように走り去っていった。

――あいつはあんたを殺すつもりだ。

富永脩の声。身体が震えはじめた。

＊　＊　＊

ドアが開いた。入ってきたのはレイモンド・グリーンヒルだった。重苦しい空気――グリーンヒルが戸口で足をとめた。

「遅くなりました」

グリーンヒルが眼鏡の縁に手をかけた。全員の視線がグリーンヒルに向けられた。ジム・ヘスワース。トム・ブラッドショー。ライアン・スコールズ――縮れ毛の弁護士。加藤明。それに、ハリィ。

ヘスワースの書斎――ただでさえ重厚なインテリア。しかめっ面の男たち。キャスィはいない。鎮静剤を注射され、病院のベッドで眠っている。男たちが顔をしかめているのは、キャスィのせいではなかった。

「わかったことを教えてください、グリーンヒル警部」

スコールズ――生まじめな声。グリーンヒルがハリィに視線を向けた。ハリィはうなずいた。

「現在、特別捜査班が現場を検分しています。見つかった靴の痕から襲撃者はひとりだと推定されます。現場に空薬莢がないことから、使われた銃はリヴォルヴァー。発射された弾丸は五発。回収された弾丸も五発。弾丸は弾道検査に回されていますが、犯人が使用した銃が過去に犯罪に使われていなければ、検査をしてもなにもわかりません」

「それで、犯人の行方は?」

ヘスワースが訊いた。グリーンヒルは首を振った。

「犯人は車で逃走したものと思われます。足取りは摑めていません。お望みでしたら、大規模な捜査態勢を敷きます。そうすれば犯人が検挙される確率は飛躍的に増大します」

「それはだめだ」

ブラッドショーがいった。ブラッドショーは赤ら顔をさらに赤めて、グリーンヒルとヘスワースの間に割って入った。

「選挙が近いこの時期に、スキャンダルはジムの致命傷になるおそれがあるからな」

「スキャンダル？　ミスタ・ヘスワースは被害者の立場です。逆に同情を買うことができるんじゃありませんか？」

グリーンヒルの言葉には皮肉な響きがあった。

「警部、ここは合衆国ではないんだ。カナダの、ヴァンクーヴァーだ。近年、銃を使った凶悪犯罪が増えているとはいえ、それは下層階級での出来事でしかない。ジムのような人間とその家族が銃で撃たれたなどという事実はマイナス要因以外のなにものでもない。たとえ、キャスィの婚約者が優秀な警察官で、犯人の恨みを買うような事実があったとしても、だ。だから、わたしはレストランの連中の口を塞いだんだ。それに――」

ブラッドショーが顔を向けてきた。ハリィはそれとなく目をそらした。

「ハリィの話では、犯人は警官である可能性が高いそうじゃないか。それがスキャンダルでなくて、なにがスキャンダルなんだね？」

「警官が犯人？」グリーンヒルが声を張りあげる。「どういうことだね、ハリィ？」

「未確認情報ですが……市警のロナルド・ン巡査部長がぼくの命を狙っているらしいんです」

「ロナルド・ンというのは、我々が追っているあの警官か？」

「そうです。今日のパーティ会場で彼はぼくを見つけました。ぼくとジムの関係に気づいたんです。ある人物が、ン巡査部長が鄭奎にわたしを殺すといっているのを耳にしています」

グリーンヒルは口を閉じたままだった。ハリィが口にした情報をゆっくり咀嚼している。数秒して、グリーンヒルの口が開いた。

「不注意だったな、ハリィ」

冷たい声と目――グリーンヒルはすべてを理解した。

「いいわけはしませんよ、警部」

「それで君はその警官が襲撃者だと確信しているわけか？」

「確信はしていません。その可能性が高いとは思っています」

車に積んだナヴィゲーション・システム――発信器が発する電波を拾うことはできなかった。呉達龍は発信器を見つけた。おそらく、盗聴テープも。呉達龍はハリィの目的をはっきりと把握したに違いなかった。呉達龍がパーティに顔を出す可能性を考えなかった自分が呪わしい。

「では、早速その警官を尋問すべきかな？」

もったいぶった口調――グリーンヒルは眼鏡の奥の冷たい目をヘスワースに向けた。

「それは困るんだ、警部。さっきトムがいったように、我々はスキャンダルは欲しくない」

「しかし、我々は警官です」

グリーンヒルの唇がわずかに吊りあがった。グリーンヒルはゲームを楽しみはじめていた。

「それはわかっている――」

「なにが望みだ、警部？」

不道徳な取引きに顔を赤らめたヘスワース――それ以上に赤い顔をしたブラッドショーがヘスワースを抑えこむ。

「アンディ・ベッカムをご存じですか？」

「ＣＬＥＵの捜査本部長だろう。彼がどうしたのかね？」

「彼は来年、定年を迎えます」

「まさか、その後釜に君を据えろというんじゃないだろうな？」

「わたしはそこまで図々しくありませんよ、ミスタ・ブラッドショー」

「トムと呼んでくれ、警部」

「それでは、わたしのことはレイと呼んでください……わたしが欲しいのは、本部長ではなく、次長のポストです。アンディがいなくなれば、後を継ぐのは今の次長のレスリィ・ナイルズでしょう。そして、レスリィの後釜はスティーヴ・ジョーンズが有力視されています」

「ジョーンズの代わりに君を？」

「ジョーンズは無能です。彼にできるのはレスリィにへつらうことだけですから」

ブラッドショーはスコールズに目くばせした。スコールズがうなずく。

「わかった。ジムが選挙に勝つという前提つきだが、アンディが退職したあと、君を次長職に就けるよう最大限の努力を払うということでどうだね？」

「取引き成立です」

グリーンヒルの顔の筋肉が緩んだ。

「よかった。ここに君を呼ぶことを提案してくれたのはハリィだ。彼の意見を尊重した甲斐があったというものだ」

グリーンヒルがゆっくり顔を向けてきた。ぶつかる視線――ハリィは怯まなかった。オフィスでなら話は別だ。だが、ここはヘスワースの書斎。グリーンヒルではなくハリィの土俵だった。

「それでは、君も出世の足がかりをしっかりとものにしたということだな、ハリィ」

「あなたを追い抜くかもしれませんよ」

「その時はわたしも君へのへつらい方を学ばなければならないかな」

グリーンヒルが嬉しそうに首を振った。もう一度、ブラッドショーに顔を向けた。

「それで、あなたがたの望みはなんですか？」

「なにもしないことだ」

答えたのはスコールズだった。

「我々はこの事件を使って、鄭奎を揺さぶることを考えている。彼が立候補を断念すれば、ジムの勝率は百パーセントになるからね」

「鄭奎を揺さぶる？　彼は中国人ですよ。それも、ただの中国人じゃない。彼の飼犬がことを起こしたからといって、動じるとは思えませんね」

「だが、我々にはアキラがいる」

「アキラ？」

明は部屋の隅にいた。グリーンヒルは明がそこにいることに今気づいたという顔をした。

「ミスタ加藤。ハリィの父親だ。ジムのスポンサーでもある」

明がゆっくり書斎の中央に足を進めてきた。表情は暗く、目は落ちくぼんでいた。


「彼がハリィの父親だということは知っています。しかし、彼が鄭奎に対してなにかをできるという理由がわかりません」

「彼は、鄭奎の古い友人なのだ」

ヘスワースがいった。ハリィは息をのんだ――初耳だった。

「付き合いが途切れてかなりの時間が経っている」明の英語――みっともなく、惨めに響いた。「それでも、わたしが電話をかければ、彼は受話器を取るはずだ」

「それほど深い付き合いだったんですか？」

「彼もわたしもアジアから来た移民だ。この白人の街で、お互いに辛い苦労をわかち合った時期がある」

「鄭奎のことは我々に任せてほしい」

ブラッドショーがいった。

「我々は警察のやり方ではなく、政治の手段で彼を葬りたいんだ」

スコールズがいった。

「わかりました。ただし、ハリィを撃った警官に対する監視は行わせてもらいます。ミスタ・ヘスワースが当選することを疑うわけではないですが、わたしにも保険が必要です。まんいち、トラブルが起こったときのために」

「それはかまわない」

スコールズ——縮れた毛を手ですいた。

「ところで、ハリィから聞いたんだが、鄭奎とその警官が密談しているところを盗聴したテープがあるそうだね？」

グリーンヒルの冷たい目——跳ね返す。

「ええ、ありますよ。すべて、ハリィがお膳立てしたものです」

「コピィでかまわないからそのテープを渡してもらいたい」

「わかりました……それでは、わたしとハリィはおいとまします。そろそろ局に戻らなければなりませんので」

「よろしく頼むよ、レイ」

ブラッドショーが手をさしだす。グリーンヒルは握り返した。

「どういたしまして、トム。それに、ミスタ・ヘスワース、ご安心ください。わたしは約束を違えるような人間ではありませんから」

「ハリィがいったよ。君は我々のゲームにつきあえる人間だと。そのとおりでよかった」

「我々のゲーム、ね」

グリーンヒルが微笑んだ。

「昔、ゲームと呼ばれたギャングがいたよ。彼は死んでしまったがね」

明がいった。全員が怪訝な顔をする。明は肩をすくめた。

＊　＊　＊

「素晴らしい世界にご招待してくれてありがとう、ハリィ」

広々とした廊下——執事が先導する。グリーンヒルは囁くようにいった。

「薄汚い世界ですよ」

「なぜ君が冷酷なのか、よくわかったよ。あんな連中に囲まれて育ったんなら、まともな人間になるはずがない」

「あなたはどうなんです？」

「わたしは生まれつきだよ」

グリーンヒルが微笑む——穏やかな笑み。初めて見る笑み。

「可哀想なキャサリン」歌うようにグリーンヒルはいった。「だれも彼女のことは気にしない。実の父親も、フィアンセさえも彼女を気にかけたりはしない。考えているのは自分のことだけだ。素晴らしい世界じゃないか、ハリィ。パットも招待してやるべきじゃないのか」

ハリィは足をとめた。グリーンヒルの背中を険しい目つきで睨んだ。

24

バックミラー――追尾してくるヘッドライト。プロの尾行。だが、尾行されていることがわかっている人間には通じない。

赤信号――車がとまる。尾行車は三台の車を挟んだ後ろに停止する。

「車を脇に寄せろ」

富永《とみなが》はいった。

「なにごとですか?」

「いいから寄せるんだ」

車が動く。停止する。

「ちょっと待ってろ」

富永は車を降りた。阿寶《アポー》が心配そうに首を捻る。

尾行車――そしらぬ顔の白人がふたり。富永は車の窓を叩いた。ふたりが怪訝そうな表情を浮かべる。

「開けてくれ」

英語で叫んだ。窓は開かなかった。

「開けろといってるんだ!」

もう一度叫ぶ。男たちは顔を見合わせる。肩をすくめる。窓を開けようとはしない。

富永は息を吸いこんだ。怒鳴った。

「とっとと帰って、ハロルド加藤に伝えろ。くだらない尾行をやめないと、とんでもないことになるぞ」

ハロルド加藤――名前にふたりが反応する。顔をしかめる。車が不意に動きだす。強引に車間を割って向きを変える。走りだす。

富永は自分の車に戻った。

「何者ですか、あいつら?」

「薄汚い白人のおカマどもさ」

富永はいった。信号が青に変わった。車が発進する。

バックミラー――尾行車は消え去っている。

＊　＊　＊

リッチモンド――チンピラたちの溜まり場を虱潰しにあたってまわる。阿寶がヴェトナム系のチンピラたちを小突きまわす。

聞きだすことができるのはヘロインの話ばかり――どこかのだれかがアメリカから大量のヘロインを運び込もうとしている。どこかのだれかがそれを横取りしようとしている。

　ヘロイン略奪の話があちこちに転がっている。まるで死屍累々。

　だが、だれも李少芳《レイシウフォン》とミッシェルのことは知らない。ミッシェルの仲間だというヴェトナム系の連中も見つからない。

　李少芳とミッシェルはぷっつりと姿を消している。

　金が動いている。今の世の中、金がなければなにもできない。姿を隠すにしても、人の口を塞ぐにしても金がいる。出奔した李少芳には金を手に入れる手だてがない。李耀明《レイイウミン》は娘の銀行口座を凍結させている。ミッシェルがどうにかして金を稼いでいる。あるいは、だれかがミッシェルに金を渡している。

　突き止めろ——覗き見野郎がいきり立つ。

　欠伸——パーティ会場で飲んだ酒が抜けはじめている。劉燕玲《ラウインレン》との濃密なセックスの余韻が気怠さに拍車をかける。

＊　＊　＊

　情報がいる、情報を仕入れる必要がある、なぜなら、知らずにはいられないからだ——覗き見野郎の演説。気が狂いそうになる。

　いつもなら酒と女で気をまぎらすことができる。覗き見野郎の耳障りな声を締め出すことができる。だが、李耀明の厳命でこの地に来ている立場ではそんなことはできない。

　だれかが李耀明に告げ口する——日本人が仕事をさぼって遊びほうけているぞ。富永は死ぬことになる。

「バーナビィの方にも足を伸ばしてみましょうか？」

阿寶がいう。

「バーナビィ？」

「ええ、ヴァンクーヴァーの東の方にある街なんですがね、リッチモンドほどじゃないんですけど、そこも中華移民が大量に住んでるんです。悪ガキどもも大勢いますよ。リッチモンドをこれだけ探しても埒《らち》があかないってことは、バーナビィにいるのかもしれませんや」

　欠伸——倦怠。それに、覗き見野郎。場所を変えてみるのも悪い考えではない。

「つてはあるのか？」

「もちろん」

「じゃあ、バーナビィに向かってくれ」

阿寶が車をUターンさせた。

外——降りつづく雨。雲の合間を縫って、月が顔を覗かせている。月は暗い光を放っている。

「カナダは気に入りませんか、サム哥《コー》」

阿寶がいった。

「寒いと、疼くんだ」

「疼く？」

富永は左手の手袋を外した。小指のない左手を阿寶の目の前に突きだした。

「これがな、疼くんだよ」

阿寶はそれ以上口を開かなかった。富永は手袋をはめなおした。

車は河を渡った。フレイザー河だと教えられた河。河面に暗い光を放つ月が映っている。

ヴァンクーヴァー市内に入ってしばらくすると、阿寶の携帯電話が鳴った。阿寶が目配せしてから電話に出た。のんびりした声——次第に熱を帯びてくる。

「どうした？」

富永は訊いた。

「マック哥からです」

差し出された携帯電話を受け取った。

「なにか起きたのか、マック？」

「トニィから早速連絡があったぜ、サム哥」

酔いがさめていく。リッチモンドの古惑仔《グーワーヂャイ》。生意気なガキだったが、生意気なだけのことはある。

「小姐《シウチエ》を見つけたのか？」

「ああ、リッチモンドでカラオケボックスに入るのを見たやつがいるらしい。店の場所は阿寶に教えておいた」

「助かるよ、マック」

「礼はいらない。お互い、大老《ダーイロウ》のためにやってることだからな。それより、こっちからも人を出そうか？」

富永は携帯電話を口許から遠ざけた。阿寶に声をかけた。

「今から、そのリッチモンドのカラオケボックスまでどれぐらいかかる？」

「道が空いてますからね、すっ飛ばせば二十分で着きますよ」

もう一度、携帯電話。

「小姐が見つかったのはどれぐらい前だ？」

「二、三十分ってところだと思うがな」

カラオケ——一時間で出てくるということはないだろう。

「おれたちだけでやってみるよ、マック。あまり、大ごとにはしたくないんだ」

身体に重力がかかる——車が派手な音を立ててカーヴを曲がった。ダッシュボードのスピードメーターのデジタル表示が目まぐるしく数字を変えた。

「もし、そこにヴェトナムのガキどもがいたら、連中は荒っぽいぜ」

荒っぽいガキども――ウィリィのような連中。おぞましい。忌まわしい。

「なんとかなるさ」

顫え――だれにも気づかれたくはない。

「気をつけろよ、サム哥。なにかあったら連絡してくれ」

「わかった。うまくいったら、すぐに連絡を入れる。そうなれば、名残惜しいがヴァンクーヴァーともさよならだ」

劉燕玲の顔が脳裏を横切った。置いていくには惜しすぎる身体。だが、香港に連れていくわけにもいかなかった。

「たまには遊びに来てくれよ、サム哥」

「たまには、な」

富永は携帯電話を切った。溜め息を漏らし、携帯電話を阿寶に返した。

「どうしたんですか、溜め息なんかついて」

「せっかくヴァンクーヴァーが気に入ってきたところなんだがな、阿寶。だからガキは嫌いなんだ」

阿寶はわけがわからないというように首を振った。

＊　＊　＊

きっかり二十分――車はだだっ広い駐車場の一画にとまった。

「あの店です」

阿寶の指の先――原色のネオン。卡拉《カラ》ＯＫ《オケ》の文字。

覗き見野郎が声を張りあげる――危険、危険、危険。恐怖が喉元を締めつける。

「銃はあるか？」

「グラヴボックスの中に」

富永はグラヴボックスを開けた。黒光りする銃――オートマティック。見たことのないタイプ。だが、使い方にかわりがあるわけではない。クリップを抜き、弾丸を確かめる。遊底をスライドさせる。薬室に弾丸はなかった。クリップを塡《は》め、もう一度遊底をスライドさせた。起きあがった撃鉄に指をかけた。ゆっくり引き金をひいて撃鉄をおろした。コートのポケットに銃を落とし込んだ。革の手袋をはめなおした。その間も、覗き見野郎が喚きつづける――危険、危険、危険。

逃げ出したい。だが、そんなことはできない。李耀明――灣仔《ワンチャイ》の虎。虎の目が背中を睨みつけている。退けば死、前に進めば未知の恐怖。

「セイフティはかけないんですか？」

「なにをしようと、暴発するときは暴発する。そんなことより、相手よりちょっとでも速く撃つことを考えた方がいい」

　恐怖を抑え込んでいう。

「相手？　なにか、ヤバいんですか」

「見ろよ、阿寶」富永はカラオケボックスの方に顎をしゃくった。「まだ十一時だっていうのに、だれも歩いちゃいない。店も静かだ」

「そういえばそうですね。この辺りは普段はもっと賑やかだし、あの店も人の出入りが多いんですが」

「こういうときは、用心するに越したことはない」

　阿寶が慌てたように右手を上着の懐に入れた。富永のものと同じタイプのオートマティック。阿寶は富永と同じように弾丸を点検する。

「行くぞ」

　富永は車を降りた。雨はやんでいた。濡れた歩道にネオンの明かりが反射していた。さり気なく店に近づく――神経が張りつめていく。店からはなんの音も聞こえなかった。静まり返ったカラオケボックス――ありえない。

　富永はコートのポケットに手を突っ込んだ。銃を握った。左手の欠落した小指が疼いた。

「阿寶、ヤバいと思ったらぶっ放せ。躊躇するな」

　振り返らずにいった。阿寶が唾を飲む音が聞こえてきた。

「マック哥に連絡した方がよくないですか？」

「時間がない」

　顔の筋肉が強ばっていく――とまらない。足が重くなる――強引に前に進んだ。店のドアに手をかけた。腰を屈めて、ドアを開けた。四メートルほどの通路。その先にこぢんまりとしたキャッシャーデスク。従業員――姿が見えない。人の気配が感じられない。

　廊下はキャッシャーの先で二手に別れていた。右に曲がる廊下と真っ直ぐ伸びた廊下。真っ直ぐの方はさらに五メートルほど先で右に折れていた。

　富永は銃をポケットから抜いた――恐怖が薄れる。キャッシャーデスクを覗きこんだ。開きっぱなしのレジスター――散らばったコイン。紙幣は見当たらなかった。強盗――言葉が頭をよぎる。逃げだした店員たち、客たち――逃げ遅れた李少芳。不吉な予感。頭を振って追い払った。

「部屋を虱潰しにするぞ。おれはこっちをやる。おまえは奥からだ」

　富永はいいながら振り返った。阿寶の顔も緊張に強ばっていた。

「だいじょうぶか、阿寶？」

「死体は見慣れてますから」阿寶が答える。「でも、まさか小姐になにかあったんじゃ……？」

「それをこれから確かめるのさ。警察が来るかもしれない。手早くやるぞ」

阿寶がうなずいた。富永は阿寶に背を向けた。

一番手前のドア――足で蹴破る。銃を突きだす。客がいた気配はない。

次のドア――テーブルの上に散らばった料理。倒れたグラス。床に転がったマイク。モニタに映し出されているのは、香港の人気歌手のＭＴＶ。

次のドア――声が聞こえた。

「サム哥!!」

阿寶の叫び。

富永は走った。キャッシャーデスクの脇を駆け抜けた。奥の通路。

「来てください、サム哥!!」

左右に並んだドア。左手の一番奥のドアから阿寶の声がした。血の匂い――濃密な匂い。富永は左手で口と鼻を押さえた。そのまま、声がしたドアに向かった。惨状が視界に飛びこんできた。

立ちすくむ阿寶――床に転がった死体――三人の男たち。女はいない。

「どけ」

阿寶を脇に押しやって部屋の中に足を進めた。死体――ひとりは喉を掻き切られている。ふたりは銃弾を喰らっている。血がぶちまけられた床――湯気が立っていた。

富永は腰を屈めた。男たちの顔を覗きこんだ。男たち――浅黒い肌、左右に広がった鼻。南方系の中国人の顔だち。

頭の中のスクリーン――銃を突きつけられた男たち。その背後に立つミッシェル。手にはナイフ。懇願する男たち。薄笑いを浮かべるミッシェル。銃を突きつけているのは李少芳。李少芳は顫えている。ミッシェルが男の喉を掻き切る。血が飛び散る。李少芳が銃を撃つ。

違う、違う――覗き見野郎が怒鳴る。それはただの想像だ。知らなければならないのは事実だ。

富永は目頭を押さえた。血の匂いが喉を圧迫した。

「こいつらの顔に見覚えはあるか？」

阿寶に訊ねた。

「よくはわからねえ。ヴェトナムのやつらじゃないかとは思うがよ」

阿寶は乱暴にいい放った。

「ミッシェルってガキはヴェトナムのやつらと仲がよかったんだろう？」

「そういう話だったけど、おれはよく知ってるわけじゃ……これは、あのガキがやったのか？」

「わからん。マックに連絡を取れ。小姐を見たってやつに話を聞きたい」

「わかった……」

阿寶は携帯電話を取りだした。覚束ない手つきでボタンを押す。

富永は部屋の中を見渡した。他の部屋にくらべて間取りはかなり広い——いわゆるＶＩＰルーム。テーブルの上に置かれたヘネシーのボトルと六つのブランディグラス。そのうちの、三つが倒れていた。

六つ。殺された三人。李少芳とミッシェル。もう一人はだれだ？

富永は目をこらした。倒れたグラスの陰——グラスをどける。白い粉。手袋をしたままの指で粉を掬《すく》い取った。舐めた。

ヘロイン。

覗き見野郎が狂喜する——富永は唇を嚙んだ。

25

一杯の白酒《バイヂュウ》。動悸がおさまっていく。頭が働きだす。
しくじった——また心臓が飛び跳ねる。白酒をもう一杯。掌に残る感触——銃撃の余韻。惨めな失敗に終わった襲撃。ハロルド加藤は必ず犯人に気づくだろう。
呉達龍《ンダッロン》はフリーザーを開け、白粉《バーファン》入りのアイスクリームのパッケージを引きずり出した。鬱蒼とした森。周りに人けはなかった。銃撃に関してはいい逃れることができる。だが、ヘロインは別だった。家宅捜索をされる前にどこかに隠さなければならない。
頭の中のリスト。浮かび上がるいくつもの名前。次々に消していく。だれ一人、信用できなかった。ヴァンクーヴァーには信頼に値する人間がいなかった。
舌打ち——女といちゃついていたハロルド加藤。他人にあれだけの憎しみをかきたてられたのははじめてだった。本気で殺すつもりだった。限度を越えた憎しみに指が顫えた。使い慣れないリヴォルヴァー。狙いを定めることができなかった。リヴォルヴァーはフレイザー河に捨てた。
ハロルド加藤——次は外さない。ハロルド加藤——脳裏に浮かびつづける顔。ハロルド加藤——天啓。手にした白粉。ハロルド加藤の部屋に隠せばいい。まさか、自分の部屋にヘロインがあるなどとは思うまい。保険にもなる。逮捕されそうになったら、ヘロインのことを密告してやればいい。
呉達龍は部屋を飛びだした。車に飛び乗った。
ハロルド加藤——今ごろはＣＬＥＵにいるだろう。自分を狙った殺し屋を追いかけ回しているだろう。部屋は無人のはずだ。

ホテルの外で待っている間、ハロルド加藤のファイルは紙に穴があくほど読み返した。住所も頭に叩きこんである。イングリッシュ・ベイ。アップタウン——金持ちたちのパラダイス。海の見える高級アパートメント。

アクセルを踏む足に力が入った。オンタリオ・ストリートの薄汚れた一軒家からイングリッシュ・ベイ沿いのコーンウォール・アヴェニューまで五分しかかからなかった——新記録。ハロルド加藤のアパートメントはすぐに見つかった。ベイからは少し離れた位置にある白塗りのアパートメント。十階建て——高層建築が少ないヴァンクーヴァーでは破格の高さ。最上階に住んでいれば街を一望できる。ハロルド加藤は最上階に住んでいる。

呉達龍はアイスクリームのパッケージを入れた紙袋をぶら下げて車を降りた。アパートメントのエントランスはまばゆいばかりにライトアップされていた。制服を着たドアマンが欠伸を嚙み殺していた。近づいていくと、ドアマンは尊大な視線を向けてきた。呉達龍はジャケットの内ポケットからＩＤを取りだした。ドアマンの視線が緩んだ。ドアマンは四十代を越えたばかりの小太りの男だった。

「ミスタ加藤はまだお戻りになってませんよ、刑事さん」

「わかってる」ドアマンに内容を読み取る時間を与えてからＩＤをしまった。「少し訊きたいんだが」

押し殺した声。退屈に澱んでいたドアマンの目に光が灯った。

「なんでしょう？」

「その前に、これは内密の調査なんだ。他言はしないと約束してもらわないとならん」

ドアマンは肩をすくめた。

「どんな事件かによりますよ」

「今夜、ハロルド加藤が銃撃された」

ドアマンの身体が凍りついた。

「本当ですか？」

「さいわい、加藤捜査官に怪我はなかったがな。それで、内密に調査をしているというわけだ。協力してもらえるか？」

「もちろん。ミスタ加藤はとても感じのいい人ですからね。あんな人が撃たれるなんて、やっぱり警察の仕事はしんどいわけだ」

「この数日、この辺りで不審な人間を見かけなかったか？」

「この辺りで？　冗談でしょう、刑事さん。ダウンタウンならいざ知らず、ここらには中国人だっていませんよ」

「おれも中国人だぞ」

呉達龍はドアマンを睨んだ。ドアマンは慌てて首を振った。

「警官は別ですよ。ほら、去年、イースト・ヴァンクーヴァーで殺人事件があったじゃないですか。馬鹿でかい豪邸で……殺されたのは中国人で、マフィアの一員じゃないかって——」

「その事件は覚えてるが、それとこれがどう繋がるんだ？」

「だから、あっちの方じゃ、中国人が豪邸に住むことはあるかもしれませんが、ここらじゃまだそこまではいってないってことです。ホームレスだって見かけませんからね」

「加藤捜査官を訪ねてきた人間で気がついたことは？」

「ときどき、中国人が訪ねてきますね。胡散臭い感じでね、はじめて見たときは追いだしてしまうところでした」

なにかが神経に引っかかる。

「どんなふうに胡散臭かった？」

「人目をはばかる様子だったというか……なんとなくわかるでしょう？　普通の人間とは様子が違うんですよ。なんでも、ミスタ加藤の友人だってことで、わたしはピンと来ましたけどね」

「なにがピンと来たんだ？」

「その中国人も警察の人だって」

ハロルド加藤と中国人——靄《もや》が晴れる。その中国人はドアマンのいうようにおまわりだ。恐らくは、潜入捜査官。

「多分、極秘の捜査かなにかをやっていて、それで他人に見られるのを嫌ってたんですよ、きっと」

黒社会《ハクセイウィ》の幹部連中から何度か相談を受けたことがあった。

——どこかにサツの狗がまぎれ込んでるらしいんだ。炙《あぶ》り出すことはできないか、阿龍《アロン》？

市警内の潜入捜査官なら割り出すことは簡単だった。だが、ＣＬＥＵともなれば、話は別だ。結局、狗を炙り出す話はうやむやに終わった。

情報——集めなければならない。ハロルド加藤の周囲を探れ。ハロルド加藤の弱みを握れ。後ろめたいところのない人間などいない。必ず、切り札になるなにかがあるはずだ。

「その警官のことなら知ってる」嘘が滑らかに口をついて出てくる。「優男だったな」

「そうそう。中国人にしては男前でしたよ。あれで、シャワーを浴びて髭をあたれば、女たちが放ってはおかないって感じで」

二枚目の中国人――香港系ではないということだった。

「それに、背が高くて痩せてるとくれば鬼に金棒だな」

ドアマンが首をかしげた。

「そんなに背は高くなかったと思いますがね。確かに、痩せてはいましたけど」

「ああ、おれの勘違いだ。別のやつと間違えたよ。極秘捜査につく警官ってのは、仲間内でも滅多に顔を見ることはないんだ」

「そうでしょうね」

ドアマンはしたり顔でうなずいた。そろそろ潮時だった。尻尾を出すわけにはいかない。

「他に加藤捜査官を訪ねてきた人間はいるか？」

「さてね……ミスタ加藤はいつも帰宅する時間がまちまちでね。わたしの勤務時間は真夜中までなんですよ。三交代でやってましてね。なんなら、他の警備員に聞いてみますか？」

「いや。そっちの方は別の警官があたることになっている。時間を取らせてわるかったな」

「かまわないですよ。いい退屈しのぎになりました。それより、ミスタ加藤は本当にだいじょうぶなんですか？」

「ああ。大事を取って、いま、病院で検査を受けているところだが、弾丸は当たらなかったからな」

唇がねじ曲がる――自虐の笑み。ドアマンはそれを安堵の笑みととったらしかった。おもねるような微笑を返してきた。

「で、犯人の目星はついてるんですか？」

「極秘条項ってやつだよ、それは。ところで、加藤捜査官から、着替えを持ってくるように頼まれているんだが、マスターキィはあんたが持ってるのか？」

「それは持っていますがね……」

ドアマンの柔らかかった表情が固くなった。

「加藤捜査官から預かってくるのを忘れたんだ。貸してくれ」

「それはだめですよ、刑事さん。規則ってものがありましてね。規則を破ったら、わたしは馘《くび》にされちまう」

「だれにもあんたが規則を破ったことはわからないし、加藤捜査官は着替えが必要なんだ。しかも、おれは警官だぞ」

「それはわかってるんですがね……」

「おれが本物の警官かどうか疑ってるのか？」

「とんでもない」

ドアマンは首を振った。後ひと押し――経験がそう告げる。

「加藤捜査官の部屋にいるのは十分もかからない。なんだったら、あんたが部屋の中までついてきてもいいし、それでも心配だというなら、部屋から出てきた後で、身体検査を受けてもかまわんぞ」

「そういうことを心配しているわけじゃないんで……」

ドアマンの瞳の中で天秤が揺れていた。重石《おもし》をくわえてやる。

「なあ、あんたの心配もわかるが、こっちは時間がないんだ。加藤捜査官は多忙な人でな。あんたも知ってるだろう、あの人のフィアンセの親父さん」

「ええ、ジェイムズ・ヘスワースでしょう」

「そうだ。選挙のことがあるから、今回の銃撃事件のことは早いうちに解決しなけりゃならない。下手をすりゃ、スキャンダルだからな」

天秤――しっかりと傾いた。治安のいいアップタウンの警備員は頭の中も平和にできている。

「わかりました。ただし、十分だけですよ」

「ああ、着替えを持っていくだけだからな。それ以上はかからんよ」

制服の内ポケット。ドアマンは財布を抜きだした。プラスティックのカードキィ。

「それがマスターキィになってますから。刑事さんのこと信用してますから、一緒には行きませんが、他の部屋のドアは開けないでくださいよ」

「十分で戻る」

呉達龍はドアマンに背を向けた。

＊　　＊　　＊

手袋をはめる。ドアを開ける。馬鹿みたいに広い部屋が視界に飛び込んでくる。ドアを閉める――オートロック。部屋の中へ。

象が十頭は入りそうなリヴィング。キッチンにバスルーム。ベッドルームが二つ。書斎がひとつ。呉達龍は書斎に入った。

マホガニィの机の上にはデスクトップのパソコンとプリンタが載っている。机の真後ろに、これまたマホガニィ製のファイル棚。壁際に本棚がふたつ。コンピュータ関連の本が几帳面に並べられている。殺風景な部屋だった。個人の生活をうかがわせるものがなにもなかった。家族の写真もない。フィアンセの写真もない。

呉達龍は椅子を引きずって本棚の前に立った。椅子に足をのせた。

本棚の一番上――辞書類が並んでいる。日本語と英語、英語と日本語。分厚いのからコンパクトなものまで。中国語は二種類。北京語と広東語。よく使いこまれた痕があった。棚と辞書を凝視する——かすかに埃が積もっている。分厚い日本語の辞書を持ちあげた。

これだけの広い部屋をハロルド加藤が自分で掃除しているとは思えない。クリーンナップ・サーヴィスを雇っているはずだ。連中は目に見える場所は徹底的に掃除する。そうでないところは手抜きをする。

呉達龍は辞書を三冊引き抜いた。アイスクリームのパッケージを開く。ビニール袋に包まれた白い粉。慎重に本棚の奥に並べた。辞書を元に戻した。辞書は抜いたときより三センチほど前に突き出ている。椅子をおりて見あげてみた。違いはわからなかった。これなら気づかれる恐れはない。気づかれたら——その時はその時だった。いずれにせよ、長い間白粉をここに隠しておくつもりはない。金がいる。今すぐにでも金がいる。

呉達龍は小さく首を振った。ファイル棚に目を向けた。ガラス戸の向こうにいくつものファイルホルダー。背表紙に書き込まれた文字——ハロルド加藤が扱った事件と日付。興味はなかった。知りたいのは、ハロルド加藤の個人情報だった。机の抽斗をあけた。書類の山。日記はない。手書きのメモもない。おそらく、そうしたものはすべて、コンピュータのハードディスクの中に入っている。コンピュータ——お手上げだった。

歯ぎしりしてリヴィングを横切った。残された時間は後五分。ベッドルームへ。クローゼットを開けた。何着ものスーツ。一番奥のクリーニング屋のビニールがかかったままのスーツを取った。足元にしつらえられた小さなタンス。下着類がつまっている。奥の方から靴下とトランクスをくすねた。スーツと下着を白粉を入れてきた紙袋に突っ込んだ。腕時計を覗く——後三分。余裕をみても、一、二分プラスするぐらいの時間しかない。

リヴィングの隅——キッチンの脇。カウンターバー。カウンターの内側には酒が並べられた棚と小さな冷蔵庫。それに、小振りの製氷機があった。棚にはウィスキー類が、冷蔵庫の中にはビールと日本酒が整然と並べられていた。目当ての物はなかった。

キッチンへ。洗われ、放置されたグラスがふたつ。ハロルドと仲間の潜入捜査官。仲良く酒を飲んだということか。棚を開ける——見つからない。冷蔵庫を開ける——見つからない。フリーザー——息を詰める。製氷皿とテレビディナーのパック。製氷皿。リヴィングのバーの製氷機があれば必要はないはずだ。

呉達龍は製氷皿を手に取った。金属の器に、仕切りのついたプラスティックの蓋を被せて角氷を作るタイプのものだった。軽い。氷は作られていない。蓋を開ける

――見つける。丁寧に折り畳まれたコンビニエンスストアのビニール袋。中に入っているのはプラスティックのカード――部屋の鍵。

呉達龍はカードキィを自分の財布にしまった。代わりに、別のカードを袋に包んだ。半年ほど前、黒社会の連中からくすねた一回こっきりしか使えない偽造のクレィットカード。

冷蔵庫を閉めた。紙袋を手にした。部屋の中を見渡す。

「待ってろよ、日本鬼《ヤップンクワイ》。おまえの弱みを必ず摑んでやるからな」

呉達龍は部屋を出た。

＊　＊　＊

ドアマンはほっとした表情を向けてきた。呉達龍は紙袋の中身をドアマンに見せた。

「スーツと下着だ。身体検査、するか？」

ドアマンは首を振った。

「おれが今日、ここに来たことはだれにも喋るなよ」

ドアマンはにやりと笑ってうなずいた。

「ミスタ加藤にも内緒にしておきますよ」

笑えない冗談――呉達龍は車に戻った。

26

極秘捜査。グリーンヒルのオフィスに集められた精鋭たち――内務課の捜査官。同僚たちからは蛇蝎《だかつ》のごとく嫌われている。実際、鼻持ちならない連中が多い。それでも、腕は立つ。影のように目立たず、従順な狩猟犬のように諦めることを知らない。

ターゲットは呉達龍《ンダッロン》。張りつき、見張れ。ターゲットが市民を傷つけそうなときは阻止しろ。それ以外のときはなにもするな。報告はグリーンヒルとハリィに。

猟犬たちは野に放たれる。

そして、第一報――市警本部に呉達龍はいない。自宅にもいない。

「捜せ」

グリーンヒルが無線に向かって怒鳴る。

＊　＊　＊

鄭奎《チェンフィ》と呉達龍の会話のテープ――予想どおりの内容。鄭奎が呉達龍に標的を指示する。呉達龍は標的に脅しをかける。鄭奎の選挙活動に協力するように仕向けていく。

テープを巻き戻し、再生する——繰り返す。呉達龍は「ハロルド加藤を殺す」とはいわない。この時点では、呉達龍はハリィの存在を気にとめてもいない。

部署を出て車に乗りこむ。ナヴィゲーション・システムを起動する。点滅するはずのドット——かき消えている。発信器は取り外され、叩き壊された。おそらく、盗聴器も発見されているだろう。

呉達龍の顔が脳裏に浮かぶ。発信器と盗聴器——このふたつが呉達龍に襲撃を決意させた。

迂闊だった。迂闊にすぎた。

唇を噛みながら部署に戻る。声がかけられる。

「ハリィ、相棒から電話だぞ」

声のした方には振り向きもせず、ハリィは電話をとった。

「パット——」

「撃たれたって?」

「だれに聞いた?」

「おれをだれだと思ってるんだ。中国人だぞ。そのうち、世界を征服する民族だ」

「悪かったよ。馬鹿な質問をした」

「思ったより調子はよさそうじゃないか」

ハリィは空いている手でこめかみを押さえた。

「そうでもない。魂をどこかに置き忘れたような感じだ。感情が麻痺している。恐怖も怒りも感じないんだ」

「ショック症状だな。無理もないよ、ハリィ。アメリカじゃあるまいし、この国で警官が銃撃されることなんか滅多にないからな」

「中国人のおかげで、最近は警官の身も危険にさらされることが多くなってるんだぜ。君たち中国人は、なんだってするからな」

「おまえを撃ったのも中国人か?」

「確証はない。だが、わかってるんだ。おれを撃ったのは呉達龍。市警の凶悪犯罪課の刑事だ。前に話したことがあったろう?」

「あいつか……」

パットの声が顫えた。

「今日、あいつの尻尾を摑んだんだが、逆に、ぼくとヘスワースの関係を知られてしまった。たぶん、呉達龍は逆上したんだと——」

肩越しに伸びてきた手が電話を切った。振り返る。グリーンヒルの目が冷たい光を放っていた。

「極秘捜査だといわなかったかね、ハリィ? たとえ、同僚であろうとも、捜査の内容を明かしてはならん。わたしが内務課の連中に下した命令は、君にも適用されているんだぞ」

グリーンヒルに対する反発——抑えこむ。はしゃぎすぎだった。パットの声を聞いた瞬間、緊張の糸が切れていた。

「申し訳ありません」

受話器を置いた。

「なにも知らない人間に捜査の内容をべらべら喋るとは——」

爆発——頭の中。眩暈《めまい》がした。ヘスワースが箝口令《かんこうれい》を敷いた銃撃事件。

「パットは知っていました」

グリーンヒルの眉が跳ねあがった。

「知っていた？」

「ええ。彼の最初の言葉は『撃たれたんだって？』でしたから」

「彼はだれから聞いたんだ？」

地獄耳のパット。局内にも知り合いは大勢いる。だれかが注進に及んだとしても不思議はない。相棒が撃たれるのは自分が撃たれるのと同じ——そう考える警官は少なくない。

「わかりません」

「確認したまえ」

ハリィは受話器に手を伸ばした。パットの携帯の番号にかけた。コール音——一回、二回、三回。押し殺した声が聞こえてきた。

「側にグリーンヒルのクソ野郎がいるんだな？」

「そうだ。それよりパット、教えてくれ。ぼくが撃たれたことをだれから聞いた？」

「黙秘権だ」

「頼む、パット。大事なことなんだ」

「つまり、おれのダチがグリーンヒルのやつに目をつけられるってことだろう？」

「パット——」

「おれが話を聞いたのは警察関係者からだ。それ以上は答えないからな。後でおまえの家に電話するよ」

電話が切れた。ハリィはグリーンヒルに向き直った。

「警官です」

「だれだ？」

ハリィは首を振った。グリーンヒルの目——冷たい光。

「彼に伝えておきたまえ。潜入捜査官からリタイアしたければ、わたしには逆らわない方がいい」

＊　＊　＊

午前一時。空虚なアパートメント。夜勤の警備員の愛想笑いだけがハリィの帰還を迎えてくれた。

くたびれきった身体。冴えた頭。麻痺した感情。シャワーを浴び、ベッドに横たわった。眠られずに何度も寝返りを打った。

電話が鳴る――午前二時。パットからだった。ハリィはベッドを降りた。

「まさか、グリーンヒルはいないだろうな？」

「勘弁してくれよ、パット。グリーンヒルを嫌うのはわかるが、露骨な態度をとると、死ぬまで潜入捜査官をやらされる羽目になるぞ」

「その前に辞表を叩きつけてやるさ」

「もう少し我慢しろよ。ヘスワースが選挙に勝ったら、ぼくは警部補になる。そうしたら、真っ先に君の配属を替えてやるから」

口笛が聞こえた。

「いつ聞いても素晴らしい話だ、ハリィ。おまえの相棒でよかったよ」

「ふざけるなよ、パット」

「おれはマジだよ。ふざけてなんかいないって証拠に耳寄りな情報を教えてやろう。おまえが撃たれたって話をおれにしたのは、黒社会《ハクセイウィ》の連中だぜ」

吐き気――頭が痛んだ。

「なんだって？」

「さっきはおまえがグリーンヒルの命令で電話をかけてきたことがわかってたからああいったんだ」

ヘスワースの敷いた箝口令――グリーンヒルが受け継いだ。関係者から外部に話が漏れるはずがない。最高級のフレンチレストラン――中国人が働いているはずもない。どこから漏れたのか。だれが漏らしたのか。

「パット、だれが君に教えたんだ？」

「電話じゃいえないよ。わかるだろう？」

「いま、どこに――？」

「おれのアパートメントさ。頼むから、これから来るなんていうなよ。おまえの部屋と比べられたら、恥ずかしくて外を出歩けなくなる」

「これから行くよ」

溜め息が聞こえてきた。ハリィは電話を切った。着替える。清潔な下着。お気に入りのシャツ。デイトに出かける前の少女のように高鳴る鼓動。

頭を振る。仕事だぞ、ハリィ――いい聞かせる。殺されかけたばかりだというのに、なにを考えている？

パットも招待してやるべきじゃないのか――グリーンヒルの声が聞こえたような気がした。

＊　＊　＊

パットのアパートメント――リッチモンド。本当の住処《すみか》はダウンタウンにある。パットはそこには滅多に帰らない。黒社会の末端の人間として、パットはリッチモンドに部屋を借りている。経費はすべてCLEUが持つ。ブリティッシュ・コロンビア州民の税金がものをいう。

フレイザー河を渡る。眠気はない。疲れも吹き飛んでいた。まるで、コカインを吸入したような熱気――腹の奥が火照っていた。

リッチモンド。パットのアパートメントは南の外れにある。用心して車を走らせた。CLEUの捜査官と黒社会の人間の接触。だれかに見られるわけにはいかない。

悲鳴をあげるようなエンジン音が聞こえてきた。バックミラーに猛スピードで追いあげてくるヘッドライトの明かりが映った。ハリィは舌打ちしながら車を右に寄せた。ビールかハシッシに酔った中国系のストリートギャング――そんなところだろう。事故に巻き込まれるのだけは避けたかった。

バックミラーに映る明かりがどんどん大きくなっていく――赤いクーペ。時速九十マイルは出ていた。追い抜かれる。ハリィは視線を車に向けた。息を飲んだ。

助手席に座った女。漆黒の髪。彫像のような横顔――李少芳《レイシウフォン》。間違いなかった。反射的にアクセルを踏んだ。スピードメーターのデジタル表示が目まぐるしく変化した。

携帯電話――パットに。

「来るのが面倒になったか？」

「もう、リッチモンドだよ」

「やっぱり、来るのか」

「いや、わからない。李少芳を見つけたんだ」

「李耀明《レイイウミン》の娘か」

「凄いスピードで飛ばしてる。赤いフォードだ。今からナンバープレートを読み上げるから、メモして、持ち主を調べてくれないか」

「嫌だね、といいたいところだが、ハリィ加藤の頼みとあれば断れないな。ちょっと待ってくれ……いいぞ、いってくれ」

ハリィはフォードのナンバープレートを読み上げた。

「OK。書き取ったぜ」

「ぼくはこのまま尾行を続ける。なにか、わかったら電話する。例の件は次の機会に教えてくれ」

「次の機会があったらな」

電話が切れた。

フォードは時速九十マイルを保ったまま疾走している。信号が赤になってもお構いなしだった。深夜のリッチモンド。他に道を走る車はない。後を尾けるにはフォードの運転手と同じことをしなければならない――百パーセント気づかれる。

ハリィはアクセルを踏みつづけた。信号を無視した。気づかれるならそれでもかまわなかった。

フォードがスピードをあげた。ハリィの車を気にしている様子がうかがえた。ハリィもスピードをあげる。真夜中のカーチェイス。じわじわと引き離されていく。エンジンのパワーは明らかにフォードが上だった。

百メートル先に交差点。信号が青から赤に変わった。フォードが右折した。追いかける――右折する。フォードのテイルランプが見えなかった。二十メートル先にもうひとつ交差点があった。フォードはどちらかに曲がったに違いなかった。スピードを落とし、交差点に侵入した。左――遠ざかるテイルランプ。慌ててアクセルを踏んだ。遅かった。遥か前方でフォードが左折した。後を追ったが、二度とテイルランプを見つけることはできなかった。

「くそっ」

ステアリングに拳を叩きつけた。フォードを見失った周囲の道路をあてもなく走りまわった。

いくつものネオン。軒を連ねたカラオケ屋。明滅する赤色灯――州警察の車。一軒のカラオケ屋の前に三台、停まっていた。

ハリィは駐車場に乗り入れた。車を降りる。カラオケ屋の入口は封鎖されていた。制服姿の警官が三人、強持《こわも》ての顔を周囲に向けていた。

IDカードを出しながら警官に近づいた。

「CLEUの捜査官だ。なにがあった？」

「殺しですよ」

真ん中にいた警官が不機嫌そうに答えた。

「被害者は？」

「ストリートギャングですよ。たぶん、仲間割れだ。もしかすると強盗って線もあるかもしれませんがね。それ以上のことは聞かないでくださいよ。我々も知らないんですから」

疾走する赤いフォードのテイルランプ――頭の中で瞬く。

「事件発生の時間は？」

「いったでしょう？　我々はなにも聞かされていないんです」

「捜査を指揮しているのは？」

「ケリガン巡査部長」

ハリィは警官たちを押しのけた。カラオケ屋の中に足を踏みいれた。血の匂い。カメラのフラッシュが焚かれる音。だれかの怒鳴り声――声のする方に向かった。一番奥の個室。鑑識課の警官が頻繁に出入りをくり返している。部屋を覗きこむ。死体が三つ。変色した絨毯。血は乾いている。血の気を失い、目から光が失せた三つの顔。頭の中のファイル――一番奥で倒れている男。狄《ディエップ》・其東《チードウン》。ヴェトナム系ストリートギャング――越青《ユッチエン》のリーダー。ヴァンクーヴァーの〈金葉酒家《ジンイエジオウジア》〉を根城にしている。つまり、リッチモンドは狄其東の縄張りではなかった。なぜリッチモンドで殺されなければならなかったのか。

　ハリィは首を振った。推理するには情報が少なすぎる。狄其東以外の二人の顔には見覚えがなかった。おそらく、ヴェトナム系。狄其東の手下か仲間といったところだった。

「ケリガン巡査部長」

　真ん中の死体に屈みこんでいた男が振り返った。ハリィはIDカードをかざした。

「CLEUのハロルド加藤だ。少し話を聞きたいんだが」

「こっちには話したいことはなにもない」

　にべもない返答――ケリガンは死体に向き直った。

「ただとはいわない。CLEU嫌いを少しの間我慢してくれたら、死体の身元を教えてやるよ。それでどうだい？」

　ケリガンが振り返った。

「こいつらを知ってるのか？」

「ひとりだけだがね」

　ケリガンはハリィと死体の顔を交互に見比べた。

「嘘じゃないだろうな」

「狄其東。ヴェトナム系ストリートギャングのボスだ。縄張りはヴァンクーヴァー。リッチモンドで見かけることはほとんどなかったよ」

　ケリガンが立ち上がった。そばにいた私服の刑事の耳になにかを囁いた。刑事はうなずき、個室を出ていった――ハリィの教えた情報を確認しにいった。

「取引きに応じてやろう。なにが知りたい？」

　ケリガンの腕が肩に回された。促されるままに個室を出た。入口の方に向かって歩いた。

「事件の起きた時間。凶器の種類。推測される動機」

「ひとりがナイフで喉をかき切られ、ふたりは撃たれている。銃は傷から見て、おそらく九ミリのオートマティック。ホシは薬莢を拾っていったらしい。血の乾き方から見て、殺されたのは四、五時間前――その間、だれも通報して来なかった。信じられん。店の人間も捕まらんなんてな」

　フォードのテイルランプ――消えた。四、五時間前に殺人を犯した連中が、十分前に現場付近をうろついているはずがない。もし、連中がまともなら、そんなことをするはずがない。

「あとは、動機か……おそらく、ヘロイン取引きにまつわるトラブルだな」

「どうしてヘロインだと？」

「かなりの量のヘロインがあの個室から検出されてる。どっちが売り手でどっちが買い手だったのかは知らん、やつらを殺した連中は金とヘロインを持って消えちまったってところさ」

「犯人の数は？」

「三人から五人……多分、三人だ。部屋に残っていたグラスは六個。六マイナス三は三。恐らく、連中は三対三で取引きをすることになってたんだ」

「五人かもしれないと思った理由は？」

「足跡がふたつ、見つかってる」ケリガンは指を二本、突き立てた。「血を踏んで、歩き回った痕がある。事件にかかわっているというより、たまたま店に入ってきて死体を見つけたんじゃないか。それで、金目のものがないかどうか探った、とおれは思っている。連中が殺されたとき、あの個室にいたのは三人だよ」

ケリガンは自信たっぷりにうなずいた。

＊　＊　＊

オフィスに人けはなかった。デスクに落ち着くと忘れていた疲れが襲いかかってきた。時計を見る――午前四時。眠らなければ死んでしまいそうだった。オフィスに寄ったのは、仮眠室で横になるためだった。これ以上、運転を続ける気力がわかなかった。

デスクの上の端末の電源を入れた。癖のようなものだった。システムが立ち上がるのを見守った。電子メールが一通、届いていた――夜勤のオペレーターからだった。

「ハリィ、パットからの伝言よ。

例のナンバープレートはディエップ・チードゥンのもの。ヴェトナム野郎と香港の大物の娘がどう関わってるんだ？　今度、教えろよ。

以上」

眠気が吹き飛んだ。

27

「わけがわからねえ」

マックは盛んに瞬きをした。眠たげな目——叩き起こされたことを怨むような視線。

「おれはもっとわけがわからない。なんだって、小姐《シウチエ》が人殺しにつきあうんだ？　なんだってヘロインが関わってくるんだ？」

覗き見野郎がマックに賛同する。

「あそこにいたのが小姐だと決まったわけじゃないだろう」

「いたんだよ、あの馬鹿娘はあそこにな」

マックが目をそらした。

「参ったな。このことが大老《ダーイロウ》の耳に入ったらと思うと、恐ろしくて小便をちびっちまいそうだよ、サム哥《コー》」

夜総会で見せられた李耀明《レイイウミン》の昏《くら》い眸《め》——背筋を顫えが駆けあがる。

富永《とみなが》は居間を横切った。キッチンへ行き、棚を開ける。なにが入っているかは、この部屋をあてがわれたときに確かめてあった。ブランディのボトルとグラスを手にして居間に戻った。マックと阿寶《アポー》、それに自分のためにブランディを注いだ。マックと阿寶は口をつけなかった。富永はあおるように飲んだ。背筋の顫えは消えなかった。

「小姐がジャンキィになってたら、あんたらは大老に殺されるな。いや、それだけじゃない。大老はヴァンクーヴァーに殺手《サッサウ》を送り込んでくる。小姐が使った白粉を扱ってたやつらを皆殺しにするつもりでな。このくそったれな街に血の雨が降るよ、マック」

「マカオはどうなる？」

「大老にはマカオより小姐の方が大事だ。あんただってそう思うだろう？　大老はいつだって小姐のことになるとわけがわからなくなるんだ」

マックがうなずいた。

「サム哥、おれたちはどうしたらいい？」

「小姐をさっさと見つけるのさ。ケベックから来たっていう馬鹿野郎をぶち殺すんだ。小姐が白粉《バーファン》に夢中になってたら、医者に面倒を見させる。身体から白粉が抜けたら、何食わぬ顔をして香港に連れて帰る。それしかない」

李耀明に知られてはいけない——絶対に。

「そうだな。大老の耳にいれるわけにはいかねえ」

「とりあえず、このことを知ってるのはおれたち三人だけだ」

富永はマックに向けていた視線を阿寶に移した。蒼醒めた頬。汗に濡れ光った皮膚。阿寶は今にも吐きそうな顔をしていた。

「まず、おれたち三人が口をつぐむことだ」

マックと阿寶が同時にうなずく。

「それから、あのカラオケ屋で起こったことが、リッチモンドの古惑仔《グーワーヂャイ》たちの間でどういうふうに思われてるのか調べること」

「それはおれがやっておく」

マック——煙草に火をつけていた。炎が揺れていた。

「頼む。おれは今夜、CLEUのおまわりと話をした。例の、小姐の家に来たっていう日本人のおまわりだ。あいつも何故かは知らないが小姐に興味を持っているらしい。明日、もう一度そのおまわりとコンタクトを取って探りを入れてみる」

「そいつはなにかを知ってそうなのか？」

富永は首を振った。

「わからんよ。ただな、マック。おれも昔はおまわりだった。だから、わかるんだ。あのおまわりは、小姐に必要以上の興味を抱いてる。だったら、協力してもらう方がいい。どんな街でも、おまわりと黒社会《ハクセィウィ》が手を結べば、手に入らないものはない」

「よし、そっちの方はあんたに任せるよ、サム哥」

「後は、白粉の話をしてくれ」

「どういうことだ？」

「あんた、この前いってただろう。ヴァンクーヴァーで白粉がおかしなことになってるって」

マックの目に光が宿る。

「それが小姐に関係してると思うか？」

「わからん。だから、知りたいんだ」

関係があるかどうかはどうでもいい。ただ、知りたいだけ。覗き見野郎の影響力——振り払うことはできない。

「最初になにかがおかしいとおれが気づいたのは、半年ぐらい前だ。顔見知りがシアトルの連中と白粉の取引きをしたんだが、白粉をシアトルから運んできた男が殺された。白粉はもちろん、奪われた。シアトルのやつらも、おれの知り合いも目の色を変えて捜し回ったが、犯人も白粉も見つからなかった。これだけなら、たまに起こることなんだがな、おれがおかしいと思ったのは、盗まれた白粉がどこからも出てこなかったからだ。普通、だれかの白粉をかっぱらったやつは、それを売ろうとするだろう？」

マックが煙を吐いた。富永はうなずいた。

「だから、盗まれた連中もそれを待ってたんだ。いずれ、市場に大量の白粉が出回る。その足跡を辿っていけば、盗んだやつが見つかるはずだからな。だが――」

「白粉は出てこなかったんだな?」

「そうだ」マックは煙草を灰皿に押しつけた。「少なくとも、ヴァンクーヴァーじゃ見つからなかった。前にもいったが、トロントかケベック辺りに運ばれて売りさばかれたんじゃねえかとおれは睨んでる。あっちまで持ってかれたんじゃ、いくらおれたちでもお手上げさ」

「頭の悪いチンピラの仕事じゃないな」

マックが肩をすくめた。

「その後も、白粉をかっぱらわれる事件は起こった。取引きのために運ばれてきた白粉。売るために倉庫に保管されていた白粉。毎週のようにどこかで白粉が盗まれる。盗まれた白粉は絶対にヴァンクーヴァーじゃ見つからない。今じゃ、グレーター・ヴァンクーヴァー中の黒社会が白粉盗人を捜しまわってる。それなのに尻尾を摑めないでいるのさ」

「信じられんな……」

思わず声が出ていた。

「そうさ。おれにも信じられんよ、サム哥。だが、事実なんだ」

「だれかが盗人たちに密告してるはずだ。そいつらを炙り出せば、すぐにわかるだろう」

「この三ヶ月でな、十人以上がバラされてる。そいつらが密告屋だって証拠はなかったんだがな。みんな、疑心暗鬼になってるのさ。それでも、白粉は盗まれつづけている」

「ありえない」

富永はもう一度呟いた。ありえない――だれにも知られることのない組織――ありえない。人の口に戸はたてられない。それがどこであっても、美味しい話があれば、それを横取りしようとするやつが出てくる。そいつらの口から、すべてが明るみに出ていく。それがこの世界を統べる真理だった。その真理に外れるということは、違うルールで動いている人間がいるということでしかない。

「盗人たちは組織ぐるみで動いているはずだ。そうじゃなきゃ、そんな大それたことができるはずがない」

「おれたちの耳に入らない組織なんてあると思うか?」

「そいつらは黒社会とは縁のない連中かもしれんな」

「堅気がやってるとでもいうのかい、サム哥」

「堅気とは限らないさ。おまわりだったらどうだ? あるいは、政治屋のようなやつらだ。やつらにはおれたちと違って権力ときちんとした組織がある。やる気になれば、なんだってできる。それに――」

熱——煙草が根元まで灰になっていた。指の先が灼ける。富永は煙草を足元に叩きつけた。

熱はいつでも香港を思いださせた。水の中をかき分けて歩いているような熱気と湿気。今では慣れたものだった。だが、住みはじめた頃は往生した。右も左もわからず、黒社会の連中には蔑まれ、おまわりたちには胡散臭い目を向けられた。中でも、呉達龍《ンダツロン》——なにかと難癖をつけられた。呉達龍——劉燕玲《ラウインレン》。呉達龍は劉燕玲にヘロインをプレゼントした。やらせてくれるならもっとくれてやるといった。そのヘロインはどこで用意するつもりだったのか。

富永は首をねじった。関節が音をたてた。黒革の手袋——欠落した小指の部分を右手でさすった。部屋の中は煙草の煙でくすんで見える。ブランディの入ったグラスに手を伸ばした。一口あおるとほとんど空になった。新しいブランディを注ぐ。

「最近、白粉が奪われた事件があったよな？」

「ああ、あんたにも話したはずだよ。ダウンタウンでシアトルから来た福建野郎が殺された。かなりの量の白粉を持ってたはずだが、見つからねえ」

呉達龍が人を殺すところを想像してみた。ヘロインを奪うところを想像してみた。簡単に想像できた。

「それがどうかしたのか、サム哥？」

「いや」富永は曖昧に首を振った。「ちょっと聞いてみただけだ」

呉達龍がヘロイン略奪の組織に関わっているなら——金の匂い。細部を煮詰めるまでは、自分の頭の中に留めておいた方がいい。

「あとひとり、いる」

富永は話題を変えた。

「なんだって？」

「カラオケの部屋にはグラスが六つあった。三つは死んだやつらの分だ。ひとつは小姐、もうひとつは小姐を誑かしている馬鹿野郎。ひとつ余る。あそこにいたのはだれだ？」

「わかるわけがねえだろう」

知りたい、知らずにはいられない。

「調べろ。そいつが三人を殺したのかもしれない。そいつが、馬鹿野郎に三人を殺すように命じたのかもしれない。そいつが何者かを知れば、なにかがわかるかもしれない」

「なにかってなんだよ？」

「さあな」

富永はいって、ブランディをあおった。ヘロインの横取り——嫌な匂いがする。黒社会の匂いではなかった。黒社会のルールとは違うルールで動く連中がうごめいている。そんな連中は堅気しかいない。真面目くさった顔をして、黒社会のあがりを狙っている人間がいる。

知りたい、知らずにはいられない——覗き見野郎は喚きつづける。覗き見野郎をねじ伏せる。

「そいつを炙り出して、金をいただくのも悪くはないかもしれないな」

富永は日本語で呟いた。

＊　＊　＊

浅い眠り——夢と現実の間を行ったり来たりした。夢の中では恭子《きょうこ》が恨みがましい目で富永を睨んでいた。知りたいの、知らずにはいられないの——恭子が覗き見野郎になる。あなたも好きでしょう？　他人の秘密を知るのが好きでたまらないんでしょう？　だから刑事になったんでしょう？

富永は舌打ちしながらベッドを降りた。サイドボードの時計は午前十時を指していた。もう一度、舌打ち。クローゼットまで歩き、昨日パーティに着て出かけたジャケットのポケットをまさぐった。くしゃくしゃになった紙切れ——ハロルド加藤の連絡先。電話をかけた。

「はい？」

一回の呼びだし音で回線が繋がった。

「今日のランチの予定は入ってるか？」

英語でいった。

「あなたは？」

「香港から来た日本人だよ」

「ランチは無理だな」

ハロルド加藤の声がくだけたものに変わった。

「昨日の夜、リッチモンドのカラオケ屋で殺しがあっただろう？」

日本語に切り替える——息をのむ気配。

「どうしてそれを知っている？」

「それを話しながらランチを食おうと思ってたんだよ」

「何時にどこだ？」

「都合がつかないんじゃなかったのか？」

「つけるよ」

緩んでいく頬——左手でさする。

「こっちはあんたの方が詳しいんだ。うまいところを教えてくれりゃ、おれの方から出向くよ」

「なにが食べたい？」

「飲茶《ヤムチャ》なんてどうだ？　個室を取って」

「加楽海鮮酒家《ガロッホイシンヂァウガ》は知ってるか？」

「おれはヴァンクーヴァーに来たばかりだぞ」

「グランヴィル・ストリート沿いにあるレストランだ。あんたの運転手のポールなら知ってるはずだ」

ポール——阿寶。つまり、噂は正しい。ハロルド加藤はヴァンクーヴァーの黒社会に詳しい。

「OK。阿寶に聞いてみる。時間は？」

「十二時半。ハロルド加藤で予約を入れておく」

「わかった」

電話を切る——頭が働きだす。富永はもう一度電話をかけた。

「喂《ウァイ》？」

眠たげで不機嫌な声。無理もない。阿寶がこの家を出ていったのは四時すぎだった。

「阿寶か？　サムだ」

「サム哥。どうしました？」

「加楽海鮮酒家っての、知ってるか？」

「もちろん。まともな料理を出すところです。それがなにか？」

「CLEUの日本人とそこで飲茶を食う約束をした。十二時に迎えに来てくれ。三十分で着くだろう？」

「充分です」

「それから、悪いんだが、その日本人のことをもう少し詳しく調べてくれないか。前にも話をしただろう。ハロルド加藤っておまわりだ。仕事の仕方と、そいつの黒社会での評判を知りたいんだ」

「やってみます」


電話が切れる——電話をかける。

「ハロー？」

気取った英語が聞こえてきた。

「おはよう、スイートハート」

同じような気取った発音——くすりと笑う声。

「サムね？」

「いま、電話で話せるか？」

広東語に切り替える。英語と日本語と広東語。昔は混乱した。今はスムースに切り替えることができる。

「ええ、義母は買い物にでかけたから」

「ちょっと思いだしてもらいたいんだ。呉達龍が——あの悪徳警官がおまえにヘロインをくれるといったときのことだ。あいつは正確にはなんといった？」

「ちょっと待って。今、思いだしてみるわ……わかったわ、あいつはこういったのよ。『中身がなくなったら、おれにいえ。好きなだけ用意してやる』って。間違いないわ」

大量のヘロインを呉達龍が隠匿している。間違いはなさそうだった。

「ありがとう、燕玲。おかげであいつを締めあげてやれるよ」

「徹底的にやって。あいつ、わたしの脚を触ったわ。侮蔑するような目でわたしを見たわ。思い知らせてやって」

「もちろん」富永は薄笑いを浮かべた。英語に切り替えた。「美しいお姫さまを守るのはわたしのような騎士の役目です」

燕玲は嬉しそうに笑った。恭子がそんなふうに笑ったことはなかった。

「その騎士に、今度はいつ会えるのかしら？」

「連絡するよ。おまえに会うときには、使い切れないぐらいの白い粉をプレゼントしてやろう」

恐怖に勝る欲望。金は力を生む。力は恐怖を手なずける強力な梃子になる。鼻をうごめかせればヘロインの匂いが嗅げるような気がした。

28

家には戻らなかった。戻るのが恐ろしかった。イメージが頭にこびりついている。

イメージ——呉達龍《ンダツロン》の帰りを待ち受けているCLEUの武装警官たち。銃弾で穴だらけにされた死体。広州《ゴンチャウ》の娘と息子。

公衆電話から広州の袁武《ユンモウ》に電話をかけた。

「五万ドルじゃ足りなくなった」

袁武はいった。

「どういうことだ？」

「子供が無事だと確認が取れたんでな、楊《ヨン》のやつと話をしたんだ。腕ずくでいって、子供たちに万が一のことがあれば、おまえにあわす顔がないからな」

子供たちの姿が脳裏を駆けめぐった。子供たちの背中には札束でできた羽が生えていた。

「楊は十万ドルよこせば、子供たちを無事に返すといっている。楊に子供たちを誘拐するように依頼してきたのは灣仔《ワンチャイ》の日本人だそうだ。その日本人は李耀明《レイイウミン》の子飼いだ。その日本人を裏切るってことは李耀明を怒らせるってことだ。おれのいってること、わかるか、阿《ア》龍《ロン》？」

「十万ドル払わなきゃ、おれの子供たちの命はないってことだろう」

声——火を吐きだしているようだった。

「そういうことだ」

「おまえに払う五万ドルは別だってことだろう」

「そういうことになるな」

「あんたがのこのこやつらのところに乗り込んでいって、おまえらが誘拐したガキどもの親は金をしこたま持ってるらしいと教えてやったってことだろう」

「気持ちはわかるが、落ち着けよ、阿龍」

落ち着けるはずがない――袁武が楊からも金を巻きあげようとしているのは明らかだった。だが、呉達龍はヴァンクーヴァーにいる。なす術がない。

「大事なのは金じゃない。子供の命だ。そうだろうが」

「悪かった。つい、頭に血がのぼっただけだ」

「おまえの気持ちはよくわかるって……もし、おまえにそれだけの金がないなら、もう一度、楊と交渉するが――」

「金はなんとかする」

叫ぶようにいって、袁武の声をさえぎった。その後、袁武がどれだけ甘い言葉を並べようと結論ははっきりしていた。連中の言い値で金を払わなければ子供たちは殺される。死体はどこかに捨てられる。それが中国人のやり方というものだった。

「いつまでに用意すればいい？」

「逆にこっちが聞きたい。いつまでに用意できる？」

脳味噌が音をたてて回転する。ハロルド加藤のアパートメントに隠した白粉《バーファン》。なんとか売り尽くせば子供たちを救う金を作ることができる。だが、黒社会《ハクセイウイ》の連中が白粉の行方を目の色を変えて捜しまわっているだろう。ほとぼりが冷めるまで二週間――長すぎる。一週間――短すぎる。鄭奎《チエンフイ》。金を貸してくれという話に耳を傾けてくれるか――ノー。

「十日だ。十日で用意する」

呉達龍はいった。

「もう少し早くならんのか」

「十五万ドルは大金だぞ、阿武《アモウ》。金を揃えて、こっちの地下銀行からそっちに送金することを考えれば、実質一週間しかない」

「あてはあるのか？」

「あるから十日待ってくれといってるんだ」

「しょうがないな……それで苦労するのはおまえの子供だ。楊には十日待つように伝えておく。なにかあったら電話するからな。そっちの警察署に電話すればいいのか？」

「いや、それはまずい」

呉達龍は携帯電話の番号を袁武に伝えた。電話が切れた。受話器を叩きつける。荒い息――叫びだしたいという衝動を必死で飲みこんだ。再び、目がちかちかしはじめた。視野が狭まりはじめた。

呉達龍は深呼吸を繰り返した。

「うまくやれ。うまく切り抜けるんだ」

ひとりごちながら車に乗りこんだ。

＊　＊　＊

行くあてのないドライヴ。家には戻れない。署にも戻れない。リッチモンド——劉燕玲《ラウインレン》の家。

フランシス・ロード５８１１。白壁の家は真っ暗だった。すべての窓にカーテンが引かれていた。劉燕玲は寝ている最中だった。恐らくは自分の子供を抱きながら。

制御不能の憎悪——あの女はなめた真似をした。あの女が日本鬼《ヤップンクワイ》におれの子供たちを売った。あの女はおれを笑い物にした。あの女がすべてをぶち壊しにした。

あの女は報いを受けるべきだ。

呉達龍は車を降りた。湿った冷たい風が顔の筋肉を強張らせる。周囲に人けはなかった。リッチモンドの高級住宅街は寝静まっていた。なにかあったとしても、ＩＤカードで切り抜ければよかった。

呉達龍は敷地の中に侵入した。ドアには近づかなかった。ベランダにも近づかなかった。代わりに窓を念入りに調べた。ほとんどの窓は鉄梃子《かなてこ》でも使わなければこじ開けられそうになかった。裏庭に面した窓は違った。窓枠の塗装が剝げていた。雨を吸い込んだ木が腐りかけていた——手抜き工事の恩恵。ここからなら、簡単に侵入できそうだった。

どこか遠くでパトカーのサイレンの音が聞こえた。心臓が早鐘を打った。すべての神経が意思に逆らった。

サイレンは近づいてはこなかった。遠ざかっていくだけだった。サイレンのした方角——街の中心。古惑仔《グーワーチャイ》や古惑仔になりきれない悪ガキどもの溜まり場。ちょっとしたいざこざがあったのかもしれない。だれかがだれかを撃ったのかもしれない。いずれにせよ、呉達龍には関係のないサイレンだった。高級住宅街の眠りを覚ますサイレンではなかった。

呉達龍は車に戻った。トランクを開けた。トランクには乱暴に折り畳まれた毛布が入っていた。それを脇に抱えた。毛布の下にはガタのきたボストンバッグと工具箱があるだけだった。ボストンバッグを開けた。署の備品が詰まっていた。警官に憧れているガキどもに売りつけるつもりでくすねてきたものばかりだった。パトロール警官の制服一式。制服につけるバッジ。警棒。ケースに入った手錠。ホルスター。指紋採集セット。盗撮用の小型カメラ。盗聴セット——三セットあった。今では使われなくなった旧式のものだった。それでも知識があるものが使えば、充分に用は足せた。

舌打ち——ハロルド加藤のアパートに忍び込む前にこんなものがあることを思いだしていれば。

呉達龍は足元に唾を吐いた。ボストンバッグを手にしてトランクを閉めた。車の後部座席に乗りこんだ。バッグの中身をシートの上にぶちまけた。

制服はかび臭かった。手錠は錆びていた。ホルスターは呉達龍の銃にはあわなかった。警棒は握ると手の中にぴたりと収まった。呉達龍は制服に着替えた。毛布で首から下を隠した。

昏い目を白壁の家に向けた。夜が明けるのを待った。

夜明けはすぐにやって来た。雲がたれ込めた空——今にも雨が降りだしそうだった。寝静まっていた街が、徐々に目ざめはじめた。新聞配達。ゴミ回収のトラック。太極拳をするために近くの公園に足を向ける老人たち。ジョガー。犬と散歩するヤッピーもどきの中国人。

だれも呉達龍の車には注意を向けなかった。だれも後部座席の呉達龍には注意を向けなかった。

午前六時半。小粒の雨が車の窓を叩きはじめた。近くを歩いていた老婆が慌てて駆けだした。呉達龍は身動きひとつしなかった。

午前七時。劉燕玲の家に動きがあった。ドアの右手——ベランダに面した窓。カーテンが開いた。窓越しに劉燕玲の姿が見えた。劉燕玲は厚手のセーターを着ていた。ジーンズをはいていた。化粧をしているかどうかはわからなかった。

呉達龍は劉燕玲の家の中を想像した。キッチンでは劉燕玲の義母が朝食を作っている。お粥か、麵か。劉燕玲は家中のカーテンを開けたあと、息子を起こす。息子は柔らかな布団にくるまったまま、なかなかベッドから出てこようとしない。劉燕玲は息子を叱る。すると、キッチンから義母の声が飛んでくる。そんなに厳しく叱っちゃだめでしょう——義母は孫を溺愛している。もし、夫がいれば——譚子華《タムジーワ》がいれば、劉燕玲は夫に助けを求める。なんとかいってよ、あなた、この子はわたしたちの子で、お義母さんの子供じゃないのよ——

呉達龍は歯ぎしりした。昔夢見た家庭の姿がそこにはあった。最低だった自分の家の代わりに作り上げようとした家族の姿がそこにあった。結局、手に入れることのできなかった家庭がそこにはあった。

自分の想像が的外れなものであることはわかっていた。譚子華は女狂いのくそ野郎だった。劉燕玲は白粉に溺れ、身体を売って白粉を買う金を稼いでいた。

それでも——歯ぎしりはとまらない。それでも——劉燕玲は報いを受けなければならない。

午前八時十五分。ドアが開いた。劉燕玲の息子が飛び出てきた。その後を劉燕玲の義母が追う。呉達龍は盗撮用のカメラで子供の写真を撮った。ズームアップ——レンズの中のガキは幸せそうだった。

息子と義母はガレージに向かった。劉燕玲は最後に出てきた。ドアに鍵をかけてからゆっくり振り向いた。

劉燕玲は毛皮のロングコートを着ていた。サングラスをかけた目で家の前の道路を見渡した。呉達龍はその姿を写真に撮った。

劉燕玲は報いを受けなければならなかった。

劉燕玲はガレージの向こうに姿を消した。エンジン音が聞こえてきた。車がガレージから滑り出てきた。車はＢＭＷだった。

呉達龍は制帽を被った。劉燕玲の車はどんどん遠ざかっていった。呉達龍は車を降りた。劉燕玲の車は交差点を右折した。視界からかき消えた。

呉達龍は無人になった劉燕玲の家にゆっくり近づいていった。

＊　＊　＊

腐りかけた窓枠――工具を使ってこじあける。窓ガラスを外す。侵入する。ガラスをはめなおす。内側から見るかぎり、窓枠が壊されたことはわからない。

家の中は暖かかった。静まり返っていた。侵入した部屋――ゲストルーム。ドアを開け、廊下に出た。朝餉《あさげ》の残り香が漂っていた。胃が音をたてた。呉達龍は廊下を進んだ。その先はリヴィングルームだった。

四人がけのダイニングテーブル。革張りのソファセット。大型テレビの上にはヴィデオとヴィデオＣＤのデッキ。木目を生かしたデザインのチェスト――ファクシミリ兼用の電話機。

受話器を持ち上げ、送話口のカヴァーを外した。空いたスペースに盗聴器を埋めこんだ。カヴァーを元に戻した。作業終了。簡単だった。子供にもできた。

呉達龍は受話器を架台の上に置いた。そのまま凍ったように立ち尽くした。

本能が告げていた――早く立ち去れ。

昏い衝動が望んでいた――この家をめちゃくちゃに破壊してやりたい。

呉達龍は拳を握った。チェストに叩きつけた。

「くそっ」

低い声で吐き捨てた。ゆっくりした足取りでリヴィングを後にした。

＊　＊　＊

午前九時半。ＢＭＷが戻ってきた。子供と義母の姿はなかった。買い物袋をぶら下げた劉燕玲――昏い衝動がこみあげてくる。

呉達龍は受信機から伸びたイアフォンを耳につけた。

ハミングが聞こえてきた。劉燕玲の鼻歌。ビヨンド——香港のロックバンドの歌だった。

劉燕玲は電話をかけた。香港の女友達へ。くだらない話と他愛のない笑い声が行き交った。

劉燕玲は電話をかけた。香港の母親へ。リッチモンドは退屈だと劉燕玲はいった。七月が来るまで我慢しなさいと母親はいった。双方の夫に対する愚痴が続いた。劉燕玲の息子の話が盛りあがった。ふたりとも子供と孫を溺愛していた。二十分ほど話して、劉燕玲は電話を切った。

劉燕玲に電話がかかってきた。気取った英語が「ハロー」といった。呉達龍はこめかみが痙攣するのを感じた。忘れられない声だった。日本鬼——富永脩《フーウィンサム》。昏い衝動が強まっていく。

劉燕玲と日本鬼は呉達龍のことを話した。白粉のことを話した。劉燕玲は呉達龍を侮辱した。日本鬼は劉燕玲に白粉をプレゼントしてやるといった。

目がちかちかする。視野が狭まる。目に映るすべてのものが赤く染まっているように見えた。

日本鬼は知っている——呉達龍が白粉を持っていることを。

全身の肌が一気に粟立った。

残っている盗聴セットはふたつ。ひとつはハロルド加藤のアパートメントに取りつける。残るはひとつ。

日本鬼のねぐらを捜せ——本能が大声で喚きたてた。

29

ひっきりなしに電話がかかってくる。グリーンヒルが放った猟犬たち。報告はいつも同じだった。呉達龍《ンダッロン》は見つからない。呉達龍は自宅にいない。呉達龍は署にもいない。呉達龍は姿を消した。

ハリィは猟犬たちにいった。

「捜せ」

頭痛がした。強迫神経——たえず振り返った。銃を構えた呉達龍が背後に立っているような気がした。

幻影を追い払え——仕事に没頭しろ。

東京へ電話をかけた。富永脩《とみながおさむ》の経歴を知りたい——たらい回しにされた。グリーンヒルの名前を出した。捜査本部長の名前を出した。正式な書類を送れといわれた。パソコンで書類を書いた。プリントアウト——ファクシミリ。三十分後、短いプロファイルが送られてきた。

日本語で書かれた経歴——富永脩。一九六一年二月十九日、東京都世田谷で生まれる。一九七九年、警視庁に入庁。警察学校に入校した後、派出所勤務の制服警官として大森署に配属。一九八七年、原宿署捜査一係に配属。一九九一年、新宿署防犯課に配属。一九九三年、警視庁を退庁。

　二時間以上の時間を費やして送られてきたのはたったこれだけのプロファイルだった。

　もう一度、電話をかけた。原宿署と新宿署の電話番号を知るのに三十分が費やされた。

　電話をかけた――時間が悪かった。富永脩を知っている警官を捕まえることができなかった。

　正午。CLEUの本部を出る。加楽海鮮《ガロッホイシン》 酒家《ヂアウガ》。福建からやって来た女が経営するレストラン。女は政治難民としてヴァンクーヴァーにやって来た。移民申請をした。すんなり受け入れられた。事実から推測される情報――女は黒社会と繋がっている。加楽海鮮酒家は大陸系の黒社会の連中が食事を楽しむ店だった。新鮮なシーフードに舌鼓を打ちながらヘロイン取引きの話をまとめる店だった。ビールに酔いながら、金儲けの邪魔になる人間を殺す相談をする店だった。

　女は痛い腹を探られるのを嫌がった。黒社会の大老《ダーイロウ》たちがレストランで洩らしたちょっとした話を、警官の耳に入れることで自らの安泰をはかっていた。女は蝙蝠《こうもり》のように上手にヴァンクーヴァーのクリーンサイドとダークサイドの間を飛び回っていた。

　レストランには十二時半ちょうどに着いた。ジャケットの内ポケットに小型のテープレコーダーを入れた。テープは両面あわせて二時間は録音ができる。録音ボタンを押して店の中に入った。店は混んでいた。富永脩はまだ来ていなかった。ハリィは個室に通された。

「加藤先生《ジアトンシエンシヤン》！」

　個室で龍井茶《ロンジンチヤ》を啜っていると、ドアが開いた。福建訛りの北京語が聞こえてきた。グリーンのブレザーに白いブラウスを着た女――張霞《ヂヤンシヤ》。とうに四十を越えているはずだが、三十代前半にしか見えなかった。

「お久しぶりですね。今日はどうしました？　またなにかの調査ですか？」

「いいや。今日は知り合いと食事をしにきただけだよ、張小姐《シヤオジエ》」

　ハリィは茶碗を置いた。張霞が近よってきて、ポットの中の茶を茶碗にそそいだ。

「ずいぶん北京語がお上手になりましたね」

　張霞は英語でいった。ハリィは目を丸くした。最後にこのレストランで食事したのは半年ほど前だった。張霞の英語はお世辞にも上手とはいえなかった。いま耳にした英語はアクセントはおかしかった。だが、文法的にはまったく問題がなかった。

「君の英語こそうまくなったじゃないか」

「白人のボーイフレンドに教えてもらったのよ」

張霞はウィンクをした。堂にいった仕種だった。

「そのボーイフレンドは金持ちかい？」

「そうでもないわ」張霞はハリィの向かいの椅子に腰をおろした。「お友達が来るまで、時間はあるの？」

「十二時半の約束なんだが……かまわないよ。なにか耳寄りな話でもあるのかい？」

「わたしの友達のことなんだけど……子供がリッチモンドの警察に捕まったらしいのよ。何日か前に大きな騒ぎがあったでしょう？」

ハリィはうなずいた。

「ああ、ぼくもそこにいたよ。君の友達の息子もあの騒ぎに参加してたってことか」

「若い子はなにをしていいかもわからないのよ。なんとかならないかしら、ミスタ加藤？」

「その子の名前と住所はわかるかい？」

「もちろん」

張霞は得意げに胸を反らせた。北京語で名前と住所を告げた。ハリィはメモに書き留めた。

「ＯＫ。もし、この坊やが銃やドラッグを所持してたわけじゃなければ、二、三日中に釈放されるように手を打とう。それで、ミズ張。君のプレゼントはなんだい？」

張霞に話しかけながら、ハリィは腕時計を盗み見た。十二時四十分。富永脩はまだ姿を現わさない。

張霞は細めた目を背後のドアに向けた。芝居がかった仕種だった。ハリィに向き直り、口を開いた。

「近々、ヘロインの大きな取引きがあるわ。黒社会の連中が話してるのを小耳に挟んだの」

張霞は早口の北京語でまくしたてた。ハリィはうなじのあたりの毛が逆立つのを感じた。レコーダーの下で心臓が高鳴るのを覚えた。

「場所と時間は？」

平静な声で訊ねた。

「場所はわからないわ。リッチモンドのどこかだと思うけど……取引きの日は来週の日曜日」

「間違いない？」

「ええ。名前はいえないけど、ある人が口にするのをはっきり聞いたもの。今度の日曜の夜。アメリカからヘロインが運ばれてくるの。それも、大量に」

うなじだけでなく、全身の産毛が逆立ったような気がした。頭の中のファイルが次々とめくられていく。ある人――数人に絞りこむ。大陸系の大立て者なら数は自ずと限られてくる。

「その〝ある人〟は他になんといっていた？」

「ヘロインが足りないって」張霞は囁くような声でいった。「このままじゃ、ヴァンクーヴァーのヘロイン・マーケットはおしまいになるっていってたわ。だから、今度の取引きはなんとしても成功させないといけないって」

大物を釣りあげた感触——掌がべっとりと濡れていた。出世への階段が目の前に現われた。駆けあがれ——頭の隅で声がする。どこまでも上を目指せ。グリーンヒルを追い抜け。警察官僚のトップに立てれば、だれもがおまえを認めるようになる。加藤明の息子——ジェイムズ・ヘスワースの娘婿。立場が逆転する。加藤明はハロルド加藤の父親と呼ばれるようになる。ジェイムズ・ヘスワースはハロルド加藤の義理の父親と呼ばれるようになる。

「〝ある人〟は他になにかいってたかい？」

張霞は首を振った。

「〝ある人〟の話を聞いていた人間の名前を教えてくれるかい？」

張霞は首を振った。思わず拳を握る。落ち着け——自分にいい聞かせる。

「小姐、これからぼくはひとりごとをいう。いいかい、ひとりごとだ。そのひとりごとの中で、ぼくはいくつか名前をあげる。ぼくのひとりごとを止めたかったら、うなずいてくれ。うなずくだけでいい」

「わたしの友達は、できるだけ早く子供を家に戻したがってるの」

「明日、釈放させる」

「わかったわ。ひとりごとを始めてもいいわよ」

ハリィは舌で唇を湿らせた。名前をあげた。

「陳小山《チェンシャオシャン》……王宇《ワンユィ》……林《リン》」

張霞がうなずいた。林夕《シー》——本名ではない。だれも本名を知らない。もしかすると本人も知らないかもしれない。だが、ヴァンクーヴァーの黒社会で生きる人間なら、だれもが林夕を知っている。林夕は唐源《タンユエン》良《リアン》の右腕だった。唐源良は大陸系黒社会の五本の指に入る大ボスだった。

「日曜の夜、リッチモンドだね？」

「ひとりごとが長すぎるわ、ミスタ加藤」

張霞は含み笑いをもらした。テーブルに手を突いて腰をあげた。タイミングをはかっていたかのようにドアが開いた。

「加藤先生、お連れの方がお見えになりました」

張霞と同じグリーンのブレザーを着た男が顔を出した。ハリィはうなずいた。

「ひとりかい？」

「はい。おひとりさまです」

「通してくれ」

男は張霞の顔色をうかがった。張霞がうなずいた。男は踵を返した。

「ゆっくり飲茶《ヤムチャ》を楽しんでね、加藤先生」

張霞は北京語でいった。

「料理は君に任せるよ」

「たくさん召し上がる？」

富永脩——痩せた身体。大食漢とは思えなかった。ハリィは首を振った。

「せっかくの飲茶なんだから、遠慮せずにたくさん食べた方がいいわ」

張霞は強い香水の香りを残して個室を出ていった。

＊　＊　＊

富永脩はゆったりとしたシルエットのスーツを着ていた。スーツの色はダークブルーだった。ネクタイはなかった。薄いピンクのシャツの胸元をはだけていた。金色のネックレスがこれ見よがしに輝いていた。両手に黒革の手袋をはめていた。富永脩は元警官ではなく、日本のやくざのように見えた。

「いい趣味だな」

ハリィは日本語でいった。富永は唇を歪めてハリィの真向かいに腰をおろした。

「香港で李耀明《レイイウミン》の使いっ走りをしてると、飯と酒はだれかが奢ってくれる。稼いだ金は服と女に注ぎ込むしかないんだよ」

「使いっ走り？」

富永の唇——歪みが大きくなった。

「手下のことさ——二世や三世の連中と日本語で話すと、まだるっこしくてかなわないな」

富永は日本語から英語に切り替えた。

「スラングはしょうがない」

ドアが開いた。富永が開きかけていた口を閉じた。白のお仕着せを着たウェイターが入ってきた。両手に中国の急須を持っていた。片方にはお茶が入っている。もう片方にはお湯。茶が切れたら、お湯を足す仕組みになっている。

ウェイターが茶を注いだ。先にハリィ。続いて富永。富永は煙草をくわえた。手袋をはめたままだった。煙をウェイターの顔に吐きかけた。ウェイターは無表情な目を富永に向けた。

「不法滞在一ヶ月目っていう面だな」

富永は英語でいった。ハリィに向けた問いだった。

「福建人だよ。たぶん、北京語もわからないだろう。田舎から、一攫千金を夢見て出てきたんだ。からかうのはよせ」

「おまわりにしちゃ、リベラルな考え方だな」

「警官が右翼信条の持ち主でなければならないという法律はカナダにはないんだ」

「だが、どの国にいっても、たいていのおまわりは人種差別主義者だ」

「その意見には賛成できないね」

ウェイターが出ていった。

「お坊ちゃんにはわからない世界があるんだよ」

富永は間違っていた。呉達龍による銃撃の後の会合――交わされた醜い会話。大抵の金持ちは汚泥にまみれている。連中が黒社会の連中と違うのは、知らない振りをするのがうまいということだった。

「ぼくたちは話があいそうにない」

「あう必要はないだろう」

「そうだな。さっさと話を済ませた方が無難のようだ」

「おれもそう思うが、その前にあんたの身体を調べさせてもらわなきゃならん」

富永は煙草を灰皿に押しつけた。ハリィはこめかみがひくつくのを感じた。平静を装って口を開いた。

「なんのために？」

「馬鹿なことをいうなよ。こういうときのルールだぜ」

「嫌だといったら？」

富永は肩をすくめた。

「帰るだけだ」

ハリィは唇を噛んだ。富永の顔を見つめた。富永はなにか人を小馬鹿にしたような笑みを浮かべていた。頭に血がのぼった。顔の表面が熱くなるのを感じた。

落ち着け――自分にいい聞かせた。相手はただのチンピラじゃない。経験を積んだ元警官で、今では香港の大立て者の下についている。

ハリィはジャケットのボタンを外した。内ポケットから取りだしたレコーダーをテーブルの上に置いた。停止ボタンを押した。

「これだけだ。他にはなにも持っていない」

「おれがそれを信用すると思うか？」

「本当になにも持ってないんだ」

富永の目が細まった。射るような視線――ハリィの全身を舐め回す。ハリィはその視線に耐えた。

「いいだろう」富永はいった。また、煙草をくわえた。火はつけなかった。「信用することにしよう。ただし、忠告しておくぞ。もし、他になにか隠し持っていて、それでおれをはめようとしたら、あんたの命はない。悪党は警官に手を出さないっていうルールが、中国人の黒社会には通用しないのはあんたも知ってるだろう？」

「よく知ってるよ」

ハリィは笑おうとした。頬の筋肉が強ばっていた。茶碗に手を伸ばした。茶はポーレイだった。香港人が好む茶。味が濃く、かび臭い匂いがする。一口すると、頬の筋肉の強ばりがとけた。

「あんたは李少芳《レイシウフォン》を捜している」

「そのとおり」

富永はくわえていた煙草に火をつけた。

「彼女はどうして失踪したんだ？」

「馬鹿な娘だ。父親の力を自分の力だと思いこんでる。そのくせ、父親が黒社会の住人だってことが不満で、ことあるごとに駄々をこねる」

「よくある話じゃないか」

富永は煙を天井に吹きあげた。

「そう、よくある話だ。問題は父親が度を越した子煩悩で、娘が度を越した馬鹿だってことだ。娘は男と駆け落ちした。その後がどうなるかも考えずにな。男はケベックから来たらしい。ミッシェルと名乗ってるが、本名もなにもわからない。リッチモンドのヴェトナム野郎たちとつきあってるらしいがな」

「一度だけ、そのミッシェルと李少芳を見たよ。美男美女のカップルだった。まるで、映画に出てくるような、ね」

「女の方は黒社会のボスの娘で、男の方はケチなジゴロだ。それでも、なにかの映画みたいだけどな」

富永の背後のドアが開いた。さっきと同じ男が盆を持って入ってきた。盆の上には湯気をたてた蒸籠《せいろ》がいくつも重ねられていた。

「飲茶か……」富永が呟いた。「落ち着いて話ができないな」

ハリィを非難する響きがあった。

「ここは心配ない。オーナーの女性とは懇意なんだ。だから、わざわざ英語も北京語もできないウェイターをつけてくれてるのさ」

ウェイターは富永の背後を回ってテーブルに近づいてきた。富永の視線――ウェイターの横顔に突き刺さっていた。

「こいつになにか北京語で話しかけろ」

富永がいった。

「あんたがすればいいじゃないか」

「おれは北京語ができないんだ。聞くことはなんとかできるがな」

ハリィは小さく首を振った。ウェイターに顔を向け、口を開いた。

「昨日の夜は寒かったな。もしかすると、真夜中には雪が降ったんじゃないか？」

北京語でいった。ウェイターは無表情な視線を向けてきただけだった。

「名前は?」

富永が北京語でいった。酷い発音だった。北京語が話せないというのは本当らしかった。

「呂賢《リウシエン》」

ウェイターが答えた。富永以上に酷い発音だった。

「他馬的呂賢《ターマーダ》」

富永がいった。北京語でマザー・ファッカーという意味だった。呂賢は訳がわからないという顔をした。

「本当の田舎育ちだな、こいつは」富永がいった。英語だった。「よし、話を続けよう」

テーブルの上に置かれた蒸籠——海老蒸し餃子、フカヒレ入り焼売、ニラ餃子、醤油で煮込んだ鳥の足。ウェイターは個室を出ていった。富永は鳥の足に箸を伸ばした。いったん皿の上に置き、器用に食べはじめた。

鳥の足先がそのまま形に残っている料理——苦手だった。これが鴨になれば指の間に水掻きが残っている。富永はうまそうに頰張り、骨を皿の上に吐きだしていた。香港人のスタイル。なぜ、日本の警官だった男が、香港の黒社会に落ち着く先を見つけたのか。

「李耀明はなにを望んでるんだ?」

ハリィは訊いた。海老餃子を口の中に放りこんだ。

「娘を取り返すことだ」

「できなかったら?」

「考えたくもないね。いっただろう。大老は度を越した子煩悩なんだ」

富永は〝大老〟という言葉だけを広東語で発音した。

「彼女はどこにいる?」

富永が首を振った。

「あちこち捜し回ってはいるんだがな。ケベックのガキがつるんでるのがヴェトナム系のストリートギャングだってのが問題なんだ。香港の連中も台湾の連中も、ヴェトナムのやつらのことはハナから馬鹿にしてつきあいを持とうとしないからな」

「どうしてヴェトナム系と?」

「フランス語ができるからじゃないのか。本当のところはわからんが」

富永は話しながら、點心を次々に口に運んでいった。見かけによらず大食漢だった。痩せの大食い——昔、父親からきいた言葉が脳裏をよぎった。

「昨日、彼女がいた場所はわかってるんだ」

ポーレイ茶で口の中の物を胃に流し込みながら富永はいった。

「昨日? どこに?」

「例の、カラオケ屋だよ」

フラッシュバック――血まみれのカラオケボックス。喉を掻き切られ、銃弾を撃ちこまれて死んでいた三人の男たち。床に飛び散ったヘロイン。

「だから、ぼくと話し合う必要があったのか？」

「リッチモンドのチンピラから連絡があったんだ。あのカラオケ屋に李少芳とケベック野郎が入るところを見たやつがいるってな」

「まさか――」

「殺されたやつらはヴェトナム系の顔だちをしてた。まだ、身元は判明してないのか？」

ハリィは首を振った。

「しかし、あの店にいたからといって、李少芳があの殺しにかかわりがあるとはいえないだろう」

「おれは偶然を信じないことにしてるんだ。経験則ってやつだな。あんたは信じるのか？」

ハリィは首を振った――さっきより大きく。

「ぼくは、昨日の夜遅く、リッチモンドで李少芳を見つけた」

富永がテーブルの上に身を乗りだしてきた。

「赤いフォードに乗っていた。運転していたのがだれかはわからない。とにかく、凄いスピードで飛ばしていた。午前二時を過ぎていたはずだ。事件が起こってから四時間以上が経っていた。そんな馬鹿なことをする人間を知っているかい？」

「おれが昔扱った事件で、こんなのがあった。ある男が民家に侵入した。一家は三人家族だった。五十代の両親と二十代前半の娘がひとり。男は両親を持っていたナイフで刺し殺した。それから、娘を両親の寝室に引きずり込んで犯した。四時間、犯しつづけた。近所の人間の通報で警官隊が駆けつけたときにも、そいつは娘のあそこに突っ込んだままだったよ」

「そいつはジャンキィだったんだろう？　薬で頭がおかしくなっていたんだ」

「あの馬鹿娘が、ヘロイン中毒だったとしても、おれは驚かないね」

ズームイン――昨日の夜、視界の隅にとらえた李少芳の横顔。ヘロインに酔っていたとは思えなかった。

「殺された連中の身元は割れたのか？」

富永がいった。ドアが開いた。あのウェイター。今度は盆ではなくワゴンを押していた。スープと焼きそば。スープは魚で出汁《だし》を取ったものだった。焼きそばは黄ニラと牛肉が載っていた。

ハリィはウェイターが出ていくのを待った。いくら言葉がわからないといっても、固有名詞を口にするのは危険だった。富永は退屈そうに目を曇らせて、注がれたばかりのスープに口をつけた。

「ここの料理はどうだい？」

「中の上ってところだな。なんだかんだいっても、食い物は香港が一番うまい」

「ぼくは香港へは行ったことがない。どんな感じなんだ？」

「いいところさ。いいところすぎて、たまに人を殺したくなる」

富永の笑み——自嘲の笑み。

「どうして手袋を外さないんだ？」

「日本のやくざのしきたりを知ってるか？」

自嘲の笑みがさらに深くなった——それでぴんときた。

「指詰め——といったかな？」

「そうだ。おれの左手には小指がない。だから、手袋ははめたままだ」

「日本の警官がどうして」

「いろいろあるのさ——で、どうなんだ？　殺されたやつらの身元は？」

ウェイターが出ていった。

「殺されたうちのひとりはぼくが知っていた。狄其《ディエップ・チー》東《ドゥン》。こっちのダウンタウンを縄張りにしてるヴェトナム系ストリートギャングのボスのひとりだ。残りのふたりはまだわからないが、たぶん、狄其東の部下だろう」

「ヘロインの売人といったところか」富永がうなずきながら呟いた。「あのカラオケボックスの店員たちは？」

ハリィは肩をすくめた。

「捜させてはいるよ」

「見つからんだろうな」

富永がスープに口をつける。ハリィはうなずいた。

脅されて街を離れたか、あるいは殺されてどこかに埋められたか。いずれにせよ、あの夜、あの店で働いていた人間たちは見つからない。それが、中国人社会のルールだった。

「李少芳がヘロインの売買に関わっているとして、それを知ったら李耀明はどうする？」

富永はゆっくり顔を向けてきた。瞳に浮かんでいるもの——奇妙な光。

「大老はヴァンクーヴァーにいるヴェトナム人を皆殺しにするだろうな」

ヴァンクーヴァーに殺し屋たちが大挙して押し寄せてくる——簡単に想像ができた。はした金で殺す連中。大金を受け取って殺しを請け負う連中。ただ殺しに快感を覚える連中。眩暈がしそうだった。

「とめなきゃ」

ハリィは呟いた。

「だから、こうして話し合ってる」

富永がいった。富永のスープの器は空になっていた。もう、食欲はなさそうだった。

富永は焼きそばが盛られた皿を箸でつついた。

「情報を交換しあおう。裏切りはなしだ」

「おれは、馬鹿娘を香港に連れ帰りたいだけだ。もし、あの馬鹿娘が犯罪に関わっていても見逃してくれると約束してくれるなら、おれはあんたに全面的に協力する」

「それはできない」

反射的にいっていた。富永の目が鈍い光を放った。

「あんたも警官だったならわかるはずだ。犯罪者を見逃すことはできない」

「同じ警官でも、おれは悪徳警官だったんでね……呉達龍と同じで」

呉達龍——広東語で発音された名。背筋がちりちりするような感覚がまたやってきた。

「李少芳が犯罪に関わっているという証拠が発見されたら、ぼくは彼女を逮捕する。ただし——検察には司法取引きを持ちかけるよ。ヴェトナム系のストリートギャングたちの内情を彼女が証言すれば、二度とカナダに入国しないという条件つきで、彼女は釈放される」

「どうやってそれを信じたらいい？」

「ぼくの婚約者はジェイムズ・ヘスワースの娘だ」

「知ってるよ。もし、ヘスワースが次の選挙で当選すれば、あんたにもスポットライトが当たる。出世の道をまっしぐらだ」

富永の頬の筋肉が緩む——皮肉な笑い。頭に血がのぼった。落ち着け——自分にいい聞かせた。この男にはいつか思い知らせてやる——自分自身に誓った。

「検察がうるさいことをいってきても、ヘスワースがなんとかしてくれる」

「だから、当選すれば、の話だろう」

「ヘスワースの当面の敵は鄭奎《チェンフィ》だ。鄭奎は呉達龍を使って中華系の連中を自分に投票するよう締めあげている」

「あいつがね……」

「呉達龍は、パーティのあと、ぼくを撃った」

富永の目が丸くなった。

「ある事情があって、我々は彼を逮捕せずに監視下に置くことにしたんだ。だが、彼は消えた」

「おれにあいつを捜せといってるのか？」

「そうすれば、李少芳は香港に帰れる。彼女を捜すのはCLEUでやろう。ちょうどいい情報があって、そこに彼女のことを紛れ込ませれば、うまくいくと思う」

日曜の大きな取引き。情報に嘘を織り込めばいい——

ヴェトナム系も関わっていると。李少芳という娘がヴェトナム系の連中のことを知っていると。

富永は考えていた。右手で左手の小指のつけ根を触っていた。この取引きに乗ることのメリットとデメリットを天秤にかけている。

「腕利きの潜入捜査官がいるんだ。広東系の中国人で、北京語も広東語も、いろんな地方の方言を交えて喋ることができる。彼は、大陸だろうが台湾だろうが香港だろうが、それが黒社会の組織であればすんなり溶け込むことができる。彼なら、必ず李少芳を見つけるよ」

パット——最後のひと押し。富永はゆっくり瞬きをした。天秤がどちらかに傾いたということだった。

「OK。契約を交わそう。書類もサインもいらないがね」

富永はそばを食べた。まずそうに顔をしかめた。

30

「どうでした?」

車に乗りこむと阿寶《アポー》が訊いてきた。バックシートの足元にビニールの袋——香ばしい匂いが漂ってくる。焼豚を飯の上に載せただけの弁当。食べてきたばかりだというのに胃が鳴った。

「クソ野郎だ」富永は吐きだすようにいった。「おまけに、自分がクソ野郎だってことに気づいてない。最悪のやつだよ」

富永脩《とみながおさむ》は毒づいた。頭の中のスクリーンにレストランでのシーンが映しだされる。ハロルド加藤——青白い顔。清潔なスタイル。穏やかな口調。日本で同じような連中をいやになるほど見てきた。キャリア。警察内部のエリート官僚。連中は警官であって警官ではない。連中は平気で嘘をつく。平気で人をはめる。汚いことをするのに自分の手を使おうとはしない。ハロルド加藤は連中と一緒だった。顔を見るだけで虫酸が走った。

ハロルド加藤は李少芳《レイシウフオン》は釈放されるといった。信じることはできない。ああいう連中は平気で二枚舌を使うものと相場が決まっている。

やつをはめてやれ——悪魔が囁く。

ハロルド加藤をはめろ。ハロルド加藤は呉達龍《ンダツロン》に憎まれている。呉達龍を使え。呉達龍とハロルド加藤を地獄に叩き落とせ。ヘロインを手に入れろ。ヘロインを金に換えろ。

違う——覗き見野郎が異議を唱える。なによりも大切なのは情報だ。他人の抱える秘密だ。ゴミ溜めの中に隠された真実だ。

気が狂いそうになる。覚醒剤が恋しくなる。かつては、覚醒剤を打つと覗き見野郎の声が気にならなくなった。覗き見野郎の声に苛立たされるのは決まって、覚醒剤が切れたときだった。

ヘロイン——覗き見野郎を黙らせることができるだろうか。

「どこへ行きますか？」

ルームミラーの中の目——阿寶。

「呉達龍を知ってるか、阿寶？」

「もちろん。あいつを知らないやつはもぐりですよ。あいつがどうかしましたか？」

「とりあえず、車を出せ。適当に走らせればいい」

ルームミラーの中の阿寶——怪訝な表情。富永は手袋の上から左手の小指のつけ根を掻きむしった。苛立ちが阿寶に伝わった。車は静かに走りだした。

「呉達龍と鄭奎《ヂェンフィ》の繋がりは？」

「呉達龍は鄭奎の犬ですよ。鄭奎のためならなんだってするって話です」

呉達龍のいかつい顔——幾度も脳裏に浮かんでは消えていく。

「なぜだ？　香港にいるときも、あいつはワルだった。だが、人にへつらうようなやつじゃなかった」

「ガキどものためですよ。鄭奎が下院議員になれば、ガキどもの市民権を取りやすくなるっていうんで……」

呉達龍の子供——広州《ゴンヂャウ》の楊《ヨン》が誘拐した。呉達龍は追い詰められている。とち狂いはじめている。だから、ハロルド加藤を銃撃するなどという馬鹿をしでかした。呉達龍はヘロインを持っている——間違いない。呉達龍は急いでヘロインをさばこうとするだろう。その前にヘロインを押さえなくてはならない。

「鄭奎とアポイントを取ることはできるか？」

阿寶が首を傾げた。

「おれにはちょっと……マック哥《コー》に聞いてもらわなきゃ」

「マックはどこにいる？」

阿寶はダッシュボードに視線を走らせた。デジタル時計は午後一時半を示していた。

「そろそろ食事も終わったころですね。電話してみます」

阿寶は携帯電話を手にした。電話をかけはじめた。

脳味噌が軋みながら回転した。李少芳とケベックのガキ——呉達龍と劉燕玲《ラウインレン》。ヘロインで繋がっている。呉達龍はどこでヘロインを手に入れた？

好きなだけヘロインをくれてやる——呉達龍は燕玲にいった。昨日いった。

質問――なぜ、昨日でなければならなかったのか。呉達龍はそれ以前から劉燕玲に目をつけていたはずだ。

解答――二日前にはヘロインがなかったからだ。劉燕玲に近づくための手段がヘロインだったからだ。

二日前――マックの言葉。シアトルから来た福建野郎が殺された。ヘロインが消えた。

推測――呉達龍が福建野郎を殺した。呉達龍がヘロインを奪った。

もう一度、質問――呉達龍はヴァンクーヴァーの黒社会からヘロインを掠め取っている組織と関係があるのか？

わからなかった。

「繋がりました、サム哥」

目の前に携帯電話が差し出された。

「どうした、サム哥？」

「呉達龍が昨日、おまわりを撃った」口笛が聞こえてきた。「呉達龍は姿をくらました。撃たれたおまわりは、小姐《シウチエ》を捜すのに協力してくれることになった。ただ、おれたちが呉達龍を捜さなきゃならない」

「サツの代わりに？　そんな話、聞いたこともないぜ」

「撃たれたおまわりは汚い手を使うタイプなんだ」

「なるほどね……」

「人を出してくれるか？」

「きついが、なんとかしよう。派手にやるのはまずいんだろう？」

「そうだ。こっそりやってくれ。それも、できるだけ急いで、だ」

「小姐がヘロイン漬けになる前になんとかしなきゃならねえからな」

「それから、鄭奎と話をしたい。ふたりきりで、だ。なんとかなるか？」

溜め息――わずかばかりの沈黙。それから、かすれ声。

「マジでいってるのか、サム哥？」

「もちろん」

「大老《ダイロウ》に電話してみな。大老と鄭奎は古い間柄らしいからな。大老が頼めば、鄭奎もうんというかもしれねえぜ」

「そういえば、こっちに来る前にも聞いたよ。大老と鄭奎は古い仲だってな。実際のところはどうなってるんだ？」

富永は訊いた。

「詳しいところはわからねえ。もう、ずいぶん古い話だ。大老は香港でドジを踏んで、ヴァンクーヴァーに逃げてきた。そこで鄭奎に出会って、ふたりで組んで一旗揚げたって話だ」

「どうしてアメリカじゃないんだ？　あの当時、香港の人間が金を稼ぎに出かけるところといえばニューヨーク辺りだと相場が決まってたんじゃないのか？」

なぜアメリカではなかったのか。なぜカナダだったのか。

「ドジを踏んだっていったただろう。大老は命を狙われてたんだ。それで香港を逃げだした。その当時、大老はまだ三十代だろう。大立て者というわけじゃなかった。ニューヨークやサンフランシスコのチャイナタウンへ行ったら、すぐに殺されてたさ。回状がまわされてたに違いないからな。大老には香港の組織の目が光ってない新天地が必要だったってわけさ」

「なるほどな……」

富永はうなずいた。腕時計に視線を走らせた。針は午後二時を指そうとしていた。

「香港の大老に電話をかけるには、まだ時間が早いな」

「小姐のことはどうやってごまかすつもりだ？」

マックの語調が鋭くなった。

「適当にやるよ。まずくなったら広東語がわからないふりをする」

乾いた笑い声――これっぽっちも楽しそうではなかった。

「頼むぜ、サム哥。あんたがしくじれば、おれの首まで危なくなる」

「また連絡するよ、マック。呉達龍を捜す件、頼むぜ。おれもいろいろ当たってはみる」

「わからないことがあったら阿寶に聞くといい。ああ見えて使い勝手のいいやつだ」

電話が切れた。富永は携帯電話を阿寶に返した。

「どこに行きます？」

阿寶がいった。待ち構えていたという口調だった。富永は窓の外に視線を移した。また、雨が落ちてきていた。陰鬱な空。見栄えのしない建造物。香港が恋しかった。東京が恋しかった。

「呉達龍を捜す」富永はいった。「なあ、阿寶。呉達龍になったつもりで考えてくれ。あいつは追われている。家にも警察署にも近よれない。悪徳警官だったから、黒社会の連中に手助けを求めることもできない……呉達龍はどこに隠れると思う？」

「簡単ですよ」阿寶はすぐに応じてきた。「車の中で寝起きするんです。香港と違って、こっちは車社会ですからね。道端に車を駐めて眠っていても変には思われません。アメリカと違って、車泥棒にあうこともないですしね。ヴァンクーヴァーに来た当時は金がなくて、やったことがありますけど、肩が凝るのさえ我慢すれば、結構快適ですよ」

「車か……見つけるのは骨だな」

「そうですね」

会話が途切れた。富永は窓の外に視線をやったまま考えた。呉達龍——偏執狂の悪徳警官。あの手のタイプに日本でお目にかかることは少なかった。異常に肥大した自我。自我の求めるままを実行できる活力。日本人にはなかなか真似ができない。

考えろ——意識を集中させた。子供たちが誘拐されたことも知っている。金が必要だが、手に入れたヘロインを捌くことはできない。黒社会の連中がそこら中で目を光らせている。仲間だった警官たちが呉達龍を捜している。

不安と焦燥が心を切り刻む。痛みは熱を生む。熱は怒りを生む。怒りは復讐の念を生む。

復讐。呉達龍は知っている。富永が子供たちを誘拐させた。富永が劉燕玲を抱いた。

復讐——背筋が凍りついた。

「阿寶、リッチモンドへ向かってくれ」

叫ぶようにいった。携帯電話を取り出した。メモリに登録した番号を呼び出した——かけた。

「ハロー?」

劉燕玲の声。富永は電話を切った。劉燕玲は生きている。

「劉燕玲を知ってるか? 譚子華《タムジーワ》の女房だ」

阿寶に聞いた。阿寶はうなずいた。

「もちろん。一度、マック哥と一緒にリッチモンドの家に招待されたことがありますよ。譚子華はクソみたいな野郎だけど、あの女房はいい女ですよね」

「家の場所はまだ覚えてるか?」

阿寶は首を傾げた。ほんの数瞬の間——阿寶の口が開いた。

「うろ覚えですが……」

「かまわない。譚子華の家に急いでくれ、阿寶」

阿寶は無言でアクセルを踏んだ。富永は背中がシートに押しつけられるのを感じた。

＊　＊　＊

「あの家です」

阿寶が白壁の家を指差した。ありふれた一軒家だった。周囲の家よりかなり広い敷地が、その家の持ち主のステータスを誇示しているだけだった。

「よし、家の前を通りすぎるんだ。スピードはこのままだ」

速くも遅くもない速度——呉達龍に気づかれない速度。富永は倒したシートに背中を預けた。

「近くに駐車している車はないか？」

「三台あります」

「車種は？」

「ベンツが一台に日本車が二台です」

「呉達龍の乗っている車を知ってるか？」

阿寶が首を振るのが見えた。

「知りませんけど、ここに停まってるのは違うと思いますね。どれも新車に近いですよ。ピカピカに磨かれてますから」

車が右折した。

「こっち側には停まっている車はありません」

富永は起きあがった。

「車を止めろ」

阿寶にいいながら、コートの裾を持ちあげて右手を腰にまわした。銃を抜いた。

富永は遊底をスライドさせた。弾丸が薬室に送り込まれた。撃鉄に親指をかけて引き金を引いた。引き金には遊びがあった。狙いをつけやすいように設計されている証拠だった。撃鉄をゆっくり落とすと、セイフティをかけた。富永は銃をコートのポケットに入れた。

「なにかあったらクラクションを鳴らして知らせてくれ」

車を降りた。左右を見渡す――不審者はない。ゆっくり道を歩き、角を左に曲がった。阿寶がいったとおり、道の左右に車が三台とまっていた。ミドルクラスのグレイのベンツ。白い日本車はホンダだった。真っ赤に塗られた車はトヨタ。どの車にも人間は乗っていない。どの車もエンジンはかかっていない。

富永はコートのポケットに手を突っ込んだ。白い家の車寄せに向かった。何度も後ろを振り返った。玄関に続く階段を駆けあがった。ドアをノックした。数秒待たされてから、ドアが開いた。

劉燕玲――驚きの眼差し。しかし、目はどんよりとしていた。ヘロイン。効き目が薄れはじめたといったところだった。劉燕玲は薄手のセーターに花柄の巻きスカートをはいていた。

「どうしたの？」

「中に入れるか？」

「困るわ」

「緊急事態だ」

富永は突き放すようにいった。劉燕玲の顔に戸惑いの色が広がった。

「すぐに出ていってくれる？」

「用が済めば」

劉燕玲が身体を横にずらした。空いた空間に富永は足を進めた。

「なにか変わったことは？」

囁くような声――廊下を進む。左右にドアがあった。バスルームとベッドルーム。廊下をつっきった先にもう一つのドアと階段があった。階段の手前が広くなっていてその先がリヴィングだった。バスルームを開けた。なにもなかった。ベッドルームのドアを開けた。香港風の調度がところせましと並べられていた。線香の匂いが立ちこめていた。劉燕玲の義母の部屋。神経に引っかかるところはなにもなかった。

「ねえ、なにをしてるのよ？」

戸口に立つ劉燕玲――眉間に皺が寄っている。

「なにか変わったことはないかと聞いてるんだ」

富永は囁くような声でいった。劉燕玲の答えを待たずにリヴィングに足を進めた。

リヴィングはだだっ広かった。むっとするような熱気が立ちこめていた。

「変わったことなんかなにもないわ。なにがあったのよ？　義母がいつ帰ってくるかわからないのよ」

「静かに」

富永は窓を見た。侵入者の形跡はなかった。問いたげな劉燕玲の視線を無視してもう一度廊下に出た。階段の先のドア。ノブに手をかけて開けた。ゲストルームだった。メイクされたベッド。小さなクローゼット。チェスト。富永は視線を方々に這わせた。最後に、チェストの上で視線を固定させた。チェストの左隣が窓になっていた。淡いブルーのレースのカーテンがかすかに揺れていた。

富永は窓に近づいた。カーテンを開けた。掌を窓枠に近づけた。風――隙間。窓を開けた。身を乗り出して窓枠の下の方を見た。腐りかけた枠――なにかでこじった跡。

富永は舌打ちした。呉達龍は間違いなくここに来た。振り返る。劉燕玲が戸口で見つめていた。ヘロインの兆候は消えていた。不安に彩られた目が富永を見つめていた。

「何時に家を出て、何時に戻ってきた？」

「なにがあったのよ？」

「質問に答えろ」

劉燕玲は右手をこめかみに当てた。口を開いた。

「正確な時間はわからないけど、八時すぎに家を出たわ。子供と義母を送っていかなきゃならなかったから……ちょっと買い物をして、戻ってきたのは十時前だと思う」

一時間から一時間半。頭の中で呉達龍の行動がリプレイされる。ハロルド加藤を銃撃した後の興奮――しくじったことへの憤怒。呉達龍は車を飛ばす。リッチモンドへ。自分を虚仮《こけ》にした女に思い知らせるために。家の側で車を停め、様子をうかがう。幸せな家庭の明かり――歯ぎしり。広州にいる子供たちのことを思う。怒りが増幅される。

劉燕玲が殺されなかったのは保険のおかげだった。楊がさらったふたりのガキ。

富永は舌打ちした。自分のうかつさと呉達龍を呪った。

「そこまでとち狂ってるとは思わなかったぜ」

吐きだすようにいった。

「だれのことをいってるのよ?」

「あの悪徳警官だよ」

富永はコートのポケットから銃を抜いた。劉燕玲が息をのんだ。

「戻ってきてから二階には行ったか?」

劉燕玲がうなずいた。

「着替えをしに」

「ヘロインを打ちにの間違いだろう」

反射的に口にした。劉燕玲の目が吊りあがった。

「なにをしようとわたしの勝手でしょう」

「命があればな」

富永は劉燕玲を押しのけてゲストルームを出た。呉達龍はこの家にはいない。目的を達して出ていった。嫉妬と復讐の念に捕われた悪徳警官がすることといえば盗聴しか考えられなかった。

「あの男が来たの?」

劉燕玲が後をついてくる。

「声を落とせ」富永は辛抱強い口調でいった。「どこで声を聞かれてるかわからないんだ」

「そんな――」

「わざわざ人の家に忍びこんで、なにもしないで帰るやつがいると思うか?」

劉燕玲からの返事はなかった。リヴィング。もう一度視線を走らせる。

一時間から一時間半。呉達龍には劉燕玲が戻ってくる時間は読めなかったはずだ。焦りながら盗聴器を据えつける――電話。チェストの上にファクシミリ兼用の電話があった。富永はまっすぐ電話に向かった。受話器を取りあげ、耳に当てた。無機質な信号音。かすかにノイズが混じっているような気がした。送話口のカヴァーをこじあける。中を覗きこむ――見つける。親指の先ほどの黒いプラスティックの固体。慎重につまみあげる。床に落とす。踏みつける。

「今のはなに?」

劉燕玲の声は顫えていた。富永は振り返った。劉燕玲は両腕で自分の身体を抱いていた。凍えている人間のようだった。

「盗聴器だ。まだ、他にもあるかもしれない。口を開かないでいてくれ」

劉燕玲がうなずいた。

富永はリヴィングの他の場所を調べた。バスルームを調べた。キッチンを調べた。義母のベッドルームを調べた。二階のベッドルームを調べた。子供部屋を調べた。

盗聴器はもうどこにもなかった。

「銃を持ってるか？」

すべてを調べ終わったあとで富永は聞いた。劉燕玲がうなずいた。

＊　＊　＊

「どこに行きます？」

車に乗りこむと、阿寶が口を開いた。譚子華の家でなにをしていたのかとは聞かない。阿寶はなにも聞かない。よくできた男だった。だが、こういう男が平気で人を裏切るのはよくあることだった。中国人にとって何より大切なのは血縁だった。その次に地縁。血と故郷を共にしていないものとの間に絆は作れない——作らない。

「ヴァンクーヴァーへ戻ってくれ」

短くいって、富永は携帯を取りだした。電話をかけた。

「喂《ウァイ》？」

突き放すような広東語が聞こえてきた。李耀明《レイイウミン》の携帯電話。個人的な用件にしか使わない。早朝に電話してくる人間もいない。李耀明は不機嫌だった。

「サムです、大老。朝早くにすみません」

「少芳が見つかったのか、サム？」

「まだです」

「おまえがヴァンクーヴァーに行って、どれだけの時間が経ってると思うんだ？」

「申し訳ありません。精一杯やってるんですが。ヴァンクーヴァーは広すぎます」

「いい訳などいらん。早く少芳を見つけろ。それがおまえの仕事だ」

「そのことでお願いがあるんです、大老」

「なんだ？」

「鄭奎先生《シンサン》をご存じですね？」

間があった。どこか不自然さを感じさせる間だった。

「鄭奎が少芳のことに関わってるのか？」

「鄭奎先生ではありません。彼が使っている警官に用があるんです。その警官は小姐の居場所を突き止める手がかりを持っているはずなんですが、どこかに雲隠れしててしまってるんです。鄭奎先生なら、彼に連絡が取れるはずです」

「その警官の話は確かなんだな？」

「間違いありません」

「よし、鄭奎には連絡しておこう。他になにかあるか？」

「もう一つ、頼みにくいことが……」

「いってみろ」

「大老は譚子華をご存じですね？」

「もちろん。あいつがなにかしたのか？　あいつは今、香港にいるはずだが」

「彼の女房です。ヘロイン中毒にかかっていまして、地元の古惑仔《グーワーヂャイ》とトラブルを起こしてます。命を狙われる危険もあるので、家を離れた方がいいといったんですが、義母になにかを感づかれるのを怖がってるんです。大老の方から、適当ないいわけを作って、譚子華の母親に家をしばらく出るようにいってもらえませんか？」

耳障りな音が聞こえた。乾いた笑い声だった。

「譚子華の女房だといったな？　覚えてるぞ。売れない女優だったが、いい女だった。もう、ものにしたのか、サム？」

「そういうわけじゃないんです、大老」

「ふざけるな」


犬に命令する声――うなじの毛が逆立つ。

「少芳を捜しもせずに、女漁りをしているとはな、サム。おれも舐められたもんだ。そう思わないか？」

李耀明の広東語が変化していた。大物を気取った広東語がチンピラのそれに。声の奥には強烈な恫喝が込められていた。

「おれがおまえを切ったら、どうなるかわかってるのか、サム？」

わかっていた。日本からやくざがやってくる。保険金をかけられて殺される。

「大老――」

「女と自分とどっちが大事なんだ？」

「大老――」

「譚子華の女房か……確かにいい女だ。だが、女は年をとる。それに、その女はヘロイン中毒だろう。そんな女にかまう暇があるなら、少芳を捜せ。少芳を誑かしたチンピラに世の中にはしていいことと悪いことがあるんだということを教えてやれ」

「わかりました」

富永は唇を噛んだ。慌てていたせいで状況判断を誤った。李耀明にこの話を持ち出すべきではなかった。

「譚子華には、おれの方から伝えてやろう。おまえの女房は白粉《パーファン》狂いの淫売だとな。譚子華はああ見えても短気な男だ。その女は捨てられるだろう。もしかすると、子華のことだ。面子が潰されたといって、殺すかもしれんな」

李耀明はまた笑った。ふいに恭子《きょうこ》の顔が脳裏をよぎった。李耀明に殺意を覚えた。

「小姐のことはしっかりやります、大老。これ以上、いじめるのは勘弁してください」

「なにが大事なのかをわきまえていれば、それでかまわんのだ、サム。大事なのはおれの娘だ。そうじゃないか？」

「そうです」

「譚子華の女房のことなど放っておけ。夫も妻もクズみたいな連中だ。鄭奎にはすぐ連絡を入れる。話がまとまったら折り返し電話するから待っているといい」

電話が切れた。富永は手袋をはめた左手の小指のあたりを右手で掻きむしった。

「くそっ」

吐きだすようにいった。視線を外に走らせた。バックミラー――自分が映しだされていた。血走った目がぎらついていた。

電話をかけた――ハロルド加藤。通じなかった。

電話をかけた――広州へ。通じなかった。

「くそっ」

富永はもう一度吐きだした。

＊　＊　＊

フレイザー河を越えてヴァンクーヴァー市内へ――電話が鳴った。李耀明の声が携帯電話から聞こえてきた。

「鄭奎と話をした。今すぐ鄭奎のオフィスへ行け。十分だけ時間を割いてくれるそうだ」

それだけで電話は切れた。

「鄭奎のオフィスだ。わかるか？」

「鄭奎先生のオフィスですか？」

阿寶は首を傾げた。それから、思いだしたというように勢いよくうなずいた。

「たぶん、あそこです。有名なビルですから」

「有名？」

「見ればわかりますよ」

阿寶は苦笑するように頬を歪めた。

「時間はどれぐらいかかる？」

「二十分ってところです」

「急げ。相手は大物だからな」

「わかりました」

阿寶がアクセルを踏んだ。かわり映えのしない景色が後ろへ流れていく。

富永は目を閉じた。頭の中では李耀明の言葉が繰り返し流れていた。

——なにが大事なのかをわきまえていれば、それでかまわんのだ、サム。

なにが大事なのかはわかっていた——自分の命。情景がよみがえる。灣仔《ワンチャイ》の古ぼけたアパート。黒社会の連中と日本のやくざに周囲を囲まれていた。目の前にはテーブル。テーブルの上には丸太をぶった切ったようなまな板と大振りの中華包丁。

やれ——李耀明がいった。小指ひとつで命が助かるなら安いものじゃないか、サム。

首を振りたかった——振れなかった。やらなければならないということは理解していた。理解などしたくなかった。

まな板の上に置いた左手。小指にあてがった中華包丁。無表情に見守るやくざたち。

思いだしただけで背筋が顫える。いつもは頭の中で喚きつづける覗き見野郎も、あの時は出現する兆候すら見せなかった。

右手に力をこめる。小指は呆気なく切断される。予想していた痛みはすぐにはやってこなかった。軽い痺れ。冷たく濡れた感触。だれかが小指をつまみあげた。それを目にした瞬間、痛みはやってきた。

悲鳴をあげた。恥も外聞もなかった。両脇を抱えられ、隣室で待ち構えていた闇医者の前に連れていかれた。麻酔注射——ブラックアウト。

闇の中に吸い込まれながら誓った。二度とこんなことはしない。だれにもこんなことはさせない。またこの痛みを甘受しなければならないなら、他の人間にやらせてやる。

今でも小指が疼く。疼きはその時の誓いを思いださせる。

李耀明に逆らってはいけない。あの痛みがまたやってくる。

富永は目を開けた。左手の小指のつけ根を手袋の上から掻きむしった。

「あれが例のビルですよ」

待ち構えていたというように阿寶がいった。前方に森。その手前にビル。ビルの壁面には中国風の絵が描かれていた。グロテスクだった。

＊　＊　＊

アイドリングは禁止——駐車場の壁に描かれた大仰な注意書き。阿寶がエンジンを切った。富永は口を開いた。

「行くぞ」

阿寶は怪訝そうな顔をした。

「おれも行くんですか？」

「ここにいたら凍えちまうぞ」

富永は発音に注意していった。広東語の凍《トン》と痛《トン》。発音が似通っている。凍えるが痛いに変わってしまう。昔は区別ができなかった。この一年で聞き返されることはなくなった。

エレヴェータで一階にあがった。二階以上に行くには専用のキィが必要なタイプのエレヴェータだった。

一階には受付けがあった。受付けにいるのはブロンドの女だった。受付けデスクの横にディレクトリが表示してあった。いろんなテナントが入っていた。ほとんどが中華系の企業だった。最上階――十二階が『鄭氏集《チェンシツァー》團《テュン》』の専用オフィスになっていた。

受付けで用件を伝える。奥のエレヴェータを使えといわれた。受付けのブロンドは鄭奎に確認を取ることもしなかった。前もって来客があることを伝えられていたのだろう。李耀明の威光――ヴァンクーヴァーにも鳴り響いているとみえる。

右手奥のエレヴェータ。駐車場からあがってくるときに使ったものより一回り大きく、格段に豪奢だった。足元にはふかふかの絨毯が敷いてあった。パネルには十三とかかれたボタンしかなかった。ディレクトリには表示されていない階。鄭奎専用のエレヴェータというわけだった。エレヴェータは音もなく稼働した。十三階に着くのに三十秒もかからなかった。

エレヴェータのドアが開く――男が立っていた。肉の厚い顔に身体、射るような視線。「富永《フーウィン》先生ですね？」男は直立したまま口を開いた。顎で阿寶を指した。「そちらの方は？」

「おれの部下だ」

富永は答えた。

「そちらの方も一緒に鄭奎先生に？」

「そうしたい」

「わかりました。では、こちらへ」

男が身体を開いた。富永はエレヴェータの外に出た。狭い空間――左右は壁、目の前に重々しいスティール製の扉。

「身体検査をさせてもらいたいのですが」

男の広東語は不自然だった。慣れない敬語のせいだった。

富永は両手を頭の上にあげた。

「コートのポケットに銃が入っている」

男は手早く富永の身体を探った。ポケットから銃を抜く。弾倉を外す。薬室に装填されていた弾丸を抜きとる。

空になった銃を返してくる。弾倉と弾丸を自分のジャケットのポケットにしまう。澱みのない手つき――プロの手際。

「弾丸と弾倉は後でお返しします」

富永はうなずいた。男は阿寶の身体も同じように探った。阿寶も銃を持っていた。

「では、ついてきてください」

男がドアを開けた。ドアの向こうは短い廊下だった。その先に、ガラス張りの大きな部屋があった。部屋の中に仕切りはなかった。だだっ広い部屋の真ん中に豪勢な執務デスクがあるだけだった。鄭奎がデスクに向かっていた。鄭奎はパソコンのモニタを睨んでいた。

男はガラス張りのドアを開けた。

「富永先生をお連れしました」

男がいった。鄭奎が顔をドアの方に向けた。不機嫌な表情――地金が覗いている。

「入れ」

鄭奎がいった。英語だった。

「失礼します」

富永は広東語でいった。男の脇を抜けて部屋の中に足を踏み入れた。

「英語は喋れないのか？」

鄭奎がいった。富永は首を振った。

「じゃあ、英語を喋るんだ。いいな？」

「わかりました」

富永はわざと間延びした英語を口にした。部屋の空気は空調が効いていた。部屋の中をざっと見渡しても塵ひとつ発見できそうになかった。

「李耀明から話はきいた」

座れともいわずに鄭奎は話しはじめた。

「呉達龍が娘の居所を知っているというのは本当か？」

「知っている可能性があるんです」

「では本人に直接聞けばいいじゃないか。なぜこんなことでわたしの手を煩わせる必要があるんだ？　李耀明の頼みだから時間を作ったが、わたしは忙しい人間なんだ」

鄭奎は不機嫌な表情を崩さなかった。

「呉達龍が摑まらないんです。それで、鄭奎先生の手を借りたいと思いまして」

「警察署に行けばいいじゃないか」

「呉達龍は警察署には戻りません。たぶん、永遠に」

「どういうことだね？」

「昨日、彼は連合捜査局の捜査官を銃撃しました」

鄭奎の表情はそれでも変化しなかった――鄭奎は知っている。

「だから？」

「知っていたんですか？」

「ある筋から話を聞いた。わたしはそれで苦慮している」

頭が音をたてて動きはじめた。ある筋とはだれか？　黒社会。あるいは政敵――ジェイムズ・ヘスワース。ハロルド加藤はヘスワースの娘婿になる。

「知っていたのに、警察署へ行けといったんですか？　わたしは李耀明の代理ですよ」

「おまえがなにをどう知っているのか確かめたかっただけだ」

鄭奎の表情はまったく崩れなかった。その鉄面皮に拳を叩きつけてやりたかった。

「ある筋というのはジェイムズ・ヘスワース陣営の連中ですか？」

鄭奎の表情が崩れた――驚愕。かすかな喜びが湧き起こった。

「どうして知っているんだ？」

「知りません。推理しただけです。呉達龍は連合捜査局の捜査官を撃った。撃たれた捜査官はハロルド加藤です。彼は自分を撃った人間を知っている。それなのに、大々的に捜査しようとはしていない。どうしてか？　答えは簡単だ。そこに政治が絡んでいるんです。ハロルド加藤はジェイムズ・ヘスワースの未来の娘婿ですからね。たぶん、ある筋の人間はあなたにこういったんでしょう。呉達龍のしでかしたことをスキャンダルにされたくなかったら、選挙から手を引け――違いますか？」

「正解ではないが、間違っているわけでもない」鄭奎は吐き捨てるようにいった。押し殺すようにつけ加えた。

「あの馬鹿野郎が」

つけ加えた言葉は広東語だった。短い言葉だったが、意味するところは明瞭だった。

「どうなさるおつもりですか？」

「ここに来るまでに大金を使った。今さら後戻りはできん」

歪んだままの顔が物語る。金だけの問題ではない――面子の問題でもある。

「呉達龍に電話してください。呼びだすんです。そうしてくれれば、わたしがあなたの悩みを解決しましょう」

「もう、手遅れだ。あいつを殺すために、十人近い男たちが街をうろついている。呉達龍は終わった。李耀明には悪いが、他の手を考えた方がいい」

「殺しただけで済みますか？」

「わたしは頭を使ってこの地位にたどり着いたんだ」

鄭奎は唇を突きだしていった。馬鹿にするなというように目を剝いた。

「電話をかけてください。一度だけです」

「するだけ無駄だとは思うがな」

鄭奎はデスクの上の携帯電話に手を伸ばした。ボタンを押し、耳にあてがった。しばらくそうしてから口を開いた。

「呼びだし音がなるだけだ。留守番サーヴィスにも繋がらんよ」

31

炒めた豚肉と野菜を白米の上にぶっかけただけの弁当──まずかった。魚のスープ──まずかった。料理が悪いわけではなかった。精神状態が味覚に直結しているという感じだった。

相変わらず目はちかちかしていた。視界は狭まったままだった。

せっかくの弁当だったが、半分も食べられなかった。ビニールの袋に容器を突っ込み、助手席の足元に転がした。

雨はあがっていた。濡れたアスファルトから湯気がたちのぼっていた。雨合羽を着た子供たちがわざと水たまりの水を跳ね上げて遊んでいた。

広州《ゴンヂャウ》の子供たちのことを思った。眼球の奥が痛みだした。

スウィッチをいれっぱなしにしておいた受信機がノイズを放ちはじめた。呉達龍《ンダッロン》は瞬きを繰り返しながら受信機が発する音に耳を傾けた。

電話──ベルが鳴る。二度、三度。

「ハロー?」

劉燕玲《ラウインレン》の声がした。相手はなにもいわなかった。唐突に電話が切れた。

「日本鬼《ヤップンクワイ》め」

呉達龍は呟いた。慎重な手つきでエンジンをかけた。咳込むような音──ガタがきたエンジン。車は動けばいいと思っていた。劉燕玲の張り込みを続けて、それが間違いだったことを悟った。新興住宅地のど真ん中に駐車したオンボロ車──目立ちすぎた。通りすぎる連中が不審そうな目を向けてきた。だから移動した。日本鬼──富永脩《フーウィンサム》が来るならそれで正解だった。

静かにアクセルを踏んだ。バックミラーに排気ガスが映った。ショッピングモールの駐車場から道に出た。スピードを落としたまま劉燕玲の家に向かった。劉燕玲の家の周りを一周した。車が三台とまっていた。富永脩は見当たらなかった。

もう一度ショッピングモールに戻った。ショッピングモールと劉燕玲の家とは五百メートルも離れてはいなかった。盗聴器の受信範囲内だった。
呉達龍は車を停めた——待った。

＊　＊　＊

くぐもった音——ドアをノックする音。

「どなた？」

劉燕玲の声。返事はない。

「なんだっていうのよ、もう」

劉燕玲の声。間延びしている。おそらく白粉《パーフアン》を打っている。

「おれの白粉だ」

呉達龍は呟いた。

音が遠ざかる。頭の中のスクリーンにイメージが映しだされた。ドアを開ける劉燕玲——富永が立っている。抱きあうふたり。お互いの唇を貪る。富永の右手は劉燕玲の尻を撫で回す。左手はスカートの中に差しこまれる。

眼球の奥が痛んだ。頭を強く振ってイメージを追い払った。

受信機は沈黙を守っていた。ときおり、くぐもった意味不明のノイズが聞こえてくるだけだった。


富永は劉燕玲を抱きに来たわけではなかった。なぜかは知らないが、呉達龍のしたことに気づいて飛んできた。だから、なにもいわずに電話を切った。電話をかけてきたのは劉燕玲の安否を確認するためだった。

イメージ——血まみれの劉燕玲。着衣を剝ぎ取られ、卑猥な恰好で床に横たわっている。富永がそれを呆然と見おろす。

イメージがイメージでしかないのが悔しかった。

呉達龍はアクセルを踏んだ——強く。スキッド音をあげて車が動きだした。受信機からはなにも聞こえなかった。劉燕玲の家の前を猛スピードで駆け抜けた。三台だった車が四台に増えていた。仲間入りした車の運転席に男——見覚えのある横顔。阿寶《アポー》。何年か前から許光亮《ホイグオンリヨン》の尻にくっついて歩くようになった男だった。阿寶は鼻の穴に指を突っ込んでいた。

バックミラーに映る景色が見る間に遠ざかっていく。レイルウェイ・アヴェニューを北へ。ブランデル・ロードを東へ。劉燕玲の家の真裏の区画で車を停めた。受信機は相変わらず無言だった。

呉達龍は右手の人差し指の第一関節を嚙んだ。許光亮と富永脩——どちらも香港の李耀明《レイイウミン》の手先だった。許光亮は香港にいたときから李耀明に可愛がられていた。富永脩は日本のやくざとの間の連絡役としてここ一、二年で重用されるようになったはずだった。ふたりとも組織の中でそれなりの地位を確保していた。

呉達龍は指を強く嚙んだ。怒りに目が眩んで足元が見えなくなっていた。なぜ日本鬼がヴァンクーヴァーにいるのか。香港ではマカオの利権がらみの抗争が激化しているはずだ。李耀明は人手を必要としているはずだ。それに、ヴァンクーヴァーには日本のやくざはいない。富永が香港を離れるにはそれなりの理由が必要なはずだった。それも、特別な理由が。

ふいに記憶がジャンプした。ハロルド加藤の声がよみがえった。

——李耀明の娘だぞ。気になるだろう?

初めて会ったとき、あの日本鬼は確かにそういった。李少芳《レイシウフォン》がどこかの女たらしと一緒だったと。

富永がヴァンクーヴァーに来た理由がわかった。

李少芳を捜せ——頭の中でだれかが叫んだ。李少芳を探せ。富永脩のねぐらを突き止めろ。ハロルド加藤の周囲を嗅ぎ回れ。保険になりそうなものを手当たり次第かき集めろ。

突然、受信機が耳障りな音を発した。脳味噌をかき回されるようなノイズ。

盗聴器が発見され、踏み砕かれた音。

「日本鬼め」

呉達龍は呟いた。

＊　＊　＊

阿寶が運転する車はフレイザー河を越えた。尾行を気にしている様子はなかった。それでも、呉達龍は慎重に運転した。

富永たちの車はグランヴィル・ストリートを直進していた。進路を変えなければダウンタウンに向かうことになる。発見されるのではないかという恐怖が胃を締めつけた。

早急に車を変える必要があった。

グランヴィル・ストリート・ブリッジを渡ってダウンタウン。セイモア・ストリート。ジョージア・ストリート——ウェストエンド。その先はスタンレイ・パーク。嫌な感覚が背筋に広がった。スタンレイ・パークの入口近くには鄭奎《ヂェンフイ》の建てたビルがあった。壁面いっぱいに中国風のタッチで沼で戯れる水鳥の絵が描かれている。目と鼻の先に本物の自然があるのに、なぜそんな悪趣味なビルを建てるのかと白人連中からクレームを受けた。それでも、鄭奎は自分の建てたビルが気に入っていた。

目の前に森が広がりはじめた。鄭奎の自慢のビルが左手に現われた。富永たちの車がビルの駐車場に入っていく。呉達龍は路肩に車を停めた。人差し指の関節をきつく嚙んだ。

鄭奎――平気で人を裏切る男。富永がなにを話すにしろ、呉達龍は切り捨てられる。間違えようがなかった。どんどん追い詰められていく。その度に目の痛みが酷くなる。

呉達龍は腰のホルスターに差しておいた銃を抜いた。弾倉に弾丸が詰まっていることを確かめた。銃をホルスターに戻した。グラヴボックスから盗聴器を取りだした。

富永脩は劉燕玲の家で盗聴器を見つけた。気が緩んでいるはずだった。自分が尾行されているとは思っていないはずだった。自分が盗聴されるとは露ほども思っていないはずだった。自分は頭がいいと思っている連中は、大抵はどこかが抜けている。

呉達龍は車を降りた。徒歩でビルに向かった。

＊　＊　＊

駐車場は凍えそうなぐらいに冷えていた。足音がコンクリートの壁に谺した。人けはなかった。

富永の車はエレヴェータの脇にとまっていた。空だった。阿寶も乗ってはいなかった。ふたり揃って鄭奎のもとに赴いたということだった。

呉達龍は革の手袋をはめた。ピッキング・トゥールを握りしめた。針金のような棒がふたつ。ひとつは先端が鉤《かぎ》状に曲げられていた。もう一つは先端が潰されていた。車泥棒御用達の道具。黒社会《ハクセイウイ》の連中から巻きあげた。

トゥールを鍵穴に差し込む。鉤状の棒でラッチを押しあげ、先端が潰れた棒で内部を探る。手足の先端が痺れるような冷気――額に汗が浮かんだ。三分で鍵が開いた。ドアを開け車内に身体を滑り込ませた。

車内の空気は暖房で暖められていた。まだ冷えてはいなかった。額の汗を拭った。革張りのシート。最新式のカーオーディオ。ヴィデオCDデッキまで据えつけてあった。後部座席にヴィデオCDを見るための小型のモニタがあった。金持ちの車――黒社会の幹部の車。叩き壊してやりたい――衝動がわき起こる。衝動を押し殺す。

グラヴボックスを開けた。セーム革。窓磨き用のスプレー。書類。弾薬の箱――五十発入り。箱を開ける。光り輝く弾丸の底部。九ミリのオートマティック用の弾丸だった。箱のほぼ半分が空だった。

富永は銃を持っている――間違いない。阿寶も銃を持っている――間違いない。富永が銃を実際に使う可能性は低かった。阿寶が使う可能性——わからなかった。実際に銃を使うのはチンピラだった。幹部連中が銃を使うということは、その組織に危機が訪れているということだった。

半分空になった弾薬の箱。ふたりの持っている銃が流行の九ミリのオートマティックだとすれば、装弾数は十三発前後。足し算すれば箱に残った弾薬の数と一致する。弾薬の箱が開けられる可能性は低かった。

呉達龍は盗聴器を箱の中に押し込んだ。蓋を閉めた。グラヴボックスの奥に突っ込んだ。車を降りた。ドアを閉めた。ふいに咳込んだ。肺が新鮮な空気を求めて喘いでいた。車内にいる間、息を止めていたことにはじめて気づいた。

汗は引いていた。目の痛みもおさまっていた。

＊　＊　＊

受信機は沈黙を守っていた。受信機の代わりに携帯電話が鳴った。表示窓に電話番号が表示された。ケヴィンだった。呉達龍は電話に出た。

「どうした、相棒？」

「どこにいるんだ？　ドレイナンのやつがかんかんになって顔から湯気を立ててるぞ」

ケヴィンの声は神経質に響いた。

「ちょいと野暮用だ。ドレイナンにはうまくいっておいてくれ」

「待てよ、ロン。それはないだろう。おれたちの周りでなにが起こってるんだ？」

「なにも起きてやしない」

「ふざけるなよ」甲高い声——神経に障った。「あの盗聴器はなんなんだ？　ＣＬＥＵがなんだってあんたを盗聴するんだ？」

「多分、過剰捜査のせいだろう。選挙が近いからな……中国人のイメージをマイナスにするためにだれかがＣＬＥＵに密告したのさ。気にすることはない」

「本当にそれだけか？　あんた、おれに隠れてなにかまずいことに手を出してるんじゃないだろうな？」

「おれを信用しろよ、相棒」

「信用できないから訊いてるんじゃないか」

ケヴィンは怯えていた。無理もなかった。人権を無視した取調べ。収賄。職権乱用。してはならないとされていることはほとんどやっていた。一蓮托生——呉達龍が終われば、ケヴィンの人生も終わりを告げる。

くそったれ——罵声を浴びせようとして開いた口を閉じた。ケヴィンにはまだ使い道があるかもしれない。ハロルド加藤のアパートメントに隠した白粉。黒社会の連中に売りつけるにはリスクが大きすぎた。それでも、だれかに売りつけなければならない。だれか——金持ちの白人が一番安心だった。白人は白人でなければ信用しなかった。

「そんなにびびるなよ、ケヴィン。なにもかもうまくいく。今までもそうだったろう？」

呉達龍は柔らかい声でいった。

「頼むよ、ロン……」

「ケヴィン、いま、でかい事件を追ってるんだ。うまくいけば金になる。大金だ」

「ロン……」

ケヴィンの言葉は続かなかった。唾を飲みこむような音がしただけだった。根性なしの小悪党。香港でもヴァンクーヴァーでも小悪党は金に弱いと相場が決まっていた。

「見たこともないような大金だぞ、ケヴィン。その金が手に入れば、警察を馘になったところで屁でもない。あんたはおれの相棒だ。金が手に入る段取りがついたら、連絡する」

「大金って、いくらだ？」

「米ドルで五十万はくだらない」

口笛が聞こえた。

「おれを信用して待ってろよ、ケヴィン。ドレイナンなんか気にすることはない」

ケヴィンがなにかをいう前に電話を切った。すぐに電話が鳴った。舌打ち——ケヴィンだと思った。ケヴィンではなかった。表示窓に出た数字は鄭奎の携帯電話のものだった。

呉達龍は携帯電話の電源をオフにした。背筋に顫えが走った。また、目がちかちかしはじめた。

鄭奎は呉達龍を切り捨てることにした。今の電話が証拠だった。

「ふざけやがって」

呉達龍は低い声で呟いた。

「おれが地獄に落ちるなら、おまえらも道連れにしてやる」

呉達龍の声は熱を帯びていた。

32

日曜の夜の大きな取引き。根回しをする。グリーンヒルは瞬きもせずにハリィの話に聞き入った。ハリィは話した。ヴェトナム系も関わっているというでたらめを織り交ぜて。グリーンヒルは、やれ、といった——全権委任状を手に入れたも同然だった。麻薬課のエドマンド・スミス警部と打ちあわせ。警部は手持ちの潜入捜査官をこの件にかかりきりにさせると請け負った。ヴェトナム系のストリートギャングに目を光らせると請け負った。その中に中華系の若い娘がいたら報告すると請け負った。パットをこの件に引き込むことにも同意した。

パットに電話した——アップタウンのイタリアンレストランでディナーを奢る約束をした。

出世へと続く階段が目の前にあった。最初の一段にハリィは足を乗せていた。

呉達龍《ンダツロン》は見つからなかった。

階段を踏み外したくはなかった。ハリィは電話に手を伸ばした。少し躊躇ってから、プッシュボタンを押した。

電話に出たのは秘書だった。タエコ・ナカタという名の日系三世。ハリィが子供のころから父親の秘書を務めていた。タエコはミスタ加藤は会議中で電話には出られないといった。

「ぼくの声を忘れたのかい、タエコ？」

ハリィは甘えるような声を出した。

「もちろん覚えてるわ、ハリィ」

母親のような声が返ってきた。

「息子が父親に電話をかけてるんだ。会議なんかどうにでもなるんじゃないかな」

「彼の息子なら知っているでしょう？　よほどの急用でもないかぎり、彼は会議中には電話には出ないわ」

「よほどの急用なんだよ、タエコ。もしこの電話を繋がなかったら、請け合ってもいいけど、君は馘になるな」

「わたしが？　もう、二十年近くもミスタ加藤の側で仕事をさせてもらってるのよ」

「だから、よほどの急用なんだよ」

間があいた。タエコが苦笑いしている姿が脳裏に浮かんだ。

「ちょっと待って、ハリィ。聞いてみるわ」

タエコの声が消えた。替わって保留音が聞こえてきた。電子音が奏でるメロディは「胡桃割り人形」だった。ハリィはメロディに耳を傾けながら腕時計に目をやった。秒針が三周したところでメロディが消えた。

「なんの用だ？」

明《あきら》の不機嫌な声が聞こえてきた。日本語だった。

「上流社会の白人たちの悪巧みの結果を知りたくてね」

ハリィは日本語で答えた。

「後にしろ」

「今日はスケジュールが詰まってるんだ。今しか時間がとれない」

「わたしは——」

「ぼくの将来がかかってるんだ。多少のことには目をつぶってくれてもいいだろう？」明の声を遮ってハリィはいった。「殺されそうになったのはあなたの息子で、あなたはその事実を自分のビジネスに結びつけようとしている悪い父親だ。だから、あなたはぼくのために時間を割くべきだと思う」

唸り声が聞こえた。

「電話を切ってもいいけど、その場合、ぼくは例の悪徳警官を逮捕しにいくよ」

はったり――効いた。唸り声がやんだ。

「居場所を突き止めたのか？」

「部外秘だよ。それぐらいのことはわかるだろう？」

また唸り声――さっきよりは上品に響いた。

「なにが知りたいんだ？」

「あなたとあなたの仲間のクソ白人たちがあの中国人とどんな取引きをしたのかが知りたい」

「クソ白人だと？　ジムはおまえの義理の父親になる人間だぞ」

「でも、クソが詰まってる。白人のクソは臭いっていうのは、ぼくじゃなくてあなたの口癖だった。たぶん、今じゃぼくやあなたのクソも相当に臭くなってるとは思うけど」

「そんなことを連中の前で口にしてみろ」

「いわないよ。口が裂けてもね。ぼくたちはバナナになることを選んだんだから」

バナナ――表面は黄色で中身は白。白人にすり寄る黄色人種を馬鹿にした言葉。

「この国で成功するには仕方のないことなんだ」

「中国人はそうしなくても成功しているよ。鄭奎《ヂェンフィ》なんか、白人に戦いを挑んでいる」

「あいつらは別だ」明は吐き捨てるようにいった。「あいつらは別なんだ」

「どうでもいいよ。会議の最中なんだろ？　無駄話をしている暇はないよ」

また唸り声――すぐにやんだ。

「我々は鄭奎に取引きを申し出た」

「選挙から降りろ、さもなくば、おまえはクソにまみれることになる」

「おまえに日本語を教えたのは間違いだったかもしれんな」

「無駄話はしないっていわなかったかい？」

「……そう。おまえのいったような取引きだ」

「先方の返事は？」

「保留だ。しばらく時間をよこせといってきた」

ハリィは目を細めた。

「時間稼ぎをして、その間に呉達龍の口を封じるつもりだね」

「無駄な足掻《あが》きだ。おまえを撃った警官の口を塞いでも、鄭奎がその警官を雇ってやらせた悪事の証拠はおまえたちCLEUが摑んでいる」

「じゃあ、あなたたちは楽観しているんだ」

「そうだ。いずれ、鄭奎は降参する。今手を引けば政治的敗北を喫するだけですむ。悪あがきをすれば、経済的にも多大な損失を被ることになる」

「中国人をなめない方がいいよ。あいつらは追い詰められたらなにをするかわからない」

「たとえば、なにをするというんだ？」

明の声は落ちついていた。唸り声を発することもなくなっていた。

「たとえば……」ハリィは細めていた目を開いた。「ぼくやグリーンヒルを買収する。彼は大金持ちだ。たぶん、あなたやジムよりキャッシュを持っている」

苦笑が聞こえた。

「おまえはそんなことはしない」

「わからないよ。ぼくの身体にはあなたの血が流れてるんだから」

やんだはずの唸り声がまた聞こえた。

「あるいは――」唸り声を無視してハリィは続けた。

「ジムやあなたを殺す」


唸り声がやんだ。

「馬鹿なことをいうな」

明がいった。馬鹿なことだとは思っていない口調だった。

＊　＊　＊

もう一件の電話――東京へ。富永脩《とみながおさむ》元巡査部長を知っている人間と話がしたい。

たらい回し――十五分以上の時間を費やして、やっと目当ての人間が捕まる。相手は久保《くぼ》と名乗った。

「カナダの警官が、富永のなにを知りたいっていうんだ？」

「ある事件に関する情報で、彼と取引きをすることになっているんです。それで、彼が信用できる人間かどうか知りたくて」

「あいつ、カナダにいるのか？　香港あたりに逃げたっていう噂は聞いてたがな」

「逃げた？」

「あいつはな、ろくでもない女たらしのデバガメだ。信用なんかしないほうがいいぜ」

女たらし――意味はわかった。デバガメ――途方に暮れる。

「デバガメというのはどういう意味ですか？」

「あんた、日本人じゃないのか？」

「日系のカナダ人です」

溜め息が聞こえてくる。

「覗きって言葉はわかるか？　デバガメってのはな、その覗きが大好きなやつのことをいうのさ」

「富永はなにを覗いていたんですか？　そのせいで逃げることになったんですか？」

自分の日本語がもどかしい。

「なんでもかんでも覗き見するのがあいつの癖だったよ。毎晩、遅くまで署に残って、自分とは関係のない事件の書類に目を通してやがった。事件とは無関係とわかった人間でも、時間がありゃ、尾行したりもしてた。要するに病気なんだよ。刑事より公安にいってりゃよかったタイプのデカさ」

デカ——意味不明の言葉。だが、久保のいわんとしていることは理解できた。窃視症——人の秘密を暴き、知ることに中毒した憐れな警官。

「彼が香港に逃げたことと警察を辞めたことには関係があるんですか？」

「その辺のことは、あまり話したくないんだ。内輪の話だし、聞いて楽しくなるような話でもない」

「だれにも話しませんせん。ぼくの胸にだけしまっておきます。約束しますよ、久保さん」

「あんた、変な日本語を知ってるな……一度しかいわないから、よく聞きなよ。後で、あんたが富永の話をおれから聞いたとだれかにいいふらしても、おれは知らないといい張るからな」

「教えてください」

「富永はやくざの女に手を出した。女はシャブ中だった。富永もシャブ中になった。そのせいかどうかは知らんが、デバガメ行為に拍車がかかった。毎日、女の情夫のやくざの動向を監視するようになったんだ。やりすぎて、相手にばれた。女は殺されて、富永は香港に逃げた。以上。もう、話すことはなにもない」

電話が切れる。無機質な音だけが鼓膜を顫わせる。

シャブ中——記憶をかき分ける。覚醒剤中毒者を指す日本語だということに思い至る。

ハリィは溜め息を漏らした。

＊　＊　＊

猟犬の一匹から連絡が入った。

「ケヴィン・マドックスが署を出ました」

ハリィは時計を見た。パットとの約束まで時間が空いていた。

「そっちに向かうから、ぼくの携帯に十分ごとに連絡を入れてくれ」

ハリィはCLEUを出た。車でダウンタウンに向かった。

十分ごとの携帯電話――ケヴィン・マドックスはダウンタウンをうろうろしていた。チャイナタウンを行ったり来たりしていた。

呉達龍を捜している――間違いなさそうだった。

三十分でダウンタウンに到着した。車を降り、猟犬と合流した。猟犬は二匹。ひとりは白人。もうひとりは白人と黒人のハーフ。ヴァンクーヴァーでは珍しい取り合わせだった。

ハリィは猟犬たちの車の後部座席に乗りこんだ。助手席に座っていたハーフの猟犬が前方を指差した。

「あの車です」

薄汚れたフォードのセダン。色はグレイ。運転席にケヴィン・マドックスが座っていた。汚れたガラス越しにも金髪が映えていた。ケヴィンはチャイナタウンをゆっくり流していた。忙しく視線を動かしていた。呉達龍を捜している。

「呉達龍の携帯電話はどうなっている?」

ハリィは猟犬に訊ねた。

「呉達龍名義で登録されている携帯電話はありません」

白い猟犬が答えた。

「ただし、ターゲットが携帯電話を使用しています。たぶん、もぐりの携帯電話を使用しているんです」褐色の猟犬が言葉を続けた。「典型的な悪徳警官ですね。たぶん、マフィアの連中から貰いうけた電話なんでしょう。目下、その携帯の番号を調査中です」

ブレーキランプが光った。ケヴィン・マドックスが車をとめた。窓が開いた。ケヴィンは通行人に声をかけようとして口を開いた。声は発せられなかった。ケヴィンは口を閉じた。窓を閉じた。歩道を行く中国人たち――呉達龍に似た男がいた。それだけのことだった。

「あの車に盗聴器は取りつけてないのか?」

「ブリーフィングで巡査部長があいつに盗聴器を仕掛けて発見されたことを聞きました。まだ、用心していると思われますので、盗聴器はしかけていません」

褐色の猟犬が答えた。ハリィは舌打ちをこらえた。

マドックスの車は停車したままだった。白い猟犬はマドックスの車を追い越した。ハリィはマドックスの様子を盗み見た。マドックスは蒼醒めた顔をしていた。携帯電話を耳に当てていた。

「だれに電話してるんでしょうね?」

白い猟犬がいった。

「呉達龍だ」ハリィは答えた。「決まってるじゃないか」

白い猟犬はスピードを殺して車を運転した。バックミラーに、マドックスが携帯電話に向かって唾を飛ばしているのが映った。

マドックスの車に駆け寄りたかった。マドックスの首を絞めあげてやりたかった。呉達龍の顔面に銃弾を叩きこんでやりたかった。

ハリィはバックミラーから視線を外した。どうして自分はこうなのか――苦いものが込み上げてきた。

＊　＊　＊

パットはスーツを着てきた。二年前のボーナスで買ったミッドナイトブルーのアルマーニ。シャツは黒、ネクタイはなし。胸もとに覗くゴールドのチェーン。左手首には金のロレックス――おそらくフェイク。髪の毛は油で固めたオールバック。

黒社会《ハクセイウィ》のユニフォーム。

だれも眉をしかめなかった。隣の人間を肘で突いて囁く人間もいなかった。アップタウンの高級レストラン。勘定さえきっちり済ませれば文句をいわれることはない。白人ども――客もウェイターも心の中で蔑むだけで表情に出すことはない。それがアッパークラスの流儀というものだった。

「どうしたんだ、その恰好は？」

ハリィは英語で訊いた。パットは気取った仕種で席に就いた。顔に張りついた笑み――不自然だった。

「飯を食い終わったら、トロントに向かう」

パットはいった――英語で。

「白粉《バイフェン》を運ぶのか？」

ハリィは北京語に切り替えた。

「運んでくるんだよ。二十キロをひとりで運ぶ。護衛もなしだ。あんまり愉快なんで、トロントに行くのはやめてニューヨーク辺りに逃げたくなってきたよ」

パットも北京語でいった。

「だいじょうぶなのか？」

「わからんよ。だれかが黒社会の白粉を狙ってる。だれかが情報を漏らしてる。だが、肝腎なことがわからない」

「だれかがわからない」

パットはうなずいた。

「もし、今回の件が漏れていれば、狙われるだろうな。行きは大金を、帰りは二十キロの白粉をひとりで運ぶんだから」

「向こうの警察に連絡を入れて、君が白粉を受け取る現場に踏み込ませようか？」

「それについちゃ、何度も考えたがな」パットはゆっくり首を振った。「やめておくよ。こいつをうまくやれば、出世できることになってる。そうなれば、もっと情報を引きだせる。ここが正念場なんだ」

「囮捜査はもう懲り懲りじゃなかったのかい？」

「懲り懲りさ。だけど、やるしかないじゃないか」

ウェイターがやってきた。

「お飲み物はいかがいたしましょう？」

「シェリィを」

パットがいった。

「ぼくは、ガス無しのミネラルウォーターをもらおう」

「飲まないのか？」

パットの眉が吊りあがった。

「この後、職場に戻ることになってるんだ」

「グリーンヒルの御機嫌伺いか？」

「あんなやつ、くそ喰らえだ」

ウェイターが去っていった。

「おれは飲まなきゃやってられない」

パットはウェイターの後ろ姿を見つめていた。

「武器は持ってるのか？」

パットはうなずいた。アルマーニのジャケットを開いてみせた。ショルダーホルスターに差しこまれたオートマティックの台尻が見えた。今時の警官はウェストホルスターしか使わない。ショルダーホルスターは潜入捜査官の専用備品だった。

「聞きたいことがあるんだ、パット」

「なんだ？」

「君が潜入している組織はどこだ？」

ハリィはいった。今まで、パットの仕事について突っ込んだ質問をしたことはなかった。それがルールだった。

「おれが死んだら復讐でもしてくれるつもりか？」

「まじめな話だよ、パット」

「陳小山《チエンシヤオシヤン》の組織だ」

パットはいった。北京語に訛りが生じていた。巻き舌を使わない北京語。大陸の南方の中国人は、巻き舌を使うのが上手ではなかった。パットが使ったのは台湾の北京語だった。

陳小山。台湾系黒社会のボス。林夕《リンシー》ではなかった。

「林夕の一味がでかい取引きを企んでいるという噂を耳にしたんだ。なにか聞いてないかい？」

パットは煙草をくわえた。ライターを取りだした。ライターは金無垢のデュポンだった。ハリィは慌ててパットをとめた。

「パット、ここはリッチモンドのチャイナレストランじゃないんだぞ」

「ああ、すまん。うっかりしてたよ」

ブリティッシュ・コロンビア州は公共の場所での喫煙を法律で禁じていた。ヴァンクーヴァーのチャイナタウンでも煙草を吸わせる店はまれだった。リッチモンドやバーナビィの中華レストランだけはその限りではなかった。

「近ごろじゃ、どこに行ってもそんな話で持ちきりだ。ヴァンクーヴァーは白粉に飢えているからな」

「ガセネタかな？」

パットは煙草をパッケージに戻した。

「いいや。ありえる話だといってるんだ。どうせ、アメリカのマフィアとの間の取引きだろうが、いま、大量にブツを仕入れることができれば、そいつはしばらくヴァンクーヴァーで甘い汁を吸うことができるからな」

「売り手市場だからだね」

「そうだ。林夕に限らず、大立て者ならだれだってでかい取引きを望んでるはずだ。だから、おれがトロントに行くはめになってる」

「いつトロントから戻ってくる？」

「殺されなければ、明後日の夜だな。白粉《パーファン》を陳小山に届けてお役御免だ」

ウェイターが戻ってきた。シェリィの入った小振りのグラスとミネラルウォーターのボトルとグラス。

「お食事の方はコースでよろしいのでしょうか？」

グラスに水を注ぎながらウェイターがいった。ハリィはパットに視線を向けた。パットがうなずいた。

「ああ、それでかまわない。メインはふたりとも肉にしてくれるかい？　それと、ワインはシャトー・ラトゥールを。年代は君に任せる」

ウェイターは恭しく頭を下げた。去っていった。

「その後は？」

ハリィはパットに訊いた。

「なんの後だ？」

「お役御免の後」

「なにもない。旧正月にも休ませてもらえなかったんだ。のんびりするさ」

「頼みがある」

パットは眉間に皺を寄せた。

「だと思ったよ。シャトー・ラトゥールだって？　いくらするワインだ？」

ハリィは首を振った。

「おまえは飲まないつもりなんだろう？」

ハリィはうなずいた。

「おれになにをやらせたいんだ」

トロントに行くのはやめろ——今夜はぼくと一緒にいてくれ。言葉が頭の中を駆け回った。ハリィは口を開いた。口から出てきたのは違う言葉だった。

「李少芳《レイシウフォン》を捜すのを手伝ってもらいたいんだ」

「どういうことだ？」

パットはグラスを傾けた。一息でシェリィを飲み干した。

富永脩との取引きの内容をハリィは話した。ジェイムズ・ヘスワースたちのことは話さなかった。パットに軽蔑されたくなかった。パットは口を挟まなかった。話の内容を吟味するように目を細めていた。ハリィの話が終わると、パットはゆっくり口を開いた。

「その日本人は信用できるのか？」

ハリィは首を振った。

「毒蛇の方がまだましだ。だけど、ぼくには保険が必要なんだ。このまま呉達龍を野放しにしておけば、また命を狙われるかもしれない」

「そうだな……」パットは空になったシェリィのグラスにミネラルウォーターを注いだ。「おまえが死んだら、目も当てられない。おれは死ぬまでこのくそみたいな仕事を続ける羽目になる」

「やってくれるかい？」

パットは答えなかった。ミネラルウォーターに口をつけた。

「グリーンヒルとエドマンド・スミスの了解は取りつけてあるんだ」

「相変わらず抜け目がないな、ハリィ」

「それだけがぼくの取り柄だよ、パット」

パットは微笑んだ。

「いいだろう。林夕の話を聞いたおかげで、リッチモンドをうろつく理由もできたしな」

「陳小山の耳に入れるつもりかい？」

「ああ。トロントあたりで噂を耳にしたといえば、あの疑い深いやつも焦るだろうからな。リッチモンドに探りを入れてくるといえば、喜ぶだろう」

「取引きをぶち壊しにされたくはない。林夕の組織を一網打尽にしたいんだ」

「うまくやるさ」

パットの微笑みは消えなかった。

ウェイターが戻ってきた。ウェイターはワゴンを押していた。ワゴンの上にはバスケットに入ったボトルにワイングラス、デキャンタと燭台が載っていた。

「八九年のものを用意させていただきましたが」

ウェイターがいった。ハリィはうなずいた。

「それでは、デキャンタに移しますので、もうしばらくお待ちください」

ウェイターはワゴンの上でボトルを開けはじめた。

「八年も前のワインかよ……いくらするんだ？」

ウェイターの作業を見つめながらパットがいった。

「五百ドルはくだらないな」

ハリィは答えた。パットは口笛を吹いた。

「そんなワインをおれが独り占めしてもいいのか？」

「ぼくも一杯はもらうよ」

「一杯ぐらいじゃ、おれが全部飲むのと変わりないぜ」

「君がトロントから無事戻ってくるなら、それでかまわないさ」

ハリィはいった。声が顫えていた。パットは優しく微笑んだ。パットが視線をハリィの顔に移した。パットが視線をハリィの顔に移した。テーブルの上に置いたままのハリィの右手を軽く叩いた。

「安心しろよ、相棒。おれはな、おまえがこのくそったれな街で初めて、黄色人種で警察トップになるのをこの目で見てやるつもりなんだ。それまでは、死ぬつもりはないさ」

パットの微笑み——優しく、切ない。ハリィはパットを抱きしめたかった。できなかった。どうして自分はこうなのか——ワインを飲み干しても苦い思いは消えなかった。

「うまいじゃないか」

パットがいった。喉をくだっていったワインの味——感じられなかった。

「この値段でまずかったら、それこそ詐欺だよ」

「まったくだな……ひとつ、訊いていいか？」

「なんだい？」

「おれはおまえのことが気に入ってる。頭は切れるし、物腰も柔らかい。いい警官だと思ってる。だが、そう思ってるのはおれだけだ。大抵のやつはおまえを嫌ってる。おまえを出世の亡者だと思ってる」

ハリィはうなずいた。局内での自分の評判は知っていた。それで傷つくことはなかった。他人からどう思われようとかまわなかった。パットに嫌われさえしなければそれでよかった。

「ときどき、同僚と酒を飲む。おまえの話になる。連中はいうんだ。なんであんなやつとつるんでるんだってな。おれは反論できない。おまえが出世に取り憑かれてることは事実だからだ」

「迷惑をかけるね」

「かまわんよ。出世することが悪いことだとは思わないし、さっきいったように、おまえが黄色人種初の警察トップになるのを見たいからな……ただ、知りたいんだよ、ハリィ」

「だから、なにを？」

「どうして出世のことになると、おまえの目の色は変わるんだ？」

ウェイターが料理を運んできた。空になったグラスにワインを注ぎ足した。ハリィは目を閉じた。ワインの香りが鼻をついた。その香りはすぐに薔薇《ばら》の香りに変わった。

薔薇の繁る庭――ノース・ヴァンクーヴァー。二十年も前に嗅いだ香り。

記憶が奔流のようによみがえった。

「子供のころ、両親に連れられてノース・ヴァンクーヴァーに行ったことがある」

ハリィは目を閉じたまいった。

「二十年前っていったら、おれたちみたいな黄色はあの地域には入れてもらえなかったんじゃないか？」

「そうだよ。でも、ぼくらは行ったんだ」

ノース・ヴァンクーヴァー。金を持った白人たちの楽園。白人以外は入れなかった。そういう法律があった。自由の国カナダ――人種差別がまかり通っていた。法律が撤廃されたのはつい最近のできごとだった。

「その頃、父のビジネスは軌道に乗りはじめていた。今ほど儲けていたわけじゃないけど、注目されはじめていた。それで、招かれたんだよ、得意先の社長が自宅で開いたバーベキューパーティに」

白亜の豪邸――招かれた家を指差して明は日本語でいった。意味を尋ねると、英語で教えてくれた。だだっ広い庭に咲き乱れる薔薇。子供心に畏怖の念を覚えた。

「白人以外は入れないといっても、警官が見回りしているわけじゃないからね……ぼくらを招待してくれた人はリベラルな思想の持ち主だったんじゃないかな。とにかく、ぼくらはパーティに参加した」

「なるほどね」

ハリィは目を開けた。ウェイターはいなくなっていた。オードブルの載った皿。満たされたワイングラス。ハリィはグラスに手を伸ばした。ワインの香りを嗅いだ。鼻の奥に染みついた薔薇の香りは消えなかった。

「パーティは盛況だったよ。参加した連中は、ぼくらを除いてみんな白人だった。薔薇が咲く庭で、肉と野菜を焼いて、ワインを飲んで……ぼくらは庭の隅にいた。家主がリベラルだったとしても、客がそうだとは限らないからね。実際、ぼくらを白い目で見る連中が多かったよ」

「そうだろう。連中は自分たちの体臭がきついことにいつまでたっても気づかないからな」

ハリィは微笑んだ。

「バーベキューは美味しかったけど、そのうちぼくは退屈になった。それで、冒険に出かけた」

「冒険？」

「その家の庭を抜けだして、近所を歩き回ったんだ。その頃、ぼくらはダウンタウンのパウエル・ストリートに住んでたからね、豪邸が建ち並ぶ街並みは、ゴージャスなジャングルに思えたよ」

「パウエル・ストリート？　その頃は日本人だらけだったってのは本当か？」

ハリィはうなずいた。今は見る影もない荒涼として犯罪の多い通りだが、昔は日本人街として栄えていた。

「いろんな家の庭を覗いてまわったよ。楽しかったな。いつか、ぼくたち家族もこんな家に住めるだろうかと空想するのも楽しかった。楽しすぎて、ドジを踏んだんだ」

「なにをやった？」

「ある家の庭を覗いていて、そこの使用人に見つかったのさ。年老いた白人だったな。庭木の手入れをしていたから、大きな鋏《はさみ》を持ってた。それを振りかざして追いかけてくるんだ」

パットがやる瀬ないというように首を振った。この物語の落ち着く先が見えたという表情だった。

「追いつかれて、殴られた。問答無用だったよ。このイエロウモンキィがこんなところでなにをしてやがる、なにを盗む気だったたってね。さんざん殴られて、ぼくは地元の警察に突きだされた。馬鹿げた話だけど、当時は確かに法律違反だったんだ」

年老いた老白人の顔、警官たちの顔——明確に覚えていた。忘れられるはずがなかった。蔑みとサディズムの入り交じった表情。彼らはハリィを詰った。子供だからといって容赦することもなかった。子供だろうが大人だろうが、黄色い猿は黄色い猿にすぎなかった。

「ぼくは招待されてこの街に来たんだといったけど、だれも信じてくれなかったよ。イエロウモンキィは子供の時からたちの悪い嘘つきだって雰囲気でね。結局、事情がわかって家に帰ることができたのは次の日の夜だった。ぼくはまだ八歳だったのに、留置場に一晩叩き込まれたってわけさ」

「とんでもねえやつらだな。いま、そんなことをしたら人権問題で大変なことになるぞ」

「昔の話だよ、パット。あの頃は、ぼくら黄色人種に人権はなかったんだ。みんな、人種差別の件ではアメリカを非難するけど、この国もよっぽど酷かったよ」

「それで？」

パットはうなずきながら先を促した。

「留置場で考えた。どうしてこんなことになったんだろうってね。子供だからたいしたことは考えつかなかったけど、それでも結論は出した」

「想像がつくよ。大人になったら、偉い人間になってくそったれの白人どもを見返してやるんだ……そういうことだろう？」

ハリィは曖昧にうなずいた。パットは間違っていた。だが、その間違いを正す気にはなれなかった。

パットはグラスを掲げた。

「おまえを留置場に叩きこんだくそったれの白人警官どもに乾杯しようぜ。おかげで、おれは頼りになる相棒を手に入れることができたんだ」

ハリィは自分のグラスをパットのグラスにあわせた。ワインを飲んだ。相変わらず、味を感じることはできなかった。

「食おうぜ、ハリィ。せっかくの料理だ」

パットはフォークとナイフを手に取った。ハリィはワインの香りを嗅いだ。

ワインは薔薇の香りを消すことができなかった。留置場の埃っぽい匂いを消すこともできなかった。

留置場。当時のノース・ヴァンクーヴァーに犯罪者はほとんどいなかった。留置場はほとんど空だった。話しかけてくる人間はいなかった。話を聞いてくれる人間もいなかった。だから、考えた。

パットのいうように、白人を見返してやろうとは思わなかった。イエロウモンキィとして生まれた人間は死ぬまでイエロウモンキィなのだと思った。カナダは白人の国だった。そこでイエロウモンキィがどれだけ頑張っても、白人の一員にはなれないのだと思った。

ならば——白人に取り入ろう。あの頃は明を尊敬していた。明のようにしようと思った。

なぜ白人を見返してやろうと思わなかったのか。二十年の間に、何度も考えた。だが、わからなかった。

スーツの内ポケットで携帯電話が振動しはじめた。

「ちょっと失礼」

ハリィは席を立った。店の外で電話に出た。

「加藤巡査部長ですか？」

「そうだが？」

「内務課のカウフマンといいますが、呉達龍の家で、不審人物の身柄を拘束しました。その人物は何者かに襲われた模様でして、意識を失っていました」

「なんの話をしてるんだ？」

「その人物は拳銃を携帯していました。とりあえず、病院に収容しまして、さきほど意識を取り戻しました」

「だから、なんの話をしてるんだ？　その不審人物を捕まえたのはいつの話だ？」

「今日の夕方です」

「どうして今まで連絡がなかった？」

ハリィはいった。ほとんど怒鳴るような声だった。

「申し訳ありません……グリーンヒル警部が不在だったもので」

「いい訳にならないだろう。それで、その不審人物の身元は？」

「富永脩と名乗っています。日本人だと」

　ハリィは携帯電話を取り落としそうになった。

「富永脩は加藤巡査部長との面会を要求しています。どうしますか？」

「すぐに行く。どの病院だ？」

「ジェネラル・ホスピタル。外科病棟の４０３号室です」

　ハリィは電話を切った。

33

　広州《ゴンヂャウ》に電話が繋がった。

「まずいことになったぞ、サム」

　楊《ヨン》がいった。

「どういうことだ？」

「袁武《ユンモウ》が乗りだしてきたんだ」

　記憶をまさぐる。袁武――覚えがなかった。

「だれだそいつは？」

「公安だよ。広州じゃあいつに逆らうやつはいない。おれも含めてだ。たぶん、ガキの親が袁武に泣きついたんだ」

　歯ぎしりしそうになる――富永脩《とみながおさむ》は懸命にこらえた。

「もうガキどもは手放したのか？」

「まだだ」楊の声は涼しげだった。「おれにも面子があるからな。簡単に手をひっこめるわけにはいかない。金でかたをつけることにしたよ。おまえには悪いがな」

「いくらだ？」

　楊の声に神経がささくれ立っていく。楊はもったいぶって話している。だが、実際のところはより金になる方に転んだというだけのことだった。

「アメリカドルで十万だ」

　楊はいった。思わず口笛を吹きそうになった。焦りが消えた。十万ドルという大金を呉達龍《ンダツロン》がすぐに調達できるとは思えなかった。

「その金は、袁武というやつが用意するのか？」

「それはないだろう。ガキの親が用意するんだ。おれはその金でガキどもを逃がしてやる。袁武は親から別に礼金をもらう。そういう仕組みだよ」

　金――ヘロイン。呉達龍は隠匿したヘロインをすぐにでも売りさばかなければならないということだった。

「できるだけ引き延ばしてくれるか、楊大哥《ダーイコー》」

「おれのことは楊先生《シンサン》と呼べ」

「頼むよ、楊先生」

「袁武を怒らせるのは馬鹿のすることだが、李耀明《レイイウミン》を怒らせるのはもっと馬鹿のすることだ。なんとかやってみよう」

電話が切れた。

「くそっ!!」

富永は切れた電話に向かって毒づいた。

＊　＊　＊

マックがチンピラたちに動員をかけた。李少芳《レイシウフォン》を捜せといえば角が立つ。李耀明と李少芳の体面に傷がつく。だが、呉達龍を捜せというのなら問題はなかった。だれもが嫌っている悪徳警官も年貢の納め時だと思われるだけだった。

鄭奎《チェンフイ》の態度を思いだす。鄭奎は平然としていた。焦りも動揺も感じられなかった。鄭奎は呉達龍を恐れてはいなかった。ジェイムズ・ヘスワースの脅しに参っているわけでもなかった。

鄭奎は殺し屋を差し向けている。殺し屋の標的は呉達龍。あるいは、ジェイムズ・ヘスワース。前者の方の確率が高い。呉達龍が死んでもどうということはなかった。呉達龍が持っているヘロインの行方がわからなくなるのは問題だった。

鄭奎の殺し屋より先に呉達龍を見つけ出さなければならなかった。

「呉達龍の家を知っているか？」

阿寶《アボー》に訊いた。阿寶は首を振った。

「すぐに訊いてみますよ」

阿寶は携帯をかけた。広東語のやり取り——電話が切れる。

「わかりました。割りと近くですけど、もう、仲間が家捜しした後だそうです。もぬけの殻になってたそうですけど」

どうする？——行け。覗き見野郎が即答する。行け、行って、あのくそったれの秘密を暴け。

「行ってくれ」

阿寶がハンドルを切った。富永は携帯で電話をかけた。

「ハロー？」

劉燕玲《ラウインレン》はすぐに出た。待ちわびていたような声だった。

「おれだ」

富永は広東語でいった。

「どうなったの？」

広東語が返ってくる。

「なんとか婆あを説得して家を出ろ」

「そんな……あなたがなんとかしてくれるといったじゃない」

「だめになった。おまえがなんとかするんだ」

「無理よ」

「香港の悪党がどんなに酷いか、おまえも知ってるだろう？　次は盗聴器をしかけられるだけじゃすまないぞ。おまえは犯される。婆あは殺される。それだけならまだましだ。あいつは子供を殺してもなんとも思わない」

「やめてよ!!」

金切り声——思わず携帯を耳から離した。

「いやだったら、なんとかするんだ。おまえは元女優だろう。頭のぼけた婆あひとりをごまかすぐらい、なんとでもなるだろう」

元女優——頭の隅でなにかが動きだす。

「本当に家を出なきゃだめかしら？」

一転して囁くような声——情緒不安定なヘロイン中毒者。

「おれがあいつをなんとかする。それまでの間だ」

「わたし、女優の才能がなかったのよ。だから、こんなところにいて、こんな酷い目に遭ってるの。義母を騙すことなんかできないわ。疑り深い人なのよ」

「ヘロインを使え。そうすればリラックスできる」

白い粉がほんの少しあれば、だれだって名優に変身できる。量を間違えなければ。

「なんとかしてみるけど……白粉《パーファン》も少なくなってきてるわ」

「すぐに調達してやるさ」

「お願いよ——」

富永は電話を切った。運転席に顔を向けた。

「呉達龍は携帯電話を持ってるはずだろう？　だれか、電話をかけてみたのか？」

「さあ……」

「確かめろ。番号も調べるんだ」

阿寶は携帯電話を使った。富永は窓の外に視線を移した。チャイナタウン——歩道に人がひしめいていた。車の先には中山公園。孫文を記念してこの名をつけられた公園は世界中のいたるところにあった。だれも中国人をとめることはできない。中国人は世界中に散らばっていく。

「サム哥《コー》——」阿寶の声。「だれも知らないそうです」

「あいつは携帯を持ってないのか？」

「持ってるらしいんですが、だれも番号を知らないんです。呉達龍に情報を売ってる密告屋の話だと、携帯の番号を訊いても教えてくれなかったそうです。連絡は必ず呉達龍の方からあって、密告屋から連絡することはできなかったらしいです」

用心深いのか、ただの面倒くさがり屋なのか。

「そうか」

富永はいった。シートに背中を預けた。目を閉じた。

「呉達龍の家についたら起こしてくれ」

＊　＊　＊

オンタリオ・ストリートは狭い道だった。道路をもう一つ越えた先がメイン・ストリート——中流階級の住宅街。

「サツが張り込んでますよ」

阿寶がいった。目で前方を示した。四つ辻の角に黒い車がとまっていた。

「間違いないか？」

「勘ですけどね、確かですよ。どうします？」

富永は携帯電話を手にした。電話をかけようとして、やめた。ハロルド加藤に頼めば、問題なく呉達龍の家に立ち入ることができる。だが——手の内をすべてさらす必要はない。

「呉達龍の家はどれだ？」

「あれです」

阿寶は目立たないように指差した。四つ辻のさらに先——古ぼけた一軒家。呉達龍はアパートに住んでいるものだと漠然と思っていた。一軒家は呉達龍にはそぐわなかった。だが、それをいうなら、ヴァンクーヴァーそのものが呉達龍にはそぐわなかった。

「あいつらの気を引いてもらいたいんだが、できるか？」

富永は訊いた。視界の隅で阿寶がうなずいた。

「ちょろいもんですよ」

「とりあえず、表通りに出よう。おれはそこで降りる」

車が動きだした。四つ辻を通りすぎて次の路地を左折した。黒い車は動かなかった。疑念は湧いているはずだった。

メイン・ストリートに出たところで、阿寶が車をとめた。富永は腕時計を覗いた。

「十分後にはじめてくれ。後は、おれの家で落ち合おう」

「わかりました」

富永は車を降りた。小雨が降っていた。冷たい風——足元から体温が奪われる。阿寶は走り去った。メイン・ストリートをしばらく歩いてから路地に入った。ケベック・ストリートを越えてオンタリオ・ストリートへ。髪の毛が雨に濡れて額にへばりついてきた。ゆっくりした足取りで呉達龍の家に向かった。

何度も腕時計を覗き見る——徐々に家が近づいてくる。黒い車が視界の中で大きくなっていく。

銃声がした——二発。富永は振り返った。雨にけぶった道。なにも見えなかった。視線を前方に戻す。黒い車のエンジンが咳込んでいた。窓が開き、茶色い髪の白人が車の屋根に赤色灯を乗せた。車が走りだす。乗っていた警官は富永には目もくれなかった。

車が視界から消えた。富永は走りだした。行け、あのくそ野郎の秘密を暴け——覗き見野郎ががなりたてる。呉達龍の家——木製の通用口を飛び越える。狭い庭——手入れはされていない。駆け抜ける。家の入口——ドアに鍵。身体ごとぶつかった。拍子抜けするほどあっさりドアが開いた。

キッチンとダイニング、それにベッドルームがふたつ。片方のベッドルームは物置のようになっていた。床にいろんなものが散らばっていた。足の踏み場がないほどだった。

冷蔵庫を開けた。キッチンの収納棚をあけた。ダイニングのチェストをすべて開いた。

なにもなかった。ヘロインはなかった。くだらない物が収納されているだけだった。

ベッドルーム——しわくちゃのシーツに覆われたベッド。その脇にサイドボード。抽斗はすべて開けっぱなしになっていた。床に写真立てが落ちていた。富永は写真立てを拾った。ガラスが割れていた。写真にはひとりの男とふたりの子供が写っていた。男は呉達龍。子供は五、六歳の少女と三歳ぐらいの少年。呉達龍は照れ臭そうに笑っていた。眩しげに目を細めていた。

富永は割れた写真立てをサイドボードの上に置いた。部屋の中を見渡した。なにもなかった。

そんなはずはない——覗き見野郎が喚く。

ベッドルームを出る——足が凍りついた。左手に影。影が飛びかかってきた。視界が恐怖で塗り潰されていく。富永は両手を前に突きだした——間に合わなかった。なにか堅い物が脳天を直撃した。目の前が暗くなった。

34

受信機から流れ出るノイズ——声。

日本鬼《ヤップンクワイ》は広州《ゴンヂャウ》に電話をかけた。相手は楊《ヨン》。日本鬼は子供たちの話をした。金の話をした。袁武《ユンモウ》の名前を口にした。間違いなかった。

日本鬼は劉燕玲《ラウインレン》に電話した。家を出ろといった。おまえは女優だろうといった。呉達龍《ンダッツロン》はとち狂っているといった。

日本鬼は間違ってはいない。

日本鬼は阿寶《アボー》に呉達龍の家の場所を訊いた。呉達龍の携帯電話の番号を訊いた。番号はわからなかった。

呉達龍はほくそ笑んだ。

日本鬼は呉達龍の家に向かった。CLEUの犬が張り込んでいた。日本鬼はいったん、呉達龍の家を離れた。メイン・ストリートで車を降りた。ぶらぶらと歩きはじめた。

目的はわかっていた。

呉達龍は路肩に車を停めた。車を降りた。富永とは反対の方に歩きだした。

「思い知らせてやるぞ、日本鬼め」

歯を剝いて呟いた。

＊　＊　＊

遠くで銃声がした——二発。思っていたよりも早かった。CLEUの犬どもが餌に釣られて走り去った。富永が家に侵入した。

呉達龍は待った——五分が限界だった。

ドアは鍵が壊されていた。ダイニングで人が動き回る気配がした。バスルーム——ドアノブにがたがきている。ドアは音もなく開く。呉達龍はバスルームに身体を滑り込ませた。明かりがつきっぱなしになっていた。洗面台が荒らされていた。歯ブラシ、歯磨きのチューブ、電気髭剃り、シェイヴィング・ローション——切り裂かれ、割られていた。何もかもが床のタイルの上に散らばっていた。

受信機から流れてきた阿寶の声——仲間が家捜しした後だそうです。黒社会《ハクセイウイ》のクズども——頭に血がのぼる。湧き起こる暴力衝動——歯を食い縛って耐えた。ドアの外、動き回る日本鬼の気配。ベッドルームのドアが開く音がした。

呉達龍はバスルームを出た。銃を抜く。音もなく廊下を進む。ダイニング——バスルームと同じありさま。視界が狭まる。眼球の奥が痛みだす。

銃の撃鉄をゆっくり起こす。乾いた金属音——心臓がとまりそうになる。撃鉄をもとに戻す。日本鬼——まだ、殺すわけにはいかない。くそったれのCLEUと鄭奎《ヂエンフイ》だけで手一杯だった。李耀明《レイイウミン》を怒らせるわけにはいかない。それでも——日本鬼は思い知らなければならない。呉達龍をなめたことの報いを受けなければならない。子供たちへ償いをしなければならない。劉燕玲を脇からさらっていったことへの罰を受けなければならない。

呉達龍は壁際に移動した。背中を壁に押しつけた。右手——一メートル先にベッドルームのドア。富永が出てくるのを待った。

ドアが開く。富永が出てくる。呉達龍は動いた——銃を握った右手を振りあげる。飛びかかる。叩きつける。

小さく呻いて富永がうつぶせに倒れる。馬乗りになる。もう一度、銃の台尻を富永のこめかみに叩きつける。皮膚が裂け、血が流れる。富永は呻かない。目を開けようともしない。富永は気絶していた。

呉達龍は荒い息を吐いた。立ち上がり、富永を見おろす。

「思い知らせてやるぞ、日本鬼め」

呟く。ダイニングを横切る。キッチン——バスルームと同じように荒らされている。床に散らばった調理用具。中華包丁を拾いあげる。幅の広い肉厚の包丁。目の上にかざす。錆が浮いていた。刃はなまくらになっている。

呉達龍は嗤った。

再びダイニングを横切る。富永は気を失ったままだった。爪先を富永の肩口に押し込む。蹴り上げる——富永の身体が仰向けになる。

呉達龍はしゃがんだ。

富永は両手に手袋をはめていた。左手の手袋を外す。小指がなかった。第一関節から先がきれいに欠損している。爪のない短い指——子供のような指。

日本鬼は日本のやくざに詫びを入れるために小指を差しだした。ならば、次は呉達龍に詫びを入れる番だった。

「思い知らせてやるぞ、日本鬼」

呉達龍はもう一度呟いた。富永の右手の手袋を外す。右手の指は五本揃っている。富永の右手首を床に押しつける。富永が意識を回復する様子はなかった。錆の浮いた中華包丁を小指の第一関節に押し当てる。

呉達龍は血走った目を富永の顔に向けた。富永は目を閉じたままだった。

屈み込んだ姿勢のまま、右足を包丁の背に乗せる。

「おれをなめるんじゃねえぞ、日本鬼」

叫ぶようにいう。右足に体重をかける。ごりっという音がする。

富永の目が開いた。口が開いた。絶叫が迸った。血が凍りつくような悲鳴だった。呉達龍は富永を殴った。口許を狙った。歯が手の甲に食い込んだ——痛みは感じなかった。血が凍っていた。

富永の悲鳴が途絶えるまで殴りつづけた。

動かなくなった富永の顔に唾を吐きかけた。腰をあげた。血に塗《まみ》れた包丁が視界に入った。切り落とした指先が転がっていた。芋虫のようだった。

「ざまあみやがれ」

呉達龍は富永の指を靴の踵で踏みつぶした。

35

真綿のようなものにくるまれてふわふわと浮かんでいる——モルヒネが作りだす幻影。覗き見野郎が珍しく優しげな声を出す——指はどうなった？　どうなっているのか教えてくれ。

右手の小指の先を折り曲げる。折り曲がる——神経組織が生みだす幻影。

指の先はない。呉達龍《ンダツロン》に切り取られた。呉達龍は丁寧に切り落とした指先を踏み砕いていった。

あの指をくっつけるのは無理だ——白人の医者がいった。

富永脩《とみながおさむ》は歯ぎしりした。

医者は眠れといった。無理な相談だった。眠れば夢を見る。夢はすぐに悪夢にかわる。左手の小指を詰められたときの恐怖と屈辱。右の小指を失った今、どんな夢を見るというのか。モルヒネがもたらす幻影に翻弄されながら、呉達龍への憎悪を噛み締める。

病室は個室だった。私服の刑事たちが忙しく出入りした。持ち物はすべて取り上げられた。刑事たちは質問を繰り返した。おまえは何者だ？　なぜあそこにいた？　だれがおまえを痛い目に遭わせた？

刑事たちの口調は覗き見野郎とそっくりだった。

富永はハロルド加藤の名を出した。それ以外の質問は黙秘した。

「なにか喋ったらどうなんだ？」

業を煮やした刑事のひとりが叫んだ。

「あいつはこの手で殺してやる」

富永は日本語で呟いた。

＊　＊　＊

モルヒネの効き目が薄くなる——小指の第一関節が疼きはじめる。疼きは憎悪を増幅させた。

廊下が騒がしくなった。ドアが開く。ハロルド加藤の蒼醒めた顔が視界に入った。

「呉達龍か？」

ハロルド加藤は戸口で立ち尽くしたままいった。富永はうなずいた。

「小指を切り落とされたと聞いた」

富永は右手をかざした。包帯が巻かれた手——ハロルド加藤の顔がさらに蒼くなった。

「どうして――」

「腹いせだろう」

「そうじゃない」ハロルド加藤はいらだたしげに首を振った。「なぜ、あいつの家に行ったんだ？」

ヘロイン――口にだすわけにはいかない。

「なにか手がかりがあるんじゃないかと思ってね」

「あそこは我々が徹底的に捜索した」

「おれの方でもやらせたよ」

「それなのに、なぜ？」

「あんたもデカならわかるだろう。自分の目で確かめなきゃ信じられないこともあるんだ」

ハロルド加藤は曖昧に首を振った。ベッドに近寄ってきた。いけ好かないガキだと思っていた。蒼醒めた顔を見ると、奇妙な親近感を覚えた。たぶん、どちらも呉達龍に襲われた経験があるせいだった。

「呉達龍を見たのか？」

ハロルド加藤はベッドの脇に置いてあった椅子に腰をおろした。富永は首を振った。

「不意打ちを喰らったんだ。後ろからいきなり殴られて気を失った。指を切り落とされたときには、あまりの痛さに飛び起きたがね、その後、さんざんに殴られて、また気を失った」

顔や腹部の痛みは気にならなかった。小指の疼き――それがすべてだった。

「なにか気づいたことは？」

「あいつはとち狂ってる。すぐに捕まえて、地獄に叩き落としてやるべきだ」

ヘロイン――奪い取ってやる。ヘロインがなければ、呉達龍は金を作れない。金がなければ、広州《ゴンヂャウ》のガキどもを救うこともできない。金が入らなければ、楊《ヨン》は腹いせにガキどもを殺すだろう。

ヘロイン――呉達龍は必ずどこかに隠匿している。それを奪ってやる。すべてを奪ってやる。償いをさせてやる。

ハロルド加藤が身を乗りだしてきた。細められた目――富永の顔を覗きこんでいる。

「どうした？」

富永は訊いた。

「今にも人を殺しそうな顔をしてるよ」

ハロルド加藤がいった。

「そうさ」富永は絞りだすような声を出した。「あいつを殺してやる。だから、銃を返してくれ」

「無茶をいうなよ」ハロルド加藤は入口の方にちらりと視線を向けた。「連中に、君をぼくの情報提供者だといいくるめるのだけで精一杯だ。他の物はすぐに返却できても、銃は無理だ」

　指先の疼き——ただの苛立ちがたやすく怒りに変わる。ハロルド加藤に対して覚えた親近感も跡形もなく消えた。

「別にあの銃を返さなくても、君はすぐに新しい銃を調達できるはずだ」

　富永はハロルド加藤から視線を外した。包帯が巻かれた右手を凝視した。笑いがこみあげそうになった。銃が手元にあっても、このざまでは握ることすらできない。

「くそっ」富永は日本語で吐き捨てた。「あの野郎、両手両足の指を全部切り落としてやる」

「穏やかじゃないな……気持ちはわかるが」

　ハロルド加藤——日本語。富永は唇を噛んだ。痛みと怒り——理性を抑えこむ。思わず日本語を口にしていた。ハロルド加藤が日本語を理解するのを失念していた。

　落ち着け——自分にいい聞かせる。落ち着け、サム、頭に血がのぼったままじゃなにもできやしない。臆病で卑劣な人間だけが生き延びる。違う。臆病で卑劣で冷徹な人間だけが生き延びる。

「頼みがある」

　富永は英語でいった。

「なんだい？」

「マックに電話してくれ。おれを迎えに来るようにいうんだ」

「マック？」

　ハロルド加藤は首を傾げた。富永は睨みつけた。ハロルド加藤がマックを知らないはずがなかった。知っていてとぼけている——間抜けなのか食わせ者なのか判断をつけづらかった。

「許光亮《ホイグオンリヨン》だ」

「そうか。あいつの英語名はマックだったな。電話をかけるのはかまわないが、ここにいた方がよくはないか？」

「おまえの部下に聞き耳を立てられながら眠るのか？　モルヒネを打たれて？　へろへろにラリってなにを口にするかもわからないのに？」

「ぼくたちは協力していることになってるんじゃないのか？」

「部分的に協力してるだけだ。間違えるなよ、ハリィ。おまえは警官で、おれはマフィアのメンバーだ。敵同士なんだ」

　ハロルド加藤は何度もうなずいた。

「なら、協力関係が終わったら、ぼくは君を逮捕してもかまわないわけだ」

「おれを逮捕すれば、おまえの義理の親父が大変なことになる」

おまえ自身もな――最後の言葉は飲みこんだ。ハロルド加藤は理解していた。

「李少芳《レイシウフォン》が見つかったら、とっととヴァンクーヴァーを出ていくんだな。そうすれば、ぼくは君のことを忘れるよ」

「その前に、呉達龍を殺す」

「その時は、ぼくの分も頼む」

ハロルド加藤は微笑んだ――目は冷たく光っていた。自分に牙をむいた者を許しはしないと語っていた。

ハロルド加藤も同じだった。最後まで生き延びる者――臆病で卑劣で冷徹な人間。

「どこに電話すればいい？」

ハロルド加藤はジャケットのポケットから携帯電話を取りだした。富永はマックの携帯電話の番号を告げた。

36

病室のドアを後ろ手で閉める――神経が一気に弛緩した。ハリィは背後を振り返った。ドアの向こうは静まり返っていた。

富永脩《とみながおさむ》とふたりきりで病室にいる間、緊張が解けることがなかった。彼自身は気づいていなかったようだが、富永は恐ろしい顔つきをしていた。端正だった顔が憤怒に歪んでいた。

「ミスタ加藤」番犬のひとりが近よってきた。「グリーンヒル警部から連絡がありました。至急、報告しろとのことです」

「わかった」

ハリィは病室を離れた。静まり返った廊下――壁沿いに私服の警官がもうひとり。乾いた足音だけが響いた。

「日本人はどうでした？」

「三十分ほどで迎えが来る。帰してやってくれ。拳銃以外のものもすべて返却するんだ」

「いいんですか？」

「彼は貴重な情報提供者なんだよ。わがままなのが玉に疵《きず》だがね。ただし、優秀な尾行チームをつけてくれ。連中には、彼がなにをしようと手出しはするなといっておいてくれ。見失うことだけは許さないと」

「わかりました」

番犬がそばを離れていった。ハリィは唇を舐めた。富永の悪鬼のような形相が脳裏に浮かびつづけていた。富永は呉達龍《ンダッロン》を見つけるだろう。呉達龍を殺すだろう――

両手両足の指を切り落としたあとで。

　呉達龍を殺したいのはハリィも同じだった。銃撃を受けたときの恐怖ははかりしれなかった。許すことはできなかった。だが、呉達龍を殺すことは、まだできなかった。呉達龍は保険だった。鄭奎《ヂェンフィ》が約束を守らなかったときのための楔《くさび》だった。富永脩の暴走を見過ごすわけにはいかなかった。

　エレヴェータでロビィに降りた。駐車場にとめておいた車に乗りこんだ。グリーンヒルに電話をかけた。話すべき事柄はもうまとまっていた。

「待っていたよ」

　グリーンヒルはいきなりそういった。

「報告が遅れて申し訳ありません」

「例の悪徳警官の家で怪我をした日本人が発見された。その日本人は銃を携帯していた」グリーンヒルは報告書を読みあげるような口調でいった。「なおかつ、その日本人は君の情報提供者であるらしい。それなのに、君はその情報提供者に尾行チームをつけようとしている。詳しく説明してくれるんだろうな？」

　思わず舌打ちしそうになった。さっきの番犬の横顔――話をしてから五分も経っていないというのにもうグリーンヒルに報告がいっている。

　だが、グリーンヒルもすべてを摑んでいるわけではない。ハリィが尾行を要請し、途中で尾行をやめさせた監視対象が富永だったことをグリーンヒルは知らない。

「彼の名は富永脩、日本人です。パスポートも日本の正規のものを所持しています」

「そんな日本人が、なぜヴァンクーヴァーの悪徳警官に関わっているんだ？」

「彼は日本で警官をしていました。今は香港でアンダーグラウンドの大物の下で働いています」

「日本のやくざではなく？」

「彼は香港のチャイナマフィアのメンバーです。なぜそういうことになったのかは、ぼくにもわかりませんが」

「つまり、彼の組織が例の悪徳警官を追っているということかね？」

　グリーンヒルは決して呉達龍の名を口にしようとはしなかった。

「いいえ、それはありません。彼は個人的に呉達龍を追っているんです。昔、香港でトラブルがあったようですね」

　嘘――舌がもつれることはない。グリーンヒルは頭が切れる。グリーンヒルを舐めるのは愚か者のすることだ。だが、グリーンヒルは白人だった。どれだけ有能な警官であっても、白人は中国人を理解することができない。書類上の実態を把握することはできても、内部で起こっていることを想像することもできない。キリスト教のモラルから逸脱する行為を容認することができない。この件に関して主導権を握っているのはハリィの方だった。

「彼とは先日のパーティで知りあいました」

「パーティ？」

「ジムの後援パーティです。彼はもちろん鄭奎と面識があります。そのついでにパーティ会場にいたというわけです」

「それで？」

「彼はわたしに接触してきました。たぶん、パーティ会場のだれかにわたしが警官だということを聞いたんでしょう。彼はわたしの職務内容を知りたがりました。わたしは話しました。別に隠す必要はなかったからです。すると、彼はわたしを買収しようとしました。香港では警官は買収できる存在です」

「君は買収されたのか？」

「買収されたふりをしています」

「君は彼のためになにをする？　その見返りになにを受け取る？」

「呉達龍を見つける手伝いをします。代わりに、わたしは金と情報を受け取ります」

「情報？」

「ヘロイン取引きの情報です」

「日曜日の件だな？」

「そうです」

陶器と陶器が触れあう音が聞こえた。グリーンヒルはコーヒーを飲んでいる。眼鏡の奥の冷たい視線をじっとコーヒーカップに落としている。

「しかし、おかしいじゃないか」やがて、冷たい声が聞こえてきた。「彼のバックには組織がついている。なにも君の助けを借りる必要はない」

「彼が呉達龍を追っているのは個人的なトラブルのためです。個人的な動機のために組織を動かすことはできません。せいぜいが便宜をはかってもらえるぐらいですよ」

その点に関しては、白人の組織も中国人の組織も変わりはなかった。

「君はその日本人をコントロールできると考えているんだな？」

「そのつもりです」

「では、なぜ尾行チームを？」

「呉達龍は彼の右手の小指を切り落としました」

ハリィは言葉を切った。沈黙が伝わってくる——グリーンヒルは眉をしかめているに違いなかった。

「彼は怒っています。呉達龍を殺すつもりでいます。もし、わたしより先に彼が呉達龍を見つけたら厄介なことになります」

「わかった。君を信用しよう。日本人の件に関して、わたしの指示を仰ぐ必要はない。ただし、報告は忘れないこと。いいな？」

「心得てます」

ハリィは電話を切った。

＊　＊　＊

ダウンタウンへ車を走らせた。チャイナタウンの外れ。金ぴかに飾りたてられた看板——〈金葉酒家《ジンイエジオウジア》〉。リッチモンドのカラオケ屋で殺されていたヴェトナム系の連中の溜まり場だった。リッチモンド市警の連中はこの店を徹底的に洗ったに違いない。そして、なにも手に入れることができずに立ち去った。

車をとめるのと同時に無線が入った。番犬からだった。

「日本人が病院を出ます」

「だれが迎えに来た？」

「中国人がふたりです。マフィアでしょう。ふたりとも拳銃を腰にぶら下げてますよ。ふざけやがって」

「手を出すなよ」

「わかってます」

ハリィは車を降りた。エンジンはかけたままだった。

午後十一時——店じまいがはじまっていた。客は二組しかいなかった。頭の中のファイルを開く。金葉酒家。オーナーはトランという名のヴェトナム系。トラン自身は堅気だが、店員のほとんどは越青《ユッチエン》と呼ばれるヴェトナム系ストリートギャングのメンバーだった。

レストランの中に入る——視線がハリィに集中した。客も従業員もすべてヴェトナム系だった。

「店、おしまいだよ」

入口近くのテーブルの後かたづけをしていた若い従業員——険しい目つき。下手くそな北京語。

「店主に用がある。ぼくは警官だ」

ハリィは北京語でいった。目つきの悪い従業員が怪訝そうにハリィを見た。そんな下手くそな北京語は聞いたことがないというような風情だった。

「あんた、中国人か？」

「カナダ人だよ」

ハリィは答えた。男は鼻を鳴らした。

「店主はもう帰ったよ。あんたも帰りな」

男は作業に戻った。ハリィに目をくれようともしなかった。

「じゃあ、おまえに話を聞くことにしようか」

「うるせえ野郎だな。おまわりだかなんだか知らねえけど、ここらで偉そうなことしてると、切り刻まれて海に沈められるぞ」

　男が顔をあげた。険呑な空気を肩に背負っていた。

「狄其東《ディエップ・チードウン》が殺されたのを知ってるか？」

　男の顔が強ばった。

「なんだと？」

「知らないのか？　おまえたちのボスだろう。ボスが殺されたのを知らないっていうのか？」

「知らねえよ」

　男がいった。嘘だった。知らないはずがなかった。

　それまで聞こえていた音――食器が触れあう音、食器を洗う音、ヴェトナム語の会話。すべてが消えた。店の中にいる人間全員がハリィに視線を注いでいた。ハリィの北京語に耳をそばだてていた。不穏な空気――密度を増していた。

　ハリィは腰に手をまわした。銃を抜いた。男に突きつけた。

「来い」

「なんでだよ？」

　男が吠えた。ハリィは撃鉄を起こした。男が凍りついた。

「理由はあとでいくらでも教えてやる。来い。来なきゃ撃つぞ。おまえらを殺したところで、おれがお咎めを受けることはないんだからな」

　ハリィは声を殺していった。喉に力を込めなければ声が顫えてしまいそうだった。心臓は不規則に脈を打ち、足から力が抜けそうだった。

　男は拳銃とハリィの顔を交互に見比べた。険しかった目つきに怯えの色が走った。

「わかったよ」

　男はいった。

「早くしろ」

　ハリィは拳銃を振って男を追い立てた。店を出て車の中へ。振り返らなかった。振り返れば、店の連中が襲いかかってくるような気がした。

　銃を突きつけたまま――男の右手首に手錠をかけた。

「なにするんだ？」

「じっとしてろ」

　手錠のもう一方を窓の上の手すりにかけた。これで男は動けなくなった。ハリィは銃をしまった。ステアリングを握り、アクセルを踏んだ。

「なんの権利があってこんなことをしやがるんだ!?」

　男は手首を振った。鎖が耳障りな音をたてた。

「黙れ」ハリィは叫んだ。男が口を閉じた。「名前は？」

　バックミラーを覗きこんだ。追いかけてくる車はなかった。

「グエン」

「よし、グエン。これからおれが聞くことにこたえろ。そうすればなにもしないで帰してやる。もし答えなかったら、おまえの身に覚えのない罪をでっち上げて死ぬまで刑務所から出られないようにしてやる」

とんでもないいい分だった。呉達龍になったような気がした。だが、思ったより悪い気分ではなかった。

「そんなこと、できるわけがねえだろう」

「できるさ。おれはCLEUの捜査官だ。普通の警官と違って検察にも強いコネを持ってる」

疑わしそうなグエンの顔——だめ押しをする。

「なんなら、ここで撃ち殺してやってもいい。抵抗されたから撃ったといえば、それで終わりだ」

「店の連中が見てたぞ。おまえが銃を突きつけておれを連れだしたところをよ」

「検察の人間はほとんど白人だぞ。ヴェトナム人のいうことに耳を貸すはずがない」

「おまえだって中国人じゃないか」

「日本人だよ」

ハリィはいった。グエンが言葉を失った。同じ黄色でも日本人と韓国人は立場が違う。グエンはその事実をわきまえていた。


「なにが聞きてえんだよ？」

「狄其東を殺したのはだれだ？」

「知らねえよ」

「ひとつめだ」

「なんだよ、それ？」

「おまえがついた一番目の嘘って意味さ。三つまでは許してやる。それ以上嘘をついたら——」

ハリィは肩をすくめた。

「嘘じゃねえよ」

「ボスが地元じゃない場所で殺されたんだ。おまえたちはボスがなんのためにリッチモンドに行ったのかを知ってるし、ということはボスがだれと会っていたのかも知ってるし、だれがボスを殺《や》ったのかも知ってるはずだ」

「知らねえんだよ、本当に。知ってたら、ちんたら食器なんか洗ってるかよ。敵討ちにいくに決まってるだろうが」

グエンの顔——切羽詰まった表情。嘘をついているとは思えなかった。

「次の質問だ。おまえたちのボスはリッチモンドでなにをしてたんだ？」

沈黙。ハリィはわざとらしいため息をもらした。

「ふたつめだ」

「冗談だろう。最初のだって嘘をついたわけじゃねえんだからよ」

「狄其東はリッチモンドでなにをしてたんだ？」

答えはわかっている。尋問のルールを守っているだけのことだった。

「白粉《パイフェン》の取引きだよ」

不貞腐れたような声——グエンはついに諦めた。

「相手は？」

「バーナビィの越青の連中さ」

バーナビィ？

「リッチモンドじゃなく？」

「リッチモンドの連中は間に立っただけさ。ここんとこ、バーナビィの連中とはうまくいってなかったんだ。だから、取引きの現場もリッチモンドにしたんだよ。あそこは中立だからな」

グエンの北京語は聞き取りづらかったが滑らかだった。

「取引きが手打ち代わりだったのか？」

「そういうことだ」

「だったら、狄其東を殺したのはバーナビィの越青なんじゃないのか？」

グエンは目を見開いた。

「バーナビィのやつも、あそこで殺されてたじゃねえか」

丸太かなにかで頭を殴られたような気がした。殺された三人——狄其東とその手下たちだと思っていた。残りのひとり——バーナビィのボス。そして、仲介に立ったリッチモンドの越青。リッチモンドの越青のボスとナンバー2は刑務所に入っている。幹部のうちのひとりということか。

「ヘロインの取引きに、だれもつけずにボスたちが三人集まったというのか？」

「だからいっただろう。手打ちの意味もあったんだよ、今度の取引きはよ」

殺された三人の他にあの店にいたのはミッシェル、李《レイ》少芳《シウフォン》、それに謎のひとり。なにかがおかしい。なにかが狂っている。

「どっちが売り手だったんだ？」

「バーナビィの連中だよ。ヴァンクーヴァーじゃ白粉が足りなくなってんの、おまわりなら知ってるだろう？」

「バーナビィの連中はその白粉をどこで手に入れた？」

「知らねえ」

「どれぐらいの取引きだったんだ？」

ためらい——銃を抜いた。突きつけた。

「答えろ！」

「大哥《ダーガー》は五十万ドル持ってたはずだ」

大哥——狄其東。五十万ドル——それほど大きな取引きではない。手打ちの意味の方が大きかったに違いない。

　金とヘロインが消えた。李少芳とミッシェルが消えた。謎の人間も消えた。五十万ドルと五十万ドル分のヘロイン。人間三人を殺すにはちゃちなものでしかない。

「その取引きのことはだれが知っていた？」

「みんな知ってたさ。隠すほどでかい取引きでもないしよ。さっきからいってるように、取引きより手打ちの方が大事だったんだ」

「本当に取引きの場所には三人しかいかなかったのか？」

「そういう取り決めだったんだよ」

「リッチモンドの連中が店のまわりを見張ってたんじゃないのか？　それぐらいはするだろう。おまえたちヴェトナム系の間でなら手打ちで済むが、そうじゃないストリートギャングなら、五十万ドルとヘロインをかっぱらってやろうって考えるやつもいるかもしれない」

「だから、それはねえんだって。手打ちってのはよ、いってみりゃ、神聖な儀式みたいなもんだろう？」

　嘘——グエンはそれを嘘だと思っていない。だが、神聖なものであればあるほど他からの横槍を嫌うに違いない。リッチモンドの越青はあのカラオケ屋の付近にいたに違いない。それなのにいなかったといい張るとなれば——連中も殺しに関係している。それ以外にありえない。

「李少芳を知ってるか？」

　ハリィは聞いた。李少芳は広東語で発音した。

「だれだ、それ？」

　グエンが怪訝そうに眉をしかめた。北京語でいい直した。反応は同じだった。

「ミッシェルはどうだ？」

「ミッシェル？」

「ケベックから来た男らしい。リッチモンドのヴェトナム系の連中と仲がいいと聞いた」

「ああ、あの気障な野郎のことか」グエンがうなずいた。「気取った女たらしだぜ。あいつがどうした？」

　グエンの顔——馬鹿にしきった顔つき。おそらく、グエンはなにも知らない。

「どこに行けば会える？」

　それでも聞いてみずにいられなかった。

「知らねえな。リッチモンドの連中に聞いてみろよ」

　予想した答え——落胆。質問の矛先を変える。

「だれが三人を殺したと思う？」

「おれが教えてもらいてえよ」

グエンは吐き捨てるようにいった。血走った目の奥で炎が燃え盛った。

グエンはなにも知らない。グエンだけではない。ヴァンクーヴァーの越青の連中は、あの夜、あのカラオケ屋でなにが起こったのかを把握してはいない。

ハリィは車をとめた。ガスタウンの近くだった。グエンの手錠を外した。

「降りろ」

「もういいのかよ？」

「降りろといったんだ」

グエンは車を降りた。ハリィに中指を立てた腕を突きつけた。背を向け、走り去った。

＊　＊　＊

無線連絡――猟犬から。呉達龍は見つからない。

無線連絡――番犬から。富永脩はチャイナタウンのビルの中に姿を消した。ビルの名前――頭の中のファイル。数字が一致する。台湾から来たもぐりの医者がこぢんまりとした病院をそこで経営している。腕はいいという評判だった。地元の年寄りから、抗争で大怪我を負った黒《ハク》社会《セイウィ》の連中までがその病院を利用している。

直感――富永は尾行に気づいている。気づいていなくても、尾行がつけられているはずだと信じている。富永はハリィを馬鹿にしているが愚かな警官だと思っているわけでもない。

下半身がむくんでいた。偏頭痛がした――痛みの種が頭の芯に埋まっている。疲れているのはわかっていた。立ち止まるのが恐かった。眠りたい――眠れない。

ＣＬＥＵ本部に連絡――例のカラオケ屋での殺し。リッチモンド市警の捜査報告書を至急手に入れろ。同僚の捜査員にメモを残せ――リッチモンドのヴェトナム系の間に、最近変わったことはないか？　ミッシェルという名に心当たりは？

車でチャイナタウンへ向かった。カジノに入ってミニバカラの台を冷やかした。会話に耳を傾けた。

呉達龍の話をしている者はいなかった。

リッチモンドで殺された三人の話をしている者はいなかった。

ミッシェルや李少芳の話をしている者もいなかった。

ヘロインの話をだれかがしていた。選挙の話をだれかがしていた。

五百ドルをすったところで台を離れた。トイレに向かった。小用を足し、洗面台で手を洗う――鏡に人影が映った。ジェルで固めた髪の毛はブロンドだった。ブロンドの下の顔は黄色かった。整った顔だちをしていた。左右の耳にピアス。ロングスリーヴのTシャツにジーンズ。全体に細かった。

「ハイ」

鼻にかかった声——ホモセクシュアルの声。

「なにか用かい？」

ハリィは振り向いた。右手は腰に——いつでも銃を抜ける態勢。頭の中のファイル——目の前のホモに見覚えはなかった。

「あんた、ミスタ加藤？」

達者な英語だった。ハリィはうなずいた。

「わたし、ケニィ」

「どこかで会ったかな、ケニィ？」

ケニィは首を振った。誘うような笑みを浮かべた。頬が熱くなった。ケニィの視線を外すことができなかった。

「はじめてよ……誤解しないで。別にあんたを捜してたわけじゃないんだから。たまたま見かけて、それで思いだしたのよ」

「なにを？」

「ある人にいわれたのよ。ミッシェルのことを知ってたら、ミスタ加藤っていう日系のおまわりに話をしてみろって」

電流が背中を貫いた。

「ミッシェルを知ってるのか？」

「話したらなにをしてくれるの？」

「いくら欲しい？」

ケニィが腕を組んだ。辺りを見渡して鼻に皺をよせた。

「こんなところでビジネスの話するの、ダサいと思わない？」

ケニィが微笑んだ。

37

目の奥の痛みが消えていた。沸き立つような解放感があった。

ざまあみやがれ——何度も呟いた。

おれを舐めるからそうなるんだ——ほとんど叫んでいた。

踵に残る感触——日本鬼《ヤップンクワイ》の小指を踏みつぶした余韻に浸りながら車を走らせた。リッチモンドへ。新しい隠れ家へ。

白壁の家は闇に覆われていた。ガレージに車はなかった。劉燕玲《ラウインレン》は家をあけた。日本鬼の指示に従った。しばらくの間、この家を訪れる者はいない。

がたのきた窓から再度の侵入。玄関の鍵をあけた。車から必要なものを運び込んだ。シャワーを浴びた。洗濯をした。朝、できなかったことをした——念入りに家捜しをした。

金目の物はなかった。代わりに燕玲の下着を見つけた。異様な興奮に襲われた。下着の匂いを嗅ぎながらペニスをしごいた。

それから仕事に取りかかった。

＊　＊　＊

「ハロー？」

ケヴィン・マドックスは眠たげな声を出した。

「おれだよ、相棒」

呉達龍《ンダッロン》は囁くようにいった。

「ロンか？」

眠気が吹き飛んだような声。

「ひとりか、ケヴィン？」

「ああ、家でおとなしくしてたところだ」

「昼間、電話で話したこと、覚えてるだろうな？」

「金の話を忘れるほど恵まれてるわけじゃないぜ、ロン」

「一緒にやる気はあるか？」

「もちろん、ヤバいんだろうな？」

「ばれなきゃ、どうってことはない。だが、怖いんならやめろ。話を聞いたあとで知らん顔をされるわけにはいかないからな」

「本当に五十万米ドルになる仕事なのか？」

「ああ。手伝ってくれるなら、おれが三十でおまえが二十だ」

ケヴィンからの答えはなかった。荒い息づかいが聞こえてくるだけだった。

「どうする、ケヴィン？　けっこうなボーナスになるぜ」

「話せよ、ロン」

ケヴィンの声は顫えていた。

「まとまったヘロインがある。チャイナマフィアからぶんどったブツだ」

「ロン……」

「今さら後戻りはできないぜ、ケヴィン」

「ああ、くそ！　続けてくれ、ロン。こうなりゃとことんまで行くだけだ」

「連中はブツを奪われたことは知っているが、だれに取られたかはわかっちゃいない。だから、怯える必要はないんだ。ただ、問題がある」

「中国人相手にそのヘロインをさばくわけにはいかないってことだな？」

「頭の回転が速いじゃないか、相棒」

「それ以外におまえがおれに話を持ってくる理由がないよ」

「相手が白人でも、組織の連中はだめだ。どこでどう話が繋がるか、予測ができないからな。白人でも黒人でもいい、ヘロインに狂ってる堅気に話をつけられないか？」

「それだけの大金を動かせるやつを探すのは骨だぜ、ロン」

「最悪の場合は組織の連中でもいい。だが、口の固いやつを選ぶんだ」

「やってみるよ、ロン。ちょうど、車を買い替えたいと思ってたところなんだ。だけど、ひとつだけ念を押させてくれ」

「なんだ？」

「本当にヤバいことにはならないんだろうな？」

臆病な豚野郎――喉まで出かかった言葉を飲みこむ。代わりに穏やかな声を出した。

「当たり前だ。チャイナマフィアのブツだぞ。まずけりゃ今ごろおれは切り刻まれて殺されてる」

「よし、早速心当たりをあたってみる。明日、連絡を入れるから待っててくれ」

電話が切れた。呉達龍は笑いだした。なにに対して笑っているのか、自分でもわからなかった。

わかっていることは金額だけ――広州《ゴンヂャウ》の子供たちを救うのに二十万。ケヴィンに金を渡せばいくらも残らない。

ケヴィンは金の代わりに鉛の弾丸を受け取る――笑いがとまらなかった。

＊　＊　＊

興奮はおさまらなかった。寝ようとしても眠れなかった。車でヴァンクーヴァーへ向かった。ハロルド加藤の部屋に隠した白粉《パーファン》――回収する必要がある。

午後十一時四〇分、コーンウォール・アヴェニュー。静まり返った高級住宅街。さざ波の音が聞こえるだけ。ハロルド加藤のアパートメントから一ブロック離れた角に車をとめた。銃の残弾を確認した。サングラスをかけた。盗聴器の最後のセットをグラヴボックスから取りだした。

鍵は持っている。侵入した事実をハロルド加藤に気づかれてもかまわない。前に忍びこんだときのようにまわりくどい手を使う必要はなかった。ドアマンを足腰がたたなくなるまでぶちのめす。もし、部屋にハロルド加藤がいたら撃ち殺す。白粉を取って引き返す。

簡単なことだった。なんだって簡単にできるような気がした。

車を降りた。海から吹きつける風が体温を奪っていく。足早に歩いた。コートのポケットに突っ込んだ両手——右手にはリヴォルヴァー。グリップをきつく握りしめた。

ドアマンはエントランスにいなかった。カードキィを使って中に入った。

玄関の内側はエレヴェータホールに繋がる廊下。左手に郵便受け。右手にプラスティックの窓がはめ込まれた守衛室。ドアマンはそこにいた。この前のドアマンとは違う顔——老人といってもいい年恰好。

「ちょっとあんた、なんの用だね？」

ドアマンは怪訝そうな顔を呉達龍に向けた。

「少し聞きたいことがあるんだが——」

呉達龍は左手でＩＤカードを出した。ドアマンが身を乗りだしてきた。プラスティックの窓越しに細めた目をカードに向けた。

「市警の刑事さん？」

「中にいれてもらってもいいか？　寒くてたまらん」

ドアマンはうなずいた。

「そこのドアから入ってくるといい。鍵はかかっていないから」

廊下の先にスティール製の重そうなドアがあった。呉達龍はそこから中に入った。

狭い空間だった。廊下は冷えていたが、受付けの内部の空気は充分に温まっていた。廊下に面した窓の内側に作りつけのカウンター机。机の左側には六面のモニタ。モニタの画面は数秒ごとに切り替わる。映し出されている映像は各階の廊下のようだった。

机の右側にはセキュリティシステムを制御するための電子パネルがあった。

「それで、聞きたいことというのはなんだね？」

ドアマンが座っていた椅子ごと呉達龍に身体を向けた。ドアマンは太っていた。制服が張り裂けそうだった。赤らんだ顔——顎の下のたるんだ肉。いかにも心臓をわずらっていそうな呼吸。醜く太り、死にかけている白豚。あの世へのひと押し——簡単にできる。なんだって簡単にできてしまう。

もう一度中を見渡す。外見は仰々しいが、実際にはちゃちなセキュリティ——ここでことを起こしても問題はない。

「聞いてるのかね、あんた？」

呉達龍は銃を抜いた。

「な——」

目を剝いたドアマン——その顔に銃身を容赦なく叩きつけた。肉が潰れる音がした。ドアマンは椅子から滑り落ちた。呉達龍はドアマンに馬乗りになった。銃を握った手でドアマンの顔を殴りつづけた。

ふいにドアマンが動かなくなった。左胸に耳を当てる。ドアマンの心臓は停まっていた。

発作——笑いながらセキュリティシステムを叩き壊す。呉達龍は口笛を吹きながら守衛室を後にした。

＊　＊　＊

書斎。分厚い辞書の裏の白粉。隠したときとなにも変わってはいなかった。ビニールに包まれた白粉をショッピングバッグに落とし込む。

部屋を見渡す——この前と変わらない。

呉達龍は玄関に向かった。ドアノブに手をかけ、動きをとめた。振り返った。なにかが神経に引っかかった。もう一度リヴィングに戻った。すべての部屋を子細に点検した。

なにがおかしいのかがわかった。この前侵入したときも、部屋の中を調べまわった。なにも出てこなかった。ハロルド加藤という人間を象徴するなにか。ハロルド加藤の心理をうかがわせるなにか。なにもない。清潔な部屋、清潔なベッド、清潔な衣服。

呉達龍は警官だった。香港でもヴァンクーヴァーでも警官以外の仕事に就いたことはなかった。警官になるような人種のことは熟知していた。

警官はストレスを貯めていた。まっとうな警官であれ、悪徳警官であれ、警官とストレスは切っても切れない関係にある。家族への愛情でもいい、女でもいい、ギャンブルでもいい。警官にはストレスを発散するものが必要だった。

この部屋にはなにもなかった。バーカウンターに並べられた夥《おびただ》しい酒瓶だけが、かろうじて人の匂いを感じさせるだけだった。

弱みを握れ——唐突に言葉がよみがえった。自分で発した言葉だった。

ハロルド加藤には弱みがある。人にいえない秘密がある。それを必死に隠している。だから、部屋にはなにもない。自分の弱みを露呈しそうなすべてのものを排除している。

リヴィングの真ん中に立ち尽くしながら、呉達龍はうなずいた。笑みを浮かべながら再び玄関に向かった。

「待ってろよ、日本鬼。おまえの弱みを必ず摑んでやるからな」

白粉を隠すために侵入したときと同じ言葉を口にして部屋を出た。

＊　＊　＊

白粉——フリーザーの中。

書類——市警のデータバンクから引きだしたハロルド加藤の個人ファイル。

ハロルド加藤を直接のターゲットにするのは慎重を期さなければならない。だが、逃亡中の悪徳警官は好き勝手に動き回ることができない。人を使う——周辺からハロルド加藤の弱みを探っていくのがベストだった。

電話——記憶の断片を漁って拾った数字。

「クライン？」

呉達龍はいった。

「そうだが、あんたは？　この携帯の番号は知り合いしか知らないはずなんだが」

「ヴァンクーヴァー市警のロナルド・ンだ」

蛙の鳴き声のような音——唸り。

「あんたか……なんの用だ？　おれはもう、悪さからは足を洗ったよ」


デイモン・クライン。私立探偵。浮気調査専門。一年前、金持ちの香港人がクラインを雇った。女房の素行調査。男は太空人《ターイホンヤン》だった。市民権はカナダのもの。だが、仕事場と家は香港にある。女房だけがヴァンクーヴァーで暮らしていた。女房は奇麗だった。男は心配だった。

女房には男がいた。男はケヴィン・マドックスだった。クラインはそれを知らずに女房を脅した。金を要求した。女房に泣きつかれたケヴィンは呉達龍に相談した。呉達龍はクラインを調べた。クラインは悪党だったが優秀な調査員だった。パートナーがひとりいるだけで、バックはいなかった。パートナーはクラインの悪さに気づいていなかった。

呉達龍はクラインを叩きのめした。クラインは中国人には二度と手を出さないと誓った。

「仕事の依頼だ」

呉達龍はいった。

「正規の金を払うつもりだが、ディスカウントしてくれるというなら、おれは喜ぶかもしれない」

「一日三百ドル、必要経費と成功報酬は別、それでかまわないなら」

「ディスカウントしろといわなかったか？」

溜め息——足腰がたたなくなるまで叩きのめした。クラインはまだ呉達龍を恐れているはずだった。

「一日二百ドルだ」

「よし」

「で、仕事の内容は？」

「素行調査だ。おまえの専門とは多少違うが、似たようなものだろう」

「だれを調べる？」

「加藤明《あきら》という日系人だ。息子はおまわりだから、慎重にやってくれ」

呉達龍は声を殺していった。

38

もぐりの医者――まともな治療。痛み止めのモルヒネも必要以上は処方しようとしなかった。

「二度目なんだから、どんなふうになるかはわかってるでしょう？」

台湾訛りの北京語――事務的な口調。阿寶《アポー》が富永《とみなが》の代わりに抗議した。もぐりのおまえに薬を卸してるのはうちの組織だ、と。医者は首を振るだけだった。

「もういい」

富永はいった。モルヒネが与える快楽――いつまでも浸っていたくなる。だが、その先に待ち構えているものを知っていた。恭子とのシャブ漬けの毎日が教えてくれた。シャブを断ったあとでも消えずに棲みついている覗き見野郎が生き証人だ。死にたくはない――生き延びたい。臆病で卑劣で冷徹である必要がある。ドラッグはすべてを瓦解させる。

「藪医者め」

診察室を出ると、阿寶が毒づいた。

「こっちのライセンスを持っていないだけで、まっとうな医者なんだろう」

「もし、モルヒネが必要だったらいってください。こっちで用意しますから」

「その必要は――」

いいかけて、富永は口をつぐんだ。警察が用意した病院にいたときの煮えたぎるような怒りはおさまっていた。欠落した小指のつけ根にある鈍痛――冷静になれと訴えている。怒りが消えたわけではない。消えるわけがない。

燕玲《イーリン》に白粉《パーファン》を用意してやらなければならなかった。燕玲を使って呉達龍《ンダッロン》を罠にはめる――燕玲の機嫌をうかがってやる必要がある。

「どうしました？」

阿寶が顔を覗きこんでくる。心配げな目つきがわずらわしかった。

「ヘロインを用意してくれるか？」

「白粉をなんに使うんですか？」

「友達が欲しがってるんだ」

「わかりました。マック哥《コー》に聞いてみます」

阿寶はいった。質問はなかった。

「こちらへどうぞ」

阿寶は富永の腰に手をまわした。エレヴェータの方に向かおうとした。

「階段を使うぞ」

富永はいった。

「身体に障りますよ」

「裏口から出る。正面から出ていけば、どうぞ尾行してくださいといってるようなものだ」

「尾行って、呉達龍のくそ野郎のことを心配してるんですか？」

富永は首を振った。

「CLEUのくそったれどもだ」

ハロルド加藤——性根は腐っているが、警官としては優秀だった。富永との協力関係を少しでも優位に運ぼうとしているに違いない。尾行をつけないはずがない。

「尾行には注意してましたが、気がつきませんでしたよ」

「当たり前だ。黒社会《ハクセイウィ》のがさつな連中とはわけが違うんだぞ——ここはチャイナタウンだ。おまえの息のかかってる連中が腐るほどいるだろう。そいつらに別の車を用意させるんだ」

＊　＊　＊

ひとりになると、痛みがぶり返した。記憶がぶり返した。

憎悪が膨らんでいく。コントロールできないどす黒い感情が神経を侵していく。モルヒネを打つ——意識が朦朧としていく。

マックからの電話。

「迎えに行けなくてすまない、サム哥。おれが顔を出すと、いろいろまずいことがあるんだ。呉達龍の野郎は必ず見つけ出す。そのときは、あいつを好きにしてもいいぞ、サム。なにかおれにできることはあるか？」

ヘロインをくれ——富永はいった。

「明日一番に届けさせるよ」

今すぐに欲しい——富永はいった。

「わかった。今すぐ、阿寶に届けさせる」

劉《ラウ》燕玲からの電話。

「いわれたとおり、家を出たわ。ホリデイイン・ダウンタウンに部屋を取ったの。義母を納得させるのが大変だったわ」


ヘロインが欲しいんだろう――富永はいった。

「もう、残りが少ないのよ。なんとかしてくれる？」

今からおれのところに来い――富永はいった。

「無理よ。子供がいるわ。こんな時間に子供を義母に預けて出かけたら、なにをいわれるかわからないわ」

ヘロインが欲しかったらすぐに来るんだ――富永はいった。

「でも――」

黙れ――富永は怒鳴った。ヘロインが欲しかったら、おれのいうことに逆らうな。

「どうしたの？　様子が変よ？」

おまえに来てもらいたいんだ、頼む――富永はいった。

「わかったわ。支度に時間がかかるけど、それでもよかったら――」

富永は家の住所を告げた。電話が切れた。

ヘロイン中毒のおまえを待っているのは破滅だけだ。だったら、おれがおまえを破滅させてやる――電話が切れたあとで、富永はいった。

＊　＊　＊

モルヒネが切れた――怒りがぶり返した――ヘロインが届けられた。怒りが少しだけ和らぐ。

ビニールに包まれた百グラムの白い粉。マックは気前がいい。今のヴァンクーヴァーで、これだけのヘロインがいくらで捌けるのか、想像もつかなかった。おまけに、注射器までついている。

劉燕玲が来たのは真夜中過ぎだった。

毛皮のハーフコート。こげ茶のタイトスーツ。ストッキングは肌色――純化した怒り。

「遅くなってごめんなさい。でも、義母をごまかすのが大変だったの」

燕玲はいった。富永は左手でヘロインの入った袋を弄んだ。燕玲の視線はヘロインに釘づけだった。

「これが欲しいか？」

富永は訊いた。燕玲はうなずいた。

「服を脱げ」

富永はいった。燕玲がコートを脱ぎ捨てた。

スーツの下は白いブラウス。その下はスーツに合わせたブラウンのブラとショーツ。純化された怒りが増幅する。

「おれと会うときには下着をつけるなといわなかったか」

富永はいった。燕玲は懇願するように首を振った。

「ごめんなさい。次からはいわれたとおりにするわ」

燕玲の視線はヘロインから離れなかった。

「下着も取れ。素っ裸になるんだ」

富永はいった。燕玲は従った。

「こっちに来い」富永はいった。「しゃぶるんだ。おれを満足させるんだ。こいつが欲しいんだろう?」

「欲しいわ」

燕玲は答えた。声がかすれていた。

滑らかな舌の動き。口内粘膜の柔らかさ。ベッドが軋む。快感が怒りを押しのけていく——消えたわけではない。

「こっちに尻を向けろ」

仰向けになったまま富永はいった。燕玲は逆らわなかった。形のいい尻とその奥の性器——湿っている。濡れている。

富永は微量のヘロインを襞のあわせ目に塗り込んだ。燕玲の背中が痙攣した。燕玲の口から声が漏れた。

「やめるな。しゃぶり続けるんだ」

富永は燕玲の性器に左手の人差し指を押し込んだ。抽送した。燕玲の背が反り返った。尻の肉が顫えた。右手でその尻を叩いた。痛みはなかった。代わりにないはずの小指に神経が通った。

富永は歯ぎしりした。燕玲の尻を激しく叩いた。指の抽送を速めた。

燕玲は断末魔のような声をあげた。ペニスの先端を覆っていた生暖かい感触が消えた。

「やめるなといっただろう」

燕玲がまたペニスを口に含む。

純化された怒りと快感——その瞬間、爆発した。

富永は射精した。

＊　＊　＊

「この包帯、どうしたの?」

気怠げな声。いたわるように包帯の上を動きまわる指。右手に向けられた燕玲の目からはヘロインの影響が消えていた。

「あいつにやられた」

富永はいった。燕玲の手をはねのけた。

「あいつって、まさか、あの悪徳警官のこと?」

「他にだれがいる?」

燕玲は答えなかった。顔が蒼醒めていた。

「気にすることはない」小指が疼く。「あいつはおれが殺してやる。それでおまえの悩みも解決だ。万々歳じゃないか」

「わたしはあいつを追い払ってほしいだけよ」

「それとヘロイン。そういうことだろう？　そいつはまだ序の口だ。おれのいうことをおとなしく聞いているかぎり、お前は好きなだけヘロインを手に入れることができる」

富永はサイドボードの上のヘロインの包みを指差した。

「わたしはなにをすればいいの？」

「おれがしたいときにファックさせろ」

燕玲がうなずいた。

「おれがしゃぶれといったらしゃぶれ」

燕玲がうなずいた。

「あいつをはめるのに手を貸せ」

燕玲が凍りついた。

「あいつを殺して、おまえにヘロインをプレゼントしてやる」

かまわず、富永は続けた。

39

ケニィの車——赤いポルシェ。金持ちのゲイには似つかわしい。ケニィは巧みにポルシェを操った。

「君はミッシェルの友人なのか？」

ハリィは訊いた。

「あんた、同志《トンジー》バーに行ったことある？」

ケニィがいった。同志バー——ゲイバー。行ったことはない。周りをうろついたことはある。心が波立つ。ケニィの真意がわからない。

「ぼくの質問に答えてくれ」

「答えてるわよ」

ケニィの英語は鼻にかかっている。おかま言葉。あるいはフランス語訛り。ケニィのセンスはあか抜けている。東海岸のファッションセンス。あるいは、ゲイのコスチューム。

「彼とはモントリオールの同志バーで会ったのよ」

モントリオールからやって来たゲイ——ビンゴ。背中の産毛が逆立った。

「君もケベック州の出身か？」

「よしてよ。香港生まれの香港育ち。自分の息子がゲイだっていう事実に耐えられなかった父親に香港を追いだされたの。本当はニューヨークに行きたかったんだけど、あそこは知り合いが多いから」

「それにしては英語がうまい」

「フランス語もできるわよ。ロンドンのパブリックスクールに留学させられてたの。男の味もそこで覚えたんだけどね。キュートな東洋人は白人のゲイの憧れなのよ」

キュートなケニィ。滑らかなうなじの肌。キャスィとは大違いだった。

「ミッシェルもゲイなのか？」

「ミッシェルはバイよ。博愛主義者なのかな。男でも女でも来る者は拒まない」

「君はミッシェルの恋人だった？」

ケニィが微笑んだ。背中だけでなく、身体中の毛が逆立つ。

「あんなろくでなし、恋人にするもんじゃないわ。セックスフレンドとして割り切るなら最高かもしれないけど」

ガスタウン——ダウンタウン。ポルシェはネオンの下を駆けぬける。

「なぜヴァンクーヴァーに？」

ハリィは質問の矛先を変えた。

「こっちに親戚がいるのよ。旧正月だから遊びに来たわけ。伯母さんがぼくのこと可愛がってくれてて……ゲイだろうがなんだろうが、甥っ子は甥っ子だからってね。素敵な伯母さんだと思わない？」

「確かに」

「でも、意外と退屈なのよね、ヴァンクーヴァーって。それで、あちこち車でドライヴしてるうちに、ミッシェルと再会したの。あそこ、なんていうんだっけ？」

「リッチモンド」

「そう、リッチモンド。リトル香港っていった方がぴったりくるけど。それと、ミッシェルのことをおまわりが嗅ぎ回ってるって話も耳に挟んで……そろそろ、モントリオールに戻ろうかって思ってるんだけど、お小遣いが足りないのよ。ゲイ嫌いの父親は、ゲイに金を渡すと犯罪者になると信じ込んでて、必要最低限のお金しか送ってくれないのね」

「いくら欲しいんだ？」

ケニィがちらりとハリィを見た。切れ長の目——逆立った体毛が悲鳴をあげる。昔見たポルノグラフィが脳裏をよぎる。男のあれをくわえる男娼。キュートでクール。まるでケニィのように。

「そうね」ケニィがいった。「二千ドルでいいわ。バーゲンセールよ。その代わり——」

ケニィが微笑む。ハリィには次の言葉が聞く前から理解できた。

「あんたのをしゃぶらせてくれる？」

「ノー」

ハリィは叫ぶようにいった。ケニィが意外だという顔をした。

「好みじゃないかしら？」

「ぼくはゲイじゃない」

ケニィが微笑む。次の言葉が頭に浮かぶ。

「嘘ばっかり」

ハリィはきつく唇を嚙んだ。腰のホルスターに差した銃——手が伸びかけた。

「どういう意味だ？」

舌が上顎に張りつく。

「隠さなくてもいいのよ。ぼくたち、同志なんだから」

咽喉が鳴る。うなじの皮膚がぴりぴりと痛む。畏れと恐れ。熱望と拒絶。相反する感情が二匹の蛇のように絡みあっている。

視線をケニィから逸らす。窓の外——ダウンタウン。観光客が街路を練り歩く。恋人たちが肩を寄せ合っている。ゲイのカップルが抱きあってキスしている。

ハリィは眩暈を覚えた。卒倒しそうだった。


「ミッシェルの話をしてくれ」

しゃがれた声——ケニィの思わせぶりな微笑。

助けてくれ、パット——声にならない祈り。ぼくが欲しいのは君だけだ。男ならだれでもいいというわけじゃない。

「ミッシェルはリッチモンドにいるわ。ヴェトナム系の連中をお供にして、奇麗だけど根性の曲がった女と一緒にいる」

「知っている」

自分のものとは思えない声が鼓膜を顫わせる。

助けてくれ、パット——声にならない祈り。ぼくにこの男を殺させないでくれ。

「ぼくが知りたいのは、彼が今いる場所だ」

ポルシェが停止した。

「紙と書くものある？」

ケニィの鼻にかかった声。視界が霞む。ハリィはゆっくり首を振った。

「話してくれればだいじょうぶだ」

「ローズヒル・アヴェニュー1246」

頭の中のファイル——仕事に没頭しろ。

「ウィリアムズ・ロードとステヴェストン・ハイウェイに挟まれた一角だな。近くにサウスアーム・パークがある」

「知らないわ。一度いっただけだから。でも、近くに公園があったことは確かよ。ミッシェルはそこの空き家に潜りこんでるってわけ」

空き家——おそらくは夢破れて香港に帰っていった人間の家。

「けっこう優雅に暮らしてるのよ。知ってる？　ミッシェルは向こうにいるときは男娼みたいな真似してたのよ。お金を稼ぐためにね。それがこっちじゃ……」

ケニィが肩をすくめる。身体に張りついたシャツ——滑らかな肩のライン。

助けてくれ、パット——声にならない祈りを唱え続ける。

「なにをやって稼いでるんだ？」

白い粉の塊が頭をよぎる。

「パトロンがいるんだっていってたわ。たまにあれをしゃぶってあげて、仕事を手伝えばかなりの金額をくれるんだって」

あれをしゃぶる——言葉が頭の中で谺する。

助けてくれ、パット。

「他に聞きたいことは？」

ポルシェが動きはじめる。ネルソン・ストリート——キャンビイ・ストリート・ブリッジ。このまま南下を続ければ、やがてクイーン・エリザベス・パークが見えてくる。クイーン・エリザベス・パーク——恋人たちの公園。男と女のカップルがネッキングを交わす。男と男のカップルがお互いにくわえあう。

眩暈が強くなる。身体が汗で濡れていく。

「仕事を手伝うって、どんな仕事だ？」

しゃがれた声——老人のような声。

「知らないわ」

「ミッシェルの携帯の番号は？」

「知らない」

ケニィが答える。仕事に没頭しろ——自分にいい聞かせる。

「ミッシェルはヘロイン中毒なのか？」

ケニィが首をすくめる。

「少なくとも、打ってるところを見たことはないわね」

「ミッシェルはヘロインを捌いているのか？」

「知らない。ミッシェルたちと一緒にいたのは二、三時間だけど、ヘロインのへの字も出なかったわよ」

「どこでミッシェルと再会したんだ？」

「リッチモンドのビリヤードバーよ。友達に誘われて行ったら、そこにミッシェルがいたの」

「それはいつのことだ？」

「四日前」

「ぼくのことはだれに聞いた？」

「リッチモンドの人間。名前は知らない。飲み屋で一緒になっただけだから。たぶん、黒社会の人だと思うけど」

「ミッシェルは武器になるものを持ってるのか？」

「銃とナイフを見せてくれたわ。大物みたいだろうだって……笑っちゃったけど」

クイーン・エリザベス・パークが見えてきた。他の質問が頭に浮かばなかった。

「車を停めてくれ」

ハリィはいった。財布から金を抜きだした。

「三千ドルある。これでモントリオールに帰るんだ」

「約束が違うわ」

ケニィは車を停めなかった。公園がどんどん近づいてきた。

「ぼくはゲイじゃない。君の期待に応えることはできない」

「あんたはゲイよ。目をみればわかるわ。どうしてごまかすの？」

助けてくれ、パット。

「警察の世界がゲイに対して差別的だっていうの、わかるけど、だれにもいわないわよ。安心して」

ポルシェが停まった。公園用のパーキング――一番奥の停車スペース。ポルシェの他に停まっている車は四台。どの車にも人影はない。

「でも、約束を破るなら、話は別。ハロルド加藤って刑事はおカマだってみんなにいいふらしてあげる」

助けてくれ、パット。

ケニィの手が伸びてくる。ハリィは腰の銃を握った――抜くことはできなかった。手に力が入らなかった。膝が顫えた。

「もしかして、初めてなの？」

ケニィが囁く。ケニィが微笑む。

「嬉しいわ……リラックスして。二度と忘れられないぐらい気持ちいい思いをさせてあげるから」

ケニィの手がズボンのジッパーをおろす。

ハリィは神に祈った。

＊　＊　＊

死ぬほどの快楽――死ぬほどの恐怖。痛いほどに勃起したペニス。ケニィの濡れた舌。無数の刺激。無数の呻き。それに倍する嫌悪――憎悪。

声にならない祈り。

ケニィは上手だった。キャスィの百倍はうまかった。

ケニィの顔がパットの顔に変わった。

その瞬間、ハリィは射精した。ケニィが喉を鳴らして精液を飲みくだす。満足の笑みを浮かべる。

「素敵だったわ、ベイビィ」

ケニィがいった。舌で唇を舐めた。真っ赤な唇——ルージュを塗っているわけではない。ハリィはその唇に見入った。目を逸らすことができなかった。

「キスして」

ケニィがいった。ハリィはケニィの唇を吸った。精液の香りがした。吐き気を覚えた。

「どうだった、初めての経験は？　別にどうってことはなかったでしょう？　神様に罰をくだされるわけじゃなかったでしょう？　気持ちがよかっただけでしょう？」

ハリィは答えなかった。答えられなかった。思考が麻痺していた。神経が麻痺していた。身体の表面を薄い膜で覆われているような感覚。

「可愛いわ、ハリィ」ケニィが頬を撫でてくる。「ハリィって呼んでもいいでしょう？　モントリオールに帰るの、やめようかしら。ハリィと一緒なら、ヴァンクーヴァーも悪くないわ」

ケニィが頰を抓《つね》った。微かな痛み——感覚がよみがえる。思考が働きだす。

自由の国、カナダ。自由の大地、ブリティッシュ・コロンビア。ヴァンクーヴァーにはゲイが溢れている。ゲイは市民権を得ている。彼らは大胆に愛しあう。だが、自由の大地にも闇はある。

ハリィがゲイだと知れば、ジェイムズ・ヘスワースは怒り狂うだろう。キャスィとの婚約は破棄される。

警察機構——男たちの聖域。ゲイは黙認される。しかし、ゆるされるわけではない。ハリィがゲイだと知れば、レイモンド・グリーンヒルは唇を歪めるだろう。出世の道は閉ざされる。

「ねえ」ケニィが口を開く。馴れ馴れしい声と恋人のような仕種。「ぼくにもしてくれる？　ハリィのせいで、こんなになってるんだ」

盛りあがったケニィの股間。再び思考が霧に覆われていく。欲望だけが強まっていく。ケニィのペニスはどんな味がするのだろう。

助けてくれ、パット——声にならない祈り。

ハリィは銃を抜いた。ケニィの頭を撃った。

＊　＊　＊

犯罪者のルール——遺留品をチェックしろ。
指紋——髪の毛——精液。指紋は拭き取れる。髪の毛は拾い上げればいい。精液——ケニィの胃の中。CLEUの科学捜査。精液から血液型とDNAが特定される。

目撃者が捜される。カジノ——ケニィとハリィが一緒に出ていくのを見た人間がどこかにいる。ケニィの胃の中の精液がハロルド加藤のものだと特定される。

ポルシェを走らせる。西へ、西へ。ブリティッシュ・コロンビア大学の広大な敷地。点在する森の中にポルシェを停める。

富永脩《とみながおさむ》の顔が脳裏をよぎる。

ハリィはナイフでケニィの両手両足の指を切断した。証拠保存用に持ち歩いているビニール袋に切り落とした指を詰め込んだ。

吐きたかった。吐くわけにはいかなかった。

呉達龍《ンダッロン》の顔が脳裏をよぎる。

ハリィはケニィの口の中に持っていた弾丸をすべて押し込んだ。ケニィの身体を探った。財布——わずかばかりの金と車の免許証。

ケニィの身体を車の外に運びだす。ポルシェのトランクの中にあったオイルの缶。中身をケニィの身体にふりかけた。火をつける。ケニィは瞬時に燃えあがった。

ハリィはポルシェに乗りこんだ。バックミラーに映る炎——煉獄の業火。思いきりアクセルを踏んだ。

炸裂音がした。熱のせいでケニィの口の中の弾丸が暴発した音。歯形からケニィの身元が特定される恐れがなくなる。

森に囲まれた道を走る——バックミラーは見ない。恐怖に身体が震えていた。歯がかたかたと音を立てていた。

五分で市街に出た——神をも畏れぬスピード狂。途中で見つけた駐車場にポルシェを乗り捨てた。指紋を拭き取ることは忘れなかった。髪の毛を拾い上げることも忘れなかった。

タクシーは使えない。ハリィは歩いた。冷たい風が吹きつける。寒さは感じなかった。身体の芯を焙る炎——ケニィの身体から発せられた炎。

コンビニエンスストアのゴミ箱にケニィの指を捨てた。富永脩と呉達龍の顔が脳裏から離れなくなった。

家にたどり着く——赤色灯がアパートメントのエントランスを照らしている。

心臓が凍りつくようなショック。なぜだ？——頭の中でクエスチョン・マークが明滅する。

アパートメントの周囲は警官で溢れかえっている。

携帯電話——ケニィを殺した直後に電源を切っていた。電源を入れた。留守番電話サーヴィスに数十件のメッセージが入っていた。

メッセージを聞いた。膝から力が抜けた。

アパートメントを取り囲んでいる警官たちはハリィを

待ち受けていたわけではなかった。ケニィ殺しが発覚したわけではなかった。

ＣＬＥＵの連絡担当官の声は、アパートメントのドアマンが殺害されたと告げていた。

第二部　デッドリー・ドライヴ

40

「このままじゃ、馘《くび》は確実だぜ、ロン」

ケヴィンが切り出した。呉達龍《ンダッロン》は携帯電話を握りなおしながら欠伸《あくび》をした。

「ドレイナンの野郎、かんかんになって怒ってる。今日だって、署につくなり呼び出されたよ。あんたがどこでなにをしてるのか教えろってな」

「なんて答えたんだ？」

「なにも知らないって……おれもン巡査部長が行方をくらまして困っているってな。他にどういいようがある？」

「まとまった金が手に入るんだ。馘にされたところで痛くも痒《かゆ》くもない」

「年金もふいになるんだぞ」

「ヘロインを売った金を元手に商売をするつもりだ。そいつがうまくいけば、警察官の年金なんて屁みたいなもんだ」

呉達龍はリモコンでテレビをつけた。ケーブルテレビのニュースチャンネル。ブロンドのキャスターがイングリッシュ・ベイの高級アパートメントで起こった殺人事件をレポートしていた。

「だけどな、ロン……」

「ドレイナンなんかくそ喰らえだ。そんなことよりケヴィン、買い手を捜す方はどうなってるんだ？」

リモコンでテレビのヴォリュームをあげる。金持ちの持つテレビはさすがに使い勝手がよかった。

「昨日のうちに餌は撒いておいた。うまくいけば、今夜にでもなんらかのリアクションがあると思う」

ブロンドのキャスターがニュースを読みあげる。殺されたのはメトロポリタン・セキュリティ勤務のウィリアム・ガスコイン、六十二歳。事件が起きたアパートメントにＣＬＥＵの捜査官が住んでいるため、警察は物取りと怨恨の両面から捜査を進めていくと発表している。

太ったドアマンを殺したときの感触がよみがえる。殺しに快感を覚えている自分に気づく。呉達龍は微笑んだ。

「慎重にな、ケヴィン」

「わかってる。あんたも連絡を絶やさないでくれよ。あんたと違って、おれは警察を辞めるつもりはないからな」

「わかってるよ」

呉達龍は電話を切った。タイミングを見はからっていたかのように、テレビの画面も切り替わった。鬱蒼《うっそう》と茂った木々——深い森。焼け爛《ただ》れた草木と地面。額が禿げあがったキャスターが状況をレポートする。だれかがだれかを殺した。ブリティッシュ・コロンビア大学の敷地内の森に車で死体を運んで火をつけた。犯人はもちろん、遺体の身元も判明していない。遺体は丸焦げ。犯人は死体の指を切断した。口の中に弾丸を詰めて火をかけた。歯はすべて吹き飛び、歯形から身元を探ることもできない。

切り落とされた指——日本鬼《ヤップンクワイ》。

微笑みがとまらない。

呉達龍はシャワーを浴びた。冷蔵庫に残されたもので朝食をつくった。食後にポーレイ茶を飲み、煙草を吸った。体内に満ち溢れている活力を堪能した。

煙草を吸い終わると携帯電話が鳴った。

「ハロー？」

気取った英語——鄭奎《ヂェンフィ》。

「どうしたんですか、鄭先生《シンサン》」

呉達龍は広東語で答えた。

「会って話をしたい」

鄭奎は英語で続けた。

「あんたが雇った殺手《サッサウ》に殺されるために、おれがわざわざ出かけていくと本気で思ってるんですか」

アイデア——鄭奎のしてきた悪さの証拠をジェイムズ・ヘスワースに売りつける。検討に値するかもしれない。

「だれも連れていったりはしない。わたしひとり、君ひとりだ。約束する」

「あんたの約束があてにならないことは、おれがよく知ってますよ」

呉達龍は携帯を耳から離した。鄭奎と話し合うことはなにもなかった。

「待て!!」

切迫した声——回線を切ろうとしていた手がとまる。

「子供がどうなってもかまわんのか？」

神経が凍りつく。呉達龍は携帯を耳に当てた。

「どういうことだ？」

「君の子供たちが広州《ゴンヂャウ》の楊《ヨン》に誘拐されたのは知っている。わたしなら、彼らを救うことができる。殺すこともできる」

子供たちの顔が脳裏をよぎる。狂おしい感情に喉が締めつけられる。

「どこに行けばいい?」

呉達龍はかすれた声でいった。

「パンパシフィックに部屋を取ってある。今すぐ来てくれ」

＊　＊　＊

ダウタウンの北——カナダ・プレイス。バラード入江を挟んでノース・ヴァンクーヴァーを望む一等地に建つ国際会議場。パンパシフィックはその中にある。もちろん、五つ星の高級ホテル。

呉達龍は地下駐車場に車を停めた。おんぼろの日本車は場違いだったが、気に留める必要はなかった。

コートを羽織る。その下に銃身を短く切ったショットガンをしまいこむ。

鄭奎は信用できない——いつ、いかなる時でも。

エレヴェータでフロントにあがった。客室用のエレヴェータに乗り換えた。鄭奎の部屋は入江を見おろすスイート。ひとつ上の階でエレヴェータを降り、階段をくだる。廊下を行き来する掃除婦たち。鄭奎の尻にいつもくっついているボディガードたちの姿はない。銃を構えた殺手たちもいない。呉達龍を逮捕しようと待ち構えるCLEUのくそったれどももいない。

コートの下のショットガン——右手をコートの内側に突っ込んで銃床を握った。鄭奎の部屋のドアをノックした。

数秒の間。やがて、ドアが開く。

「待っていたよ」

鄭奎がいう。声はひび割れている。乱れた髪、落ちくぼんだ眼窩。血走った目。鄭奎はいつも身だしなみに気を使う。イエロウモンキィは裸では白いゴリラどもにかなわない——口癖のようにいう。

こんな鄭奎を見るのは初めてだった。

「入りたまえ、ロン」

鄭奎が身体を開いた。呉達龍は部屋の中に足を踏み入れた。後ろ手でドアを閉める。ショットガンを抜いた。

鄭奎の顔色が変わった。

「なんの真似だ?」

跳ねあがる鄭奎の声——広東語。恐怖の前では気取りも消し飛ぶ。

「あんたの約束はあてにならない。電話でそういったはずだ」

　ショットガンを鄭奎に押しつける。鄭奎は両手を頭の上にあげた。

「お、おれを殺すつもりか？」

「ビジネスの話を聞いてから決める。その前に、家捜しだ」

　鄭奎にショットガンを突きつけたまま、部屋を調べた。バスルームがふたつ。ゴルフができそうなぐらいにだだっ広いリヴィングがひとつ。ベッドルームがふたつ――鯨が眠れそうなキングサイズのベッド。香港なら、一家族が暮らせそうなウォークイン・クローゼットがひとつ。

　だれもいなかった。部屋にいるのは鄭奎と呉達龍だけだった。呉達龍はショットガンの銃口を下げた。

「手をおろしてもいいか？」

「ああ、好きにしろよ」

　呉達龍はリヴィングに戻った。ふかふかのソファに腰をおろした。ショットガンは手放さなかった。鄭奎が向かいに腰をおろすのを待って口を開いた。

「まず、子供たちの話を聞かせろ。どうやって知った？　どうやって救いだす？」

「向こうで起こっているきな臭い話は、たいてい、わたしの耳に届く。ましてや、おまえはわたしの子飼いの悪徳警官だ。おまえになにかあれば、それはわたしに跳ね返ってくる。向こうにいるおまえの家族にわたしが目を光らせていたとしても不思議はないだろう」

　気取った英語が復活する。鄭奎は落ち着きを取り戻していた。

「つまり、こういうことだな――」

　呉達龍はショットガンを構えた。鄭奎の顔から落ち着きが消えた。

「あんたはとうの昔におれの子供たちが誘拐されたことを知っていた。知っていて、おくびにも出さなかった。おれの子供たちがどうなろうと知ったことじゃなかった」

「待ってくれ」鄭奎は両手を突きだした。ショットガンから遠ざかるように身体を反り返らせた。「確かにそのとおりだ。だが、今は後悔している。わたしの頼みを聞いてくれれば、おまえの子供たちは無事、家に帰ることができる。本当だ。広州の楊とはもう話をつけてあるんだ」

「いくら払うことになったんだ？」

「五十万ドル」

「米ドルで？」

　鄭奎はうなずいた。呉達龍はショットガンを膝の上に置いた。銃床は握ったまま――いつでも撃つことができる。

「代わりにおれになにをしろというんだ？　あんたの悪事の秘密を胸に抱いたまま自殺しろと？」

話は見えている。家を見張っていたCLEUの捜査官。ハロルド加藤は自分を銃撃した人間を知っている。知っていながら手をこまねいている。悪徳警官による警官殺害未遂。普通ならすぐに市警に回状がまわる。すぐに逮捕される。だが、ドレイナンは呉達龍を馘にすると息巻いているだけだ。

裏がある。汚い裏が。ハロルド加藤はジェイムズ・ヘスワースの娘の婚約者だ。ヘスワースは鄭奎に話を持ちかける——例の悪徳警官を逮捕させる。おまえの悪事がすべて暴露される。それが嫌なら、選挙からおりろ。

鄭奎は承諾する——表向き。退散するふりを装って、相手の隙を窺おうとする。呉達龍がいなくなれば、鄭奎は傷つかない。殺手を雇い、呉達龍を殺すだけでいい。

乱れた髪——落ちくぼんだ眼窩——血走った目。それらが意味するのは鄭奎の焦りだ。殺手は呉達龍を見つけることができなかった。鄭奎は窮地に追い込まれている。

「ジェイムズ・ヘスワースを殺してくれ」

鄭奎がいった。呉達龍はショットガンを取り落としそうになった。

「なんだと？」

「あのくそったれを殺せといったんだ」

広東語——鄭奎の地金が覗きはじめる。

「この選挙に勝つために、いったいいくらの金を使ったと思ってるんだ？　いまさらやめるわけにはいかない。戦う前から諦めることはできないんだ。やつを殺せ、阿《ア》龍《ロン》。おれの顔に泥を塗ったことを地獄で後悔させてやるんだ」

鄭奎は本気だった——狂いかけていた。

「どうしておれに？　おれを殺すために雇った殺手がいるはずだ。そいつにやらせればいい」

「あいつらは役たたずだ。おまえの居場所ひとつ突き止めることができなかった。そんな連中に任せられるか」

「おれだって似たようなものだ。確かに、おれは一丁前の犯罪者だ。人を殺したことだってある。だからといって、プロの殺し屋の真似ができるわけじゃない。しかも、相手は大物だ。一流のプロを雇ったって、うまくいくかどうかはわからない」

「やつを殺せ」鄭奎は繰り返した。血走った目の奥でなにかがぎらぎらと燃えていた。「そうすれば、子供を助けてやる。それとは別に、金も出す。ヴァンクーヴァーから出ていく算段もつけてやる。アメリカの市民権が欲しいなら手に入れてやる。もちろん、子供たちの分もだ。だから、やつを殺すんだ、阿龍」

心が動く――ねじ伏せる。鄭奎の提案はあまりに現実離れしすぎている。ヘスワースにはプロのボディガードがついているはずだ。おまけに、CLEUのくそったれともつるんでいる。安易に手が出せる相手ではない。

「少し落ち着けよ、鄭先生」

呉達龍はいった。思案をめぐらせた。自分の言葉が耳に引っかかっている――一丁前の犯罪者、だが、プロの殺し屋ではない。だったらなんのプロだというのか？

強請《ゆす》り、たかり。強請りにはネタがいる。ネタを集めるにはそれなりの技術がいる。技術は警察で磨いた。ネタを集められなければ、捏造することもできる。

「あいつを殺すんだ」

鄭奎は繰り返している。とち狂っている。話を断れば、子供たちは殺される。その前に鄭奎を殺すか、丸め込むか。

丸め込め――頭の中で声が響く。

「あんたは別にヘスワースに殺すぞと脅されたわけじゃない」呉達龍はいった。「おれというスキャンダルを握られて脅しをかけられているだけだ」

「なにがいいたいんだ？」

「同じことをしてやればいい」

鄭奎は口を閉じた。血走った目が忙《せわ》しなく左右に動いた。

「おれはあんたのために、あんたの邪魔になる人間を痛めつけてきた。暴力がきかない連中には、悪事のネタを拾ってきて、それで脅した。ネタがなけりゃ捏造した。同じことをヘスワースにすればいい。おれは殺しのプロじゃないが、そういうことにかけては年季が入っている」

鄭奎の目の動きがとまる。とち狂っていても、鄭奎は馬鹿ではない。

「できるのか？」

「もちろん。あいつの周囲を探れば、ヤバいことのひとつやふたつ、すぐに出てくる。清廉潔白な金持ちがいないのはあんたも知ってるはずだし、もし、ヘスワースが奇麗な身体をしていたとしても、傷を作ってやればいい。ヘロイン中毒者に仕立てることもできる。若い男が好きなホモに仕立てることもできる。どっちも、普通に暮らしてるだけならどうってことはないスキャンダルだが、下院議員の選挙となれば、確実に問題になる。写真を一枚、送りつけてやればいい」

「やってくれ」鄭奎がいった。「あいつにおれの靴の底を舐めさせてやるんだ」

「今すぐ、子供たちを解放するように広州にいうんだ。それから、子供たちに使う金とは別に、おれに五十万ドル。それから、おれと子供たちのアメリカ合衆国市民権」

「お安い御用だ」

鄭奎が答えた。立ち上がり、電話に手を伸ばす。

鄭奎の口から漏れる広東語——金を広州へ送れ。

子供たちの顔が脳裏に映る。子供たちの背後で札束が舞っている。自由の女神が聳え立っている。

ヘロインを売り捌く。鄭奎の仕事をこなす。ケヴィンを殺す。百万ドルが手に入る。合衆国が門戸を開いている。

薔薇《ばら》色の未来——日本鬼の指を切り落とした途端目の前に現われた。

41

浅い微睡《まどろ》み——モルヒネの余韻がもたらす悪夢。恭子《きようこ》が笑っている。富永《とみなが》を嘲笑っている。覗き見野郎がそれに迎合する——情報収集を怠るからそんな目に遭うんだ。すべてを知れ、知り尽くせ。

夜が明けた。燕玲《インレン》はホテルに戻った。

小指が痛む。痛みは消えることがない。痛みは神経細胞を通過して脳に命令をくだす。

呉達龍《ンダッロン》を探せ。見つけだしてぶち殺せ。怒りと憎悪が恐怖を塗り潰す。

左手の小指を失うのと同時に肝っ玉も失った。右手の小指を失うのと同時に肝っ玉がよみがえった。あるいは自棄《やけ》になっている。

痛みを忘れるためにモルヒネを打つ。時間が跳ぶ。

電話が鳴る——香港からの国際電話。

「マックから聞いた。大変な目にあったらしいな」李耀明《レイイウミン》の声——深く沈んでいる。「人を出してほしいか？」

「大老《ダーイロウ》には迷惑をおかけしたくありません。それに、小姐《シウチエ》はまだ見つかってません」

「少芳《シウフォン》を見つけ出すことが最優先だ。それを忘れるな」

「もちろんです」

電話が切れる。受話器を叩きつける。小指が痛む。

また、夜が明ける。

阿寶《アポー》が迎えにくる。新しい拳銃を携えて。外は相変わらず冷たい雨が降っている。

「どこに行きます？」

「ダウンタウンだ。市警の本部で呉達龍の相棒を見張る」

ヴァンクーヴァーは広い。たったひとりの人間を焙《あぶ》りだすには広すぎる。だれかを使っておびき出すのが望ましい。だれか——燕玲。呉達龍の携帯の番号が必要だった。

「さらいますか？」

「もしかするとそうなるかもしれない」

阿寶は電話で人手を集めはじめた。おまわりを拉致するにはそれなりの準備がいる。

「ちょっと寄り道してもかまいませんか？」

電話を切りながら阿寶がいった。富永はうなずいた。

「おれたち、この車をずっと使ってます。だれかに見られている可能性もありますから、違う車に乗り換えます」

「そうだな」

「まだ、傷が痛むんですか？」

「その話はするな」

富永はいった。阿寶が目をそらした。

チャイナタウン——濃紺のBMW。阿寶はその後ろにホンダをとめた。「あれです」BMWを指差す。

BMWに移動した。運転席に茶封筒が残されていた。中には写真が一葉——呉達龍と金髪碧眼の白人が写っている。ふたりともヴァンクーヴァー市警の制服を身につけている。

富永は煙草をくわえた。火をつけた。

「この白人があいつの相棒のケヴィン・マドックスですよ」

阿寶がいった。白人の顔は目に入らなかった。呉達龍の顔のズームアップ。

呉達龍は仏頂面をしていた。カメラのレンズを睨んでいた。

「くそ野郎が」

富永は日本語で吐き捨てた。煙草の先端を呉達龍の顔に押しつけた。

＊　＊　＊

ダウンタウン——午前十時。警察署から一台の車が出てくる。運転手は金髪碧眼。助手席にいるはずの相棒の姿はない。

「あいつです」阿寶はアクセルを踏んだ。「さらうつもりなら、準備はいつでもできてます。仲間を呼びましょうか？」

「まだいい。しばらく後を尾けるんだ」

「わかりました」

ケヴィン・マドックスの車は三台前を走っている。阿寶は慎重に車を操る。

バラード・ストリートからバラード・ブリッジを渡ってコーンウォール・アヴェニューへ。景色が変わる。ダウンタウンの高層建築が、イングリッシュ・ベイの穏やかな海と高級住宅街へと姿を変える。

マドックスの車のブレーキランプが光る。路肩に車がとまる。ひときわ背の高いアパートメント・ビル。エントランスの周囲に四台のパトカー。制服姿の警官たち。

阿寶はBMWを走らせ続ける。

「なにかあったのか？」

「殺しですよ。年寄りのドアマンが殴られて、そのショックで心臓が停まったって話です」

五十メートル先にレストランがあった。阿寶はその駐車場に車をとめた。お仕着せを着た男が飛んでくる。

「車を停めてるだけだ」

阿寶がいう。

「困ります」

男が眉間に皺をよせる。

「これでいいだろう」

富永は百ドル札を男の手に握らせた。男は姿を消した。

バックミラー――アパートメントの周囲をうろつく警官たち。マドックスの姿はない。アパートメントの中に入っていったに違いない。小指が痛む――モルヒネをもっともらっておくべきだった。

「この辺で殺しっていうのは珍しいんじゃないのか？」

「そうですね。黒社会《ハクセイウイ》の大物もこの辺りには住んでませんし……堅気《かたぎ》の白人の縄張りってやつですから、滅多に事件も起こりませんよ」

「押し込みか？」

「それがわからないんで。死んだドアマン以外、被害にあったやつがいないんです」

高級住宅街で起こった不可思議な事件――稲妻が頭の中で鳴り響く。

富永はハロルド加藤に携帯電話をかけた。留守番電話――稲妻はさらにまばゆい光を放つ。

「富永だ」富永は日本語でメッセージを吹きこんだ。「話がある。大至急、連絡をくれ」

電話を切り、阿寶に顔を向けた。

「CLEUの捜査官の住所を調べられるか？」

「黒社会関係の連中なら」

「ハロルド加藤。例の日系のおまわりだ」

「わかりました」

阿寶は自分の携帯を使った。三分も待たずに電話は終わった。

「あのアパートメントがそいつの住んでるところです」

「そうか」

稲妻が脳味噌をかき回す。ハロルド加藤が関わっているなら、ドアマンを殺したのは呉達龍以外にありえない。目的はハロルド加藤の部屋に侵入すること。なぜ？——わからない。ハロルド加藤を殺したかったのか？　ハロルド加藤に意趣返しをしたかっただけなのか？

「本当に他に被害はないのか？」

「テレビのニュースではそういっていただけですけどね」

呉達龍とハロルド加藤。ふたりを結ぶ線はなにか——憎しみ。違う。それでは答えにならない。

「あいつです」

阿寶の声——阿寶はバックミラーを覗いている。鏡の中、マドックスの車がこっちに向かってくる。

「尾行を続けよう」

富永はいった。阿寶がアクセルを踏んだ。

＊　＊　＊

再びダウンタウンへ。マドックスは運転しながら携帯電話でだれかと話した。通話時間は七分四十秒。短くはないが長すぎるわけでもない。

アルベルニ・ストリート沿いのイタリアンレストラン——〈グッド・フェロウズ〉にマドックスは入っていった。

「おまわりがランチを食いに行くような店じゃないですよ」

阿寶が注釈を加える。

「時間もランチには早すぎる。腹、減ってるか？」

「あの店、入るんですか？」

阿寶は自分を指差した。ジーンズにセーター、年季の入った革のジャンパー。高給取りのビジネスマンが集うレストランにはそぐわない。

「かまわないさ。文句をいわれたら、おまえはおれの奴隷だといってやる」

阿寶が笑った。富永は笑わなかった。

車を降りてレストランへ。慇懃《いんぎん》なドアマンに遮られる。

「お客様、申し訳ありませんが、当レストランではカジュアルな服装の方はご遠慮いただいております」

ドアマンの肩ごしに店内を覗く——カジュアルな服装の白人が腐るほどいた。

富永は包帯を巻いた右手をドアマンに突きだした。

「利き手を怪我してね。ひとりじゃ満足にフォークを扱えないんだ。この男はおれの手の代わりになってくれる。それとも、この店は障害のある人間には飯も食わせてくれないのか？」

人権大国、カナダ。ドアマンが頭を下げる。

「失礼いたしました」

店内は賑わっている。客層は白人と日本人観光客。マドックスは店の一番奥の席にいた。背中を入口に向ける位置の席。向かいに座っているのは赤ら顔の白人。

ドアマンに案内された席からはマドックスの背中を見ることができた。

「なんでも知っているおまえでも、白人はお手上げか？」

阿寶は首を振った。

「堅気の白人ならくそ喰らえですけどね、黒社会の連中なら話は別です」

「あの赤ら顔もギャングか？」

「白人組織の中堅幹部ですよ。名前は確か、ブライアン・ギグスだったかな。ヴァンクーヴァーとトロントのヘロインの輸送ルートを仕切ってるはずです」

ヘロイン——すべてはヘロインに繋がっている。ヴァンクーヴァーで横取りされたヘロインは東へ運ばれる。

ボーイがメニューを持ってくる。ミネラルウォーターとパスタをオーダーする。食欲はなかった。

マドックスとギグスは熱心になにかを話し合っている。テーブルの上に並べられた皿——ほとんど手つかず。

間違いない。マドックスとギグスはヘロインの話をしている。呉達龍が持っているヘロインを売買する話をしている。売り飛ばされる前に、呉達龍を押さえなければならない。

「阿寶——」マドックスに目を向けたまま富永はいった。「このレストランを出た後であいつをさらう。人を集めておいてくれ」

阿寶はなにもいわずに席を立つ。二分で戻ってくる。

「問題なしです」

阿寶の目の隅がかすかに血走っている。戦闘モードに神経が切り替わったことを示している。

「ぜんぶおれたちに任せてください、サム哥《コー》。きっちりやってみせますから」

「おまえを信用してるよ、阿寶」

「サム哥が襲われたってことは、おれたちの組織が舐められたってことです。呉達龍の野郎、許しやしませんよ」

「あいつを殺るのはおれだ。それだけは忘れるな」

「もちろんです」

料理が運ばれてくる。阿寶が料理をぱくつく。マドックスとギグス——コーヒーを飲んでいる。テーブルの上の皿は手つかずのまま。ギグスがなにかを喋り、マドックスがそれにうなずいている。

「食べないんですか？」

「ああ」

マドックスとギグスの様子をうかがいながら富永は答えた。

ギグスがボーイに手を振った。チェックの合図──会談は終了した。

阿寶が食事を終えた。窓の外に視線を向けた。人が行き交う。車が行き交う。のどかな光景があるだけだった。

ボーイがマドックスたちのテーブルの上にレシートを置いた。金を払ったのはギグスだった。

マドックスとギグスが腰をあげた。富永は阿寶に視線を送った。阿寶がうなずいた。マドックスとギグスが真横を通りすぎる──富永たちの姿はふたりの視線には入っていない。マドックスは不機嫌そうな顔をしていた。ギグスは微笑んでいた。

推測──会談はマドックスの思惑通りには進まなかった。

推測──マドックスはギグスにヘロインの買い取りを依頼した。

推測──白人のギャングも、中華系の黒社会には一目を置いている。黒社会のヘロインが何者かに横取りされていることを知っている。出所が定かではないヘロインに手を出したりはしない。


「阿寶、ある人間が黒社会の白粉《パーファン》をかっぱらったとして、白人連中の組織がそれを買い上げることはあるか？」

阿寶は首を振った。

「中国人の物に手を出すとどうなるか、連中はよく知ってますよ。五年ぐらい前に揉めて抗争が起こったことがあるんです。勝負はつかなかったけど、先に泣きを入れてきたのは白いやつらでした」

「なるほどな」

富永は手をあげた。ボーイが飛んでくる。

「チェックをしてくれ」

窓の外──マドックスとギグスは握手をしなかった。マドックスはレストランの前につっ立って、遠ざかっていくギグスの後ろ姿を見つめていた。やがて、諦めたように首を振り、自分の車に足を向けた。

ボーイがレシートを持ってきた。富永は無造作に紙幣を財布から抜き取った。ボーイに渡した。視線は窓の外──マドックスが車のドアに手をかける。左右から人影が忍び寄る。右から近づいた人影がマドックスの口を塞いだ。車の後部ドアが開く──車に乗っていた別の人影がマドックスを車内に引きずり込む。マドックスの口を塞いだ人影がそれを後押しする。マドックスと人影は車内に消えた。残った影がドアを閉めた。影はそのまま運転席に乗り込んだ。

マドックスの車は走り去った。真昼の誘拐劇——道路の向かい側にいた中年の女が呆然とした顔で車の走り去った方向を見つめていた。

「どんなもんです、サム哥。おれたちもなかなかのものじゃないですか？」

阿寶が嬉しそうにいった。

＊　＊　＊

ヴァンクーヴァーとバーナビィの境界近くの倉庫街——壁面に中国語で周氏貿易集団、英語で Chow's Trading Group と書かれた倉庫の前で阿寶はクラクションを鳴らした。それが合図だったかのように倉庫の馬鹿でかい扉が音もなく開きはじめた。

右手には同じように中国語と英語が併記された倉庫が並んでいた。左手は入江で、その向こうにノース・ヴァンクーヴァーの街並みを前面に従えた山々が広がっていた。

「周氏貿易集団か……まっとうな会社なんだろう？　ここにも大老の息がかかってるのか？」

富永は訊いた。

「さあ。そういうことはマック哥しか知りませんよ」阿寶が答えた。「どういうふうになってるのかはわかりませんが、ときどき使わせてもらってるんです」

翻訳——密輸したヘロインや銃器の一時収納庫。

「船荷をここに運ぶのか？」

「たまにですけどね。台湾からまわってくる白粉はここらあたりの倉庫に隠しておくことが多いですよ」

倉庫の扉が完全に開いた。阿寶が静かにアクセルを踏んだ。ＢＭＷがゆっくり前進する。倉庫の中はだだっ広かった。いくつもの工作機械と積みあげられたコンテナ——それを飲み込んであまりある空間。空いたスペースのど真ん中に見覚えのある車が停まっていた。

ＢＭＷが中に入ると、扉が閉まりはじめた。阿寶が車を右端のスペースに停めた。

「降りてください。やつには目隠しをしてありますし、他の連中にはなにを聞かれてもなにも答えるなといってあります」

「わかった」

富永は車を降りた。後ろ手でドアを閉めた——右手の小指が痛んだ。反射的に拳を握った。痛みは化学反応を誘発する。身体中の血管を流れる血がどす黒い炎に変わる。

倉庫の中の空気は冷えきっていた。富永は足をとめた。深く息を吸った。頭を冷やせ——自分にいい聞かせた。

ここで暴発するわけにはいかない。呉達龍に自分の存在を気づかせてはならない。

「どうしました、サム哥？」

ドアの閉まる音に続いて阿寶の声がした。富永は振り返った。

「おれがいいというまで一言も口をきくな。他の連中も同じだ」

阿寶はうなずいた。富永を追い越してマドックスの車に駆け寄った。ウィンドウ越しに車の中の連中に身振りで口を閉じていろと示した。

富永は阿寶の後を追った。阿寶はマドックスの車の後部ドアを開けた。マドックスの喚く声が聞こえた。

「なにかいえ！　おれは警官だぞ。それを知っててこんな真似をしてるのか？　ただじゃすまねえぞ、わかってんのか!?」

下品な金切り声――恐怖に語尾がかすれていた。覗き見野郎が舌なめずりする。こいつは喋る。なんでも喋る。聞きだせ。すべてを聞きだせ。悪徳警官どもが闇に葬ろうとしている秘密を暴きだせ。

富永は車に近づき、中を覗きこんだ。マドックスは目隠しをされていた。両手は後ろ手に縛られていた。左の頬骨の上が腫れていた。マドックスの右隣には体格のいい中国人――レストランの前でマドックスの口を塞いだ影。運転席と助手席にいる中国人が残りの人影だった。

阿寶を手招きした。阿寶の耳に囁《ささや》いた。

「あのでかいやつは英語を話せるのか？」

阿寶は車の中を覗きこんだ。でかいやつ――マドックスの横の男を確認して首を振った。

「よし」富永は言葉を続けた。「前のふたりに車から降りるように指示してくれ。おれが呼ぶまで車には近づくな」

「サム哥――」

「考えがあるんだ」

富永は阿寶の言葉を遮った。阿寶は小刻みにうなずき、車に足を向けた。身振り手振りでふたりの中国人に車を降りるように伝えた。ドアが開き、男たちが降りてくる。ドアが閉まると、マドックスの金切り声がひときわ高くなった。

「なんだ？　なにが起こってるんだ!?　だれか、説明してくれ。いつまでだんまりを決めこんでるつもりだ？　おまえら、英語が喋れないのか？」

富永は車に乗り込んだ。コートの裾がマドックスに触れた。マドックスが身体を顫《ふる》わせた。

「だ、だれだ!?」

富永はわざと大きな音を立ててドアを閉めた。マドックスが身体を富永から遠ざけようと腰を引いた。富永はマドックスの横の中国人に銃の形に指を開いた手を突きだした。中国人が無言でうなずいた。スーツの懐に手を入れ、銃を抜き出した。銃を差し出そうとする中国人に、富永は首を振ってみせた。

「ケヴィン・マドックスだな？」

マドックスが首を傾《かし》げた。

「あ、あんた、英語ができるのか？　どうなってるんだ、これは？　この車に乗ってる連中は、おれがなにを訊いても、一言も口をききやがらねえんだ。いったい、なにがどうなってるんだ？」

「黙れ」

富永は鋭い声を発した。中国人にうなずいてみせた。中国人は銃口をマドックスの顎に押しつけた。マドックスは小さな悲鳴をあげた。

「おれの訊くことだけに答えるんだ。それ以外は口を開くな」

マドックスは喘《あえ》いでいた。目隠しをされていても、不安に歪んだ表情を見て取ることができた。

「いうとおりにしていれば、おまえに危害を加えることはない。おまえはケヴィン・マドックスだな？」

「そ、そうだ」

「ヴァンクーヴァー市警凶悪犯罪課の刑事だな？」

「それがどうしたっていうんだ？」

富永はうなずいた。中国人が拳銃を押しつける手に力を込める。

「余計なことは喋るな。警告はこれで最後だ。わかったか？」

マドックスが顫えながらうなずいた。

「おまえはブライアン・ギグスにヘロインを売りつけようとしたな？」

マドックスの顫えが大きくなった。

「ど、どうして――イエス。イエスだ。撃たないでくれ」

「どうしてそれを知っているのかといいたかったのか？」

富永はいった。マドックスが人形のようにうなずいた。

「ならば、ひとつだけ教えてやろう。おまえも刑事なら知っているだろう。ヴァンクーヴァーではヘロインが欠乏している。こんな時は、我々のような人間は情報に敏感になるものだ。わかるだろう？」

「あ、ああ……」

目隠しの下、マドックスの困惑が大きくなっていくのがわかった。大仰な英語を喋る謎の男とその一味。中国人ではなく、かといって既存の白人ギャングとも思えない。こいつらはいったい何者だ？——マドックスの頭の中では疑問符が明滅しているはずだった。

「ヘロインはどこにある？」

マドックスはいいよどんだ。富永は中国人にうなずいた——こっぴどく脅しつけてやれ。

中国人は左手でマドックスの頭を下に押しつけた。右手に握った銃の撃鉄を起こした。

「待て！　待ってくれ!!」

「さっきの警告が最後だといったはずだ」

「なにも知らないんだ。だ、だから、答えようがないんだよ」

中国人が富永の指示を待っている。目で指示を出す——撃て、ただし、怪我はさせるな。富永は耳を塞いだ。中国人がマドックスの足元に銃口を向けた。撃った。閃光が走った。轟音が響いた。マドックスが断末魔のような悲鳴をあげた。バックミラー——阿寶たちが駆け寄ってくる。富永はドアを開けた。手を振って阿寶たちを止めた。

マドックスは悲鳴を絞りだしている。

「黙れ!!」富永は叫んだ。「どこかに当たったわけじゃない。おれの訊いたことにきちんと答えるんだ。いいな？　ヘロインはどこにある？」

「おれは知らないんだ。ロナルド・ンって野郎がどこかに隠し持ってる。本当だ。嘘じゃない!!」

「ロナルド・ンだと？　おまえのパートナーじゃないか」

「そうだ。ヘロインを持ってるのはあいつなんだ。おれはただの連絡役だ」

「そいつはどこにいる？」

「知らない。信じてくれ。なにを企んでるのか知らないが、あいつはここ数日、署にも顔を出さないんだ。たぶん、ヤバいことに手を出して雲隠れを決めこんでるんだと思う。本当におれはなにも知らないんだ」

「どうやって連絡を取りあってるんだ？」

「電話だ。携帯電話だ」

覗き見野郎が歓喜する。呉達龍の携帯の番号——劉《ラウ》燕玲を使ってはめることができるようになる。

「番号を教えろ」

もう、脅す必要はなかった。マドックスは自分から訴えるように数字を吐きだした。

「わかってはいると思うが、念の為にいっておくぞ、マドックス。もし、この男がヘロインを持っていなかったら、我々はおまえを許さない」

「嘘じゃない。ヘロインを持ってるのはあいつなんだ」

「もうひとつ。今日の我々とおまえの会談の内容が他のだれか——そのンという男やブライアン・ギグスのような連中に漏れた場合も、我々はおまえを許さない」

「だれにも話しゃしない。本当だ」

「約束を破ったら、我々は必ず戻ってくる。今日、自分がどうやって拉致されたのかをよく考えるんだ。その気になれば、我々はおまえ自身にも気づかれることなくおまえを殺すことができた」

「頼む……殺さないでくれ。お願いだ」

「おまえは悪徳警官だ。我々と同じ穴の貉《むじな》だ。報復など考えない方がいい」

「忘れるよ。あんたたちのこともヘロインのこともきれいさっぱり忘れ去る。だから、あんたたちもおれのことは忘れてくれ」

富永は車を降りた。

「どこへ行くんだ、おい？　殺さないっていったじゃないか――」

ドアを閉めた。マドックスの惨めな命乞いがただのくぐもった呻きに変わった。

阿寶が小走りで近よってきた。

「どうでした？」

「うまくいった。連中には感謝してると伝えてくれ」

富永は阿寶の背後に顎をしゃくった。ふたりの中国人――恐らくは広東人が富永と阿寶の様子を番犬のようにうかがっていた。

「そんな必要はないですよ。みんな、マック哥の世話になってる連中ですから……で、あいつはどうします？」

「気絶させて適当なところに捨てておくようにいってくれ。ただし、絶対に怪我はさせるな。さんざん脅しをかけてはおいたが、おまわりってのは恨みがましいやつらが多いと相場が決まってるからな」

「わかりました」

「あいつはおれたちのことを新興の白人ギャングだと思ってる。あいつを捨ててくるまで、絶対に口は開くな」

阿寶がふたりの中国人のところにとって返した。

富永は三人の脇を通りすぎた。阿寶が口にしているのはやはり広東語だった。

BMWに乗りこみ、煙草に火をつけた。右手の痛みは燻《くすぶ》りつづけていた。煙を吐きだしながら、富永は日本語でつぶやいた。

「待ってろよ。必ず償いはさせてやるからな」

42

恐怖に身体がすくむ。睡眠不足のせいで思考能力が低下している。疲労に目が霞む。

ケニィ——甘美な唇。後頭部にぽっかりと開いた弾丸の射出孔——飛び散った脳漿《のうしょう》。破滅への導火線がちりちりと音をたてて燃えている。

デスクの上にメモが置いてある。詳しい報告を——グリーンヒルの几帳面な走り書き。

導火線は燃えつづけている。どこかで消し止めなければ爆弾が破裂する。

ハリィは溜め息を洩らした。スタイロフォームのカップに入ったまずいコーヒーを啜った。グリーンヒルの走り書きの下に積まれた他のメモ類に目を通した。

猟犬たちからの報告——呉達龍《ンダツロン》は姿を消した。富永《とみなが》脩《おさむ》は尾行をまいた。

麻薬課のエドマンド・スミスからのメモ——取引きの詳細な情報はまだ摑めない。だが、多くの潜入捜査官が近々に大きな動きがあるのは確かだと感じている。なお、件《くだん》の若い中華系女性に関する情報はまだ得ていない。

中華系女性——李少芳《レイシウフォン》。居場所はわかった。ケニィが教えてくれた。だが、捕まえにいく時間がない。

電話が鳴った。

「ハロー?」

「ハリィか？　わたしだ」

ジェイムズ・ヘスワース。取り巻きのだれかのご注進に慌てるご主人様。

やめろ——声にださずに叫ぶ。他人をあげつらう暇があるなら、やるべきことをしろ。導火線は燃えつづけている。

「どうも、ジム。ご心配をおかけしたようで」

「聞いたところによると、ドアマンを殺したのは例の警官だという話だが、本当なのかね？」

「間違いありません」

太い溜め息が聞こえた。

「その男はなにを考えているんだ？」

「たぶん、追い詰められて異常な興奮状態にあるんでしょう。そうした人間は往々にして理解不能な行動を取ります」

呉達龍は富永脩の指を切り落とした。ハリィのアパートメントのドアマンを殺した——ハリィの部屋に侵入し、なにもせずに出ていった。

とち狂っている——あるいは、ハリィの知らないなにかが呉達龍を突き動かしている。

「もし部屋に君がいたなら、彼は君を殺したかね？」

「ぼくが殺されたかどうかはともかく、試みようとはしたでしょうね」

「キャスィには聞かせん方がいいな」

「そうでしょうね。彼女にはあとで電話をしますが、当たり障りのない話をしておきます」

「そうしてくれ。あれは君のことを本気で愛しているんだ」

「わかってます。ぼくも彼女を愛していますから」

体毛が逆立っていく。ハリィは受話器を強く握りしめた。

「ところで、あのアパートメントにはしばらく帰らない方がいいと思うが――」

「ええ、ホテルの部屋を取りました。しばらくはそこで寝泊まりするつもりです」

「わたしの家にはゲストルームがいくらでもあるのを知っているかね？　君がわが家に来てくれれば、キャスィも安心するだろう」

そんなことをすれば、毎晩キャスィに愛撫をせがまれる――昨日までは耐えられた。今は耐えられない。

「すみません、ジム。仕事のことを考えると、そうもいかないんです。真夜中に電話がかかってくるたびに、キャスィに謝らなければならなくなりますからね」

「それもそうだな。それなら、今夜だけでもうちに寄ってくれんか？　極上のワインが手に入ったんだ。それを味わいながら、今後のことを話し合いたくてね」

「明日の夜ならなんとかします。それでよければ」

「かまわんよ。最後にひとつだけ聞かせてくれ、ハリィ。昨日の事件はれっきとした殺人事件だ。市警が動きだすんじゃないのかね？」

ヘスワースの声が低くなった――電話をかけてきた最大の理由がこれだと告げていた。

「グリーンヒル警部がうまく処理して、市警から事件そのものを取りあげました。ご心配には及びませんよ、ジム。あの警官の件は、ＣＬＥＵ以外の捜査機関に預けられることはありません」

「そうか。それを聞いて安心したよ、ハリィ。それでは、明日、君と話ができることを楽しみにしているよ。キャスィに電話をするのをくれぐれも忘れんようにな」

「もちろんです、ジム。それでは、明日」

ハリィは電話を切り、舌打ちした。明日の夜までに、キャスィの誘いを断る口実をでっち上げなければならなかった。

また、電話が鳴った。

「なぜ、報告に来ないんだ？」

グリーンヒルの声はいらだっていた。

「たった今まで、ジェイムズ・ヘスワースに状況を報告していたもので」

「君の上司はわたしであって、ミスタ・ヘスワースではない」

「今すぐお伺いします」

ハリィは電話を切った。さっきより大きな舌打ちをした。
導火線が燃え続ける音——耳の奥で続いていた。時間は限られている。急がなければ。

＊　＊　＊

「かなり憔悴しているようだな。顔色が死人のようだ」

グリーンヒルがコーヒーカップを傾けた。眼鏡の奥で冷たい目が冷たい光を放っていた。

「昨夜は一睡もしてないんです」

「確かに眠れる状況ではない。ロナルド・ンといったかな……あの警官の目的はなんだと思う？」

ハリィは首を振った。

「正直なところ、わかりません。ぼくを殺そうとしたのか、あるいは、他に目的があったのか……」

「いずれにせよ、やつが侵入したときに部屋にいたら、やつは君を殺そうとはしただろうがな」

グリーンヒルがコーヒーカップをデスクの上に置いた。グリーンヒルのデスクの上にはいつものように塵ひとつ落ちていなかった。

「しかし、腑に落ちん」グリーンヒルが続けた。「ロナルド・ンの職務実績を調べたが、方法論に問題があるとはいえ、やつがそれなりに優秀な警官だったことに間違いはない」

「CLEUが本気になって捜しているのに痕跡さえ見つけられないんです。あいつが警察の捜査を知り尽くしているのは間違いないでしょうね」

「そういう人間が、意味のない殺人を犯すとは思えない。やつは、なんとしてでも君の部屋に侵入しなければならなかった。だが、なんのために？　君を殺すというだけなら、なにも、君の部屋に押し入る必要はない」

ハリィはうなずいた。

「やつは君の衣服を持ち去った。これにはなんの意味がある？」

「ロナルド・ンはぼくの部屋に二度侵入しています。衣服は最初に侵入したときに持ち去ったんです。ンと接触した日勤の警備員から証言を得ました。ンは警備員に、ぼくの着替えを取りにきたといって合鍵を使わせています」

グリーンヒルは右の眉を吊りあげた。

「それは報告書には書いてなかったな」

「その報告書は今日の早朝に書いたものです。警備員の証言を得たのはその後でした」

「君はときどきこうしたミスを犯す。わたしには、それが不注意なのか意図的なものなのか判断する材料がない」

「時間がなかっただけです。他意はありません」

「そうであることを願うよ」

グリーンヒルは眼鏡のフレームに左手の指を副《そ》えた。

「下がりたまえ。報告書が完全でないなら、それを分析しても意味がない。ゆっくり眠って頭をすっきりさせてから、完全な報告書と、それに基づく君の分析を提出するんだ」

「わかりました」

ハリィはグリーンヒルに背を向けた。

「いいか、完全な報告書だ。やつが君の部屋に侵入していたときに、君がどこでなにをしていたかまで詳細に綴った報告書が必要だ」

導火線の火が激しく燃えあがった。ハリィは肩ごしに振り返った。

「そんなことまで必要なんですか？」

「この件に関しては市警の殺人課から横槍が入っている。彼らを抑えるためにも、わたしはすべてを知っている必要があるんだ」

ハリィはかすかに首を振った。導火線が燃えるきな臭い匂いを嗅ぎ取ったような気がした。

＊　＊　＊

ホテル——フォーシーズンズ。鄭奎《チェンフイ》と呉達龍の会話を盗聴した部屋を取りなおした。なにかを思いだすのではないかと考えた。思いだすべきことなどなにもなかった。

シャワーを浴びてベッドに横たわった。身体はくたびれ果てていた。頭は眠りを拒否した。導火線が燃える音が気になって眠るどころではなかった。ケニィの死体がちらついて目を閉じることができなかった。

頭痛薬、強精剤、ヴィタミン剤、精神安定剤——ワインで流し込んだ。胃が悲鳴をあげた。脳内物質が放出された。雲の上を漂っているような浮遊感に包まれた。ペニスが勃起した。ケニィの唇の感触がリアルによみがえった。

パットに祈りを捧げた——許しを乞うた。

ふやけた脳味噌の中のパットは怯えていた。ヘロインの入ったアタッシェケースを脇に抱えて懊悩していた。ハリィの懺悔に耳を傾けてはくれなかった。

浅い眠り。ワイドスクリーンの悪夢。目覚めては眠り、眠っては目覚める。不快な寝汗が耐えがたくなる。ベッドを抜けだす。

時計——午前四時。驚き。十二時間以上も眠っていたことになる。

バスタブにぬるま湯を張り、ワイングラスを片手に浸かった。

ケニィとパットを頭から追いだした。導火線の燃える音に耳を塞いだ。

呉達龍のことを考えた。ワインの酔いがそれを後押しした。

問題はひとつ——なぜ、ハリィのアパートメントに二度も侵入する必要があったのか？　ハリィを殺すため——イエスであり、ノーでもある。グリーンヒルがいったように、アパートメントでなくてもハリィを殺すことはできる。

いつでもおまえを殺せるんだぞというメッセージ——ノー。呉達龍の流儀——中国人の流儀にはそぐわない。もし、それが答えだったとしても、二度も侵入する必要はない。

二度の侵入が意味するもの——一度めは冷蔵庫の中の合鍵を手に入れるため。二度めは——

「待てよ」

ハリィはつぶやいた。

「どうして、部屋に合鍵があることがあいつにわかっていたんだ？」

頭を蹴られたようなショックを覚えた。

部屋に合鍵があることを呉達龍が知っていたはずがない——つまり、一度めの侵入には別の目的があったということだ。合鍵はその副産物にすぎない。

ハリィはバスタブを飛びだした。濡れた身体のままベッドの上に放り出してあったコンピュータを操作した。

科学捜査班の鑑識報告——画面をスクロールさせる。報告書の一行一行に目を通した。報告書の最後の行で視線がとまった。

書斎の項目でキィボードを操作する手を止めた。

備考：作業デスクの背後の書架の一番上の段に数冊の辞書を動かした痕跡あり。加藤巡査部長に確認すること。

ハリィは記憶を辿った。書架の上に並べた辞書類——思い当たる。ここ一年の間に触れた記憶はなかった。

ハリィは服を着替えた。部屋を出た。

＊　＊　＊

書棚の一番上——ずらりと並んだ辞書。中央の三冊——英日辞典、日英辞典、英中辞典。その三冊の前の棚だけ、積もった埃が薄くなっていた。
呉達龍は一度めの侵入で三冊の辞書の裏になにかを隠

した。二度めの侵入でそれを持ち去った。間違いはない。逃亡中の身で、警官の部屋に物を隠すのが一番安全だと判断したに違いない。

だが、なにを？

ハリィは書架を見つめながら考えた。

破滅の淵に立たされながら、それでもなお、固執しようとしたもの。

金——あるいは、金に代わるなにか。

ハリィは電話に手を伸ばした。指先が顫えていた。手なずけている情報屋たちを叩き起こした。脅し、すかした。

ここ一ヶ月の間に、どこかでヘロインが消えたという話を聞いていないか？

無数の答えが返ってくる——ここ数ヶ月、ヴァンクーヴァーの裏社会ではヘロインの強奪が相次いでいる。

組織のヘロインは関係がない——ハリィはいった。そうじゃない話はないのか？

三人の情報屋が同じ答えを返してきた。

シアトルから来た福建人が殺され、ヘロインが消えた。黒社会《ハクセイウイ》の連中はそのヘロインの行方を追っている。殺された福建人の通り名は阿一《アヤッ》。殺されたのはパウエル・ストリートのどこか。

頭の中のファイルが音をたてる。記憶が鮮やかによみがえる。

パウエル・ストリート433。殺された福建人。続いて殺された白人娼婦。最初の殺人の第一発見者はロナルド・ンとケヴィン・マドックス両巡査部長。福建人は拷問されて殺されていた。拷問の目的——どこかに隠されたヘロイン。

顫えが耐えがたいほどに大きくなった。

ハリィは壁に手を突いて身体を支えた。

＊　＊　＊

市警のデータベースにアクセスする。閲覧用のＩＤはグリーンヒルのものを流用した。グリーンヒルは市警のデータベースに頻繁にアクセスしている。ＩＤの盗用がばれる可能性は低い。

パウエル・ストリート433、殺人——検索開始。事件に関する詳細なデータがモニタ上に出現する。殺されたのは自称阿一、身元不詳。翌日殺されたのはジェシカ・マーティン。阿一の部屋の床に散らばったヘロイン。麻薬課が徹底的に部屋を捜索したが、まとまった量のヘロインは発見できなかった。

頭の中のワイド・スクリーン——記憶がパノラマのように映し出される。

呉達龍とケヴィン・マドックスを尾行した。ふたりはパウエル・ストリート433で車を降りた——武装して。数分後、マドックスが姿を現わし、車の無線を使った——市警本部に連絡した。その間、呉達龍の姿は見なかった。その間、呉達龍が阿一の部屋にあったヘロインを発見し、ジェシカ・マーティンに託す時間は充分にあった。

この報告書には一度目を通していた。その時に、ジェシカを殺す呉達龍の姿を想像した。その想像を押し殺した。

押し殺すべきではなかった。想像は当たっていた。

呉達龍はジェシカ・マーティンを殺してヘロインを奪った。呉達龍は奪ったヘロインをハリィのアパートメントに隠した。呉達龍は隠していたヘロインを回収した。

それしか考えられなかった。破滅の淵に立ちながら固執するヘロイン——それなりの量があるということだ。金に換えれば、破滅を逃れることができるだけの量。呉達龍がヘロインを金に換えないのは、それが奪い取ったものだからだ。金に換えようとすればハイエナたちに骨までしゃぶられる恐れがあるからだ。ヘロインを回収したのは、金に換える目処《めど》がついたからだ。

目処——中国社会とは無縁の買い手。ヘロインを金に換えてカナダを出る。金さえあれば、大抵のトラブルは処理できる。

ハリィは溜め息をついた。疲労感はさらに増している。だが、脳は冴え渡っている。

眠っている暇はない。ヘロインを金に換えれば、呉達龍は高飛びする。そうなれば、ヘスワースは切り札を失う。もし、ヘスワースが選挙にしくじれば、出世への階段が音を立てて崩れ落ちる。

導火線は燃えつづけている。

ハリィはキィボードを操作した。

ブリティッシュ・コロンビア大学、殺人、死体遺棄及び死体損壊事件——検索開始。モニタの映像が切り替わる。猛烈な吐き気——ハリィは口を押さえた。

焼け爛れたケニィの死体の画像がモニタに映し出されていた。

吐き気をこらえながらファイルを閲覧した。

無機質なデータの羅列、最後につけ加えられた捜査報告書。

犯人の遺留品はなく、目撃者もない。被害者の身元を確認する術もない——捜査は難航を極めると予想される。

身体から力が抜けていく。ハリィはトイレに駆け込んだ。胃の中のものを吐きだした。

＊　＊　＊

報告書を書きあげる。詳細な報告書――呉達龍が犯した殺人とヘロイン強奪の推測を挿入する。自分が犯した殺人は嘘とでたらめで塗り込める。一昨日の夜は呉達龍の捜索に走り回っていた。どこかのバーで疲れを癒し、携帯電話の留守番メッセージで事件を知った――アパートメントに急行した。

グリーンヒルは頭が切れる。だが、中国人社会の実態を肌で感じているわけではない。ハリィが書いたでたらめな足跡を辿れる捜査官を抱えているわけでもない。

報告書を電子メールでグリーンヒルに送信する――これからもう一度眠りますと書き添えて。

グリーンヒルへの牽制。おそらく、グリーンヒルが電話をかけてくるのは午後になってから。リッチモンドへ行って帰ってくるには充分な時間。

ケニィはミッシェルを知っていた。ミッシェルもケニィを知っている。ハリィはミッシェルを――李少芳を追っている。そのことは何人かの人間が知っている。その内のだれかが、ブリティッシュ・コロンビア大学の敷地内で発見された死体とハリィを結びつけるかもしれない。

だれよりも先にミッシェルの身柄を確保しなければならない。ミッシェルの口を塞がなくてはならない。方法は後で考えればいい。

ハリィは部屋を出た。車でリッチモンドへ。ローズヒル・アヴェニュー１２４６へ。

導火線は燃えつづけている。焼け爛れたケニィが手招きをしている。ケニィの両手には指がない。

43

デイモン・クラインは約束の時間に現われた。前にぶちのめしたときより安物のスーツを着ていた。悪さから足を洗って懐具合が寒くなった証だった。

「調査をはじめたのは昨日からだぞ。それなのに報告をよこせっていうのはどういうことだ?」

席につくなりクラインはいった。

「そんなに恐い声を出すな。ここはお上品な土地柄なんだぞ」

呉達龍《ンダッロン》はいった。椅子の背もたれに身体を預けた。コートの下に隠したショットガンが脇腹に当たった。顔をしかめながら周囲を見渡した。ノース・ヴァンクーヴァーの目抜き通りのコーヒーショップ。席は八割がた埋まっていた。東洋系は呉達龍しかいなかった。貧乏臭い白人の姿もなかった。ショットガンを隠し持った悪徳警官もいなかった。

「あんたに呼び出されたおかげで、午前中は目標を尾行することができなかった。その間になにかあっても、おれの知ったことじゃないからな。そのことだけは肝に銘じておいてくれよ」

先に注文しておいたコーヒーがふたつ、運ばれてきた。呉達龍とクラインは口を閉じてコーヒーを啜った。

「それで、昨日、日本人はなにをした？」

カップを皿に置きながら呉達龍は口を開いた。

「おれが目標に張りついたのは昨日の午後五時からだ」クラインは手帳を取りだした。「やつの会社はダウンタウンのデイヴィ・ストリート沿いにあるインテリジェントビルの中にある。会社が終わる時刻にビルの前で張り込んで、目標が出てきたところから尾行を開始したわけだ」

「おまえひとりで？」

「あんたからもらう金額じゃ、他のスタッフを動員することはとてもじゃないができないよ」

「正規の料金を払ってやるから、尾行する人数を増やせ」

呉達龍はいった。

「どうして急に気前がよくなったんだ？」

クラインは疑わしそうな視線を向けてきた。

「おまえが知る必要はない」

「いくらかでも前金で入れてもらわなきゃ、信用はできないね」

呉達龍は無造作にコートのポケットに手を突っ込んだ。鄭奎《ヂェンフィ》からふんだくった仕事の着手金が中に入っていた。二万ドル――多くはないが、少なくもない。

「一日三百ドルだったな？　とりあえず、一週間分前払いしてやる」

札を数え、クラインの目の前に置いた。クラインは素早く札を摑んだ。金額を数えなおした。

「いいだろう。早速手配するよ。今日の午後からは二組態勢で尾行する」

「だったら続きを聞かせてくれ」

呉達龍は促した。クラインは再び手帳に視線を落とした。

「目標は車に乗っていた。もちろんベンツ、運転手はなし。同乗者は他にふたり。まだ確認はできていないが、おそらく、目標の会社の役員だ。ベンツはまずホテル・ヴァンクーヴァーに向かった。目標を含めた三人はいったん、車を降りて、ロビィでふたりの白人と落ち合った。

このふたりの身元もまだ確認してないが、おそらく、取引き相手だ。日本語でなんていうんだったかな……セッタイとかいうやつだ。知ってるだろう？」

呉達龍は首を振った。ふたりの日本鬼《ヤップンクワイ》の顔が脳裏に浮かんだ。

「おれは中国人だ。日本語なんか知っててたまるか」

クラインは肩をすくめた。手帳の間から一葉の写真を取りだした。

「これがその二人組だ」

呉達龍は写真に見入った。オーダーメイドのスーツを着こなした白人がふたり、写っていた。ひとりは五十代。もうひとりはそれより若い。ふたりとも、どこにでもいるビジネスマンという感じだった。

「五人はロビィで約一時間、歓談した。ホテルを出たのは六時三十六分だ。ホテルを出たあとは、二台の車に分乗して、ロブソン・ストリートの寿司屋に向かった。五人がうまい寿司を食っている間、おれは車の中でまずいチーズバーガーを食ってたから、連中がなにを話していたかはわからない」

呉達龍はテーブルの上に身を乗り出した。クラインの目を覗きこみ、低い声を絞りだした。

「おまえのくだらないジョークに興味はない。見たことだけを報告しろ。おれに殴られたときのことを忘れたわけじゃないんだろうが？」

「わかったよ」クラインは目をそらした。「五人は十時近くまで寿司屋にいた。その後はまたホテル・ヴァンクーヴァーに戻り、バーに入った。この時は、おれも車を降りて、バーに入ったよ。五人はかなり酒が入っているようだったから、突発的な事態は起こらないと判断したんだ」

クラインはうかがうような視線を向けてきた。飼犬が飼主に向ける目だった。呉達龍は満足してうなずいた。

「連中は窓際の席に座った。おれは連中を背にする形でカウンターに座って聞き耳を立てた。連中がしてたのは仕事の話だ——最初のうちは」

「途中で話が変わったというのか？」

「女の話だよ」クラインは下卑た笑いを浮かべた。「ふたりの白人のうち、年配の方が東洋の女は素晴らしいといいはじめた。肌が滑らかでプッシィも小ぶりだからってね」

「おまえのジョークには興味がないといったはずだぞ」

「わかったともいったよ……それで、女の話の最中に、目標の取り巻きのひとりが席を外した。後を追いかけると、そいつは携帯電話でだれかに連絡を取っていた。日本語だったんで内容はわからなかったが、おおよその察しはついた」

「取引き相手のために女を用意したんだな？」

呉達龍は唇を舐めた。脳裏にハロルド加藤の顔が大写しになった。ＣＬＥＵの気取ったくそったれ——父親も同じくそったれだった。

「ビンゴ」クラインが相好を崩した。「三十分後に、日本人の女がふたり、バーにやって来た。留学生らしいが、おれにはジュニア・ハイスクールの生徒ぐらいにしか見えなかったな」

「それで？」

「酒を一杯ずつふるまって、白人ふたりは女たちを自分の部屋に連れていった。残った三人は、それから三十分ほどバーに残っていたが、日本語を使いはじめたんで、なにを話していたかはわからない」

「それで？」

「十二時近くになって、三人はバーを出た。目標がひとりだけでベンツに乗り、他のふたりはタクシーでどこかへ去った」

クラインは手帳を閉じた。

「それで終わりか？」

「いや。この後は見なくても覚えてる。目標は車でリッチモンドに向かった」

「リッチモンド？」

「ヤオハン・ショッピングモールのそばで降りて、近くの〝タオ〟という店に入っていった。どんな店なのかはわからなかったよ。白人がひとりで入っていけるような雰囲気の店じゃなかったんでね」

呉達龍はうなずいた。〝道〟——大陸の太子党《タイジードン》が出資しているもぐり酒場。望めばどんな料理でも食べることができる。どんな酒でも嗜《たしな》むことができる。どんな博奕《ばくち》にも興じることができる。どんな女でも調達することができる。金さえあれば。

「あそこは北京語か広東語しか通じないはずだ。あの日本人は中国語ができるのか？」

ハロルド加藤は北京語を話した。その父親なら、それなりに喋ることができるのかもしれない。

「さあな……目標は二時前に店を出てきた。女連れで、だ。女となにかを話しながらベンツに乗ったから、おそらく、喋れるんだろう。おれの見たところ、女は中華系だった。もしかすると、女も英語を喋っていたのかもしれないがね」

「あの店で身体を売るような女に英語が喋れるもんか」

「だったら、中国語を喋ってたんだろう。とにかく、目標は女と一緒にモーテルに入った。モーテルを出てきたのは午前四時すぎ。女と別れてヴァンクーヴァーの自宅に戻った。マッケンジィ・ハイツの豪邸だ。六十になろうっていうのに、タフなことだけは確かだな」

加藤明には金がある。それなりの力もある。日本の女を調達するのも朝飯前だ。それなのに、リッチモンドのいかがわしい店に出入りし、中国女を買った――鼻の奥がむずむずする。

呉達龍はコートのポケットから五千ドル分の紙幣を取りだした。クラインの前に置いた。

「その日本人の過去を調べてくれ。いつカナダに来たのか。カナダでなにをしてきたのか。どうやって金持ちになったのか……すべて調べるんだ」

クラインは金に手を伸ばした。上目づかいで呉達龍を見た。

「この金は多すぎる」

「もうひとつ、頼みたいことがある。汚れ仕事だ」

「その手のことが得意な人間なら、あんた、いくらでも知ってるんじゃないのか？」

「白人が必要なんだ」

「なるほど」クラインは紙幣を数えはじめた。「なにをすればいいのか聞かせてくれ」

「その前に、確認しておきたいことがある」

呉達龍はコートの上からショットガンのグリップを握った。銃口をコートの裾から覗かせた。クラインが凍りついた。

「なんの真似だ、おい？」

呉達龍は答えなかった。鋭い視線を左右に走らせた。ランチタイム前の高級住宅街――のどかな光景。ショットガンに気づいている人間は皆無だった。

「ノーといったら、引き金を引く」

コーヒーショップの外を見つめたまま呉達龍は口を開いた。

「冗談だろう？」

「おれは本気だ、クライン。おれはいつだって本気だ」

呉達龍はクラインの目を覗きこんだ。恐怖に顫える視線――引き金にかけた指に力が籠る。

殺しが快感になっている。欲望をありったけの理性で抑えつけた。

「ジェイムズ・ヘスワースのスキャンダルを見つけてもらいたい」

クラインは瞬きをくり返した。

「ヘスワースって、あのヘスワースか？」

「あのヘスワースだ」呉達龍は囁くような声でいった。「スキャンダルの証拠が必要だ。なければ、でっちあげる」

「無茶だ」

「成功報酬は五万ドルだ。それほど悪い話じゃないし、無茶でもない。金と銃があれば、大抵のことはかたがつく」

クラインの視線が揺れた。手にした紙幣――呉達龍――コートの裾から覗いたショットガンの銃口。視線は銃口の上で静止した。

「パートナーに相談してみなきゃ、なんともいえない」

「そんなに悩む必要はない。昔やっていたことを再開すればいいだけのことじゃないか」

香港女の浮気調査――強請り、たかり。クラインはうまくやっていた。しくじったのは中国人の本質を見抜けなかったからだ。白人が相手なら、もっとうまく立ち回るだろう。

「ヘスワースは大物だ」

クラインの声はかすれていた。

「おれのスポンサーも充分に大物だ」

「わかってるよ。だが――」

「ヘスワースが選挙に勝とうが、おまえの暮らしに変わりはない。違うか？」

クラインの目はじっと銃口を見つめている。呉達龍はグリップを握る角度を変えた。銃口がさらに持ち上がった。

「どうする、クライン？」

「ノーといえば撃たれるんだろう？」

「そうだ」

「あんたは本気で撃つんだろう？」

「そうだ」

「まずいことに、おれもあんたが本気で撃つと思ってる。中国人はクレイジィだ。信じられないことを平気でする」

「答えろ、クライン」

「イエス」クラインは唇を舐めた。「ただし、五万ドルじゃ足りない。人手と機材がいる。スキャンダルをでっちあげることになったら、もっといろんなものが必要になる」

「いくら欲しいんだ？」

クラインの視線が動く。呉達龍――銃口。呉達龍は待った。やがて、クラインの口が開いた。

「二十万ドル欲しい」

呉達龍は笑った。

「吹っかけたな、クライン」

「おれが仕事をうまくやり遂げたら、あんたのスポンサーにとっちゃ安い買い物になるはずだ。違うかい？」

「おまえのいうとおりだ、クライン。金の件はおれが掛け合ってやる。だが、最後にひとつだけ念を押しておくぞ」

「いわれなくてもわかってる」

呉達龍はクラインの言葉を無視した。

「裏切るなよ、クライン。おれは地獄の底まで追いかけるぞ」

　クラインが目を閉じた。小さくうなずいた。

44

携帯電話――ハロルド加藤の日本語。

「今、どこにいる？」

　ハロルド加藤の声は熱に浮かされてでもいるようだった。

「バーナビィだ。ちょうどヴァンクーヴァーに戻ろうとしていたところだが……」

「バーナビィ？　呉達龍《ンダッロン》がそっちにいるとでもいうのかい？」

　ハロルド加藤は呉達龍の名だけ広東語で発音した。

「ちょっとした情報を摑んで来てみたんだが、ガセだった」

「ガセ？」

「嘘の情報って意味だ。そんなことより、用件はなんだ？」

　一瞬の間――きな臭い匂いが漂う。

「呉達龍に関して情報を摑んだ。確認は取れてないが、まず確実な情報だと思う。それを教える前に約束してもらいたいことがふたつある」

　脈拍数があがる――舌打ちをこらえる。

「なにを約束しろっていうんだ？」

「もし呉達龍を見つけても殺さないでくれ」

「無理な相談だ」

　富永《とみなが》は即座に否定した。

「絶対に殺すなというわけじゃないんだ。選挙が終わるまで待ってほしい。ジェイムズ・ヘスワースが確実に選挙に勝つためには、生きている呉達龍を押さえておく必要があるんだ」

　富永は携帯電話を膝の上に置いた。煙草を取りだし、時間をかけて火をつけた。小指のつけ根が痛む。痛みは憎悪を煽る。だが、熱に浮かされたようなハロルド加藤の声が気になった。

「聞いているのか、富永？」

　携帯電話からハロルド加藤の苛立った声が響いてくる。煙を吐きだしながら携帯電話をもう一度手にした。

「生かしておくだけでいいんだな？　あのクソ野郎が生きていれば、なにをしてもいいんだな？」

「ああ。ぼくの頼みはあいつを殺さないでくれということだけだ」

　富永は一口しか吸わなかった煙草を灰皿に押しつけ

た。

「いいだろう。もうひとつはなんだ？」

「李少芳《レイシウフォン》の居場所を見つけた。一緒に行ってくれないか？」

舌打ち——今度は抑えることができなかった。

「どうしてそれを先にいわないんだ？」

「君に冷静でいてもらいたかったからさ」

ハロルド加藤がいった。冷静というにはほど遠い声音だった。

「行くに決まってるだろう。彼女を捕まえることができれば、おれはクソ野郎を捜すことに専念できるんだからな。彼女はどこにいるんだ？」

「それは教えられない」

苛立ちがましていく。富永は唇を嚙んだ。

「一時間後にリッチモンド・スクエアセンターの駐車場に来てくれ。あまり時間がないんだ」

「小姐《シウチェ》はどこにいるんだ？　今すぐ教えなきゃ、ぶち殺すぞ、てめえ」

富永は広東語でいった。

「ぼくは君を信用してるわけじゃない」ハロルド加藤は英語で応じてきた。「君に暴走されるわけにはいかないんだ」

「ふざけるんじゃねえ」

「冷静になれよ、富永。それができないっていうんなら、この話はご破算だ」

ハロルド加藤はほとんど怒鳴っていた。なぜかは知らないがハロルド加藤の方こそ冷静さを欠いていた。

落ち着け——自分にいい聞かせた。落ち着け。今怒りを爆発させる必要はない。ハロルド加藤にはあとでしっぺ返しを喰らわせてやればいい。

「一時間後にリッチモンド・スクエアセンターの駐車場だな？」

富永は英語に切り替えた。広東語は粗雑な言葉だった。広東語を喋っていると、気分まで粗雑になっていく。

「そうだ」

「わかった。必ず行くよ。それで、クソ野郎に関する情報ってのはなんなんだ？」

また一瞬の間——きな臭い匂いが強くなる。

「呉達龍は大量のヘロインを保持している。それを中国人以外の買い手に売りつけようとしているらしい」

咽喉が鳴った。どこで情報が漏れた？——頭を振る。ハロルド加藤は生意気な若造だが馬鹿ではない。

「その情報は確かなのか？」

「驚かないのか？」

「中国人相手に何年も暮らしてると、大抵のことには驚かなくなるさ。あんただってそうだろう？」

「とにかく、ヘロインマーケットに神経を尖らせていれば、必ず呉達龍は姿を現わすはずだ」

「手配するよ」

富永は電話を切った。

「なにがあったんです、サム哥《コー》？」阿寶《アポー》が口を開いた。

「途中、かなり頭に来てたみたいですけど」

富永はそれには答えなかった。携帯電話でマックに電話した。

「マックか？　サムだ」

「どうした？　虎でも殺しそうな声だぞ。阿寶が手配した連中が問題でも起こしたのか？」

「小姐が見つかるかもしれない」

富永はいった。ＢＭＷが急激に減速した。富永は頭をフロントグラスに打ちつけそうになった。

「すいません、サム哥。びっくりしちまったもんで」

阿寶がいった。阿寶の鼻の穴が広がっていた。

「どうしたんだ、サム哥!?　今の話は本当か？」

電話から金切り声——だれもが冷静さを欠いている。

「ああ、例のおまわりからの情報だ」

「どこにいるんだ？　すぐに人を集めるぞ」

「それがわからないんだよ、マック。おまわりはおれを信用してないんだ。居場所を教えれば、おれがごつい連中をつれて襲撃しに行くとでも思ってるんだろう」

「くそったれが」

「おまわりとは一時間後にリッチモンド・スクエアセンターの駐車場で待ち合わせることになってる。小姐はリッチモンドにいるってことだ。使える連中をそこによこしてくれ。ただし、おまわりを怒らせると話がこじれるかもしれないから、見つからないようにしてるんだ。おれとそのおまわりの後を尾けて、なにかあったら手を貸してもらいたい」

「任せろ、サム哥。おれが直に乗り込んでいくよ」

マックの声——それこそ虎も殺しそうな勢いだった。

＊　＊　＊

バーナビィからリッチモンドへ。道が混んでいた。阿寶の歯ぎしりが聞こえてきそうだった。

富永はのろのろと動く車の列を眺めていた。頭の中で響く声に耳を傾けていた。

呉達龍——ヘロイン——李少芳。呉達龍を殺し、ヘロインを奪い、李少芳を李耀明《レイイウミン》の元に送り返す。手元に残るのはヘロイン——あるいはヘロインを売って作った金。金があれば、香港に戻る必要はなくなる。ヴァンクーヴァーから車を走らせれば、一時間後には合衆国にたどり着く。人種差別の泥沼の上に横たわった自由の大地。東京には戻れない。香港にはうんざりしていた。ヴァンクーヴァーは話にならなかった。

合衆国——金があれば人種偏見を乗りきることができる。合衆国——金があればなんでも買える。合衆国——他人になりすますことができる。

だが——声がする。呉達龍はヘロインをどれだけ持っているというのか。合衆国へ行き、新しい自分になりすまし、それでなにをしようというのか。どこへ行こうとなにをしようと、なにも変わりはしない。覗き見野郎はおまえの頭の中に居座りつづける。覗き見野郎の金切り声と折り合いをつける日々がただつづいていく。

「くそ喰らえ」

富永はひとりごちた。

「なんですか?」

阿寶がいった。

「なんでもない。ひとりごとだ」

富永は首を振った。

「もうすぐリッチモンドです。ぎりぎりですけど、なんとか間に合いそうですね」

阿寶が顎を前方に突きだした。

ヴァンクーヴァーとリッチモンドの間に架かるオークストリート・ブリッジが見えていた。ヴァンクーヴァーの街中と違って、橋の上はすいていた。ダッシュボードのデジタル時計は約束の時間まであと十分足らずであることを告げていた。

「飛ばしますよ、サム哥」

橋を渡り終えると阿寶がアクセルを強く踏んだ。BMWは尻を蹴飛ばされた馬のように走りはじめた。凄まじいスピード——目的地まで五分とかからずに着いた。

香港人なら土地を無駄づかいするなと叫びそうな駐車場——どれぐらいのスペースがあるのか見当がつかない。停まっている車はそれなりの数になるはずだが、あまりの広さに閑散としているようにしか感じられない。

「どこにいるんでしょうかね、そのおまわりは?」

阿寶が窓を開けた。冷たく湿った空気がヒーターで暖められた空気と入れ代わった。

「それより、マックたちがどこにいるのか捜してくれ。おまえにすぐに見つかるようだとまずいからな。気をつけろよ、だれに見られてるかわからないからな」

富永は煙草をくわえた。ハロルド加藤はすでにこの駐車場にいる——確信があった。どこかで息を潜め、こちらの様子をうかがっているはずだった。

阿寶は首を左右にねじった。やがて、諦めたように首を振った。

「こんなに広いんじゃお手上げですよ。双眼鏡かなにかがなけりゃ——」

「まあ、焦るなよ、阿寶。じっとしてれば、向こうから姿を現わすさ」

富永は煙草に火をつけた。のろのろと時間がすぎていった。

「なかなかやるじゃねえか」

富永は日本語でつぶやいた。

「なにかいいましたか？」

阿寶がそれに反応した。

「おれが日本語でなにかをいうときはひとりごとだ。気にしなくていい。おまえになにかを訊くときは広東語を使うからな」

「わかりました」

阿寶はいって、バックミラーに視線を向けた。富永は反対側のバックミラーを見た。変わった動きはなかった。耳の奥でハロルド加藤の声がよみがえる。熱に浮かされたかのような声。冷静になれと富永にいいながら、暴発しそうなのはハロルド加藤の方だった。それなのに、ハロルド加藤はじっと身を潜めている。並みの人間にできることではなかった。

切れ者、あるいは臆病者、あるいはその両方。似た者同士――臆病で卑劣で冷徹でありたいと願うろくでなし。

そのハロルド加藤が呉達龍のヘロインのことを知っているのだとなれば、慎重に行動しなければならない。細心の注意を払ってヘロインを自分の物にしなければならない。

情報が必要だ――覗き見野郎が囁く。なにをするにしても、なにもしないとしても、情報が必要だ。すべてを知らなければならない。すべてを探り出さなければならない。

強迫神経症の覗き見野郎――頭痛がした。

バックミラーの中でなにかが動いた。紺色の日本車――駐車場の隅。ヘッドライトに明かりが灯り、動きだす。こちらへ向かってくる。

「サム哥」

阿寶がバックミラーを睨んだまま口を開いた。

「お出ましだな」

富永は煙草を消した。バックミラーの中の車影が次第に大きくなっていく。車種はトヨタだった。トヨタは駐車場を横切って、ＢＭＷの隣にやってきた。

「おまえはここで待っていろ」

富永は阿寶にいった。車を降りた。トヨタのサイドウィンドウの向こうにハロルド加藤がいた。憔悴した顔つき。熱に浮かされたように潤み、奇妙な光を帯びた目――まるでジャンキィのようだった。

富永はトヨタの前をまわって助手席のドアに手をかけ

た。ドアはロックされていなかった。中に乗り込み——暖かい空気が身体を包みこんだ。

富永は目を細めてハロルド加藤の横顔を凝視した。眼窩が落ちくぼみ、頬がこけていた。一昨日病院にいたハロルド加藤とはまるで別人だった。たった二日の間に地獄を潜り抜けてきたようだった。

「自分の部屋に呉達龍が忍びこんだことがそんなにショックなのか?」

富永は英語でいった。

「どうしてそれを?」

「ただの推測だ。それより酷い顔色だぜ。まるでヘロインが切れたジャンキィみたいだ」

「あの事件のせいで、ほとんど寝てないんだ」

ハロルド加藤は正面を向いたままいった。目尻から顎にかけてのラインが強張っていた。まるで、富永と目をあわせるのを恐れているようだった。

「まあ、そういうことにしておこう。それで、李耀明の娘はどこにいるんだ?」

「空き家に不法侵入してそこで暮らしている」

「ミッシェルってガキと一緒にか?」

「ヴェトナム系の悪ガキたちも一緒だよ。さっき確かめてきた。家は普通の造りだった。リヴィングにキッチン、ベッドルームとゲストルームがひとつずつっていう感じのね。三十分ほど見張ってたんだが、その間に三人の人間が出ていって、ふたりが入っていった。中に何人いるのかは確認できなかった」

「じゃあ、そこに彼女がいるという保証はないんだな?」

ハロルド加藤がうなずいた。

「だけど、いる可能性は高いと思う。あれだけ捜して見つからなかったのは、彼女たちがあの家にこもって滅多に外出しなかったからだよ」

ハロルド加藤の言葉は一理あった。富永はうなずいた。

「もしいなけりゃ、そこにいるガキをとっ捕まえて聞きゃいいだけの話だからな。いいだろう。早速乗り込もうぜ」

「問題がひとつある」

ハロルド加藤がいった。視線は相変わらず前方に向けられたままだった。

「問題?」

「ミッシェルは銃を持っている」

「見たのか?」

「確実な情報だ」

「だれから聞いた?」

ハロルド加藤の肩が痙攣するように動いた。

「それは教えられない」

平板な声——なにかを恐れている者の声。なにかを隠そうとしている者の声。

聞きだせ——覗き見野郎が身をくねらせる。

「話してくれてもいいだろう？　うまく小姐を見つけることができたら、香港の李耀明はそのタレコミ屋に感謝したいといいだすかもしれん。教えてくれよ」

「だめだ。君も元警官なら、わかるだろう。警官はタレコミ屋を他人に教えたりはしない」

平板な声——頑な声。

覗き見野郎が呪詛をまき散らす。頭痛が激しくなる。富永はこめかみを指で押した。

「わかったよ。そのタレコミ屋は、銃を持ってるのはミッシェルだけだといったんだな？」

「周りの悪ガキたちに銃を見せて粋がっているらしい」

「厄介だな……とにかく、現場を見てみなきゃ話にならん。その家はどこにあるんだ？」

「ぼくの車についてきてくれ」

「おい——」

ハロルド加藤が振り向いた。潤んだ瞳——炎が燃え盛っている。

「君と議論をする気はない。ぼくはあと一時間で局に帰らなければならないんだ。とっとと自分の車に戻ってくれ」

異常なほどの剣幕——タレコミ屋に触れてからハロルド加藤の態度が変わった。タレコミ屋はハロルド加藤の金玉を縮みあがらせている。

タレコミ屋を見つけだせ、このおまわりの犬を焙りだせ——覗き見野郎が喚きつづける。

「そう突っかかるなよ。小姐を捜してるのはおまえじゃなくおれなんだ。気が急くのも当然だろう？」

「君が本気で捜しているのは呉達龍だ」

富永は首を振った。

「なんとでもいってくれ。時間がないんだったな……急ごうぜ」

富永は車を降りた。ＢＭＷに向かいながら振り返った。窓の向こうのハロルド加藤——必死で顫えに耐えているように見えた。

45

バックミラー——ぴったりついてくる濃紺のＢＭＷ。それ以外に不審な車は見当たらない。
ハリィは唇を舐めた。

だれに聞いたんだ?——富永の言葉が頭の中で谺《こだま》する。その度に顫えに襲われる。ケニィの吹き飛んだ頭を思いだす。秘密を抱えた生活——子供のころは憧れた。だから、迷わず警察官を職業に選んだ。秘密を抱えた生活——胃が痛む。

三番街を南下する。左手に教会の尖塔が見える。すべてを放りだして神に祈りを捧げたい——埒《らち》もない考えが頭をよぎる。

白人社会に溶け込むために、明はキリスト教に帰依した。ハリィも洗礼を受けた。洗礼名はフランシス。ハロルド・フランシス・カトー。馬鹿げた名前だった。ただの一度もフランシスという名を使ったことはなかった。教会に足を向けたこともなかった。神に祈ったことはなかった——昨日までは。

ハリィは神の代わりにパットに祈った——助けてくれ、パット。早く戻ってきてくれ。薄汚れたぼくの魂を救ってくれ。

祈りは通じなかった。通じるわけがなかった。血に塗《まみ》れた現実が目の前に横たわっているだけだった。

三番街を南下する。ブランデル・ロードを横切り、フランシス・ロードを横切った。フランシス——なにかの象徴のように思えた。ウィリアムズ・ロードを横切り、ライアン・ロードを左折する。右手にサウスアーム・パークが見えてくる。ローズヒル・アヴェニュー1246はすぐそばだった。

バックミラー——濃紺のBMWがぴったりとついてくる。他に車影は見えない。

公園に面した路肩に車をとめた。

血塗れの現実——避けて通るわけにはいかない。ハリィはエンジンを切り、車を降りた。

＊　＊　＊

ローズヒル・アヴェニュー。ライアン・ロードから半円を描く形で伸びている。道際には家が建ち並ぶ。ローズヒル・アヴェニュー1246はちょうど円の底にあたる。白い外壁はところどころでペンキが剝げている。

BMWから富永《とみなが》とポールと名乗るチャイナマフィアのメンバーが出てきた。

「どれがその家だ?」

富永は白い息を吐きだしながらいった。寒さが増していた。

「この先だよ」ハリィはローズヒル・アヴェニューを指差した。「とりあえず、歩こう」

返事を待たずに歩きだした。富永とポール——阿寶《アポー》がついてくる気配を感じた。

「ふたりとも銃を持っているのか？」

日本語で訊いた。阿寶は日本語を理解しないはずだった。

「ああ」富永の返事。「だが、おれは持ってないのと同じだ。この手じゃ、銃を握ることもできない」

富永の声――尖っている。

「わかっている」

ハリィは答えた。歩を進めた。

五十メートルほど歩いたところがローズヒル・アヴェニュー1246だった。芝が荒れた庭。錆の浮いたガレージ。ブラインドが降ろされた窓。大量に押し寄せてきた香港人のために造られた安普請《やすぶしん》の家。ガレージの中には赤いフォードがとまっているのを確かめてあった。フォードは確かにあの夜見たのと同じ車だった。

「空き家だといったな」富永が肩を並べてきた。「なにか曰《いわ》くがあるのか？」

ハリィは首を振った。さり気ない仕種で視線を家に向けた。

「こっちで職が見つからなくて香港に戻った連中の家だよ。この辺にはざらにある」

「なるほどな……連中はいつごろからここにいるんだ？」

「わからない」

「あんたのタレコミ屋もそこまでは教えてくれなかったのか？」

首筋の毛が逆立った。落ち着け――自分にいい聞かせた。富永はなにも知らない、だから、落ち着け。

「彼もそこまでは知らないんだ」

「つまり、連中の仲間じゃないってことだな」

「答える必要はない」

ハリィはいって口を閉じた。無言のまま、家の前を通りすぎた。

「あの家の裏手はどうなってるんだ？」

カーヴを曲がり、家が視界から消えると富永が訊いてきた。

「ローズクロフト・コーナーという名の路地さ。家と道の間は裏庭になってる」

ハリィは足をとめた。富永と阿寶もそれにならった。

「だったら、話は簡単だな」富永は笑いを浮かべた。

「おれが警察を装って、正面から乗りこむ。連中は慌てて裏庭から逃げようとするだろう。そこにあんたと阿寶が待ち伏せてホールドアップだ」

「そんなに簡単にいくかな？」

「いくさ。こういうときの作戦はシンプルな方が成功する確率が高い。学校で教わらなかったか？」

くだらない揶揄《やゆ》――取り合わなかった。代わりに富永の案を吟味した。

腹は決まっていた。ミッシェルたちを生かしておくわけにはいかない。ケニィに繋がる人間の口を塞ぐ必要がある。

血塗れの現実――燃え続ける導火線。他に選択肢はない。

ハリィは阿寶に視線を走らせた。いかつい顔にごつい身体つき――兵士タイプ。指揮官タイプではない。自分で物事を判断することに慣れてはいない。簡単に御すことができる。

李少芳《レイシウフォン》だけを生かし、他の連中は皆殺しにする。難しいが不可能ではない。もし、李少芳が死ねば――阿寶と富永を殺さなければならなくなる。

血塗れの現実――燃え続ける導火線。火薬の匂いを嗅ぐことができるような気がした。

「それでいこう」

ハリィはいった。腰の銃をコートの上から押さえた。十五発装塡可能なオートマティック。予備の弾倉は三つ。弾丸は充分に足りる。

「そうと決まれば、早速行動開始だ。サングラスは持ってるか？」

ハリィはうなずいた。準備に怠りはなかった。富永が腕時計を覗きこんだ。

「きっかり十五分後に行動開始だ」

ハリィは自分の時計に視線を向けた。一時四十五分。分厚い雲に覆われた空。ときおり車が通りすぎるだけで、人影はない。暗くなるまで待ちたかった――できない相談だった。

「わかった。行こう」

ハリィは阿寶に北京語で声をかけた。

「おれに命令するな」

広東語が返ってきた。北京語は理解するが、話せない――そういうことだった。

「阿寶、くだらない意地を張るな。小姐《シウチエ》を見つけることが先決だ」

阿寶は富永に視線を向けた。飼主を見る犬のような目つき――信頼し、敬愛し、畏怖している。富永がヴァンクーヴァーに来たのはほんの数日前だった。その短い時間で海千山千のチャイナマフィアの心を摑んだ――富永をなめてはいけない。

「すいません、サム哥《コー》」

「気にするな。さっさと行け」

阿寶は素直に富永の言葉に従った。

＊　＊　＊

植え込みを乗り越えて裏庭に侵入した。

裏庭も芝は荒れ放題だった。壊れたスプリンクラーから水が漏れだしていた。阿寶を誘導して簡易倉庫の陰に隠れた。その位置だとローズクロフト・コーナーからも家の窓からも死角になっていた。

サングラスのシェード――視界は暗く、重い。消えることのない頭痛。身体の芯に溜まった疲労。

拳銃に手をかける。視界がクリアになる。頭痛が消える。疲労が薄れていく。脈拍だけがあがっていく。

「いいか、なにがあっても小姐には銃を向けるな」

阿寶がいった。阿寶はサングラスをかけていなかった。阿寶の呼吸は荒かった。

「わかってる」

「変な動きをしたら、おれはおまえを撃つ。脅しじゃない」

「わかってる」

ハリィは銃を抜いた。アドレナリンが全身を駆け巡った。

「やつらが出てきたら、おまえが声をかけるんだ。おれは北京語がうまくないからな」

「わかってる」

「あとはおれがうまくやる。おまえは銃を構えて立ってるだけでいい。何度もいうが――」

「李少芳には銃は向けない」

ハリィは広東語でいった。阿寶が顔をしかめた。

「おまえの広東語は最悪だな」

腕時計――午後一時五十六分。銃身をスライドさせて弾丸を薬室に送り込む。銃がたてる乾いた音がアドレナリンの分泌を促進させる。

阿寶も銃を抜いた――二丁。

「こっちはサム哥の銃だ」

「富永は――サムは銃を持ってないのか？」

「必要ないとさ。あの人は度胸がある。だれもかなわねえ」

丸腰のせいで富永が死ぬなら手間が省ける――ハリィは阿寶から視線を外した。阿寶は二丁の銃に弾丸を装塡した。深く息を吸った。肩ごしに視線を飛ばした。視線の先――ローズクロフト・コーナー。不自然な動き。

阿寶の視線を追った。人影はなかった。それでも、神経がざわめきはじめた。

「だれかいるのか？」

阿寶の耳元で囁いた。

「なんの話だ？」

阿寶は落ち着き払っていた。ハリィはもう一度ローズクロフト・コーナーに視線を向けた。なにもなかった。だが、ざわついた神経がおさまることはなかった。

携帯電話を取りだした。富永の番号にかけた——話し中。突発的に噴出する怒り——眩暈《めまい》。

「おまえたち、応援を呼んだな？」

押し殺した叫び。

「だったらなんだっていうんだ？　もう、時間がないぜ」

腕時計——午後一時五十九分。阿寶のいうとおりだった。

「くそっ」

自分を呪いながら携帯電話をしまった。銃を握りなおした——家の前方で激しい音がした。思わず引き金を引きそうになった。

「なんだ？」

思わず出た英語——阿寶には通じない。

激しい音は立て続けにくり返された。だれかがドアに体当たりしている——見当がついた。

阿寶が腰をあげた。一目散に裏口に向かう。

「待て！」

後を追おうとして足を踏みだした——銃声がした。足が凍りつく。心臓が縮みあがる。恐怖が膨れあがる。呉達龍《ンダッロン》に銃撃されたときの記憶が駆け抜けた。

また、銃声がした。悲鳴がそれに続く。空気が顫える。ハリィは両手で銃を握った。それ以上のことができなかった。意思と神経が切り離されていた。

銃声は断続的に聞こえた。悲鳴が叫びに変わった。だれかがなにかを怒鳴り散らしていた。

ミッシェルを殺せ、ヴェトナムの古惑仔《グーワーチャイ》たちを殺せ——頭の中で声が響く。導火線の燃える音がそれに続く。

血に塗れた現実——進む以外に道はない。

ハリィは歯を食い縛った。足を前に踏み出した。走ることはできなかった——歩くことはできた。一歩ずつ、裏口に向かった。

開いたままの裏口——だれかが飛び出してくる。身体に張りついたシャツ、細身のパンツ——ミッシェル。ミッシェルの顔は引き攣《つ》っていた。目は血走っていた。右手には銃が握られていた。ミッシェルは美しかった。

「動くな！」

銃を構えて叫んだ。ミッシェルが立ち止まった。右手の銃を向けてきた。ハリィは銃口の向きを変えて撃った。弾丸はミッシェルを逸れた。だが、ミッシェルの動きを止めることには成功した。ミッシェルは銃を放り投げて両手を頭の上に挙げた。

「撃つなよ。もう逃げねえから」

鼻にかかった広東語――フランス訛り。

「こっちに来るんだ。早く!!」

ミッシェルが弾かれたように駆けだした。その背後で銃声と怒号はまだ途切れることなく続いていた。

ハリィはミッシェルの腕を摑んだ。剝きだしの腕――滑らかな肌。銃口をミッシェルの脇腹に押しつける。だが、撃つことはできなかった。

「一緒にくるんだ。抵抗すれば撃つからな」

ミッシェルがうなずく。眩暈に襲われる――ケニィの唇の感触がよみがえる。

「わかったからよ、早くここから逃げようぜ」

ミッシェルがいう。ハリィは走りだした。

＊　＊　＊

闇雲に車を走らせる。無線から流れてくる声に耳を傾ける。

州警察とリッチモンド騎馬警察の情報が入り乱れる。ローズヒル・アヴェニューで銃撃戦。犯人の数も目的も不明。捜査官はただちに現場に急行せよ。

ダッシュボードのデジタル時計――午後二時十二分。あの家の中でなにが起こったにせよ、富永たちはもう逃げだしている。

「おまわりなのかよ、おまえ?」

ミッシェルの声。

「うるさい」

ハリィは怒鳴った。

「なんでもいいけどよ、これ、外してくれよ。こんな恰好、仲間に見られたら恥ずかしくて街を歩けねえよ」

ミッシェルは助手席で腰を屈めていた。不自然な姿勢だった。ハリィがそうさせた。右の手首と左の足首を手錠で繫いだ。

「黙れといったんだ」

「英語はよくわかんねえんだよ。あんた、中国人だろう?　広東語か北京語喋れねえのか?」

「口を閉じてろといったんだ」

ハリィは北京語でいった。ミッシェルの目が丸くなった。

「なんだよ、その北京語。まさか、中国人じゃないっていうのかよ?」

ハリィは銃を握った。ミッシェルに向けた。

「黙らないと撃つぞ」

「わかったよ。黙ってるからそう熱くなるなって」

ミッシェルは笑いながらいった。度胸満点――ただの古惑仔ではない。

なぜ殺さなかったのか？——頭の中で疑問が渦巻く。ミッシェルはケニィを知っている。ケニィはハリィが殺した。ハリィがミッシェルを捜していたことは多くの人間が知っている。ケニィがハリィにミッシェルの居所をたれこもうとしていたことは——だれが知っていたのかすら摑めない。

ミッシェルは危険だ。導火線がちりちりと音をたてている——殺さなければならない。だが、引き金を引くことができない。

ミッシェルは髪を赤く染めていた。両耳に髑髏《どくろ》をかたどったピアス——首に巻きつけた革紐のチョーカーにも髑髏がぶらさがっていた。左右の手に同じように髑髏をかたどった指輪をはめていた。

髑髏はケニィの死に顔を思いださせた。

リアルによみがえる記憶——さむけ。導火線だけが燃えつづけている。血に塗れた現実を吹き飛ばそうとしている。

無線からは逼迫《ひっぱく》した声が流れつづけている。主要道路に非常線を張れとだれかが喚いている。

ハリィは銃を膝の上に置いた。リッチモンドを脱出しなければならない。ミッシェルを監禁する場所を見つけなければならない。急いでCLEUに戻らなければならない。グリーンヒルのオフィスに向かわなければならない。

オークストリート・ブリッジを渡ってヴァンクーヴァー市街へ——非常線が張られる前にチャイナタウンへ。チャイナタウンにはパットのアパートメントがある。パットが潜入捜査に携わっているときには決して使われない部屋がある。パットは部屋とガレージを借りている。グラヴボックスには開錠用のピッキング・トゥールが入っている。トゥールの使い方は昔捕まえたこそ泥に教わった。

チャイナタウンの南——ユニオン・ストリートとジャクソン・ストリートが交差する一角。古ぼけた三階建てのアパートメント。建物の左手に一列に並んだガレージ。パットのガレージは一番奥にある。

車をパットのガレージの前に停めた。グラヴボックスからピッキング・トゥールを取りだした。

「そのままじっとしてるんだ。いいな？」

ミッシェルに声をかけた。ミッシェルは口を閉じたままうなずいた。

人目を気にしながらガレージのシャッターの鍵にピッキング・トゥールを差し込んだ。一秒が一時間に思えた。寒さと不安に指先が震えた。単純な仕掛けの鍵だったが、開けるのに五分もの時間がかかった。

シャッターを開ける——澱んだ空気がまとわりつく。

脂臭い匂いが鼻をつく。ガレージにはパットの車が鎮座していた。年代物のムスタング——パットは燃費の悪さをいつも嘆いていた。

ピッキング・トゥールでトランクを開けた。トランクには工具箱と薄汚れた毛布が入っていた。工具箱と毛布を外に出した。壁際の棚にあったビニールテープをコートのポケットに入れた。車に戻った。ユニオン・ストリートを中華系の老夫婦が通っていった。心臓が凍りつきそうになった。老夫婦は話に夢中だった。ハリィに視線を向けることさえしなかった。

気を取り直して助手席のドアを開けた。ミッシェルの足首に噛ませておいた手錠を外した。

「腰が痛ぇよ」

ミッシェルがいった。

「黙れ！」

ハリィは一喝した。ミッシェルの両手を後ろに回させた。手錠をかけ直した。

「ガレージに入るんだ」

ミッシェルは素直に従った。

「この車のトランクの中に入れ」

ミッシェルは抗《あらが》った。

「冗談だろう。おれ、上着もないんだぜ。凍え死んじまうぜ」

「中に毛布がある」

「待てって。冗談じゃねえぞ、おい」

ハリィは銃を抜いた。セイフティを外し、撃鉄を起こした。

「中に入るんだ。二、三時間で戻ってくる。死にはしない」

「あんた、おまわりだろう？　なんで警察署に連れていかねえんだよ」

「黙れ」

銃を突きだす——ミッシェルは肩をすくめた。

「わかったよ。だけど、覚えておけよ。もし、てめえが戻ってこなくてここで凍え死んだら、必ず呪ってやるからな」

「入るんだ」

ミッシェルはトランクの中に身体を横たえた。ムスタングのトランクは長身のミッシェルを飲み込んで余りあった。

「じっとしてろよ」

ミッシェルの口の中にハンカチを押し込んだ。ミッシェルが反抗しようとすると拳銃をちらつかせた。ビニールテープで口を塞いだ。

トランクを閉めた。

ミッシェルが暴れる。車が揺れ、トランクの中で音がした。ガレージの外に出ると、音はまったく聞こえなかった。

ハリィは五分待った。車が揺れなくなった。音がしなくなった。ガレージのシャッターを閉めた。車に乗って走り去った。

46

〝道《タオ》〟――昼間から営業している。クスリと博奕に中毒した連中は時間の観念をなくす。金に中毒した連中はもとから時間の観念など持ち合わせてはいない。

〝道〟――太子党《タイジードン》の連中が仕切っている。大陸の共産党幹部の子弟たち。黒社会《ハクセイウィ》を肩で風を切って歩く強持《こわも》ての連中も太子党の名を聞けば眉をひそめる。つまり、〝道〟に顔を出しても、そのことが黒社会の連中の耳に入る可能性は低い。

呉達龍《ンダッロン》は車をヤオハン・ショッピングモールの駐車場に停めた。〝道〟はヤオハンと道を挟んだ向かいにあった。元々は白人の持ち物だったレストランバーの中身を改装しただけの店だった。外観は中国人の出入りする店とは思えない。ドアの真ん中に描かれた太極《タイチー》のマーク――白と黒に塗り分けられた円だけが、白人どもにここはおまえたちの来る店ではないと告げている。

呉達龍は車を降りた。道を渡った。〝道〟の周囲には十台以上の車が駐まっていた。太極の印が刻まれたドアを開ける――白粉《パーファン》の匂いが鼻を刺激した。黒い長衫《チョンサム》――裾が足首まである中国服を着たスキンヘッドの男が入口とフロアを塞ぐようにして立っていた。スキンヘッドは巨漢だった。呉達龍より頭ひとつ高かった。呉達龍をふたり合わせたような体格を誇っていた。

「先生《シェンション》、申し訳ありませんが、当店は会員制になっています」

スキンヘッドが滑らかな北京語を口にした。

「おれは警官だ」

「当店は会員制です、先生」

スキンヘッドが繰り返した。手が腰に伸びる――呉達龍は自分を制した。ここで揉め事を起こすわけにはいかなかった。

「羅唯《ルオウエイ》を呼べ」

スキンヘッドの眉がかすかに動いた。

「羅先生をご存じで？」

「呉達龍が来たといえば通じるはずだ」

「少々お待ちください」

スキンヘッドが長衫の袖に手を突っ込んだ。小型のトランシーバーがあらわれた。スキンヘッドはトランシーバーを口にあてた。抑揚のない言葉を話しはじめた――上海語だった。

「失礼しました、先生」

話し終えると、スキンヘッドがいった。口調はいくらか丁寧になっていた。だが、目つきの険しさは変わらなかった。

「羅先生はすぐに参ります。あちらのバーでお待ちください。わたしがご案内します」

スキンヘッドが踵《きびす》を返した。

店の中は吹き抜けになっていた。入口が一段高くなっていて、フロアを見渡せるような造りになっていた。フロアの真ん中に巨大なステージ。ステージを囲むようにテーブルが並べられている。右手の壁際がバー。左の奥に二階に続く階段がある。二階は回廊になっていて、入口の正面側に大きなドアがある。その先がカジノとクスリを楽しむための部屋になっている。

呉達龍はスキンヘッドに従って歩を進めた。一階のフロアには五人の客がいた。五人とも別々のテーブルに座っていた。放心したように宙を眺め、思い出したように茶を口にしていた。カジノで尻の毛まで抜かれた連中――あと一時間もそうしていれば、追いだされることになる。

「こちらのお席にどうぞ」

スキンヘッドがバーカウンターの一番奥のストゥールを指差した。カウンターの向こうにはバニーガールの恰好をした女のバーテンダァがいた。

「羅は上にいるのか？」

「羅先生はすぐに参ります」

スキンヘッドがいった。馬鹿丁寧だが、取りつく島のない口調だった。

「なんでもお好きなものをお飲みください。勘定はすべて羅先生がもつそうです」

「それじゃあ、クソ高いワインでも飲ませてもらおうか」

呉達龍は悪びれずにいった。スキンヘッドがバニーガールのバーテンダァに目配せをした。

「冗談だよ」呉達龍は手を振った。「ワインなんか口に合うか。ポーレイをくれ。それで充分だ」

「かしこまりました」

バニーガールが答えた。

「それでは、ごゆっくり」

スキンヘッドが自分の持ち場に去っていった。

呉達龍はストゥールを回転させた。店内は静かだった。今にも潰れそうに見えた。だが、それはまやかしだった。閉ざされた二階の扉の向こう――まだ明るい時間だというのに、目も眩《くら》むような金が飛び交っている可能性すらあった。

「お待たせいたしました」

バニーガールの声が聞こえた。呉達龍はカウンターに身体を向けた。白い急須と茶碗が置かれていた。

「おまえ、どこの出身だ?」

呉達龍は訊いた。

「広州《グァンヂョウ》です」

「だったらこっちの方がいいな」

呉達龍は広東語に切り替えた。

「香港の方ですか?」

女がいった。広東省と香港の広東語には微妙な違いがある。

「そうだ。この店には長いのか?」

「まだ半年です」

それで充分だった。呉達龍は内ポケットから写真を一葉取りだした。ほとんど白髪になりかけた初老の東洋人――加藤明がにこやかな笑みを浮かべている。クラインの写真の腕前はなかなかのものだった。

「この男を見たことがないか?」

「そういうことにはお答えできないことになってるんです」

バニーガールが怯えたように目を伏せた。野暮ったい顔つきをしていた。広州《ゴンヂャウ》から出てきて半年ならしかたがない。もう半年もすれば化粧のしかたも板につく。男たちから金を巻きあげるようになる。

「見たことがあるかどうかだけ教えてくれればいい。それ以上、無理はいわない」

「困ります」

「教えてくれなきゃ、移民局に駆けこむぞ。どうせ、密入国してきた口だろう」

バニーガールが唇を噛んだ。残酷な喜びが呉達龍の身体を駆け抜けた。

「どうなんだ?」

バニーガールの視線が宙を泳いだ。

「何度か見たことはあります。日本人ですよね、この人?」

囁くような小声――おまけに早口。それでも聞き取ることはできた。

「そうだ。よく来るのか?」

「見たかどうか教えたらなにも聞かないっていったじゃない」

バニーガールが呉達龍に背を向けた。棚のボトルを並べ替えはじめた。下手な芝居だった。だが、スキンヘッドの位置からはそれを見極めることはできそうにもなかった。

呉達龍はバニーガールの剝きだしの背中に目を凝らした。しばらく女に触れていないことを思いだした。

「おまえ、名前は？」

「チェリィよ」

「くだらねえ英文名《インマンミン》を聞いてるんじゃない。本当の名前はなんていうんだ？」

「チェリィ。それ以外の名前を使っちゃいけないっていわれてるの」

「おい――」

バニーガールにかけようとした声を途中で飲みこんだ。背後に人の気配。振り返ると、羅唯が微笑《ほほえ》んでいた。いつ、どこから現われたのか見当もつかなかった。

「困りますよ、呉先生。うちのスタッフをからかわれては」

羅唯は黒いスーツを着ていた。光沢を見ただけで値が張ることがわかる。奇麗に撫でつけられた髪。慇懃な笑み。〝道〟の総支配人。カナダに来る前は、人民解放軍の将校だった男。

「口説いていただけだ」

呉達龍はいった。

「ご冗談を。もし、女が必要なら、いつでもわたしに申しつけてください。呉先生なら、特別料金でかまいません」

「この店の女を買う金があったら、おまわりなんかとっくにやめてるぜ」

「だったら警察を辞めてうちに来られてはどうですか？　呉先生が用心棒をしてくれれば、揉め事の数もぐっと減るでしょう」

「給料もいいんだろうな」

呉達龍は煙草をくわえた。羅唯の手に魔法のようにライターが現われた。

「もちろんです」

羅唯が微笑んだ。呉達龍は羅唯の差し出したライターで煙草に火をつけた。

「美味しい話だな。迷っちまう」

「迷うことはないと思いますが……失礼ですが、呉先生は警察内部でまずいことになっているという噂を耳にしましたよ」

太子党――白人の権力組織にも鼻が利く。

「そんな噂はでたらめだ。もし本当だとしても、ここで働くつもりはない」

呉達龍は煙を吸いこんだ。

「なぜ？」

「おまえに頭を下げなきゃならなくなるからさ」

吸い込んだ煙を羅唯の顔に吹きつけた。羅唯の顔つきが変わった。

「呉先生は敵が多いとも聞きました。気をつけないと、海の底に沈められることになりますよ」

「結構な話じゃないか」

笑いがこみあげてくる。目の前にいるのは利口面をした間抜けだった。

「なにがおかしいんですか？」

羅唯が訝《いぶか》しそうに眉をひそめた。呉達龍は腰のホルスターから銃を抜いた。

「まさか、それを使うおつもりじゃないでしょうね？大変なことになりますよ」

「おまえの出方次第だ、羅唯。おれの質問に答えろ」

どてっ腹に向けた銃口——羅唯はぴくりとも動かなかった。

「呉先生は頭がおかしくなったという噂も聞きましたよ。ご自分がしていることがわかっているんですか？」

精一杯の強がり。呉達龍は笑ってみせた。コートのポケットからサイレンサーを取りだした。鄭奎《ヂエンフイ》に用意させたものだった。鄭奎に頼めば、金で買えるものはなんだって手に入れることができた。

呉達龍はサイレンサーを銃に装着した。

「呉先生……」

羅唯の顔つきがはっきりと変わった。

「おまえがいい子でいりゃ、なにもしない。おれだって、太子党を敵にまわすほど馬鹿じゃないからな」

カウンターの上の写真を羅唯の目の前にかざす。

「この日本人はここによく来るのか？」

羅唯が小さく首を振った。目が怒りに燃えている。

「頼みますよ、呉先生。あなただってここのルールはよく知っているはずでしょう」

「ルールなんてのはな、破られるためにあるんだ。答えろよ、羅唯。おれが撃たないなんて思うなよ。おれの頭がおかしくなったって噂を聞いたんだろう。教えてやるがな、その噂だけは本当だ」

羅唯が天井を睨んだ。唇を噛んだ。呉達龍は待った。

羅唯の肩から力が抜けていく。

「ああ、その日本人はうちの客だよ」

口調ががらりと変わっていた。

「ここにはよく来るのか？」

呉達龍は訊いた。

「月に一、二度だ。ウィスキーを二、三杯飲んで、カジノで軽く遊んで、白粉《バイフエン》を打って、気に入った女を連れてホテルに行く。日本人ってのは遊びにも几帳面だってことがよくわかる」

現職のCLEU捜査官の父親が違法行為をしこたま犯している——背筋の産毛が逆立っていく。加藤明はジェイムズ・ヘスワースの後援者でもある。〝道〟には爆弾が埋まっていた。

　呉達龍は舌なめずりした——待ってろよ、日本鬼《ヤップンクワイ》、必ず破滅させてやる。

「白粉はいつもどれぐらい打ってるんだ？」

「たいした量じゃない。ちょっと気分がよくなるぐらいさ。中毒にならないように気をつけてるって感じだし、実際、中毒にはならないだろうなと思う。遊び方をよく知ってるんだ」羅唯はカウンターの上の写真を指で摘んだ。「北京語だって香港のやつらよりは遥かにうまい」

「北京語が話せるのか？」

「広東語もだ」

「どんな女を買っていくんだ？」

「さあね……好みなのは背が高くて髪の長い女だ。そういうタイプで新しい女が入ってくると必ず買うよ」

　呉達龍は店の中をぐるりと見渡した。この店で春をひさぐ女たち——大陸の女、香港の女、台湾の女、マレーシアの女。肌の色は白から褐色まで揃っている。

「男はどうだ？　ここに来て、必ず話をするようなやつはいるか？」

　羅唯は首を振った。

「この男が日本人だってことはすぐにわかる。ここで遊ぶ人間で好んで日本人に話しかけようとするやつはいないし、この日本人も無口な方だよ。たまに口を開くのはうちのスタッフを相手にしているときだけだ」

　加藤明は女漁りをするためだけに〝道〟にやって来る——なにかが引っかかる。白人社会で成功した日本人。普通なら白人の女を欲しがるはずだ。

「どうしてここなんだ？」

　呉達龍はひとりごとのように呟いた。羅唯は答えなかった。

「どうして中国女なんだ？」

もう一度訊いた。

「さあな。うちにはたまに白人も来る。そいつらは中国の女は最高だという。肌がきめ細かくて、あそこの締まり具合もいいってな。この日本人も同じなんじゃないか？」

「昨日、こいつが買っていった女はどこにいる？」

「まだ出勤前だ」

「そんなことはわかってる。どこに住んでるんだ？」

「あまり調子に乗るなよ、呉達龍」

　羅唯の眉間に皺が寄った。呉達龍はその眉間に銃口を向けた。

「あまり調子に乗るんじゃねえぜ、羅唯」

　睨み合い——引き金にかけた指に力をこめた。羅唯が目を逸らした。

「ヴァンクーヴァー、西72番街の１３５９だ。そこでウィニーという女を呼び出せ。他にも大勢女がいる。話をしてもいいのはウィニーだけだ。いいな？」

　西72番街――ヴァンクーヴァーとリッチモンドの境界近く。リッチモンドの警察にとっては女たちの住処は管轄外。ヴァンクーヴァー市警にとっては働き場所が管轄外。女たちを押し込める場所はいつだってうまく考えられている。

「ウィニーだな？」

　呉達龍は加藤明の写真を内ポケットにしまった。

「もし、他の女たちにも根掘り葉掘り訊いたりしたら、あんたの命は保証できない」

「おれが用があるのはそのウィニーって女だけだ」

　羅唯に背中を向ける――銃は握ったまま。

「それから――」

　足を踏みだすのと同時に羅唯の声が背中に降りかかった。

「今後はこの店には出入り禁止だ。あんたの姿を見かけたら、おれは撃てと命令する」

　呉達龍は笑った。サイレンサーをつけたままの銃をカウンターの方に向けた。バニーガールが小さな悲鳴をあげて頭を抱えた。

「夜、ひとりで歩くときは背中に気をつけろよ、羅唯」

　カウンターの奥のボトルが並んだ棚――引き金を引いた。咳込むような音が立てつづけに起こった。何本ものボトルが砕け散った。濃密なバーボンの匂いが漂いはじめた。

「気違いめ」

　羅唯が吐き捨てるようにいった。呉達龍は肩をすくめて店を出た。

47

「撃つのをやめろ、馬鹿野郎どもが!!」

　富永《とみなが》は叫んだ。叫びは幾重もの銃声にかき消された。家の中には硝煙がたちこめ、細かい埃《ほこり》や木片が飛び交っていた。深い霧の中に叩き込まれたような視界――その中を蠢《うごめ》く男たちの背中。黒社会《ハクセイウイ》の連中。マックが連れてきた。マックはこの男たちなら大丈夫だといった。でたらめだった。マック自身が先頭に立って殺戮に参加していた。

「撃つのをやめねえと、おれがおまえたちを撃ち殺すぞ!!」

　銃声は消えなかった。歯ぎしり――銃を阿寶《アポー》に預けたのは間違いだった。マックを信用したのは間違いだった。

李少芳《レイシウフォン》が死ぬ――李耀明《レイイウミン》が怒り狂う。殺される。残酷なやり方で。恐怖が広がる。恐怖は怒りに転化する。

富永はすぐ目の前にいた男の肩に右手をかけた。振り向いた男の鳩尾《みぞおち》に左の拳を叩きこんだ。男は銃を取り落とした。腹を抱えてうずくまった。

富永は銃を手にした。構えた。右手に力が入らない――小指のつけ根が痛む。左に持ち換える。右手で左手を固定し、ショットガンを撃ちまくっている男の背中に銃口を向けた。撃った。男の身体がのけぞった。背中から血と肉が飛び散った。小指のつけ根を不快な痛みが駆け抜けていった。

部屋の中に弾丸をばら撒いていた連中が一斉に振り返った。富永は右手の男の頭を吹き飛ばした。

「おれのいうとおりにしないと、てめえら、皆殺しだぞ」

銃声がやんだ。耳鳴りだけがおさまらなかった。マックが連れてきた連中は呆然と仲間の死体を見おろしていた。

「なにをしやがる!!」マックが喚いた。目が血走っていた。「てめえ、仲間を殺しやがったんだぞ!」

「黙れ! 馬鹿野郎が、とち狂いやがって。小姐《シウチエ》が死んだら、どうやって大老《ダーイロウ》にいいわけするつもりだ!!」

マックが唾を飲みこんだ。アドレナリンの噴出が途切れ、頭が回転しはじめる――マックの顔が蒼醒めていく。

「小姐を捜せ!!」

マックが怒鳴った。他の連中が弾かれたように動きだした。

「急げ。時間がない。もたもたしてると警察が来るぞ」

富永は男たちに追い打ちをかけた。マックが力のない視線を送ってよこした。

「頭に血がのぼっちまった」

「わかってる」

富永は冷たい視線でマックに応じた。

「小姐が死んだら――」

「大老はあんたを許さないだろうな」

マックが床に膝をついた。

富永は両腕で自分の肩を抱いた。顫える身体――そうしなければばらばらに崩れ落ちてしまいそうだった。

＊　＊　＊

「小姐、怪我はないですか、小姐!」

マックの叫びが谺する。李少芳はベッドルームのクローゼットの中で顫えていた。裏庭から飛び込んできた阿寶が李少芳を見つけた。濡れた股間——失禁の痕。うつろな視線——恐怖に我を失った者の顔。李少芳はマックの問いかけになんの反応も見せなかった。

「小姐は動転してるだけだ。急いでここを出るぞ、マック。身内の死体を車に運ばせろ」

富永はいった。マックがうなずくのを確認して玄関に向かった。

家の中は戦場のようだった。死体が五つ転がっていた——そのうちのふたりは富永が撃ち殺した。怪我人がふたり呻いていた。五人ともヴェトナム系の顔だちをしていた。五人とも女たらしには見えなかった。

李耀明はいった——少芳を誑《たぶら》かしたチンピラに世の中にはしていいことと悪いことがあるんだということを教えてやれ。

李耀明は復讐を望んでいる。李耀明の望みは叶えられなければならない。

肩を押さえて呻いているガキ——髪の毛を摑んで顔を覗きこんだ。

「ミッシェルって野郎はどこにいる？」

「知らねえ」

ガキがいった。富永はガキの怪我をした肩に来ぬ拳銃を叩きつけた。ガキが悲鳴をあげた。

「ミッシェルはどこだ？」

「知らねえ。本当だ。さっきまでここにいたんだ」

富永はガキを放した。ミッシェルはここにいた——逃げだした。どこから？　玄関は富永たちが押さえていた。他の出口——裏庭に面したドア。

「阿寶！」

声を張りあげる。背中の方からだれかが駆け寄ってくる音がした。

「どうしました、サム哥《コー》？」

阿寶の目は血走っていた。鼻の穴が大きく広がっていた。呼吸が荒かった。阿寶は興奮していた。だが、取り乱してはいなかった。

「裏口からだれかが出ていかなかったか？」

「さあ……おれが飛び込んできたときにはだれも」

「確かか？」

「そういわれると……すげえ銃声だったからなにも聞こえなかったし、とにかくマック哥たちに加勢しなきゃと思ってたんで、他のことは目に入らなかったもんですから」

ミッシェルは裏口から逃げた——それ以外ありえない。裏口は裏庭に面している。裏庭にはハロルド加藤がいた。

「あのおまわりはどうした？」

「わかりません」

「捜してこい。急いでだぞ」

阿寶は返事もせずに背中を向けた。走り去った。阿寶と入れ替わるように、李少芳を背負った男たちがやって来た。

「急いで逃げようぜ、サム哥。この近くに隠れ家を用意してあるんだ」

「逃げる前にやることがある」

富永は足元で呻いているふたりのガキに視線を落とした。マックがわかったというようにうなずいた。銃を抜き、銃口をふたりに向けた。

銃声が立て続けに二度響いた。床に血と脳漿が飛び散った。

＊　＊　＊

車はゆっくり走っていた。スピードを出しすぎた車は人目を引く。遅すぎる車も人目を引く。焦らず、慌てず――事を起こしてしまったときのルール。

バックシートではマックが懸命に李少芳に語りかけている。李少芳はなんの反応も示さない。ヘロインで忘我の境地を彷徨《さまよ》っているときに起きた惨劇――心臓が止まらなかったのが幸いだったのかもしれない。

携帯の電子音が鳴った。富永の携帯だった。富永は電話に出た。

「サム哥ですか？」

阿寶の息があがった声が聞こえてきた。

「どうだった？」

「あのおまわりはどこにもいません。車もなくなってます。恐くなって逃げだしたんじゃないですか？」

「わかった。おれたちの車をピックアップしておまえも戻ってこい。捕まるなよ」

「おれはそんなにドジじゃありませんよ」

電話が切れた。

ハロルド加藤は裏庭にいた。ミッシェルは裏庭を目指して逃げだした。ハロルド加藤は裏庭にはいなかった。ミッシェルの姿も消えていた。

結論はひとつしかなかった。ハロルド加藤は逃げだしてきたミッシェルを捕まえた。そのままふたりで逃げだした。

理由はわからない。だが、それ以外はありえない。

理由を見つけだせ、ハロルド加藤を捕まえろ――覗き見野郎が喚く。

富永はハロルド加藤の携帯電話の番号を押した。しばらくして、金属的な女の声が聞こえてきた――この番号は、現在電話に出ることができません。

「くそっ」

富永は吐き捨てた。

「どうした？」

バックシートからマックの声が飛んできた。

「ミッシェルがいない」

「ミッシェル？」

「小姐を誑かした小僧だよ。小姐に白粉《パーファン》を打ちやがった。大老がそれを知ったらなんというと思う？」

「そのミッシェルってガキをぶち殺せって喚くだろうな」

「そのミッシェルがいないんだ」

「死体の中にはいなかったのか？」

富永は首を振った。

「まだしばらくは香港に帰れそうにもないな、サム哥。すまねえ、おれが頭に血をのぼらせちまったせいだ」

「気にするなよ」

富永はいった。左手で右手の小指のつけ根を押さえた。

痛みは続いている。マックに対する腹立ちも消えることがない。だが、ヴァンクーヴァーで活動するためにはマックの助けがいる。

「しばらく香港に帰るつもりはないからな」

自分にいい聞かせるための言葉。そう。帰るつもりはない。呉達龍《ンダッロン》をぶち殺すまではヴァンクーヴァーを離れることはできない。すべてを知り尽くすまでは、覗き見野郎がゆるしてくれない。

＊　＊　＊

リッチモンドの東の外れ――グリーンランド・ドライヴ。ありふれたタイプの一軒家。窓の向こうには湿地帯が広がっている。

富永とマックで李少芳を家の中に運び込んだ。年ごろの大老の娘――チンピラに触れさせるわけにはいかない。

李少芳の身体は細かく顫えていた。蒼醒めていた頰に血の気が戻りつつあった。

ハロルド加藤の憔悴した横顔が脳裏から離れない。あいつはなにかを隠している――なにを？　李少芳とミッシェルに関するなにかを。

頭の中の情報を解きほぐす。李少芳とミッシェル――香港の大ボスの娘とケベックから来た女たらし。ふたりは出会い、行動を共にするようになった。ヴェトナム系の古惑仔《グーワーザイ》とつるみ、悪さをした。悪さ――恐喝、盗み、ヘロインの売買。

ヘロイン――グレーター・ヴァンクーヴァーはヘロインに取り憑かれている。とりわけ黒社会はとち狂っている。ハロルド加藤と李少芳たちの繋がり。ヘロインだ――覗き見野郎が囁く。カラオケボックスでの凄惨な殺人現場が脳裏をよぎる。李少芳とミッシェルは確かにあそこにいた。簡単な引き算――あそこにあった死体を作ったのはミッシェル。あの現場でなにがあったのか。ハロルド加藤はなにを隠しているのか。

覗き見野郎が身悶えする。頭痛がする。右の小指のつけ根が痛む。

「とりあえず、寝室に連れていこう」

マックがいった。富永は首を振った。

「バスルームだ」

「バスルーム?」

「小姐に聞きたいことがあるんだ」

「冗談だろう、サム哥。他の女ならかまわねえが、小姐は大老の可愛い一人娘なんだぞ」

「おれが責任を取る。おれのやりたいようにさせてくれ」

「しかし――」

富永はマックを睨んだ。マックが怯んだ。マックは自分が失態を犯したことを知っていた。それを富永に見られたことを知っていた。富永がなにもいわないことに感謝の気持ちと畏れを抱いていた。

「頼む、マック。おれを信用してくれ」

マックがうなずいた――うなずくことはわかっていた。

「わかったよ、サム哥。小姐に関することはあんたの仕事だ。あんたの好きにするといい」

「助かるよ、マック。あんたはなにも気にしなくていい。身体から白粉が抜けたら、小姐は香港へ帰る。大老が喜ぶ。たぶん、ボーナスが出るだろう」

言外の恫喝――自分が可愛ければなにもいうな、なにも見るな、なにも聞くな。マックには充分に伝わった。マックは口を閉じた。

李少芳をバスタブの中に横たえた。

「彼女の着替えは?」

「用意してある」

「阿寶を呼んできてくれ。その後はだれもバスルームに近づけるな」

「わかった」

マックは逃げるようにバスルームを出ていった。富永はバスルームの中を覗きこんだ。アンモニア臭が鼻をついた。李少芳の呼吸は落ち着いていた。うつろな目――瞳孔がかすかに収縮している。

「なにか用ですか、サム哥」

バスルームのドアが開き、阿寶が入ってきた。

「手伝ってくれ」

「なにをすれば？」

「今はそこにいるだけでいい」

富永は手袋を脱いだ。包帯でがんじがらめにされた右手。小指が欠落した左手。阿寶が息をのむ気配が伝わってきた。それにはかまわず、シャワーホースに手を伸ばした。バスタブのそばに温度調節のためのつまみがあった。水温を四十五度にあわせて蛇口を捻った。シャワー口から水が噴きだす。かなりの水圧だった。水を左の手首に当てた。凍るような冷たさ——次第に温度があがっていく。やがて、肌に痛みを覚えるほどの温度になった。

「行くぞ、小姐」

シャワーをバスタブの中に向けた。李少芳があっという間にずぶ濡れになっていった。

「なにをするんですか、サム哥」

肩に阿寶の手がかかる。振り払った。

「そこでじっとしてろ、阿寶」

バスタブの中——李少芳が顔を背けた。手足を縮めた。

「目が覚めたか、小姐？」

声をかける——反応はない。富永はシャワーの噴出口を李少芳の顔に向けた。李少芳が劇的な反応を見せた。大きく身体をくねらせ、咳込む。富永はシャワーを阿寶に渡した。

「おれが合図したら、このシャワーを小姐にぶっかけるんだ。いいな？」

「でも——」

「おれのいうことが聞けないのか、阿寶？」

「わかりました」

阿寶の声は顫えていた。富永はバスタブに顔を向けた。

「気がついたか、小姐？」

咳込んでいる李少芳に声をかけた。李少芳は濡れて顔に張りついた前髪をかきあげた。

「阿《ア》サム！」

顔に血の気が戻っていた。瞳は怒りに燃えていた。

「なにするのよ、パパにいいつけるわよ」

「阿寶、シャワーをかけろ」

叫ぶ——李少芳の顔に熱い湯が浴びせられる。李少芳は両手を顔の前に突きだした。富永はその手を押さえた。スーツが濡れる、包帯が濡れる——気にかけている余裕はない。

「阿寶、やめろ」

シャワーが別の方角に飛んでいく。李少芳は激しく咳込んでいた。

「だいぶよくなったんじゃないですか、小姐？」

富永は李少芳の顔を覗きこんだ。李少芳は目を吊りあげて睨み返してきた。

「許さないわよ、阿サム！　わたしをこんな目に遭わせて——」

「阿寶！」

水飛沫が李少芳の顔を打った。

「ここはリッチモンドで、大老は香港にいる。いい加減、パパをだしにするのをやめないと、いつまでも続けますよ、小姐」

「わかったわ。わかったから、シャワーを止めて」

李少芳は苦しそうに呻いた。

「阿寶、シャワーを止めていいぞ」

水音がふいにやんだ。肩越しに振り返る——阿寶の顔色が蒼醒めている。

「サム哥……」

情けない声——富永は微笑みを浮かべた。

「心配するな、阿寶。これはおれがやったことだ。責任はおれがとる」

「はい」

「タオルを取ってくれ」

壁面に据えつけられたパイプ式の棚の上に丁寧に折り畳まれたタオルがあった。富永は阿寶からタオルを受け取った。

「今、着替えを持ってこさせますよ、小姐」

阿寶に目配せした。阿寶がバスルームを出ていった。まるで虎の檻から逃げだすような勢いだった。富永はタオルで李少芳の身体を拭きはじめた。李少芳は肌の透けるロングスリーヴのTシャツを着ていた。脚は黒いパンツ。水分を吸った布地が肌に張りついていた。滑らかな曲線が浮き上がっていた。

「一年見ない間に、ずいぶん大人になりましたね、小姐」

「今さらお世辞をいっても遅いわよ、阿サム」

「お世辞じゃない。本当にいい女になった」

富永は李少芳のふくらんだ胸をタオルの上から押さえつけた。李少芳の右手が動いた。容赦のない平手打ち——富永はわざと避けなかった。小気味のいい音がバスルームに反響した。

「大老は小姐のことをとても心配していた。おれたちも同じだ」

タオルを李少芳に手渡した。李少芳は乱暴に髪の毛を拭った。

「嘘ばっかり。本当に心配だったら、こんなことしないわよ」

上目づかいに睨みあげてくる切れ長の目——記憶が過去にジャンプする。一年ちょっと前、李少芳のお守りを仰せつかった。李少芳はまだ小娘だった。線の細い身体、傲慢な口調。灣仔《ワンチャイ》から中環《チョンワン》へ、中環から銅鑼湾《トンローワン》へ、銅鑼湾から尖沙咀《チムサーチョイ》へ。あちこちに振り回され、奴隷のように扱われ、我慢の限界を迎えかけたところで抱きつかれた。半山區《ミッドレベル》——ヴィクトリアピークの麓にある超高級住宅街。李耀明が海外からの客のもてなしのために買ったゲストハウス。壁一面のガラス張りの窓の向こうには上環《ションワン》の夜景とヴィクトリア湾が広がっていた。抱いて——李少芳はいった。李少芳は十七になったばかりだった。その言葉を聞いた瞬間、足元にぽっかりと穴が開いたような気がした。李耀明の娘に手を出す——自らの死刑執行状へサインするのと同じだった。李少芳の願いを撥ねつける——恨まれる。李少芳の性根の曲がり方は半端ではなかった。どんな形で復讐されるかわかったものではなかった。だから、その場凌ぎの嘘で取り繕った——小姐はまだ若い、小姐がもっと大人になったなら。李少芳は泣き喚いた。李耀明にいいつけて富永を殺させてやるといった。富永はゲストハウスを追い出された。その一ヶ月後、李少芳はヴァンクーヴァーに飛びたった。

「小姐のためだ。小姐は香港に戻ることになる。その前に身体から白粉を抜いておかないと、大老がお怒りになる」

「パパなんかどうだっていいわよ」

李少芳は腰をあげた。ずぶ濡れになった自分の衣服を呆然と見おろした。

「この服、いくらすると思ってるのよ、阿サム！ なにがわたしのことが心配だったよ。一年前となんにも変わってないじゃない。阿サムはわたしのことが嫌いなのよ。だから、わたしに酷いことができるんだわ」

李少芳の怒りがぶり返しかけていた。富永は機先を制した。

「ミッシェルはどこにいるんですか？」

李少芳の視線が右から左に流れた。考え事をするときの癖だった。視線が動くのにつれて、李少芳の顔が強張っていった。やがて、強張った表情が一気に崩れた。

「あいつ——あいつ、わたしを置いて逃げたわ。なにがあっても、ずっと一緒だっていってたくせに、銃声がしたら、わたしを突き飛ばして自分だけ逃げて行ったのよ!!」

絞りだすような声がすぐに叫びに変わった。背後でドアが開いた。マックが顔を覗かせた。

「だいじょうぶですか、小姐。着替えを持ってきましたぜ」

「出てって!!」李少芳はタオルをマックに投げつけた。

「阿サム以外、だれもわたしに近づけないで!!」

マックの表情が曇った。富永はマックにうなずいた
——ここはおれに任せろ。マックがうなずいた。ドアが閉まった。閉じられたドアの向こうでマックが聞き耳を立てている——間違いない。人はだれでも頭の中に覗き見野郎を飼っている。富永と他人の違いは、覗き見野郎が声を発するかどうかだ。

富永はシャワーの蛇口を思いきり捻った。床に転がっていたシャワー口から湯が勢いよく流れ出した。シャワーホースが蛇のようにくねった。シャワーの流れ出る音——ふたりの声をかき消してくれる。

「ちきしょう。嘘つき。なによ、なによ、なによ——」

李少芳の身体は細かく顫えていた。寒さのせいではない——ヒステリーの発作が起きる前兆。

富永は李少芳の肩に手をかけた。顫える身体を抱き寄せた。李少芳が胸に顔を埋めてきた。李少芳は大声を出して泣きはじめた。富永は李少芳の濡れた髪を優しく撫でた。李少芳の顫えが次第におさまっていった。泣くだけ泣かせてから、耳元で囁いた。

「小姐……ミッシェルはおれが殺す。約束する。だから、そんなに泣くな。せっかく奇麗になったのに、台無しだぞ」

「殺すのよ、阿サム。あいつを必ず殺すのよ」

李少芳は呪詛《じゅそ》のように繰り返した。十八歳の娘の声だとは思えなかった。黒社会で生まれ育った者にだけ出せる声だった。

「約束するよ、小姐。ミッシェルを見つけだして、必ず殺してやる」

だから話を聞かせろ、すべてを教えてくれ、覗き見野郎を満足させてやってくれ——声に出さずに祈る。

「ただ殺すだけじゃだめよ、阿サム。わたしを虚仮《こけ》にしたらどんなことになるか、思い知らせてやるのよ。一番残酷なやり方で殺すの」

李少芳は富永の肩を摑んだ。強く揺さぶった。

「わかってる——ミッシェルとはどうやって知り合ったんだ」

「そんなことより、早くあいつを捜しに行くのよ、阿サム」

「あいつを見つけるために知らなきゃならないことがあるんだ。あいつに復讐したかったら、落ち着いておれの話を聞け。おれの質問に答えるんだ」

「なんでも聞きなさいよ」

李少芳は挑みかかるように富永を睨んだ。瞳の奥で燃え盛る炎——触れれば必ず火傷する。それがわかっていながら、知りたいという欲求を抑えることができない。覗き見野郎——薄汚い出歯亀——己の分身。わかってい

る。痛いほどにわかっている。

「ミッシェルとはどこでどうやって知り合った？」

「ヴァンクーヴァーのカジノよ。友達と遊んでいたら、声をかけられたの」

「本当に偶然か？　小姐が李耀明の娘だと知っていて、わざと近づいてきたんじゃないのか？」

李少芳の視線が右から左に流れる——李少芳は唇を嚙んだ。首を振った。

「偶然よ。間違いないわ」

首を振る直前の逡巡——李少芳は嘘をついている。ミッシェルを殺したいほど憎んでいるのに、なにかを隠そうとしている。

「本当に？」

「しつこいわよ、阿サム」

李少芳が目を逸らす。確信がますます深まっていく。なぜ嘘をつく？　なにを隠そうとしている？

知りたい、知らずにはいられない。

「ミッシェルは何者だ？」

富永は訊いた。李少芳がまじまじと富永を見つめた。

「なにを知ってるの、阿サム？」

李少芳の瞳の奥で燃え盛る炎——消えていた。代わりに恐怖が色濃く漂っていた。

なにを隠そうとしている？　なぜ隠そうとする？　疑問の堂々巡り。答えはどこにも見つからない。そもそも、こんな疑問に直面するとは予想もしていなかった。覗き見野郎が不満の声をあげる——苛立ちが募っていく。

「なにを隠してるんだ、小姐？」

「なにも隠してなんかいないわ」

嘘——目に安堵の色が浮かんだ。恐怖が消えた。

「他に聞きたいことはないの？　だったら、早くあいつを捜しに行きなさいよ」

摑みかけていたなにか——掌から零《こぼ》れ落ちた。李少芳は自信を取り戻していた。これ以上追及しても、なにも引きだせない。李少芳は李耀明の血を濃く引いていた。頑なところはそっくりだった。

「ミッシェルは白粉を扱ってたな？」

質問を切り替えた。李少芳がうなずいた。

「それがどうしたの？」

「白粉をだれに売っていたんだ？」

李少芳の目——再び現われる恐怖。

「知らないわ」

早すぎる答え——嘘。なぜ嘘をつく？　なぜ嘘をつかなければならない？

「カラオケボックスでなにがあった？」

質問を切り替えた。李少芳の表情が凍りついた。

「カラオケボックス？」

「何日か前の夜だ。リッチモンドのカラオケボックス。越青《ユッチェン》の古惑仔が三人殺された。小姐もミッシェルもそこにいたはずだ」

同じ現象が起こる——李少芳の目に浮かんだ恐怖が安堵に代わる。富永が知っていることに恐怖し、富永が知らないことに安堵している。ピースの欠けたジグソウパズル。欠けたピースを見つければ全体像が現われる。

「知らないわ、そんなの——」

富永は李少芳の両腕を掴んだ。李少芳を引き寄せた。

「しらばっくれるな、小姐。あそこに小姐がいたことを、おれは知ってるんだ」

「離してよ！」李少芳は富永の腕を振りほどいた。「わたしは知らないっていったのよ、聞こえなかった？　あんたも黒社会の掟は知ってるでしょう？　目上の者が黒いといったら、白い物だって黒いのよ」

「ミッシェルを殺したくないのか？」

「殺すのよ、決まってるじゃない」

「だったら、おれの質問に答えてくれ」

「そんな必要ないわ。阿亮《アリヨン》がいるじゃない」

阿亮——許光亮《ホイグオンリヨン》。マックの中国名。李少芳は喚きつづけた。

「みんな、パパの手下なんでしょう？　パパのためだったらなんだってするんでしょう？　みんなでミッシェルを捜しなさいよ。その方が、こんな意味のない質問に答えてるよりよっぽど早いわ」

李少芳の手が素早く伸びてきた。富永は突き飛ばされた。李少芳はドアノブに手をかけた。

「早くあいつを見つけるのよ。それができないんなら、あんたがわたしにどれだけ酷いことをしたか、パパにいいつけるから」

なにに怯えている？　なにを隠そうとしている？　なぜ隠そうとする？　富永は李少芳の背中に右手を伸ばした。途中でその手をとめた。喉まで出かかったいくつもの疑問——どれもこれも、呉達龍とは無関係だった。富永とも無関係だった。ただ、自分が知りたいだけだ。知らずにはいられないだけだ。覗き見野郎にすべてを支配されているだけだ。

李少芳がバスルームを出ていった。入れ替わるように阿寶が姿を現わした。

「どうしました、サム哥？」

「なんでもない。電話はどこだ、阿寶？　大老に連絡をいれなきゃならん」

富永は阿寶の脇を通ってバスルームを出た。

48

サイドボードの上の電話が鳴る。

受話器に手を伸ばす。指先が細かく顫えている。導火線は燃えつづけている。

しっかりしろ――自分にいい聞かせる。深呼吸を繰り返す。ハリィは電話にでた。

「グリーンヒルだ。よく眠れたかね？」

「ええ、ありがとうございます」

ハリィは視線をバスルームの方に向けた。閉ざされたドア――鏡張り。映っているのは死人のように蒼醒めた顔。

「報告書を読んだ。ロナルド・ン巡査部長がすでに娼婦を殺してヘロインを隠匿したという件は実に興味深い」

「ただの推測です」

「そうは思わんね。これが事実なら、彼が巧妙に姿をくらましながらヴァンクーヴァーを離れずにいる理由がわかる。彼はまだヘロインを売り捌いてはいないんだ。捜査官をふたり、パウエル・ストリートに派遣したよ。優秀な連中だ。なにかを持って帰ってくるだろう」

「もし、ぼくの推測が事実だという証拠が見つかったら？」

「CLEUの総力をあげてン巡査部長を見つけ出す。下院議員選挙の有力候補のために個人的に働いていた悪徳警官が殺人を犯し、ヘロインを隠匿した……ミスタ・ヘスワースは大喜びだろう。逆に、あの中国人は苦境に陥ることになる。彼はまだ立候補を取り下げてはいないんだろう？」

脳裏にちらつく影――ミッシェルの横顔。髑髏をかたどったアクセサリィ。無惨に破壊されたケニィの頭部。

ハリィは首を振った。

「今夜、ミスタ・ヘスワースと夕食をとることになっています。その時に情報を集めておきますよ」

「よろしく頼む。ン巡査部長の犯罪行為が確かめられたなら、最悪の場合、彼を指名手配することになるかもしれない。殺人とヘロインの隠匿は重大な犯罪だ。CLEU内部でも問題になるはずだ」

「わかりました。ミスタ・ヘスワースと相談します」

「うまい食事とワインを堪能したら、今夜もゆっくり休むんだ。いいな？　これは命令だと思ってくれてもいい。君は本当に酷い顔色をしている。今ここで君に倒れられるわけにはいかないんだ」

「そうさせてもらいます」

「今日、リッチモンドで派手な銃撃戦があった」

ハリィは息を飲んだ。グリーンヒルの声が耳の中で谺する。

「現場には死体が五つ転がっていた。チャイナマフィア同士の抗争らしいんだが、まだ詳細は摑めていない。その事件のせいでチャイナマフィア関連の捜査官はてんてこ舞いの騒ぎになっている。君に聞きたいことができるかもしれない。念のために、携帯電話は常に持ち歩いてくれ」

「わかりました」

電話が切れた。ハリィはベッドの上に崩れるように腰をおろした。

＊　＊　＊

導火線は燃えつづけている。火薬の匂いが背中を押す――走れ、走り続けろ。走っているかぎり、導火線はおまえには追いつけない。

くたびれきった身体に鞭を打つ――電話をかけまくる。

CLEUに――クラレンス・スンを捕まえた。

「リッチモンドで銃撃戦があったんだって？」

「ああ、ひでえことになってるらしい」

「死んだのはだれだ？」

「越青《ユッチエン》のチンピラだよ。五人、死んでた。全員の身元を確認できたわけじゃないがな。家の中はヘロインだらけだ」

ヘロイン――神経がざわめきだす。

「どれぐらいの量があったんだ？」

「五キロはくだらねえな。事件が起こったのはローズヒル・アヴェニューの一軒家なんだが、家主は半年以上前に香港に帰ったままだ。チンピラたちが空き家を勝手にねぐらにして、そこでヘロインを持ち込んでたってわけだ。しかし、腑に落ちねえ」

「なにが？」

「考えてもみろよ、ハリィ。越青のチンピラどもを他のグループが襲撃した。死んだやつらには抵抗した様子もねえんだ。一方的な殺戮ってやつよ。それなのに、殺した連中はヘロインに見向きもしねえで家を後にしてるんだ」

襲撃した連中には他の目的があった――だれも知らない事実。知られてはいけない事実。現実はどんどん血に塗れていく。

「確かにそれはおかしいな……その家には死んだ連中しかいなかったのか？」

「鑑識の報告待ちだがな、寝室のクローゼットに小便を洩らした痕があったらしい。死んだ連中のズボンは奇麗なもんだったらしいからな、何人かは逃げだしたか襲撃した連中に拉致されたってことじゃねえのか」

「ありがとう、クラレンス」

「最近、局で顔をあわせねえな、ハリィ。なにをやってるんだ？」

「極秘捜査さ」

「なんだそりゃ？　選挙のためにかけずり回ってるってことか？」

ハリィは電話を叩ききった。もう一度受話器を持ちあげ、富永脩《とみながおさむ》の携帯電話の番号をまわした。

「ハロー？」

英語――くたびれた感じが漂っていた。

「どうして約束を破った？」

「抑えがきかなかった」富永は日本語で答えた。「あんなふうにするつもりはなかったんだがな」

「ふざけたことをいうな。どうせ、あんたが呼んだのは許光亮だろう。あいつに話をした時点で、あんたはぼくを裏切ったんだ。なんだって――」

「ミッシェルをどうした？」

心臓が凍りつく。富永の手口――狡猾で胸くそが悪い。

「ミッシェル？」

「とぼけるのはよせよ。あいつは裏庭に飛び出ていったはずだ。あんた、見たんだろう？」

ハリィは腹に力をこめた。

「知らないな。君の部下が家の中に入っていった時点でぼくは裏庭を離れた。あんな銃撃戦が行なわれた場所にいるわけにはいかなかったからな……わかるだろう？」

「ミッシェルはどこだ？　おれはあいつに用がある。だが、あんたにはなにもないはずだ」

「なんどいえばわかる？　ぼくはミッシェルは見なかった」

「ミッシェルはどこだ？　どこに連れていった？　ミッシェルになんの用がある？」

富永の声――警官の口調。富永はハリィがミッシェルを連れ去ったと確信している。心臓が早鐘を打ちはじめた。

「ぼくを裏切ったことへの償いは必ずさせてやる」

ハリィは電話を切った。ミッシェルを殺せ――耳の奥でだれかが囁く。ミッシェルは危険だ。ミッシェルを殺せ。死体を決して見つからない場所に隠せ。

ハリィはバスルームの扉の鏡を見た。蒼醒めた顔がハリィを見返した。

＊　＊　＊

ガレージ――辛抱強くあたりの様子を確認した。見張っている者はいなかった。

慎重にシャッターを開ける。ムスタングのテイルが見えた。トランクに耳を近づけた。なにも聞こえなかった。

死んだのか？――疑問が脳裏をよぎる。死んでいてくれ――呪わしい希望が脳裏をよぎる。生きていてくれ――理解不能の願いが脳裏をよぎる。

ハリィはおそるおそるトランクを開けた。ミッシェルは生きていた。怒りをこめた視線をハリィに向けてきた。

失望と安堵――歯を食い縛ってやり過ごした。ミッシェルの手錠を外し、口を塞いでいたテープを剝がした。

ミッシェルが長い足をのばして地面の上に降りたった。

「背中が痛い。こんなの、二度と御免だぜ」

ミッシェルがいった。手首を乱暴にさすった。手首には手錠の痕が残っていた。薄暗いガレージの中、ミッシェルの肌の白さは際だっていた。

ハリィは拳銃をミッシェルに向けた。ミッシェルを殺せ――声は囁きつづける。

「あっちの車に乗るんだ」

自分の車の方に首を傾けた。

「よせよ。そんな顔で睨まれたら、おれが馬鹿だったとしても、あんたがおれを殺そうとしてるってことはわかる」

ミッシェルが薄笑いを浮かべた。笑いながらハリィを凝視していた。後悔が襲う――サングラスをかけてくるべきだった。

「だったら、今ここで撃つだけだ」

「勘弁しろよ」

ミッシェルが足元に唾を吐いた。耳からぶらさがったピアスが揺れた。髑髏をかたどったピアス――ケニィの死に顔がよみがえる。

「車に乗るんだ、ミッシェル」

ハリィは絞りだすようにいった。

「あんたのこと、思い出したぜ」ミッシェルが悪意のこもった笑みを向けてきた。「何日か前に、リッチモンドで派手な出入りがあっただろう？　あの時、あんたを見かけた」

ミッシェルを殺せ――声が大きくなる。ミッシェルがハリィに顔を向ける。ウィンクする。その目は語る――あんたのこと知ってるぜ。

「ぼくのことを知ってるのか？」

口が勝手に動きだした。頭の中は混乱していた。

「知ってるっていうか、思い出したんだよ。あんた、アキラの息子だろう？」

父親の名前——予想外の情報。思考回路のオーヴァーヒート。心臓が不規則に脈を打った。視界が歪んだ。足元がふらついた。

視界の隅でミッシェルが動いた。頭も身体も反応できなかった。胃に衝撃を受けた。続いて顎。拳銃が床に落ちた。それを追うように自分の身体が倒れていくのを感じた。

白い手が拳銃を摑みあげる——ミッシェル。ミッシェルは微笑んでいる。

「意外と間抜けだな、あんた。アキラはもっと用心深いぜ」

声が遠ざかる。痛み——神経を覚醒させる。

なぜだ？——疑問が渦を巻く。なぜミッシェルは明を知っている？　あのふたりの間になにがある？

記憶がふいに跳躍する。

チャイナタウン——新記飯店《サンゲイファンディム》の杜徳鴻《トーダッホン》。皺に覆われた目が侮蔑に光る。汚い言葉が吐きだされる。豚の息子——杜徳鴻は確かにそういった。豚の息子——ハリィ。豚——加藤明。

ハリィはよろめきながら立ちあがった。ムスタングにもたれかかった。ミッシェルの姿はなかった。

「なぜだ？」

だれにともなく訊ねた。父親に想いを馳せた。

加藤明。実業家としては優秀だと目されている。父親としては厳格だった。妻が死んでからは冷徹といってもよかった。ハリィの思春期は明への反発と共にあった。明は唾棄すべき存在だった。そうでありながら、自分には明を乗り越える力がないこともわかっていた。戦うかわりに明を視界の隅に追いやった。徹底して無視することを決めた。

ハリィは自分の父親について、なにも知らないも同然だった。

＊　＊　＊

ミッシェルに殴られた顎の腫れ——大型のバンドエイドでごまかす。頭の中で渦巻く疑問——こね回し続ける。導火線は燃えつづけている。目に映る現実の光景は血に塗れている。くたびれきった身体——焦燥感に突き動かされる。

豪華だが味気ない食事。だだっ広いダイニングに据えられた大きすぎるダイニングテーブル。座っているのはハリィの他に、ジェイムズ・ヘスワースとキャサリン・デボア・ヘスワースだけだった。暖炉では盛大に薪が燃えている。それでも、薄ら寒さは拭えない。火は燃えつづける導火線を連想させる。

テーブルの上に並べられているのは馬鹿高いフレンチ・ワインに食べきれない量の食事。この食事をホームレス連中に配ってやるだけで、ヘスワースは当選に必要な票を獲得できるかもしれない。

「パパ、議員になったら、ハリィを出世させてあげて。彼、やつれているのがわかるでしょう?」

キャスィがいった。

「そのバンドエイドはどうしたんだね、ハリィ?」

ヘスワースがいった。ふたりとも、フォークとナイフを休みなく動かしつづけていた。

「転びそうになってドアにぶつけたんです。ここのところ睡眠不足で、ついうっかりして」

「そんなに仕事がきついのかね?」

ヘスワースの目がぎろりと動く。言外の意味——あの悪徳警官はまだ見つからないのか?

「たいていの警察官は睡眠不足とストレスに悩まされていますよ」

ハリィは首を振りながら答えた。ミッシェルに殴られた箇所が痛んだ。導火線は燃えつづけている。

「もっと食べて、ハリィ。仕事で眠る時間が作れないのなら、せめて栄養を充分に補給しなきゃ」

キャスィが身体をよせてくる。キャスィは胸元の開いたシルクのブラウスを着ている。ブラはなし。尖った乳首がシャツの生地を押しあげている。言外の意味——今夜は思いきりわたしを可愛がって、ハリィ。

「そうだね、キャスィ。わかってはいるんだが、胃が食べ物を受けつけないんだ」

フォークでサラダの皿をつついた。食欲は減退している。吐き気すら覚える。

「でも、それじゃ身体がもたないわ」

「栄養剤を飲んでるからだいじょうぶ」

ハリィはワイングラスに手を伸ばした。アルコールが必要だった。アルコールは疲れを忘れさせてくれる。ケニィの死に顔を忘れさせてくれる。肘に押し当てられるキャスィのふやけた西瓜のような胸の感触を忘れさせてくれる。

「ジム、選挙の情勢はどうなっているんですか?」

ハリィは訊いた。

「順当だよ」ヘスワースが小さく首を振った。「わたしのブレーンは当選に必要な票数は獲得できると踏んでいる。当面のライヴァルはあの中国人だが……なんとかなるだろう」

ヘスワースの表情は言葉とは裏腹に歪んでいた。鄭《チエン》奎《フイ》は立候補を取り消していない。その素振りすら見せていない。

「その話は食後にしよう、ハリィ。女性には政治談義は受けないからな。年代物のカルバドスとキューバ産のいい葉巻が手に入ったんだ。後で、別の部屋で葉巻をくゆらせながら話しあおうじゃないか」

「わかりました」

ハリィはフォークで野菜をかきまわした。白ワインを飲み干した。

「そんなに飲んでだいじょうぶ、ハリィ？」

押しつけがましいキャスィの声——妄想が頭をよぎる。ケニィの頭に向けた銃口。ケニィの顔がキャスィの顔と入れ替わる。弾け飛ぶキャスィの頭蓋骨——ケニィを撃ったときの恐怖が歓喜に変わる。

「心配ないよ、キャスィ。ワインを飲んだ方がよく眠れるはずさ」

妄想を楽しみながら答えた。

「だったらいいけど……」

キャスィが唇を尖らせる。あなたが寝てしまったら愛しあえないじゃない——ニュアンスがキャスィの気持ちを伝える。

ハリィは身震いした。妄想の中で、ありったけの弾丸をキャスィの顔に撃ちこんだ。

頬の筋肉が意志に反してゆるんでいく。慌ててワインに口をつけた。グラスには影のように現われた執事がワインを注ぎ足していた。

「ジム、ちょっとおうかがいしてもいいですか？」

「なんだね？」

「父とはいつ知り合ったんでしたっけ？」

「いまさらそんなことを訊くのかね？」

ヘスワースの眉が吊りあがった。頭の中を言葉が駆け回る。チャイナタウンの古老が口にした言葉——豚の息子め。ミッシェルが口にした言葉——アキラはもっと用心深いぜ。

「いえ……あなたもご存知のように、父にとってぼくはいい息子じゃなかった」

「息子が父親に反発するのはよくあることだ。明はよく君のことで悩んでいたが、その度にわたしはこういったよ、いつか和解のときがくる、とね。わたしの言葉は正しかったということかね、ハリィ？」

「ええ。そろそろ、ぼくたちの間を見つめなおしてみてもいいんじゃないかと思って。ただ、問題がひとつあることに気づいたんですよ、ジム」

「問題？」

「ええ、ぼくは父の過去についてほとんどなにも知らない。それを父に直接尋ねられるほどにしこりが消えたわけでもない。となると、父の友人たちに話を訊くしか方法がないんです」

「話してあげてよ、パパ。わたしもパパと明の友情物語には興味があるわ」

キャスィがテーブルの上に身を乗りだした。乳房が揺れた。妄想がよみがえる——振り払う。キャスィの言葉に、ヘスワースが微笑むのが視界の隅に映る。

「いいだろう。わたしが知っている限りの、明という人間について話をしようじゃないか」

ヘスワースは魚の肉を口の中に放りこんだ。ワインでそれを飲みくだした。

「わたしと明が出会ったのは、もう、十五年ほど昔のことになる」

ヘスワースが話しはじめた。ハリィはうなずいて耳を傾けた。中国人に豚と呼ばれた男——父の過去になにがあったのか。知りたかった。知らずにはいられなかった。

「わたしの知り合いが東南アジアでのカジノ事業に興味を持っていて、マカオの人間にコネクションがないかと打診されたのさ。彼はアメリカには話を持っていきたくはなかったんだ。そんなことをすれば——」

「間違いなくマフィアに食い物にされますね」

ハリィはヘスワースの言葉を引き取った。

「そのとおり。わたしの知人は自分が表舞台に立つことを嫌っていた。そこでわたしが奔走することになったんだ」

ヘスワースの知人は政治家かなにかに違いなかった。カジノ事業は旨味があるが、熱心なクリスチャンからは汚れた仕事と見なされる。表舞台に自分が出ることで票を失うことを恐れたに決まっている。上品な皮をかぶった連中の薄汚いやり方だった。

「あの頃もヴァンクーヴァーには中華系の移民が多数いたが、香港やマカオからやってくる人間は限られていた。苦労したよ。一ヶ月近くいろんな人間に話を聞いて、ある人間に明を紹介されたんだ」

「待ってください、ジム。その人がコネクションを持ちたがっていたマカオの人間というのは、当然、カジノ関係者でしょうね?」

「もちろんだ」

「父がマカオのカジノ関係につてを持っていたんですか?」

カジノ——必ず裏社会と繋がっている。

「驚くのはわかるが、わたしの話を最後まで聞いてもらいたいものだな、ハリィ」

「ああ、すみません。予想もしていなかったことだったので……」

「気持ちはよくわかるよ、ハリィ。カジノというものにはどうしても暗い側面が付きまとう。わたしも、初めて明と会ったときには警戒していたものだ。ところが、実際に会った明は実に気さくで頭のいい人物だった」

執事がデキャンタに移し替えた赤ワインを運んできた。ヘスワースはテイスティングをし、満足げにうなずく。ハリィは苛立ちながら、自分のグラスに注がれたワインを飲んだ。普段なら感じるはずのワインの芳香も滑らかな味もわからなかった。感覚が麻痺している。ケニィを殺してしまってからずっと続いている。

燃えつづける導火線。血に塗れた現実。

「そんな人間がマカオのカジノ社会と関係を持っていることをわたしは当然訝ったよ」ヘスワースの話が再開された。「それが顔に出たんだろうな。明は自分から理由を話してくれた。明は七〇年代にヴァンクーヴァーにやってきた。若い妻と、まだ小さかった君を連れてだ。当時のヴァンクーヴァーは……いや、カナダの市場といい換えたほうがいいかもしれん。とにかく、カナダで一旗あげようという移民には多くの難題が積みあげられていたんだ」

ハリィはうなずいた。ヴァンクーヴァーには黒人がいない。白人たちの優越感と差別意識は自然と黄色人種に向けられる。明の苦労はハリィの苦労でもあった。

「明は挫折するわけにはいかなかった。愛する妻と子供のために。それで、事業を軌道に乗せるまでと自分にいい聞かせて、いかがわしい商売にも手を染めたらしい。詳しくは話してくれなかったがね」

「いかがわしい商売？　父はなにをしたんですか？」

「それは明に直接訊いた方がいいんじゃないかね」

ヘスワースは視線をキャスィに走らせた。

「彼女のことを気にしているなら遠慮しないでください。キャスィはぼくの婚約者です。結婚すれば、明は義理の父親になる。彼女にも知る権利はありますよ」

「ハリィ……」

キャスィがむしゃぶりついてきた。おぞましい感触——振り払おうとする衝動を必死で耐えた。

「なら、話を続けよう。明が手を染めたのは密輸だ。香港経由で中国大陸から禁制品を輸入していたんだ。もちろん、今では……わたしが知り合った頃でも、彼はきっぱりと足を洗ってはいたがね」

「禁制品というと？」

ヘロイン——言葉がネオン管のように明滅する。密輸とは切っても切り離せない。

「美術品だ。わたしも詳しくは知らんが、古代中国王朝の美術品を仕入れてはコレクターに売り捌いていたということだ」

「なるほど――」

ハリィはうなずいた。今でも、チャイナマフィアのアジトを捜索すると、中国の美術品や陶磁器が見つかることが多い。あれはあれでいい金になる。

「それで、香港のマフィアと繋がりができたわけですか」

マフィアに話を通さない密輸は必ず潰される。落とし前をつけさせられる。

「詳しくは聞かなかったが、その密輸に一緒に手を染めていたのがマフィアに繋がりのある香港系の移民らしい」

「あなたが父と知り合ったころには、その香港人と父の間に繋がりはなかったんですか？」

「その香港人はすでに香港に戻った後だということだった。明との商売でまとまった金ができた。それで、ヴァンクーヴァーに別れを告げたのだろう」

あらすじが読める――その香港人は香港にいられなくなってヴァンクーヴァーにやって来た。ヴァンクーヴァーで稼いだ金で詫びを入れ、香港に戻った。その香港人はマフィアと繋がりがあったわけではない。マフィアそのものだったのだ。

豚の息子――杜徳鴻はいった。父とその香港マフィアが繋がっていたころなにかがあったとしか考えられない。

「それで、ジム、あなたは父を通してマカオのカジノ関係者とコネクションを持つことができたんですか？」

「スタンレイ・リンが直々に出てきた。明の持つコネクションは強力なものだったよ。まあ、わたしの知り合いのカジノ事業の話はいろいろな障害があってご破算になったがね」

スタンレイ・リン――凌鍾宇《リンジャンユー》。マカオのカジノを仕切る大ボス。今でこそマカオの中国返還を目前にしてその基盤が揺らいではいるが、八〇年代以前の勢力は絶大なものがあった。

「父もスタンレイ・リンとは面識があったんでしょうか？」

「いや」ヘスワースは首を振った。「リンがヴァンクーヴァーに進出してきてからのことは知らないが、当時の明に彼と面識があったとは思えんね」

九〇年代初頭、凌鍾宇はヴァンクーヴァーにカジノで稼いだ金を北米大陸に移すためのダミー会社を設立した。その当時から、マカオのカジノ近辺ではきな臭い匂いがたちこめていた。

「とにかく、わたしは明がスタンレイ・リンを担ぎだした手腕を認めた。それから、彼の人格も、だ。密輸に手を染めていたのは褒められたことではないが、背に腹は替えられなかった状況を鑑みれば、許容することができた。だから、わたしは明と商売上の付き合いをするようになったんだ。もちろん、それはすぐに個人的な付き合いになっていったがね」

言外の意味――明に利用価値があることを知り、それを最大限に利用した。

「ハリィ、君のような人間が、明を疎ましく思う気持ちはよく理解できる」ヘスワースは言葉を続けた。「君は厳格な人間だ。望めばもっと楽な仕事に就くことができたのに、君は自ら進んで警察官になる道を選んだ。そんな君から見れば、商売のために時に自分の良心に蓋をする明やわたしのような人間は唾棄すべき存在に見えるだろう」

「そんなことはありませんよ、ジム」

「だが、これだけは覚えておくといい」ヘスワースはハリィの言葉を意に介さなかった。「明やわたしがしてきたことは、すべて、愛する家族のためにと思ってしてきたことなんだ」

ハリィは曖昧な笑みを浮かべた。偽りに満ちた言葉を聞かされたときにどんな態度をとるべきかは充分に理解していた。特に、自分の将来を左右する人間が偽りに満ちた言葉を口にしたときは。

「わかっていますよ、ジム。警官を長い間やっていると、世の中が奇麗事だけでなりたっているわけではないことは身に沁みますから」

頭の後ろ半分が吹き飛んだケニィ――現実は血に塗れている。いやになるぐらいわかっている。

「明は死に物狂いで働いていたよ。それだけはだれにも否定できないだろう。彼がしてきたことは、生きていくためにしなければならなかったことなんだ――さて、食事も冷めてしまったし、ハリィには食欲がないようだから、場所を変えて葉巻をくゆらすことにしようか？」

ヘスワースが微笑んだ。隣でキャスィが不満のうなり声をあげた。

＊　＊　＊

口実をでっち上げてヘスワース邸を後にする。不満をあらわにするキャスィ――かまってはいられない。

頭の中のファイル――口の固い密告屋のリストをピックアップする。電話をかける。

「髪を赤く染めて、髑髏のピアスをしている古惑仔《グーワーヂャイ》を捜せ。このことはだれにも喋るな。報酬はいつもより多く払う」

密告屋たちは〝なぜ〟とは訊かなかった。〝多くとはいくらのことか〃と訊いてきた。まっさきに見つけた人間に千ドル――すぐに電話が切れた。

車をチャイナタウンへ向ける。新記飯店――店じまいがはじまっている。従業員に杜徳鴻のことを訊く。先代は孫の芝霖《チーラム》を連れて旅に出ているという答えが返ってくる。どこへ？――アメリカへ。ニューヨークへ。

舌打ち。杜徳鴻は逃げた。呉達龍《ンダッロン》から。あるいは鄭奎の脅しから。あるいは、警察から孫の姿を隠すために。

車をマッケンジィ・ハイツに向ける。明の家――明かりが消えている。

明の携帯に電話をかける。

「ハロー、ハリィだ。聞きたいことがある。今から会えないかな？」

「仕事で接客中だ。明日、もう一度電話をしてくれ」

「急ぎの用件なんだ」

「こっちも、急ぎの商談がまとまりかかっている」

電話が切れる。舌打ち――もう一度電話をする。留守番電話に切り替わっている。舌打ち。舌打ち。舌打ち。抑えがたい怒りが湧き起こる。怒りは眩暈を伴っている。

ハリィは車を路肩にとめた。ステアリングに顔を埋め、深呼吸を繰り返した。

電話が鳴る。電話に出る。

「ハロー――」

「ハリィか？　パットだ。さっき、トロントから戻ってきた。五体満足でな。おれのために祝ってくれ」

「パット……」

「向こうで面白い話をいくつか仕入れてきた。明日、昼飯を奢ってくれ。話して聞かせてやる。例の寿司屋でどうだ？」

「もちろん」

「よし、じゃあ、明日の十二時でいいな。おれはこれからボスに話をしにいかなきゃならない。じゃあな」

電話が切れる――せっかちなパット。話したいことはいくらでもあった。懺悔したいことが腐るほどあった。

ハリィはステアリングを握り直した。怒りと眩暈は消えていた。

49

西72番街――場所はすぐにわかった。車を降りる前に電話をかける。鄭奎《チェンフィ》の個人専用電話に。

「呉達龍《ンダッロン》です」

呉達龍は広東語でいった。

「子供たちの件は、いま、話を詰めているところだ。もう少し待ってくれ」

頭の中で警報ベルが鳴る。大陸の連中は金で動く。金で動かなければ、トラブルが発生しているおそれがある。阿兒《アイー》と南仔《ナムヂャイ》の顔が脳裏に浮かぶ。日本鬼《ヤップンクワイ》——富永脩《とみながおさむ》の薄笑いがふたりの顔に覆いかぶさる。

「くそっ」

「ロン、心配しなくてもいい。わたしはできる限りのことをしている。君の子供たちが無事に解放されるのは時間の問題だ」

「そうであるように祈った方がいいぜ、鄭先生《シンサン》。もし、子供たちになにかあったら、あんたもただじゃすまない」

鄭奎が息をのむ気配が伝わってくる——ささくれ立っていた神経がかすかに鎮まる。

「わかっているよ、ロン。わたしを信頼してくれ」

「例の私立探偵はヘスワースをはめる件に同意した。金を受け取り次第、行動に移るといっている。金が用意できたら連絡をくれ」

「わかった」

「おれの方はあんたの依頼をきっちりこなしている——」

「わたしも君の依頼を無下にしたりはしないよ」


電話を切る——電話をかける。広州《ゴンヂャウ》に。悪徳警官の袁武《ユンモウ》に。

「喂《ウァイ》？」

眠たげな声が鼓膜を震わせる。

「阿武《アモウ》？　呉達龍だ」

「阿龍《アロン》か——」

「そっちでなにがあった？」

「知ってるのか？」

「知らないから聞いてるんだ」

「楊《ヨン》との交渉はうまくいっていた。あとはあんたが金を用意できればそれで終わるはずだった」

こめかみの血管が脈打った。頭痛を伴った強烈な怒り——左手の拳をステアリングに叩きつける。

「それで？」

「昨日の夜になって、楊が値を吊り上げてきた。他にもっと金を出すといってきた人間がいるといってな」

楊の描いた絵——鄭奎の意を汲んだ人間が乗りだしてくる。その人間に金をせびることはできない。だから、袁武から金を巻きあげる。稚拙で姑息な策。大陸の連中は腐りきっている。

「そんなのはでたらめだ」呉達龍はいった。「楊の野郎は、阿武、おまえから金を騙し取ろうとしているだけだ」

「するとなにか？　おまえ、おれ以外のやつになにかを頼んだんだな？」

「金をかけずに子供たちを取り返す方法を見つけたのさ」

「それは逆に高くつくぞ、阿龍。おれとおまえは契約を交わした。なのに、おまえが一方的に契約を破棄したも同然だからな」

　袁武の声は尖っている。入るはずの金が入らなくなった——当然だった。

「代わりの契約を交わそう」

　呉達龍は声をひそめた。

「なんだそれは？」

「近いうちにあんたに金を送る。この前いったのと同じ金額だ」

「それでおれになにをしろと？」

「楊を殺せ」

　口笛が聞こえた。

「やつはあんたをはめようとしたんだぞ」

　追い打ちをかけた。袁武は警官だった。警官がやくざになめられていいはずがなかった。

「引き受けよう」袁武がいった。「金をすぐに送ってくれ」

「やつを殺るのは、おれの子供たちが無事に解放されてからだ。いいな？」

「わかってるよ」

　電話が切れた。気分はずっと良くなっていた。

＊　＊　＊

　羅唯《ルオウエイ》に聞いた住所——古ぼけたアパートメント。エントランスには守衛の代わりに目つきの悪い中国人がいた。奴隷——女たちの見張り役といったところだった。

「呉達龍だ。羅唯にいわれてきた。ウィニーという女に会いたい」

　見張り役は呉達龍の頭のてっぺんから爪先まで、ねぶるように視線を這わせた。視野が赤くなる——狭くなる。

「そこで待ってろ」

　見張り役はそういって、背中を向けた。

「三分だ。三分で女を連れてこなかったら、中に乗り込んでやる。そうなりゃ、おまえはボスに大目玉を食う。わかったな？」

　呉達龍は声を殺していった。見張り役が振り返った。

「なんだと？　もう一度いってみろ——」

　呉達龍は銃を抜いた。

「脅しじゃないぞ」

見張り役の目が大きく見開かれた——狂人を見る目。

「早く行け。もう、三十秒は過ぎたぞ」

見張り役は駆けるように建物の中に姿を消した。呉達龍は銃をしまった。腕時計を覗いた。

見張り役は二分で戻ってきた。女の手を引いていた。女は背が高かった。肌が白かった。髪の毛が長かった。

「おまえがウィニーか？」

呉達龍は訊いた。女がうなずいた。女は怯えた目をしていた。

「聞きたいことがある。少し、時間を貸してくれ」

「でも、わたし……」

ウィニーは見張り役に視線を走らせた。

「そいつのことはどうでもいい。そうだろう？」

見張り役に問い質す。

「一時間だ」見張り役はいった。「一時間で女をここに戻せ。さもないと、大変なことになる」

「おまえが大変なことを起こすのか？」

呉達龍は見張り役を睨んだ。見張り役は目を逸らした。笑いたくなった。

「羅先生《シェンション》がそういった」

「わかったと羅に伝えろ」呉達龍はウィニーに顎をしゃくった。「行くぞ」

車に向かって歩きだす。ウィニーがあとをついてくるのが気配でわかった。車に乗り、ウィニーを待った。ウィニーが助手席に乗り込んできた。かすかに香水の香りが漂った。呉達龍は車を発進させた。

「あの……聞きたいことってなんですか？」

女の北京語は奇麗な巻き舌だった。北京近郊か東北生まれの証だった。

「生まれはどこだ？」

「黒竜江省です。村の名前はいってもわからないと思うわ。あなたは香港？」

「どうしてわかる？」

「テレビで見た香港のタレントって、あなたみたいな北京語を話してたわ」

「つまり、下手くそだってことか？」

「そんな……」

「気にすることはない。おれの北京語は下手くそだ。それぐらい、自分でもわかってる。昨日の日本人のほうがよっぽど上手だろう？」

「そんなことないわ。やっぱり、日本人は日本人よ。ちゃんと北京語を喋ってたけど、そんなに上手だってわけじゃなかったわ」

身も蓋もないおべんちゃら。それでも加藤明が北京語を話すのが確かだということはわかった。

「でも、どうして昨日の日本人のことを知ってるの？」

「あいつのことを調べてるからさ」

呉達龍はステアリングを操りながら答えた。グランヴィル・ストリートに出て北上する。道は混んでいた。だが、渋滞するほどでもなかった。

「あなた、警官なの？」

「おれがおまわりに見えるか？」

ウィニーは首を振った。

「黒社会《ヘイショーホイ》の人にしか見えないわ」

呉達龍はルームミラーに視線を走らせた。落ちくぼんだ眼窩、脂の浮いた肌、無精髭に覆われた口もと——典型的な悪党面が見返してくる。

「日本人はなにを話した？」

「別になにも……」

「どんなくだらないことでもいい。思いだすんだ。たとえば、日本人が北京語を話したんだ、どこで言葉を覚えたのかと訊かなかったか？」

「訊いたわ。そうしたら、ヴァンクーヴァーに来た頃、友達が中国人しかいなくて、それでまず、広東語を覚えたんだって。広東語に比べれば、北京語の方が簡単だっていってたわ」

中国人の友達。鄭奎はいった——加藤明とは古い付き合いだ。鄭奎《ハクセイウィ》は昔は黒社会で飯を食っていた。加藤明は中華系の黒社会と付き合いがあったのか？　首筋の皮膚が逆立っていく。

「他には？」

ウィニーは首を傾げた。目を細めた。

「どうしてわたしを選んだのって訊いたら、昔好きだった女に似てるって答えたわ」

羅唯はいった——日本人の好みは背が高くて髪の長い女だ。中国人の女に惚れていたのか？

「他には？」

「その人の名前を教えてってわたしはいったの」

「なんて名前だった？」

「恵琳《ホイリン》。姓は聞かなかった」

恵琳《ワイラム》——広東語の音で名前を頭に刻みこむ。

「他にその女の話は聞かなかったのか？」

「あれをする前に他の女の話をする馬鹿はいないわ」

「他には？」

「シャワーを浴びてやっただけよ」

「なんでもいい、思いだすんだ。なにか話をしただろう」

「名前を訊いたり、なんの仕事をしてるのか訊いたけど、余計なことは喋るなって怒られたのよ。だから、ほとんど話はしなかったわ」

「白粉《バイフェン》の話はしなかったか？」

「なによそれ？」

「息子の話はしなかったか？」

「しなかったわ」

「選挙の話はしなかったか？」

「しなかった」

「その日本人はなにも喋らずにおまえのあそこを舐め回してただけだっていうのか!?」

「そうよ。終わったあとでこういったわ……おまえの肌は奇麗だ、恵琳みたいだって」

恵琳──加藤明が執着している女。調べてみる価値はある。

呉達龍は車をとめた。

「降りろ」

「待ってよ。こんなところにわたしを放りだすつもり？」

「そうだ」呉達龍はウィニーの顔を覗きこんだ。「文句があるのか？」

ウィニーは鼻を鳴らした。天を仰いだ。文句はいわなかった。不満そうに頰を膨らませて車を降りた。

＊　＊　＊

ケヴィン・マドックスの携帯電話──繋がらない。

他人を装って署に電話をかける──マドックス巡査部長はパトロールに出ているという返事を聞かされる。

警報ベルが鳴り響く。私服刑事は潜入捜査官を除いて携帯電話の携帯を義務づけられている。緊急事態を除いて、電源を入れておくことを義務づけられている。

緊急事態。ケヴィンが職務を忠実にまっとうしているとは思えない。女のところにしけこんだか、あるいはなにかドジを踏んだか。

呉達龍はケヴィンが立ち回りそうな場所に車を走らせた。ケヴィンのアパートメント、昼間から酒を飲ませるスタンドバー、コーヒーショップ、レストラン。ケヴィンはどこにもいなかった。

鳴りっぱなしの警報ベル。

車をリッチモンドへ向けた。フランシス・ロード──譚子華《タムジーワ》の家。フリーザーに隠した白粉《パーフアン》。ケヴィンがそこまで気がまわるとは思えない。だが、安穏としているわけにもいかない。白粉を別の場所へ隠さなければならない。新しいアジトへ。鄭奎が用意してくれたフレイザーヴューにある豪華なフラットへ。鄭奎のボディガードたちは〝ファックルーム〟と呼んでいた。鄭奎が、女を連れ込むために買った部屋。身を隠すにはうってつけだった。もはや怯えて眠る必要はない。家人がいつ戻ってくるのかもわからない家のフリーザーに白粉を隠しておく必要もない。

白粉――一刻も早く金に換えたい。ケヴィンは姿を消した。アクセルを踏む足に力が入った。

フロントウィンドウの向こうにオークストリート・ブリッジが見えてきた。リッチモンドからヴァンクーヴァーに向かう車線が渋滞していた。

警報ベル――上り車線が混むのは朝方だと決まっていた。この時間の渋滞はきな臭い匂いがする。

呉達龍は車のスピードを落とした。二十メートルほど先にコンビニエンスストアがあった。その駐車場にリッチモンド方面から走ってきたトラックが入っていく。ちらりと見えた運転席の影――東洋系の顔だち。

呉達龍はコンビニエンスストアの駐車場に自分の車を乗りいれた。

トラックの運転手はすぐにわかった。何本ものコーラと雑誌を数冊抱えてレジに並んでいた。

呉達龍は車を降りてコンビニエンスストアに入った。中華系新聞とガムを手にとり、トラック運転手の後ろに並んだ。

「橋はすごく混んでるみたいだな。なにかあったのかい？」

北京語でさり気なく訊いた。運転手が振り向いた。

「検問をやってやがるのさ」

運転手の北京語は広東訛りが酷かった。

「検問って、なんの？」

呉達龍は広東語に切り替えた。男の目に親しげな色が浮かんだ。

「あんた、広州の出身かい？」

「おれは香港だよ。それより、検問ってことは、リッチモンドでなにかあったのか？」

「黒社会の抗争らしいぜ。派手な撃ちあいがあったんだとよ。たまったもんじゃねえぜ。中華系だってだけでトラックを停められて、荷からなにから徹底的に調べられたよ」

リッチモンドでの銃撃戦――きな臭い。きな臭すぎる。

「リッチモンドに行く用があるんだが、戻ってくるのは大変そうだな」

呉達龍は言葉を続けた。運転手がうなずいた。

「ああ、おまわりどもはやけに殺気立ってるぜ。よっぽどすげえ撃ちあいがあったんじゃねえか。しかも、撃ちあいをやった連中には逃げられたんだろう。あの検問はもう数時間は続くと思うね。あんたも中華系だから、検問に引っかかったら、徹底的に調べあげられるさ。ヴァンクーヴァーに戻ってこれるのは真夜中近くになるんじゃないか」

「そういうことなら、用は明日足すことにしよう。ありがとうよ、同志《トンヂー》」

運転手が笑った。

「やめてくれよ、気色悪い。その言葉が嫌いでカナダまで逃げてきたんだぜ。それに、あんたら香港人が同志になるのは今年の七月以降の話だろう」

「それもそうだな」

呉達龍はそれっきり口をつぐんだ。運転手も話しかけてはこなかった。

リッチモンドでなにがあったのか知らなければならない。白粉の無事を確認しなければならない。

狗《いぬ》の顔を思い浮かべた。趙偉《ヂウワイ》の顔が真っ先に浮かんだ。

＊　＊　＊

スタンレイ・パーク——趙偉は時間通りやって来た。余計なお供はいなかった。公園の入口にある駐車場に車をとめ、落ち着きのない視線を周囲に走らせていた。

「こっちだ」

呉達龍は声をかけた。趙偉が車を降りて駆け寄ってきた。

「龍哥《ロンコー》、お待たせしました」

息を切らせた狗——呉達龍は趙偉の脇腹に軽く拳をぶつけた。

「呉先生《ンシンサン》だ。なんどいったらわかるんだ、おい？」

「すいません、龍……呉先生」

「少し歩くぞ」

呉達龍は森林の中の散歩道に足を向けた。

「ま、待ってください、呉先生」

趙偉が慌てて追いかけてきた。

「リッチモンドでなにが起きた？」

趙偉には視線を向けずに訊いた。

「撃ちあいです。かなり派手だったようですぜ」

「それはわかってる。どことどこがやりあったんだ？」

「許光亮《ホイグオンリヨン》が越青《ユッチエン》の古惑仔《グーワーヂャイ》どもの溜まり場を襲ったって噂が飛び交ってますぜ」

「許光亮が？」

李耀明《レイイウミン》の尖兵——日本鬼のヴァンクーヴァーでの後見人。

「李耀明の娘が家出したって話はご存じですか？」

「ああ」

「その娘、よりにもよって、越青の古惑仔とできちまったらしいんで」

「それで、許光亮が殴り込みにいったってことか？」

「そこらへんはよくわからないんですよ。おれが耳にしたのは噂ですから」

趙偉の目尻が下がった――下卑た狗の顔。餌の代わりに金をねだっている。

呉達龍は趙偉の脇腹を小突いた。さっきよりも強く。

趙偉が腹を押さえて呻いた。

「金は後でくれてやる。知ってることを全部話せ」

呉達龍は趙偉の髪の毛を摑んだ。趙偉の顔を自分の方に引き寄せた。

「す、すいません、呉先生」

趙偉の歪んだ顔――目尻に滲んだ涙。呉達龍は髪の毛を離した。何事もなかったかのように歩きだした。

「許光亮は李耀明の娘を取り戻すために越青のアジトに殴り込んだんだな？」

「そ、そうです」

「それで、娘は無事手に入れたのか？」

「はい……アジトにいた古惑仔たちをぶち殺して引き上げたそうです」

「娘を誑かしたチンピラも殺されたのか？」

趙偉が口を開くのを一瞬躊躇した。呉達龍は足をとめた。趙偉は慌てて喋りはじめた。

「う、噂なんです。おれは、ただ噂を耳にしただけで、ほんとのところは知らないんで――」

「余計なことは喋るな」

「すいません。現場から逃げだしたやつがいるらしいんで。許の手下どもが捜しまわってるって話なんで、そいつが李耀明の娘を誑かしたやつじゃないかと……」

大老《ダーイロウ》の命を受けて猛り狂った黒社会の男たちから逃げだした古惑仔――ただのチンピラではなさそうだった。

「そいつの名前は？」

「ミッシェルだと聞きました」

「ヴェトナム系じゃないのか？」

「なんでも、ケベックの方から来たやつらしいんです」

ケベック――フランス語を話す連中。ヴェトナム系にもフランス語を話すやつはいる。フランス語とフランス語で結びつく。筋は通っているようにみえる。そうでないようにも思える。錯綜する糸――解きほぐすのが面倒なら叩き切ってしまえばいい。

「で、そのミッシェルって野郎はどこに隠れてるんだ？」

「知りません」

呉達龍は趙偉を睨みつけた。趙偉が大きくかぶりをふった。

「本当に知らないんですよ。信じてください」

ケベックから来た古惑仔が身を隠すとしたらどこか？

リッチモンドは危険すぎる。ヴァンクーヴァーなら――

危険なことに変わりはないが、広い分、姿を隠すには都合がいい。

「だったら見つけだせ」

「見つけてどうするんですか？」

呉達龍はまた、足をとめた。趙偉が後ずさった。

「見つけてどうするかだと？」

「す、すいません。つい口が滑って……」

呉達龍は目を閉じた。ミッシェルを見つけてどうしたいのかはわからない。見つけずにいられるか——説明のつかない切望が胸の奥で渦巻いているだけだった。

「つべこべいわずに見つけだすんだ。それがおまえの仕事だろう」

呉達龍は静かにいった。

50

そのチンピラを捜し出せ——李耀明《レイイウミン》はいった。つまり、殺せということだった。

ぼくを裏切ったことへの償いは必ずさせてやる——ハロルド加藤はいった。お笑いだ。人を虚仮にしたことへの落とし前をつけなければならないのはハロルド加藤の方だった。

検問が解除されたという情報を待って家を出た。午後九時。獣たちの時間。ハロルド加藤も呉達龍《ンダッロン》も、街のどこかをうろついている。

「どこへ向かいますか、サム哥《コー》？」

阿寶《アポー》が訊いてきた。

「ＣＬＥＵのおまわりのことを調べたいと思ったら、どこへ行けばいい？」

富永《とみなが》は問い返した。

「ＣＬＥＵのおまわりですか？　なにを知りたいんで？」

「そいつの経歴だとか、家族構成だとか……そんなことだ」

「だったら、まともな手じゃ無理ですね」

阿寶の声は思わせぶりだった。

「心当たりがあるのか？」

「知り合いのガキがコンピュータに狂ってまして。まだ、中学生なんですが、一人前のハッカーなんですよ。よく、政府や軍のコンピュータに潜りこんだって自慢してますから、金を渡せばＣＬＥＵのコンピュータに潜りこんで情報を手に入れてくれますよ」

「すぐに頼んでくれ。おれが知りたいのはハロルド加藤ってやつの情報だ」

「あのおまわりですね？　ちょっと待ってください」

阿寶は携帯電話で話しはじめた。電話はすぐに終わった。

「ＯＫだそうです」

「金はいくらだ？」

「百ドル」

「安いハッカーだな」

「おれもよくわからないんですが、そのガキのいい分じゃ、コンピュータの世界で悪さをするのは金のためじゃないっていうんですよ」

「難しいことに挑戦するのが楽しいっていうんだろう」

「どうしてわかるんですか」

「ガキなんてのはそんなもんだ」

「そうですかね……まあ、そのガキは、ＣＬＥＵのメインコンピュータなら一度侵入したことがあるんで、簡単にできるそうです。十分後に向こうから電話が来ることになってますんで」

車はフレイザー河を渡っていた。富永は自分の携帯を取りだした。ハロルド加藤に電話をかける——電話は通じない。

「じゃあ、そのハッカーに期待しようじゃないか」

富永はひとりごちるようにいった。

＊　＊　＊

ハッカーが盗んできたのは、ＣＬＥＵの内務課によるハロルド加藤の身上報告書だった。

勤務評価はオールＡ。勤務外評価も問題はなし。個人資産は二百万ドル相当の株式と五十万ドル相当のアパートメント。株式はパシフィック・アジア・トレイディングのもの——代表取締役はアキラ加藤。

優秀な勤務態度と裕福な家系——将来の幹部候補。

報告書はさらに続く。だが、必要な情報はただひとつだった。

アキラ加藤——加藤明の住所とパシフィック・アジア・トレイディングの所在地。

富永は時計を見た。午後九時四十分。やり手のビジネスマンなら、まだ働いている時間だった。

「ダウンタウンに向かってくれ」

富永は阿寶にいった。

＊　＊　＊

デイヴィ・ストリート沿いのインテリジェントビル。パシフィック・アジア・トレイディングは二十八階のフロアを占領している。ビルのセキュリティは万全――鼠一匹忍び込む隙間もない。

「エレヴェータに乗るんでもIDカードが必要みたいですね。これじゃ、どうにもなりませんよ」

あたりの様子をうかがいに行っていた阿寶が戻ってきて口を開いた。

「だったらこうしよう」

富永は携帯電話を取りだした。加藤明の携帯電話の番号はハッカーが盗みだしたデータに記されてあった。

「ハロー？」

「加藤明さんですか？」

富永は日本語でいった。

「そうですが……どちらさまでしょうか？」

用心深い声が返ってきた。加藤明の日本語は息子のものより遥かにまともだった。

「富永と申します。ハリィのことで、少しお時間をいただけないかと思いまして、夜分にもかかわらず、お電話をさしあげました」

「ハリィがなにかしでかしたのかね？」

加藤明の声が用心深くなる――富永は唇を舐めた。

「ええ。彼のこれからのキャリアについて、是非お父上に相談した方がいいのではないかと思いまして」

「富永さんといったね……君は何者だ？」

「香港の黒社会《ハクセイウイ》のメンバーです。ヴァンクーヴァーには数日前に来たばかりなんですが、ハリィとは懇意にしてもらっています」

溜め息――電話から伝わってくる雰囲気が変わる。

「金が欲しいのなら、他をあたった方が賢明だと思うが」

「わたしが欲しいのは金じゃないんです」

「金を欲しがらん人間などいるものか」加藤明の返事には苦笑が混じっていた。「いま、どこにいるんだね？」

「ビルの一階です」

「セキュリティに話をするから、入館証を受け取ってあがってくるといい。五分だけ時間を割こう」

「ありがとうございます」

富永は電話を切った。

「うまくいったんですか？」

阿寶が待ちかねたというように口を開いた。賞賛の目を富永に向けていた。どうということのない交渉だった。だが、阿寶のような人間から見れば魔法のように映る。香港の黒社会の連中が堅気に対してすることといえば、力を誇示して脅しつけることだけだった。

「行くぞ」

富永はフロアの中央に足を向けた。インフォメーションカウンターの中に制服を着たガードマンがいた。ガードマンは電話でだれかと話していた。

「パシフィック・アジア・トレイディングに用があるんだが」

ガードマンが電話を切るのを待って、富永はいった。

「ミスタ富永？」

「そうだ」

「たった今、ミスタ加藤から連絡がありました。これをおつけください」

ガードマンはカードの入った透明なケースを差しだしてきた。ケースにはピンがついていた。中には「ゲスト」と書かれたプラスティックのカードが入っている。

「もうひとりいるんだが」

富永は阿寶の方に顎をしゃくった。ガードマンは首を振った。阿寶を見つめる目を不審そうに細めていた。

「ミスタ加藤からお聞きしているのは、ミスタ富永、あなたに来客用のセキュリティカードを渡してくれということだけです」

「そういうことならしかたがないな」富永はカードケースを受け取った。「ところで、トイレに行くにもこのカードが必要なのかい？」

「そんなことはありません。あちらへどうぞ」

ガードマンはフロアの左奥を指差した。「カードはお帰りになるときに返却してください」

「わかった。必ず返すよ」

富永はガードマンに背を向けた。

「おれは中に入れないってことですか？」

阿寶がいった。

「口を開くな。あのガードマンがおまえのことを見てるぞ」

阿寶は振り返らなかった——それぐらいの頭はまわる。

トイレ——使用中の個室がひとつあるだけだった。監視カメラはない——お上品な連中はプライヴァシー保護にことのほか口煩《くちうるさ》い。洗面台の脇に温風式のハンドドライヤーがあった。手をさしこむと、大きな音を立てて風を吹き出しはじめた。

「銃をよこせ」

富永は広東語でいった。

「だいじょうぶですか？」

右手の小指はまだ疼く。だが、銃把を握れないわけではない。堅気が相手なら、銃をちらつかせるだけで用は足りる。

「おまえは五分ぐらいここで時間を潰してから、車でおれを待て。なにかあったら携帯に電話する」

「でも、サム哥、まだ傷も治ってないのに——」

「相手は堅気だ。おれひとりでなんとでもなる。早く銃をよこせ」

銃を受け取った。コートのポケットにしまいこむ。

「おれのことは心配するな」

いい捨てて、トイレを出た。インフォメーションカウンターのガードマンがそしらぬ顔で富永の様子をうかがっていた。富永はガードマンに手を振ってみせた。ガードマンは不機嫌そうに顔を背けた。

ドアが開いたままのエレヴェータに乗りこんだ。ボタンが並んだパネルの下にスロットがあった。ケースからカードを抜き、スロットに差しこんだ。二十八階のボタンを押すと、エレヴェータのドアが音もなく閉じた。エレヴェータが二十八階で停止するのに二分もかからなかった。

エレヴェータを降りた先がパシフィック・アジア・トレイディングの受付けになっていた。受付けは無人だった。富永は周囲を見渡した。廊下の天井のあちこちに監視カメラが設置されていた。カメラの一台に手を振った。どこかでドアの開く音がした。

「ミスタ富永？」

廊下の左奥で声が響いた。女の声だった。

「ここにいる」

「お待たせして申し訳ありません」

女が小走りで駆け寄ってくる――初老の日系女性。女は息をはずませていた。

「走る必要はないのに」

富永は日本語でいった。

「日本語はわからないんです」

女が答えた。

「だが、それが日本語だということはわかるんですね？」

富永は英語に切り替えた。

「祖父母が日本語で話していましたから」

日系三世――かなり早い時期にカナダに移民してきた日本人の末裔。英語に訛りはなかった。

「ミスタ加藤がお待ちです。こちらへどうぞ」

女は先に立って歩きはじめた。富永は後を追った。

「静かですね」

「もう、就業時間は終わっていますから。残業はなるべく少なくというのがミスタ加藤のポリシィなんです」

女が出てきたドアの先は大きなフロアだった。パーティションで社員ひとりひとりの机が遮られている。明かりは皓々《こうこう》と灯っているが、人の姿はなかった。

「社員には残業はさせない代わりに、社長は遅くまで働く？」

「ミスタ加藤はワーカホリックなんですよ」

女が笑った。笑い声は無人のフロアに響き渡った。

「あなたもワーカホリック？」

「わたしは付き合わされているだけです」

女はフロアの突き当たりのドアの前で足をとめた。ドアをノックした。

「ミスタ加藤、お客様がお見えです」

「入ってくれ」

ドアの向こうから声が返ってきた。電話で聞くより野太い声だった。

「どうぞお入りください」

ドアを開けながら女がいった。富永は部屋の中に足を踏み入れた。部屋は狭いが調度品は豪華だった。インテリアに疎い人間が見ても、金がかかっていることだけはわかる——そんな部屋だった。

加藤明は執務デスクにすわっていた。富永と女には目もくれず、ノートパソコンのキィボードを叩いていた。

「初めまして、加藤さん」

富永は日本語でいった。加藤明が視線をパソコンから外した。

「タエコ、君は今日はもう帰ってもいい」

「ですが、お客様が——」

「彼は客ではない」

文法通りのいい回し——お堅い性格が見え隠れする。

「でも、ミスタ加藤——」

「頼むから、もう帰ってくれ、タエコ」

容赦のない口調だった。女は一瞬躊躇したが、やがて諦めたように吐息を洩らした。

「失礼します、ミスタ富永。なんのもてなしもできずに申し訳ありません」

「ボスが無礼なのはあなたのせいじゃありませんよ」

富永はいった。女が息をのんだ。

「こんな男を父親に持ったら、息子も似たような人間になってしまうんでしょうね」

「早く帰りたまえ、タエコ」

加藤明がいった。ほとんど怒鳴っていた。

「失礼します」

女が逃げるように部屋を出ていった。

「無神経な人間だな、君は」

加藤明が日本語でいった。

「あんたほどじゃないと思うがね」

富永は執務デスクの前の応接セットに腰をおろした。

「客じゃないといわれたことを怒っているのか？　恐喝屋のくせに？」

「どうとってくれてもかまわないが、どちらにしろ、あんたの態度は不愉快だ」

「君の気分を愉快にしてやらなければならない義理など

「ハリィがどうしてああいう人間なのか、わかるような気がしてきたよ」

加藤明は口を開きかけた。途中で思いとどまり、パソコンのマウスに手を伸ばした。

「香港の黒社会の人間だといったな？　そんな人間がなぜハリィと付き合っている？　あれは正義感の強い警官だ。悪人と付き合うはずがない」

加藤明はマウスを操作しながらいった。パソコンをシャットダウンしようとしているらしかった。

「ハリィはくそったれのおまわりだよ。おれも昔はおまわりだったからよくわかる。ハリィが好きなのは正義を遂行することじゃない。自分が出世することだ。だから、おれみたいな人間と平気で取引きができるんだ」

「取引き？」

加藤明はノートパソコンの蓋を閉じた。

「黒社会の情報を提供する。その代わり、便宜をはかってくれ」

「いくら欲しいんだ？」

「おれが欲しいのは金じゃないといっただろう」

「だったら、なにが望みだ？」

加藤明は厳しい表情をしていた——自分の息子が何者なのかを把握している父親の顔だった。


「あんたの息子はある人間を匿《かくま》っている。そいつの居所を知りたいんだ」

「黒社会の人間かね？」

「ある事件の重要参考人だよ。もし、ハリィがそいつを匿っていることがバレたら、ハリィの人生は終わりだ」

はったり——おそらく、警察はなにも摑んではいない。

「その重要参考人というのはなにをした？　なぜハリィがその男を匿わなければならない？」

「質問が多いな」

「君の言葉が真実かどうか、わたしには確かめる術がない」

「おれが答えればわかるのか？」

「これでも苦労の多い人生を歩いてきた。その人間が嘘をついているかどうかを見極めるぐらいのことはできる」

富永は微笑んだ。加藤明——とんだ食わせ者だ。ただの堅気だと思っていたら痛い目を見る。日本でも加藤明のような人間は大勢いた。堅気の皮をかぶり、その実、極道より悪どいことを平然とする連中。加藤明からはそうした連中と同じ匂いがした。

「いいだろう。話してやるよ」

富永は煙草をくわえた。灰皿はなかったがかまいはしない。

なかった。包帯を巻いた手で苦労して火をつけた。

「その手はどうしたんだ？」

「小指を切り落とされたのさ。よくある話だろう」煙を吹きあげる――加藤明は咎めようともしなかった。「今日の午後、リッチモンドで派手な銃撃戦があった。ある組織がヴェトナム系のストリートギャングのアジトを襲ったんだ。アジトがそこにあることを組織に教えたのはハリィだ。組織はそのストリートギャングの親玉に用があったんだが、逃げられた。そいつが逃げるのに手を貸したのはハリィだ。間違いない」

「君はその場にいたんだな？」

答える必要のない質問――富永は言葉を続けた。

「その組織はなんとしてもその親玉を捕まえなければならない。だが、そいつを匿っているのが警官だってのが問題だ。そこで、おれがこうしてここに現われたというわけだ」

「なぜその組織はたかがストリートギャングなどに目の色を変えているんだ？」

「おれはなにも知らないし、そもそもそんなことはあんたにはなんの関係もない」

富永は冷たく答えた――加藤明は怯まなかった。

「そのストリートギャングはなにをしたんだね？」

「あんたもしつこいな。堅気の会社社長が黒社会のことを知ってどうする？　息子のために情報を仕入れてやろうとでもいうのか？」

「堅気の会社社長がこうして黒社会の一員だという男に脅されている。わたしはただ納得のいく答えが欲しいだけだ」

「気持ちはわからなくもないが――」

電子音が鳴った。執務デスクの上に無造作に置かれていた携帯電話が明滅していた。

「失礼――」

加藤明が携帯電話を手に取った。富永は煙草を吐き捨てた。銃を抜いた。小指が疼く――銃把を強く握った。

「余計な話はするな」

加藤明がうなずいた。銃を目の前にしても動ずる気配がない。こいつは何者だ――頭の中で疑問符が明滅する。

「ハロー？」加藤明は英語で電話に出た。「仕事で接客中だ。明日、もう一度電話をしてくれ……こっちも、急ぎの商談がまとまりかかっている」

加藤明が電話を切った。

「もっとゆっくり話してもよかったんだぜ」

富永は銃にセイフティをかけた。小指の疼き――耐えがたいほどではなかった。

「銃を向けられて落ち着いて話ができると思うかね？」

「あんたならできそうだね」

「人の見た目と内心は違うんだ。覚えておいた方がいい」

「親しげな口調だったが、相手はだれだったんだ？」

不意打ちを喰らわす——悪党相手の取調べではいつだってこの手が有効だった。

「女だよ。うるさくてかなわん」加藤明は平然としていた。「そんなことより、話の続きを聞きたい。ストリートギャングのアジトを教えるかわりに、ハリィはどんな情報を仕入れたんだ」

「そんなことは息子に直接聞けよ」

「君は知っているかどうかしらないが、わたしと息子は折り合いが悪い。まともに口をきくことは滅多にないんだ」

「おれの知ったことじゃない」

富永は腰をあげた。銃を加藤明に向けた。セイフティはかけたまま——だが、素人にはわからない。

「間違うなよ。おれがあんたに要求するんだ。逆じゃない。あんたは息子に電話をかけて、ガキをどこに匿っているのか聞きだす。それができなきゃ、おれはハリィの悪事を警察に訴える。あんたの息子はそれで終わりだ」

加藤明はじっと銃口を見つめていた。ぴくりとも動かない視線——怯えているのではなく、なにかを考えている。

「あんたの息子がスキャンダルの的になれば、ジェイムズ・ヘスワースにもダメージがあるだろう。四の五のいってないで、おれの望むとおりにした方があんたのためだと思うがね」

「明日、金を渡そう。米ドルで五十万ドル用意する。それで、終わりにしよう」

加藤明が口を開いた。富永は笑った。

「だったら、息子から話を聞きだすのと同時に五十万ドルももらおう。あんたのいうとおり、金を欲しがらない人間はいないからな」

「わたしが話をしても、息子は聞く耳をもたんよ」

「いいから、ハリィに電話をかけろよ。おれは気の長い方だが、なにごとにも限度ってものはある。いいか、あんたはその人間が嘘をついているかどうか見極めることができるといった。おれは嘘はついてないぜ」

「肝腎なことを話してくれないだけだな」

「世の中には知らない方がいいことは腐るほどある。あんただってわかってるだろう。さあ、いつまでも駄々を捏《こ》ねてないでハリィに電話するんだ」

富永は銃を突きだした。加藤明の手がゆっくり動いた。

携帯電話――突然、電子音が鳴りはじめる。引き金にかけていた指に力が入った。セイフティのせいで撃鉄は落ちない――包帯に包まれた掌に汗が滲んだ。小指の疼きが痛みに変わった。

「人騒がせな電話だな」加藤明は小さく首を振った。

「安全装置がかかっていなければ、頭を吹き飛ばされるところだった」

「セイフティをかけたのを知っていたのか？」

「苦労の多い人生を歩いてきたといっただろう。電話に出てもかまわんかね？」

「ああ。だが、余計なことは喋るな」

「もちろん、心得ているさ」加藤明は携帯電話を耳に当てた。「ハロー？」

加藤明の白くなった眉がかすかに顫えた。

「何度いったらわかるんだ？　大事な商談をしている最中なんだ。後で電話をするといっただろう。わがままもいい加減にしろ」

加藤明が電話を切った。

「まったく、甘やかすとつけあがる。女というのは度し難い生き物だよ」

「その携帯をよこせ」

富永はいった。

「なぜ？」

加藤明の顔に怪訝そうな表情が浮かんだ。

「あんたはおれが銃を向けてもぴくりともしなかった。引き金を引きかけても、なんともないという顔をしていた。セイフティがかかっていることを知っていたとしても、ああいう時はびびるもんだ」

「それと携帯電話がなんの関係があるというんだね？」

「電話を受けたとき、あんたの眉毛がぴくんと動いたよ。まずい相手からの電話だったんだ。表情を消すことはできても、神経までコントロールすることはできないからな。さあ、携帯をよこすんだ」

富永は銃のセイフティを外した。小指の痛み――アドレナリンが消し去っていく。

「君の思い過ごしだよ」

加藤明がいった。富永は携帯電話を奪い取った。加藤明に銃を向けたまま、ボタンを操作した。着信履歴――最初に表示された番号をダイアルする。携帯を耳に当てた。一瞬の間があって、呼びだし音が鳴りはじめた。

「アロー？　アキラかい？　電話まずいんじゃないの？」

若い男の声だった。

「アキラ？　アロー？　アキラじゃないのかい？」

いきなり、通話が切れた。富永はもう一度同じ番号をリダイアルした。呼びだし音が鳴りつづけるだけだった。

「面白くなってきたな、加藤さん」

富永は電話を切った。

アロー——英語でいえばハロー。フランス語はHの音が消える。フランス語を話すクソ野郎——ミッシェル。

「どういうことなのか説明してもらおうか。どうしてあんたがミッシェルを知ってるんだ？」

「なんの話だね？　ミッシェルというのはだれだ？」

「あんたが特別製の嘘つきだということはよくわかったよ」富永は執務デスクをまわって加藤明に近づいた。

「だが、もう騙されないぜ」

「なんの話を——」

富永は銃身を加藤明の頬に叩きつけた。

加藤明は顔を押さえてうずくまった。呻き声ひとつあげなかった。

＊　＊　＊

ポケットの中の銃——疼く小指。もぞもぞ動き回る覗き見野郎——疼きを抑える。なにかを隠している李少芳《レイシウフォン》。ミッシェルを連れ去ったハロルド加藤。ミッシェルから電話がかかってくる加藤明。

ミッシェルは何者だ？　加藤親子とミッシェルはどう繋がっている？

ミッシェルを見つけだして殺せばすべては終わる。だが、それだけでは覗き見野郎が納得しない。

エレヴェータのドアが開いた。富永はポケットの中の銃身で加藤明の背中をつついた。

「妙な真似はするなよ。おれは容赦なく撃つ」

「わかっている」

加藤明が振り返らずに答えた。

セキュリティカードを返却する——ガードマンは違う男。不審がられることもない。ビルを出る——阿寶が待ち受けている。バックシートに加藤明を押しこみ、その後から車に乗りこんだ。

「どこへ行きます？」

ルームミラーに映る阿寶の目——無表情。阿寶は荒事のやり方を心得ている。

「あの家に戻れ」

富永は加藤明の顔を睨みながら広東語でいった。加藤明の表情に変化はない。加藤明は広東語を理解してない。だが、思いこみは厳禁だった。加藤明は天性の嘘つきだ。彼の言葉、表情、動作——なにひとつ信用することはできない。

「さて、話してもらおうか」

車が動きだすのを待って、富永は口を開いた。

「なにを話せというんだね？」

「ミッシェルのことだ」

「そんな人間のことは知らんよ」

「電話がかかってきた」

「君が聞いたのはラリィという男の声だよ」

「ミッシェルはあんたのことをアキラと呼んでいた。ずいぶん親しそうじゃないか」

「わたしは親しい友人にはファーストネームを呼んでもらうことにしている。だから、ラリィはわたしのことをアキラと呼ぶ。なんの問題があるというんだね？」

加藤明は正面を向いたままだった。腫れはじめた頬——表情にはなんの変化もない。

「ラリィなんて存在しない。あれはミッシェルだ」

「君はミッシェルという男の声を聞いたことがあるのかね？」

「あれはミッシェルだ。それ以外考えられない」

「君も頭の固い男だな」

「あんたの嘘つきぶりもなかなかのもんだよ——阿寶、ナイフを持っているか？」

富永は阿寶に声をかけた。加藤明の表情に変化はなかった。

「もちろんです」

阿寶からナイフを受け取った。小振りのフォールディングナイフ。刃を開き、加藤明に向けた。

「大抵の人間はあんたにころりと騙されるだろう。だが、おれはそうじゃない。そいつを認めた方がいい」

「わたしは嘘などついていない。君の話は理解不能だ」

「おれは黒社会の人間だ。それも忘れるな」

富永は無造作にナイフを振った。阿寶はナイフの手入れを入念にしていた。加藤明のスーツの肩口が奇麗に裂けた。

「次は肉を切る。あんたと違って、おれは嘘はつかない」

「そんなことをしてなんになる？　わたしは本当になにも知らないんだ。拷問されても、苦し紛れに知らないことを知っているといってしまうだけのことじゃないか」

たわごと——これ以上付き合うつもりはなかった。

「ミッシェルとあんたはどういう関係だ？」

「そんな男は知らん」

「あんたはもしかするととんでもない馬鹿かもしれないな」

富永はもう一度ナイフを振った。加藤明のシャツが裂け、皮膚が顔を覗かせた。加藤明が肩口に視線を向けた。

「ハリィにミッシェルを匿うようにいったのか？」

加藤明は視線をあげた。

「そうだ。わたしがハリィにそう頼んだんだ」

「やり直しだ」富永はいった。「今の嘘はまずすぎる。どうせ嘘をつくなら、おれが納得できるようなやつにしろ」

「わたしがなにをいっても、君は嘘だと思うんだろう？」

「そのとおりさ。さあ、もう一度聞くぞ。ミッシェルとはどういう関係だ？」

「友人の息子だ」

「やり直しだ」

富永はナイフを加藤明の肩に浅く突き刺した。加藤明の顔が歪んだ。ナイフを抜く——血が盛り上がり、滴りはじめた。

「次はもっと痛くなる——」

「サム哥、すみません」

阿寶が叫ぶようにいった。

「なんだ？」

「尾行されてます」

富永は窓の外に視線を走らせた——振り返りはしない。車はグランヴィル・ストリートを南下していた。

「確かか、阿寶？」

「ええ。四台後ろにグレイのフィアットがいます。おれたちの前に行ったり、後ろに戻ったり、いろいろやってますよ。普通のやつが相手なら気づかれないかもしれないけど、間違いないです。あのフィアットはこの車を尾行してます」

バックミラー——眩《まばゆ》いヘッドライト。フィアットの姿をかすかに確認することができた。

「警察か？」

「違うと思います。サツの連中だったら、一台で尾行するってことはまずないですから」

「この車は尾行されている」富永は加藤明に視線を向けた。「心当たりがあるか？」

加藤明は右手で肩を押さえていた。蒼白な顔で首を振った——嘘ではない。

もう一度バックミラーを覗いた。フィアットは五台後ろに下がっていた。

警察ではない。加藤明の関係者でもない。では、何者か——知る必要があった。

「どうします、サム哥？」

「どこかにおびき寄せて待ち伏せしよう。適当な場所、知ってるか？」

「サウスランズの方に行けば、ゴルフ場ばっかりでこの時間なら人けはそんなにないと思います」

「おまえに任せるよ、阿寶」

「だれが我々を尾行しているのかね？」

加藤明が耐えかねたというように口を開いた。

「知らん。わかってるのは、連中の目当てはあんただろうってことだけだ」

「わたしがなぜ尾行されなければならないんだ。理屈に合わんじゃないか」

「簡単な引き算だ。おれを尾行しようという人間はいない。となると……」

「なぜそういい切れるんだ」

「あんたの知ったことじゃない」

富永は会話を断ち切るようにいった。それ以上口を開くかわりに、加藤明の顔をまじまじと見つめた。蒼白な顔に変化はない。尾行は加藤明を対象にしたものだ――間違いはない。

「何者だ、あんた？」

富永は訊いた。加藤明は答えなかった。

＊　＊　＊

車は西へ向かっていた。道を走る車の数は減り、道沿いに並ぶ住宅の間隔もまばらになりつつあった。左手前方にゴルフコースが広がっていた。バックミラーにはなにも映っていなかった。だが、フィアットが後を尾けてきていることは間違いなかった。

「この辺りならどうです、サム哥？」

「お誂《あつら》え向きだな。適当なところで車をとめろ、阿寶。連中は知らん顔をして通りすぎようとするだろうが、後ろから追いかけておカマを掘ってやれ」

「銃を貸してもらえますか、サム哥？　車をぶつけたら、銃で脅しつけてやります」

「ひとりでだいじょうぶか？」

「頭が働く余裕が持てないぐらい強くぶつけてやりますから、なんとでもなりますよ」

富永は阿寶に拳銃を渡した。阿寶が車をとめた。

「玉手箱の中からなにが出てくるのか、楽しみじゃないか？」

富永は加藤明に話しかける。

「なにもでてこないさ。わたしには人に尾行されなければならないいわれはない」

「ハリィはあんたが病的な嘘つきだということを知ってるのか？」

「あれはわたしのことを金儲けのためならなんでもする自堕落な人間だと思っているだけだ」

「おれの目には、ハリィも出世のためならなんでもする自堕落な人間に見える。血は争えないってことだな」

「なんとでもいうがいい」

「ああ、なんとでもいわせてもらう。おれはあんたの尻尾を握ってるんだからな」

富永はポケットからナイフを取りだした。刃を開いた。

「しばらくの間、口を閉じていてもらうぞ。下手に動くのもなしだ。これから荒っぽいことになるからな。気をつけていないと、この刃が身体の中に潜り込むことになる」

「わたしを解放するつもりはないのかね？」

「これっぽっちもないね」

「来ましたよ」

阿寶の緊張した声が車内に響いた。バックミラー——浮かび上がるヘッドライト。フィアットに間違いはなかった。

フィアットのスピードが一瞬、緩んだ。

「こっちに気づいたな」

「どっちにしろ、走りすぎるしか手はないんで、だいじょうぶですよ」

阿寶の言葉どおり、フィアットはまたスピードをあげた。ヘッドライトが近づいてくる。フィアットが脇を通りすぎる。阿寶がアクセルを踏む。車はホイールをスピンさせながら走りだした。フィアットの車内には人影がふたつ。助手席に座っている男が首をねじってこっちの様子をうかがっていた。男は白人だった。

「急げ、阿寶。連中、スピードを上げるぞ」

「わかってます」

フィアットとの距離は瞬く間に狭まっていった。エンジンのパワーで、明らかに富永たちの車はフィアットを上まわっていた。

「やりますよ！」

阿寶が叫んだ。富永は身構えた。激しいショック——車体が上下に揺れた。フィアットが派手な音を立てながらスピンするのが見えた。

「阿寶！」

富永は急《せ》き立てるようにいった。阿寶が車をとめた。フィアットは半回転して路肩に乗りあげていた。阿寶が車を降りてフィアットに駆け寄っていった。フィアットのヘッドライトが阿寶を浮かび上がらせる。右手に握った銃が凶々《まがまが》しかった。

「動くな！」

阿寶が構えた銃をフィアットに向けた。だみ声の広東語——荒々しい雰囲気。

「車を降りろ」

富永は加藤明に叫んだ。助手席に乗っていた白人——広東語が通じるはずもない。

「早くするんだ」

ナイフの峰を加藤明に押しつけた。加藤明は間延びした仕種で車を降りた。

「このクソ野郎！　両手を挙げて出てきやがれ！」

阿寶の切迫した声——富永は加藤を急き立ててフィアットに近づいた。

「両手を挙げて出てこい」英語で叫んだ。「その中国人は頭に血がのぼってる。いうとおりにしなけりゃ、蜂の巣にされるぞ！」

「今降りる。だから、撃たないでくれ」

フィアットから声が返ってきた。

「撃たないから早く出てくるんだ——阿寶、絶対に撃つなよ」

「わかってます——早く出てきやがれ、クソ白豚どめ!!」

フィアットの左右のドアが開いた。両手を頭の上に挙げた白人がふたり——どちらの顔にも見覚えはない。

「阿寶、武器を持っていないかどうかチェックしろ」

阿寶が銃を構えたままふたりに近よっていった。

「両手を挙げたままにしてろ。ちょっとでも動くと、てめえらの尻の穴に弾丸を撃ちこんでやるからな」

阿寶の粗口《チョーハウ》——スラングは迫力があった。白人ふたりは完全にびびっている。

「こいつはなんていってるんだ？　頼むから撃たないでくれ」

助手席に乗っていた白人が叫んだ。

「動くな。じっとしていれば、撃ちはしない」

「わかった。わかったから撃たないでくれ」

運転席から出てきた男が叫んだ。ふたりとも四十代に見えた。ふたりとも着古した革のジャンパーにジーンズ姿だった。警官の匂い——忘れることのできない匂い。

阿寶がふたりの身体をチェックしはじめた。腋の下、腰、くるぶし——出てきたのは札入れだけだった。

「銃は持ってません」

「よし、阿寶。ふたりから離れろ。銃は向けたままだ」

阿寶は銃を構えたまま、後ずさった。富永は加藤明を阿寶の方に押しやった。

「あんたもじっとしてろ。逃げても無駄だからな」

加藤明に呟く。阿寶から男たちの札入れを受け取った。数百ドルの金、クレディットカード、運転免許証——運転席の男がデイヴィッド・キーン、助手席の男がダニエル・マッコイ。

富永は男たちに足を向けた。

「質問に答えろ。さもなければ、あの男がおまえたちを撃つ」

「な、なんでも聞いてくれ」

キーンが答えた。

「おまえたちは何者だ？」

「探偵だ」マッコイの声は顫えていた。「あんたの連れの行動を調べるように依頼されただけなんだ。なにかをしようなんてつもりはこれっぽっちも――」

探偵――おそらく、ふたりとも警官崩れだろう。

「黙れ。おれの訊いたことにだけ答えろ」

富永は低い声でいった。マッコイが口を噤《つぐ》んだ。

「だれに頼まれたんだ？」

「デイモン・クラインだ」

キーンがいった。

「マクスウェル・アンド・クライン調査事務所のクラインだ。探偵仲間で、よく仕事をまわしてくれる。今回もあいつに頼まれた仕事なんだ。頼む、助けてくれ」

マクスウェルにもクラインにも心当たりはない――依頼主を知らなければならない。

「あの男を尾行するように頼まれたんだな？」

富永は加藤明の方に顎を向けた。

「そうだ。あんたを尾けようとしたわけじゃない。信じてくれ」

キーンが懇願するようにいった。

「依頼の内容を正確に教えろ」

「アキラ加藤の行動を逐一報告しろということだった」

マッコイがいった。マッコイは激しく顫えていた。

「理由は訊いたか？」

ふたりが同時に首を振った。

「そのままじっとしてろ」

富永はフィアットに足を向けた。助手席の足元に小型のノートパソコンとカメラが転がっていた。カメラはデジタルカメラだった。バックシートの上に探偵道具が詰まったボストンバッグがあった。富永はデジタルカメラを拾いあげた。電源を入れ、操作ボタンを押した。

液晶画面に現われた画像――ビルから出てくる加藤明と富永。富永たちの乗った車のナンバープレートのクローズアップ。

「撮った写真はこれだけか？」

富永は男たちに顔を向けた。

「ああ。想定外の行動だったんで、それしか撮れなかった」

富永は車の中に上半身を潜り込ませた。ボストンバッグを漁った。めぼしいものは見つからなかった。ノートパソコンを摑み、腰を伸ばした。おそらく、加藤明の行動をパソコンに打ち込んでいたのだろう。

「おまえたちはいつからあの男を監視しているんだ？」

「今日の午後からだ」マッコイが答えた。「昨日の夜、クラインから連絡を受けた。今夜一杯、その男を見張り、朝六時に別の連中にバトンタッチする予定だったんだ」

探偵四人による二十四時間監視──金がかかる。それだけの金を使って、加藤明のなにを知ろうとしたのか──小指が疼く。覗き見野郎が身悶えする。

「クラインの事務所の住所と電話番号を教えろ」

キーンがそれに答えた。富永は住所と番号を頭に刻みこんだ。

「こいつはもらっていく」

パソコンとカメラをふたりに見せつけた。ふたりとも嫌だとはいわなかった。

「行かせてくれるのか？」

マッコイがいった。

「おまえたちがあの男のことを忘れると約束するなら、帰してやってもいい」

「もちろん、約束するさ」

キーンが訴えるようにいった。

「おれのことも、中国人のことも忘れるんだ。いいな？」

「あいつの顔なんか、思いだしたくもないさ」

マッコイがいった。

富永はふたりの足元に札入れを放り投げた。

「寒いだろうが、しばらくはここを動くな。おれたちの姿が見えなくなって、五分たったら、好きなところにいっていい──阿寶、戻るぞ」

富永は男たちに背を向けた。

「いいんですか？」

阿寶がいった。顔を見られている──黒社会の連中は自分の顔を見た人間をそのままにしておくのを嫌がる。

「こいつらはなにも知らないし、おまえのことは忘れるように念を押しておいた。心配はいらない」

「わかりました。サム哥を信じます」

阿寶が加藤明をバックシートに押し込んだ。富永は反対側のドアから車に乗りこんだ。

「尾行されるいわれはないといってたな？」

加藤明の耳元で囁いた。

「これはなにかの間違いだ」

加藤明は憤慨したというような口調で答えた。瞼が細かく痙攣《けいれん》していた。加藤明はストレスに晒されている──尾行されたという事実に怯えている。

「勝手にほざいていればいい。あんたがどれだけ嘘をつこうが、あんた以外の人間がおれに本当のことを教えてくれるんだからな」

富永は携帯電話を手に取った。マックの番号に電話をかけた。

「マックか、サムだ」

「どうした、サム哥？」

「頼みがある。デイモン・クラインという私立探偵をさらってほしいんだ。小姐《シウチェ》を誑かした馬鹿野郎をそいつが知っている可能性がある」

「お安い御用だ。で、その白豚野郎はどこにいるんだ？」

富永は加藤明の横顔を盗み見た。瞼の痙攣はやむ気配もなかった。

51

パシフィック・アジア・トレイディング――オフィスは閉まっている。明の姿はない。

マッケンジィ・ハイツの家――暗く静まり返っている。インタフォンを押しても返事はない。

父はどこへ行った？――疑問が渦巻く。

ミッシェルと会っているのか――妄想が広がっていく。ミッシェルを捜し出せ、さもなければ破滅するぞ――強迫観念が脳を揺さぶる。ケニィの死に顔が脳裏から離れない。


ハリィは携帯電話を手にした。父親の番号を押した。「ハロー。ハリィだ。聞きたいことがあるんだ。切らないでくれ」

「いま、取り込み中だ」

明は日本語で答えた。

「大切な話だよ。父親なら、息子の話を聞いてくれ」

ハリィは叫ぶようにいった。返事の代わりに明の気配が遠ざかっていった。別の人間が携帯電話を手に取るのがわかった。

「おまえはミッシェルか？」

訛りのある英語。聞き覚えのある声。だが、ミッシェルの名前だけが強烈に響いた。

「君はだれだ？」

ハリィは反射的に聞き返した。声の主が笑い声をあげた。

「おやおや、だれかと思えば、ハリィじゃないか」

声の主がだれなのかを唐突に理解した――富永脩《とみながおさむ》。疑問が渦巻く。なぜだ？　なぜ父が富永なんかと一緒にいるんだ？

ハリィは荒い呼吸を繰り返した。導火線は燃えつづけ、血に塗れた現実はどぎつさを増していく。

「ミッシェルはそばにいるのか？」

富永が追い打ちをかけてくる。

「なんの話だ？」

「いい加減、とぼけるのはよせよ。李少芳《レイシウフォン》はヘロイン中毒になっていた。ボスは怒ってる。娘を疵物《きずもの》にしたクソ野郎を殺せと喚いてる。当然だろう？　ミッシェルをこっちに渡せ。そうすれば、すべてを忘れておれは香港に帰る」

富永は饒舌《じょうぜつ》だった。なにかに浮かれているかのようだった。

「どうして、おれの父親と一緒にいるんだ？」

「人質さ。ミッシェルと交換するつもりだった」

「だった？」

含み笑いが聞こえてきた。

「どういう意味だ、富永？」

ハリィは叫ぶようにいった。

「ミッシェルは一緒じゃないんだろう？　逃がしたのか、逃げられたのかはわからんがな」

「ぼくの質問に答えろ。だったとはどういう意味だ？」

「ミッシェルを見つけるなら、おまえをつつくより、親父さんを揺さぶった方が早そうだってことさ。ミッシェルとは仲がよさそうなんでな」

「意味がよくわからない」

「そうかい？　おれはてっきり、親父とミッシェルの関係がバレるの恐れて、おまえが現場からミッシェルを連れだしたと睨んだんだがな」

明とミッシェルには繋がりがある。富永がどうやって知ったのかはわからないが、それだけは確実だった。

ハリィは唇を舐めた。落ち着け——自分にいい聞かせた。わからないことが多すぎる。こんな時に自分から口を開けば墓穴を掘ることになる。富永に喋らせろ。富永は浮ついている。こちらを見下している。

「どうしてそんなことを思うんだ？」

「ミッシェルはヘロインに関わっているんだぜ。あのカラオケ屋のことを忘れたわけじゃないだろう？　ヘロインに手を染めてるチンピラとの親密な関係が表沙汰になれば、おまえの親父だけじゃなく、ジェイムズ・ヘスワースにとっても面倒なことになる。だから、おまえはミッシェルを連れ去ったんだ」

富永のいうとおりだった。明とミッシェルの間にどんな繋がりがあるのかはわからない。だが、表社会で順調な成長を続けている企業の社長と中華系のストリートギャングとの関係は明らかなスキャンダルになる。明にもそれはわかっていたはずだ。わかっていてなぜ関係を断たなかったのか。いや、それ以前に、なぜミッシェルと関わりを持ったのか。あのふたりにどんな接点があるというのか。

「馬鹿も休み休みいえよ。ぼくはミッシェルを連れだしたりはしていないんだ」

「アロー、アキラかい？」富永は鼻にかかった声でいった。「おれはおまえの親父の携帯電話でミッシェルの声をはっきり聞いたんだよ、ハリィ。とぼけても無駄だ」

「父をどこに連れていくつもりだ？」

ハリィは話題を変えた。

「ミッシェルを電話に出せよ。そうすれば、教えてやってもいい」

「富永——」

「まったく、親子揃ってとんだ食わせ者だ。よく聞けよ、ハリィ。どれだけ善人面をしても、おれにはおまえの親父がろくでもない悪党だってことはわかってる。叩けばとんでもない埃が出てくるだろうな。そいつを鄭奎《チェンフィ》に教えてやれば、呉達龍《ンダッロン》のスキャンダルだって霞むかもしれないぜ。そうなったら、ジェイムズ・ヘスワースにも大打撃だ。おまえの出世にも影響する」

悪党——わけがわからない。

「なんの話をしてるんだ——」

「黙っておれの話を聞け、ハリィ。おれのいったことをよく考えろ、ハリィ。そんなことになりたくなかったら、おれのいうことを聞くんだ。ミッシェルを捜せ。おれのところまで連れてこい。おまえの親父が喋ってくれれば簡単なんだが、強情そうだしな。おれに協力した方が身のためだ」

「待ってくれ、富永——」

「頭を使うんだ、ハリィ。電話をするときは、おれの携帯のほうにしろ。親父の携帯にはミッシェルから電話がかかってくるかもしれないからな」

「父と代わってくれ、富永——」

電話が切れた。リダイアルボタン——押そうとして、やめた。思考が混乱していた。

おまえの親父は悪党だ——富永はいった。

叩けばとんでもない埃が出てくる——富永はいった。

ハリィはステアリングの上に顔を伏せた。明の顔を思い浮かべた。幼かったころは別にして、物心ついてからは明を好きになれたことはなかった。明の方でもハリィに目に見える愛情を注ぐことはなかった。明の頭にあるのは常に仕事だった。金を儲けることだった。明は頑なだった。他人に対して異常なまでに厳しかった。自分を顧みることのない容赦のなさには吐き気すら覚えた。

それでも、明に悪党というイメージはそぐわなかった。会社を軌道に乗せるためには人にいえないこともやってきただろう。ヘスワースがいったように、カナダに渡ってきた当初は裏社会と繋がりを持っていたのだとしても、ハリィの記憶にある明はいつだって厳格だった。

おまえの親父は悪党だ——富永の言葉が脳裏で谺する。

もしそれが事実なら、出世どころの話ではない。

導火線が燃え尽きようとしている。血に塗れた現実が自分を飲みこもうとしている。

ハリィは顔をあげた。携帯電話を操作した。

呼びだし音が三度鳴って、相手が出た。

「タエコかい？　ハリィだよ」

「あら、こんな時間にどうしたの、ハリィ？　デイトの誘いならもっと早い時間にしてくれなきゃ」

タエコが少女のような声で笑った。呪わしい。おぞましい。

「こんな時間に不躾《ぶしつけ》なのはわかってるけど、頼みがあるんだ、タエコ」

「なにかしら？」

「ミスタ・ナカタに聞きたいことがあるんだ？」

「パパに？　いったい、なにを——」

「昔の明のことを知りたいんだ」

ハリィはいった。タエコ・ナカタが息をのむ気配が伝わってきた。

＊　＊　＊

タエコの家はヴァンクーヴァーとバーナビィの境界線近くにあった。中流階級が多く住む一帯——似たような造りの家が軒を連ねていた。

ハリィはドアをノックした。待ち構えていたというようにドアが開く。満面の笑みを浮かべたタエコが抱きついてくる。

「あなたがわたしの家に来るの、何年ぶりかしら？」

「前に来たときは、この家じゃなかった」ハリィはタエコの両頬にキスした。「無理をいってすまないね」

「かまわないのよ。パパも若い人と話すのは好きだから」

「具合はいいの？」

タエコの父——ケンジ・ナカタは七十をとうに過ぎている。寒さが厳しい時期には、ベッドに臥せっていることが多いと聞いていた。

「それがね——」タエコが顔を曇らせた。「あなたが話を聞きたがってるっていったら、最初は喜んでいたくせに、明に関することだっていったら、途端に難しい顔になっちゃって」

「話は聞けないってこと？」

「自分でトライしてみて。具合が悪くなったっていってベッドに横になったけど、今年の冬はけっこう調子がいいのよ。仮病に決まってるわ」

タエコは明るい声でいった。だが、表情は曇ったままだった。年とった父親のことを案じているようだった。

タエコの視線を振りきるように身を翻した。廊下を奥に進み、ケンジの部屋のドアをノックした。

「ミスタ・ナカタ、ハリィです。入ってもいいですか？」

唸りのような声が返ってきた。イエスともノーとも判断がつかなかった。ハリィはドアを開けた。サウナのように熱い空気が身体にまとわりついてきた。

「お邪魔しますよ、ミスタ・ナカタ」

ベッドに声をかける。ケンジ・ナカタはドアに背を向けるようにして横たわっていた。

「ケニィだ」

寝返りも打たずにケンジ・ナカタがいった。心臓を抉《えぐ》られたような気がした。吹き飛んだケニィの後頭部——ハリィが撃った。ハリィが殺した。なぜ、ケンジ・ナカタがそれを知っているのか？

「新しくできたチェス仲間がな、おれのことをケニィと呼ぶんだ。ハロルドをハリィというのと同じだよ。古くからの知り合いも、みんなそれを真似するようになった」

しわがれた声——ケンジ・ナカタが寝返りをうった。記憶にあるより髪が薄くなり、顔の皺が増えていた。全体に縮んでしまったような印象だった。

「そうですか」


だが、ここで引き下がるわけにはいかなかった。

「わかった。なんとか説得してみるよ。部屋はどこだい？」

ハリィは訊いた。タエコが廊下の奥の扉を指で指し示した。

「ねえ、ハリィ。アキラになにが起こってるの？」

足を踏みだそうとしたとき、タエコが訊いてきた。

「別になにも。息子が若いときの父親の話を知りたがるの、不思議じゃないだろう？」

タエコは溜め息を洩らした。

「今夜、会社に日本人が来たわ」

「日本人？」

「富永と名乗ってた。どこか崩れた感じのする人で——わたし、アキラが心配よ、ハリィ。ジム・ヘスワースの選挙に肩入れしているせいで、変なことに巻き込まれてるんじゃないの？」

ハリィは微笑みを浮かべた。頬の筋肉が強張っている。うまく切り抜けろ——タエコに悟られるわけにはいかない。タエコに知られるわけにはいかない。

「気にしすぎだよ、タエコ」

タエコが静かな眼差しをハリィに向けてきた。努力は報われなかった。タエコはなにかがおかしいと感じている。

肩から力を抜きながらハリィはいった。心臓だけが飛び跳ねていた。

「最近じゃ、タエコもおれのことをケニィと呼ぶ。七十年近くケンジと呼ばれてきたというのに、今じゃ、ケニィの方が呼びなれてるというわけだ」

「若々しくていいじゃないですか」

ハリィはベッドの反対側の壁際に足を向けた。ライティングデスクと椅子のセットがある。椅子をベッドの脇に置いて腰をおろした。

「最初は照れくさかったがね、ケニィも悪くはないと思ってな。ケニィと呼ばれるようになって以来、身体の調子もいいいんだ」

目の前の皺だらけの顔——ケニィの顔とは似ても似つかない。怯える必要はない。ケニィは燃えて灰になった。ケニィとハリィを結びつけるものはなにもない。

「ケニィ——」声が顫えそうになる。「今日は頼みがあってお邪魔したんです」

「アキラのことを訊きたいそうだな？　どうして、今ごろになって昔のことを知りたがる？」

ケンジ・ナカタが顔をしかめる。啓示が降りる——ケンジ・ナカタは具合が悪いわけではない。アキラ加藤の過去を語りたくないだけだ。

かつて、ケンジ・ナカタとタエコ・ナカタの親子はパウエル・ストリートに居を構えていた。加藤明が日本からやって来て最初に腰を落ち着けたのはナカタ家の斜向かいの家だった。明は近隣の日本人とは交流を持とうとはしなかった。白人の世界でのしあがっていこうというのに、日本人どうし仲良く手を繋いでいてどうする——そういい捨てたアキラの言葉をよく覚えている。ケンジ・ナカタもあまり日本人とは付き合わなかった。それが縁だったわけではないだろうが、明はケンジとタエコにだけは寛容だった。

「いろいろなことがありまして……多くの人間が、ぼくの知っている父と本当の父は違うというんです」

「明と一番長い時間を過ごしたのはおまえだ、ハリィ。自分を信じればいい」

「それができないからここにいるんですよ。それに——」ハリィは自嘲めいた笑みを浮かべた。「たぶん、ぼくよりタエコの方が父と長くいます。明は、家にいるより会社にいる時間の方が長かった」

「なら、タエコに聞くがいい」

「ぼくがなにを知りたがっているか、もうわかっているんじゃありませんか、ミスタ・ナカタ」

ケニィという言葉は口にしたくなかった。ケンジ・ナカタが何度か咳込み、ベッドの上で身体を起こした。

「おまえがなにをいってるのか、おれには皆目見当がつかんよ」

「チャイナタウンのある老人が、ぼくの父が加藤明だと知ると、ぼくのことを豚の息子と呼びました。理由を教えてください」

あの当時、ケンジ・ナカタはチャイナタウンのレストランに食材を卸す仕事をしていた。明がチャイナタウンで〝豚〟と呼ばれるようなことをしたのなら、ケンジ・ナカタが知らないはずはない。

「だれがそんなことをいったんだ？」

「新記飯店《サンゲイファンディム》の杜徳鴻《トーダッホン》です。知っているでしょう？　チャイナタウンの長老のひとりです」

「あの男も年だ」ケンジ・ナカタは首を振った。「だれかと取り違えたんだろう」

「教えてください、ミスタ・ナカタ。父はなにをしたんですか？」

「なにもしておらんよ。ヴァンクーヴァーで生きていくための地盤を作ろうとして必死に働いておっただけさ」

「父は中華系のマフィアと付き合いがあったと聞きました」

「でたらめだ。だれがそんなことを――」

「ジェイムズ・ヘスワースです」ハリィはケンジ・ナカタを遮っていった。「ヘスワースは父から聞いたといっていました」

ケンジ・ナカタが視線を宙にさまよわせた。

「ミスタ・ナカタ――」

「おれはなにも知らんのだよ、ハリィ。もし、アキラが、事実、豚と呼ばれるような男で、おれがそれを知っていたら、そんな男のもとでタエコを働かせたりはしない。そうじゃないか？」

「しかし――」

ノックの音が響いた。ハリィは口を閉じた。振り向く――ドアが開き、タエコが入ってきた。タエコはマグカップを載せたトレイを持っていた。

「お茶を持ってきたけど、お邪魔だったかしら？」

タエコはハリィとケンジ・ナカタの顔を見比べた。

「無駄手間だったな。おれはもう疲れた。そのお茶はおまえとハリィで飲むといい」

「ミスタ・ナカタ。お願いです」

ハリィは懇願した。

「おれは年寄りなんだ、ハリィ」ケンジ・ナカタはにべもなくいった。「もう勘弁してくれ。これ以上おまえの質問に付き合ったって、おれに答えられるとは思えんしな」

ケンジ・ナカタは再び横たわった。毛布を首までかけて目を閉じた。顔に刻まれた皺が頑なに強張っていた。

ハリィは口を開きかけて閉じた。ケンジ・ナカタは昔から頑固だった。彼がいったんこうと決めたことはなにがあろうとひっくり返らない。

それでも諦めはつかなかった。明の過去を知っていそうな人間に心当たりはない。明自身は富永に拉致されている。

「ミッシェルという名前に心当たりはありませんか、ミスタ・ナカタ？」

ハリィは思いきって訊ねた。

「ミッシェル？　知らんよ」

ケンジ・ナカタは目を開けようともしなかった。

「ケベックから来た中華系の若者です。父と親しいらしいんです」

ケンジ・ナカタの瞼が痙攣した。

「知っているんですね？」

「知らん。いい加減にしてくれんか、ハリィ。おれは疲れたといっている。年寄りは労《いたわ》るものだ」

「しかし――」

携帯電話が突然鳴りはじめた。ハリィは舌打ちをこらえて電話を手にした。表示窓――ＣＬＥＵ本部からの電話だった。

「ハロルド加藤巡査部長」

「グリーンヒルだ。今、どこにいる？」

「コリングウッドの知人の家ですが、なにかあったんですか？」

「一時間ほど前に、ヴァンクーヴァー市警に市民からの通報が入った。ダウンタウンの私立探偵事務所で不審な音がしたので調べてほしいといってな」

「私立探偵事務所？」

ハリィはタエコに小さくうなずいて部屋の外に出た。ケンジ・ナカタに話を聞くチャンスを失ったのは痛かったが、グリーンヒルの緊迫した声は緊急事態を告げていた。

「正確にはマクスウェル・アンド・クライン調査事務所だ。パトロール警官が現場に駆けつけた。現場は徹底的に荒らされていた。別のパトロール警官がマクスウェルとクラインの自宅に向かった。マクスウェルは家にいたが、クラインの方は問題があった」

グリーンヒルはもったいぶるように言葉を切った。

「なにがあったんです？　その事件がぼくになんの関係があるというんですか？」

「クラインの自宅には何者かが侵入していた。パトロール警官と賊が撃ちあい、警官がひとり死んだ。生き残った警官の証言によると、賊は呉達龍に瓜二つだったそうだ」

背筋を電流が駆け抜ける。

「間違いないんですか？」

「パトロール警官は呉達龍をよく知っていた。間違いないと断言している。内務課の人間を現場に向かわせた。市警の連中にはなにもさせるなと命じてある」

「クラインという男の家の住所は？」

「都合がいいことに、今君がいる場所の近くだ。レンフルゥ・ストリート１８２４。内務課の連中を君の指揮下に入れる。なにが起こったのか、徹底的に調べろ」

「すぐに向かいます」

ハリィは電話を切った。ケンジ・ナカタの部屋に声をかけた。

「すまない、タエコ。事件が起こった。お茶はまた今度いただきにくるよ。ミスタ・ナカタ。また会いに来ます」

ドアが開いた。すまなそうな顔をしたタエコが出てきた。

「お役に立てなくてごめんなさいね、ハリィ」

「気にすることはないよ、タエコ。こんな時間に押しかけてきたぼくの方が非常識なんだ」

「わたし、それとなく聞いておいてみるわ」

「そんなこと、しなくてもいいよ。いざとなれば、父に直接聞けばいいんだから」

「ねえ、ハリィ。なにが起きているの？」

「わからないよ」

ハリィは首を振った。豚の息子――杜徳鴻の声が谺する。

「たぶん、ずっと前から起こっていたことが今になって表面化しただけなんだ」

ハリィは呟くようにいった。

52

検問はまだ続いている。ケヴィン・マドックスは摑まらない。

呉達龍《ンダッロン》は市警の凶悪犯罪課の同僚に電話をかけた。トマス・クイン。適当に仕事をこなすだけの警官。正義感はなく、かといって悪徳警官だというわけでもない。市警に対する忠誠心が薄く、呉達龍から電話があったことをドレイナンのクソ野郎に告げ口するおそれもない。

「ハロー、こちらクイン。ただいま任務遂行中」

くたびれた声が聞こえてきた。

「ロナルド・ンだ、トマス」

「ロンか？」クインの声が低くなった。「一体全体、なにをやらかしてるんだ？　ドレイナンはカンカンだぜ」

「警察を辞めて、別の商売に鞍替えしようかと思って奔走してるんだ。もう、警察稼業には懲り懲りなんだよ。ドレイナンがなにをいったって、辞表を叩きつけてやればぐうの音も出ないからな」

「まあ、気持ちはわからんでもないがな……辞表を出すなら早くしないと、逆にドレイナンに馘を切られるぜ」

「そのうち顔を出すつもりだ。それより、ケヴィンがなにをやってるか知らないか？　携帯にいくらかけても繋がらないんだが」

「ケヴィンか？　昼前に署を出て、三時ぐらいに戻ってきたかな？　出かける前は元気そうだったんだが、戻ってきたときは酷い顔色でよ、急に具合が悪くなったっていって、三日間の休暇を取って帰っていったよ」

休暇——ケヴィンになにかあったのは間違いない。

「いま、署にいるのか？」

「ああ。リッチモンドで大騒ぎがあったせいで帰りそびれちまってな」

「例の銃撃戦か？」

「ああ、まったくたまったもんじゃないぜ。黄色同士が殺し合うってなら勝手にやらせておけばいいんだ」

「おれも黄色だぜ、トマス」

呉達龍は絞りだすようにいった。

「おっと、失言だ。ドレイナンの口癖が移っちまったみたいだ。許してくれよ、ロン」

呉達龍は深く息を吸いこんだ。白人の豚野郎ども——皆殺しにしてやりたい。

「聞かなかったことにしてやるよ、トマス。代わりにといっちゃなんだが、州警察の検問がいつ解けるかわからないか？　向こうの知り合いがヴァンクーヴァーに向かわなきゃならないんだが、黄色人種だってだけで片っ端から車をとめられてかなわないとこぼしてるんだ」

「ちょっと待ってくれ」

トマス・クインの気配が遠ざかる。呉達龍は煙草をくわえ、火をつけた。半分ほど吸ったところでトマス・クインの声が聞こえてきた。

「九時には解除の予定らしい。蟻一匹捕まえられなかったってことは、騒ぎを起こした連中はまだリッチモンドにいるってことだろうな。やれやれだぜ。これで、おれたちが手を煩わされることもなくなる」

呉達龍は腕時計を覗いた。七時十五分。ケヴィンの家に行ってからリッチモンドへ向かえば検問も終わっている。

「助かったよ、トマス」

「いいってことよ。それより、ロン。うまい商売を見つけたらおれにも教えてくれ」

「うまい商売なんてものがあったらな」

呉達龍は電話を切った。車の窓から煙草を投げ捨て、アクセルを踏んだ。ケヴィンの家はメイン・ストリートの東側、フレイザー・ストリートとキング・エドワード・アヴェニューの交差点近くにある。スタンレイ・パークの駐車場を出て、ジョージア・ストリートを直進し、メイン・ストリートを右折した。細かい雨がフロントグラスを濡らしていく。道は家路を急ぐ車で混み合っていた。リッチモンドの検問も渋滞に影響を与えているのかもしれない。

電話に出ないケヴィン――なにかが起こった。ケヴィンをびびらせるなにか。ヘロインが絡んでいる。ケヴィンはヘロインの買い手を捜していた。だれかに脅されたのか？　だとしたら、なんのために？

ふたりの日本鬼《ヤップンクワイ》の顔が脳裏を横切っていく。富永脩《とみながおさむ》とハロルド加藤。無数の中国人たちの顔が脳裏を横切っていく。溢れかえる黒社会《ハクセイウイ》の連中たち。だれがケヴィンを脅しても不思議ではない。

携帯電話が鳴った。

「ミスタ・ン？　デイモン・クラインだ」

「どうした？」

「いま、ヘスワースの自宅を張っている。お客さんがひとり来た。東洋系の男だ。年恰好は三十前後。中肉中背で、高いスーツを着てる。車は日本のトヨタ。執事と親しげに話をしていた」

ハロルド加藤――間違いはない。

「CLEUの捜査官だ」呉達龍はいった。「ハロルド加藤――例のアキラ加藤の息子で、ヘスワースの娘とできてる」

口笛が聞こえた。

「CLEUね……だんだんこの仕事を降りたくなってきたよ」

「降りてもいいんだぞ」

呉達龍は押し殺した声を出した。

「冗談だよ。仕事を放りだしてあんたに撃たれるなんてぞっとしないからな」

「ハロルド加藤がヘスワースの家から出たら尾行をつけろ」

「無茶いわないでくれよ。大手の調査事務所とはわけが違うんだ。ヘスワースとアキラ加藤だけで手一杯だ」

舌打ち――抑えつける。

「おれは九時すぎに別の人間と交代する。十時までにもう一度連絡を入れるよ」

「忘れるなよ」

「もし、ヘスワースと娘とCLEUの男が乱交でもはじめたら、その時はすぐに連絡する。安心してくれ」

クラインの含み笑いが聞こえ、電話が切れた。どいつもこいつもくそったれの白人ども——呉達龍は膝の間に立てかけたショットガンのグリップに触れた。

＊　＊　＊

ケヴィン・マドックスの家の窓からは明かりが漏れていた。庭には見慣れた車がとまっている。

呉達龍はコートの下に隠したショットガンの位置を調整した。ドアをノックした。返事はなかった。

「ケヴィン、いるんだろう？　ロンだ。開けてくれ」

いいながら、ドアを激しく叩いた。

「今開けるから、そんなにドアをぶっ叩くな」

中から怒鳴り声が聞こえてきた。呉達龍はコートの内側に右手を入れた。ショットガンのグリップ——いつでも抜けるように握る。

ドアが開いた。ケヴィンは銃を握っていた。落ち着きのない視線を左右に走らせた。

「ひとりか？」

「決まってるじゃないか。他にだれを連れてくるというんだ？」

「入ってくれ」

ケヴィンはいった。おどおどした態度に銃——危険極まりない。

「銃を降ろせよ、ケヴィン。おれを撃つつもりじゃないんだろう？」

「あ、ああ、すまなかった」

ケヴィンは慌てて銃を降ろした。身体を開いて呉達龍を招き入れた。

呉達龍は家の中に入った。コートの下からショットガンを抜きだし、銃身でケヴィンの鳩尾を突いた。

ケヴィンが呻いてうずくまった。銃が音を立てて床の上に転がった。呉達龍は銃を拾った——銃を部屋の真ん中のテーブルの上に置いた。うずくまったままのケヴィンを引き起こした。椅子の上に座らせた。

「だいじょうぶか、ケヴィン？」

ケヴィンの目には涙が浮かんでいた。

「いきなりなにをするんだ？」

「いろいろ訊きたいことがあってな。おまえに銃を持たれてたんじゃ、聞きにくいことがある」

「だからって、いきなり殴ることはないだろう」

「信用していたパートナーがいきなり雲隠れをしようとしたんだ。おれの気持ちもわかってくれよ、ケヴィン」

「雲隠れって——」

呉達龍はショットガンをケヴィンに向けた。

「なにがあったんだ、ケヴィン？」

「なにをいってるんだ、ロン？　そんなものをおれに向けるな」

ケヴィンがショットガンの銃口を凝視する。こめかみのあたりに汗が浮かんでいる。

「おれを落胆させるなよ、ケヴィン。昨日までのおまえはヘロインを売って手に入れる金のことで頭がいっぱいだった。それなのに、一晩経つと、急に態度が変わって電話にも出なくなった。どんな薄ら馬鹿だって、おまえになにかがあったことぐらいはわかる」

ケヴィンがショットガンから呉達龍に視線を移した。

唇を舐めた。苦しそうに顔を歪め、うつむいた。時間をかけて口を開いた。

「脅されたんだ」

「だれに？」

「わからない」ケヴィンは首を振った。「今日の昼だ、ダウンタウンのレストランでブライアン・ギグスと飯を食った」

ブライアン・ギグス——白人マフィアの幹部。

「ヘロインのことで？」

「そうだ。ギグスはおれの話を断ったよ。ヘロインに手を出すと、チャイナマフィアに痛い目に遭わされるって」

「それで？」

ケヴィンは自嘲するように笑った。

「話し終えて、おれはレストランを出た。車に乗ろうとすると、だれかがいきなり襲いかかってきて、車に押し込まれたんだ」

「そいつらは何者だ？」

ケヴィンは首を振った。

「わからない。すぐに目隠しをされて両腕を縛られた。おれがなにを訊いても連中は一言も口を開かないんだ」

「一言も？」

「ああ、なにを訊いても返事がない。気味が悪いぐらいだったよ」

「どこに連れていかれた？」

「わからない。三、四十分走ったところで車がとまった。おれの声が妙に響いて聞こえたから、どこかの倉庫じゃないかとは思うんだが……」

「そこについてもだれもなにも喋らなかったのか？」

「ああ。しばらくして、だれかが車に乗りこんできた。そいつは、ヴァンクーヴァー市警のケヴィン・マドックスだなといった。おれのことを知ってたんだ」

「そいつは英語を喋ったのか？」

呉達龍は訊いた。

「ああ。少し古めかしい感じのする英語だ。訛りはあったが、どこの訛りかはわからなかった」

「そいつは名乗ったのか？」

「そんなことするわけないだろう。そいつは、おれがブライアン・ギグスにヘロインを売りつけようとしていたことも知っていたよ。ヘロインはどこにあるかって、何度も訊かれた」

目的はヘロイン――どうやって知ったのか？　呉達龍がヘロインを持っていることは呉達龍とケヴィンしか知らないはずだ。

「答えたのか？」

ケヴィンは顔をあげた。狡そうな表情が一瞬、顔の上をよぎった。

「なにも喋らなかったよ。喋ってたまるかっていうんだ」

呉達龍はショットガンの銃口をケヴィンの顔のまん前に向けた。

「くだらない嘘をつくのはやめろよ、ケヴィン。話したんだろう？　ヘロインを持っているのはおれだってな」

ケヴィンは目を剝いて銃口を凝視していた。

「ゆ、許してくれ、ロン。仕方がなかったんだ」

呉達龍は銃口をケヴィンから遠ざけた。ケヴィンは長い吐息をもらした。

「他になにをいわれた？　なにを訊かれた？」

「ヘロインをだれかに売りつけようとはするなって……それから、あんたの携帯の番号を訊かれたよ」

「教えたのか？」

ケヴィンはうなずいた。それがどうしたんだという顔で呉達龍を見た。

鼻持ちならない白人ども――引き金にかけた指に力が入りそうになった。呉達龍は辛うじて自制した。

携帯電話の番号――連中の目的は本当にヘロインだけなのか？

「他には？」

「なにもない。男が車を降りて、別の連中が乗りこんできた。そいつらは例によって一言も口をきかなかった。車が走り出して、しばらくしたら、首筋になにか押しつけられて……」

ケヴィンは肩をすくめた。

「スタンガンか？」

「だろうな。凄い痛みを感じたと思ったら、意識を失ってたよ。気がついたら自分の車のバックシートで横になっていた」

「何者だと思う？」

「よそ者じゃないかと思う」

「よそ者？」

「トロントとか、東海岸の方から来たホワイトマフィアだよ。おれに口をきいたやつの話しぶりはそんな感じだった」

トロントから来た白人ども――ピンとこない。だが、他に思い当たる人間もいない。白人――そうなのかもしれない。ケヴィンは白人だ。白人は白人同士でつるもうとする。

「まだ話してないことがあるんじゃないか、ケヴィン？」

呉達龍は唇を舐めた。

「全部話したぜ。そりゃ、ところどころで話をはしょりはしてるけど――」

「おれには不思議なんだ、ケヴィン。どうして連中はヘロインのことを知ってたんだ？　おれがまとまったヘロインを持っているのを知ってるのは、おれとおまえだけだ」

ケヴィンの目に怯えの色が走った。

「ギグスだよ。たぶん、ギグスがおれと会うことをだれかに漏らしたんだ」

「ギグスにはなんといったんだ？」

「ちょっと相談したいことがある……そういったはずだ」

「くそったれの中国人がまとまったヘロインを持ってるから、そいつを奪って山分けしようといったんじゃないのか？」

「待てよ、ロン。おれがそんなことというわけないじゃないか」

ケヴィンが腰を浮かしかけた。呉達龍はショットガンの銃口を振った。ケヴィンが動きをとめた。

「そうじゃなきゃ、辻褄が合わないんだよ、ケヴィン。ギグスと別れてから拉致されるまでの時間が短すぎる。第一、ギグスのような白人連中は警官には手を出さないと相場が決まってる」

「おれはなにもしてないぞ、ロン。おれはおまえがどういう人間かよく知ってるんだ。おまえを虚仮にしたらどうなるか、だれよりも知ってるんだ。おれがおまえを裏切るわけがないじゃないか」

「金が絡んでなきゃ、おまえはおれを裏切ったりはしないだろうよ」

呉達龍はショットガンを下げた。ケヴィンの肩から力が抜けていく。

「あいつらが何者なのか、本当に見当もつかないよ」

呉達龍はショットガンを左手に持ち替えた。開いた右手で、テーブルの上のケヴィンの銃を握った。

「いいや。おまえは知ってるんだ」

「おれはおまえを裏切ったりしないって自分でいったじゃないか」

「金が絡んでなきゃな。だが、ヘロインは金になる。金ってやつは、いつだってくだらない考えを人に吹き込むもんだ」

呉達龍はケヴィンの目の前に銃を突きつけた。

「頼むよ、ロン――」

ケヴィンの目が大きくなる――血走った眼球が助けを求めて左右に動く。呉達龍の背筋を電流が駆け抜けた。

「ヘロインのことをだれに話した？」

呉達龍はいった。

「だれにも話してない。本当だ、嘘じゃない」

ケヴィンが答えた。ケヴィンの唇の端に泡が溜まりはじめていた。

「おまえを拉致した連中になにを話した？」

呉達龍はいった。

「さっき教えたじゃないか」

ケヴィンの唇の端の唾液――飛び散っていく。

「おれがどういう人間なのかはよく知ってるといったな？　だったら、おれの質問に答えた方がよくはないか？」

「おれはなにもしてないんだ。信じてくれ、ロン」

「そんなに死にたいのか、ケヴィン？」

呉達龍は銃口をケヴィンの唇に押し当てた。銃を左右に捻って、ケヴィンの口を開けさせた。ケヴィンの懇願の声――ただの唸り声。

「本当のことを話せば、許してやってもいいんだぞ、ケヴィン」

ケヴィンの眼球は今にも飛び出しそうだった。銃口をねじ込まれた口からは涎が垂れはじめていた。ケヴィンは痙攣するように首を横に振った。

「そうか。あくまで白を切るつもりだな？」

呉達龍はいった。いい終えるのと同時に撃った。轟音――ケヴィンの後頭部が吹き飛ぶ。衝撃でケヴィンの眼球が眼窩から飛び出した。

呉達龍はケヴィンの手に銃を握らせた。落ち着いた足取りで家を出、車に乗った。

全身の肌が粟立っていた。殺す必要はなかった。だが、殺さずにいられなかった。

殺しが快感になっている。

呉達龍は唇を歪めた。エンジンをかけ、アクセルを踏んだ。

＊　＊　＊

オークストリート・ブリッジは車の流れもスムーズだった。検問はすでに解除されている。

呉達龍は運転に神経を集中させた。気を緩めれば、すぐにスピードをあげてしまう。ケヴィンを撃ったときの余韻がまだ右手に残っている。殺しが与える快楽に脳が痺れている。検問が解かれたとはいえ、州警察はまだ厳戒態勢を敷いているはずだった。くだらないスピード違反で捕まるわけにはいかなかった。

フランシス・ロードは静かだった。霧雨のように細かい雨が街灯に浮かび上がっていた。呉達龍は譚子華《タムジーワ》の家に忍びこんだ。すでに馴染み深い家――暗闇の中でも自由に動き回ることができる。まっすぐキッチンに向かい、フリーザーのドアを開けた。中に手を入れ、アイスクリームのパッケージを捜した。

パッケージはなかった。

呉達龍は唸りながらキッチンの明かりをつけた。フリーザーの中は空っぽだった。フリーザーの上の冷蔵庫のドアを開けた。アイスクリームのパッケージはなかった。それどころか、冷蔵庫の中身は奇麗に整理されていた。

「あの女か――」

冷蔵庫を凝視しながら呟く。唇を嚙み締めながら、他の部屋を見てまわった。どの部屋も雰囲気が変わっていた。劉燕玲《ラウインレン》のワードローブから何着かの服と下着が消えていた。

「くそったれ」

呉達龍は呻いた。今日の昼――劉燕玲は家に戻ってきたに違いない。着替えを持っていくため。冷蔵庫の中の生物を処理するため。その途中、フリーザーの中の見慣れないアイスクリーム・パッケージに気づく。

呉達龍は眩暈を覚えた。

もしかすると、劉燕玲はひとりではなかったのかもしれない。日本鬼――富永と一緒だったのかもしれない。富永が白粉《パーファン》を見つけたのかもしれない。白粉が呉達龍の隠したものだと気づき、ほくそ笑んだのかもしれない。

白粉がなければ金を作れない。金がなければ、子供たちを呼ぶことができない。

狂おしいほどの憎悪が燃えあがる。

呉達龍はコートの下のショットガンに手をかけた。冷蔵庫に向けて引き金を引いた。凄まじい音がして冷蔵庫の中身が飛び散った。

＊　＊　＊

ヴァンクーヴァーへとんぼ返り――あてもなく劉燕玲を捜した。

頭を冷やせ――車をとめ、市内の一流ホテルに片っ端から電話をかけた。

ヴァンクーヴァー市警のン巡査部長だが、そちらに劉燕玲と名乗る女性は宿泊していないだろうか？

どのホテルの答えも同じだった——申し訳ございませんが、ゲストに関する質問にはお答えできません。どうしてもお知りになりたければ、正式な令状をご持参ください。

頭に血がのぼった。

チャイナタウンに車を向け、許光亮《ホイグオンリヨン》の手下を捜した。連中なら、富永の居場所を知っている。富永なら劉燕玲の居場所を知っている。あるいは、富永自身が呉達龍の白粉を持っている。

チャイナタウンはいつものように賑わっていた。だが、許光亮の手下どもの姿はなかった。それどころか、黒社会の連中の数が極端に少なかった。

不思議に思う——理由に思い当たる。リッチモンドの銃撃戦。許光亮の手下どもはリッチモンドに潜んでいる。他の黒社会の連中もとばっちりを避けるために息をひそめている。

「くそったれ」

呉達龍はまた呻いた。ケヴィンを殺したときの身体の芯が熱くなるような快感は跡形もなく消え失せていた。代わりに、どす黒い炎が燃え盛っている。どす黒い炎——氷のように冷たい炎。

火を消すためには生贄《いけにえ》が必要だった。加藤明をとっちめろ——売春宿で女を買っていることをテコにして揺さぶりをかけてやれ。泣いて許しを乞うまでいたぶってやれ。

呉達龍は携帯電話に手を伸ばした。加藤明がどこにいるかはデイモン・クラインが承知しているはずだった。

電話をかける前に腕時計を覗いた。午後十時二十五分。

十時までに連絡を入れる——デイモン・クラインはいった。クラインは呉達龍を恐れている。約束を破るはずがない。

クラインの携帯電話の番号を押した。呼びだし音が鳴りつづけるだけだった。クラインの調査事務所にかけた。電話は繋がったが、無機質な留守番電話のメッセージが聞こえてくるだけだった。

呉達龍は車をガスタウンに向けた。

マクスウェル・アンド・クライン調査事務所——ガスタウンの外れ、古びたテナントビルの三階。オフィスのドアが叩き壊されていた。オフィスの中は徹底的に荒らされていた。

やくざ者の手口——クラインはなにをした？　だれの怒りを買った？　ヘスワースか？　加藤明か？　そんなはずはない。連中はやくざではない。

混乱する頭を抱えて車をバーナビィの方角に走らせた。

デイモン・クラインの自宅はバーナビィとの境界近く、レンフルゥにあるはずだった。

スピードをあげる――怒りがスピードを要求する。十五分でクラインの家に辿りつく。クラインの家は暗く静まり返っていた。呉達龍は車を降りた。クラインの家の敷地の中に入っていった。ドアの前で立ちどまり、コートの下のショットガンを握った。腕時計――十一時十三分。深く息を吸い込んだ。ドアをノックした。

返事はなかった。

呉達龍はドアノブに手をかけた。錠の辺りをバールかなにかでこじ開けたような痕があった。

慎重にドアを開け、中にもぐりこんだ。

「クライン、いないのか？　おれだ。ロナルド・ンだ」

ドアを閉めながら声をかけた。返事はなかった。

きな臭い匂い――神経が逆立っていく。

ドアの脇にあったスウィッチを押した。明かりがついた。短い廊下があって、右手がバスルーム。左奥がダイニング。

呉達龍はダイニングに足を踏み入れた。スタンドやソファが倒れていた。テーブルがひっくり返っていた。コートとネクタイがソファの下敷きになっていた。倒れたスタンドの側にまだ乾いていない血痕があった。

なにが起こったのか想像がついた。何者かがドアをこじ開け、家に押し入る。帰宅したばかりのクラインを殴り、蹴り、拉致して去っていった。

だれが？　なんの目的で？

混乱は続く。ケヴィンの話を思いだす。クラインを連れ去った連中の手口はケヴィンを拉致した連中と似ている――ドアをノックする音で思考が途切れた。呉達龍は弾かれたように後退り、ショットガンを構えた。

「ミスタ・クライン、ヴァンクーヴァー市警のものです。夜分にすみませんが、少しお聞きしたいことが――」

市警の警官――呉達龍は唸った。左右に視線を走らせた。庭に面した大振りの窓。ぶち破るのは簡単そうだった。

「おい、これを見ろよ。ドアをこじ開けた痕じゃないか」

ドアの向こうの声が緊迫する。

「ミスタ・クライン、いらっしゃるんですか？　そうなら返事をしてください」

呉達龍は静かに窓際に移動した。

「応援を呼ぼう」

「待てよ、中の様子を確かめてからにしよう」

ドアの向こうのやり取り――銃を抜いた制服警官の姿が脳裏をよぎる。

「これからドアを開けますよ、ミスタ・クライン」

ドアが軋む音——呉達龍は窓に体当たりした。ガラスが砕け、右の頰のあたりに鋭い痛みが走った。かまわず庭を駆けぬける。

「とまれ！　とまらないと撃つぞ!!」

警官たちの怒声。振り向かずに走る。いきなり、銃声が追いかけてきた。

呉達龍は振り向いた。狙いも定めずにショットガンを撃った。制服警官が家の角から走り出てきたところだった。警官は真後ろに吹き飛んだ。その陰からもうひとりの警官が走り出てきた。警官はでたらめに銃を撃ってきた。反撃する暇はなかった。呉達龍は地面に身体を投げだした。転がりながら、植え込みの陰に隠れた。

銃声が途切れた。

呉達龍は立ちあがって、ショットガンを撃った。警官の姿はなかった。

歯を食い縛りながら走った。塀を跳び越えた。

「待て！」

また声が追いかけてくる。呉達龍は振り返らずに走り続けた。

53

リッチモンドのアジトへ戻る——加藤明は口を閉じている。腕を組み、目を半眼に細めている。肝の据わったところを見せつけようとしている。しかし、耳のつけ根から顎にかけての筋がときおり細かく痙攣しているのに本人は気づいていない。

大物の犯罪者がよく見せる反応だった。やくざの組長や、背任を働いた大会社の幹部に多い。薄汚い真似をさんざんしてきたくせに、他人から圧力をかけられた経験がほとんどない連中——泰然を装うのに慣れてはいるが、皮膚の下では嵐が吹き荒れている。

阿寶《アボー》が静かに車をとめた。

「ついたぜ、加藤さん。昔のやくざ映画風にいえば、ここが地獄の一丁目だ」

加藤明は車の外に視線を向けた。マックたちがたてこもっている家から漏れてくる明かり——刺々しさはない。殺戮の余韻は消えている。

「わたしをどうするつもりだね？」

加藤明が口を開いた。

「ミッシェルがどこにいるのか教えてもらうのさ」富永は笑った。「ここには聞き上手な連中が大勢いる」

「拷問にでもかけるつもりか?」

加藤明の声は落ち着いていた。内心は恐怖に顫えているとしても、それを表に出すまいという努力は賞賛に値した。

「嫌だったら素直に話せばいいんだ」

「何度いえばわかるんだ? わたしはミッシェルという人間に心当たりはないんだ」

どこまでも白をきりとおそうとする図々しさ——これも賞賛に値する。

「せいぜい意地を張っているがいい。さ、車を降りるんだ」

富永は加藤明の返事を待たずに車を降りた。阿寶に加藤明を任せ、家のドアをノックした。

「だれだ?」

警戒を滲ませた声が返ってくる。

「サムだ。客を連れてきた」

ドアが開き、暖房で暖められた空気が顔に吹きつけてきた。

居間には李少芳《レイシウフオン》とマックがいた。李少芳はテレビを見ていた。画面には香港のテレビ局の番組が流れていた。李少芳は不機嫌そうだった。シャワーを浴びたばかりのような艶やかな顔の色——涙の跡はうかがえない。

「早速手配したぜ、サム哥《コー》。チャイナタウンに残ってた連中から、おっつけ連絡が入るはずだ」

「手を煩わせて悪かったな。今日の出入りのせいで、警察が目を光らせてるっていうのに、悪かったよ」

「馬鹿なことをいうな。大老《ダーイロウ》の命令だったら、命を捨ててもかまわねえよ」

マックが愛想笑いを浮かべた。マックの言葉は半分は真実だろう。李耀明《レイイウミン》のためならなんでもする。だが、命を懸けることはしない。マックが李耀明に忠誠を誓っているのは、李耀明が怖いからだった。李耀明の力を利用したいからだった。

他の部屋からマックの手下たちが姿を現わした。だだっ広かった居間に息苦しさがたちこめていく。

「お客さんを連れてきた。たぶん、例の野郎の居所を知っている」

富永はいった。李少芳が肩を顫わせた。ロボットのようにぎごちない動作で視線を富永に向けた。

「やることが素早いな、サム哥。大老が大事な小姐《シウチェ》を——」

「だれなの、その人」

マックの声を李少芳が遮った。

「もしかすると、小姐がよく知っている人かもしれませんね」

富永は首をひねって視線を背後に向けた。阿寶に急きたてられるようにして加藤明が居間に入ってくるところだった。

加藤明の視線――部屋の中を一回りして、一点でとまった。

富永はその視線の先に顔を向けた。

李少芳が驚愕の表情を浮かべていた。

ふたりの態度は、富永の言葉が的を射ていたことを証明していた。

「少芳……」

先に口を開いたのは加藤明だった。加藤明は訛りのきつい広東語で李少芳の名前を発音した。

「どうしてあなたがここに……」

「この男に拉致されたんだ」

加藤明は広東語を理解し、話すことができる。富永は小さく首を振った。

「どうやら、本当に知り合いだったようだな……どういうことなのか説明してもらえますか、小姐？」

李少芳に声をかける。李少芳は加藤明に向けていた視線を富永に移した。

「どうしてこの人を脅したの？」

詰問する口調ではなかった。李少芳は動揺していた。

「こいつがミッシェルを連れ去った男の父親だからですよ」

富永はいいながら壁際に移動した。加藤明と李少芳を同時に視界に入れた。

「どういうことなの？」

李少芳の問い――今度は加藤明に向けられていた。

「わたしにもわけがわからないんだよ、少芳」

加藤明の声には落ち着きが戻っていた。耳から顎にかけての筋――痙攣も消えていた。見知らぬ家に連れ込まれ、黒社会《ハクセイウイ》の連中に囲まれながら、加藤明は自分の会社にいたときと同じ威厳を取り戻しつつあった。

なぜだ？――覗き見野郎が身をくねらせる。李少芳と加藤明になんの関係があるというのだ？

「ミッシェルはどこにいるの？」

李少芳が訊いた。

「わたしも知らないんだ」

加藤明が首を振った。

「あいつはわたしを見捨ててひとりだけで逃げ出したのよ」

李少芳が詰《なじ》った。加藤明は残念そうに首を振るだけだった。マックは呆気に取られたような表情でふたりの顔を交互に眺めていた。マックの手下たちはわけがわからないという顔をしていた。

「許さないわ。わたし、許さないから」

李少芳が叫んだ。身体を反転させ、居間を飛び出ていく。

「小姐」

マックがその後を追った。居間の空気がざわめきだした。

富永は加藤明をじっと見つめた。加藤明がその視線に気づいた。

「つまり、君は李耀明の部下だというわけだ」

目下の者に語りかける口調——加藤明は李耀明を知っている。李耀明が何者なのかを知っている。黒社会の掟を知っている。

この男は何者だ？——疑問が渦を巻く。

「どうして大老を知っている？」

「昔の話だ。李耀明はヴァンクーヴァーにいた。わたしもここにいた。わたしたちはふたりとも名前に明という字がつくことで仲が良くなった。李耀明はわたしのことを明仔《ミンヂャイ》と呼び、わたしは彼を阿明《アミン》と呼んだ」

明仔と阿明。加藤明はそこだけ広東語でいった。

義兄弟——疑問の渦の中をその言葉が漂っていく。だが、カナダ時代の李耀明の話を詳しく聞いたことはない。あの頃、李耀明は香港の組織に狙われていた。香港からカナダに逃げだした。頼りになる相手なら、日本人だとしても義兄弟の契りを交わす可能性はある。

「あんたは何者だ？」

富永はいった。加藤明が微笑んだ。

「李耀明に電話をしたまえ」

加藤明の微笑み——自分の勝ちを確信したものだけが浮かべる笑み。

富永は唇を噛んだ。加藤明をいたぶり、腹の底にあるものをすべて吐きださせる——目論見はあえなく潰《つい》えた。

「まだわたしを困らせたいというならそれでもいいが——」

「一体全体、なにがどうなってるんだ？」

マックの声が加藤明のそれをかき消した。マックは両手を広げながら居間に戻ってきた。

「小姐は部屋に鍵をかけやがった。こいつは何者だ、サム哥？　小姐とどんな関係があるんだ？　一体——」

「落ち着けよ、マック。この人は大老の義兄弟だ」

富永は静かな声でマックをいさめた。マックは口をあけたまま加藤明を凝視した。

「大老の義兄弟？」

「ちゃんともてなしてやってくれ。おれは大老に電話をかけてくる」

富永は居間を出た。家を出た。阿寶だけが後についてきた。

「どういうことなんですか、サム哥？　あの日本人が大老の義兄弟って……」

「おれにもわからん。少し口を閉じていろ」

携帯電話を取りだし、香港の番号にかけた。冷たい空気が身体を包みこむ——混乱していた思考が落ち着きを取り戻す。

呼びだし音が数回鳴って回線が繋がった。

「こんな時間になんだ？」

苛立たしげで眠たげな声。

「サムです、大老」

「少芳になにかあったのか？」

李耀明の声から眠たげな響きが消えた。

「いえ、小姐は元気です。心配しないでください。それより、お聞きしたいことがあるんですが……加藤明という日本人をご存じですか？」

「加藤明？」

「ヴァンクーヴァーで貿易会社をやっている男です。昔の大老の知り合いで、お互いに阿明、明仔と呼び合っていたといっているんですが」

「明仔か！」

李耀明の声のオクターブがあがった。富永は思わず携帯電話を耳から遠ざけた。

「懐かしい名前だ」李耀明のオクターブはあがりつづける。「もう二十年も前になるな。おれが明仔に広東語を教えて、明仔がおれに英語を教えてくれた。元気なのか？　どうやって知り合ったんだ、サム？」

「小姐を誑かした古惑仔《グーワーヂャイ》を捜していたら、その加藤明という人間と出くわしたんです。加藤明は古惑仔の居所を知っています」

「なに？　どういうことだ？」

李耀明のオクターブがさがる。

富永は李耀明に悟られないように舌打ちした。どういうことだ？——だれもかれもが同じことを訊いてくる。

おれも知りたいんだ——尾てい骨のあたりから狂おしい想いがせりあがってくる。呉達龍《ンダッロン》を殺したい。くそ生意気な態度を取る李少芳にお仕置きをしてやりたい。加藤明のうそ寒い面の皮を剝がしてやりたい。なにがどこでどう繋がっているのかを知りたい。すべてを知りたい。知らずにはいられない。薄汚れた秘密を暴かずにはいられない。覗き見野郎の欲望をかなえずにはいられない。

「加藤明は小姐を誑かした古惑仔とかなり前から繋がりがあるのは確かです。それを確かめようとしたら、大老と電話で話をさせろと……」

「明仔が、少芳を誑かした古惑仔と繋がっているだと？」

「そうです。最初はとぼけていましたが、加藤明の携帯電話に、その古惑仔から電話がかかってきたんです。この耳で聞いたから、確かですよ」

しばらくの間――富永は黙って待った。

「サム、明仔と代わるんだ。おれが直接聞いてみる」

「わかりました。少しお待ちください」

富永は保留ボタンを押した。

「大老はなんていってます？」

阿寶が口を開いた。

「少し黙っていろといっただろう」

吐き捨てるようにいって、富永は家の中に入った。阿寶はついてこない。家の外で立ちすくんでいる。

加藤明は居間の中央でふんぞり返っていた。

「なにを怒鳴ってたんだ？」

マックが真っ先に口を開いた。富永は答えなかった。細めた目を加藤明に向けたまま居間を横切った。無造作に携帯電話を差しだした。

「李耀明だ」

「手間をかけるね」

加藤明が鷹揚にうなずいた。携帯電話を手に取り、話しはじめた。会話は英語。阿明と明仔――お互いの愛称だけ広東語を使って。

「阿明か、わたしだ……そうだとも、明仔だよ。何年振りだろうか、懐かしいよ。香港ではかなり羽振りがいいらしいじゃないか……ああ、わたしの方も順調だよ……阿奎《アフィ》？　話をしたのか？……そういわないでくれ。二十年の歳月が経てばいろんなことが変わってしまうものだ」

阿奎――加藤明は確かにそう発音した。阿奎――名前に奎の字がつく人間の愛称。ヴァンクーヴァーで思いつくのはただひとり――鄭奎《チェンフィ》。

外の冷気のせいで落ち着いていた思考がまた混乱する。李耀明と加藤明。李耀明と鄭奎。加藤明と鄭奎。加藤明の口調は鄭奎がかつて自分たちの側に属していたことを物語っている。だが、今現在、加藤明と鄭奎は敵対している。

なにがどうなっているのか。なにがどこでどう繋がっているのか。

「ああ、君の部下の日本人がわたしのところにやってきてね……」

富永の混乱をよそに、電話はまだ続いていた。加藤明が富永にちらりと視線を向けた。

「ああ、その件なんだが、だれにも聞かせたくないんだが……そうだ。あのことが関係しているんだ。君の部下に、わたしをひとりにするようにいってくれないか……ああ、頼む——」

加藤明は携帯電話を富永に差し出した。富永はそれを受け取った。

「サムです、大老」

富永は広東語でいった。返ってきたのは英語だった。

「明仔とふたりだけで話がしたい。おまえたちは席を外せ」

「しかし、大老——」

「命令だ」

にべもない口調——従うしかない。

「わかりました。しかし、ご友人との話が終わったら、おれにも話をする時間をください」

「早く明仔と代われ」

反発の言葉が喉まで出かかる——飲みこむ。飼犬は決して主人に逆らってはならない。富永は携帯電話を加藤明に返した。マックに声をかけた。

「大老はこの日本人とふたりだけで内密の話をするそうだ」

「部屋を出ろってことか？」

マックが居間を見渡した。マックの手下たち——十人はいる。

「あそこの部屋が空いているだろう？」

富永はふたつあるベッドルームのうちのひとつを指差した。もうひとつのベッドルームは李少芳が占拠している。

「だけど——」

「大老の命令だ」

富永はマックの言葉を遮った。マックは舌打ちした。だが、不平の言葉は吐かなかった。部下たちに合図をしてベッドルームに向かわせた。

富永はマックに背を向けた。

「どこに行くんだ？」

「阿寶が外にいる。あいつひとりだけ外っていうのも可哀想だからな」

「後でなにがどうなってるのか説明してくれ」

マックが早口の広東語で囁いた。

「おれにもわけがわからないんだよ」富永は首を振り、視線を加藤明に向けた。「ゆっくり話をしてください、明哥《ミンコー》」

皮肉たっぷりの広東語——加藤明は冷たい視線でそれに答えた。

＊　＊　＊

ふたりだけの話——覗き見野郎がのたうちまわる。李耀明と加藤明と鄭奎の三角関係。どうやって築かれたのか。そこに李少芳やミッシェルはどうかかわってくるのか。

聞かずにはいられない。知らずにはいられない。

「サム哥、さっきはすみませんでした」

家を出ると、阿寶が駆け寄ってきた。阿寶の全身は濡れていた。霧のように細かい小雨が降ってきていた。

「気にするな。おれも気が立っていたんだ」

富永は家の壁に鋭い視線を投げた。カーテンに覆われた窓ガラス——加藤明がカーテンの隙間からこちらの様子をうかがっていた。口は動いている。李耀明との会話は再開されている。

聞かずにはいられない。知らずにはいられない。

加藤明が堅気の仮面を被った悪党だという直感には自信があった。李耀明は現役の悪党だった。鄭奎も似たようなものだろう。二十年前、三人の悪党がヴァンクーヴァーでなにをしたのか。なにをしなかったのか。

窓ガラス——加藤明の姿が遠ざかっていく。

聞かずにはいられない。知らずにはいられない。

細心の注意——足音を殺し、気配を消す。壁に背中を押しつける。窓のそばに顔をよせる。居間から漏れてくる音に神経を集中させる。

加藤明の声は聞こえない。

拳を握り、天を仰いだ。

「サム哥——」

阿寶の押し殺した声。富永は唇に指を当てた。だが、阿寶は言葉を続けた。

「中の様子を知りたいんですか?」

富永はうなずいた。

「こっちへ来てください」

阿寶は家の裏手の方を指差した。富永は壁際を離れた。

「なにかあるのか?」

「滅多に使いませんが、この家、地下室があるんです。裏庭の方に、地下室の窓があって、そこから忍び込めば……地下室の階段はキッチンにあるんです。キッチンからだと、居間の声は筒抜けですから」

小雨がまとわりついてくる。富永は顔を拭った。電話が終われば加藤明は富永を捜す。その時、富永がいなければ——この場所を離れるわけにはいかない。

「おれはここにいなけりゃならない。阿寶、おまえが行って、あいつの話を聞いてくるんだ」

「あの日本人、広東語を喋ってるんですか?」

「英語だ。少しぐらいはわかるだろう?」

「自信はないですよ」

「いいから行ってくるんだ」

阿寶は回れ右をした。家の裏手の方に駆けていった。

富永は再び窓に視線を向けた。

聞かずにはいられない。知らずにはいられない。

呪文のように同じ言葉が脳裏で谺する。

知ってどうするんだ？——自分に問いかける。覗き見野郎に問いかける。

知りたいだけだ、知らずにはいられないだけだ——覗き見野郎が答える。

恭子《きょうこ》の死に顔が脳裏に浮かぶ。

＊　＊　＊

冷たい小雨が感覚を奪っていく。五分経ったのか、それとも十分以上が過ぎ去ったのか。カーテンに加藤明の影が浮かびあがる。カーテンが開き、加藤明が手招きする。

富永は顫えながら家の中に入った。

「ボスが君と話があるそうだ」

加藤明は余裕の笑みを湛えていた。李耀明との会話は成功裏に終わったということだった。

「電話を代わりました、大老」

「明仔はおれの義兄弟だ。失礼のないように、丁重に送り返してやれ」

李耀明の声は固かった。なにかに怯えているようだった。

「しかし、大老。それだと、小姐を誑かした古惑仔の居所が——」

「その件は忘れろ」

眩暈に似た感覚が襲いかかってきた。李耀明の娘に対する溺愛ぶりは常軌を逸していた。その娘を疵物にした男の存在を忘れられるはずがない。

「大老——」

「明仔のことも、その古惑仔のことも忘れるんだ」

「大老——」

視界の隅——加藤明が薄笑いを浮かべている。

「おまえは少芳の面倒だけを見ていればいい。少芳が落ち着いたら、一緒に香港に帰ってくるんだ」

「大老——」

加藤明の薄笑い。荒れ狂う覗き見野郎。

「これは命令だ」

飼犬の掟——くそ喰らえ。

「何故です？　どうしてなにもかもを忘れなくちゃならないんです？　小姐は疵物にされたんですよ。小姐自身が、あの古惑仔を殺せとおれにいったんです。大老、あんなに小姐を可愛がっていたじゃないですか」

「黙れ！　おまえになにがわかる!!」

凄まじい怒声が回線を伝わってきた。いまだかつて、李耀明がこれほどまでの怒りをあらわにしたことはなかった。

飼犬の掟——条件反射的によみがえる。李耀明の怒りを買えば、待っているのは死だけだった。

「おまえの命を助けてやったのはだれだ、阿《ア》サム？」

李耀明の言葉は続く。

「大老です」

富永は答えた。

「やくざに命を狙われている日本人に、香港で仕事と金を与えてやったのはだれだ？」

「大老です」

「だれのおかげで、香港で羽振りのいい暮らしを送っているんだ？」

「大老のおかげです」

加藤明の薄笑い——視界の隅からどんどん広がっていく。

「おれに忠誠を誓ったのはだれだ？」

「おれです」

「それがわかっているのか？　おまえはおれの命令に従っていればいいんだ」

「申し訳ありませんでした、大老」

「おれの義兄弟に決して手を出すな。余計なことをせずに、少芳を無事に香港まで連れ帰ってくるんだ。いいな、阿サム？」

「わかりました」

電話が切れた。

「かなり小言をくらったようだな」

加藤明はまだ薄笑いを浮かべている。屈辱感がこみあげてくる。拳を握り、耐えた。

「面倒をおかけしましたね。ご自宅までだれかに送らせます」

富永は表情を消していった。加藤明の人を見下したような薄笑い——許すわけにはいかない。頭の中で渦巻くいくつもの疑問——知らずにはいられない。

「リムジンを用意してもらえるのかな？」

加藤明がいった。

富永は拳を強く握った。

＊　＊　＊

加藤明を乗せた車のテイルランプが小雨の向こうに消えていった。

「あいつと大老が義兄弟だってのはどういうことなんだ？」

マックが口を開いた。

「わからん」

「大老と話をしたんだろう？」

「大老はなにも話しちゃくれなかった。ただ、あの日本人には手を出すなといっただけさ。おれたちは別の方法で小姐を誑かした古惑仔を捜さなきゃならない」

李耀明は忘れろといった——できるわけがなかった。

「どうするつもりだ？」

「これから考えるさ」

富永はマックのそばを離れた。さり気ない足取りでキッチンに向かった。

「どこにいるんだ、阿寶？」

「ここです」

阿寶が馬鹿でかい冷蔵庫の陰から姿を現わした。阿寶の身体は埃にまみれていた。

「なにか聞けたか？」

「ええ、それが——」阿寶は顔をしかめた。「英語だったもんで……」

「なんでもいい。理解できたことはないのか？」

「サンっていうのは、息子って意味ですよね？」

「そうだ」

「だったら、あの日本人がこういってるのだけはわかりましたよ。ミッシェルは恵琳《ワイラム》の息子だって」

恵琳——二十年前に繋がる新たな名前。

「間違いないか？」

「ええ。恵琳ってのが英語だと話は別なんですが、おれの耳にはそう聞こえました」

加藤明の広東語はうまくはない。だが、阿寶が聞き間違えるとも思えなかった。

「何者なんですかね、その恵琳って女は？」

「さあな——」

人の気配に富永は口を閉じた。マックの部下のひとりがキッチンに無遠慮に足を踏みこんでくるところだった。

「阿寶、どうしたんだ、おまえ？」

「いや、これはちょっとな……」

助けを求めるような阿寶の視線——富永は無視してキッチンを出た。李少芳のベッドルームに向かった。ドアをノックする。

「小姐、ちょっとお聞きしたいことがあるんですが」

居間の方で携帯電話が鳴り響いていた。その音に李少芳の声がかぶさった。

「なによ？」

「恵琳という名前に心当たりはありませんか？」

返事はなかった。

「小姐——」

「うるさいわよ、阿サム。あなたはミッシェルを殺せばそれでいいのよ」

子供っぽい癇癪——李少芳は惠琳が何者なのかを知っている。だが、李少芳を締めあげるわけにはいかない。富永はドアを睨みつけた。拳を握る手に力が入る——小指が疼きだす。

「小姐、お願いだ——」

再び口を開く——閉じる。玄関の方で物音がした。

「サム哥、例の私立探偵が到着したみたいだぜ」

居間からマックの声が響いてくる。富永は唇を舐めた。

知らずにはいられない——強迫観念じみた欲望が大声で自分の存在を主張する。

今ならよくわかる。覗き見野郎は覚醒剤が産み出した幻覚ではない。覗き見野郎は己自身だ。

警察官を志したのは、他人の秘密を暴きたいからだった。公安畑を志願したのも、肥溜めの中に慎重に隠されている秘密を自分のものにしたかったからだ。覚醒剤に狂ったのは——恭子に溺れたのは、公安ではなく刑事畑にまわされたからだ。

知りたい——知らずにはいられない。狂おしい思い。おぞましい欲望。情け容赦のない誓い。目にした者を破滅させる神託。

知りたい——知らずにはいられない。


富永は唇を噛んだ。血の味が舌の上に広がった。

＊　＊　＊

デイモン・クラインはソファに座らされていた。怯えていた。目の周りに痣《あざ》ができていた。クラインの前の机の上にはクラインの所持品が並んでいた。私立探偵のライセンス、車の免許証、クレディットカード、そして、厚く膨らんだ財布。中には五千ドル分の真新しい札が入っていた。

「い、いったいなんの真似だ？　おれは中国人を怒らせるようなことをした覚えはないぞ」

落ち着きのない視線が左右に動く——マックたちが険しい顔つきでクラインを睨んでいる。

「おれは日本人だ」

富永はクラインの前に立ちはだかった。

「日本人？」

「おまえが尾行していた人間と同じ国の出身だってことさ」

クラインの表情が凍りついた。

「お、おれはなにも——」

「だれに頼まれてアキラ加藤を尾行していたんだ？」

「し、知らない」

「そんなわけはないだろう」

富永はマックにうなずいた。マックが拳銃を抜いた。銃口をクラインのこめかみに押しつけた。

「ふざけたことを抜かすんじゃねえ」

広東語――意味はわからなくても白人を脅すには効果的だった。クラインは目を剝いて叫んだ。

「ま、待ってくれ。ンだ。ロナルド・ンに頼まれたんだ」

「ロナルド・ンだと？　そいつは何者だ？」

「ヴァンクーヴァー市警の刑事だよ。中国人だ。有名な悪徳警官だ」

名前と顔が一致する。ロナルド・ン――呉達龍。思いもかけなかった名前が混乱に拍車をかける。

「なぜやつがアキラ加藤の尾行を依頼するんだ？」

頭に浮かんだ疑問がそのまま口をつく。

「知らない。本当だ。あんたもあいつを知ってるならわかるだろう。あいつはすぐに暴発するんだ。理由なんて聞いて、機嫌を悪くされたら、どうなると思う。あいつはいい金を払うといった。だから引き受けた。それだけだ」

クラインは訊かれてもいないことを喋りだした。死への恐怖――クラインの額には大粒の汗が浮かんでいる。

「いつからアキラ加藤を尾行しているんだ？」

「き、昨日だ。一昨日、ンに依頼されて、昨日から尾行をはじめた」

加藤明の行動がわかる――身体が顫える。

「調査記録は事務所にあるのか？」

「パソコンの中に――」

富永はマックに視線を移した。

「こいつのいっていたこと、わかるな？」

「ああ、だけど、大老にあの日本人にはなにもするなっていわれたんじゃないのか、サム哥」

「あの日本人は大老の義兄弟なんだぞ。それをこの犬野郎が尾行していたんだ。大老のためにも、だれがそんなことをさせたのか調べておいた方がいい」

「それもそうだな」

マックはうなずいた。

「だれかをこいつの事務所に行かせてくれ。こいつのパソコンを持ってくるんだ」

「わかった」

マックが手下たちに指示をくだしはじめた。富永はクラインに向き直った。

「ンから依頼されたのはそれだけか？」

クラインの財布の中の金――おそらくは呉達龍から出た金。全額とは思えない。私立探偵に払うには多すぎる。それに――それだけの金を呉達龍はどこから調達してきたのか。

「も、もうひとつ頼まれた。ジェイムズ・ヘスワースのスキャンダルを仕立てる仕事だ」

思いもかけない名前がもう一度——今度は混乱がおさまる。ばらばらだったジグソウパズルがひとつの絵になっていく。

「面白そうな話じゃないか。時間はたっぷりある。ゆっくり聞かせてくれ」

富永はクラインに笑いかけた。

54

パトロール警官の証言——同僚を撃ち殺したのは呉達《ダッ》龍《ロン》に間違いない。呉達龍はひとりだった。デイモン・クラインがどこにいるのかはわからない。
聞き込みに当たった刑事たちの得た情報——パトロール警官が到着する二十分ほど前、クライン家から悲鳴のような音が聞こえた。中国語のような話し声を聞いた者もいる。だが、警察に通報した者はいなかった。素晴らしき街、ヴァンクーヴァー。
鑑識課の報告——家屋内には争った形跡がある。デイモン・クライン本人と呉達龍の指紋が検出された。
推論——黒社会《ハクセイウィ》の人間がデイモン・クラインを拉致した。その後、呉達龍とパトロール警官が前後してクライン家を訪れた。銃撃戦になった。
疑問——なぜ、デイモン・クラインは黒社会の連中に拉致されたのか。なぜ、呉達龍が姿を現わしたのか。
明白な事実——デイモン・クラインは私立探偵だ。クラインが共同経営する探偵事務所が何者かに荒らされている。
さらなる推論——呉達龍がデイモン・クラインになにかの調査を依頼した。それが相手側の察知するところとなり、デイモン・クラインは拉致された。
再び、疑問——呉達龍はなにを依頼したのか。
ルディ・マクスウェル——デイモン・クラインの相棒への尋問。摑んだ事実——クラインとマクスウェルは事務所の家賃を折半するというだけの間柄。お互いの仕事に口出しはしない、興味もない。事務所から盗まれたもの——クラインのラップトップ・パソコン。
マクスウェルは証言した——嫌なやつと会わなければならないとクラインがいっていた。
マクスウェルは請け合った——嫌なやつと会ったそのあと、クラインは豪奢なディナーを食った。
マクスウェルはさらに続けた——今日の午後、クラインから非合法な仕事をするつもりはないかと訊かれた。

非合法な仕事――マクスウェルは内容はわからないといった。

マクスウェルは餌をくれた――ふたつの名前。デイヴィッド・キーンとダニエル・マッコイ。警官崩れの探偵。クラインがよく仕事をまわしている連中。

ハリィはこめかみを揉んだ。CLEUのオフィスは静かだった。机の上の端末がほのかな明かりを放っているだけだ。

端末――ブリティッシュ・コロンビア大学敷地内の森で発見された殺害死体に関する調査は暗礁に乗りあげていた。

端末――何通も溜まった未読メール。目についたのは麻薬課のエドマンド・スミスからのものだった。

日曜日の件に関して、至急打ち合わせをしたい。

大がかりなヘロイン取引き――忘れていた。疲労と焦りが脳の働きを鈍らせている。

ハリィは電話に手を伸ばした――麻薬課。

「対アジア班のハロルド加藤だ。スミス課長はいるかい？」

「いま、何時だと思ってるんだ？　お偉い課長さんがこんな時間にオフィスにいるわけがないだろう」

電話が切れた。ハリィは溜め息を漏らした。

＊　＊　＊

デイヴィッド・キーンとダニエル・マッコイ――市警の麻薬課を三年前に辞めていた。
二人の自宅の電話――留守番電話。二人の携帯電話――電源が切られている。ふたりの自宅に急行した捜査官からの報告――どちらの家も留守。
クライン同様拉致されたのか。それとも、ヤバいことに首を突っ込んでいることに気づいて逃げ出したのか。
非合法な仕事――呉達龍はなにをやろうとしているのか。
導火線が燃える音は聞こえなくなっている。血塗れの現実は輪郭がぼやけている。
疲労――身体が鉛のように重い。
電話をかける――キーンとマッコイのかつての同僚たち。窓の外はぼんやりと明るくなっている。怒鳴られ、詰られる。
呉達龍を捕まえろ――めげそうになる気持ちに地の底から響いてくるような声がはっぱをかける。
十本目の電話――当たりを掴む。マイク・キューエル。現職の麻薬課の刑事の眠たげな声。

「デイヴィとダニィなら家にいるぜ。急に押しかけてきて、今晩、泊めてくれっていって……待てよ、CLEUといったよな？　連中、なにかしでかしたのか？」

「彼らは怯えてるんですか？」

答えはない。

「ミスタ・キューエル、彼らは犯罪をおかしたわけではありません。彼らが怯えている理由に関して、聞きたいことがあるんです。彼らが望むなら、CLEUが責任を持って保護すると伝えてください」

「ちょっと待ってくれ――」

電話の声が遠ざかる。疲労困憊《こんぱい》だった脳味噌に血液が音をたてて流れ込む。導火線が燃えはじめる。血塗れの現実が襲いかかってくる。

「デイヴィッド・キーンだ。保護の話は本当か？」

ふいに声が聞こえた。

「こちらはCLEUのハロルド加藤巡査部長。君たちが望むなら、責任を持って君たちの安全を守る」

「で、おれたちはなにを差しだせばいい？」

「デイモン・クラインがなんの調査を君たちに依頼していたのかを知りたい」

「デイモンになにかあったのか？」

「何者かに拉致された」

「くそっ！」

吐き捨てられた言葉――戦慄がまぶされている。

「教えてくれ、ミスタ・キーン。デイモン・クラインはなにを調べていたんだ？　依頼者はだれだ？」

「依頼主は知らない。おれたちは頼まれた仕事をこなすだけだ」

「なにを頼まれた？」

「パシフィック・アジア・トレイディングって会社の社長の行動調査さ」

導火線が激しく燃える。血塗れの現実は毒々しさを増していく。

デイモン・クラインの雇い主が呉達龍であることは間違いない。呉達龍がなぜ明を？　だれがクラインを拉致した？　明か、それとも別のだれかか？

「どうした？　聞いてるのか、おい？」

キーンの声が鼓膜を震わせる。

「ああ、聞いているよ。それで、君たちはなにに怯えているんだ？」

「今夜、その男がふたりの東洋人と会社を出た。おれたちはその後を尾けたんだが、気づかれたんだろうな、途中で待ち伏せされたんだ。中国人みたいなやつらに銃を突きつけられて、この件から手を引けと脅された」

「中国人？　間違いないのか？」

「わからんよ。銃を持っていた男が喚いていた言葉が中国語のように聞こえたってだけの話だ。もうひとりは英語を喋っていた」

英語を喋る中国人――この街には腐るほどいる。待て――なにかが頭をどやす。明の携帯にかけた電話――途中で富永脩《とみながおさむ》が電話に出た。

「その英語を喋った男は右手に包帯を巻いていたんじゃないか？」

「知っているのか？」

ビンゴ――クラインを拉致したのは富永脩だ。それ以外あり得ない。

しかし、なぜ？――疑問符が明滅する。明の周りでなにが起こっている？

「おい、さっきからなんなんだよ。おれの話を聞いてるのか、あんた？」

「すまない。ちょっと疲れているんだ。今からCLEUの特殊班をそっちに向かわせる。こちらに到着したら、もっと詳しい話を聞かせてもらいたいんだが――」

「早いとこしてくれよ。こっちは、さっきの中国人が戻ってくるんじゃないかと思ってずっとびくびくしてるんだ」

キーンの声――耳を素通りしていく。

父さん、いったいなにをしたんだ？　あなたはいったい何者だ？――自分の声だけが頭の中で谺していた。

＊　＊　＊

デイヴィッド・キーンとダニエル・マッコイ。疲れ、くたびれ、怯えていた。

顔写真のファイルを見せる――ふたりは梁志寶《リョンチーポー》の写真を見てたじろいだ。通称、阿寶《アポー》。富永の尻にくっついている男。

加藤明を拉致したのは富永脩で間違いなかった。

デイモン・クラインに加藤明の監視を依頼したのはだれか――キーンとマッコイは知らなかった。

依頼者はなぜ加藤明を監視する必要があったのか――キーンとマッコイは知らなかった。

右手に包帯を巻いた男はなぜ加藤明を拉致したのか――キーンとマッコイは知らなかった。

ふたりが知っている事実はほんのわずかだった。パシフィック・アジア・トレイディングを見張っていると、加藤明がふたりの男とともに現われた。尾行を開始する。尾行に気づかれ、待ち伏せを喰らう。銃で脅され、デイモン・クラインの名前を告げた。この件に二度と関わるなと脅迫された。

キーンとマッコイ――道化面のふたり。苛立ちが募る。

「他になにかクラインから聞いていることはないか？

あなたたちが尾行していた男に関係ないことでもかまわない」

ハリィは訊いた。キーンとマッコイが目を見合わせた。暗黙の了解――ほんの一瞬のやり取りで、ふたりは隠しごとをすることを決めた。

金になる非合法な仕事――マクスウェルの言葉が谺する。

「隠しごとをするとためにならないですよ」

ハリィはいった。キーンとマッコイの顔に怯えの色が走った。

「それはないだろう。CLEUが保護してくれると聞いたから、おれたちは来たんだぜ」

キーンがいった。

「そうとも。そうじゃなかったら、だれがこんな胸くその悪いところに来るかよ」

マッコイがいった。ふたりは市警の警官だった。市警とCLEUは昔からいがみ合っている。

「あなたたちを保護するためには、あなたたちの知っていることを我々も知らなければならないんです」ハリィは辛抱強く続けた。「もしなにか隠しごとをしていることがわかれば、我々は途中であなたたちを放りだしますよ」

キーンとマッコイがまた目を見合わせた。

「クラインからヤバい仕事の話を聞かされているでしょう」

ハリィはふたりに止めを刺した。

「知ってるのか?」

キーンがいった。マッコイの肩が顫えていた。

「クラインからなにを頼まれたんです?」

「詳しくは知らねえ」キーンは唾を飲み込んだ。「おれたちも引き受けるといったわけじゃねえんだ」

「クラインからなにを頼まれたんです」

ハリィは同じ質問を繰り返した。

「お、大物のスキャンダルをでっち上げる仕事を手伝ってくれって、そういわれたんだよ」

マッコイがいった。

大物のスキャンダル――投票間近の選挙。クラインは明を見張っていた。明はジェイムズ・ヘスワースを後援している。

ハリィは内線の電話に手を伸ばした。

「グリーンヒル警部を呼び出してくれ。緊急事態だ。大至急、本部に来るように要請してくれ」

＊　＊　＊

内線の電話が鳴った。ハリィは受話器を取った。

「わたしだ」グリーンヒルの機械のような声。「今オフィスについたところだ」

「すぐにお伺いします」

ハリィは席をたった。重い足取りで廊下を歩いた。ガラス張りのグリーンヒルのオフィス――グリーンヒルは立ったままコーヒーを飲んでいた。ノックもせずにドアを開けた。

「どこに行っていたんですか？」

ハリィは詰問するように言葉を浴びせた。

「ミスタ・スコールルズのところだよ」

グリーンヒルはコーヒーカップに口をつけたまま言った。スコールルズ――ヘスワースの顧問弁護士。

「呉達龍は市警の警官を殺したんだ。これ以上、市警を抑えつけておくわけにもいかないだろう。作戦を変更しなければならない。その打ち合わせをしていたんだ」

ハリィはうなずいた。警官による警官殺し。稀に見るスキャンダル。市警は躍起になって呉達龍を捜すだろう。CLEUがなんといおうと、耳を貸したりはしないだろう。水面下で鄭奎《チエンフイ》と交渉し、手を引かせるといった悠長なことをしている場合ではなくなった。

「作戦はどう変更されたんですか？」

「まだ変更されたわけではない。ミスタ・スコールルズは、ミスタ・ヘスワースの意思が最優先されるべきだといってね。今ごろはミスタ・ヘスワースのお宅にお邪魔しているはずだ」グリーンヒルはまたコーヒーに口をつけた。

「それで、緊急事態がなにを意味するのか、説明してもらえるかね？」

「デイモン・クラインはわたしの父を尾行してました。依頼者はおそらく呉達龍です」

「どうしてそう断定できるんだ？」

グリーンヒルはコーヒーカップをデスクの上に置いた。

「クラインは何者かに大物のスキャンダルをでっちあげる仕事も依頼されています。調査事務所の共同経営者やクラインに雇われていた警官崩れがそう証言しています。その大物がだれを指すのかはわかっていませんが――」

「クラインは君の父上を見張っていた。ということは、大物というのはミスタ・ヘスワースである可能性が高くなるな」

グリーンヒルはハリィの言葉を遮った。ハリィはグリーンヒルを睨んだ。言葉を続けた。

「大物がミスタ・ヘスワースであるなら、依頼者は鄭奎の周辺の者である可能性が高くなります。クラインは悪党ではありませんが、立派な仕事をしているわけでもありません。しかもクラインは白人です。そんな人間にコンタクトを取るだけの知識がある人間は呉達龍です」

「つまり、鄭奎は我々に白旗を掲げた振りをして、背中にまわした手にナイフを握っていたということかね？」

「その可能性が高いと思います」

「それが事実なら、確かに緊急事態だな」

グリーンヒルが呻いた。

「ミスタ・ヘスワースと連絡した方がいいんじゃないですか？」

「そうだな……」

グリーンヒルは電話に手を伸ばした。その手が途中で凍りついたようにとまった。

「どうしたんですか？」

ハリィは訊いた。

「クラインは何者かに拉致されたはずだったな？　だれがやったのかね？」

導火線が燃え盛る。富永をリッチモンドのあの家に連れていったことがばれればまずいことになる。ミッシェルを事件現場から連れだしたことがばれればこの身は破滅する。なんとかうまく切り抜けなければならなかった。

「富永という日本人です」

「例の、ロナルド・ンに指を切り落とされた男だな？」

「そうです。クラインが雇った男たちが、わたしの父が富永に連れ去られるのを見ています」

「彼はたしか香港のチャイナマフィアのメンバーだったな。そんな男がなぜ？」

「彼は呉達龍を追っていると説明したはずです。その過程で、クラインを知り、クラインが見張っていたわたしの父に興味を持ったんだと思います」

「なるほど……一応の筋は通っているな。それで、君の父上は今、どこにいるのかね？」

ハリィは小さく首を振った。

「わかりません。今夜起こった事件の背景を調べるだけで精一杯でしたし、自分の肉親を捜すのに、ＣＬＥＵの人員を割くのもどうかと……」

「君はその日本人に尾行班を張りつけていたのではなかったかね？」

「まかれました」

「その報告は受けていないな」

「申し訳ありません」

「まあ、いい。その件は不問にしよう。たった今から、君がすべき最優先事項は君の父親の安否を確認することだ。ＣＬＥＵの人間を好きなだけ使うといい。もし、君の父上が死体で発見されるようなことになれば、今回の選挙がさらにスキャンダルにまみれることになる。それはミスタ・ヘスワースの望むことではないだろう」

グリーンヒルが電話に手を伸ばした。

「失礼します」

ハリィはグリーンヒルに背を向けた。

「だれになにを指示し、だれがなにを聞きつけてきたのか、逐一報告書にまとめてわたしに提出するんだ。報告書は電子メールで送ってくれてもかまわない。今度は、忘れたではすまさないからな、ハリィ」

グリーンヒルの容赦ない声——燃えつづける導火線に風を吹きつける。

ハリィはオフィスを後にした。

＊　＊　＊

ビル・ストーナーに電話する。失踪人調査課の課長——人捜し専門班のリーダー。

状況を説明する。深夜の電話にストーナーは苛立った。グリーンヒルの名を出すと、苛立ちが収まった。将来の捜査本部長の有力候補——警察の世界でも政治を抜きにしては語れない。

明と富永脩の人相を説明する。ヴァンクーヴァー市内とバーナビィ近郊が怪しいと吹き込む——でたらめの情報でストーナーをミスリードする。富永をCLEUに渡すわけにはいかない。明をCLEUに渡すわけにはいかない。グリーンヒルの目を眩まし、その合間に状況を打破する手を見つける必要がある。

「それで、君はどうするんだ？」

ストーナーがいう。

「まず、父の家に行ってみるよ。なにか手がかりがあるかもしれないからね」

「だといいんだがな」ストーナーの口調は否定的だった。「なにかわかったら知らせてくれ。すぐにおれの部下どもを叩き起こして捜索に当たらせるから。グリーンヒル警部によろしくな」

電話が切れる。受話器を握った手がじっとりと汗ばんでいる。眼精疲労のせいで視界がぼやけている。思考が深い霧に飲みこまれようとしている。

ハリィは激しく頭を振った。

ハリィは明の携帯に電話をかけた。電話は繋がらなかった。明の自宅に電話をかけた。留守番電話の無機的なメッセージが聞こえてくるだけだった。

導火線が激しく燃える。血塗れの現実がどぎつさを増していく。記憶が跳躍する。

おまえはミッシェルか？——父の携帯電話から聞こえてきた富永脩の英語。父と富永脩を繋ぐミッシングリンク——ミッシェル。

ミッシェルを捜さなければならない。ミッシェルを見つけなければならない。

父が何者なのかを知らなければならない。

タレコミ屋たちにもう一度電話をかける。ミッシェルを見かけた者はいない。ミッシェルの噂を聞いたものもいない。タレコミ屋たちをなだめ、すかし、脅す。一時間ごとに連絡を入れることを要求する。タレコミ屋たちは泣き言をいう――いま、何時だと思ってるんですか、旦那？　甘やかせばつけあがるだけの連中――怒鳴りつけて電話を切る。

グリーンヒルに提出するための報告書をまとめ、メールで送る。麻薬課のエドマンド・スミス宛に、あとでオフィスを訪れる旨メールする。

時間がじりじりと過ぎていく。立ち止まっている暇はない。眠りを貪っている暇はない。導火線は燃えつづけている。血塗れの現実が消える気配もない。

ハリィはＣＬＥＵ本部を出た。マッケンジィ・ハイツに向かった。

＊　＊　＊

明は不在だった。合鍵でドアを開け、中に入った。冷えきった室内の空気――夜目にも吐く息の白さがわかる。明は他人がプライヴァシーに踏み込んでくるのを嫌う。使用人も雇わない。週末になると、自分の手で無数にある部屋を掃除する。

ハリィは明かりをつけ、暖房のスウィッチを入れた。無駄に広い家――暖まるには時間がかかる。明はハリィと住むためにこの家を買った。ハリィは同居することを拒絶した。代わりに明からもらった金で自分のアパートメントを買った。この家を訪れるのは年に一度、明の誕生パーティに出席する時だけだった。明にはコネがあった。誕生パーティには警察関係のお偉方も出席した。ハリィが出席しないわけにはいかなかった。

出世するための試練。出世したかった。大物になって父を見返してやりたかった。事業でそれをするのは無理だと思っていた。だから警察を選んだ。間違いだったのかもしれない――今ではそう思う。燃え盛る導火線の音を耳にしてしまった後では。血塗れの現実にどっぷりと漬かってしまった後では。

ハリィは二階にあがった。加藤明の書斎に入った。部屋の明かりをつけ、捜索をはじめた。捜索――自分の父親が何者なのかを知るてがかり。ミッシェルと父親の繋がりを知るための手がかり。

書棚には経営関係の本がずらりと並んでいる。いちいち本を開いていては時間がいくらあっても足りなかった。ハリィはマホガニィ製の机から手をつけた。デスクトップ・パソコン――メールを読み、ファイルを覗く。失望のため息が漏れる。明がこのパソコンをほとんど使っていないことがわかっただけだった。

ハリィはサイドボードの抽斗《ひきだし》を漁った。ふたつの抽斗には意味のありそうなものはなにも入ってはいなかった。下段の抽斗――鍵がかけられていた。ハリィは鍵を調べた。簡単な構造の錠前だった。CLEUで習った開錠のテクニック――抽斗は二分で開いた。ファイルホルダーを見つけた。ファイルホルダーを開いた。何枚もの不動産売買契約書。不動産賃貸契約書。名義は加藤明。買われ、借りられているのはヴァンクーヴァー郊外の土地、倉庫、アパート。

頭の中で警報ベルが鳴る。なぜこれほどの不動産が必要なのか。なぜ、パシフィック・アジア・トレイディング名義ではなく個人名義なのか。

ハリィはファイルをめくった。めくりつづけた。トロントやモントリオールから届いたファクシミリ。発信人の名はミスタK、あるいはミスタT。走り書きのように記された数字、文面の末尾に記された「謝謝《シエシエ》」、あるいは「多謝《トウチエ》」の文字。ミスタKは北京語を話し、ミスタTは広東語を操る。

トロントのミスタK――モントリオールのミスタT。経験がふたりはチャイナマフィアだと告げている。記された数字はヘロインの量、支払われた金額。

ただの推測だ――自分にいい聞かせる。証拠はなにもない。この数字がなにを意味するのか、わかっているのは父とミスタK、それにミスタTだけだ。

ハリィはファイルをめくった。なにかに憑かれたようにめくりつづけた。古ぼけた封筒を二通見つけた。どちらの封筒も、宛先はパウエル・ストリート、宛名は加藤明。

眩暈がした。記憶が逆流した。かつて親子三人で住んでいたパウエル・ストリートの。そこに送られてきた手紙。封筒を裏返す。差出人の名前――漢字で恵琳とだけ記されている。住所は書かれていなかった。二通とも同じだった。違うのは、片方の封筒は厚く、もう一方は薄いということだった。

切手に押された消印を見た。滲み、かすれたインク――辛うじて読み取れる数字。厚い封筒の方は一九七九年三月。薄い封筒の方は同年の十月。十八年前の手紙。

顫える指で厚い方の封筒を開けた。中身を引っ張りだした。三重に折り畳まれたレターペイパーは封筒と同じように古びていた。記された文字は、インクがところどころかすれていた。手紙は中国語と英語が混ざった文章で書かれていた。本文は英語で中国語の固有名詞が混ざっていた。

愛する明――手紙は中国語のフレーズではじまっている。

愛する明。

何度もこの手紙を書こうかどうか迷い、結局、筆を走らせています。あなたと阿明にどうしてもお報せしなければならないことができたからです。わたしのお腹のなかには子供がいます。一週間ほど前から体調がすぐれなかったので、昨日、医者に診てもらいました。妊娠三ヶ月――医者がその言葉を口にした時にわたしが感じたことを、あなたにどう伝えればよいのでしょう。

わたしがヴァンクーヴァーを去ったのは、あなたたちとの関係を断つためでした。決して、メイビアの報復を畏れたせいではありません。確かにメイビアはあなたの奥様を殺しました。残虐で傲慢な男ですが、それでもあの人はあの人なりのやり方でわたしを愛していたのです。それに、もしメイビアがわたしを殺すつもりだったとしても、あなたや阿明と罪深い関係を続けたわたしが、どうして死を恐れましょう。わたしがヴァンクーヴァーを去ることに同意したのは、あなたや阿明、それに阿奎との関係をこれ以上続けていくのはあまりにも恐れ多いと感じたからです。あなたの奥様と、あなたの息子のハロルドに申し訳ないと感じたからです。香港にいるという阿明の奥様にも同じことを感じたからです。わたしはすべてを断ち切ってモントリオールにやってきました。だというのに、わたしのお腹の中には、子供がいたのです。なんということでしょう。わたしたち中国人がよく使う「天の目をくらますことはできない」という諺がありま す。あの諺は正しかった。天は罪深いわたしに罰をくだしたのでしょう。

明、わたしはどうしたらいいのでしょう？　お腹の中にいるのが、あなたの子なのか、それとも阿明の子なのか、わたしにはわからないのです。はじめは堕ろそうと考えました。でも、お腹の中にいるのがあなたの子なら、産みたい、産んで育てたいと望んでいるわたしがいます。しかし、産んだ後で、その子が阿明の子だとわかったら、わたしはその時自分の子になにをしてしまうかわからないのです。

明。会いたい。会って、抱きしめてもらいたい。なにもかもが悪い夢なのだといってもらいたい。それが叶わぬことだとわかっていても、そう思わずにいられません。メイビアはもう死んだのでしょうか？　それとも、あなたたちはメイビアに殺されてしまったのでしょうか？

阿明は必ずメイビアを殺すといっていました。あの人は自分が口にしたことは実行しないと気が済まない質です。でも、それ以上にメイビアは恐ろしい人です。モントリオールにいると、そちらの情報はなかなか耳に入ってはきません。わたしは恐ろしい想像を頭から払いのける日々を過ごしています。昨日からはお腹の中の子の将来に暗い思いを馳せるばかりです。

明、わたしはどうしたらいいのでしょう。教えてください。お願いです。阿明にわたしから伝えることはできません。彼はわたしを捜そうとするでしょう。阿奎も同じです。彼はわたしに好意をよせていました。わたしになにもしなかったのは、阿明に遠慮したせいです。そこがあなたと阿奎の違うところです。あなたは阿明に遠慮などしなかった。強引にわたしのもとに寄ってきて、わたしの心を奪ってしまった。奥様がいたというのに。可愛い一人息子がいたというのに。

あなたを恨んでいるわけではありません。ただ、どうしたらいいのか教えてもらいたいのです。この広い世界にあって、わたしが頼ることのできるのは、明、あなたひとりなのですから。

連絡をお待ちしております。

惠琳

文章はそこで終わっていた。ハリィはこめかみを指で押さえた。倒れるように椅子に腰を落とした。

この手紙はなんだ?――なんだこの手紙は? 繰り返し現われては消えていく疑問に思考回路がショートしかけていた。

確かにメイビアはあなたの奥様を殺しました――そんなはずはない。母は家に押し入った強盗に殺されたのだ。父がそういった。警察がそれを裏づけ、新聞が記事にした。移民家庭の惨劇――あの時見た新聞の見出しを今でもはっきりと覚えている。

確かにメイビアはあなたの奥様を殺しました――でたらめだ。そもそも、メイビアとはなにものだ?

頭の中のファイルが音をたててめくられていく。メイビアの項目――スティーヴ・メイビア、メイビア・ザ・ゲーム。七〇年代にシアトルからやって来たアメリカ人。伝説のギャングスター。ヴァンクーヴァーに腰を据えるや、瞬く間に裏社会を牛耳り、独裁体制を築いた。ヴァンクーヴァーの裏社会で起こるありとあらゆるゲームを仕切るのはメイビアだった。ザ・ゲームはヴァンクーヴァー裏社会の王であり、神だった。ザ・ゲームに逆らうものはみな殺された。敵対する組織の者であれ、警察組織に属する者であれ、顧みられることはなく、容赦なく殺された。スティーヴ・メイビア――メイビア・ザ・ゲームは七九年二月十八日未明、ダウンタウン近くの自宅で何者かに殺害された。事件は迷宮入りになっていた。

「メイビアというのはザ・ゲームのことか?」

ハリィは手紙に向かって呟いた。レターペイパーは細かく顫えていた――ハリィ自身が激しく顫えていた。

「そんなことがあるはずはないだろう。ザ・ゲームだぞ。伝説のマフィアだ。七九年といったら、おれたちがカナダに来てまだ二年しか経っていないころじゃないか。堅気の日系移民だった親父が、ザ・ゲームなんかと関わりを持つはずがないじゃないか」

手紙はなにも答えない。ただ細かく顫えているだけだった。

声がよみがえる――昔、ゲームと呼ばれたギャングがいた。

明の声。ヘスワースの書斎で、明は確かにそういった。

突然、電話が鳴りはじめた。ハリィは電話を凝視した。呼びだし音が五回鳴って、留守番電話のメッセージが流れはじめた。やがて、スピーカーから声が流れてくる――早口でまくしたてられる英語。

「アキラ？　いないのか？　わたしだ。鄭奎だ。ヘスワースのところの連中が、おまえはだれかに拉致されたといっている。本当なのか？　これを聞いたら連絡をくれ。おれはもう終わりだ」

電話が切れた。ハリィは吐き気を覚えた。手紙に視線を走らせた。

阿奎――鄭奎。偶然にしては出来すぎている。ならば、阿明とはだれだ？　明のことではない。もうひとりの明。ミッシェルの父親かもしれないだれか。
ハリィは口の中に溜まった唾液を飲みこんだ。顫えっぱなしの指で、もう一通の封筒を開いた。

愛する明。

赤ん坊が生まれました。元気な男の子です。体重は三千五百グラムで、血液型はO型です。結局、赤ん坊があなたの子なのか、阿明の子なのかは判らずじまいです。でも、赤ん坊の無邪気な笑顔を見ていると、そんなことはどうでもよくなります。少なくとも、この子はわたしの子なのですから。

この子はミッシェルと名づけるつもりです。中国名はつけません。ミッシェルには中華系移民の子孫としてではなく、カナダ人として生きていってもらいたいのです。

お願いがあります、明。ミッシェルが大きくなったら、あなたの名前を教えるつもりです。あなたが何者で、どこにいるのかを。モントリオールではわたしたちは孤独です。母ひとり子ひとりでも、生きていくことはできますが、もしなにかが起こって、わたしがミッシェルより先に死んでしまったらと考えると、恐ろしくて夜も眠れません。もし、何年か後に、モントリオールからミッシェルと名乗る若者があなたに会いに来たら、その時はどうか、ミッシェルを慈しんであげてください。ミッシェルはあなたの子ではないのかもしれません。だけれど、ミッシェルがあなたに会いに行くということは、その時にはわたしはすでに死んでいるということです。わたしのためにもどうか、ミッシェルを愛してやってください。お願いです、明。

メイビアが死に、あなたがたが生き延びたということを、前の手紙を書いた後に知りました。その時わたしが感じた喜びといったら、とてつもないものでした。わたしがミッシェルを産む決心をしたのは、あなたが生きていて、心のどこかでわたしのことを気にかけていてくれると確信できたからです。

明、もう、手紙は二度と書きません。次にわたしからの頼りが届く時は、ミッシェルがあなたの元に行く時です。もしかしたら、そんな時は来ないのかもしれません。それでも、わたしはあなたにお願いせずにはいられません。ミッシェルをいたわってあげて。愛してあげて。あなたがハロルドにしているのと同じことをしてあげて。

恵琳

顫えが酷くなる——耐えがたくなる。ミッシェルの顔が脳裏のスクリーンに映る。端正な顔だち、赤い唇、耳に揺れる髑髏のピアス、均整のとれた身体つき、その身体に張りついた薄いシャツ。あいつが弟だというのか。血を分けた弟に欲情したというのか。

胸がムカついた。吐き気がした。ハリィは腰をあげた。よろめきながらトイレに向かった。激しく嘔吐した。吐いている最中に携帯電話が鳴った。こみあげてくるものを飲みこみ、電話に出た。

「グリーンヒルだ」

「どうしたんですか？」

一言発するたびに喉が絞めつけられた。胃が暴れ回った。

「風邪でも引いたのかね？　声の調子がおかしいが」

「疲れているだけです」

「そうだろうな。こう立て続けに事件が起こったのでは、君でなくても疲労困憊する」

「用件を仰しゃってください、ミスタ・グリーンヒル。ジムとの打ち合わせでなにかあったんですか？」

「その件はあとでゆっくり話そう。結論だけいっておけば、鄭奎の頭に銃を突きつけてゲームを降りろといってやることになった」

ゲーム——ザ・ゲーム。ハリィは唇を噛んだ。やめろ、これはただの偶然だ。グリーンヒルがこの手紙を読んでいるはずがない。

「電話をしたのは別の件だよ、ハリィ。疲れているところを申し訳ないが、ケヴィン・マドックスの死体が彼の自宅で発見された。現場に急行してくれ」

導火線が激しい音をたてて燃え盛る。血塗れの現実が音をたてて爆発する。

「くそったれ！」

ハリィは叫んだ。電話を切った。

また、声がよみがえる――おまえは今日からハロルド加藤だ。カナダ人になるんだ。加藤治彦《はるひこ》という名前は忘れろ。いいな、ハロルド？

カナダの市民権を手に入れたその日、明がいった。

カナダ――ヴァンクーヴァー。自由の大地。こんなふうになるはずではなかった。

55

制帽の庇の下に垣間見た顔――名前は思いだせない。しかし、顔ははっきりと覚えている。つまり、相手も呉達龍《ンダッロン》のことを知っている。ドジを踏んだ――ふたりとも殺しておくべきだった。だが、時間も余裕もなかった。
呉達龍はステアリングを操りながら歯噛みした。警官殺し――市警が怒り狂う。CLEUもこれまでのように陰で糸を引くというわけにはいかない。悪党どもの口を塞ぐことはできても、警官の口は塞げない。CLEUの連中がどれだけ躍起になってとめたとしても、あのパトロール警官は今夜起こったことをだれかれかまわず話す。話さずにいられない。同僚を目の前で殺された――まともな警官なら悲嘆し、憤慨する。あのパトロール警官はまともなおまわりに違いない。
それに、ケヴィンの死体も遅かれ早かれ見つかってしまう。
CLEUと鄭奎《チェンフィ》の綱引き――途中で綱がぶち切れた。市警は使える人間を総動員して呉達龍を捜すだろう。今までのように車で絶え間なく移動していれば済むというわけにはいかなくなる。
ヴァンクーヴァーに――カナダに見切りをつける潮時だった。アメリカに逃げこめば、市警の追及の手をかわすことができる。だが、逃げるより先に、子供たちの安否を確かめる必要がある。子供たち。なんの罪もない阿《ア》兒《イー》と南仔《ナムヂャイ》。
金が必要だった。身を隠す場所が必要だった。クラインがいなくなったとなれば、ジェイムズ・ヘスワースのスキャンダルをでっちあげることもできなくなる。鄭奎から金を受け取ることもできなくなる。

クライン——なにが起こったのか。だれがクラインを拉致したのか。

ハロルド加藤の横顔が脳裏にちらつく。自分の父親を尾行する者に気づけばハロルド加藤がなんらかのアクションを起こすのは当然だった。

「いいや、違う」呉達龍は声に出していった。「あの日《ヤツ》本鬼《ブンクワイ》がクラインを拉致したんだとしたら、なんだってパトロール警官がのこのこしゃしゃり出てくるんだ？」

あり得ない。ハロルド加藤なら——CLEUなら、もっと周到にことを運ぶはずだ。クラインを拉致したのはハロルド加藤ではあり得ない。

「くそったれ!!」

呉達龍は叫んだ。クラインを拉致したのが何者であろうと現状に変わりはない。

交差点の信号が赤にかわった。呉達龍はブレーキを踏んだ。苛立たしげにステアリングを叩いた。ズボンの尻ポケットから財布を抜きだした。財布の中を検《たしか》める——金が二千三百ドルと少し、アメックスとマスターカードのクレディットカードが一枚ずつ、ヴァンクーヴァー市警のＩＤ証、運転免許証、そして、幼いふたりの子供の写真。

「阿兒、南仔……」

四歳の探兒《タムイー》、一歳の浩南《ホーナム》——写真の中の子供たちは年をとらない。現実の探兒は七歳になっている。浩南は四歳になっている。

「約束するぞ、阿兒、南仔。おまえたちにもしものことがあったら、だれもかれもを皆殺しにしてやるからな」

呉達龍は写真を自分の胸に押しつけた。

＊　＊　＊

ウェスト・ヴァンクーヴァーはひっそりとしずまりかえっている。間断なく降りつづく小雨が分厚い幕のようになって音を遮断している。

呉達龍は足音を殺して鄭奎の家の裏門に近づいた。なんとしてでも金を手に入れねばならなかった。白粉《バーファン》はない。富永脩と劉燕玲《ラウインレン》の行方もわからない。ふたりを捜さなければならない。警察の目をかすめて。

鄭奎には金がある。だだっ広い家もある。警察は鄭奎には手出しができない。金持ちはいくつもの抜け道を持っている。

呉達龍は裏門の前で足をとめた。装備を点検する——コートのポケットの中のシースナイフ、腰のホルスターに差したリヴォルヴァー、コートの中のショットガン。

抜かりはない。ナイフをケースから抜き、柄を握ったまま右手をポケットの中に入れた。左手の濡れた指先でインタフォンのボタンを押した。返事はなかった。もう一度、ボタンを押した。

「どちらさん？」

眠たげで不機嫌で下手くそな北京語がスピーカーから流れてくる。鄭奎の使用人——大陸から不法入国してきた老人の声。

呉達龍は北京語でいった。

「呉達龍《ウーダーロン》だ」

「ああ、あんたか」

それっきりインタフォンは沈黙する。福建のじじいはろくに北京語も喋れない。

モーター音が響く。電動の門がゆっくり開きはじめる。呉達龍は門が開ききる前に、身体を敷地の中に滑り込ませた。カメラの視界を避けてガレージに飛びこんだ。鄭奎の家のセキュリティシステムは頭の中に叩きこんである。ガレージで息をひそめていると、濡れた地面を歩く足音が聞こえてきた。

「呉先生《ウーシエンション》？」

老人の間延びした声。呉達龍は答えた。

「ここだ。ガレージの中にいる」

足音が近づいてくる。やがて、老人が姿を現わす。老人は心配そうに眉をひそめ、ゆっくり近づいてきた。

呉達龍は右手をポケットから抜いた。腰の前でナイフをかまえ、老人に身体をぶつけた。ナイフの刃が干からびた皮膚と筋肉を切り裂く。

「な——」

開きかけた老人の口を左手で押さえた。老人が激しく暴れた。鳩尾辺りに突き刺したナイフを左右に抉った。老人の身体から力が抜け、やがて動かなくなる。

死体をその場に残し、呉達龍はガレージを出た。コートについた血を小雨が洗い流していく。

裏口——老人があてがわれた使用人部屋へと続くドア。鍵はかかっていなかった。呉達龍は家の中に入った。老人の部屋を抜け、廊下に出る。ナイフをしまい、代わりに銃を抜く。足音を殺して歩く。キッチンとリヴィングに人けはなかった。鄭奎は二階の書斎か自分のベッドルームにいるということだった。

階段をあがった。廊下に沿って並んだドアのひとつひとつに耳を当てていく。三番目のドアの奥から声が聞こえてきた。

「……だから、それは言いがかりだといっているだろう」

鄭奎の声——苦悩と絶望と憤怒に顫えている。

「何度いえばわかるんだ。ロナルド・ンなどという男は知らんのだ。たとえ知っていたとしても、単なる顔見知りにすぎんよ。そんな男がなにをしようが、わたしは無関係だ」

聞こえてくるのは鄭奎の声だけだった——鄭奎は電話でだれかと話をしている。相手はおそらくヘスワース陣営のだれか。

呉達龍は額にかかる濡れた髪の毛を払った。拳銃を握りなおした。ヘスワースのバックには加藤明がついている。ハロルド加藤は加藤明の息子だった。CLEUが摑む情報はヘスワースに筒抜けになる。電話の主は呉達龍が警官殺しで指名手配されることを知っている。知っていて鄭奎を脅している——選挙からおりろ、さもないと、クソを舐める羽目になるぞ。

薄汚い連中の薄汚いやり口——胸がムカついた。

「まあ、待て。待ってくれ。なにも話を聞かないというわけじゃない……ミスタ・ヘスワースに代わってくれないか？　彼と直接話がしたい……いない？　いないとはどういうことだ？　わたしとは話もできんというのか!?……だったら、アキラ加藤でもいい。彼と話させてくれ」

呉達龍はドアノブを握った。静かに回転させた。かすかな金属音が響いた。動きをとめ、中の気配をうかがった。

「……拉致された？」

鄭奎の声のトーンがあがった。呉達龍はドアを少しだけ開けた。キングサイズのベッドに腰かけている鄭奎の後ろ姿が見えた。鄭奎は背中を丸めるようにして電話をしていた。

「だれが、なんのために？……だから、ロナルド・ンなど知らんといっているだろう——ハロー？　ハロー？くそっ」

鄭奎は受話器を電話に叩きつけた。すぐに受話器を握りなおし、また電話をかけた。

「アキラ？　いないのか？　わたしだ。鄭奎だ。ヘスワースのところの連中が、おまえはだれかに拉致されたといっている。本当なのか？　これを聞いたら連絡をくれ。おれはもう終わりだ」

鄭奎は一気にまくしたてて電話を切った。電話を自分の脇に置き、頭を抱え呻くような声をあげた。

アキラ——加藤明に違いない。ヤクを吸い、恵琳《ワイラム》という女に似た売女を買い漁る食わせ者の日本人。

呉達龍はドアを大きく開いた。部屋の中に入り、音をたててドアを閉めた。鄭奎が振り向いた。鄭奎の目は血走っていた。顔の筋肉が硬直していた。

「おまえか……」

「おれだよ」

「馬鹿なことをしでかしたな……何をしに来た？」

「おれの子供の件を確認したくてね」呉達龍は大袈裟な仕種で銃口を鄭奎に向けた。「それに、あんたも知ってるように、ちょいとトラブルに巻き込まれた。あんたなら、おれを助けてくれるんじゃないかと期待してるんだ」

「金ならないぞ。この家にあるものなら、なにを持っていってもかまわんが、金はだめだ。殺されても、おまえにはびた一文くれてやるつもりはない」

鄭奎の細められた目——本気だった。一世一代の賭けにしくじり、開き直った者の目だった。脅しは通じない。

「金をよこせといっているわけじゃない。しばらく、この家に居候させてくれ」

「なんだと？」

「警察に追われてる時には、大金持ちに匿ってもらうのが一番安全なんだ。警官のおれがいうんだから間違いない」

「よくそんなことがいえるもんだな。おまえのせいでおれは——」

呉達龍は銃の撃鉄を起こした。鄭奎が凍りつく。

「あんたはおれがどんな人間か知っていた。知っていておれを利用したんだ。今さら泣き言をいったって通用しないぜ。さっきの電話はヘスワースのところからのやつだな？」

鄭奎がうなずいた。

「その後に電話をかけた相手は加藤明か？」

鄭奎がまたうなずいた。

「いろいろ聞きたいこともある。その前にまず、子供たちのことだ」呉達龍はベッドの上の電話を銃口で指した。「広州《ゴンヂャウ》に電話をかけろ。今すぐおれの子供たちが助かるように手配するんだ」

「嫌だといったら？」

「今すぐ殺してやる」

「コートに血がついてるな……だれを殺した？」

「あんたの使用人の爺さんだよ。死体はガレージに転がってる」

鄭奎は首を振った。

「何人殺せば気がすむんだ？」

「必要ならいくらでも殺してやる。もちろん、あんたもだ」

「なら、ヘスワースと加藤明を殺してくれ。約束してくれるなら、今すぐ電話をかけよう」

「ヘスワースはわかるが、どうして加藤明を？　あんたら、昔からの知り合いなんだろう？」

「今はただの敵だ」

「ヘスワースは殺してやろう」呉達龍はいった。「加藤明の方は話を聞いてからだ。その前に、電話をかけてもらおう」

鄭奎が電話に手をかけた。受話器を取り、ボタンを押した。しばらくの間があって、鄭奎が口を開いた。

「わたしだ。ヴァンクーヴァーの鄭奎だ……ああ、先日、話をしていた件だが、すぐ実行に移してくれ……ああ、そうだ。楊《ヨン》と袁武《ユンモウ》の件だ。頼む。今日はずっと起きている。終わったら連絡をくれ」

鄭奎は電話を切った。

頭蓋骨の奥に鋭い痛みが走った。痛みはすぐに炎に変わり、炎は燃えあがって脳細胞を焙りはじめた。

「これでだいじょうぶだ」

「あんたは確か、話はついているとおれにいったはずだ」

「なんのことだ?」

「とぼけるな!」

呉達龍は無造作に鄭奎に近づいた。銃を握った手で鄭奎の顎を殴った。

鄭奎が呻いて顔を押さえた。指の間から流れ落ちる血――銃身が皮膚を切り裂いていた。

「保険をかけるつもりだったのか? おれがおまえのいうとおりに動かなきゃ、おれの子供たちを見殺しにするつもりだったのか!?」

「ま、待ってくれ」鄭奎が手を突きだしてくる。掌にべっとり血がついている。「わたしが悪かった。もう、二度とこんな真似はせん。約束する」

「おまえの約束があてになるか」

鄭奎の掌の血――視界が赤く染まる。こめかみが疼くように痛んだ。

「わたしを殺したら、子供たちは助からんぞ」

視界が揺れ、歪む。目に映るものすべてが赤く染まり、膨張と収縮を繰り返す。

「くそっ」

呉達龍は銃を握った手で自分の顔を殴りつけた。阿兒と南仔――怒りをぶちまければ失ってしまう。

「な、なにをしてるんだ?」

鄭奎が怯えた目を向けてくる。

「黙れ」

呉達龍はいった。こめかみの疼きは消えた。視界はまだ微かに赤く染まっている。だが、見えるものが歪むことはない。

「子供たちになにかあったら、おまえを殺してやる。それも、ただ殺すんじゃない。身体を一寸刻みにしながら殺してやる。嘘じゃねえ」

「嘘だなどとは思わんさ。さっきおまえがいったように、わたしはおまえがどんな人間なのかを知っているんだからな」

呉達龍は鄭奎の顔に唾を吐きかけた。鄭奎の頬が細かく痙攣した。

「ごたくはもうたくさんだ。おまえはおれにどでかい借りを作ったんだ。それを忘れるな」

鄭奎は頬を拭った。裂けた皮膚からは血が流れつづけていた。

「わたしにできることがあるなら、なんでもいうがいい。今のうちだぞ。明日、わたしは選挙から降りることを記者会見で発表する。そうなれば、記者たちが張りついてきて、わたしは身動きが取れなくなる」

優先順位——子供たちの命。ヘロイン。加藤明。

「あんた、おれ以外にも市警に顔見知りがいるだろう?」

「何人かは。しかし、おまえのような悪徳警官ではないぞ」

「まともな警官の方がいいんだ。そいつらに連絡をとって、女を捜すようにいってくれ」

「女?」

「劉燕玲という女だ。ばばあと息子の三人で、どこかのホテルに隠れているはずだ」

「その女はなにをしたんだ?」

「おまえの知ったことじゃない」

呉達龍は鄭奎を睨んだ。鄭奎は小さく首を振った。

「いいだろう。頼んでみよう。他にもなにかあるのか?」

「加藤明の話をしてくれ」

「なぜ?」

知ったことじゃない——同じ科白を口にしようとして思い直した。

「おれの個人的な問題だ。本当は息子の方に用があった。息子の弱みを捜すうちに、親父の方に行き当たって興味が湧いた。あいつは何者だ? 古い馴染みだといっていただろう? なんだって日本人なんかと関わりができたんだ?」

鄭奎が目を細めた。

「話すと長くなる」

「かまわねえ。阿兒と南仔の無事がわかるまでなにもすることがないんだからな」

鄭奎が目を閉じた。ゆっくりと口を開いた。

「傷の手当てをしてもかまわんかね?」

「好きにしな。ただし、女を捜すようにいうのを忘れるなよ」

呉達龍はソファに腰をおろした。

「それから、死体の後始末をだれかに頼んでもかまわんか？　そのままにしておくわけにはいかんだろう？」

「だめだ」呉達龍は首を振った。「あんたとおれでやる。ここの庭なら、埋める場所にこまることはないだろう？」

＊　＊　＊

鄭奎が電話したのは梁《リョン》志偉《ヂーワイ》だった。うだつのあがらない風紀課の刑事。風紀課にいながら悪党から金を巻きあげる才覚もない。だが、素人女をひとり、捜しだすぐらいのことはできるはずだ。
鄭奎は絆創膏でガーゼを顎に張りつけた。ガーゼが血で滲んでいく。縫った方がいいというような傷だった。鄭奎は病院に行くとはいわなかった。医者を呼ぶともいわなかった。
死体の後始末――雨に打たれ、泥にまみれながらの一時間。地面に穴を掘りながら、鄭奎が語った。
一九七〇年代後半。三人の東洋人――ふたりの香港人とひとりの日本人の一年間にわたる物語。
七七年春――鄭奎がヴァンクーヴァーにやってくる。
七七年夏――加藤明がヴァンクーヴァーにやってくる。
七七年秋――李耀明《レイイウミン》がヴァンクーヴァーにやってくる。
鄭奎と加藤明は新天地に可能性を求めていた。李耀明は香港から逃げのびてきた。
七八年二月――鄭奎と加藤明が出会う。ふたりともヴァンクーヴァーに来てすぐに会社を興していた。どっちの会社もうまくいってはいなかった。白人社会の壁――露骨な人種差別。白人たちに対する憎悪がふたりを結びつける。鄭奎は香港にコネを持っていた。加藤明は日本にコネを持っていた。ふたりは密輸をはじめることに決めた。まともに働いていたのでは、カナダの白人社会ではいつまでたっても日の目を見ることができない。非合法な手を使っても、金を作る必要があった。白人どもを見返してやる必要があった。
密輸――しかるべき筋にパイプを持つ人間が必要だった。鄭奎は知り合いに李耀明を紹介された。香港の黒社《ハクセイ》会《ウイ》を弾きだされた男。狂暴で粗野。鄭奎は李耀明に畏れを抱いた。鄭奎は自分たちのコネクションに引き込むことに危惧を覚えた。
加藤明は違った。加藤明と李耀明は意気投合した。ふたりの明――ひとりはインテリジェンスに富む物静かな男、ひとりはすぐに暴力を振りかざす野卑な男。だが、そんな違いはふたりには関係がなかった。加藤明は李耀明に英語を教えた。李耀明は加藤明に広東語を教えた。加藤明が鄭奎に広東語を教えてくれと乞うたことはなかった。加藤明は李耀明にビジネスのノウハウを教えた。李耀明は加藤明に暴力の効果的な使い方を教えた。加藤明が李耀明を阿明《アミン》と、李耀明が加藤明を明仔《ミンザャイ》と呼ぶようになるまで、そんなに時間はかからなかった。

密輸ビジネスは、李耀明が仲間うちに加わったことで現実味を帯びた。ブツは中国の美術品。運ぶのは日本船。積み出しは香港で、李耀明がコネを持つ黒社会の連中が手をまわす。

ビジネスは順調に発展した。儲けた金を、鄭奎と加藤明は自分の会社に注ぎこんだ。李耀明は自分がしでかした香港での不始末の清算に使った。数ヶ月の間追い風が吹きつづけた。鄭奎と加藤明の会社の業績は上向いた。李耀明はチャイナタウンで子分を増やした。

一本の電話が追い風を止めた。電話を受けたのは李耀明だった。電話の主はスティーヴ・メイビアと名乗った。

スティーヴ・メイビア——ザ・ゲーム。ヴァンクーヴァーの裏社会を牛耳る強持ての白人。

「黄色い猿どもが、おれの縄張りでなめた真似をしてるらしいじゃねえか」メイビアがいった。

「密輸ビジネスをおれによこすか、殺されるか、好きな方を選べ」メイビアがいった。

李耀明は自分ひとりでは決められないといった。その頃には李耀明もただの粗野なチンピラではなく、考えてから行動を起こすだけの器を備えたやくざ者になっていた。すべては加藤明の教育の賜物だった。

「一日だけ時間をくれてやる。おまえたち三人のことは調べてあるからな。下手なことを考えると、日本人の女房と子供の死体がイングリッシュ・ベイに浮かぶことになるぞ」メイビアはそういって電話を切った。

三人は集まった。とりあえずはメイビアの要求を飲むということで意見が一致した。とりあえず——すべてを諦めるには、三人は貪欲にすぎた。強欲にすぎた。とりわけ、李耀明には我慢のならないことだった。いくら力に差があるとはいえ、白人に虚仮にされたままでは中国社会での面子《メンツ》が立たない。黒社会の人間にとって、面子はすべてだった。

三人はスティーヴ・メイビアの周辺を調べはじめた。調べるのは簡単だった。脛に傷を持つ連中なら、だれもがメイビアのことを知っていた。メイビアが何者であるかを知っていた。

メイビアには五百人を超える配下がいた。百人近い有力者へのコネを持っていた。そのコネは暴力と金で支えられていた。メイビアには三人の愛人がいた。ふたりは白人。ひとりは東洋人。

陳恵琳《チャンワイラム》——加藤明が〝道《タオ》〟の売女にいった名前がや

っと登場する。惠琳は広州から来た移民の二世だった。背が高く、髪の長い中華美人。チャイナタウンでメイビアに見染められ、略奪同然に連れ去られた。惠琳の父親はメイビアを怨んでいた。生真面目な男だった。やくざ者の李耀明を嫌ってもいた。

鄭奎が惠琳の父親に会いに行った。娘の様子を聞いた。惠琳は週末になると決まって実家に戻ってくることがわかった。平日でも、惠琳がその気になればいつでも戻ってくることができた。メイビアはたかをくくっていた。惠琳が裏切るには自分は恐ろしすぎると信じていた。

メイビアは中国人のことがなにもわかっていなかった。

鄭奎は惠琳と会った——恋に落ちた。惠琳は美しい娘だった。身体が白人に汚されていても、その美しさが損なわれることはなかった。

鄭奎は惠琳に自分たちのことを語った。メイビアに奪われた密輸事業のことを語った。メイビアに対する憤りを語った。惠琳に協力を求めた——あの思いあがった白人の愚か者に目にもの見せてやろうじゃないか。

惠琳はそれを笑い飛ばした。メイビアの狂暴さを語り、鄭奎の貧弱な肉体と脆弱な精神を指摘した。

「あなたはひと目見た時からわたしを抱きたいと思ったくせに、そのことをおくびにも出そうとしない。そんな臆病な人にメイビアをどうこうすることなんかできないわ」

鄭奎は打ちひしがれて李耀明のもとに戻った。事の顛《てん》末《まつ》を告げた。加藤明は本業の会社で起こったトラブル処理のため奔走していた。メイビアの愛人である中国女のことは鄭奎と李耀明に任されていた。

「それですごすご帰ってきたのか、馬鹿野郎。売女にいうことをきかすにはな、それなりのやり方ってもんがあるんだ」

李耀明は鄭奎を罵り、惠琳に会いに行った——恋に落ちた。李耀明はその日のうちに惠琳を自分の女にした。惠琳は李耀明にメイビアのことを語った。メイビアを殺してくれと懇願した。

その事実は鄭奎をさらに打ちのめした。李耀明と加藤明を引きあわせたのは鄭奎だった。だが、加藤明と李耀明は鄭奎などいないかのように振る舞うことがよくあった。最初に惠琳と話をしたのは鄭奎だった。だが、惠琳は李耀明を選んだ。

嫉妬——鄭奎はぐっとこらえた。本業の会社を発展させるには金がもっと必要だった。あの密輸ビジネスが必要だった。李耀明と加藤明がいなければ、密輸ビジネスはたちゆかない。

惠琳は週末の夜を李耀明のアパートメントで過ごすよ

うになった。メイビアが与えた家から実家へ、実家から李耀明のアパートへ。寝物語に、惠琳はメイビアのことを李耀明に語って聞かせた。その話を、李耀明は鄭奎と加藤明にした。

メイビアは他人を信じない。常にボディガードと共に行動する。ボディガードがついてこないのは愛人との寝室だけ。メイビアは三人の愛人の家を規則的にまわり、夜を過ごす。惠琳のところへメイビアがやってくるのは水曜と木曜の夜と決まっていた。

メイビアには三人の側近がいた。三人は共に反発しあっていた。メイビアがそう仕向けていた。ひとりだけに力を持たせれば、そいつは自分の地位を狙うようになる――メイビアはそう信じていた。

三人は額を寄せて話し合った。惠琳の話を検討した。メイビアが死ねば、白人たちの黒社会は混乱する。跡目争いが起こる。メイビアの側近のひとりに罪をなすりつけることができれば、密輸ビジネスを再び自分たちの手に取り戻すことができる。

三人はメイビアを殺すことに決めた。実行役は李耀明が買って出た。週に二晩だけ惠琳を抱くメイビアを李耀明は心の底から憎むようになっていた。

問題はいつ決行するかということだった。どうやってメイビアの部下に罪をなすりつけるかということだった。

惠琳がメイビアの三人の部下のひとりと寝ればいい――加藤明がいった。女はいつだって争いごとの火種になる。

李耀明がそれを突っぱねた。そんなことができるか。惠琳はおれの女だ。だれにも指一本触れさせねえ。なにを血迷ってるんだ――加藤明は簡単には諦めなかった。彼の会社で起こっているトラブルは深刻だった。すぐにでも大金が必要だった。白人に慰み者にされてきた女じゃないか、女など腐るほどいる。他の女を見つければいい。

惠琳はそんな女じゃねえんだ――李耀明も引き下がらなかった。おまえも一度あいつに会えばわかる。おれがどうしてこんなにも血迷っちまったかがな。

加藤明は惠琳に会った――恋に落ちた。李耀明の目を盗んで、惠琳と関係を結んだ。メイビアに隠れながら李耀明と愛しあう日々は惠琳に過度のストレスをもたらしていた。加藤明のように抜け目のない男なら、精神状態が不安定な女につけ込むことぐらいわけはなかった。

加藤明は惠琳を他の男と寝させろとはいわなくなった。代わりになにかいい手を考えるから、メイビアを殺すのはしばらく待とうといった。李耀明と鄭奎はそれに賛成した。

焦燥に煽られながらの偽りの平穏な日々。恵琳は週末の二日間を李耀明と過ごした。李耀明にはメイビアのもとに帰るといって、月曜か火曜のどちらかを加藤明と過ごした。すべてを知っていたのは加藤明と恵琳だけだった。恵琳は李耀明より加藤明に惹かれるようになっていた。李耀明は恵琳の荒れ果てた心を慰めることができなかった。加藤明にはできた。

ひとりの女とふたりの男——のけ者がひとり。

友人を裏切っているにもかかわらず、加藤明は普段と変わるところがなかった。顔をあわせても陽気に振る舞い、李耀明を笑わせた。加藤明と李耀明は友人というよりは兄弟同士のようだった。出来の悪い兄と出来のいい弟。兄はなにも気づかず、弟は陰で兄の足を引っ張る。

奇妙な三角関係——鄭奎がそれに気づいたのはふとしたことがきっかけだった。加藤明の身体から漂ってきたかすかな香水の匂い。恵琳がいつもつけている香水と同じだった。嫉妬が疑念を煽った。

鄭奎は加藤明を尾行した。加藤明と恵琳の関係を知った。

地獄の業火《ごうか》で焙られているかのような激しい嫉妬が鄭奎を襲った。李耀明と加藤明を引きあわせたのは鄭奎なのに、ふたりは鄭奎をのけ者にした。恵琳と最初に会ったのは鄭奎なのに、恵琳は鄭奎以外のふたりと関係を持った。赦《ゆる》せなかった。赦されることではなかった。

鄭奎は恵琳に電話をかけた。自分とも関係を持つように恵琳に迫った。もし自分の望みが叶えられなければ、加藤明との関係を李耀明に知らせる。

好きにすればいい——恵琳がいった。あなたみたいなみすぼらしい男と寝るぐらいだったら、阿明に殺された方がましよ。それに、わたし、もう疲れたの。阿明を騙しつづけるのにうんざりしてるのよ。

電話が切れ、鄭奎は錯乱した。メイビアに電話をかけ、加藤明という日本人がおまえの女と寝ていると告げた。李耀明を売る気にはならなかった。李耀明は利用のしがいがあった。李耀明は同郷の男だった。加藤明は日本人だった。李耀明と加藤明のどちらかが罰を受けなければならないのなら、それは後者に決まっていた。

メイビアの反応は迅速だった。鄭奎の電話から二十四時間も経たないうちに加藤明の妻が殺された。息子は学校に行っていて不在だったために助かった。現場に駆けつけた刑事にはメイビアの息がかかっていた。刑事は事件を強盗殺人と断定した。

事件を知って鄭奎は顫えあがった。殺されるのは加藤明だと思っていた。妻子に害が及ぶとは想像もしていなかった。李耀明に電話をかけ、自分の愚かさを、自分の罪深さを告白した。

李耀明は惠琳と共に身を隠した。メイビアの怒りの矛先が惠琳に向かうのは火を見るよりも明らかだった。加藤明と惠琳の関係の奥にあるものに気づくだろうことも確かだった。自分が取りあげた密輸ビジネスに関わっていた黄色い猿が三匹。すぐにでもメイビアの猛威が街に吹き荒れる。

李耀明と惠琳が隠れたのはバーナビィの住宅街だった。鄭奎が、それほど遅れずに加藤明がそこに合流した。加藤明は息子を連れていた。李耀明は加藤明と惠琳の関係を知っていた。加藤明は知られていることに気づいていた。

李耀明は加藤明を殴った。何度も殴りつけた。加藤明は無抵抗でそれを受け入れた。加藤明の息子が泣き喚いた。惠琳も泣き喚いた。惠琳は泣いて李耀明に懇願した——明仔を赦してやって。惠琳は泣いて告白した——明仔を愛しているの。

李耀明は惠琳を打擲《ちようちやく》した。加藤明が李耀明に躍りかかった。ふたりは組み合ったまま、お互いを殴りつけた。加藤明の息子が気が狂ったように泣きはじめた。惠琳が泣きながら子供を抱え、奥の寝室へと姿を消した。鄭奎は自分の愚かさが招いた惨事に身を顫わせていた。惠琳に声をかけることもできなかった。

李耀明と加藤明が殴り合いをやめたのは、疲れ果てて身体が動かなくなったからだった。

「おまえは女房を殺された。おまえは罪を償った」李耀明が先に立ちあがっていった。

「おまえは惠琳を殴った。おまえはその罪を償っていない」加藤明がいった。殴られて腫れた瞼の奥で、双眸が険しい光を孕《はら》んでいた。

「おまえには負けるよ」李耀明がうなだれた。負けを宣言したも同然だった。

だが、加藤明にはそれでも充分ではなかった。

「スティーヴ・メイビアも罪を償わなきゃならない」加藤明は裁判官のような声でいった。

本当に恐ろしいのは李耀明ではなく、加藤明だ——鄭奎は悟った。李耀明はいつか鄭奎を赦すだろう。だが、加藤明は赦さない。加藤明の性格はそれほど苛烈だった。

「どうしてメイビアはおれと惠琳のことを知ったんだろう？」

傷の手当てを終えると、加藤明が当然の質問を放った。鄭奎は目を閉じた。阿奎《アフィ》がおまえを売ったんだ——李耀明がその質問に答えた。

鄭奎は恐怖をこらえて目を開けた。加藤明がふさがりかけた目で自分を睨みつけているのが視界に入った。

「おれが悪かった。おれが馬鹿だった。だけど、どうしようもなかったんだ。いつもおれだけのけ者だった。おまえたちを引き合わせたのはおれなのに、恵琳と最初に口をきいたのもおれなのに、いつもおれだけがのけ者だったんだ」

鄭奎は自らの罪を他の連中に押しつけようとした。李耀明は鄭奎から目を逸らした。加藤明は鄭奎を睨みつづけた。そして、いった。

「おまえも恵琳に惚れてたのか、阿奎？」

鄭奎はうなずいた。

「恵琳を抱いたのか？」

鄭奎は首を振った。

「阿明じゃなくおれを売ったのは、おれが日本人だからか？」

鄭奎はうなずいた。

「おまえも罪を償わなきゃならないな」

加藤明はそういって、自分の息子と恵琳がいるはずの寝室に足を向けた。

恵琳は消えていた。加藤明の息子がベッドで寝息をたてているだけだった。窓が開き、そこから風が吹きこんできていた。

三人は危険を冒し、ヴァンクーヴァーに舞い戻った。恵琳を捜した。実家――恵琳の父親はメイビアに殺されていた。恵琳の知り合い――メイビアの手下たちに痛めつけられていた。メイビアの手下たちが恵琳を捜しつづけていた。

恵琳はどこにもいなかった。自らの意志で姿を消したとしか思えなかった。

加藤明と鄭奎の会社は焼き討ちに遭っていた。李耀明のチャイナタウンのねぐらも同じような目に遭っていた。せっかく築いた会社、せっかく築いた地位――メイビアが目茶苦茶にした。チャイナタウンには噂が蔓延していた。三人の男とひとりの女の噂。友人の女を寝取った男。友人の女に横恋慕した男。古い中国人はモラルに厳しい。三人は陰で「豚」と呼ばれるようになっていた。

恵琳が消えた。李耀明と加藤明は復讐の虜になった。鄭奎は罪を償わなければならなかった。

メイビアの周囲は警戒が厳重になっていた。メイビアを殺すには、メイビアに近づかなければならなかった。メイビアの側近を買収する必要があった。金が必要だった。

手っ取り早く金を作る方法――ヘロインを仕入れ、売り捌く。

李耀明が発案し、加藤明が細部を練った。メイビアの売人たちを襲撃し、ヘロインを奪う。それを東部で売る。

三人はメイビアの息のかかった売人たちを五度、襲った。ヘロインを奪った。

李耀明は興奮していた。加藤明は根っからの悪のように落ち着いていた。鄭奎は怖気づいていた。

奪ったヘロインは、トロントの李耀明の知り合いを通じて売り捌いた。百万ドルになった。当時としては大金だった。その金で、メイビアの側近のひとりを買収した。その男はメイビアを憎んでいた。他のふたりの側近を軽蔑していた。その側近はヘロイン強奪をそのふたりになすりつけることができれば、メイビアの跡目を自分が継げる、自分が跡目を継いだら、鄭奎たちが追及されることもないといった。鄭奎たちはその側近に、売らずに取っておいたヘロインを渡した。メイビアの捌くヘロインは純度が高いことで有名だった。粉を見れば、それがメイビアのものだということはわかった。

二月十八日の夜、側近の手引きで三人はメイビアの屋敷に侵入した。いつもはいるはずのボディガードはいなかった。サイレンサー付きの銃——最初に撃ったのは加藤明だった。すぐに李耀明と鄭奎も撃ちはじめた。三人の弾倉が空になるころには、メイビアはただの肉の塊と化していた。

三人は有頂天になっている側近を殺した。渡しておいた百万ドルを奪った。ほとぼりを冷ますために、しばらくは会わないということで合意した。金を二十五万ドルずつに分けた。残りの二十五万ドルは恵琳の分け前だと李耀明がいい張った。

鄭奎と加藤明は李耀明のいい分を飲んだ。恵琳の金は加藤明が預かることになった。

加藤明と鄭奎は事業の道に戻った。李耀明は金を土産に香港に帰っていった。鄭奎は加藤明を避けた。加藤明は鄭奎を無視した。

三人の道がすれ違うことはなかった。

＊　＊　＊

埒もない昔話——時を経て大物になった三人の男の冒険譚。よくある話だと笑い飛ばせばそれですむ。しかし——なにかが頭に引っかかる。

「加藤明が今度の選挙であんたの敵側にまわったのは、その頃の含みがあるからなのか？」

呉達龍はタオルで身体を拭いながら訊ねた。鄭奎は首を振った。鄭奎は顎のガーゼを取り替えていた。

「五年以上前から、明仔はヘスワースとべったりくっついていた。明仔がそうしているのは金のためだ。ヘスワースが下院議員になれば、ビジネス上の便宜をはかってもらえる。昔のことは関係ない」

「あんたと組んであんたが勝っても同じことだろう」

「明仔はわたしには勝ち目がないと踏んだのさ。それだけだ。そもそも、李耀明が香港に帰って以来、明仔とはろくに話をしたこともない」

呉達龍はタオルを床に放り投げた。タオルは泥で黒ずんでいた。

「メイビアって男を殺してから二十年間、ただの一度もお互いに接触を持たなかったっていうのか？　李耀明はともかく、あんたらふたりはずっとヴァンクーヴァーで商売をつづけてきたんだろうが？」

「お互いに見て見ぬふりをしてたんだ。メイビアの残党はメイビアを殺した人間を血眼になって捜していたしな……しばらくたって、わたしと李耀明の付き合いは復活したが、明仔とは……あれは恐ろしい男だ。近づかない方が賢明だと思ったんだ。そういえば、一度だけ、明仔から連絡があった。李耀明に連絡を取るにはどうしたらいいかといってね。あのときから一年近くが経ったころだ」

鄭奎は濡れた服の上からバスローブを羽織った。ちぐはぐな姿――鄭奎には妙に似つかわしかった。

「李耀明になんの用だったんだ？」

「恵琳に子供が産まれたといっていた。明仔と阿明のどちらの子なのかはわからないともな」

「加藤明は恵琳と連絡を取りあってたのか？」

「手紙が届いたんだそうだ。差出人の住所がない手紙がね」

「それで、李耀明の連絡先を教えたのか？」

「ああ。教えたよ。その後、ふたりがどんな関係になったのかは知らん。阿明はなにもいわんし、わたしも聞こうとはしなかったからな。あのふたりに限っていえば、いつもわたしはのけ者だったんだ。また同じ気分を味わいたいとも思わなかった」

李耀明と加藤明――阿明と明仔。香港黒社会の大親分と堅気にしては奇妙な行動を取るビジネスマン。鄭奎が語るふたりの関係は、やくざ者に特有の義兄弟の物語だった。その関係は行動原理に基づいている。身内に寛容で敵対者に容赦のない性格がふたりを結びつける。恵琳の子供がふたりを結びつけている。

阿明と明仔。ふたりはいまでもお互いをそう呼びあっている――間違いない。

「そのガキはどこにいるんだ？」

「ガキ？」

鄭奎は怪訝そうな表情を浮かべた。その表情はすぐに消えた。

「ああ、恵琳の子供のことか。わたしは知らんよ。知りたくもない。あのふたりがどうかはわからんが」

ふたりはガキの行方を知っている――直感がそう告げる。だが、だからどうしたというのか。なぜ、鄭奎たちの昔話がこんなにも気になるのか。たしかに、この話を加藤明に持ち込めば、なにがしかの金になる。この話が公になれば、ヘスワースは選挙をしくじり、加藤明の息子――ハロルド加藤は職を失う。加藤明は金で呉達龍の口を塞ごうとするだろう。しかし――

呉達龍は腕を組んだ。目を閉じた。鄭奎から聞いた話の細部を追った。

恵琳が産み落としたガキ――男か女かもわからない。加藤明には別のガキがいる。李耀明にも娘がいる。娘はヴァンクーヴァーで女王様のような生活を送っている。

ハロルド加藤と李少芳《レイシウフォン》。初めて言葉を交わしたとき、ハロルド加藤は李少芳を探しているといった。李少芳が若い男と一緒にいるのを見たといった。

もうひとりの日本鬼――富永脩。富永は李耀明の命を受けて、李少芳を香港に連れ戻しにやって来た。

李少芳がフランス語を話すチンピラとくっついたことはリッチモンド近辺では有名な話のようだった。

フランス語を話す若い男。

恵琳はヴァンクーヴァーを出て東部へ行った――ケベックあたりに飛んだ。そこでガキを産み、ガキはフランス語を話す小生意気なチンピラになった。ヴァンクーヴァーにやって来て、自分の妹かもしれない女をたらし込み――

呉達龍は首を振った。推理が飛躍する。そこには確かな証拠がなにひとつない。

「なあ、その恵琳って女だが、あんたたちの前から姿を消して、モントリオールあたりに逃げたってことはあり得ないか？」

鄭奎が肩をすくめる。

「すまんが、本当になにも知らないんだ」

恵琳のガキはとりあえず脇に置く――他の細部をたどる。

白粉――鄭奎たちはメイビアの売人を襲った。奪った白粉を東部で売り捌いた。

白粉――ここ数ヶ月、ヴァンクーヴァーでは白粉が奪われる事件が相次いでいる。ヴァンクーヴァーは白粉に飢えている。

奇妙な一致。ヘスワースと鄭奎が選挙への立候補を表明する。リッチモンドにフランス語を話す若い男が現われる。白粉が奪われはじめる。鄭奎と加藤明は昔、マフィアの白粉を強奪したことがある。

白粉――劉燕玲。白粉のために身体を売る女。劉燕玲に白粉を与えていたのは阿一《アヤッ》。白粉のために劉燕玲は売春を強要された。加藤明は中国人の女を買い漁る。恵琳に似た女を捜し歩く。福建野郎は白粉を捌いていた。呉達龍はその白粉を奪った。

奇妙な一致。白粉。白粉の売人。東部――ケベック。フランス語を話す若い男。かつて、白粉を強奪したことのある日本人。

白粉――すべてはそこに還元される。

「あんたたちはメイビアの売人から奪った白粉を東部で売り捌いたといったな？」

呉達龍は訊いた。

「そうだが？」

「東部ってのはどこだ？　トロントか？　モントリオールか？」

「両方だ」鄭奎が答えた。「メイビアのヘロインが強奪されたという話はカナダ中の暗黒街に知れ渡っていた。大量のヘロインを一ヶ所に売るのはリスクが大きすぎたんだ。だから、トロントとモントリオールに分けて売り捌いた」

「買ったのはだれだ？」

「段取りをつけたのは李耀明なんだ。名前は聞いたはずだが、覚えては――」

「思いだすんだ！」

呉達龍は叫んだ。部屋の空気が顫えた。鄭奎が首をすくめた。

「待て。興奮するな。いま、思いだす……確か、トロントで売ったのは郭永《グォッウエン》という男だった。モントリオールは董家輝《トンガーファイ》のはずだ」

郭永と董家輝――今や伝説と化しつつある東部黒社会のボス。ふたりは十年ほど前に相次いで死んだ。今では息子たちが後を継いでいる。香港や大陸からやって来た新興の連中に縄張りを食い荒らされている。

ヴァンクーヴァーで強奪された白粉――連中なら喜んで買い漁る。

呉達龍は電話に手を伸ばした。記憶にある古い知り合いの電話番号を押した。

「連飛《リンフェイ》か？　おれだ、呉達龍だ」

李《レイ》連飛――かつて、香港で呉達龍と共に悪名を馳せた悪徳警官。今ではトロントでやくざじみた仕事にありついている。

「久しぶりじゃないか、阿龍《アロン》。どうした、こんな時間に？」

「聞きたいことがある。最近のそっちの白粉の状況を知りたい」

「かなりの量が出回ってる。そっちで奪われた白粉がこっちに流れてきてるんじゃないかってもっぱらの評判さ。なあ、阿龍、いったい――」

「郭のところはどうだ？　白粉を大量に流してるんじゃ

ないのか？」

「なんでわかるんだ？」

呉達龍は受話器を強く握りしめた。当たりだった。ヴァンクーヴァーで奪われた白粉が、郭の息子を通してトロントでばら撒かれている。

「モントリオールの方はどうだ？」

呉達龍は相手の問いを無視して訊いた。

「そんなに詳しいわけじゃないが、董家榮《トンガーウエン》が盛り返してきているらしいぜ。落ち目だったはずのやつなのにって、みんなが驚いてる」

郭永と董家輝――ふたりの息子。二十年前の白粉強奪と繋がっている。現在の白粉強奪と繋がっている。結びつけているのは加藤明。李耀明は香港にいる。マカオのカジノの問題で他の組と血みどろの抗争を続けている。李耀明にカナダで仕事をする余力はない。

加藤明。これが事実なら、金をむしり取ることができる。目も眩むような金を、吐きださせることができる。これが事実なら、ただの政治スキャンダルでは終わらない。息子が職をなくすだけでは終わらない。ヴァンクーヴァー中の黒社会の連中が加藤明の命を狙いはじめる。ハロルド加藤の命を狙いはじめる。親の罪は子に受け継がれる――中国人のルール。

金があれば――腐るほどの金があれば、この窮地を脱することができる。新しい戸籍が買える。新しいパスポートを手に入れることができる。親子三人で、アメリカに新天地を求めることができる。悪党どもと一緒に汚泥を這い回る人生におさらばできる。

「そういえば、そっちの陳小山《チエンシヤオシヤン》のところのやつがこっちに来てたんだが、おまえと似たような質問をあちこちでしやがってな。どうも様子がおかしいってんでいろいろ探りを入れてみたんだが、なにもわからねえ。もしかしたら、潜入捜査官じゃねえかとも思ったんだが、おまえ、なにか知らねえか？」

「知らん。そいつが囮《おとり》捜査官なら、市警じゃなく、CLEUの管轄だ。そっちに当たりをつけるんだな」

呉達龍は電話を切った。

CLEUの潜入捜査官が加藤明に迫っている。推測にすぎない。証拠はどこにもない。証拠などくそ喰らえ。証拠が必要だというなら、本人を痛めつけて吐かせればいい。

「加藤明はどこにいる？」

「知らん。わたしも彼と話がしたくてあちこちに電話をかけた。だが、捕まらなかった」

「考えろ」呉達龍は押し殺した声をだした。「やつが行きそうなところを考えろ」

「いっただろう。わたしと明仔はほとんど行き来がなかったんだ。あいつがどこにいるかなんて——」

電話が鳴った。呉達龍と鄭奎の目があう。呉達龍はうなずいた。鄭奎が電話に手を伸ばした。

「ハロー？……そうだ、わたしだ。……もうわかったのか？」

鄭奎が呉達龍に視線を向ける。劉燕玲の居場所——呉達龍はもう一度うなずく。

「ホリデイイン・ダウンタウンの805号室だな？　わかった。ありがとう。この礼は必ずするよ」

ホリデイイン——ダウンタウンの中級ホテル。本当に手に入れられるかどうかわからない金より、そこにあるとわかっている白粉の方が確実だった。

「車を借りる」呉達龍はいった。「すぐに戻ってくるつもりだが、おれがいない間に雲隠れするつもりなら、それなりの覚悟をしておけ。どこに逃げようと、おれは必ずあんたを捜しだす。落とし前をつけさせる」

「そんなことはしないさ」

鄭奎の声——背中で聞きながら、呉達龍は部屋を飛びだした。

56

デイモン・クラインの話——驚愕の一語。呉達龍《ンダツロン》が加藤明の背後を探っている。なぜ？
大物のスキャンダルをでっちあげる仕事——裏にいるのは鄭奎《チェンフィ》。間違いない。問題は呉達龍はなにを摑んでいるのか、どこまで知っているのかということだった。
ミッシェルは恵琳《ワィラム》の息子だ——恵琳とはだれだ？　なぜ李少芳《レイシウフォン》は口を開こうとしない？
覗き見野郎——知りたい、知らずにいられない。
自制——李耀明《レイイウミン》を怒らせるわけにはいかない。
自制——余計なことには手を出すなと李少芳はいった。あいつを殺すのよと李耀明はいった。中国人の現場主義。法律よりも現場の最高責任者の命令が重視される。ヴァンクーヴァーでだれよりも力を持っているのは李少芳だった。
李少芳の部屋のドアをノックする。
「小姐《シウチェ》、このままでいいですからおれの話を聞いてください。まだ、あいつを殺したいですか？」
返事はない。

「ミッシェルです。小姐を見捨てて逃げた下衆野郎です。あいつを見つけて殺しますか？」

「やって」

短い声が返ってくる。

「わかりました」

言質《げんち》は取った。問題は——自分がどうするのかだった。

デイモン・クラインの話を整理する。クラインの事務所から持ってこさせたパソコンの中身を整理する。

加藤明——取引き先の日本人に売春婦を斡旋する。自分は中国女を買う。ミッシェルと繋がっている。

クラインが加藤明の尾行をはじめたのは昨日のことだった。クラインが摑んでいない事実——加藤明の裏の顔。調べるには時間が足りない。李少芳を香港に連れて帰る。理由をこじつけてとりつくろったところで、せいぜい三日も引き延ばせれば上々というところだった。

急がなければならない。悠長な手を使ってはいられない。ハロルド加藤——父親の本当の顔を知っているだろうか。知らないのなら教えてやればいい。父親が香港の李耀明の古い知り合いだといえば、ハロルド加藤は動揺する。そこをうまくついて利用する。

富永は携帯電話を手にした。ハロルド加藤の番号に電話した。

「ハロー？」

くたびれた声——死人のような声。

「富永だ。話がある」

「明日にしてくれ。たてこんでるんだ」

「おまえの親父の話だ」

長い沈黙が降りた。ハロルド加藤はなにかを知っている。

「聞いているのか、ハロルド？」

「ああ。悪いが、いまは本当にたてこんでるんだ。明日、午前中にこっちから連絡を入れる。それまで待ってもらえないか？」

「なにか事件でも起こったのか？」

「呉達龍が同僚の刑事を射殺したんだ」

右手の小指が疼く——電話が切れる。クソ野郎の呉達龍。とち狂っている。完全にできあがっている。警官殺しとなれば、市警も黙ってはいまい。ヴァンクーヴァー中のおまわりが目を血走らせて呉達龍を捜しはじめる。警察より先に呉達龍を見つけなければならない。小指の落とし前をつけさせなければならない。

やらなければならないことが多すぎる。時間も人手もない。少なくとも今夜は、マックをこき使うわけにはいかない。マックの不審を買ってはならない。

富永は携帯をまた使った。劉燕玲《ラウインレン》に電話をかけた。劉燕玲を使って呉達龍をおびき出す手が残っている。

「喂《ウアイ》？」

間延びした声――ヘロインの効力。

「サムだ」

息をのむ気配が伝わってきた。違和感が背筋を駆けあがった。

「どうした？　なにか不都合でもあるのか？」

「別にないわ」

醒めた声――ヘロインの効力が消えている。なにかがおかしい。違和感が膨らんでいく。

「だったらいいんだが……これから会えないか？」

「だめよ。忙しいの」

冷たい声――電話が切れた。

劉燕玲は傲慢だった。富永に助けを求め、ヘロインを求めてきた時とは正反対だった。なぜか？――他にヘロインを手に入れる方法を見つけたとしか考えられない。

小指が疼く。呉達龍の顔が脳裏に浮かぶ。加藤明の顔が脳裏に浮かぶ。李耀明の顔が脳裏に浮かぶ。李少芳の顔が脳裏に浮かぶ。

だれもかれもが富永をなめている。劉燕玲にまでなめさせるわけにはいかない。

富永は腰をあげた。影のように突っ立っていた阿寶《アポー》に声をかけた。

「出かけてくる。銃を貸してくれ」

「お供しましょうか？」

「その必要はないよ、阿寶。女のところに行ってくるだけだ。なめた口をきいたから、お仕置きをしてやらなけりゃならないだけだ」

「でも、車の運転は？」

富永は右手を阿寶の顔の前に突きだした。握り、開いた。小指が疼き、痛む。だが、痛みはかなり引いている。

「自分で運転できるさ」

富永は欠落した小指を凝視しながらいった。

＊　　＊　　＊

ホリデイイン・ダウンタウン。８０５号室。ドアをノックする――返事はない。ドアをノックする――ノックしつづける。部屋には劉燕玲の義母と息子もいるはずだった――かまいはしなかった。

「やめて。今開けるから」

返事があった。富永はドアをノックしつづけた。

ドアが開いた。血の気を失った顔、泣きはらした目――劉燕玲が身体を顫わせていた。富永は劉燕玲を押しのけて部屋に入り込んだ。

広めのリヴィングにベッドルームとバスルーム――ジュニア・スイート。義母と息子の気配はなかった。

ベッドルーム――ダブルベッドがふたつ。右側のベッドのシーツが乱れている。クローゼットの中――女物の衣服。年寄りと子供のものはない。

バスルーム――洗面台の上に無造作に置かれたアイスクリームのパッケージ。注射器。スプーン。薬局で買った精製水のボトル。パッケージの中を覗く。白い粉が視界に飛びこんでくる。かなりの量――三キロから五キロといったところ。うまく売り飛ばせば、米ドルで五十万ドル以上の金になる。

「これはどうしたんだ？」

リヴィングに声をかけた。返事はなかった。富永はパッケージを摑み、リヴィングに戻った。劉燕玲はドアの側で突っ立っていた。左手で自分の肩を抱いていた。右手に煙草を挾んでいた。忙しなく煙を吹きあげていた。虚ろな目――富永に気づいて恐怖の色が宿る。

富永は劉燕玲の髪を摑んだ。パッケージに顔を押しつけた。煙草が絨毯の上に落ちた。富永はそれを踏みつけた。

「これはどうしたんだと訊いてるんだ!?」

「わたしのよ。わたしの白粉《バーファン》なの」

燕玲が広東語で喚いた。

「どこで手に入れたんだ？」

「家よ。今日、着替えを取りに家に戻ったの。そうしたら、冷蔵庫の中にこれがあったのよ。だから、わたしのなの。返して。お願い。わたしのだから返して」

燕玲が富永の手を振りほどいた。パッケージを奪い取った。両手で抱え、富永に背を向けた。まるで子供を守ろうとしているかのようだった。

富永は燕玲から離れ、ソファに腰をおろした。燕玲の家にあったヘロイン。だれが置いていったのかは考えるまでもない。呉達龍だ。問題はひとつ――呉達龍はこのヘロインをどこで手に入れたのか。

「婆あとガキはどうした？」

燕玲に声をかける。燕玲が振り返った。

「出ていったわ。わたし……今日、これを見つけて……我慢できなくなったの。お風呂に入るからっていって、バスルームで注射して……見られたのよ!! あのクソ婆あ、義母がわたしのことを覗き見したのよ。義母がわたしを罵った揚げ句、わたしの子供を連れて出ていったわ」

「子供を連れてかれたっていうのに、おまえはそのヘロインを打ちまくってたというわけか」

「しかたがなかったのよ。辛くて悲しくて……これに頼るしかなかったの」

ヘロインを打っている現場を見られたのなら、離婚は決定的だ。夫が香港芸能界のスター——しかも黒社会《ハクセィウィ》の大物と付き合いがあるスターとなれば、子供の養育権も向こうに奪われ、慰謝料もビタ一文支払われない。絶望から目をそらすためにヘロインに頼る——愚かだが、うなずける。

富永は細めた目を燕玲に向けた。何本もの髪の毛が顔の肌にくっついている。涙で濡れた目——眼窩は黒ずみ、落ち込んでいる。艶のない唇——かさかさに乾いている。

麻薬に狂った哀れな女——恭子《きようこ》を思い起こさせる。覚醒剤に狂っていたころの自分を思わせる。恭子は覚醒剤を買う金を稼ぐために身体を売った。富永はそれを黙認した。

劉燕玲もヘロインを得るために身体を売ったことがあるはずだった。

身体を売る女——買う男。燕玲は中国女だった。加藤明は中国女を買う男だった。

「燕玲」

富永は叫ぶようにいった。燕玲が身体をびくりと顫わせる。

「だめよ。この白粉は渡さないわ。わたしのものよ」

「だれもそれをよこせとはいってないだろう。この写真を見るんだ。見覚えはないか？」

富永はコートのポケットから写真を取りだした。デイモン・クラインの事務所から持ってきたファイルの中に入っていた写真だった。

劉燕玲は顫える指で写真をつまんだ。凝視——戸惑いがやがて確信に変わる。燕玲は加藤明を知っている。

「こんな男、知らないわ」

燕玲がいった。富永は燕玲の髪の毛を摑んだ。床に引き倒した。燕玲の口が開く——塞ぐ。平手で頬を叩く。五回めの打擲で燕玲の身体から力が抜けた。富永は口を押さえていた手を離した。

「知ってるんだろう？」

押し殺した声で耳元に囁く。

「知らないわ」

燕玲は首を振った。燕玲は泣いていた。富永は燕玲の首を摑んだ。バスルームまで引きずっていった。

「この男と寝たことがあるんだろう？　いつだ？」

燕玲は泣くだけで答えなかった。富永はアイスクリームのパッケージを開けた。ビニールに包まれたヘロインを取りだした。

「おれに意地を張ってどうする、燕玲。教えてくれるだけでいいんだ。おまえが、ヘロイン欲しさに身体を売ったからって、おれはこれっぽっちも気にしない」

「帰って。わたしのことは放っておいて」

　燕玲が叫んだ。富永はビニールを破いた。ヘロインを便器の中に捨てた。

「なにするのよ！　それはわたしの白粉よ」

「写真の男と寝たのはいつだ？」

「白粉を返して」

　富永は新しい包みを手に取った。中身を便器に捨てた。

「やめて。お願いだからやめて」

　燕玲の顔が醜く歪む。

「あの男と寝たのはいつだ？」

「去年よ――白粉を捨てるのはやめて。それはわたしのよ。わたしが見つけたんだから」

「去年のいつだ？」

「そんなこと、一々覚えてないわ」

「どうしてこの男と寝た？」

「白粉が欲しかったのよ。男と寝れば、白粉を売ってもらえたのよ」

「だれがおまえに白粉を売ったんだ？」

「阿一《アャッ》よ。シアトルから来た下衆な福建野郎よ。わたしはそんな男にいいようにあしらわれて売春を強制されてたわ。おかしい？　おかしくなんかないわよ。わたしは白粉が欲しかったの。手に入れるためならなんでもする。あなたみたいなクズの日本人にだって、やらせてあげたわ」

　富永は燕玲の顎を蹴りあげた。鈍い音がした。燕玲がタイルの上に仰向けに倒れた。口の周りが鮮血で染まっていた。涙と血――醜悪な顔が天井を睨んでいる。

　小指の疼き――身を焦がすような怒り。飲みこみ、考える。阿一。記憶の断片。マックが忙しく立ち回っていた。シアトルから来た福建野郎が殺された。ヘロインが奪われた。みんな、血眼になってそのヘロインを探している。

　阿一は燕玲に客を取らせていた。加藤明は阿一から燕玲を買った。阿一と加藤明――ふたりを結びつけたものはなにか？

「その阿一ってやつは、どうやっておまえに取らせる客を見つけてくるんだ？」

　富永は倒れたままの燕玲に質問を浴びせた。燕玲は動かなかった。虚ろな目が宙を見据えていた。

「答えなきゃ、白粉を全部トイレに捨てるぞ」

「や……やめて。お願いだから。その白粉はわたしのものよ」

　燕玲はもがきながら身体を起こした。口から血とともに白い塊を吐きだした。歯だった。歯を折られ、口中を血だらけにしてなお、燕玲はヘロインに執着していた。

「質問に答えろ」

「知らないのよ。ほんとうになにも知らないの。白粉が欲しかっただけなのよ。白粉がもらえれば、他のことはどうだってよかったの。嘘じゃないわ。だから、白粉を捨てるのはやめて。お願い。なんでもするから。あなたのいうことはなんでも聞くから」

燕玲が懇願する——燕玲は嘘はついていない。

「おまえが阿一と会ったのはどこだ？」

「カジノよ。チャイナタウンのロイヤルパレス・カジノ」

カジノとヘロイン。加藤明——博奕にうつつを抜かすとは思えない。ならば、阿一と加藤明を結ぶものはヘロインということになる。ヘロイン。加藤明がヘロインを打つ姿を想像する。そぐわない。加藤明がヘロインを金に換える姿を想像する。莫大な金が動くのならばありえないことではない。

ヘロイン。黒社会のヘロインが何者かに奪われているとマックがいっていた。ヘロインの強奪——目的は金。それも、細心の注意を払って。それを換金しなければならない。ヘロインを奪った者は、黒社会から奪ったヘロインを、同じ地域の黒社会の連中に売り飛ばすことはできない。噂がすぐに広まる。報復を誓った連中がすぐにでも飛んでくる。黒社会から奪ったヘロインは、黒社会とは関係のないところで静かに売り捌く必要がある。

阿一。黒社会の人間には違いない。だが、阿一は一匹狼だとマックがいっていた。その一匹狼がなぜ、大量のヘロインを捌くことができたのか。

黒社会から奪われたヘロイン。だれかの手を通じて、阿一のような連中に流れていく。加藤明は李耀明の古い知り合いだった。兄弟分のような間柄だった。だとすれば——

「わたしの白粉を返せ！」

鋭い声——我に返る。足元に血塗れの燕玲の顔があった。蹴ろうとした——遅かった。燕玲が足首を摑んでいた。

「返せ！」

燕玲が足にしがみついてくる。富永はバランスを失って真後ろに倒れた。洗面台が背中にあたった。後頭部をタイルに打ちつけた。

痛み——怒り。身を焦がす怒り。足にしがみついたままの燕玲を蹴り飛ばした。

燕玲の悲鳴——小指の疼き。

富永は銃を抜いた。銃身をスライドさせた。起きあがった。燕玲が腹を抱えてうずくまっていた。血走った目が洗面台の上のアイスクリームのパッケージを見つめていた。生きたまま死につつある者の顔。生よりも金よりもドラッグに取り込まれてしまった者の顔。恭子の顔。かつての自分の顔。

「白粉を返して」

燕玲がいった。富永は銃で燕玲を殴った。燕玲はタイルの上に突っ伏す。動かなくなる。富永はバスルームを出た。ベッドの上のふたつの枕を摑んで引き返した。

燕玲は気を失ったままだった。意識を喪失してなお、歪んだ表情はヘロインを欲しているかのようだった。醜悪だった。普段の燕玲の美しさは見る影もなかった。洗練された物腰も消えていた。男心をそそるエロティシズムもうかがえなかった。

恭子と同じだった。恭子は覚醒剤を手に入れるためならなんでもした。覚醒剤を身体に注入した後では、骨と皮だけになった肉体で富永を誘惑しようとした。富永はそんな恭子を抱いた。頭の中は覗き見野郎に蹂躙されていた。なにもかもを知らずにはいられなかった。腰を振りながら、恭子の睫毛の数をかぞえた。恭子の尻の穴の皺を数えた。

富永はふたつの枕で銃をくるんだ。枕ごと銃を燕玲の顔に押しつけた。撃った。

くぐもった銃声――燕玲の顔が砕ける。タイルに血と脳漿がぶちまけられる。

富永は枕を放り投げた。顔を失った肉の塊が足元に転がっている。富永は燕玲の死体に唾を吐きかけた。

＊　＊　＊

壁に耳を押し当てる――なんの気配も感じられない。805号室の両脇の部屋は無人だった。欠落した小指を隠すために常にはめている手袋――指紋を拭き取る必要はない。洗面台の上のヘロイン――金に換える時間はない。マックへの手土産――首を振る。ヘロインは持っていくには危険すぎる。

富永は部屋の中を見渡した。富永と劉燕玲の関係を示唆するものはなにもなかった。ライティングデスクの上に無造作に置かれていた鍵を拾いあげ、部屋を出た。エレヴェータホール――二基あるうちの右側のエレヴェータが上昇してくるところだった。階数表示パネルを見つめる。五階、六階、七階――エレヴェータは停止しない。富永は部屋に引き返した。ドアに身体を寄せてエレヴェータの気配を探った。エレヴェータが停止する。乱暴な足音が近づいてくる。

富永は舌打ちした。銃を抜いた。エレヴェータに乗っていたのがただの宿泊客ならどうということはない。だが、近づいてくる傍若無人な足音が神経を刺激する。頭の中で警報ベルが鳴りはじめる。

警察のはずはない。富永と燕玲の諍《いさか》いをだれかが聞き咎《とが》めたとしても、警察がやってくるには早すぎる。ホテルのスタッフ——ありえなくはない。殺すか、殴り倒して逃げ出すか。いずれにせよ、迅速に行動しなければならない。

足音が近づいてくる——足音が消える。ドアの向こうに人の気配。富永はドアの脇の壁に背中を押しつけた。銃を握り直した。

金属が擦れあう音がした。頭の中の警報ベルがひときわ高く鳴り響いた。足音の主は銃を持っている。銃身をスライドさせて弾丸を薬室に送り込んでいる。

動こうとした瞬間、銃声がした。ドアが弾け飛んだ。拳銃ではなかった。ショットガンだった。

吹き飛んだドアとともに人影が部屋の中に躍り込んできた。舞いあがる噴煙——顔は確認できない。

「劉燕玲！　どこにいる？　おれの白粉を返しやがれ!!」

野太い声で発せられる広東語。聞き覚えがある。いかつい身体つき——見覚えがある。

呉達龍——とち狂ってしまった悪徳警官。ほんとうにとち狂っている。

「くそったれの売女め、どこにいやがる!?」

呉達龍はショットガンを腰だめにしていた。燕玲の姿を求めて顔を左右に揺らしていた。

「動くな。動くと撃つぞ、呉達龍！」

富永は銃を構えて叫んだ。呉達龍の動きがとまった。

「その声は日本鬼《ヤップンクワイ》か？」

呉達龍は部屋の奥に顔を向けたまま叫んだ。

「ショットガンを捨てろ！」

「あの売女はどこにいる？」

「黙れ！　早くショットガンを捨てるんだ。おれがどれだけおまえを殺したがってるか、わかってないわけじゃないだろうが」

ショットガンが床の上に投げだされた。

「あの売女と乳繰り合ってたのか、日本鬼め」

憎々しげな声——引き金にかけた指に力がこもる。ありったけの理性をかき集めて自制する。呉達龍には聞きたいことがある。殺すのは、後からでも間に合う。

「銃から離れろ。あの売女は死んだし、おまえがとち狂ったことをしでかしたおかげですぐにでも警察がやってくる。その前にここを逃げださなきゃならん」

「死んだ？」

呉達龍が振り返る。富永は銃口を振って威嚇した。

「振り返るな。ショットガンから離れるんだ」

「だれが殺したんだ？」

「知らん。おれが来たときには死んでいた。ショットガンから離れるんだ」

「白粉はどこだ？」

振り返ったままの呉達龍の顔——悪鬼の形相。

「撃つぞ」

「撃ちたきゃ撃ちやがれ。白粉はどこだ？」

「バスルームだ」

呉達龍がショットガンには目もくれず、バスルームに向かって走りだした。富永はショットガンを拾いあげた。拳銃をしまい、ショットガンをかまえた。呉達龍の背中がバスルームに消える。すぐに戻ってくる。両手でアイスクリームのパッケージを抱え込んでいる。

とち狂っている——この状況にあってなお、ヘロインに執着している。自分の持ち物に執着している。

「てめえがやりやがったんだな!?」

呉達龍が叫ぶ。とち狂っている——ほんの一瞬、燕玲の死体を見ただけで状況を把握している。とち狂っていながら警官の目をなくしてはいない。

「逃げるぞ」

富永はショットガンの銃口を呉達龍に向けた。

「勝手に逃げりゃいいじゃねえか」

「おまえには聞きたいことがある。一緒に来てもらうぞ」

富永はいった。呉達龍が唇を舐めた。

＊　＊　＊

非常階段を駆けおりる。駐車場まで走り続ける。警備員とはすれ違わなかった。武装した警官隊と行き合うこともなかった。

「これが鍵だ。おまえが運転しろ」

富永は車の鍵を呉達龍に放り投げた。呉達龍が受け止めた。右手に鍵、左手にアイスクリームのパッケージ。ショットガンの銃口を呉達龍の鳩尾に押しつける。

「なにをしやがる？」

呉達龍が歯を剝く。どこかからサイレンの音が聞こえてきた。サイレンは近づいてきていた。

「すぐに終わる。静かにしてろ」

呉達龍の上着の内側を探る——腰に差したオートマティック。取りあげる。他に武器は持っていなかった。

「これで終わりだ」

取りあげた銃をコートのポケットに押し込んで助手席に乗りこんだ。

呉達龍はアイスクリームのパッケージを膝の上に置いた。エンジンをかけ、タイヤを軋らせて車を発進させた。

「白粉の量が減ってる」

呉達龍がいった。

「燕玲が使ったんだ」

富永は答えた。

「馬鹿いうな、どれだけの量があったと思ってるんだ」

「命と引き換えにできるほどの量じゃない」

呉達龍が振り向いた。憎悪のこもった視線を富永にぶつけた。

「この白粉はおれのものだ。自分のものを盗まれたら、どんなことがあっても取り返さなくちゃならない」

「おまえはとち狂ってる」

呉達龍が笑った。富永はショットガンをドアに立てかけた。呉達龍の銃をポケットから抜きだした。弾倉をチェックする。スライドを引く。

「聞きたいことがあるといっていたな？　おまえがおれになにを聞くっていうんだ？」

「加藤明だ」

富永は銃を呉達龍に向けた。呉達龍は虚を衝かれたように口を開けていた。

「おまえはデイモン・クラインを使って加藤明の動向を調べさせていた。そのことについて、いろいろ聞きたいんだよ」

「おれの方も聞きたいな。あのくそったれの日本鬼とおまえにどんな関係があるっていうんだ？」

「あの日本人は李耀明の古い兄弟分だ」

「そういうことか」呉達龍が納得したというようにうなずく。「長い話になる」

「かまわん。夜明けまではまだ時間がある」

「話し終わったあとは、おれはこれか？」

呉達龍は右手で自分の首を掻き切る真似をした。

「おまえ次第だ」

富永はいった。呉達龍が笑いはじめた。

「小指はどうだ、日本鬼？　まだ痛むんじゃないのか？」

小指が疼く――身体全体に顫えが走る。

「話せ」富永は歯を食いしばっていった。「話さなきゃ、いたぶりながら殺してやる」

オートマティックの銃口を呉達龍のこめかみに押しつけた。

「なにから話していいのかわからん。おまえが質問しろ。そうすれば、答えてやる」

呉達龍のこめかみに血管が浮かんだ。呉達龍は怒っている。怒りながら恐れている。富永は唇を舐めた。

「どうしてデイモン・クラインを使って加藤明の素行を調べさせたんだ？」

「鄭奎の命令だよ。鄭奎はおれのせいでヘスワースと加藤明から選挙を降りろと脅されていた。それで、逆に加藤明とヘスワースの弱みを握ろうとしたんだ」

鄭奎——予想どおりの答え。だが、それだけでは納得がいかない。

「それだけじゃないだろう？」

「それだけだ……最初のうちはな。調べさせていくうちに、あの日本野郎がとんでもないやつだってことがわかってきた」

呉達龍の目つきが鋭くなった。猛禽の目——野獣の目。富永は銃を握り直した。

「それで？」

「おれはな、取り澄ました連中が嫌いなんだ。陰じゃ薄汚えことをやってるくせに気取りやがって。てめえやハロルド加藤みたいな連中を見ると、唾をぶっかけてやりたくなる」

呉達龍は吐き捨てるようにいった。

「それで、加藤明にも唾を吐きかけてやろうと思ったのか？」

「あいつの薄汚れたところを明るみに出してやれば、ハロルド加藤にも一泡吹かせてやれる。一石二鳥だ」

「なにを摑んだ？」

「たいしたことじゃない。あの日本人は非合法の売春宿に出入りして、中国女を買ってる。白粉をやりながらだ。調べがついたのはそれぐらいだ。なにしろ、時間がなかったからな」

「燕玲は加藤明を客として取ったことがあったそうだ」

呉達龍が目だけを動かして富永を見た。

「あの売女が？」

「燕玲は阿一という福建人から白粉をもらっていた。その見返りに身体を売ってたんだ。おまえも知ってるだろう？」

「ああ」

呉達龍の眼球が不自然に動いた。呉達龍の膝の上のアイスクリーム・パッケージ——呉達龍は阿一を殺し、ヘロインを奪った。とち狂っている。

「その白粉は阿一のものだな」

「だったらなんだっていうんだ？」

「おまえが黒社会の連中から白粉を奪ってまわってるのか？」

「馬鹿いえ。そんなことをしてたら、命がいくつあっても足りやしない。これを手に入れたのはたまたまだ」

呉達龍は視線を前に向けた——嘘ではない。

「加藤明はどうして阿一なんてやつと知り合ったんだ？」

質問の矛先を変える——刑事のやり口。次々と質問を放ち、相手の返答の矛盾を捜す。

「おれが知るか。リッチモンドに太子党《タイジードン》の連中がやってる〝道《タオ》〟っていう秘密クラブがある。あの日本人はそこで博奕と白粉をやってから女を買ってた。阿一ってのもカジノで上客を探してたらしい。そのあたりで繋がりができたんだろう」

「加藤明が博奕に狂うような男か？」

「おれの知ったことじゃない」

呉達龍が激しい勢いで振り向いた。銃口が逸れる――呉達龍は気にも止めない。とち狂っている。

「あの野郎がどんなひどいことをしようが、おれには関係がない。なんだってそんなことを気にしてるんだ？　野郎はおまえの親分の兄弟分だろうが？　李耀明が香港でなにをしてるのか考えてみろ。そんなやつの兄弟分だっていうんなら、李耀明と似たようなもんだろうが」

「白粉だ」富永はいった。「あいつのことを知りはじめると、いろんなところで白粉が顔を出してくる」

呉達龍の血走った目が富永を凝視する。

「おまえもそのことに気づいてるんだな？」

富永はいった。呉達龍は顔を正面に向けた。否定はしなかった。

「白粉が絡んでればなんだっていうんだ？」

呉達龍が口を開いた。

「黒社会の白粉があちこちで奪われてる。それをやってるのがもし加藤明だとして、加藤明がうちの大老《ダーイロウ》の兄弟分だということが公になれば、大老はまずい立場に追い込まれるかもしれない」

「なるほどな」呉達龍が嗤《わら》った。「それで、飼犬のおまえは、ご主人様の御機嫌伺いに奔走してるってわけだ」

呉達龍の声は耳障りだった。その声が鼓膜を顫わせるたびに小指が疼いた。殺意が膨らんだ。

まだだ――身体の内側から聞こえてくる声。やるのはすべてを聞きだしてからだ――覗き見野郎の声。知りたくてしょうがない。知らずにはいられない。

「知りたいんだ」富永はいった。「おれは、つい数時間前、加藤明と話をした。あいつは悪党だ。一筋縄じゃいかない男だということはすぐにわかった。だから、知りたいんだ」

「頭がおかしくなったんじゃないのか、日本鬼」

「おれはおまわりだった。いろんなところを覗き見た。小声で交わされる秘密話に耳を傾けた。その時の癖がまだ抜けない。おまえもおまわりだ。おれの気持ちがわかるか？」

「たまにいるよ、おまえみたいな野郎がな。いつも双眼鏡や盗聴器を持ち歩いてるやつらだ。悪党を逮捕することより、悪党どもの秘密を嗅ぎつけて、それをネタにマスを掻くやつらだ。みんな、とち狂ってる」

とち狂っているのは呉達龍の方だった。

「おまえにいわれたくはない」

「いいや、いわせろよ。おまえみたいな連中のことはよく知ってる。盗み見が好きな連中ってのはいつだって同じだ。他人の秘密を覗き見するってことは、いつだって嘘をつかなきゃならないってことだ。覗き見自体が違法行為だからな。覗き見で犯罪行為を知ったって、だれにも報告なんかできやしない。だから、おまえみたいな連中はいつも嘘をついてなきゃならなくなる。そうやってるうちにな、自分が口にする言葉が嘘だか本当だかもわからなくなってくるんだ」

「なんの話を——」

「黙って聞け。おれにはよくわかってるんだぜ、日本鬼。たしかに、おまえはあの日本人のことを知りたいんだろう。知りたくて知りたくてたまらないんだ。だがな、日本鬼。おまえを突き動かしてるのは、知りたいからだけじゃないんだぜ」

呉達龍は思わせぶりに口を閉じた。前方に据えられた視線——フロントウィンドウに映る目。じっと富永の様子をうかがっている。

「なにをいいたいんだ?」

富永は訊いた。

「考えてみろよ、日本鬼。おまえは燕玲を殺った。おれと悠長に話し込んでる場合じゃない。おれだって、隙があればおまえを殺してやる。おれとこんなことをしてる場合じゃないんだ。いくら覗き見が趣味だっていっても、命までは張らないだろうが。確かにおまえは知りたがってるんだろう。だが、おまえを突き動かしてるのはそれじゃない」

「だったらなんだっていうんだ?」

フロントウィンドウに映る呉達龍——破顔する。

「うまく立ち回れば金になるってことがわかってるからだよ。違うか、日本鬼? 加藤明は金を持ってる。黒社会の連中から奪った白粉を売り捌いてるならなおさらだ」

富永は視線を落とした。金——考えなかったといえば嘘になる。加藤明を脅し、金を奪う。金さえあれば、李耀明に顎でこき使われることもない。李少芳の我が儘に振り回されることもない。

「図星だろう、日本鬼?」

呉達龍の嘲笑うような声。小指が疼く——殺意が燃えあがる。知ることへの欲求、呉達龍への殺意。身体の奥で燃え盛る欲望の前では金すらも色褪せて見える。

とち狂っているのは呉達龍だけではない。

富永はもう一度銃口を呉達龍のこめかみに押しつけた。

「おれがなにをしてなにを望もうと、おまえの知ったことじゃない」富永はいった。「どれだけ金を手に入れても、なくなった小指は戻ってこない。わかってるか、呉達龍？」

「おまえがとち狂ってるってことはよくわかってる。香港にいた時からそうだった」

「おまえも似たようなものだ。もうおまえの無駄話にはうんざりだ。話せ。知ってることを全部話すんだ」

「そこまでいうんなら話してやるさ。だが、忘れるなよ、日本鬼。おまえはおれの子供たちをさらわせた。おまえはおれを殺したいと思っているんだろうが、おれはその百倍、おまえを殺したいと思ってるってことをな」

「話せ」

富永は銃口で呉達龍の頭を小突いた。呉達龍は眉ひとつ動かさず、口を開いた。

二十年前の悪党たちの話がはじまった。

＊　＊　＊

「鄭奎から聞きだしたのはだいたいそんなところだ」

呉達龍が小さな声でいった。富永は視線を窓の外に向けた。車はグランヴィル・ストリートを南に進んでいた。

李耀明と鄭奎と加藤明、それに恵琳。ミッシェルは恵琳の息子だ——加藤明は電話で李耀明にそう告げていた。ミッシェル。父親は加藤明か、それとも李耀明か。前者なら、ハロルド加藤は実の弟を捜し求めていることになる。後者なら、李少芳は血の繋がった兄と関係を持ったことになる。おぞましい事実——ねじくれた現実。秘密の一端を握った喜びに眩暈を覚える。近親相姦は香港ではタブーだった。黒社会でも赦されなかった。このネタを李耀明にちらつかせれば、その先にあるのは自由の身。あるいは残酷な死。

眩暈が強まっていく。足元が覚束なくなる。思考の針路を変える。

李耀明と鄭奎と加藤明。白人マフィアのヘロインを奪い、カナダ東部で売り捌いた。歴史は繰り返される。二十年後、ヴァンクーヴァーでは黒社会のヘロインが強奪されている。ヘロインを強奪しているのは加藤明——あるいはミッシェル。ミッシェルと李少芳が隠れていた家——隠匿されていたヘロイン。後者の可能性が高い。あるいは両者が結託している可能性が高い。いずれにしろ、加藤明は無関係ではない。

加藤明——ジェイムズ・ヘスワース——次期下院議員の筆頭候補。おぞましい事実——ねじくれた現実。喜びに身体が顫える。このネタを使ってうまく立ち回れば莫大な金を手に入れることができる。

眩暈が強まっていく。足元が覚束なくなる。

「感想はなにもなしか？」

呉達龍の皮肉な声――眩暈が消える。足元の感覚が戻ってくる。

「黒社会のヘロイン強奪に加藤明が関係している」

富永はいった。ミッシェルの名前は出さない――出せない。

「トロントの知り合いに連絡をとって訊いた。トロントとモントリオールで、白粉商売で力をつけているのは、昔、李耀明たちから白粉を買った連中の息子どもだ。黒社会の白粉が奪われるようになったのは、鄭奎が選挙で忙しくなってからだし、李耀明は香港だ。あの日本人が白粉に関わってることは間違いない。白粉で作った金をジェイムズ・ヘスワースの選挙資金に当ててるんだ。くそ野郎め」

なぜだ？――覗き見野郎が声を発する。加藤明にはそれなりの金がある。ジェイムズ・ヘスワースには腐るほどの金がある。おまけに、選挙がはじまった当初からヘスワースは他の候補をリードしていた。対抗馬は鄭奎だけ。その鄭奎も途中で馬脚をあらわした。無理をする必要はない。危険な金を注ぎ込む必要はない。

車が急に右折した。身体が揺れた。車のスピードがあがった。

「なにを――」

車体が激しくバウンドした。狭い路地――サイドウィンドウに民家の生け垣が迫ってくる。

「呉達龍!!」

富永は叫んだ。同時に車が生け垣に突っ込んだ。衝撃――視界が揺れる。身体が横にふられる。握っていた銃が手を離れる。頬骨が窓に激突する。ブラックアウト――遠のいていく意識を必死で手繰りよせる。ここで気を失えば呉達龍に殺される。

富永は頭を振った。呻いた。手をこめかみにあてた。手袋に血がこびりついた。

「くそっ」

ドアに立てかけておいたショットガン――手に取り、運転席に向けた。

運転席は空だった。ドアが開いていた。ドアの向こう――走って逃げていく呉達龍の後ろ姿。富永はショットガンをかまえた。引き金を引こうとして、唇を嚙んだ。騒ぎを大きくするわけにはいかない。警察に関わっている暇はない。

「くそったれ!!」

富永はショットガンの銃身をステアリングに叩きつけた。ショットガンを放り投げ、車を降りた。呉達龍が逃げ去ったのとは反対の方向に足を踏みだした。

57

ケヴィン・マドックス――憐れで愚かな悪徳警官。自分の相棒に殺された。
ケニィ――憐れで愚かなゲイのチンピラ。誠実そうな表情をした警官に殺された。
やめろ――口に出さずに呟く。自己憐憫に漬かっている暇はない。
ケヴィン・マドックス殺害現場――マドックスの自宅。ヴァンクーヴァー市警の警官で膨れあがっている。CLEUの捜査官と市警の殺人課の刑事が怒鳴りあっている。別の捜査官がハリィに助けを求めに来る――市警の連中をなんとかしてください。ハリィは首を振る。現職警官の殺人事件。被疑者も現職警官。これ以上、市警を抑えつけておくことはできない。それに――
この事件を市警に任せれば、市警は全力を挙げて捜査に乗りだす。ブリティッシュ・コロンビア大学の敷地内で発見された身元不明の焼死体の捜査はおざなりにされる。
やめろ――声に出さずに呟く。
携帯電話が鳴る。女のオペレーターの声が緊急通信である旨を告げる。
「グリーンヒル警部からの緊急指令付きメッセージです。本日未明、サウス・グランヴィル58番アヴェニューの路上で車両事故発生。現場には車両が一台放置され、車内でショットガンが一丁、ベレッタ社製のオートマティックが一丁発見された。製造番号から、オートマティックはヴァンクーヴァー市警がロナルド・ン巡査部長に支給したものであることが判明。車両の数ヶ所からロナルド・ン巡査部長の指紋も検出された。現場及び証拠品は、現在、ヴァンクーヴァー市警によって厳重に封鎖されている。以上です」
呉達龍《ンダッロン》――デイモン・クラインの家を訪れたパトロール警官を殺し、ケヴィン・マドックスを殺し、サウス・グランヴィルで事故を起こす。
呉達龍――なにをしようとしているのか。なにをしでかすつもりなのか。常軌を逸した悪徳警官――末路は破滅でしかない。
おれも同じだ――声に出さずに呟く。導火線は燃えつづけている。血塗れの現実が追いかけてくる。このままでは破滅するのは確実だった。
ハリィは錯綜する現場に背を向けた。自分の車に戻った。車を発進させた。父親の家で見つけた不動産のファイル。虱潰しにあたれば、なにかを見つけることができるかもしれない。ミッシェルを見つけることができるかもしれない。

導火線は燃えている。血塗れの現実はどぎつさをましている。遮二無二逃げつづけなければ取り込まれてしまう。

頭の中のファイル——最初の目的地はバーナビィのアパートメント。この時間なら十分で到着できる。

ハリィはアクセルを強く踏みこんだ。

＊　＊　＊

バーナビィのアパートメント。ピッキング・トゥールで侵入する。リヴィングダイニングとベッドルームがふたつあるだけの部屋。家具が埃をかぶっていた。なにも見つからなかった。
二番目の物件——チャンプレイン・ハイツの小さな一軒家。薄汚れたキッチン。しわくちゃになったベッドのシーツ。人が住んでいる気配はない。だが、時折だれかが使用している。ハリィは家中をくまなく捜した。なにも見つからなかった。
三番目の物件——フレイザー河沿いのモーターボートハウス。強固なシャッターがピッキング・トゥールを受けつけない。窓ガラスを叩き割って侵入する。湿ってかび臭い空気。がらんとした室内には一隻のモーターボートも見当たらない。明は船には乗らない。マリンスポーツはしない。釣りもしない。胡散臭さが募る。壁際に積まれた段ボール箱。表面には中国語が印刷されている——陳恵琳貿易公司、化学薬品。
陳恵琳《チャンワイラム》——ミッシェルの母親。明の愛人。
ハリィは段ボールを片っ端から覗いていった。すべての段ボールが空だった。ボートハウスには他にはなにもなかった。胡散臭さだけが募っていく。
四番目の物件——フレイザー河岸、オークストリート・ブリッジ近くの小さな倉庫。窓はなく、頑丈に戸締まりされた出入口はピッキング・トゥールでは歯が立たない。管理会社に連絡し、CLEUの身分証明書をかざして中に入る——明日まで待たねばならない。
五番目の物件——サウスウェスト・マリーンのフラット。ピッキング・トゥール。明かりのついていない室内に人の気配はない。だが、どこからか生活臭が漂ってくる。明かりをつける。室内を物色する。食器が乱雑につまれたキッチン。冷蔵庫には電子レンジ食品がつまっている。ダイニングには煙草の吸い殻が山になった灰皿。ベッドルームには乱れたシーツ。クローゼットには明が着るには派手すぎる衣服とボストンバッグ。バッグの中

──ビニールに包まれた白い粉。ヘロイン。

導火線が激しく燃える。血塗れの現実がひたひたと迫ってくる。

ヘロインは五包みあった。総量は一キロ未満。売り物ではない。かといって、個人が楽しむには多すぎる。

「なぜだ？」ハリィは叫ぶようにいった。「いったい、なにがどうなってる？」

ハリィはヘロインを放り投げた。虚ろな眼差しをベッドに向けた。乱れたシーツ。小さく丸められた枕──傍らに黒い染み。ズームアップ──染みではなかった。髑髏を象ったピアス。ミッシェル。ミッシェルはこのフラットにいた。このベッドで眠りを貪った。

ミッシェルと加藤明。ミッシェルとヘロイン。加藤明とヘロイン。

視界が歪んだ。足元にぽっかりと穴が開いたような感覚──どこまでも落ちていく。眩暈を覚えた。身体がぐらぐらと揺れた。豚の息子──耳の奥で声が谺する。耳鳴りがする。

ハリィはベッドに手をついた。そうしなければ立っていられなかった。

父親はヘロインに関わっている。息子は自分がゲイであることの罪深さに戦《おのの》いて、罪のない若者を殺した。出世どころの話ではない。豚と豚の息子。薄汚れ、呪われている。

携帯電話が鳴った。ハリィは肩を顫わせた。心臓が高鳴っていた。

顫える指で通話ボタンを押す。

「ハリィ？」

「ハロー？」

キャスィの声──おぞましい声。

「そうだよ、キャスィ。こんな時間にどうしたんだい？」

「黙って出ていくなんて酷いわ、ハリィ。パパにあなたには仕事があるんだって説得されたけど、悲しくて眠れないの。それで電話をかけたのよ」

「悪いが、今はまだ仕事中なんだ、キャスィ。明日の昼頃にでもまたかけなおすよ」

ハリィは電話に向かって話しながらクローゼットに目を向けた。ボストンバッグの周りに転がったヘロインの包み──消えてなくなることはない。

「ハリィ。ディナーのときのあなた、酷い顔色をしてたわ。それなのに、こんなに遅くまで働くなんて……」

「キャスィ、いつもいってるだろう。これが警察官の仕事なんだ。ぼくが選んだ仕事なんだ」

ハリィは左手でこめかみを押さえた。眩暈が頭痛に変わっていた。キャスィの声を聞くたびに吐き気を覚えた。

「わかってるわ、ハリィ。だけど、わたしのことも考えて。愛しあって婚約までしたのに、あなたとは滅多に会えない。たまのデイトの時でも、あなたは呼びだされてどこかに行ってしまう。こんなのフェアじゃないわ。あなたはわたしと結婚するのよ。ジェイムズ・ヘスワースの義理の息子になるの。警察の仕事なんか辞めて……」

「そんなに警官の仕事が嫌いなら、他の男を捜せばいい」

氷のように冷たい声が口から流れ出た。とめようとしてもとまらなかった。

「ハリィ、なんてことを……」

「もう、君にもジムにもうんざりだ。ぼくのことは放っておいてくれ」

ハリィは電話を切った。携帯電話はすぐに鳴りはじめた。

「くそったれ!!」

叫ぶ——携帯電話を壁に投げつける。携帯電話が砕ける——世界が音を立てて崩壊しはじめる。

導火線が燃える音は聞こえなくなった。ハリィは血塗れの現実にどっぷりと取り込まれていた。

＊　＊　＊

ハリィは車からラップトップ・コンピュータを運んだ。フラットの電話回線にコンピュータを繋いだ。コンピュータを操った。

ＣＬＥＵとヴァンクーヴァー市警のデータベース——一九七九年、パウエル・ストリートで発生した強盗殺人事件の検索。

ヒット——一九七九年一月二十四日。被害者はケイコ加藤。容疑者は不明。捜査担当者はヴァンクーヴァー市警殺人課警部補のカート・ヘルムスリィ及びヴァンクーヴァー市警強盗課巡査部長のハンター・アングル。捜査報告書——一九七九年一月二十四日午前十時前後、パウエル・ストリート２１２０のアキラ加藤宅（日系移民。一九七七年カナダ市民権取得）に複数の強盗が侵入。家事をしていたケイコ加藤——アキラ加藤の妻——を射殺。家にあった現金、三十八ドルを奪って逃亡。ケイコ加藤の死体からは、複数の銃から発射されたと思われる、十四発の三八口径弾が摘出された。犯行に使用された銃は、三丁のＳ＆Ｗ社製あるいはコルト社製のリヴォルヴァーと推測される。犯行の残虐性を鑑み、ヘルムスリィ警部補とアングル巡査部長は複数の警官を捜査に投入するも、目撃証言は得られず。また、強盗事件の前科者に聞き込み調査を行なうが芳しい結果は得られず。
クソにまみれた報告書。なんの罪もない主婦の身体に撃ちこまれた十四発の弾丸――単なる強盗事件であるはずがない。だが、ヘルムスリィとアングルは怨恨の線をまったく考慮していない。ふたりは無能か、そうでなければ何者かに買収されていた可能性がある。
新たな検索――スティーヴ・〝ザ・ゲーム〟・メイビア殺害事件。
ヒット――一九七九年二月十八日。被害者はスティーヴ・メイビア。容疑者は不明。捜査担当者はヴァンクーヴァー市警組織犯罪課のディーン・マクマホン警部。捜査報告書――一九七九年二月十八日未明、複数の（三名と推測される）賊がメイビア宅に侵入。就寝中のスティーヴ・〝ザ・ゲーム〟・メイビアを射殺する。メイビアの死体からは、三丁の銃（コルト社製四五口径オートマティックと推測される）から発射された弾丸が十二発摘出された。犯行当時、メイビア邸にはメイビアの愛人とボディガードがいたが、ふたりはメイビアの寝室とは別の部屋で〝親密な関係〟を持っている最中だった。マクマホン警部は主眼を犯罪組織同士の抗争に置いた大規模な捜査を開始する。半年にもわたったお祭り騒ぎ――捜査は唐突に終焉《しゅうえん》する。
クソにまみれた報告書。メイビアの愛人とボディガードが乳繰り合っていた――ありえない。ザ・ゲームは容赦がないことで有名だった。ザ・ゲームの部下はだれもがザ・ゲームを恐れていた。犯罪組織同士の抗争――馬鹿げている。捜査報告書から読み取れるのは、犯罪組織内部の抗争だ。
確かにメイビアはあなたの奥様を殺しました――陳恵琳の手紙が瞼に焼きついている。メイビアが死に、あなたが生き延びたということを、前の手紙を書いた後に知りました。
推測――加藤明と鄭奎《ヂエンフイ》、それに阿明《アミン》の三人がメイビアとトラブルを起こす。メイビアは明の妻を殺す。三人はその報復にメイビアを殺す。陳恵琳――メイビアの愛人だった中国女に手引きをさせて。
加藤明と鄭奎――やり手のビジネスマン。ふたりは選挙を巡って敵対している。馬鹿げている。しかし、鄭奎は悪どいことにも手を染めている。阿明という男が悪党なら、可能性がないとはいえない。
新たな検索――一九七五年以降、ヴァンクーヴァーにやって来た中国系犯罪者のブラックリストの一覧。夥《おびただ》しい数の名前がモニタを埋める。寝不足の目――眼精疲労。文字が霞み、ぐるぐると回りはじめる。
ハリィはデスクの上のビニール包みを見た。ヘロイン。

ヘロインは思考を麻痺させる。強精剤の代わりにはならない。これがコカインだったら——おぞましい考えが脳裏をよぎる。頭を振って追いだす。モニタの上のリストを追う。名前に〝明〟がつく男を捜す。
李耀明《レイイウミン》——英語と漢字の文字が目に大写しで飛び込んでくる。
李耀明——一九七七年九月三十日入国。一九七九年二月二十日出国。
李耀明——阿明。
ヘスワースはいった——明は昔密輸に手を染めていた。マフィアと繋がりのある香港系の移民と手を組んでいた。移民ではなかったのかもしれない。香港でドジを踏んでヴァンクーヴァーにまで逃げてきた黒社会の男と手を組んだのかもしれない。
明はヘスワースにマカオの大立て者、スタンレイ・リンを紹介した。香港に強力なコネがあったからこそできたことだった。強力なコネ——李耀明。
偶然にしてはできすぎている。必然にしては恐ろしすぎる。李耀明の娘はミッシェルと行動を共にしていた。ミッシェルは李耀明か加藤明の息子である可能性が高い。
眩暈がぶり返す。目がちかちかしはじめる。ハリィはデスクの上に突っ伏した。
なにも知らなかった——知ろうともしなかった。明の過去。明という人間。知っていれば、こんなことにはならなかった。知っていれば、血塗れの現実に引き込まれることもなかった。
「違う」呟く。「おれは生まれた時から豚の息子だったんだ」

58

白粉《バーファン》——量が減っている。劉燕玲《ラウインレン》が短期間にそれほどの量を使ったとは思えない。
ホテルの部屋——乱れたバスルーム。燕玲からなにかを聞き出すために富永脩《とみながおさむ》が白粉をだしに使った。
くそったれの日本鬼《ヤップンクワイ》——金が足りない。車もない。冷たい小雨に濡れながら、暗がりを歩かなければならなかった。
呉達龍《ンダッロン》は車を盗んだ。グレイのムスタング——新しすぎず、古すぎず。警察に目をつけられる可能性は低い。エンジンをかけ、ヒーターを入れた。かじかんだ両手を擦りあわせた。鄭奎《ヂェンフィ》の家に車を向けた。
鄭奎は酒を飲んでいた。足元に犬がうずくまっていた。

犬は心配げな表情で飼主を見あげていた。鄭奎の顔——死人の顔。生気がなく、覇気がない。なにかを諦めてしまった人間の表情が浮かんでいた。

「子供たちは無事保護された」

ブランディグラスを傾けながら鄭奎がいった。

「本当か？」

頭に血がのぼる——凍えていた身体に熱が戻る。

「リダイアルボタンを押して電話をかけてみるといい。子供たちの声が聞ける」

呉達龍は電話に飛びついた。顫える指でボタンを押した。呼びだし音——永遠にも思える時間。心臓の鼓動がダイレクトに脳に響く。

「喂《ウァイ》？」

回線が繋がった。呉達龍は嚙みつくように叫んだ。

「子供たちを出せ!!」

電話に出た男はなにもいわなかった。数瞬の間——息せき切った声が聞こえてくる。

「パパ？」

「だいじょうぶか、阿兒《アイー》？　怪我はしてないか？」

「うん、だいじょうぶだよ。南仔《ナムヂャイ》もそばにいる」

膝から力が抜けていく。呉達龍は椅子に倒れこんだ。

「辛かったろう、阿兒？」

「ずっと怖いおじさんたちと一緒で恐かったよ。食べるものもお水も少ししかくれないの。それに……変なこと話すんだもん」

阿兒が泣きはじめた。暖まりはじめていた身体がまた冷えていった。

「変なことだと？」

「わたしはどこかに売られちゃうんだって。それで、南仔は男の子で買う人がいないから殺すんだって」

阿兒が激しく泣いた。冷えた身体——憤怒の炎が焼き尽くす。

「泣かなくてもいい、阿兒。もうだいじょうぶだ。怖いおじさんたちはパパが人に頼んでやっつけてもらった。だから、もうだいじょうぶだ」

顫えそうになる声を必死で抑えた。阿兒の泣く声など何年も聞いたことがなかった。富永脩の顔が脳裏をよぎる。日本鬼——殺してやる。

「本当に？」

「本当だ。パパが嘘をついたことがあるか？」

「あるよ！」

阿兒の涙にまみれた声——胸に突き刺さる。

「阿兒……」

「すぐにパパと一緒に暮らせるっていってたのに、パパ、全然迎えに来てくれない。パパ、嘘つきじゃない！」

「阿兒！」

「もういやだよ。パパがわたしと南仔のために送ってくれるお金、みんなお爺ちゃんが使っちゃうんだよ。わたしも南仔もいっつも古い服ばかり着させられて、みんなに馬鹿にされてるんだから。もう、いや。わたし、パパと一緒に暮らしたい」

呉達龍は受話器を握りなおした。そうしなければ、受話器を落としてしまいそうだった。

お爺ちゃんに新しい服を買ってもらったの――電話をするたびに阿兒はそういってはしゃいでいた。すべては嘘だったのか。父親を悲しませないための、怒らせないための嘘だったというのか。

こめかみの血管が脈打った。視界がぐるぐる回った。心臓が暴れまわった。いくつもの顔が脳裏に浮かんできえた。

殺してやる、皆殺しにしてやる――溢れかえる呪詛を飲みこむ。

「阿兒、すぐにパパと一緒に暮らせるようになる。今度は本当だ。嘘じゃない。パパと一緒に美国で暮らすんだ。美国だ。アメリカだ。アメリカにはなんだってある。奇麗な服も、美味しい食べ物も、楽しい玩具もなんでもある。パパと南仔と三人で、美国で暮らそう」

呉達龍は咳込みながらいった。子供たちへの愛情――それ以外の者たちへの憎悪。

息が詰まりそうだった。

＊　＊　＊

阿兒と交わした約束――破るわけにはいかない。

金がいる。すぐにでも金がいる。

「おまえにも人並みの感情があるとは驚いたよ」

鄭奎がいった。鄭奎は酔っていた。呉達龍は鄭奎を無視してアイスクリームのパッケージを開けた。量が減った白粉を目分量で計算した。すべて売り飛ばしたとして、カナダドルで五十万。米ドルにすれば三十万強。

足りない。親子三人の市民権、家、仕事――すべてを手に入れるには、最低でも米ドルで百万は必要だった。阿兒と南仔に惨めな思いやひもじい思いをさせることはできない。

金がいる。すぐにでも金がいる。

「おまえにも親はいたんだろう、呉達龍？　親に愛されなかったのか？　だから、自分の子供たちには優しいのか？」

「黙れ」

呉達龍は振り返った。鄭奎を睨んだ。鄭奎は微笑んでいた。目つきが歪んでいた。

「おまえとそっくりな男を知ってるんだ。そいつは親に愛されなかった。その分、自分の息子を愛そうとしたんだが、愛し方がわからなかった。今じゃ、息子に蛇蝎《だかつ》のように嫌われている。いつかおまえもそうなる」

「黙れといったんだぞ」

「もう少し話を聞けよ。さっきは聞きたがったじゃないか」

鄭奎はグラスに残っていたブランディを一気に呷《あお》った。鄭奎の目がどんどん据わっていく。それにつれて、鄭奎の話す広東語からも品が失われていった。

呉達龍は拳を握った。頭の中では憎悪に彩られた呪詛が渦巻いている。鄭奎のたわごとをひとことでも耳にした瞬間、暴発してしまいそうだった。

「その男は息子に嫌われて傷ついた。自業自得だな。だが、可哀想でもある。なにしろ、愛し方を知らないんだから嫌われて当然なんだ。ところが、おかしいのは、おまえたちの話を聞いていると、息子の方も父親に負けず劣らずの悪党になってるようじゃないか。外面だけは見栄えがよくて、腹の中は腐っている。親子というのは似るもんだ。おまえの子供たちもそうなるぞ。おまえみたいな人でなしになるんだ。おれは子供を作らなくて正解だったよ」

呉達龍は鄭奎に摑みかかろうとした——身体が凍りついた。

「そいつは加藤明か？　父親を嫌ってる息子ってのはハロルド加藤か？」

加藤明とハロルド加藤——金持ちの親子。善人の仮面を被ったろくでなしども。善人面をしているぶんだけ、世間体に気を使う。金を脅し取るのは、正面切って悪を働いている連中よりも楽だ。

「そうだ、よくわかったな。おれが話してるのは、哀れで恐ろしい明仔《ミンヂャイ》のことだ。呉達龍、おまえも明仔と同じで、哀れで恐ろしい男だよ」

呉達龍は鄭奎に近よった。鄭奎は据わった目で呉達龍を睨んでいた。

呉達龍は鄭奎を殴った。鄭奎はソファごと吹き飛んだ。壁に激突し、床に崩れ落ちた——動かなくなった。

居間を出て、鄭奎の書斎に向かった。鄭奎は狩りをする。ライフルとショットガン、拳銃の所持許可証を持っている。

パパと一緒に暮らしたい——阿兒の声が耳の奥で谺している。

皆殺しにしてやる——自分のひび割れた声が脳を掻き回している。

書斎の隅にガラス張りのガンケースがあった。ライフルが五丁、ショットガンが二丁、拳銃が四丁。ガラスを叩き割った。ポンプアクション式のショットガンと大振りのリヴォルヴァーを手に取った。リヴォルヴァーはS&W社製の357マグナムだった。

猪や熊を相手にするときは強力なハンドガンが必要なんだ——鄭奎はいつもそういっていた。

弾丸も豊富に揃っていた。鹿撃ち用のダブルオーバックとマグナム弾を銃に詰め込んだ。入るだけの弾丸をコートのポケットに押し込んだ。

呉達龍は居間に戻った。鄭奎は気絶したままだった。鄭奎を肩に担いだ。

膝が折れそうになった。

パパと一緒に暮らしたい——皆殺しにしてやる。繰り返される哀願。繰り返される呪詛。

銃の重み、弾丸の重み、鄭奎の体重——まるで気にならなくなった。

＊　＊　＊

デイモン・クラインの報告書——加藤明はマッケンジィ・ハイツに住んでいる。呉達龍は鄭奎のベンツをマッケンジィ・ハイツに向けて走らせた。鄭奎は助手席に乗せた。乱暴に扱っても鄭奎は目を覚まさなかった。

マッケンジィ・ハイツ——金持ちどもの楽園。民間のセキュリティ会社のマークをつけた車がうようよしている。鄭奎のベンツ——セキュリティの連中の目を素通りする。

呉達龍は車を運転しながら、ショットガンの銃身で助手席の鄭奎の頰を叩いた。軽い呻き声——鄭奎の目が開く。

「そろそろ到着だぜ」

鄭奎の意識が明瞭になるのを待って訊いた。鄭奎は腫れはじめていた顎をさすった。不満を漏らすでもなく、細めた目をフロントウィンドウの先に向けた。

「この道は？」

「マッケンジィ・ストリートだ」

「明仔の家に行くつもりか？」

「金がいる。あんたは死んでもおれには金を払わんといった。多分、本気だろう。だから、別の金持ちの金をもらう。筋が通ってるだろうが？」

「おまえは狂っている」

呉達龍は嗤った。アクセルを踏んだ。セキュリティの車が対向車線を向かってくる。ショットガンの銃口を鄭奎の脇腹に押しつけた。

「下手なことはするなよ」

「こんなところでおまえのような男と一緒にいることが公になったら、おれは本当におしまいだ。安心しろ。なにもしはしない」

鄭奎の口調は落ち着いていた。気絶している間にアルコールが抜けてしまったかのようだった。

セキュリティの車とすれ違う——運転席の男はベンツに目もくれようとはしない。

36番通りを右折する。突き当たりに瀟洒《しょうしゃ》な家が建っている。二階の窓に明かりが灯っていた。

呉達龍は車を家の門の前にとめた。門の脇にパネルがあった。

「あれで加藤明に話をしろ。門を開けさせるんだ」

助手席側の窓を開けた。冷たい空気が車内に流れこんできた。鄭奎が窓から手を伸ばし、パネルに触れた。沈黙——二階の窓にちらりと人影が見えた。沈黙——パネルのスピーカーから下手くそな広東語が聞こえてきた。

「阿奎《アフィ》か？」

「そうだ、明仔。話がある。中に入れてくれ」

「やけになってわたしを殺しに来たのか？」

加藤明の声には笑いが含まれていた。

「そんな馬鹿なことはしない。おれはおまえや阿明《アミン》とは違うんだ。選挙を降りる代わりに、おまえがおれになにをしてくれるのか——それを確認したい」

「こんな時間にか？」

「おれの立場だったら、おまえも同じことをするよ」

短い笑い声が聞こえた。

「今日は久しぶりに阿明と電話で話したよ。その後に、阿奎、おまえの訪問だ。そういう巡り合わせなんだろう。もてなしはできないが、それでよければ入ってくるといい」

スピーカーから流れてくる声が途切れた。門のロックが解ける音がした。門が音もなく開きはじめた。

呉達龍は車を敷地の中に入れた。車寄せの先——玄関の前にとめた。

「使用人はいないのか？」

デイモン・クラインの報告書にはその件についてはなにも書かれていなかった。

「明仔は使用人を信用しないんだ。おれたちがメイビアの家に忍びこんだ時に手引きをしてくれたのはメイビアの使用人だったからな」

「どっちにしろ、好都合だな。使用人がいれば、あんたのところのあの爺さんと同じ目に遭わせなきゃならないところだった——降りろ」

呉達龍はショットガンで鄭奎を追い立てた。鄭奎は逆らわなかった。アイスクリームのパッケージを左手で抱えて車を降りた。鄭奎の背後にまわった。鄭奎の背中にショットガンの銃口を向けた。

鄭奎がドアをノックした。ドアが開いた。呉達龍は鄭奎を脇に押しのけた。ドアの向こう——加藤明が立っていた。

「お邪魔するよ、加藤先生」

「君が呉達龍か？」

加藤明は平然としていた。呉達龍にもショットガンにも恐れをいだいてはいなかった。

とち狂っている——呉達龍と同じように。富永脩と同じように。ハロルド加藤と同じように。

「あんたの息子には世話になった。その落とし前をつけてもらおうと思ってな」

呉達龍はいった。

「おまえはわたしの息子を殺そうとした」

加藤明がいった。冷静な口調——血が逆流する。

「おとなしくおれたちを入れてくれるのか？　それとも、加藤先生は乱暴なやり方がお好みか？」

呉達龍はショットガンをかまえた。加藤明が身体を開いた。

「入ってくれ。乱暴なのが嫌いなわけじゃないが、近所に迷惑がかかる」

加藤明の横顔——ハロルド加藤のそれに瓜二つだった。

＊　　＊　　＊

鄭奎はまた酒を飲みはじめた。ソファに尻を埋めてブランディグラスの底を覗きこんでいる。加藤明が嘲笑うように鄭奎を見おろしている——鄭奎は気にしない。

「それで、呉達龍、わたしになんの用だ？」

加藤明が鄭奎に顔を向けたままいった。

「下手くそな広東語だ。息子も下手だが、あんたのは最低だ」

かまをかける——ハロルド加藤のことを匂わせる。加藤明の表情に変化はなかった。

「しばらく広東語を使うこともなかったのでな。中国人とビジネスをするだけなら北京語で事足りる」

「中国人とのビジネスか……」呉達龍は嗤った。「パシフィック・アジア・トレイディングが中国人とどんな商売をするっていうんだ？　ヘロインの密輸か？」

かまをかける——白粉を匂わせる。加藤明の表情は変わらない。

哀れで恐ろしい明仔——鄭奎の声が耳の奥で谺する。哀れかどうかはわからないが、確かに加藤明は太い肝っ玉を持っている。

「なんの用かとわたしは訊いたんだ。いくらわたしの広東語が下手でも、それぐらいはわかるだろう」

「アメリカに逃げようと思っている。大陸にいる子供たちも呼びたい。そのためには金が必要だ」

「まさか、その金をわたしに出せというんじゃないだろうな？」

「そのつもりで来た」

「これは面白い。そう思わないか、阿奎」

加藤明は鄭奎の肩を叩いた。鄭奎の隣に腰をおろした。鄭奎の肩が顫えた。鄭奎はアルコールに濁った目を加藤明に向けた。

「おまえが使っている悪徳警官というのはどういう男なのかとずっと考えていたんだが、これほど突拍子もないことを口にするとはな」

「すまない、明仔……」鄭奎は視線を落とした。「みんな、話してしまった」

「話した？　なにを？」

加藤明は笑っていた。細められた目の奥で険呑《けんのん》な光が一瞬だけ煌めいた。

哀れで愚かな明仔——黒社会《ハクセイウィ》で生きれば大物になったに違いない。

「あんたと鄭奎と李耀明《レイイウミン》の話だ。それに、恵琳《ワイラム》とかいう女と、そいつが孕んだガキのことも聞いたぜ」

呉達龍は挑発するようにいった。それでも、加藤明が浮かべた笑みが消えることはなかった。

「どういうことだ、阿奎？」

「お、脅されてしかたなく喋ったんだ」

鄭奎はうつむいたまま口を開いた。声がか細かった。自分の家で見せていた、諦観の表情は跡形もなく消えている。鄭奎は怯えていた。傍らに座る初老の日本人に心底怯えていた。

「そうか」加藤明が呉達龍にゆっくり顔を向けた。笑みは消えていた。「なにかを摑んだから彼に訊いたんだな？」

「おれはおまえの息子が気に入らない。殺すのには失敗したが、痛い目にあわせてやりたかった。だが、あいつはCLEUの捜査官だ。下手なことをすれば、おれはすぐに逮捕される。だから、探偵を雇ってあんたを尾けさせたのさ」

「ハリィを陥れるために？　ただそれだけのために、なんの根拠もなくわたしを尾行させたというのか？」

加藤明がいった。呉達龍は肩をすくめた。加藤明は鄭奎を見た。鄭奎——身体を窄《すぼ》めている。

「ヘスワースのスキャンダルを捜すために探偵を雇ったんだ。その探偵に、少しアルバイトをしてもらったというわけだ」

「そうか……」

「あんたは日本のビジネスマン相手にポン引きまがいのことをしていた。自分でもリッチモンドの〝道《タオ》〟で中国の女を買った。買った女に、恵琳に似ているといった」

「〝道〟の連中がそんなことをいったのか？」

加藤明の広東語――下手くそなことに変わりはない。だが、言葉ははっきりしていた。新しいスラングにも対応できている。

「銃で脅したんだ」呉達龍はショットガンをかざした。「おれは狂っているという評判がたってる。どんな連中でもこれをちらつかせればなんだって喋りはじめる」

わざと黒社会の連中が使うスラングを織り交ぜてみた。加藤明は理解したようだった。

「君はあちこちで人を殺しまわっているらしいからな」

「金になる――おれじゃなくてもそう思う。あちこちで人を殺しまわったせいで、ヴァンクーヴァーにはいられなくなったから、なおさらだ。雇った探偵は李耀明の手下の日本人がどこかに連れ去った。だから、話の隙間をそいつに埋めてもらったんだ」

加藤明の眉が持ち上がった。

「富永といったかな？　君はあの日本人も知っているのか？」

「あいつの右手を見なかったか？　包帯を巻いていただろう？」

「手袋をはめていたよ」

「元々あいつの左手には小指がなかったんだが、今じゃ右手も同じだ。おれが切り落としてやった」

呉達龍は目を細めた。唇を吊りあげた。強持ての表情――チンピラ連中なら顫えあがる。加藤明は顔色ひとつ変えなかった。

「理由をきかせてもらえるかね？」

「あいつは人を使っておれの子供たちを誘拐させた。バックに李耀明がついているんじゃなきゃ、殺してやるところだったよ」

「今なら殺すんだろう？」

「あんたの知ったことじゃない」

加藤明の顔に笑みが戻った。

「いずれにせよ、君は二十年も前のことでわたしを脅そうとしているわけだ。しかし、あの事件はもう時効になっているだろうし、鄭奎が証人台に立つとは思えんがね」

「別にあんたを警察にチクるつもりはない。話をするんならブン屋だな。選挙戦の真っ最中にあんたのスキャンダルが記事になれば、ヘスワースが困ることになる。あんたの坊やもＣＬＥＵを追い出される」

「わたしには金がある。ジェイムズには権力がある。新聞社を買収すればすむことだ」

「その金が黒社会の連中の白粉を盗んで作った金でも金は金だからな」

加藤明の表情が動いた。

「なんの話をしているんだ？」

「白粉だよ。二十年前、あんたたちはメイビアとかいう野郎の白粉を盗んで東部で売り捌いた。同じことが今も起こっている。あんたがやってるんだ」

「気は確かか、呉達龍？　二十年前と今では時代が違う。中国人のヘロインに手を出せば、確実に命を失うことになる。わたしはそこまで愚かではないよ」

「あんたがやったということはわかってるんだ。証拠はないがな。ブン屋がだめなら、このネタを黒社会のやつらに売る。あんたも黒社会の掟は知ってるだろう？　組織を虚仮にしたやつは、親子三代にわたって罰せられる。あんたとハロルドのくそ野郎、それにあんたのだか李耀明のだかわからないガキも殺される」

加藤明の顔から血の気が失せていった。化けの皮を剝がした——残酷な喜びが体内に広がっていく。

「いくら必要なんだ？」

加藤明がいった。静かで低い声だった。冷酷な魂の持ち主だけが発することのできる声だ。そんな連中は黒社会には腐るほどいた。

「百五十万。米ドルで、だ」

「ふっかけたものだな。百五十万ものキャッシュを用意できるわけがないだろう」

「できるさ」呉達龍は唇を舐めた。「白粉の取引きの決済を手形で済ませるなんて話は聞いたことがない。あんたはどこかにゲンナマを抱えこんでるはずだ」

加藤明が目を細めた——凝視。呉達龍の皮膚を透かそうとしているかのような視線だった。呉達龍は睨み返した。

哀れで恐ろしい明仔——だが、堅気にすぎない。

「キャッシュはここにはない」

加藤明がいった。唇がほとんど動かなかった。

「そんなことはわかってる。取りに行こうじゃないか」

「問題がひとつある」

「なんだ？」

「ついてきてくれ」

加藤明は呉達龍の返事を待たずに踵を返した。

「行くぞ」

呉達龍は鄭奎を促した。鄭奎はのろのろと動いた。尻を蹴飛ばす——鄭奎が弾かれたように歩きだす。

加藤明は階段をのぼっていた。吹き抜けになった空間に突きでるようにしつらえられた廊下の中央の部屋に入っていった。

「急げ」

鄭奎を急かせながら後を追った。部屋は書斎だった。三方の壁に馬鹿でかい書棚が並んでいた。部屋の中央に馬鹿でかい机が置いてあった。机は照明を反射して黒光りしていた。抽斗がすべて開けられていた。

「この中に、サイドビジネスに関する書類を入れておいたんだがなくなっている」

加藤明が抽斗を指差した。

「なんの書類だ？」

「商品やキャッシュを保管したり、人を寝泊まりさせるために手に入れた不動産の書類だよ」

加藤明のいっていることを理解するのに時間がかかった。理解すると同時に、視野狭窄に襲われた。

「そんな大事なものを、こんなとこに放りこんでおいたというのか？」

「ここはマッケンジィ・ハイツだ。強盗やこそ泥は近づかない」

「だが、盗まれたんだろうが」

「書類を持っていったのはハリィだ」

「ハリィ？」

眩暈がした。呉達龍は机に手をついた。抽斗の中を覗きこんだ。無造作に開かれたファイルホルダー。

パパと一緒に暮らしたい――阿兒の声が谺する。

「わたしの息子だ」

「そんなことはわかってる！　なんだってあの野郎が――」

「ハリィが気づいたというのか!?」

呉達龍の声は鄭奎の叫びにかき消された。

「わたしにはわからんよ、阿奎。この抽斗の中には、恵琳からの手紙も入っていたが、それもなくなっている」

「その手紙におれの名前は出てくるのか？」

「阿奎とだけだが……ハリィはすぐに気づくだろう」

「なんてことだ、明仔。ハリィはＣＬＥＵの捜査官だぞ。おれたちはおしまいだ」

「そんなことはないさ、阿奎。ハリィは野心の塊だ。過去の事件とはいえ、自分の父親のしでかしたことを暴けば、出世に影響する。どこまで摑んでいるのかはわからんが、ハリィは握り潰す。わたしが保証するよ」

取り乱す鄭奎――落ち着き払う加藤明。狭まった視界の中を、ふたりの表情が交互によぎる。

「てめえの息子を、よくそんなふうにいえるな」

呉達龍は呻くようにいった。ハロルド加藤――出世に取り憑かれた小心な悪党。保身のためになにをしでかすかわからない。白粉をフレイザー河に捨てるかもしれない。金を焼き払うかもしれない。

狭まった視界――阿兒と南仔の顔が遠のいていく。

「息子だから、よくわかっているんだ」

「電話をしろ。てめえのくそ息子を呼びだすんだ」

机の上にファクシミリ兼用の電話があった。加藤明が受話器を手に取った。呉達龍は加藤明を凝視した。

見かけは立派だが、腸《はらわた》まで腐りきった男――息子も同じ。

親子というのは似るもんだ。おまえの子供たちもそうなるぞ——鄭奎の言葉が頭の中をでたらめに駆けぬける。阿兒と南仔。母親は金のことしか頭にない女。父親はろくでもない悪徳警官。

そんなはずはない、そんなことにはさせない——呉達龍は激しく頭を振った。

加藤明が受話器を差しだしてきた。受話器を引っつかみ、耳に当てた。

留守番電話のメッセージが聞こえてきた。

「くそったれ!!」

呉達龍は受話器を電話に叩きつけた。

59

なぜ殺さなかった?——小指が訴える。

知りたかったからだ——覗き見野郎がいい返す。

寝不足——雨に打たれて冷えた身体。思考がまとまりを失っていく。

富永はタクシーを拾った。チャイナタウンに向かった。

三人の悪党たちの物語が頭の中で渦を巻いている。覗き見野郎が涎《よだれ》を垂らす。

物語がもたらした事実。

加藤明とミッシェル——ヘロインを奪っている。ヘロインを売り捌いている。どこかに、大量のヘロインと金が眠っている。

金とヘロインを手に入れたい。だが、加藤明に圧力をかけることはできない。李耀明《レイイウミン》を怒らすことはできない。マックの手を借りることもできない。黒社会《ハクセイウィ》から奪われたヘロインと、それを元に荒稼ぎされた金。危険すぎる。

ミッシェルを捜せ——覗き見野郎ががなりたてる。

呉達龍《ンダッロン》を捜せ、呉達龍を殺せ——小指が訴える。

ミッシェルを見つけだして話を聞きたい。話の隙間を埋めてもらいたい。

「くそったれ」

富永は日本語でひとりごちた。運転手が振り向いた。

「なにかおっしゃいましたか、旦那?」

運転手の目には怯えの色が宿っている。タクシーを降りたあとで警察に通報されるかもしれない。

燕玲《インレン》——警察と関わるのは避けるしかない。

「ここで降りる」

富永は英語に切り替えた。前方にダウンタウンの明かりが見える。チャイナタウンまで徒歩で十五分。身体は充分に温まっている。雨で頭を冷やすのもいい。

金を払った。釣りは受け取らなかった。運転手の表情が和んだ。通報される確率が減った。

タクシーのテイルランプを見送りながら阿寶《アポー》に電話をかけた。

氷のような小雨が降りかかる。小指の疼きがおさまっていく。

「喂《ウァイ》？」

「サムだ。みんなはどうしてる？」

「マック哥《コー》はお帰りになりました。残ったのは五人です。ひとりが小姐《シウチエ》の部屋の前で見張りについていて、残りの四人で麻雀をやってます」

「おまえはそこを出られるのか？」

「おれはサム哥の帰りを待っているだけですから」

「よし、悪いが、この電話に小姐を出してくれ」

「小姐ですか？　もう、寝てますよ」

「大事な話があるんだ。小姐が癇癪《かんしやく》を起こしても、おれが責任を取る」

「わかりました。少し、待っててください」

阿寶の声が遠ざかった。富永は携帯電話を耳に当てたまま歩いた。

加藤明の顔が脳裏に浮かんだ。ハロルド加藤の顔が脳裏に浮かんだ。加藤明は大人ぶった顔をしていた。自分が窮地にいることを知ると、その顔に狼狽の色が浮かんだ。ハロルド加藤はいつも神経質そうな顔をしていた。加藤明とハロルド加藤は驚くほど似ていた。

自分の父親がとんでもない悪党だと知ったら、ハロルド加藤はどうするのか――覗き見野郎が舌なめずりをする。趣味の悪い喜びに表情を歪ませる。

「阿《ア》サム？」

携帯から李少芳《レイシウフオン》の声が流れてきた。

「こんな時間にすみません、小姐」

「なんなの、いったい？　くだらない用事だったら赦さないわよ」

怒りに猛った声。黙らせてやれ――覗き見野郎が唆《そそのか》す。

「ミッシェルが自分の兄さんかもしれないことを、小姐は知っていたんですか？」

息をのむ気配がした。

「小姐、訊いてますか？」

「どうして知ったの？」

少しの間があって、李少芳の動揺した声が返ってきた。

「おれは元々はおまわりなんですよ。調べるのはお手の物だ」

「だれにも話さないで」

「話しません。小姐がおれの知りたいことを教えてくれれば」

「なにが知りたいの？」

「すべてです」

返事はなかった。富永は煙草をくわえた。雨のせいで火がなかなかつかなかった。やっとついた煙草をふかした。煙なのか息なのかわからない白い塊が宙に漂って消えた。

「小姐？」

「わたしにどうしろっていうのよ？」

「阿寶と電話を代わってください。おれのところまで阿寶に小姐を案内させますよ」

煙草はまずかった。富永はつけたばかりの煙草を捨てた。

李少芳を締めあげてやれ、なにもかもを訊きだしてやれ——頭の中で覗き見野郎が叫んでいる。

＊　＊　＊

チャイナタウン——終夜営業の茶餐店。金のない古惑《グーワー》仔《ヂャイ》たちの憩いの場所。広東語と北京語が乱れ飛んでいる。李少芳を待つ間、耳を傾ける。覗き見野郎がそれを強要する。

近々、でかい取引きがあるらしい——古惑仔どもが囀《さえず》っている。

陳小山《チェンシャオシャン》がトロントからヘロインを大量に仕入れてきた——大物気取りの連中が話をまき散らしている。

またどこかの連中に奪われるんじゃねえか——ひそひそ声。

いや、CLEUが目をつけてるって話だ——囁き声。

声は続く——CLEUの犬が紛れ込んでるって話だぜ。

富永はぬるいポーレイ茶を飲んだ。顔の皮膚が突っ張っていた。

警察の犬——タレコミ屋か囮捜査官。どちらにせよ、チンピラ連中の話題にのぼるようでは先は長くない。消えるか、消されるか。使われるだけ使われて、使い道がなくなれば捨てられる。使うのはオフィスでふんぞり返っている連中。連中の目的は社会正義などではない。出世、あるいは自分自身のなにかを満足させるため。たとえば、自分の中の覗き見野郎を満足させるため。

ケニィがいなくなった——若い古惑仔が喚いていた。

ケニィってだれだ？——別の古惑仔が応じた。

モントリオールから来たおカマだよ——ああ、あいつか。モントリオールに帰ったんじゃねえのか。

モントリオールという地名が耳にこびりつく。ミッシェルもおそらくモントリオールからヴァンクーヴァーにやって来た。

ミッシェルが消え、ケニィがいなくなった。漠然とした繋がりに覗き見野郎が狂喜する。富永は頭を振って埒もない考えを振り払った。

阿寶と李少芳が店に入ってきた。阿寶は雨に濡れていた。李少芳は艶のある黒いコートを着ていた——濡れてはいなかった。車から店まで、阿寶が自分は濡れながら傘をさしてきたということだった。

「サム哥」

阿寶が甲高い声を発した。富永は舌打ちした。

「でかい声を出すな、馬鹿野郎」

「すいません、サム哥」

阿寶が恐縮して身を縮ませた。効果はなかった。いかつい顔の男と発音のおかしい広東語を話すくせに「兄貴」と呼ばれる男、それに若い女。店内に好奇心が溢れていた。店中の人間が覗き見野郎と化していた。

「小姐、こっちへ」

富永は李少芳を招いた。李少芳の顔は強張っていた——怯えていた。サディスティックな喜びが体内に満ちた。

気をつけろ——李少芳はただの小娘じゃない。おっかない父親がついている。

李少芳は富永の向かいの椅子に乱暴に腰をおろした。

「早く用を済ませて」

「顔色が悪い、小姐」

「だれのせいだと思ってるのよ！」

富永は笑った。真後ろに突っ立っていた阿寶に顔を向けた。

「客を全員追い出せ、阿寶。おまえのせいで、みんなおれたちを見ている」

「みんなですか？　で、でも、どうやって？」

「それぐらいのことは自分で考えろ」

阿寶は唇を舐めた。富永は阿寶を睨んだ。阿寶が諦めたようにうなだれた。

「わかりました」阿寶は腰から拳銃を抜いた——叫んだ。

「今からこの店は貸切だ。みんな、出ていけ!!」

顔を見あう古惑仔たち——阿寶が拳銃の銃身をスライドさせた。冷え冷えとする金属音が響いた。

古惑仔たちが我先に店を出ていった。

「困りますよ、お客さん。連中、勘定も払わずに出ていったじゃないですか」

店の人間がいった。

「なんだと!?」

阿寶が振り向いた。店の人間は厨房に姿を消した。

「これでいいですか、サム哥？」

「わけのわからない客が入ってこないように戸口で見張

ってろ」

「だ、だけど……」

阿寶の視線が富永と李少芳の顔の上を行き来した。どちらに忠誠を誓えばいいのか迷っている犬のようだった。

「さっさといわれたとおりにしろ。おまえはもう、充分におれを怒らせてるんだぞ」

阿寶は拳銃をしまった。唇を嚙みながら、富永に背を向けた。

「さあ、これで邪魔者はいなくなった、小姐。思う存分話ができるだろう？」

「なにを話せばいいのよ？」

李少芳の唇はひび割れていた。顫えていた。ヘロインが切れている。ヘロインを欲しがっている。

「ミッシェルとはどうやって知り合ったんですか？」

「さっき話したわ」

「もっと詳しく」

李少芳がきつい視線を向けてきた。富永は睨み返した。

「とっとと終わらせましょうよ、小姐。小姐とミッシェルが兄妹かもしれないってことがだれかの耳に入れば、大老《ダーイロウ》はまずいことになる。香港でもヴァンクーヴァーでも、堅気の社会でも黒社会でも、近親相姦がタブーだってことは小姐も知ってるでしょう？」

「だれに向かって口をきいてるのよ、阿サム？」

李少芳の目は真っ赤に血走っていた。目尻がわなないていた。ちゃちな抵抗だった。

「小姐にですよ。さあ、話してください。大老のためです。ミッシェルを捜しだして口を封じなきゃならない。そのためには、些細なことでも情報が欲しい。全部話してくれたら、後で白粉《パーファン》を渡してやるから、それを打って、ぐっすり眠るといい」

「本当に？」

李少芳が身を乗り出してくる。自分の父親のことより、目の前のヘロインに涎を流す。李少芳の顔に劉《ラウ》燕玲の顔が重なった。嗤うことはできなかった。

「本当だよ、小姐。さあ、話してくれ」

「ナンパされたのよ」

「ナンパ？」

「そう。学校の友達とヤオハンで買い物してたら、あんた、李耀明の娘だろうって」

富永はティーポットの中のポーレイ茶を湯呑みに注いだ。湯呑みを李少芳の前に置いた。李少芳はちらりと湯呑みを見ただけだった。

「それで？」

「面白いやつだと思って、誘いに乗ったわ。見た目が恰好よかったし、わたしが李耀明の娘だと知っていてナンパしてくる男なんかいなかったから」

　李少芳は上目遣いに富永を見た。富永を非難しているような目つきだった。

「その日のうちに寝たのか？」

「そうよ。しかたないでしょう。知らなかったんだから」

「別に非難しているわけじゃないから、とんがらなくてもいい。先を続けて」

「わたし、すぐにあいつに夢中になったわ。顔だけじゃなくて、腕っぷしも強いし、いつも白粉を持ってた。デイトして、白粉を打って、セックスして……最高だったわ」

「それで？」

「それでって、それしかいうことないの？」

「じゃあ、それからっていうのはどうだ？」

　李少芳は唇を噛んだ。強がっていてもガキはガキだった。

「ある日、ミッシェルがいったの。わたしに会わせたい人がいるんだけどって」

　ぴんとくるものがあった。

「それが加藤明か？」

「それから、じゃないの？」

　富永はテーブルを叩いた。湯呑みが飛び跳ねて茶が飛び散った。

「サム哥？」

　阿寶の声がした。

「おまえは黙って見張りを続けていろ——それで？　それで加藤明に会いに行ったのか、小姐？」

「行ったわ。マッケンジィ・ハイツの凄い豪邸。明仔《ミンヂャイ》は……あいつ、自分のことをそう呼ばせたがったの、とにかく、明仔はわたしを見ると、パパにそっくりだっていったわ。わたし、驚いた。だって、明仔は日本人なのよ。それで、どうしてパパを知ってるのかって訊いたの」

　李少芳の表情が曇った。

「加藤明に昔話を聞かされたんだな？」

「阿サムはどうしてそのことを知ってるのよ？」

「質問してるのはおれだ、小姐」

「知ってるなら、訊くことないじゃない」

なだめろ、すかせ、とにかく話を聞きだせ——覗き見野郎が声を張りあげる。

「頼む、小姐。早く終わらせて、白粉を打ちたいんだろう？」

　白粉——魔法の言葉。李少芳は唾を飲みこみ、話を続けた。

「聞かされたのは二十年前の話よ。パパと明仔と鄭奎《ヂェンフィ》のこと。それにミッシェルのお母さんの話も。わたし、信じなかった。だって、そんな馬鹿げた話ないでしょう？　それに、その話が事実なら、わたしとミッシェルは兄妹っていうことになる。そんなの、赦せなかった」

「だが、小姐は信じた。なぜだ？　加藤明の話が本当だという証拠でもあったのか？」

「手紙よ」

「手紙？」

「ミッシェルのお母さん――恵琳《ワィラム》っていうんだけど、彼女が明仔に送った手紙を見せてもらったの」

　覗き見野郎が狂喜する――富永は身を乗り出した。

「手紙にはなんて書いてあったんだ？」

「手紙は二通あって、最初のは恵琳とパパと明仔の三角関係のことと、彼女が妊娠してることが書いてあった。二通めの手紙にはミッシェルが生まれたことが書いてあったわ。恵琳はその手紙で、明仔にミッシェルのことをよろしく頼むってお願いしたのよ。恵琳はパパより明仔のことを愛してたの。ミッシェルがどっちの子供だかわからないのに、パパにじゃなくって、明仔に手紙を出したのよ。明仔はその手紙をとても大切に取っていたわ」

　その手紙――恵琳の想いが加藤明とミッシェルを結びつけた。隙間が埋まっていく。覗き見野郎が両手を打ち合わせている。

「どうしてミッシェルはヴァンクーヴァーに来たんだ？　加藤明に会ったんだ？」

「馬鹿ね。お母さんが死んだからに決まってるじゃない」

　恵琳が死んだ。恵琳は息子に父かも知れない男のことを話していた。自分が愛した男のことを話していた。

「今だからこんなふうに話してるけど……」李少芳が話を続けた。「手紙を読んだとき、わたし、半狂乱になっちゃった。だって、もしかすると、実の兄かも知れない人とセックスしたのよ。おまけに、ミッシェルはわたしが妹かもしれないこと、知ってたわ。赦せる？」

　富永は首を振った。赦す赦さないの以前に、なぜ、加藤明とミッシェルがその話を李少芳にしたのかが解せなかった。

「ミッシェルはなんていったんだ？」

「わたしが可愛かったからだって」李少芳は吐き捨てるようにいった。「わたしがあまりに可愛かったから、妹じゃないかもしれないっていう方に賭けてみたんだって」

　李少芳の目尻に涙が浮かんだ。ミッシェルの言葉は嘘っぱちだった――涙が訴える。ミッシェルは下衆野郎だ――顫える肩が訴える。ミッシェルはクソ野郎だ――ヘロインのせいで血の気のなくなった指先が訴える。ミッシェルは加藤明の息子だ——頭の中の覗き見野郎が喚きたてる。ミッシェルは傷つけるためだけに李少芳と寝た。李少芳に事実を告げた。李耀明も腹黒いが加藤明はそれに輪をかけている。血は争えないというのなら、加藤明がミッシェルの父親である可能性は高い。

「信じたのに……信じてたのに」

涙がこぼれ落ちた。富永は李少芳の肩に手をかけた。ここで感傷に浸らせるわけにはいかなかった。覗き見野郎がそれを赦さない。

「泣くのは後でもできる、小姐。今は、おれにすべてを話す方が先だ。ミッシェルはおれが必ず見つけて、殺してやる」

「ミッシェルはいったわ。わたしがミッシェルとそんなことになってるっていうことがパパにばれたら、大変なことになるって。だから、家を出て一緒に暮らそうって。ミッシェルは越青《ユッチエン》の連中に顔がきいて、そいつらが部屋をミッシェルに貸してくれたの。それに、ヴァンクーヴァーにだって、明仔が部屋をいくつも持ってて、そこで自由に寝泊まりすることができたわ」

加藤明が持っているいくつもの部屋——ヘロインと金の隠し場所。

「ミッシェルと加藤明が黒社会の白粉を奪ってることはいつ知ったんだ？」

李少芳が顔をあげた。目が大きく見開かれていた。

「それも知ってるの？」

「大老は慈善のためにおれを手元においているわけじゃない。仕事ができるからだ」

「ミッシェルも見つけられる？」

「もちろん。小姐、おれはろくでもない日本人だが、それだけは約束する」

ミッシェルを見つける——ヘロインと金を見つける。覗き見野郎を満足させ、浅ましい欲望をも満足させる。

「明仔はボートハウスを持ってるのよ。そこで、ミッシェルとセックスしたことがあるわ。終わったあとに白粉が欲しくなって、ミッシェルにせがんだら、ボートハウスの中に積んであった段ボールを開けて、白粉を出したのよ。ミッシェルは笑いながら話してくれたわ」

「なにを？」

ボートハウスの中に隠されたヘロイン。杜撰《ずさん》すぎる。無造作にすぎる。素人のやり口——だから、黒社会の連中に感づかれることもなかった。

「明仔はミッシェルを溺愛してるの。明仔には他に息子がいるんだけど、その息子はゲイで、おまけに明仔のことを心底嫌ってるの。だから、明仔はその息子の代わりにミッシェルに愛情を注ごうとしてるの。ミッシェルのいうことだったら、なんだってきくのよ。白粉を盗もうっていったのはミッシェルよ。明仔はそれに反対しなかったの」

新しい息子への愛情——選挙資金を稼ぐための方策。とち狂っている。だが、加藤明ならそれをやっても納得がいく。車の中で見た横顔——社会病質者のそれ。善悪はなく、是非もない。加藤明のような人間は、自分のやりたいことをただやるだけだ。

「それで？」

富永はいった。声に力がなかった。あまりのとち狂いさ加減に、覗き見野郎も息切れしている。

「明仔とミッシェルは情報を集めたのよ」李少芳はいった。「ミッシェルは越青の古惑仔たちにお金を渡して情報を集めさせたの。明仔は警官を買収したっていってたわ」

「警官？」

「ヴァンクーヴァー市警の麻薬課の刑事。白人だって。白人なら、中国人のことがなにもわからないから好都合だっていってたわ」

麻薬課の刑事——中国人のことは知らなくても、麻薬取引きに関する情報を仕入れることはできる。

「その刑事の名前は？」

李少芳は首を振った。

「知らない。たぶん、その人、死んでるわ。わたしが明仔と会ったころには、別の警官を使ってたみたい。どこのだれかは絶対に教えてくれなかったから、その人、まだ現役のおまわりで、明仔とミッシェルに情報を流してるってことなんでしょう」

悪徳警官——どこの国にでも存在する。自らの存在理由に疑問を抱き、システムに圧殺され、金だけを信奉するようになった連中。かつての富永のような連中。呉達龍のような連中。

連中は独自の嗅覚を持っている。その嗅覚は後ろ暗いところを持つ人間を的確に嗅ぎ分ける。金を分捕れそうな人間を的確に嗅ぎ分ける。だが、自分の背後に迫った危険を嗅ぎ分けるには、貪欲にすぎる。

「それで？」

「それで、お終いよ。話すことはもうなにもないわ」

「こっちにはまだ訊きたいことがある。リッチモンドのカラオケ屋でなにが起こったのか話してくれ」

「リッチモンドのカラオケ屋？」

李少芳は眉根をよせた。芝居がかった仕種だった。カラオケボックスの血塗れの床——おぞましい記憶を封印しようとしているのかもしれない。

「とぼけるな」富永はいった。「つい最近のできごとだ。おれは現場を見たんだ。三人の古惑仔が死んでいた。部屋には白粉が散らばっていた。小姐とミッシェルがそこにいたことも、おれは知っている」

「ああ、あのことね」

李少芳は芝居を続けようとした。だが、顫える言葉と指先がそれを裏切っていた。

「そう、あのことだ。話してくれ、小姐。それで全部終わりだ。その後は白粉を打って、ゆっくり休むといい」

李少芳は白粉という言葉に敏感に反応した。唇を舐め、ゆっくり話しはじめた。

「黒社会の連中の監視が厳しくなって、ミッシェルが計画したの。白粉を盗むのが難しくなってたのよ。それで、ミッシェルが計画したの。バーナビィの越青たちが扱ってる白粉を奪おうって。ちょっとしたことがきっかけで、ヴァンクーヴァーの越青とバーナビィの越青は仲が悪かったのよ。ミッシェルはリッチモンドの越青が間に立つから、手打ちをしろって持ちかけたの」

李少芳は口を閉じた。様子を窺うように富永を見た。

「続けて」

富永は抑えた口調でいった。覗き見野郎が狂喜乱舞している。意識しないと声が上ずってしまいそうだった。

「ヴァンクーヴァーの越青は喉から手が出るほど白粉を欲しがってたわ。ヴァンクーヴァーじゃ、白粉の値段が跳ね上がってたから。それで、ミッシェルの提案に乗ったの。ヴァンクーヴァーの連中が金を出して、バーナビィの連中の白粉を買う。それで、手打ちが成立。取引きは、ヴァンクーヴァーでもなく、バーナビィでもないリッチモンド。立会人として、リッチモンドの越青のボスと、ミッシェルとわたし。ミッシェルは提案者だったし、わたしは李耀明の娘だから」

カラオケボックスに残っていたグラス——六つ。リッチモンドとヴァンクーヴァーとバーナビィの越青のリーダーに、ミッシェルと李少芳。計算があわない。

「もうひとりいたはずだ。加藤明がいたんじゃないのか？」

「明仔は途中から来たのよ。最初は、そんな予定じゃなかった……明仔はお金を出したり、白粉やお金を保管するための場所を提供するだけで、実際に白粉を盗むことに手を出したことはなかったの」

「その明仔がなぜ？」

「バーナビィのボスが、ヴァンクーヴァーの側が用意した金じゃ足りないっていいはじめたのよ。凄くヤバい雰囲気になって……一触即発って感じ。それで、ミッシェルがパトロンを呼んで、金を上積みさせるっていったの」

李少芳は〝パトロン〟をフランス語ふうに発音した。ミッシェルがそう発音していたに違いなかった。

「それで、明仔はすぐに来たのか？」

「すぐにね。わたしは知らなかったけど、もしかすると、明仔とミッシェルは最初からその気だったのかもしれない。手打ちをするにしては、バーナビィのやつら、最初から高飛車だったから。あのカラオケ屋にだって、ヴァンクーヴァーどころかリッチモンドの越青も近よらせるなっていってきたのよ。ミッシェルはいつもは、越青の連中を使うの。それができないのがわかってたから、最初から明仔に頼るつもりだったのかもしれない」

　越青の古惑仔どもが扱う白粉――量はたかが知れている。

「ちょっと待ってくれ、小姐。バーナビィ側が用意した白粉はどれぐらいあったんだ？」

「量は知らない。だけど、最初の話じゃ、ヴァンクーヴァー側は五十万ドル用意するっていう話だったわ」

　五十万ドル――少なくはない。だが、大金というわけでもない。

「たったそれだけの白粉のために、明仔が自らやって来たっていうのか？」

「いったでしょう？　明仔はミッシェルのいうことならなんでも聞くのよ」

「だったら、ミッシェルはなんだってそれっぽっちの白粉を欲しがったんだ？」

「ミッシェルはなんでも欲しがるのよ。わたしを欲しがったようにね。理由なんかないの。欲しいから手に入れるのよ」

　とち狂っている。なにもかもがとち狂っている。

「わたしたちがあのカラオケ屋に入るときは、バーナビィのやつに身体検査までされたわ。でも、明仔が来たときには、頭に血がのぼってて、身体検査をしなかったの。カラオケボックスに入ってきた明仔は、いくら必要なんだってバーナビィのやつに訊いたわ。バーナビィのやつはあと五十万ドルいるっていったの。ビタ一文負けられないって」

「それで、明仔がナイフを持ち出したのか？」

　記憶がよみがえる――古惑仔たちの死体。ためらった様子もなく首を掻き切られていた。

「違うわ」李少芳が首を振った。「明仔は銃を抜いたのよ。それから、ナイフをミッシェルに渡したの」

　覗き見野郎が現場を再現する。古惑仔たちに銃を突きつける加藤明。古惑仔の首を切り裂くミッシェル。銃をぶっ放す加藤明。妙に現実味があった。加藤明には前歴がある。二十年近く前、銃でスティーヴ・メイビアを殺した。

　とち狂ったふたり――加藤明とミッシェルにはお似合いの光景だった。

「どうしてリッチモンドの越青まで殺したんだ？」

「口を封じなきゃならないからに決まってるじゃない」

「だが、手打ちの場でボスが殺されたんじゃ、他の連中が黙っていないだろう」

「目撃者はだれもいないのよ」

李少芳は平然と答えた。李少芳もとち狂っている。

「三人も殺されたのに、小姐とミッシェルだけが生き残ってる。目撃者がどうのこうのという話じゃないだろう」

「明仔が話を作っておいたのよ。ミッシェルはそれをみんなに話したの」

「どういう話だ?」

「みんなで手打ちの話をしている最中に、マックたちが襲ってきたんだって」

「マック?」

覗き見野郎が困惑する。どうしてここにマックの名前が出てくるのか。

「そうよ。パパはわたしを連れ戻したがってる。そのパパの命を受けたマックが手下を連れて襲撃してきたっていうことにしたのよ。殺された三人は、見せしめに残酷なやり方で殺されたの。マックはわたしに手をかけるわけにはいかないから、隙を見て、ミッシェルとわたしだけでなんとか逃げだした。ミッシェルは話がうまいのよ。血塗れのわたしたちを見て、リッチモンドの越青のやつらはみんな信じたわ」

「ヴァンクーヴァーとバーナビィの連中は?」

「わたしもミッシェルも、お金も白粉も持ってないのよ。それに、わたしたちにはリッチモンドの越青のボスを殺す理由がないわ。半信半疑だったかもしれないけど、信じるしかないのよ」

「その後、殺した越青のチンピラの車でドライヴしていたわけは?」

「そんなことも知ってるの?」

李少芳が目を剝く。

「おれはなんでも知っている」

「そのくせ、わたしから根掘り葉掘り聞こうとするのね」

富永はまたテーブルを叩いた。右の小指のつけ根が疼く。

「ミッシェルがそうしたいっていったのよ。殺した男の車で、あのカラオケ屋の近くまでいって、車の中でセックスしたいって。絶対興奮するからって」

富永はこめかみに指をあてた。ミッシェル——とびきりの下衆野郎。ハロルド加藤の異母弟。加藤明の血統は薄汚れている。汚れすぎている。

「それで、興奮したのか、小姐?」

富永はいった。

「香港に戻ったら、パパにいいつけてやるわ」

李少芳がいった。富永は嗤った。

「少なくとも、リッチモンドの連中がミッシェルの言葉を信じたっていうのはわかったよ、小姐。だから、リッチモンドのあの部屋で、みんなで隠れてたんだろう？マックが襲撃してくるかもしれないってびびりながらな」

「ミッシェルは時々外出してたわ。昔の友達を連れてきたり……隠れるのにも恐れるのにもみんなが飽きてきたころに、あなたたちがやって来たのよ」

「なるほど。金と白粉は明仔が持っていったんだな？」

「そうよ」

「よし、ここを出よう」

富永は李少芳の腕をとって立ちあがった。覗き見野郎の好奇心は満たされつつあった。あとは、ミッシェルを捕まえて話を聞きだすだけでいい。

「待ってよ、阿サム。どこに行くつもり？」

「小姐とミッシェルが乳繰り合ったたっていうボートハウスに案内してもらう。他にも、明仔がミッシェルに与えた部屋かなにかで覚えてるところがあれば連れていってもらおうか」

「約束が違うわ。話し終えたら、白粉をくれるっていったじゃない」

「約束を守ろうにも、おれは白粉なんか持ってないんだ、小姐。そのボートハウスに行けば、白粉があるかもしれないんだろう」

富永は李少芳を嘲笑した。李少芳は唇を噛んだ。身体全体が細かく顫えていた。

「わたしにこんなことをして、ただで済むと思ってるの？」

「思ってる。小姐はミッシェルとのことを大老に知られるわけにはいかない。だから、この件でおれになにをされても、いいつけることはできない。なぜって、そんなことになったら、おれがなにもかもを大老にぶちまけるからだ」

李少芳が唾を吐いた。唾液が富永の頬を濡らした。

「くそ野郎」

李少芳がいった。富永は反射的に拳を握った。精一杯の自制心をかき集めて、李少芳を殴ろうとする自分を抑えた。阿寶がいる。阿寶は富永に与えられた部下の前に、李耀明の身内だった。

「行こう、小姐」富永は頬を拭った。「ボートハウスに白粉があることを祈ろうじゃないか」

60

鍵穴に鍵を差しこむ音が聞こえた。ハリィは反射的に立ちあがった。壁のスウィッチを叩いて明かりを消した。拳銃を抜いた。足音を殺して玄関に向かった。ドアの脇の壁に背中を押しつけた。ドアを開けっ放しのベッドルームが視界に入った。パソコンのモニタから明かりが漏れていた。

舌打ち——こらえる。今さら悔やんでも手遅れだった。

ドアが開いた。ミッシェルが部屋の中に入ってきた。ミッシェルの横顔が視界をよぎった。ミッシェルはベッドルームから漏れてくる明かりに気づいた。ミッシェルの表情が強張った。

「動くな」

ハリィは英語で叫んだ。銃口をミッシェルの後頭部に向けた。ミッシェルが足をとめた。

「だれだ？」

「黙れ。撃たれたくなかったら、動くんじゃない」

「その声には聞き覚えがあるよ。ハリィだろう？」

フランス語訛りの英語——鼻に抜ける声が神経を逆なでる。

「黙れ！」ハリィはミッシェルに近づいた。「壁に向かって立つんだ。両手は頭の上で組め」

「なんの真似だよ、ハリィ？　おれを逮捕することなんてできないよ。わかってるんだろう？」

ミッシェルの声——嘲りの響き。頭に血がのぼる。眩暈を覚える。

「いいからいわれたとおりにするんだ。撃つというのは本気だぞ」

「おれを殺してアキラも殺すのかい？」

ハリィは銃を振りあげた。銃の台尻をミッシェルのうなじに叩きつけた。呻き——ミッシェルが床に膝を突く。

「そのままうつ伏せになるんだ。両手を後ろにまわせ」

ミッシェルは逆らわなかった。ゆっくり身体を伏せ、両手を腰の後ろにまわした。ハリィは手錠をミッシェルの両手首にかけた。

「そのままじっとしてろ」

ハリィはミッシェルの身体を探った。ジーンズの尻ポケット——右に財布、左にスウィッチ・ブレイド。財布の中身——札とコインで二百八十ドル少々。ケベック州発行の身分証明書と運転免許証。どちらも英語とフランス語で書かれていた。ミッシェル・チャン、一九七九年九月一日ケベック市に生まれる。

間違いない。ミッシェルは陳惠琳《チャンワイラム》が産んだ子供だった。李耀明《レイイウミン》か加藤明の血を引く子供だった。

身分証明書を引き裂いてやりたかった――思いとどまった。燃えつづける導火線――どこかでとめる必要がある。血に塗れた現実――なんとか脱出する手筈を見つけなければならない。そのためにはミッシェルから話を聞く必要があった。父がどこまで悪徳に浸かっているのか、詳細に知る必要があった。

「立て」

ハリィはミッシェルに命じた。声が顫えているのが自分でもわかった。

「わかったから、兄さん、もっと優しくしてくれよ」

ミッシェルがいった。〝兄さん〟という言葉を強調しようとしていた。

「黙れ」

「殴るのはやめてくれよ、兄さん。いわれたとおりにするからさ」

「おれはおまえの兄なんかじゃない」

「DNA鑑定でもしてもらおうか？　おもしろい結果が出るかもしれないぜ、兄さん」

「おれを兄さんと呼ぶのはやめろ」

「好きにするさ、ハリィ。だけど、これだけは覚えておいた方がいい。アキラはおれが父さんと呼びかけると、心の底から嬉しそうな顔をするぜ」

頭に血がのぼる――抑制はきかなかった。ハリィは拳銃の銃口をミッシェルの首筋に当てた。

「これ以上余計なことを喋ると、引き金を引く。嘘じゃない」

「アキラに似て短気なんだな」

ミッシェルが嗤った。ハリィは引き金を引こうとした。引けなかった。

「どうした？　撃たないのか？」

「黙れ」

ハリィはいった。声がかすれていた。銃を握っているのはハリィだった。だが、主導権を握っているのはミッシェルだった。泣き出してしまいそうだった。

「頼むから黙ってくれ」

「最初からそういえばよかったんだよ、ハリィ。いわれたとおりに立ちあがるから、銃をどけてくれ。そんなものを突きつけられてたんじゃ、恐くてなにもできやしない」

ミッシェルの声――嘲りの響きが強くなっている。

思いだせ――自分にいい聞かせた。ケニィを殺したときのことを思いだせ。おまえは躊躇《ためら》わなかった。躊躇わずにケニィの頭を吹き飛ばした。どうして同じことができない？

ミッシェルを殺したかった。明も殺したかった。だが、引き金にかけた指は凍りついたままだった。

ハリィは太い息を吐きだした。銃をホルスターにしまった。

「ありがとう、ハリィ」

嘲りの響き——耳を塞ぎたいが、それも叶わない。

ミッシェルが立ちあがった。ハリィは脇にどいて見守った。

「それで、次はなにをすればいいんだ？」

ミッシェルが振り返った。明かりの消えた部屋の中で、両目が輝いていた。ミッシェルは美しかった。加藤明にもハリィにも似てはいなかった。

「おまえはおれの弟なんかじゃない」

「おれが弟だったら、なにか困ることでもあるのか？おれが李耀明の息子だったら、なにか都合がいいことでもあるのか？」

ミッシェルの声からは嘲りの響きが消えていた。

「ベッドルームへ行け」

ハリィはいった。

「答えるつもりがないのか、ハリィ。それとも答えようがないのか？」

「いいからベッドルームに行け。頼む」

ミッシェルが笑った。

「参ったな。おれは頼まれると嫌とはいえないんだ。アキラもそうだけど——」

「頼む、ミッシェル」

「わかったよ。その前に、明かりをつけてくれ。それぐらい、いいだろう？」

ハリィは照明のスウィッチを入れた。ミッシェルが瞬きを繰り返した。

「ありがとう、ハリィ」

ミッシェルがベッドルームに足を向けた。ハリィは距離をとって、その後に続いた。

「こんなものを持ちこんでたのか。どれぐらいおれを待ってたんだ？」

ミッシェルがパソコンを見つけていった。ハリィは答えなかった。ミッシェルがモニタを覗きこんだ。

モニタにはブラックリストが映しだされたままだった。

「なるほど」ミッシェルが嬉しそうにいった。「一九七八年と七九年になにが起こったか、あんたも今じゃ知ってるわけだ、ハリィ」

「おれはただ李耀明の犯罪歴を調べていただけだ」

「いまさらくだらない言い訳をするなよ。あんたは知ってるんだ。あんたが知ってるってことを、おれも知ってる。隠しごとをする必要はないだろう」

「おれはなにも知らない」

ハリィはいった。頑なな声だった。ミッシェルが肩をすくめた。

「好きにしろよ、ハリィ。あんたがどう足掻いたって、自分に嘘はつけないんだからな」

ハリィはミッシェルから視線をそらした。机に近づいた。明の家から持ち出した書類をミッシェルの目の前に突きつけた。

「これがなんだか教えてくれ」

「なんだよ、これ？」

ミッシェルは戸惑っていた。嘘をついているようには見えなかった。

「明がヴァンクーヴァーやリッチモンドで買い漁った不動産の売買契約書だ」

ハリィは不動産の名前と住所を読みあげた。ミッシェルの顔から戸惑いの色が消えた。代わって、なにかを面白がっているような表情が浮かんでいた。

「明はなんのためにこれだけの不動産を手に入れたんだ？」

「わかってるんだろう？」

「わからないから訊いてるんだ」

「あんたはアキラの息子だ。自分の父親の財産ぐらい、知っておけよ」

「頼む、ミッシェル」

「ヘロインと金を保管するためだよ。あとは、おれのねぐらにするためだ」

血に塗れた現実——視線をそらすことも赦されない。

「ヘロインだって？」

「そう、ヘロインだよ、ハリィ。おれとアキラが黒社会の連中から盗んだヘロインだ。おれがリッチモンドの越青の連中を使ってヘロインを盗んで、アキラがそれを東部で売り捌いた。知ってたんだろう？」

首を振る——無意味な足掻き。

「あんたがどう見えるか教えてやろうか、ハリィ。迷子になって途方に暮れてるガキみたいだぜ。まあ、気持ちはわかるけど……これまで、あんたが築いてきたものがいきなり崩れ落ちたんだからな」

「どうしてだ？　どうしてそんなことを？」

ハリィはミッシェルの声を遮るように叫んだ。

「アキラを破滅させてやりたかったんだよ」

ミッシェルが静かに答えた。ハリィはたじろいだ。

「なんだって？」

「正確には、アキラとあんたを破滅させてやりたかったんだ。当然だろう。おれとママは、ケベックでずっと苦労してたんだ。それなのに、おまえたちはヴァンクーヴァーでのうのうと暮らしてた。金に困ることもなく、おれたちがなにをしてるかも知らずにな」

「しかし、それは――」

「理由になってないことはわかってるさ。だけど、ハリィ。他人を嫉妬したり、憎んだりするのに理由なんかいらないと思わないか？　少なくとも、おれには必要なかった。血が繋がってるかもしれない連中が、幸せそうに生きてるってだけでゆるせなかったのさ」

ミッシェルは笑っていた。悪意に満ちた目がハリィを見据えていた。

「どうして、おれと明なんだ？　李耀明がおまえの父親かもしれないのに」

「李耀明も一緒さ。あいつは香港にいるから手を出せないが、馬鹿娘がリッチモンドにいた。散々いい思いをさせてやって、おれに惚れさせてから、もしかしたらおれたちは兄妹かもしれないって教えてやったよ。あの時のあいつの顔、あんたにも見せてやりたかったな」

ミッシェルの両目からは底なしの悪意が溢れ出そうとしていた。ハリィは唇を噛んだ。両手で拳を握った。そうしなければ、ミッシェルの視線に気圧されてしまいそうだった。

「おまえは狂っている」

ハリィは喘ぐようにいった。嘲笑が返ってきた。

「狂ってるのはおれだけじゃないぜ、ハリィ。みんな狂ってるんだ。あんたも、アキラもな。おれたちは狂った血で結ばれてる家族みたいなもんじゃないか」

「黙れ」

「いいや、黙らないね。話せといったのはあんたなんだからな、ハリィ。なあ、狂ってるんじゃなかったら、アキラはなんだっておれなんかと一緒に黒社会の白粉を盗んだりしたんだと思う？」

ハリィは口を閉じた。明は犯罪者かもしれないが、愚か者ではなかった。その明が、なぜミッシェルの誘いに乗ったのか。ヘスワースの選挙が控えているこの時期に、なぜ無謀な犯罪を繰り返したのか。

知りたかった。自分の父親がどういう人間なのか、知りたかった。今さら手遅れだとしても、知らずにいられなかった。

ミッシェルの悪意の籠った目がハリィを見つめていた。ミッシェルは待っていた。

「どうしてだ？」

ハリィはミッシェルの期待に応えた。ミッシェルが満足したようにうなずいた。

「ハリィ、アキラは絶望してたんだよ、自分とあんたの関係にな」

「どういうことだ？」

「アキラはあんたを愛してたんだ。あんな人間だけど、自分の家族に対する愛情は深いんだよ。だから、おれにもいつだって優しく接してた。接し方は、どこか間が抜けてたけどな。とにかく、アキラはあんたを愛してた。それこそ、目の中にいれても痛くないほどにな。なのに、あんたはそのことに気づかなかった。それどころか、アキラを嫌った。アキラのそばに寄りつこうともしなくなった。アキラは凄く傷ついてたんだぜ。知ってたかい、ハリィ？」

ハリィは首を振った。

「明がそんな人間だとは知らなかったよ。彼の頭にあるのは自分の会社を発展させることだけだと思っていた」

「それもしょうがないと思うけどね。アキラは、どうやって人を愛していいかわからないんだ。一種の、コミュニケーション不全者だ。そのくせ、傷つくことだけは普通の父親と変わらないのさ。おれもあんたもとんだ父親を持ったもんだよ」

ミッシェルの口許には薄笑いがへばりついていた。その嘲笑はハリィに向けられていた。明に向けられていた。自分以外のありとあらゆるものに向けられていた。

ハリィはベッドに腰をおろした。立っているのが億劫《おっくう》だった。頭の中ではさまざまな感情が渦巻いていた。

豚の息子——年老いた中国人の発した言葉が耳にこびりついて離れない。

加藤明は豚だが、自分の息子を愛した。豚の息子はそれにすら気づかなかった。

ぼくのせいじゃない——自分にいい聞かせる。ぼくのせいじゃない——何度もいい聞かせる。

「アキラが絶望したのは、なにもあんたに嫌われたからだけじゃない」ミッシェルの声は続いていた。「アキラは、自分の息子がゲイだってことも知ってたんだ」

感情が断ち切られる——思考が停止する。

「なんだって？」

反射的に発せられた問い——自分の声に自分で驚く。

ハリィは思わず腰をあげた。

「アキラはあれで、保守的な人間なんだぜ。自分の息子がゲイだと知って、混乱していた。おまけに、目の前に現われたおれが、自分のもう一人の息子かもしれないおれがバイセクシュアルだったんだ。ますます傷ついて、ますます混乱してたよ。馬鹿げた話だけどな。あんたは知らないかもしれないが、アキラはこの数ヶ月、しょっちゅう娼婦を買い漁ってた。たぶん、自分はゲイじゃないってことを証明したかったんだろうな。可愛いところもあるよ」

ミッシェルの声は耳を素通りした。

「だれがゲイだって？」

ハリィは囁くようにいった。

「あんただよ、ハリィ。なんなら、おれと同じバイだってことにしてやってもいい。とにかく、あんたが男が好きだってことは、初めて見たときにわかったよ。おれを見て、舌なめずりしそうになっただろう？」

隠しとおせていると思っていた。とんだ思い違いだった。

「どうして明は知ったんだ？」

膝に力が入らなかった。ハリィはベッドのヘッドボードにもたれかかった。

「パトリック・チャウって男を知ってるだろう？」

「パット？」

「そう、あんたの同僚だ。あんたが恋い焦がれてる男だろう？　そいつがある日、アキラに接触してきたんだ。あんたにケツの穴を狙われて困ってるってさ。あんたがゲイだってことを吹聴すれば、警察の中でのあんたの立場が悪くなる。それが嫌なら、口止め料を払えっていってきたのさ」

「嘘だ」

背中に悪寒を感じた。目の前が暗くなっていった。パットが？　そんなはずはない。そんなことがあっていいはずがない。

「嘘なもんか。アキラはパトリック・チャウに百万ドルを払ったんだぜ。その後も、ちょくちょく金をねだりに来てた」

「嘘だ」

ハリィは繰り返した。瀕死の人間の吐息のように力のない声だった。

「自分が惚れてる男のことをよく思いたいのはわかるけどよ、ハリィ、もっと現実を見ろよ。そうじゃなきゃ、どうしてアキラがあんたのことを知るんだ？　おれはあんたの同類だからすぐに気づいた。だが、そうじゃない連中はなかなかわからないもんだ。そうだろう？」

ハリィは首を振った。言葉が見つからなかった。

パット——整った顔だちだった。理知的な瞳を持っていた。優秀な潜入捜査官だった。この世界でただひとり、親友と呼べる男だった。恋い焦がれた男だった。

「でもな、ハリィ。アキラが凄いところは、息子をたてに金を脅しとりに来た男を、自分の方に取り込んじまったってことさ。アキラは、パトリック・チャウのことを密かに調べたんだよ。それで、やつが囮捜査官だってことを知った。それも、黒社会に潜り込む囮捜査官だってな」

「そんなはずはない」

ハリィは何度も首を振った。ミッシェルは鼻を鳴らした。ハリィにはかまわずに話を続けた。

「それで、アキラはパトリック・チャウに逆に脅しをかけたんだ。囮捜査官だってことを黒社会の連中にばらされたくなかったら、情報提供者になれってな。黒社会の連中に、囮捜査官だってことがばれたらどうなるか、あんただってわかってるだろう？　パトリック・チャウはすぐにアキラの出した条件を飲んだよ。アキラは恐ろしく狡賢い。おれもあんたも、それだけは認めなくちゃな」

　パット――潜入捜査から外れたいといいだしたのは、半年ぐらい前からだった。潜入捜査がもたらすストレスにこれ以上耐えられないといっていた。事実だと思っていた。実際、ストレスを感じていたことに間違いもない。だが、本当の理由は、加藤明を脅し、逆に脅され、生命の危機を感じていたからだった。

　パット――ただひとりの親友。恋い焦がれた男。薄汚い悪徳警官。

　血に塗れた現実――途中から足を踏み入れたのだと思っていた。ケニィを殺した瞬間から視界に入る現実が血に塗れはじめたのだと。間違っていた。そもそものはじめから、現実はどっぷりと血に浸かっていた。

「他に知りたいことはないか？　なんだって教えてやるぜ」

　ミッシェルが勝ち誇ったようにいった。ハリィはミッシェルに視線を向けた。ミッシェルの目には相変わらず悪意が湛えられていた。おそらく、生まれたときからそうだったのだ。ハリィがそうであるのと同じように。

「もしかすると、おまえは本当におれの弟なのかもな」

　ハリィはいった。拳銃を抜いた。

　確かに、現実ははじめから血に塗れていたのかもしれない。だが、血を覆い隠すことはできるはずだった。覆い隠そうとする努力はしてみるべきだった。

「おれを殺すのか？」

「そうだ」

「ここでおれを撃つのか？　この部屋はアキラの名義になってるんだぜ。ここでおれを撃てば、面倒なことになる」

　ミッシェルは平然としていた。ハリィを挑発するように胸を張ってさえいた。

　ミッシェルを殺せ――しばらく聞こえることのなかった内なる声がよみがえった。目も眩むような憎悪。その憎悪を上まわるあさましい欲望。生き延びたい。権力を握りたい。あれがハロルド加藤だ――人々にそう囁かれたい。

「明のことは、おまえの問題じゃない」

　ハリィはいった。銃口をミッシェルに向けた。ミッシェルは相変わらず笑っていた。

「おれを殺すんだな？　ケニィを殺したように」

稲妻が脳天を直撃した。ハリィはミッシェルを凝視した。

「どうしてそれを……」

そんなはずはない——声が頭の中で反響する。時間の合間を見ては、捜査の進行状況を把握しておいた。警察はなにも気づいていない。だれもなにも気づいてはいない。ミッシェルが知っているはずがない。

「ずっと不思議に思ってたんだよ。リッチモンドのあの家が、どうしてあんたたちにわかったのかってな。何人かのダチにはあそこのことを教えてあった。さっきまで、そいつらを捜し歩いてたんだ。だいたいのやつは見つけたし、連中がだれにも話してないことは裏が取れた。ところが、ケニィだけ見つからないんだな、これが」

悪意を湛えたミッシェルの目——不敵な視線。

「いろんな連中に話を聞いてね。それで、ケニィがカジノから姿を消したことがわかった。ケニィはカジノで一緒にいた連中に、いいカモを見つけたといってどこかに歩いていった。それっきり、行方不明だ。ところが、おれは別の情報も手に入れた。同じ日の同じ夜、同じカジノに、おれのことを捜し回ってたおまわりがいるのを見たやつがいたのさ。あんたが殺したとまでは確信が持てなかったんだけどな……どうして殺したんだ？　あいつに強姦されそうになったのか？　あいつは掘られるのが専門だったんだぞ」

恐怖——圧倒的な恐怖。知られている。ミッシェルにはなにもかもを知られている。視界が狭まる。理性が蒸発する。

「おれを殺すより、おれと組んだ方がいいぜ、ハリィ。おれとアキラがヘロイン・ビジネスで貯めた金、いくらあると思う？　五百万は下らないんだぜ。アキラが選挙なんかに金を使わなきゃ、下手すりゃ一千万ぐらいにはなってたかもしれないんだ。アキラを殺して、その金、おれたちのものにしないか、ハリィ？　おれとおまえならもっとうまくやれる。なにしろ、あんたは将来を有望視されてる警官のエリートなんだからな。鬼に金棒だ。それに、おれもあんたもバイだ。あんたがしてもらいたいことならなんでもしてやるぜ。しゃぶってやってもいいし、しゃぶられてもいい。おれなら、今までに味わったことのない快感を教えてやれる」

ミッシェルは喋りつづけている。すべては耳を素通りする。

ハリィはよろめきながらミッシェルに近づいた。ミッシェルは舌を出して唇を舐めた。

「この手錠を外してくれよ、ハリィ。その後で、一発やろう。口の中でも、ケツの中でも、好きなところにぶちまけていい。それから、この後のことを考えようぜ」

「死ね」

ハリィはいった。銃を握った右手をミッシェルの顔に叩きつけた。ミッシェルが吹き飛んだ。ハリィは馬乗りになってミッシェルの身体を押さえつけた。

動かなくなるまでミッシェルの顔を殴りつづけた。

61

夜明け間近の、男三人のドライヴ。運転席に加藤明。助手席に鄭奎《チェンフィ》。呉達龍《ンダツロン》はバックシート。膝の上にショットガン。車はサウスウェスト・マリーン・ドライヴを南東に向かっている。加藤明は無言でステアリングを握っている。鄭奎は派手な鼾《いびき》をたてて眠りこけている。

ハロルド加藤は捕まらない。ハロルド加藤がなにを考えているのかはだれにもわからない。だから、金を確保する必要があった。加藤明はしらを切りとおそうとしたが、ショットガンはなによりも雄弁だった。

呉達龍は窓の外に視線を向けた。小雨が降っていた。濡れた路面が街の明かりを反射させていた。車体に水飛沫《みずしぶき》があたる音しか聞こえなかった。

阿兒《アイー》と南仔《ナムヂャイ》の顔が浮かんでは消えた。

呉達龍は小さく首を振った。窓に映る自分の顔を凝視した。頭髪は乱れていた。目の下に隈ができていた。無精髭が顔の半分を覆っていた。なにより、視線が荒んでいた。

父親の顔ではなかった。

パパ、嘘つきじゃない——阿兒の叫びが耳の奥で谺する。その声を思いだすのは辛かった。呉達龍は苦悩から逃げた。代わりに憎しみに目を向けた。

林健國《ラムキングオック》——呉達龍を騙しつづけた義父。殺してやる。

富永脩《とみながおさむ》——呉達龍を虚仮にした日本鬼《ヤップンクワイ》。殺してやる。

劉燕玲《ラウインレン》——日本鬼になびいた売女。死んでしまった。

鄭奎——呉達龍を使うだけ使って切り捨てようとした。殺してやる。

加藤明——腸《はらわた》の腐った日本鬼。殺してやる。

ハロルド加藤——加藤明の血を引いている。殺してやる。

呉達龍の行く手を阻もうとするありとあらゆるやつら——殺してやる。

呉達龍はショットガンの銃把に手をかけた。阿兒の声はもう聞こえなかった。

「あんたが買ったにしちゃ、安っぽいアパートメントだな」

「別に投機のために買ったわけじゃない」

加藤明がドアを開けた。冷たい風が吹きこんできた。呉達龍はショットガンをコートの内側に入れた。腋の下で銃把を挟む。重い――持ち歩きやすいように銃身を切ってあるわけではない。呉達龍は不自然な仕種で車を降りた。

「彼はどうする？」

加藤明が車の中に顎をしゃくった。眠りこけている鄭奎。狸寝入りをしているとは思えなかった。

「すぐに片づくんだろう？　無理に起こす必要はない」

呉達龍はいった。足元に唾を吐いた。死ぬ前のつかの間の眠り――ゆっくり貪っていればいい。

アパートメントは古びていた。エントランスホールは静まり返っていた。エレヴェータの稼働音がやけに大きく感じられた。加藤明の部屋は三階にあった。

「ワンフロアにいくつ部屋があるんだ？」

「三階はふたつだ」

加藤明が答えるのと同時に、エレヴェータがとまった。呉達龍はコートの下からショットガンを抜きだした。

「罠にかけようとは思っていないよ」

加藤明がいった。

＊　＊　＊

「ちょっと寄り道をしてもいいかね？」

加藤明がいった。

「なんのためだ？」

「金を隠してある倉庫に入るには、カードキィがいるんだが、自宅に置いておくのは物騒だと思って、わたしが所有している別の部屋に隠してあるんだ」

「マッケンジィ・ハイツに住んでりゃ、泥棒の心配はないんじゃなかったか？」

「普通の金なら。しかし、倉庫に隠してあるのは普通の金じゃない」

「それがなきゃ、金は手に入らねえんだな？」

「朝になるのを待って、倉庫の管理会社に電話をすれば、中に入れないことはない」

「カードキィを持っていこう」

呉達龍はいった。

「ありがとう」

加藤明が車を左折させた。西57番街。サウスウェスト・マリーン。古ぼけたアパートメントの前で車がとまった。

「ここだよ。一緒に行くかね？」

「おれはだれも信じないことにしてるんだ」呉達龍はいった。ショットガンの銃口で加藤明の背中を小突いた。

「先に出ろ。ただし、妙な真似はするな」

加藤明は逆らわなかった。大胆な足取りでエレヴェータを降りた。呉達龍もそれに続いた。ショットガンを構えたまま、左右に視線を走らせた。エレヴェータの左手は壁。廊下が右奥に続いている。廊下にはだれもいなかった。

「こっちだ」

加藤明が廊下を進んだ。エレヴェータに近いドアの前で立ち止まった。キィリングを取りだした——落とした。気に障る音が響いた。

「おい！」

「すまん。ショットガンなんかを振り回されると、どうにも緊張する」

加藤明が緊張しているようには見えなかった。

「よこせ」呉達龍はキィリングを奪いとった。リングには五つの鍵がついていた。「どの鍵だ？」

「真ん中の、一番小振りなやつだよ」

「動くなよ」

呉達龍はショットガンを加藤明に向けた。ドアに耳を押しつけた。なにも聞こえなかった。鍵を鍵穴に差しこんだ。鍵をまわした。手応えがあって、金属音がした。ノブに手をかけた。ドアは開かなかった。

「開かないぞ」

いいながら、鍵を反対にまわした。今度はドアが開いた。呉達龍は、ドアを数ミリだけ開け、振り返った。

「鍵がかかってなかった。いつもこうか？」

加藤明が首を振った。額に汗が浮かんでいた。

「顔色が悪いぞ」

「鍵をかけわすれることなどありえない。だれかが侵入したのかもしれない」

「だれかって、だれだ？」

「ハリィだ。彼はわたしの不動産契約書も持ち出している。ここのことを知っていても不思議じゃない」

「くそっ」

呉達龍は吐き捨てた。加藤明の襟を摑み、引き寄せた。

「おまえが先に入れ。中におまえのクソみたいな息子がいておれに銃を向けたりしたら、真っ先におまえを撃つからな」

「ハリィはそんなことができる人間ではないよ」

「おれの知ったことか」

呉達龍は嚙みつくようにいった。加藤明の顔は蒼醒めていた。

「さあ、早く中に入るんだ。ただし、ゆっくり動け」

加藤明がドアを押した。部屋の照明は消えていた。呉達龍は後に続いた。空気が暖かかった。人の気配は感じなかった。

「とまれ」

小声で命じた。加藤明が足をとめた。神経を研ぎ澄ませる。ぼんやりと視界に映る部屋は狭く、古ぼけていた。ここに人がいるのなら、気配を感じないわけがない。

「明かりのスウィッチはどこだ？」

「ドアの右の脇だよ」

後ろ手で壁を探った。スウィッチを入れた。加藤明がまぶしそうに手を目の上にかざした。

広くも狭くもないダイニング。キッチンのシンクには汚れた皿が乱雑に積みあげられていた。ベッドルームのドアが半分開いていた。

呉達龍はショットガンをかまえながら、ベッドルームに足を向けた。この部屋に人がいないことは確信があった。だが、油断するつもりもなかった。

ショットガンの銃口でドアを大きく開けた。蝶番がかすかに軋んだ。血の匂いが鼻をついた。照明のスウィッチを捜した。玄関と同じ位置にスウィッチがあった。

明かりをつける――床に飛び散った血が目に飛び込んでくる。

若い男が床に横たわっていた。顔は血に塗れていた。判別が不可能なほどに、徹底的に殴られていた。わかるのは死んでいるということだけだった。

「ミッシェル!!」

悲痛な声がした。呉達龍は加藤明に弾き飛ばされた。

「ミッシェル！　ミッシェル!!」

加藤明は死体にしがみついた。肩を摑み左右に揺さぶった。

「だれがこんなことを!?」

呉達龍はショットガンを加藤明の背中に向けた。突き飛ばされた怒り――引き金に指をかけ、狙いを定める。

「どうしてだ、ミッシェル!?」

加藤明は狂ったように泣き叫んでいた。ミッシェル――加藤明の息子かもしれない若者。南仔の顔が脳裏をよぎった。呉達龍はショットガンを降ろした。

加藤明を殺す代わりに部屋の中を見渡した。狭いベッドルームだった。ライティングデスクとベッドと小さなクローゼットがあるだけだった。デスクの上にラップトップ・コンピュータ――電源は落ちている。ベッドの上にはボストンバッグとビニールに包まれた白い粉。枕の上に髑髏を象ったピアスが置いてあった。

呉達龍はビニールの包みを手に取った。確かめるまでもなかった。白粉《パーファン》――五つあった。加藤明とミッシェルが黒社会《ハクセイウィ》の連中から奪ったものの一部。

だれがこの部屋に侵入した？　だれがミッシェルを殺した？　白粉も奪わずに。

ハロルド加藤――あの日本鬼はこの部屋のことを知っている。ＣＬＥＵの捜査官なら、このアパートメント程度の施錠システムなら簡単に開けることができる。ハロルド加藤なら、白粉を盗むこともしない。

加藤明はミッシェルの死体に頬ずりしながら泣いていた。加藤明の顔も血塗れだった。呉達龍は加藤明の脇で膝を突いた。ミッシェルの死体に触れた。暖かかった。刑事の経験が告げる――殺されたのは、三十分から一時間前。

「おい」

呉達龍は加藤明に声をかけた。加藤明は泣きつづけるだけだった。呉達龍は加藤明の髪の毛を摑んだ。自分の方に向かせた。血塗れの頬を殴った。

加藤明が泣くのをやめた。憎悪に濁った目が呉達龍を睨んだ。

「あのコンピュータはおまえのものか？」

呉達龍はライティングデスクを指差した。加藤明が首を振った。

「そうか。たぶん、あのコンピュータはハロルド加藤のものだろうよ。おまえの可愛いミッシェルを殺したのは、おまえの息子だ」

「ハリィが？」

「そうだ。おまえの息子が、おまえの息子かもしれない男を殺したんだ」

「そんな馬鹿な……」

「そいつを殺したのがこそ泥かなにかだったら、この白粉を置いていくはずがない。それとも、ハロルド加藤とおまえ以外に、この部屋のことを知ってるやつがいるとでもいうのか？」

加藤明の瞳が左右に動いた。考えている――眼球の動きがとまる。

「もうひとりだけいる」

「だれだ？」

「李少芳《レイシウフォン》だ。李耀明《レイイウミン》の娘だよ。ミッシェルはよく、この部屋で彼女と過ごしていた」

「李少芳だと？　おい、このガキはもしかすると李耀明の息子かもしれないんだろうが？　実の妹かもしれない女と寝てたっていうのか？」

「ミッシェルにタブーはなかったんだ」

加藤明がいった。恥じ入るような声ではなかった。加藤明はとち狂っていた。ミッシェルもとち狂っていた。ハロルド加藤もとち狂っている。加藤明にまつわる人間は、だれもかれもがとち狂っている。

呉達龍は腰をあげた。加藤明と話していると、自分まで腐っていくような気がした。

考えを別に向ける。李少芳——富永脩がついている。李耀明は自分の娘を誑かした馬鹿野郎を殺したがっている。だが——李耀明はミッシェルが陳恵琳《チャンワイラム》の息子だということを知らないのか？

「李耀明はミッシェルのことを知っていたのか？」

呉達龍は加藤明に訊いた。加藤明が曖昧にうなずいた。

「知ったのは今夜だ。わたしが教えた」

呉達龍は考えこんだ。すぐに考えることを放棄した。だれがだれに殺されようが、知ったことではなかった。大切なのは金だった。金を手に入れることだった。

「カードキィはどこだ？」

「本当にハリィがミッシェルを殺したのか？」

「カードキィはどこだと訊いてるんだ」

「キッチンの、シンクの下の棚だ。棚の天井にテープで貼りつけてある」

呉達龍はベッドルームを後にした。シンクの下の棚——身体を屈め、手を伸ばす。指先になにかが触れた。引き剝がした。

カードキィ——アメリカ合衆国へのパスポート。親子三人揃っての幸せな暮らしを保証する切り札。

呉達龍はカードキィを目の前に掲げた。静かに微笑んだ。

「行くぞ。こんなところに長居は無用だ」

呉達龍はカードキィをコートのポケットに押し込んだ。

「わたしは行けない。ミッシェルをこのままにしておくことはできない」

加藤明はミッシェルの死体を見おろしていた。乾いた涙——虚ろな視線。腑抜けの木偶《でく》人形。置いていくわけにはいかない。金を手に入れるまでは目を離すわけにはいかない。

「金を手に入れたあとなら、好きにさせてやる。だが、今はだめだ。おまえはおれと一緒に来るんだ」

「しかし、ミッシェルが……」

「そのガキはくたばったんだ。いまさら文句をいったりはしないさ」

加藤明が顔をあげた。

「本当にハリィがミッシェルを殺したのか？」

虚ろな視線——空虚な声。

「てめえの息子だろう。とっ捕まえて自分で訊いてみるんだな」

呉達龍はいった。加藤明とハロルド加藤——とち狂った親子。これ以上かかわり合いになるのはまっぴらだった。金が手に入った後では用がない。親子まとめて地獄に叩き落としてやる。

「行くぞ」

呉達龍はもう一度いった。加藤明は小さくうなずいた。操り人形のような足取りでついてきた。

62

「あれよ」

李少芳《レイシウフォン》が窓の外を指差した。

「車をとめろ、阿寶《アポー》」

富永はいった。車は河沿いの道を走っていた。左手をフレイザー河が流れ、前方にはミッチェル島が見えた。河岸にはいくつものボートハウスが建ち並んでいた。

車がとまった。

「どのボートハウスだ、小姐《シウチェ》？」

富永は河岸に視線を向けたまま訊いた。

「あれよ。一番大きいボートハウスの右から三番目」

李少芳の声は甲高かった。富永は李少芳が指摘したボートハウスを認識した。小さくはあるが、品のいい外観のボートハウスだった。

「よし。車の中で待っていろ。おれが見てくる。阿寶、弾丸を出してくれ」

「わたしも行くわ」

李少芳がいった。

「ここでじっとしているんだ、小姐」

富永は阿寶から弾丸を受け取った。マガジンを取りだして弾丸を装填した。

「わたしも行く。お願い、阿《ア》サム。もう、耐えられそうにないの」

甲高く顫える声——富永は振り返った。李少芳の顔は蒼ざめていた。ヘロインを求めて喘いでいた。

「連れていってやってください、サム哥《コー》。このままじゃ、小姐が可哀想すぎます。おれが小姐の面倒を見ますから」

「好きにしろ」

富永は車を降りた。

ヘロインを見つけろ、金を見つけろ——頭の中の覗き見野郎が喚いている。ヘロインと金と加藤明が繋がっている証拠を押さえろ。

それでどうする？——覗き見野郎に訊き返す。加藤明が悪党だという証拠を押さえて、それでなにをしたいんだ？

覗き見野郎は沈黙する。

とち狂っているのは加藤明とハロルド加藤親子だけで

はない。李少芳もとち狂っている。李耀明《レイイウミン》もとち狂っている。呉達龍《ンダッロン》もとち狂っている。富永自身もとち狂っている。

　富永は小走りでボートハウスに近づいた。阿寶と李少芳が後を追いかけてくる。

　ボートハウスの入口には分厚いシャッターが降りていた。隣のボートハウスとの間の小さな隙間に身体を潜り込ませる——ガラスが割れた窓が視界に飛び込んでくる。富永は動きをとめた。神経を研ぎ澄ました。ボートハウスの中の気配を探った。

「どうしました、サム哥？」

追いついてきた阿寶が弾んだ声を出した。

「あれを見ろ」

「だれかが押し入った跡ですかね？」

「わからん……肩を貸してくれ、阿寶。中に入ってみる」

　窓の位置はそれほど高くはなかった。その気になればひとりでも窓枠に手をかけることができる。だが、中に人がいる可能性を考えれば、無謀な賭けをする気にもなれない。

「おれが行きますよ、サム哥。中にだれかがいて、サム哥にもしものことがあったら大変だ」

「おれが行く。心配はいらない」

「わかりました」

　富永は阿寶と場所を入れ代わった。窓の下で、阿寶が腰を落とした。

「どうぞ、サム哥」

　富永は阿寶の肩の上に乗った。阿寶が身体を起こす。割れた窓——ボートハウスの内部。段ボール箱が散乱していた。中に人がいる気配はなかった。

　窓枠に手をかけ、中に滑り込む。銃を構え、銃口を左右に振る。小指が疼く——気にかけている余裕はない。

　ボートハウスの内部は無人だった。散乱した段ボール——表面に印刷された〈陳恵琳貿易公司、化学薬品〉の文字。段ボールの中にはミッシェルと加藤明が強奪したヘロインが入っていたに違いない。

　富永は散乱した段ボールの中を片っ端から確かめていった。すべて、空だった。ヘロインはどこにもなかった。

　窓ガラスを破って侵入した男も、目当てのものが見つからなかった腹いせに段ボールを打ち捨てていったのかもしれない。

　だれだ？——疑問が湧く。

　だれがここに侵入したのかを確かめろ——覗き見野郎が喚く。

「阿サム、どうなってるの？　白粉《バーファン》はあったんでしょう？」

窓の外から李少芳の焦燥した声が聞こえてきた。

「白粉はないよ、小姐。このボートハウスは空っぽだ」

富永は答えた。小さな悲鳴が返ってきた。

＊　＊　＊

息も絶え絶えの李少芳。手に入るはずのヘロインがなかったことへのショックから立ち直れずにいる。なだめ、すかす。切れ切れの声——断片を繋ぎあわせる。

フレイザー河畔を先へ進む。オークストリート・ブリッジ近くの倉庫。

阿寶に先を急がせる。車は猛スピードで突っ走る。李少芳が譫言《うわごと》を繰り返す。

白粉をちょうだい、お願いだから、白粉をちょうだい。ミッシェルを殺して。なんでもいいからわたしを楽にして。

だれがボートハウスに侵入した？——頭の中で覗き見野郎が喚きつづける。

気が狂いそうだった。

「阿寶、なんでもいいから話しかけてくれ」

富永はいった。

「どうしたんで、サム哥？」

「小姐の声がうるさくて苛々する。気を逸らしたいんだ」

阿寶が唇を舐めた。ルームミラーに視線を走らせた。唇を開き、閉じた。なんどもそれを繰り返した。

苛立ちが募る。

「阿寶——」

「サム哥、なにをしようとしてるんです？」

阿寶が富永を遮るように話しはじめた。まるで富永に口を挟まれるのを恐れているような勢いだった。

「おれは馬鹿だ。脳味噌を使うより、人を殴ったり殺したりする方が得意な馬鹿野郎だ。それでも、サム哥、いろいろ話が耳に入ってくりゃ考えます。小姐は白粉を欲しがってる。でもって、白粉がたんまりと隠してある場所を知っていた。あのボートハウスがそうだったんだ。だけど、どういうことです、サム哥？　なんだって、小姐があんな場所のこと知ってるんです？　なんだって、あんなところに白粉が隠してあるんです？　おれは馬鹿だけど、ぴんと来ますよ。小姐は、ヴァンクーヴァーで黒社会《ハクセィウィ》の連中の白粉を盗んでたやつを知ってるんだ……いや、知ってるだけじゃない、そいつらとつるんでたんだ。違いますか？」

富永は顔を運転席に向けた。阿寶は富永と視線をあわせようとしなかった。

「おまえのいうとおりだ、阿寶。黒社会の白粉を盗んでたのはミッシェルっていうガキだ。小姐もそれにどっぷり漬かっている」

「どっぷり？」

「爪先から頭のてっぺんまでどっぷりだ」

阿寶の唇がわななないた。

「大変だ。そんなことがだれかの耳に入ったら、大老《ダーイロウ》は面倒に巻き込まれる」

「そのとおりだな」

富永はいった。煙草をくわえ、火をつけた。

「じゃあ、サム哥は大老のために、白粉と金を回収しようとしてるんですか？」

「いいや」

富永は首を振った。

「サム哥……」

阿寶の唇の顫えが大きくなった。阿寶はうまく喋れないようだった。

富永はコートのポケットに静かに手を入れた。銃のグリップを握った。

「金を手に入れたい。それで、ヴァンクーヴァーにも香港にも大老にもおさらばするんだ」

「サム哥……」

引き金に指をかける。

「どうする、阿寶？　おれを許せないか？　おれを殺して、マックにすべてを報告するか？」

阿寶の唇の顫えが全身に広がっていく。

「か、金はいくらあるんですか？」

富永は引き金から指を外した。

「わからん。だが、五百万ドルはくだらないだろうな。あのボートハウスにあったはずの白粉がすべてなくなっていた。つまり、全部売り払われたってことだ、阿寶。白粉がどれだけあったのかはわからない。だが、少ない量じゃないことだけは確かだ」

「五百万……」

「最低で五百万だ、阿寶。しかも、まだだれもそのことに気づいちゃいない」

「お、おれは……サム哥を手伝ったら、おれはいくらもらえます？」

「二百万だ」富永は即答した。「もし一千万あったら、おまえの取り分は四百万だ」

「本当ですか？」

「ああ。おまえがいなけりゃ、おれはなにもできなかった。おまえにはそれだけの価値がある」

言葉は澱みなく出てきた。いうだけなら、なんだってただだった。

「やりましょう、サム哥」

阿寶がいった。もう、唇は顫えてはいなかった。

「そういってくれると思っていたよ、阿寶」

富永はいった。コートのポケットの中で、銃のグリップを強く握りしめた。

小指が疼いた。疼きはしばらくすると心地よい痺れに変わっていった。

＊　＊　＊

李少芳が口にした建物は、オークストリート・ブリッジ下の倉庫街の一角にあった。堅牢な造りの倉庫。ボートハウスと違って窓はなかった。戸締まりの厳重さも段違いだった。

ハイテクを使った施錠システム——数字が並んだパネルがあり、カードを差しこむスロットがある。

金はこの中にある——確信が芽生える。同時に途方に暮れる。倉庫の中に入りこむには、それ相応の準備が必要だった。

「どうします、サム哥。これをぶち破るにはダイナマイトかなにかが必要ですぜ」

阿寶が首を振った。阿寶はパネルを覗きこんでいた。

「一旦、車に戻ろう」

富永は倉庫に背を向けた。

「諦めるんですか、サム哥？」

「そうじゃない。少し頭を冷やして考えたいだけだ」

阿寶が舌打ちした。露骨な舌打ちだった。金の明確な匂いを嗅ぎつけていきり立っている。

阿寶は富永と行動を共にすると決めた。つまり、李耀明の組織を抜けると決めた。組織の中にいれば、富永は阿寶のボスだった。だが、組織の掟から抜け出せば、富永と阿寶は対等の立場になる。

「行くぞ、阿寶」

阿寶は不満げな顔をしたままついてきた。二百万では足りないといいだすのも時間の問題だった。

車の中の空気は充分に温まっていた。富永と阿寶が乗り込むと、窓ガラスが曇った。李少芳は口を開けて眠りこけていた。

「どうするんですか、サム哥。あんなにがっちり鍵をかけてあるんだ。金は中にあるに違いない。このまま指をくわえてるんですか？」

「少し静かにしろ、阿寶。考えてるんだ。車をどこかの陰に移動させてくれ」

阿寶は唇を尖らせた。反抗の言葉を口にすることはなかった。

阿寶は車を倉庫の裏手に移動させた。周りを見回す――カメラでモニタされている恐れはないようだった。

富永は煙草に火をつけた。エレクトロニクスの施錠システム。窓はなく、通気孔もない。

ダイナマイトが必要だと阿寶がいった。そんなものを使えば、警察がすっとんでくる。

エレクトロニクス――コンピュータ。記憶が弾ける。

「阿寶――」

「なんですか?」

「あのガキとは連絡がつくか?」

「ガキ?」

「ハッカーだ。コンピュータに詳しいガキだ」

コンピュータに詳しい人間なら、あるいはなんとかできるかもしれない。錠を開けることはできなくても、仕組みを理解してくれるかもしれない。仕組みがわかれば、対応の仕方もわかるかもしれない。

「コンピュータがあればなんとかなるんですか?」

「わからん。だが、ここで指をくわえて見てるよりはましだろう」

「ちょっと待っててください」

阿寶が携帯電話を摑んだ。無骨な指でボタンを押していく。

携帯電話が発する電子音に、低く唸るような音が混ざりあった。

「待て、阿寶」

富永は阿寶を制した。

「なんですか?」

車のエンジン音――近づいてくる。

「車の音だ。こっちに向かっている」

夜明け間近の時間。働き者の労働者がやってくるには早すぎる時間。

車の音はどんどん近づいてくる。

「こんな時間にこんな場所に用のあるやつがいるんですかね?」

阿寶がいった。

いる。富永と阿寶がそうだった。ここに金があると目をつけてやってきた。他にも金の匂いを嗅ぎつけた人間がいないとは限らない。

たとえば、ボートハウスに侵入したやつ。

たとえば、ここに金を隠したやつ――加藤明。

車に乗っている人間が、倉庫を開ける方法を知っているのならことは早い。

「もしかすると、運が向いてきているのかもしれないな」

富永はいった。待った。

車のエンジン音――どこか近くでとまった。だれかが車のドアを開け、おりたつのがわかった。

「これか？　この倉庫で間違いないんだな？」

広東語が聞こえてきた。富永は唇を噛んだ。

聞き間違えようがない。声の主は呉達龍だった。

63

手の甲が血に塗れている。疼いている——腫れている。左手の甲の骨が折れているのかもしれない。

皮膚が裂け、肉が潰れたミッシェルの死に顔が瞼の裏に焼きついている。瞬きするたびにミッシェルの顔が記憶に刻まれる。強く、鮮明に。ミッシェルとケニィの顔が混ざり合い、溶け合っていく。

おぞましいキメラ。欲望を抑制できないゲイの抑圧された欲情の混合。キメラが叫ぶ——しゃぶってやろうか、ハリィ？　突っ込んでやろうか、ハリィ？

視界が暗転する。キメラのおぞましい顔がパットのあさましい表情に切り替わる。

パットがいう——おれのおカマを掘りたかったら、ハリィ、金を払いな。

「黙れ！　黙れ!!」

ハリィはステアリングを両手で叩いた。激痛が走る。だが、痛みは肉体から切り離されている。まるで他人の痛みを間接的に体験しているかのようだった。

「黙れ……」

ハリィは力なく呟いた。ステアリングに突っ伏して嗚《お》咽《えつ》した。

頭の中ではおぞましいキメラとあさましいパットの嘲笑が途切れることなく谺していた。

＊　＊　＊

ハリィは泣きながら車を運転した。行くあてのないドライヴ。車は磁力に引き寄せられるように北へ向かっていた。

夜明けが近い。だが、雲に覆われた空は黒いままだった。水飛沫をあげて車が疾走する。チャイナタウンが見えてくる。キーファー・ストリートを東へ、ジャクソン・ストリートを南へ。ガレージ付きのアパートメント。パットのアパートメント。

ハリィは道路の脇に車をとめた。暗い目でアパートメントを見あげた。パットの部屋の窓は暗かった。眠っているのか、街をうろついて情報を集めているのか。

おカマを捜しているのさ——キメラがいう。金を脅し取れる金持ちのおカマを捜してるのさ。

黙れ——声に出さずに呟く。おれは狂ってしまったのか——自分自身に問いかける。導火線は燃え尽き、爆弾が爆発する。血に塗れた現実に腐った臓物がぶちまけられる。爆発で理性は引き裂かれ、血と臓物の中で溺れているうちに理性は霧散する。

おれは狂ってしまったのか？——もう一度自問する。おぞましいキメラとあさましいパットがハリィを嘲笑う。

おまえは狂ったわけじゃない。おまえはこの世に生まれ落ちたその時から狂っていたんだ。なぜって、おまえは加藤明の息子じゃないか。

ハリィは銃を抜いた。銃口を自分のこめかみに押し当てた。

汗が滝のように流れた。肺が空気を求めて喘いだ。引き金にかけた指が激しく顫えた。筋肉は劣化したスポンジのようだった。

無限の時間——無尽蔵の恐怖。

銃口をこめかみから外した。大きく息を吸い込んだ。おぞましいキメラとあさましいパットの嘲笑が響く。

「まだだ。まだ終わったわけじゃない！」

ハリィは叫んだ。車を降りた。よろめくような足取りでパットのアパートメントに向かった。

＊　＊　＊

ドアのロック——ピッキング・トゥールで簡単に開いた。過度に暖められ、身体にまとわりついてくる空気。ニンニクとアルコールの匂い。

ハリィは暗闇の中で足をすすめた。パットの部屋の構造は頭に刻みこんであった。ダイニングを横切り、寝室のドアのノブに手をかける。

開ける前にドアに耳を押しつける。鼾《いびき》が聞こえた。パットは寝ている。眠りを貪っている。

恐怖が怒りにすり変わる。いとも簡単にすり変わる。

ハリィは静かにドアを開けた。ニンニクとアルコールの匂いが強くなった。鼾——別の人間がたてる寝息。

ハリィは戸口で足をとめた。パットだけだと思っていた。他に人がいるとなると話は変わってくる。

ハリィは鼾のする方向に目を向けた。暗闇に慣れはじめた視界——ぼんやりと浮かび上がる光景。脚が見えた。シーツからはみでた脚——細く白い女の脚。

視界が鮮明になる。女がパットに抱きつくようにして眠っている。パットは女には無頓着に眠っている。パットの腋の下に女の横顔があった。女はアジア系だった。ハリィの知らない女だった。

妄想が広がる。パットは女を抱く。ハリィを嘲笑いながら女を抱く。

あのおカマ野郎、よく閉まるプッシィもないくせにおれと寝たがってるんだぜ――パットがいう。

身の程知らずもいいところね――女が嗤う。嗤いながらパットのものにむしゃぶりつく。

怒りが舞い戻る。なにごともなかったかのように舞い戻る。妄想はリアルだった。疑いようもないほどにリアルだった。

ベッドの足元に枕が落ちていた。ハリィは足音を殺してベッドに近づいた。枕を拾いあげた。

パットは眠りこけている。女も寝ほうけている。ハリィを笑い物にし、ハリィを傷つけ、血塗れの現実に気づくこともなく、能天気に眠っている。

ハリィは枕を女の頭に押しつけた。同時に銃口を枕に押しつけた。枕の下で女が動いた。

引き金を引いた。くぐもった銃声――宙に舞う羽。真っ白いシーツに血の染みが広がった。

「なんだ!?」

パットが飛び起きた。パットは全裸だった。剝きだしのペニスが勃起して天を向いていた。

あれをしゃぶりたいんだろう――頭の中で響く声。

「阿詠《アウィン》？　どうした!?　なにが起きたんだ？」

阿詠――女の名を呼びながら、パットはベッドの脇に手を伸ばした。壁のスウィッチを押した。照明がつく。パットが悲鳴をあげた。

「阿詠！」

「静かにしろよ、パット。枕を使った意味がなくなるじゃないか」

口が勝手に動く。自分のものとは思えないほど冷静な声が空気を顫わせる。

おれは狂ってしまったのか？――自問する。

狂ってなどいない、おまえには発狂する権利もない――ミッシェルとケニィのキメラが合唱する。

「ハ、ハリィ？」

パットが喘ぐようにいった。

「そう。ぼくだよ、パット。間抜けなおカマのハリィだ」

ハリィは銃を構えた。銃口がパットの眉間に向かう。パットはベッドの上で後ずさった。シーツの染みに気づいた。また悲鳴をあげた。

「阿詠……阿詠!!」

「黙れ、パット。静かにするんだ。さもなきゃ、撃つぞ」

「なんてことをしたんだ、ハリィ」

パットは自分の手についた血を凝視していた。勃起していたペニスが萎びていった。女に目を向けようとはしなかった。ハリィに目を向けようとはしなかった。

「君のせいだ、パット」

「おれのせい？　おれがなにをしたっていうんだ？」

パットが顔を起こす。絡みあう視線――パットのわざとらしさが鼻につく。

「ぼくの父から脅し取った金でなにを手に入れたんだ、パット？」

パットの表情が凍りついた。

「どれだけの人間に、ぼくがおカマだって囁いたんだ？」

「ばれちまったのか……」

パットが溜め息をついた。

「答えろよ、パット。薄汚い金でなにを買った？　どんなやつらと一緒になって、ぼくを笑い物にしたんだ？」

「カルガリィに家を買った。引退したらそこに住むつもりでな。いいところだぜ、ハリィ。静かで、落ちついている。ヴァンクーヴァーが肥溜めだとしたら、あそこは天国とはいわないが、ごみ溜めぐらいの違いがある」

「他には？　百万ドルも脅し取ったんだろう？　カルガリィあたりの家じゃ、とても足りないぞ、パット」

「株を買ったよ。おまえの親父が教えてくれた株だ。最初は半信半疑だったが、今じゃかなり値を上げてる。もう少し踏んばれば、おれも億万長者の仲間入りだ。まったく、おまえの親父はたいしたやつだよ。本物の悪党だ」

「黙れ!!」

ハリィは叫んだ。銃口が激しく上下した。パットは口を閉じた。動きもとめた。わななく唇――蒼醒めた顔。引き裂いてやりたい。許しを乞わせてやりたい。おまえが好きだったといわせてやりたい。

馬鹿げている――とち狂っている。

「それが見返りだったのか？　ヘロインの取引きの情報を流す代わりに、値上がりしそうな株の銘柄を教えてもらったのか？」

「そういうわけじゃない。おれはおまえの親父さんに首根っこを捕まれてたんだ。こっちが追い詰めてるつもりだったのに、逆に追い詰められてたってわけさ。黒社会の情報はただで流してた。株を教えてくれたのは、おまえの親父さんの思惑さ。おれに恩を売りつけたかったんだろう」

「それで、君は恩義を感じたってわけか？」

「そんなはずはないだろう」パットは首を振った。「おまえの親父はとんでもない野郎だ。できることなら、とっとと手を切りたかったよ」

「どうしてだ、パット？　君は優秀な捜査官だった」

おれがゲイだからか？　ゲイに惚れられるのがそんなに嫌だったのか？——喉元までこみあげてくる言葉。口には出せない。出した瞬間、パットを殺さなければならなくなる。そんなことはしたくない。

嘘つきめ——ミッシェルとケニィのキメラが喚く。最初からそのつもりだったくせに。最初から殺すつもりなくせに。だれもかれもを殺しまくって、すべてをなかったことにしようとしているくせに。

「黙れ」

ハリィはいった。

「お、おい。おれはまだなにもいってないぞ」

パットが首を振る。顔に疑念の色が浮かんでいる。

「いいから、質問に答えるんだ。どうしてだ、パット？」

「おまえのせいさ」

パットがいった。引き金にかかった指に反射的に力がこもった。ハリィは辛うじてこらえた。

「おれは潜入捜査官だ。来る日も来る日も、自分が犬だってことがいつかばれるんじゃないかと怯えながら暮らしている。功績をあげても、身分をばらすわけにはいかないから表彰されるわけでもない。毎日毎日地べたを這いつくばった揚げ句に、くたびれて使い物にならなくなったらお払い箱にされるだけだ」

パットが口を閉じた。ハリィは銃口を振って先を促した。

「ところが、おれと同じ組織に属してるのに、おれとはまったく違う道を歩いてるやつもいる。金があって、コネがあって、出世街道をまっしぐらに突っ走るやつらだ。おまえみたいにな、ハリィ。おまえは考えたこともないだろうが、おれみたいな連中は考えるんだよ。チャンスがあれば、おれだってってな。おれはチャンスが来たと思った。だから、おまえの親父に会いに行った。それだけさ」

「そんなこと、一度も聞いたことがない」

「いえるわけがないだろう」

「ぼくは……君は潜入捜査が好きなんだと思っていた。いってくれれば、もっと早くに君を潜入捜査から外すように工作できた」

「そういう問題じゃないんだぜ、ハリィ。潜入捜査官でなくなったとしても、おれたちは地べたを這い回って、おまえたちが出世街道をひた走るっていう現実は変わらないんだ」

「ぼくたちは、友達だった。いってくれれば……」

ハリィは首を振った。パットも首を振った。

「それは違うな、ハリィ。おれは将来出世が確実なおまえに媚を売ってただけだし、おまえはおれとやりたかっただけだ」

違う——叫ぼうとしたが、喉が凍りついた。

「図星だろう、ハリィ？　それとも、急に口がきけなくなったのか？」

違わない——ミッシェルとケニィのキメラが不快な声で合唱する。おまえはパットとやりたかったんだ。パットをしゃぶりたかったんだ。パットにしゃぶられたかったんだ。パットのおカマを掘りたかったんだ。掘られたかったんだ。それだけだ。

「黙れ！」

ハリィはまた叫んだ。キメラの不快な声の合唱が怒りの炎を燃えあがらせる。怒りは理性を燃やし尽くす。

「だったら認めろよ。おれたちの間に友情なんてなかった。あったのはただの打算だ」

「だれに話した？」

ハリィは足を踏みだした。銃口は微動だにしなかった。

「なんのことだ？」

パットの表情が強張る。

「ぼくがおカマだとだれに話した？　だれと笑い物にした？」

「落ち着けよ、ハリィ。おれはだれにもいっちゃいない。本当だ」

「答えろ、パット」

「嘘じゃない。そんなことをして、おれになんの得がある？　おれは別にゲイを馬鹿にしてるわけじゃないんだ。おまえはおれに無理強いしようとはしなかった。べろんべろんに酔っぱらって、真っ裸になって抱きついてきても、おれが拒否したらおまえはすんなり引いた。おれとおまえは友達じゃなかったが、別に、おまえのことを憎んでたわけでもない」

記憶が堰を切ったように奔流する。あの日、あの夜——パットと酒を飲んだ。したたかに酔っぱらった。目覚めると全裸でシーツにくるまっていた。恐怖に顫えた。パットになにをしたのか。なにをしなかったのか。

解答を与えられた途端、羞恥心が襲ってくる。身の置きどころのない羞恥心——目も眩むような怒りに変わる。いともたやすく。

「嘘だ」ハリィはいった。「ずっとぼくのことを笑い物にしてたんだろう？　身の程知らずのおカマが自分の尻を掘りたがっているのを知って、見下していたんだろう？」

「落ち着けって、ハリィ。なあ、こんなことをしてる場合じゃないだろう？　おまえは阿詠を殺しちまったんだ。早くずらからなきゃ大変なことになる。逃げろよ、ハリィ。あとのことはおれがなんとかしてやる。警察がおまえに目をつけるのがなるべく遅れるようにしてやる。そ の間に逃げろ。な、ハリィ？　そうしなきゃ、一生刑務所の中で過ごすことになるぞ」

聴覚が麻痺している。聞きたいと望んだ言葉しか聞こえなくなっている。

「この女はだれだ？」

「阿詠か？　ナイトクラブのダンサーだよ。金で客と寝る。今日はたまたま買ってきただけだ」

「この女にぼくのことを話したか？」

「ハリィ!!」

「この女と一緒にぼくのことを嗤ったんだろう？」

「どうかしてるぞ、ハリィ、いいか――」

「そうさ、どうかしてるんだ。決まってるじゃないか」

ハリィはパットの声を遮った。「この女で三人目だ」

「三人？」

「三人殺した。捕まれば終身刑は確実だ。君のいうとおりだよ、パット。どうかしてるんだ。そうじゃなきゃ、こんなことになっているはずがない」

「ハリィ――」

「本当のことをいえよ、パット」

パットの視線が泳いだ。左を見、右を見る。あるはずのない助けを求めている。

「いうんだ、パット」

パットの目の動きがとまる――開き直った者の視線。

「ああ、いったよ。薄汚いおカマがおれの尻を狙ってるってな!!」

パットが動いた。ハリィは銃を撃った。パットの身体が真後ろに吹き飛んだ。ハリィは弾丸がなくなるまで引き金を引き続けた。

やっぱり、最初から殺すつもりだったんだ――キメラが嗤う。合唱する。パットがなにを考えていたかなんてどうでもよかったんだ。ただ、傷つけられた恨みを晴らしたかっただけなんだ。ハリィ、おまえは確かに明の息子だよ。

「黙れ」

ハリィは力なくいった。いいながら、首を振った。パット――寸前までパットだったもの。かつて焦がれたものの抜け殻。パットはベッドの奥の壁に貼りつくようにして死んでいた。昔、近所の悪ガキが壁に投げつけて殺した蛙のようだった。

ケニィを殺したときは恐ろしかった。ミッシェルを殺したときは怒りに我を忘れていた。パット――最初から殺すつもりで殺した。

パットは壁に貼りついている――蛙のように。

ハリィは笑った。泣きながら笑った。泣きたくはなかった。笑いたくもなかった。だが、涙はとめどなく溢れ、笑いの発作は収まることがない。

ハリィは腹を抱えて笑い続けた。

64

鄭奎《ヂェンフイ》は派手に鼾をかいていた。加藤明はステアリングを操りながらひとりごとを繰り返していた。鼾とひとりごとの二重奏。普段なら頭に血がのぼる。今はポケットの中にカードキィがあった。金を手に入れる確信があった。金を手に入れた後にふたりを殺すことも決めていた。

なにも気にならなかった。

金を手に入れ、殺すべき連中を殺したあとでトロントに飛ぶ。金を使って偽造パスポートを手に入れる。アメリカへ行く。ニューヨークでもシカゴでもどこでもいい。家を買い、職を手にし、落ち着く。子供たちを呼び寄せる。

薄汚れた世界におさらばする。血飛沫を浴び続け、つねに悪鬼のような形相だった自分におさらばする。

子供たちを愛する。子供たちに慈しまれる。幸せな家庭を築く。望んでいたものを手に入れる。


——親子というのは似るもんだ。おまえみたいな人でなしになるんだ。おまえの子供たちもそうなるぞ。

鄭奎はいった。でたらめだ。金さえあれば、すべてが手に入る。すべては贖《あがな》える。罪も、愚かしさも、なにもかもを洗い流すことができる。

明仔《ミンザイ》にも金はあるんだぞ——鄭奎の声が聞こえたような気がした。呉達龍《ンダツロン》は助手席に視線を向けた。鄭奎は鼾をかき続けていた。

車のスピードが落ちた。加藤明のひとりごとがやんでいた。車はフレイザー河沿いの道を走っていた。

「あそこだ」

加藤明がいった。加藤明の視線の先には建ちならぶ倉庫の一群があった。

「あそこに金があるのか？」

呉達龍は訊いた。

「そうだ。あそこに、金を隠してある」

加藤明が歌うようにいった。加藤明の頬には血がこびりついている。ミッシェルの血だった。

「あそこに金があるんだよ」

加藤明は繰り返した。

とち狂ってやがる——呉達龍はひとりごちた。

＊　＊　＊

車がとまった。

「あの倉庫だよ」

加藤明が建ちならぶ倉庫のひとつを指差した。呉達龍は乱暴にドアを開けた。車を降りた。

「これか？　この倉庫で間違いないんだな？」

「ああ。間違えようがないよ。シャッターの右横にパネルがある。パネルの下のスロットにカードキィを挿入して、暗証番号を打ち込むんだ。そうすれば、シャッターが開く。金は君のものだ」

「暗証番号は？」

「79901」

加藤明は一瞬の間も置かずに数字を口にした。血がこびりついた頬――ぎくしゃくとした顔の筋肉の動き。

「数字に意味があるのか？」

呉達龍は訊いた。

「ミッシェルの誕生日なんだよ」

加藤明が微笑んだ。虚ろな笑みだった。

「ハロルドの誕生日じゃないのか？」

「わたしはミッシェルのためにあの倉庫を借りたんだ」

「なのに、そのミッシェルはてめえの息子にぶち殺された。楽しい家族だな、おい」

加藤明が振り向いた。形相が一変していた。血がこびりついた頬――大きく見開かれた目。悪鬼の形相。呉達龍にはお馴染みの形相。

呉達龍はせせら笑った。ショットガンを加藤明に向けた。

「車を降りろ」

「わたしが行く必要はないだろう。心配しなくても逃げたりはしないよ」

言葉つきは穏やかだった。顔に浮かんだ憎悪の色は消しようもなかった。

「金を車に積みこむのに人手がいる」

呉達龍はいった。加藤明がぎごちなくうなずいた。車を降りた加藤明を霧雨が包みこむ――頬の血が流れ落ちる。加藤明の頬は絶え間なく痙攣している。

「ゆっくり歩け。おまえが死んでも、まだ鄭奎がいる。わかっているな？」

呉達龍はいった。返事はなかった。加藤明はよろめくような足取りで道路を横切りはじめていた。

周囲を見渡す。人影はない。近づいてくる車もない。空が明るむ気配もない。細かい霧雨が世界を覆っていた。

加藤明の後を追った。足が軽い。胸が高鳴っている。

遠まわりをした果てに、やっとここに辿りついた。

シアトルから来た福建野郎。そいつが隠し持っていた白粉。ろくでもない夢を見、振り回された。人を殺しまくった。殺す必要のない人間を殺しまくった。結局、あの白粉《バーファン》は呉達龍のものにはならなかった。無駄な血が流されただけだった。

呉達龍は笑いの発作に襲われた——歩きながら笑いだした。

無駄に流された血。際限なく増大していった憎しみ。簡単に打ち捨てられた約束。愚かな道化と化して手を染めた殺戮。だれよりもとち狂っていた。とち狂わずにいられなかった。破滅への道をひた走っていた。

なのに、今は金の匂いを間近に嗅いでいる。ろくでもない夢が現実になりつつある。

笑いが止まらない——笑わずにいられない。

加藤明が怪訝そうに振り返った。

「なにがおかしいんだね？」

「おまえだ」呉達龍は笑いながら答えた。「おまえのガキだ。おまえのガキに殺されたミッシェルっていうガキだ。鄭奎だ。ケヴィンだ。くそったれの日本鬼《ヤップンクワイ》だ。それにおれ自身だ」

「さっぱり意味がわからん」

「このとち狂った世界がおかしくてたまらないんだよ」

加藤明が肩をすくめた。正面に顔を戻して大股で歩をすすめた。倉庫の前で立ち止まった。もう一度振り返った。

「わたしが開けるかね？」

「ああ、頼む」

呉達龍はカードキィを加藤明に手渡した。加藤明がパネルに向き合う。パネルを操作する。呉達龍は笑いながらそれを見守った。

音もなくシャッターが開きはじめた。

「これで、金は君のものだ」

加藤明がいった。呉達龍は笑うのをやめた。

「おまえが先に入るんだ」

呉達龍は銃口を倉庫の中に振って加藤明を促した。加藤明が呉達龍を見つめた。相変わらず頬は痙攣していた。濡れた髪の毛が額にへばりついていた。血はきれいに流れ落ちていた。

「中に入った途端、わたしを撃つのかね？」

「撃たない。おまえは金を車に運ぶんだ」

呉達龍はショットガンを腰だめに構えた。

「金は運ぶが、わたしを殺すのはしばらく待ってもらえないかね？」加藤明はショットガンには動じなかった。「殺さないでくれとはいわんよ。君みたいな男にそんなことを頼むのがお門違いだっていうことは承知している」

「あんたと御対面してまだ間がないっていうのに、もう、おれのことがわかるっていうのか？」

「ああ。君は李耀明《レイイウミン》に似ている。李耀明のことならよくわかっている」

鄭奎は、呉達龍と加藤明が似ているといった。加藤明は、呉達龍と李耀明が似ているという。

すべてはクソにまみれている。

「あんたはとち狂っている」

「それもよくわかっているよ。君も同じだ」

加藤明の頬は痙攣し続けている。

「中に入るんだ。さもなきゃ、いまこの場で撃ち殺してやる」

呉達龍は静かにいった。

「頼む。数時間でいいんだ。やり残したことがある」

「なんだ？」

「息子を見つけたい」

加藤明の頬の痙攣が激しくなった。

「殺すのか？」

「そのつもりだ」

呉達龍はショットガンの銃口を足元に向けた。とち狂った親子。憎みあうことしかできない連中。

明仔にも金はあるんだぞ——車の中で聞いた幻聴がよみがえった。

「いいだろう。殺すのは待ってやる」

呉達龍はいった。

殺し合えばいい。憎み合えばいい。ろくでもない親子の最後には似つかわしい。

おまえの子供たちもそうなるぞ。おまえみたいな人でなしになるんだ——鄭奎の声が谺する。

そんなことはない。そんなことはありえない。阿兒《アイー》も南仔《ナムヂャイ》も可愛い子供たちだ。あのふたりがハロルド加藤のようなくそ野郎になるはずもない。

「呉達龍!!」

叫び声——右側から聞こえた。不意を衝かれた。声のした方に顔を向けようとした瞬間、衝撃が身体を貫いた。

視界——加藤明が倉庫の中に駆けこんでいく。視界の隅——凶悪な顔をした男が銃を構えて駆け寄ってくる。どこかで見た顔——阿寶《アボー》。日本鬼の尻にいつもくっついていた男。

呉達龍はショットガンを構えようとした。阿寶の銃が火を噴いた。身体が回転する。ショットガンが手から離れていく。

パパと一緒に暮らしたい——阿兒の声が聞こえた。

呉達龍は雨で濡れたアスファルトの上に転がった。

65

「間違いありません。呉達龍《ンダツロン》の野郎です。馬鹿みたいに笑ってますよ。ショットガンを持ってます」

阿寶《アポー》が走りながら戻ってきた。戻ってくるなり早口でまくしたてた。

「他にだれがいる?」

「あの日本人です。大老《ダーイロウ》の義兄弟の……」

加藤明と呉達龍。呉達龍は金の在り処を嗅ぎつけた。金を取りに来た。

ショットガン――拳銃一丁では勝ち目がない。このままでは、呉達龍にすべてを奪われる。小指が疼く――呉達龍を殺せと急きたてる。頭の中で覗き見野郎が喚く――呉達龍と加藤明にすべてを話させろ。

「阿寶、銃はあるな?」

「馬鹿なことを聞かないでください」

阿寶がグラヴボックスを開けた。自分の銃を取りだした。

「よし、二手に別れよう。おれは向こう側から正面にまわる。おまえはこっちだ」富永は握っていた銃を、倉庫の左側に向けた。「挟み撃ちにするんだ。わかるな?」

「呉の野郎は舞いあがってやがる。簡単にいきますよ、サム哥《コー》」

「おれの方が距離がある。おれの姿が見えるまで待つんだ。はやまった真似はするなよ」

「わかってますって。最低でも二百万ドルが手に入るんだ。馬鹿な真似はしませんって」

「ぐずぐずしてると警察が来る。手早くすませよう」

富永は車を降りた。ドアは閉めなかった。どんな音も立てたくはなかった。車の中には李少芳《レイシウフォン》がいる。病人のような顔つきで眠っている。寒さで目ざめたとしても、知ったことではなかった。

「行きましょう」

阿寶がいった。

「音をたてるな。ぎりぎりまで気づかれないようにするんだ」

富永は走りだした。

＊　＊　＊

心臓が早鐘を打つ。足がもつれそうになる。銃をきつく握る――小指が疼くことはない。

隣の倉庫との隙間に富永は潜りこんだ。壁に背中を押しつけた。足元はコンクリート。慎重に歩かなければ足音で気づかれる。

声が聞こえてくる。

「あんたと御対面してまだ間がないっていうのに、もう、おれのことがわかるっていうのか？」

呉達龍の声。

「ああ。君は李耀明《レイイウミン》に似ている。李耀明のことならよくわかっている」

加藤明の下手くそな広東語。

「あんたはとち狂っている」

「それもよくわかっているよ。君も同じだ」

覗き見野郎が騒ぎ立てはじめる——もっと話をさせろ。断片を埋めろ。

黙れ——声に出さずに覗き見野郎を叱責する。話などはどうでもいい。他人の秘密などはどうでもいい。

壁に背を押しつけたままじりじりと前進する。壁が途切れる手前で足をとめる。道端にとまっている車が見える——おそらくは、呉達龍と加藤明が乗ってきた車。助手席に人影——ヘッドレストに乗った頭。頭は動かない。だれだ？　死んでいるのか？——疑問が渦巻く。

声が続く。

「中に入るんだ。さもなきゃ、いまこの場で撃ち殺してやる」

「頼む。数時間でいいんだ。やり残したことがある」

富永は壁の先に顔を出した。呉達龍と加藤明が視界に入ってきた。加藤明は倉庫のシャッターに背を向けていた。呉達龍は加藤明に向き合っていた。加藤明にショットガンを向けていた。ふたりが立っている場所のさらに向こう——阿寶の頭が見えた。

「なんだ？」

「息子を見つけたい」

「殺すのか？」

「そのつもりだ」

覗き見野郎がふたりの会話に狂喜する——抑えつける。

呉達龍がショットガンの銃口を足元に向けた。阿寶が飛び出てきた。

「いいだろう。殺すのは待ってやる」

呉達龍がいった。

「呉達龍!!」

阿寶が叫んだ。銃声がそれに続いた。

呉達龍がよろめいた。阿寶の銃——九ミリ。一発で仕留めるには威力が弱すぎる。

加藤明が倉庫の中に姿を消した。阿寶が銃を撃ちまくる。弾丸が倉庫の壁を抉る。富永は顔を引っ込めた。残像——よろめきながら倒れていく呉達龍。

「阿寶!!」

富永は壁に背を押しつけたまま叫んだ。

「だいじょうぶです」

阿寶の声が返ってくる。富永は地面を蹴った。

阿寶——銃をかまえたまま凍りついている。銃身が激しく顫えている。おそらく、弾丸を撃ち尽くしているだろう。

呉達龍——胸と腹部に数発の弾痕。両手が地面の土をかいている。

足を踏みだす——視界の隅でなにかが動く。車——白煙をあげて走り出す。反射的に銃を向けた。撃った。トランクに当たっただけだった。車は猛スピードで走り去っていく。

だれが乗っていた？——答えは得られない。

富永は呉達龍のそばに駆け寄った。地面に転がっていたショットガンを拾いあげた。

「て、てめぇか……日本鬼《ヤップンクワイ》」

呉達龍がいった——吐血した。血に塗れた顔。真っ赤に充血した目。悪鬼の形相。

「あの車にはだれが乗っていた？」

「……鄭奎《ヂエンフイ》だ」

鄭奎——今すぐ警察に通報される恐れはない。

「……日本鬼」

呉達龍が手を伸ばしてくる。富永は呉達龍の脇腹を蹴りあげた。呉達龍が動かなくなった。

「行くぞ」

阿寶に声をかける。

「この野郎はこのままでいいんで？」

「すぐにくたばるさ」

富永はいった。加藤明——食えない悪党。呉達龍は放っておいてもくたばる。加藤明を制圧するのが先決だった。呉達龍と阿寶の派手な撃ちあい——警察もやってくる。

「中に入るんだ」

阿寶の背中を押した。阿寶の身体も激しく顫えていた。阿寶は抗わずに倉庫の中に足を踏み入れる。

倉庫の中は薄暗かった。空気が冷たかった。壁際に積みあげられた段ボールの山。左手——簡単なパーティションで区切られた事務室。加藤明はそこにいた。事務机の抽斗を開けていた。

「加藤！」

富永は叫んだ。加藤明が身体を起こした——右手に銃。もう一度口を開く前に、加藤明の銃口が火を噴いた。事務室のガラスが砕ける。乾いた銃声が鼓膜に突き刺さる。富永は床の上に身体を投げだした。阿寶が悲鳴をあげながら倒れた。遮蔽物を捜す。入口のそばに置かれたフォークリフトが目に入った。床の上を転がる。リフトの陰に隠れる。身体を起こし、ショットガンを構える。

「富永君といったな？」銃声の代わりに加藤明の声が響いた。「もう、撃ったりはせんよ。あの中国人と間違えたんだ」

嘘だ――覗き見野郎が喚く。嘘だ、嘘だ、あいつは筋金入りの嘘つきだ。

「だったら、銃を捨ててこっちに来い」

「そんなことをしたら、君がわたしを撃つかもしれんじゃないか」

「その言葉をそっくり返してやるよ」

富永は周囲に視線を走らせた。フォークリフトのリア部が壁に接していた。リフトの裏を回って加藤明を出し抜くことはできそうにもない。壁際につまれた段ボール――金か？　ヘロインか？　金であってほしい。ヘロインなら、売り捌かなければならない。その間に足がつく。金なら――運び出すのに時間がかかる。その間に警察がやってくる。

「わたしは君のボスの兄弟分だぞ」

「李耀明は香港にいる。ここはヴァンクーヴァーだ」

返事はない。代わりに、ガラスが砕けるような音がかすかに響いた。銃弾に砕かれた事務室の窓ガラス――加藤明は移動している。いけしゃあしゃあと嘘をつきながら、富永を殺す機会をうかがっている。

「ぐずぐずしている暇はないんだ」加藤明の嘘つきの声。

「あれだけ銃声がしたんだ。すぐに警察がやって来るぞ」

声の合間にガラスを踏み砕く音が混じる。加藤明は確実にこちらに近づいている。リフトの陰でじっとしていても埒は明かない。

加藤明が持っているのはオートマティックの拳銃だった。ショットガンの方に分がある。

首を伸ばす――リフトの車体のせいで、倉庫の内部は入口付近しか見渡せない。倉庫の外――近づいてくる人影。心臓が止まりそうになる。呉達龍の死体が動き回る――妄想。呉達龍の憎悪だけを中に詰め込まれたゾンビ――おぞましい。そんなことはありえない。

「どうした？　なぜ返事をせん？　出てこないのなら、わたしひとりで逃げるぞ」

人影の輪郭がはっきりしてくる。華奢な身体、長い髪――李少芳。よろめく足取り、虚ろな表情。銃声で目覚めたのか。禁断症状に耐えきれなかったのか。いずれにせよ、李少芳はこの倉庫の中にヘロインがあると思っている。

「どうした、富永君。もうすぐタイムリミットだぞ」

加藤明の声が近い。李少芳も倉庫の入口に近づいてきている。

「どうして銃を捨てないんだ？　そうすれば、おれがそっちに行く」

叫ぶ——時間稼ぎをする。声は届いているはずなのに、李少芳の表情に変化はない。ヘロインの切れたヘロイン中毒、ヘロインが欲しくてへろへろになっている——覗き見野郎が嗤う。

黙れ——声なき叫び。覗き見野郎につきあっている暇はない。

「君が出てくるんだ」

加藤明の声がした。李少芳が倉庫の入口に達した。

「だれかが来たぞ、加藤！」

富永はいった。ガラスを踏み砕く音が派手になった。リフトの陰から飛び出る。銃声がする。加藤明が李少芳に向けた銃をぶっ放している。富永はショットガンをかまえた。撃った。反動にひっくり返りそうになった。

加藤明が吹き飛ぶ——李少芳が崩れ落ちる。ふたつの光景が同時に視界に飛び込んでくる。

李少芳が死ぬ——李耀明が怒り狂う。知ったことではない。

加藤明が死ぬ——段ボールの中身がヘロインなら、金の在り処を聞きださねばならない。

富永は加藤明のもとに駆け寄った。加藤明の右半身は血塗れだった。予想していたより酷くはなかった。撃った散弾の半分は、加藤明には当たらなかったらしい。

阿寶は死んでいた。だれかを呪っているような苦悶の表情で、死んだ後も壁際の段ボールを睨みつけていた。

富永は阿寶の身体を探った。ズボンのポケット——ナイフ。ナイフで手近にあった段ボールを切り裂く。段ボールを開ける。中身は空だった。

パニックに陥りそうになる。富永は片っ端から段ボールを開けた。すべて、空だった。

「金はどこだ!?」

富永は振り返った。加藤明に訊いた。

「こ、ここにはない……ハリィを……」

「くそっ」

富永は段ボールの山にショットガンを向けた。撃った。轟音——弾け飛ぶ段ボール。宙に舞う紙切れ。金はない。どこにもない。ヘロインもない。

「金はどこだ？　どこに隠してある!?」

加藤明は金魚のように喘いでいた。

「ハリィを……ミッシェルは死んだ……少芳も死んだ……ハリィを……ハリィを……」

「金はどこだと訊いてるんだ」

李耀明を裏切った揚げ句に死体が三つ。死にかけた男がひとり。死体のひとつは李耀明の娘で、死にかけているのは兄弟分。それなのに金がない――泣けてくる。

「ハリィを……ハリィを……」

話を聞け、話を聞きだせ――覗き見野郎ががなりたてる。

そんな時間はない。そんなことをしている余裕もない。

「金だ、加藤。金をどこに隠してるのかいわなきゃ、おまえの息子も殺してやるぞ」

富永はショットガンの銃口を加藤明の頭に向けた。

「ハリィ……」

濁った目。繰り返される息子の名前。ショットガンも加藤明の視界には入っていない。加藤明はここにいて、ここにはいない。

「くそったれ！」

富永はショットガンを持ち替えた。銃身を握る――手袋を通して焼けた鉄の熱さが伝わってくる。銃床を加藤明の顔に叩きつけた。

なんてことをする――覗き見野郎が抗議する。話を聞くチャンスを失った。すべてを知るチャンスを失った。

覗き見野郎は喚きつづける。

自分の頭を撃ち砕きたい――富永は衝動をこらえた。

＊　＊　＊

李少芳は生きていた。加藤明の撃った弾丸は、李少芳の右の鎖骨を砕いただけだった。

なぜ確実に仕留めなかった――加藤明を呪う。いくら呪っても呪い足りない。

この女には用がない――覗き見野郎が切り捨てる。この女に聞くことはもうなにもない。

李少芳を生かしておくわけにはいかない――自分にいい聞かせる。ヘロインが切れたヘロイン中毒者。なにを見たかもわからない。なにを覚えているかもわからない。爪の先ほども信用ができない。

殺せ――覗き見野郎が唆す。

呉達龍も生きていた――ほとんど死にかけながら、恐るべき執念で生にしがみついている。

「日本鬼……」

呉達龍が血と一緒に言葉を吐きだす。覗き見野郎が狂喜する――この男には聞きたいことがたくさんある。

富永は首を振った。時間がない。やるべきことをやって、ここから逃げださなければならない。

「た、頼みがあるんだ……日本鬼」

富永は李少芳を見おろした。李少芳はショックで気絶している。目覚めれば喚きだす。

「日本鬼……」

呉達龍の声が高くなる。

「なんだ？」

「た、頼みを……」

「おまえはおれの指を切り落としたんだぞ。頼み事ができる立場かどうか考えろ。考えたら、とっとと地獄に堕ちろ」

富永は振り返らずにいった。

「お、教えてやる……だ、だから、おれの頼みを……」

教えてやるという言葉に覗き見野郎が反応する。

「なにを教えてくれるって？」

「も、もうひとりの日本鬼だ……あいつは、ミッシェルを殺した。あいつは加藤明の不動産のリストを持っている。あいつは……」

不動産のリスト――金の隠し場所がわかるかもしれない。

「その話は本当だな？」

「た、頼みを……」

頼みを聞くつもりなど、はなからなかった。だが、呉達龍の視線が痛いぐらいに突き刺さる。憎悪にまみれた双眸――最後の最後まで死を追いやろうとする意思。

「いってみろ」

「こ、子供たちを……ハロルド加藤から、金を取りあげたら、お、おれの子供たちに……」

呉達龍のガキたち――誘拐させ、忘れ去った。

「さ、財布の中に写真がある……」

呉達龍の声はかすれている。有無をいわせない響きがある。呉達龍の執念が富永を搦めとっていく。

富永は呉達龍の上着を探った。財布を抜きだした。財布には弾痕が開いていた。弾痕の周囲の革が焼け爛れたようになっていた。砕けたクレディットカード、穴の開いた紙幣、穴の開いた写真。写真にはふたりの子供が写っている。中央に写っているはずの呉達龍の顔は、銃弾が抉り取っていた。

頭の中で写真を復元する。覗き見野郎がそれを手伝う。ふたりの子供に脇を固められて微笑む呉達龍――呉達龍のアパートメントに飾ってあった写真を思いだす。呉達龍に右手の小指を切り落とされた時の恐怖がよみがえる。

憎悪が噴出する。

「こ、子供たちを……」

呉達龍が懇願している。富永は呉達龍の目の前に写真をかざした。

「ガキをおれに頼むだと!?」

富永は写真を引き千切った。

「貴様！」

呉達龍が摑みかかってくる。富永は呉達龍を殴った。立ち上がり、ショットガンをかまえた。

「おまえのガキなら心配する必要はない。おまえの血が流れてるんだ。親がいなくても、立派な人でなしに成長するさ」

呉達龍が唸った。泣いているようにも聞こえた。気持ちがよかった。

富永は引き金をひいた。呉達龍の身体がばらばらになって吹き飛んだ。

重い空気に乗って、サイレンの音がどこからか耳に届いてくる。

富永は呉達龍の死体から離れた。急いで逃げださなければならない。車で逃げだし、あとのことは落ち着いてから考えればいい。

待て、まだやり残したことがある――覗き見野郎が引き止める。

李少芳が生きていた。李少芳は死なねばならない。

富永は振り返った。ショットガンを脇に抱え、拳銃を手にした。地面に横たわる李少芳に向けて、慎重に狙いを定めた。

撃った。

66

無線が喚きつづける。

「ハロルド加藤巡査部長、ハロルド加藤巡査部長、至急、本部へ連絡を。ハロルド加藤巡査部長、至急、本部、もしくはレイモンド・グリーンヒル警部の携帯電話に連絡を入れてください」

無線に出るつもりはない。携帯電話は壁に投げつけて破壊してしまった。

もう、導火線が燃えることはない。血塗れの現実が目の前にちらつくこともない。導火線は燃え尽きた――爆弾が破裂した。血に塗れていた現実は、今では血だけではなく、臓物と汚物に埋もれている。いや、生まれたときからそうだったのだ。

豚の息子は生まれたときから呪われている。呪われていることを知らずに、呪われた手で他人に触れてまわる。

赤信号――車を止める。

パットを殺し、泣き喚いた後で、死ぬことを決意した。パットの後を追う――穢れた警官はどこか人里離れた山奥でだれにも知られずに死んでいくのが相応しい。

信号が変わる――アクセルを踏む。さっきからずっと、そうやってヴァンクーヴァー市内をあてどもなく車を走らせている。

死の決意――時間の経過と共に薄らいでいく。風化していく。代わりに自分が殺した三人の男たちの死に顔が忘れられなくなる。女の死に顔は浮かばない。頭を吹き飛ばされたケニィ。無惨に腫れあがった顔のまま死んだミッシェル。蛙のように壁に貼りついていたパット。死者の顔は怨嗟に溢れている。恐怖に引き攣っている。無念さに歪んでいる。

死ぬのは恐ろしい。自分が呪われているという以上に恐ろしい。

「ハロルド加藤巡査部長――」

無線がまたがなりたてる。ハリィは無線のチャンネルを変えた。CLEUからヴァンクーヴァー市警へ。傷害事件が報告される。裕福な家の娘がヘロイン中毒のチンピラにレイプされる。ヘロインの売人が逮捕される。

まだ夜も明けきっていないというのに、街には犯罪が溢れている。ハロルド加藤巡査部長を呼びだそうとする声は聞こえない。

ヘイスティングス・ストリートを西へ。ハウ・ストリートに乗ってダウンタウンを横切る。グランヴィル・ストリートを南進する。

行くあてのないドライヴ。頭の中を埋め尽くす死者たちの恨みごと。

しゃぶってあげたかっただけなんだよ――ケニィがいう。

アキラはおまえに愛されたかっただけなんだ――ミッシェルがいう。

おれを殺しやがって、このおカマ野郎――パットがいう。

「緊急連絡、緊急連絡――」

無線から流れてくる声――ただならぬ緊迫感。

「ユニオン・ストリート765のアパートメントで殺人事件発生。殺人課の捜査官は至急、現場に直行せよ。繰り返す。ユニオン・ストリート765で殺人事件発生。被害者はふたり。ひとりは男性、ひとりは女性。ふたりとも拳銃で射殺されている。身元は不明。ふたりとも中華系だと推測される――」

無線は続く――耳を素通りする。ユニオン・ストリート765はパットのアパートメントの住所だった。アパートメントにはハリィの指紋がべたべたと残されている。パットと女の死体にはハリィの撃った弾丸が残されている。鑑識の連中が指紋を調べる。弾丸を調べる。

CLEUのハロルド加藤巡査部長が重要参考人として

浮かび上がる。

ハリィはステアリングを切った。逮捕されることへの恐怖、失意、屈辱。生き長らえて逮捕されるぐらいなら、死んだ方がましだった。だが、死ぬのは恐ろしい。

逃げなければならない。だが、どこへ？

無線に耳を傾ける――新しい情報はない。無線のチャンネルを変える。市警本部から現場へ。

「こちら、殺人課のシアラー警部補。ユニオン・ストリート765に到着したんだが、現場はすでにCLEUの連中が封鎖しちまってる。どういうことだ、こりゃ!?」

チャンネルを変える。

「全捜査員に告ぐ。ハロルド加藤巡査部長を捜せ。見つけたら、速やかに身柄を確保して本部に連れてくるんだ」

グリーンヒル警部の熱に浮かされたような声。グリーンヒルはパットの住所を知っている。ヴァンクーヴァー市警の無線を逐一傍受させている。

それにしても反応が速すぎる。ダッシュボードのデジタル時計は午前五時前を示している。普段ならグリーンヒルは自宅で眠っているはずだ。

薄汚れた連中の連鎖――キャスィがハリィの酷い仕打ちを父親に訴える。ジム・ヘスワースはグリーンヒルに連絡を取る。ハリィはいったいどうしてしまったのかね？――グリーンヒルはハリィを捜す。せっかく開けた出世の道を破壊しかねない愚か者を捜す。そして――市警の無線に耳を傾ける。ユニオン・ストリート765に住んでいる潜入捜査官の死を知る。

名前の連鎖。ジェイムズ・ヘスワース――鄭奎《チェンフィ》。鄭奎は明のことを知っている。二十年前のことを知っている。

豚と豚の息子――呪われた親子。明の全てを知り、明を殺す。父親殺し――豚の息子には相応しい。

思考回路が歪んでいる。わかっていても歪みを正すことができない。正す必要はない――現実は崩壊してしまった。

ハリィはもう一度ステアリングを切った。車を北に向けた。

鄭奎はウェスト・ヴァンクーヴァーに居をかまえている。鄭奎を捕まえればすべてを知ることができる。

＊　＊　＊

鄭奎は留守だった。ハリィは車の中で待った。無線を聞いた。市警がCLEUに抗議していた。CLEUは柳に風だった。

「フレイザー河沿いの倉庫街で銃撃戦があったとの通報。

捜査員はただちに現場に急行せよ」

　市警の無線が告げる。

　鄭奎は帰ってこない――待ちつづける。

「こちら、ヘブナー巡査。銃撃事件が起こったという現場に到着。死体を四体確認。酷いありさまだ。三つの死体の身元を確認した。三人とも身分証明書を携帯していたんだ。その中のひとりは大物だ。聞いたら驚くぜ」

「ヘブナー巡査、報告は手短に」

「わかった、わかったよ。いいか、ひとりはロナルド・ンだ。同僚殺しの、あのくそ刑事だよ。ショットガンで撃ち殺されていた。顔は半分消えて、内臓が飛び散ってる。だれが殺ったのか知らんが、表彰してやりたいね。こいつに殺された――」

　衝撃――眩暈。

「ヘブナー巡査――」

「わかったよ。報告は手短に、ね。次は若い女だ。ヴァネッサ・リー。中華系だな。住所はリッチモンドの――」

　頭の中のメモが勝手に開く。ヴァネッサ・リー――李《レイ》少芳《シウフォン》の英語名。呉達龍《ンダッロン》と李少芳が同じ場所で死んだ。なにが起こった？

　ヘブナー巡査の報告が続く。

「もうひとりはアキラ加藤――」

　原爆級の衝撃――吐き気を覚える。ハリィはステアリングの上に顔を伏せた。空気を求めて喘いだ。

「住所はマッケンジィ・ハイツになってる。あんなところに住んでるなんて、金持ちじゃねえか。それが、なんだってロナルド・ンなんかと同じショットガンで撃ち殺されてるんだ？」

「もうひとりの身元はどうなっている、ヘブナー巡査？」

「わからない。見た感じは中華系だ。身体に刺青があるから、たぶん、チャイナマフィアじゃないか……」

　呉達龍が死んだ――殺された。李少芳が殺された。明が殺された。

　ハリィはドアを開けた。身を乗り出して路上に吐いた。黄色い胃液に血が混じっていた。

　だれが殺した？　だれが殺した？

　同じ問いが頭の中で堂々巡りしていた。

　吐き尽くし、むせび泣く。

　何者であり、どういう存在であったのか――知る前に明は死んだ。殺された。豚が死に、豚の息子だけが生き残っている。

　目を開ける。涙で滲んだ視界――なにもかもがあやふやだった。生きているという実感はどこにもなかった。

　ハリィは銃を抜いた。銃口を口の中に押し込んだ。引き金にかけた指が顫える。引き金を引けという脳の命令を肉体が拒否する。

ハリィは銃口を吐きだした。

「なぜだ？」

叫んだ。答えはどこにもなかった。

猛スピードで近づいてくる車のエンジン音が聞こえてきた。ウェスト・ヴァンクーヴァーの高級住宅地には似つかわしくない――おまわりの思考が脳裏をよぎる。条件反射が呪わしい。

タイヤを軋らせながら、ベンツが角を曲がってきた。ベンツは鄭奎の家の前でとまった。ベンツから人が降りてくる――憔悴しきった表情の鄭奎。門を手動で開け、ベンツを中に乗り入れる。

ハリィは頭を振った。鄭奎が乗っていたのは明のベンツだった。ナンバーに見覚えがある。間違えようがない。

鄭奎が明を殺したのか？　呉達龍を殺したのか？　李少芳を殺したのか？

疑問符が飛び跳ねる。ふやけていた脳味噌に刺激を与える。

ハリィは銃の弾倉を抜いた。弾丸を詰め直した。

いずれにせよ、鄭奎はすべてを知っている。すべてを知りたい。今生で屈辱に塗れるにせよ、あの世で地獄に堕ちるにせよ、すべてをこの手に収めたい。

この期に及んでの貪欲――自分であることはやめられない。

＊　＊　＊

門を乗り越える。庭を突っ切る。車寄せに止められたベンツ。トランクの上に弾痕が開いていた。車内の空気は酒臭かった。ショットガンはない。エントランス。鍵のかかっていないドア――慌てふためいていた鄭奎。

ドアを開ける。中に身体を滑り込ませる。気配を探る。狂気が渦巻いている。

廊下を進んだ。鄭奎を捜した。一階は無人。番犬の役割を放棄した犬が裏庭で眠りこけている。

階段をのぼる。狂気の匂いが強くたちこめる。

開けっ放しのドア――寝室。鄭奎が電話をかけながら、スーツケースに手当たり次第に衣服を詰めこんでいた。ショットガンは見当たらない。

「航空会社はなんでもいい。とにかく、香港行きの一番早い便を押さえてくれ。帰り？　片道だけでいい」

鄭奎は乱暴に電話を切った。

香港への片道切符――高飛びを試みる殺人犯。ハリィは銃をかまえた。鄭奎に狙いをつける。口を開く。

「そんなに慌てて、どこへ行こうというんですか、鄭先生？」

過剰反応——鄭奎はスーツケースをひっくり返した。身体をのけぞらせた。眼窩から飛び出しそうな眼球。恐怖に縁どられた瞳。左顎の下の方が腫れて変色していた。

「き、君は……」

「フレイザー河から戻ってきたんですか？」

「ど、どうしてそれを？」

「あなたが乗っていたのはぼくの父のベンツだ」ハリィは唇を舐めた。「父はフレイザー河畔でショットガンで撃ち殺された。あなたがやったんですか？」

鄭奎の眼球が左右に動いた。まるでグロテスクなアニメーションのようだった。

「わたしじゃない」

「じゃあ、だれが父を殺したんです？」

ハリィはわざと音を立てて銃をかまえなおした。鄭奎が息を呑む。

「し、知らんのだ。嘘じゃない。呉達龍がここに来た。金をよこせというから、あいつにくれてやる金などないといってやったんだ。そうしたら、あいつはわたしを殴った。このわたしを殴り飛ばしたんだ。わたしは気絶した。気がついたら、車の中だった。呉達龍に脅されて、明仔《ミンザイ》の住所を教えた」

まとまりのない告白——明仔という言葉だけが耳にまとわりつく。

「わたしは明仔の家で酒を飲んだ。呉達龍は明仔を脅していた。金を出さなければすべてをぶちまけるとかなんとかいってな。それで、我々はまた車に乗りこんだ。わたしが酔っていたので、明仔が自分の車を運転した。わたしは眠りこけた。銃の音で目が覚めたんだ。河沿いの倉庫の前で、呉達龍がだれかに撃たれていた。それで、慌てて逃げだしてきたんだ。明仔がどこにいるのかはわからなかった。わたしはなにもしていない。明仔を殺したのはわたしじゃないんだ」

失望が襲う。鄭奎はなにも知らない。呉達龍と明の間に起こったこと。知っているのはふたりだけ。ふたりとも死んでしまった。

「なにもしていないのに、香港に高飛びしようと慌てて荷作りをしているわけですか？」

「ここにいたら、殺される」

落ちつきなく動き回るグロテスクな鄭奎の眼球。鄭奎はなにかを隠している——おまわりの勘が告げる。

「だれに？　逃げるあなたに発砲した男ですか？」

「日本人だ」鄭奎がいった。「富永とかいう日本人だ。わたしが逃げるときに撃ってきた。横顔をはっきり見た」

　富永脩《おさむ》――なぜ？

「富永が呉達龍を撃ったんですか？」

「違う。他の男だ。日本人は倉庫の壁の陰から飛びだしてきたんだ」

　フレイザー河沿いの倉庫――記憶を掘り起こす。情景を想像する。壁際に隠れる富永脩。反対側にもうひとり――おそらくは阿寶《アポー》。阿寶が呉達龍を撃つ。富永が壁際から飛び出してくる。

　李少芳はどこにいたのだろう？　明はどうしたのだろう？

「それで？」

　ハリィは訊いた。

「それで、わたしは慌てて車を走らせた。日本人がわたしを撃った。あとのことはなにも知らん」

　鄭奎はなにも知らない。恐怖に怯え、アルコールに逃げ、自ら目と耳を閉ざした。

　銃を握る手に力がこもる。

　まだだ――あさましい声が響く。殺すには、まだ早い。

「二十年前のことを聞かせてください」

「二十年前？」

「先日、チャイナタウンの老人に『豚の息子』と詰られました。その人は、父のことを豚扱いしていたらしい。その後で、父の家で陳惠琳《チャンワイラム》から届いた手紙を見つけました」

　鄭奎は陳惠琳という名前にも手紙という言葉にも反応を見せなかった。おそらく、明から聞かされていたのだろう。

　おそらく――すべては推測にすぎない。

「あなたとぼくの父、それに李耀明《レイイウミン》がザ・ゲームを殺したことはわかっています。どうしてそんなことになったのか、話してください」

「豚の息子か……」鄭奎が口を開く。「そんなことをいうのは、どうせ杜徳鴻《トーダッホン》かだれかだろう。あの頃、あの男はチャイナタウンのまとめ役だった」

「どうして杜徳鴻は明を豚と呼ぶんです？」

「明仔が阿明《アミン》の女を寝取ったからさ。どこの社会でも、友達の女を寝取る男は豚扱いされる」

　阿明――李耀明。すべてが陳惠琳の手紙と一致する。

「どうやって杜徳鴻はそのことを知ったんですか？」

「わたしが話したからだ。わたしも惠琳が欲しかった。だが、阿明が恐くて手を出すこともできなかった。だが、明仔はやった。惠琳を自分のものにした。それが悔しかった。苦しかった。だれかに聞いてもらいたかった。だが、そのおかげで、杜徳鴻はわたしのことも豚のような男と看做《みな》すようになった。だから、選挙にも非協力的だったんだ」

「話してください、すべてを」

「呉達龍に話したよ」

呉達龍がなぜ？――疑問が浮かび、すぐに消え去る。呉達龍は私立探偵を雇って明を尾行させていた。明の私生活を探っていた。なにかの糸口を摑み、鄭奎に辿りつくのは当然だ。呉達龍はすべてを知り、明を脅そうとした。そして、死んだ。

「ぼくは呉達龍じゃない」ハリィはいった。「ぼくは明の息子だ。知る権利がある」

電話が鳴った。ハリィが制する前に、鄭奎が受話器を取った。

「わたしだ、鄭奎だ……わかった。チケットはカウンターに預けておいてくれ。ありがとう」

鄭奎は電話を切った。視線がハリィに向けられた。

「話してやりたいのは山々だが、時間がない。飛行機のチケットが取れたんだ。今すぐ空港に向かわなければ間に合わない。その飛行機に乗り遅れれば、わたしは破滅する。わかってくれ、ハリィ」

「話してくれるまで、どこにも行かせませんよ」

ハリィは冷たい声でいった。破滅するのはおれも同じだ――続けて出てきた言葉は飲みこんだ。

「香港に電話をかけてくれれば、いつでも話してやろう。向こうでの連絡先は、落ち着き次第、君に知らせる」

ハリィは銃を握った右手を持ちあげた。鄭奎がたじろいだ。

「ま、待て。はやまるな。ど、どうしても知りたいというなら、惠琳の息子に聞けばいいじゃないか。きっと、明仔が話しているはずだ。明仔とあの息子は似た者同士だから――」

「ミッシェルは死んだ。ぼくが殺した」

「殺……」

鄭奎が息をのんだ。甲高い音がした。

「明も死んだ。すべてを知っているのは、あなたと李耀明しかいない。だが、ぼくは香港に行くつもりはない」

引き金に指をかける――鄭奎の顔色が蒼醒めていく。

「ほ、香港にはわたしの隠し資産がある。米ドルで十億を越す金だ。その半分を君に進呈する」

引き金にかけた指に力を込める――鄭奎が後ずさっていく。

「頼む、ハリィ。時間がないんだ」

鄭奎が泣き喚く。どす黒い欲望に体内が満たされていくのを感じる。おれは豚の息子だ――声に出さずに叫ぶ。

「明仔の金も君にやる。君の父親がヘロインを売って作った金だ」

指が凍りつく。

「どういうことだ？」

唇が勝手に動く。

「り、立候補を決める前に、明仔のことを少し調べさせたんだ。て、敵にまわして、あれほど恐ろしい男はいないから……それで知ったんだ。明仔はだれも知らない不動産をひとつ持っている」

「不動産？」

「そうだ。他人名義で取得した不動産だ。ケンジ・ナカタの名前で、パウエル・ストリートに買った家だ」

ケンジ・ナカタ——パウエル・ストリート。記憶が交錯する。

「明仔がヴァンクーヴァーに来たばかりのころに住んでいた家だ。スティーヴ・メイビアの手下たちが明仔の女房を殺した家だ。金はあそこにある。必ずある」

「どうしてあなたにそれがわかる」

「明仔というのはそういう男なんだ。優しそうな顔をして平気で人を裏切る。裏切ったかと思えば救いの手を差し延べる。狡猾そうに見えて、信じられないミスをしでかす。明仔というのはそういう男なんだ」

初めて聞くことばかりだった。知らないことばかりだった。ハリィが知っている父と、鄭奎たちが知っている明の姿には齟齬《そご》があった。それが悔しかった。赦せなかった。

「明仔がいくら金を貯めていたのかは知らんが、その金をヘスワースの選挙資金に当てていたのは確かだ。おそらく、数百万ドルはある。それに、わたしの隠し資産の半分だ。五億ドルだ。ハリィ、わたしを行かせてくれ！」

ハリィは引き金を引いた。

＊　＊　＊

ハリィの車は手配されている。疑う余地はない。明の車——そのうち手配される。遅かれ早かれ。鄭奎の車は見当たらない。おそらく、明の家に乗り捨ててある。警察がこの家にやって来る——遅かれ早かれ。

ガレージ——使用人のものと思しき日本車があった。使用人の姿はない。謎——かかずり合っている暇はない。気持ちに余裕もない。

日本車のバンパーの隙間にスペアキィが押し込まれていた。中国人の知恵——小賢しい。

自分の車のトランクから予備用の無線受信機を積みかえる。スウィッチを入れる。

ヴァンクーヴァー市警とＣＬＥＵがいがみ合いを続け

ている。現場の警官と捜査官たちがきりきり舞いをさせられている。

同じ現場で見つかった警官殺しの悪徳警官と、次期下院議員と目される男のパトロンの死体。潜入捜査官の死体と、死体から発見されたハロルド加藤CLEU巡査部長の銃から発射されたと思われる銃弾。なにもかもが錯綜している。ヴァンクーヴァーの全警察組織が揺れている。

ハリィは車のエンジンをかけた。アクセルを踏んだ。香港に行くつもりはない──鄭奎にはそういった。地獄に堕ちるのは恐ろしすぎる。

車を東へ走らせる。いったん、ノース・ヴァンクーヴァーに入り、セコンドナロウズ・ブリッジを渡ってヴァンクーヴァーへ。パウエル・ストリートへ。

無線が急きたてる。

「ハロルド加藤はまだ見つからないのか!?」

グリーンヒルの声ががなりたてる。巡査部長という階級が省略されている。

将来を約束された若手捜査官から一犯罪者への降格。頂上を目指す道は長く険しい。落ちる時はあっという間だった。

パウエル・ストリートに辿りつく。懐かしい家──おぞましい家を捜す。記憶はぼやけている。パウエル・ストリートはかつては日本人移民が肩を寄せ合って暮らすエリアだった。今では低所得者が集まる治安の悪いエリアになっている。呉達龍とケヴィン・マドックスを尾行してここに来た時のことを思い出す。百年も前だったような気がする。

家はすぐに見つかった。二十年前は白いペンキを塗られた壁がぴかぴかに光っていた。今では、風雪に晒され、朽ちかけている。

車を乗り捨て、門に近づく。安っぽい鉄の門扉は真っ赤に錆びついている。手入れのされていない庭では、雑草がはびこっている。

小さな庭──車寄せがあり、花壇があり、バーベキューを楽しむための小さなスペースがあった。母が食材を用意し、明が焼いた。肉の味はよくわからなかった。だが、新天地にやって来たのだということだけは実感できた。

加藤治彦からハロルド加藤へ。

二十年前の記憶──百年も前だったような感触。

ハリィは門を乗り越えた。見咎める者はいなかった。パウエル・ストリートは閑散としていた。見捨てられた街。見捨てられた記憶の吹き溜まり。

近づけば近づくほど、家が傷んでいるのが実感できた。壁にはいたるところに亀裂が走っている。窓ガラスはくすんでいる。大きな木製の扉も塗装が剝がれ、黒ずんでいる。

ハリィは扉の前で足をとめた。今にも崩れ落ちそうな扉には不釣り合いな、新品のドアノブ——明が付け替えさせたに違いない。

ハリィはドアノブに手をかけた。ノブは動かなかった。しっかりと施錠されていた。

ハリィは扉に体当たりした。一度、二度、三度——扉が弾け飛んだ。

鄭奎の言葉が甦る——明仔というのはそういう男なんだ。狡猾そうに見えて、信じられないミスをしでかす。鍵を換える前に扉を付け替えるべきだった。扉を付け替える前に、家を新築すべきだった。

扉の奥は吹き抜けの小さな広間だった。螺旋階段が二階へと続き、広間の上に張り出した廊下の向こうにハリィの寝室だった部屋が見えた。

なにもかもが記憶より古びていた。なにもかもが記憶にあるものよりも小さく感じられた。

広間の奥に進む。リヴィングがあり、キッチンがある。夫婦の寝室だった部屋がある。家の中は清潔とはいえなかった。何年も無人だったようにも見えなかった。明がこの家を手に入れた時に清掃させたのかもしれない。それっきり、掃除されることがなかったのかもしれない。

リヴィングにはなにもなかった。キッチン——床にミネラルウォーターのペットボトルとウィスキーの空瓶が転がっていた。母はこのキッチンが好きだった。いつも、キッチンにいた。日本のお台所とは比べ物にならないほど広くて使いやすいわ——そういって笑っていた。

母は殺された。スティーヴ・メイビア——ザ・ゲームが手を下した。実際には、明が馬鹿なことをしでかしたせいで殺された。

なにも知らなかった。だれも、なにも教えてくれなかった。

寝室には折り畳みの簡易ベッドと小さなテーブルがあった。テーブルの上には読みかけの本が置かれていた。

この寝室のことは記憶にない。ここに足を踏み入れたことはなかった。

ハリィは本を手に取った。日本の小説だった。

朽ちかけた家で簡易ベッドに横たわり、ひとりで日本の小説を読みふけっている明を思う。明の狂気を思う。背筋に寒気が走る。

明の血が自分の身体に流れていることを思う。

叫びだしたくなる。

ハリィは逃げるように寝室を出た。階段を使って二階にあがった。手前の部屋が明の書斎で、奥がハリィの部屋だった。

書斎は空だった。埃しか見つからなかった。

書斎には明の目を盗んでよく忍びこんだ。意味もろくにわからない本に目を通すのが好きだった——自分が大人に近づいたような気持ちになれた。部屋にこもった煙草の匂いが好きだった。机の抽斗の奥で煙草を見つけ、こっそり吸ったこともあった。

ハリィは煙草を吸わない。明もいつのころからか吸わなくなった。それがいつだったのか——思い出せない。すべては霧の奥に閉ざされている。

書斎から隣の部屋へ——かつて、自分の城だった部屋へ。

昔はベッドがあった。クローゼットがあった。小さな本棚があり、日本から運んできた学習机があった。

ベッドがあった場所に、段ボール箱が積みあげられていた。学習机があった床の上に、電話が無造作に放置されていた。

ハリィは段ボールに手を伸ばした。指先が細かく顫えていた。段ボールの中には金が詰まっていた。

狡猾かと思えば、とんでもないミスをしでかす男。

こんな治安の悪い場所に建つ、セキュリティもままならぬ朽ちかけた家に金を隠す——とち狂っている。

段ボールは六箱あった。簡単に見積もって、一箱百万カナダドル。全部で六百万。米ドルに換算しても、四百万ドル近い金になる。

大金だ。だが、人生を棒に振って釣り合う金額ではない。明の会社の年商は一千万ドルを超える。明の年収も二百万ドルを超える。

無茶をする必要はない。危険をおかす必要はない。

アキラはあんたを愛してたんだ——ミッシェルの声がよみがえる。

愛していた息子の部屋に、悪事で儲けた金を隠匿する男——とち狂っている。

アキラはどうやって愛していいかわからないんだ——ミッシェルの声が大きくなる。

ハリィは段ボールにもたれかかった。呻きながら泣いた。

67

ハロルド加藤を捜さなければならない。金を手に入れるために。

鄭奎《チェンフィ》の口を塞がなければならない。鄭奎は必ず高飛びする。逃亡先は香港。香港には李耀明《レイイウミン》がいる。鄭奎は李耀明にすべてを話す。李耀明が激怒する。

李少芳《レイシウフォン》を殺してしまった。後戻りはできない。マックの手を借りることもできない。ステアリングを握る手に、うまく力が入らない。小指が疼いている。股の間に挟んで固定させているショットガンから火薬の匂いが漂ってくる。

富永は目についたホテルに飛びこんだ。電話ブースで電話帳をめくった。

リチャード・ヂェン——鄭奎の英語名。住所はウェスト・ヴァンクーヴァー、サンディ・コーヴ。

富永は電話帳のページを破りとった。車に駆け戻った。車を飛ばした。

早朝——道はすいていた。ウェスト・ヴァンクーヴァーには二十分で辿りついた。鄭奎の家を捜しだすのに十分かかった。

鄭奎の家の門が開いていた。車寄せに車が二台とまっていた。両方に見覚えがあった。ベンツのトランクに弾痕があいていた。鄭奎が乗って逃げた車。もう一台——ハロルド加藤が乗っていた車。

富永はショットガンと拳銃の装弾数を確認した。ショットガンには一発が残っているだけだった。拳銃には五発。

拳銃を腰に差し、ショットガンを手に取った。ハロルド加藤は超能力者ではない。ショットガンの残弾がわかるはずもない。

富永は家の中に踏み込んだ。二階から呻き声が聞こえてきた。弱々しく、今にも空気に溶けこんでしまいそうな呻き。

足音を殺して階段をのぼった。勢いをつけて、呻き声が聞こえてくる部屋の中に飛びこんだ。

瀕死の鄭奎——血を流し、ベッドの脇に転がっている。

富永は駆けよった。鄭奎を抱え起こした。

「ハロルド加藤にやられたのか?」

鄭奎は答えなかった。薄く開いていた目を閉じただけだった。

「あいつはどこにいる?」

「パウエル・ストリート２１２０」

鄭奎がいった。鄭奎の身体から力が抜け落ちた。鄭奎は死んだ。

富永は鄭奎の死体を床に転がした。ベッドの上——荷作りの途中のスーツケース。中を漁った。金目のものはなかった。

「くそったれ」

罵りながら、家中の抽斗や棚を開けていく。令状なしの家宅捜索――覗き見野郎が狂喜する。
収穫――堅く閉ざされた隠し金庫。ショットガンの弾丸が二箱。鄭奎のアドレス帳。金庫の中には金に繋がるものが入っている。だが、金庫を開けることはできない。
富永は舌打ちして鄭奎の家を後にした。

＊　＊　＊

香港には戻れない。ヴァンクーヴァーにとどまることもできない。

金がいる。金を手に入れる確実な方策を見つけなければならない。ハロルド加藤を追いかけても、金が手に入るとは限らない。

鄭奎のアドレス帳――ジェイムズ・ヘスワースの電話番号。

電話をかける。

「こんな時間にだれかね？」

ヘスワースの声は疲弊している。加藤明の死が、安らかな眠りをぶち壊しにしたに違いない。

「サム富永というものだ。加藤親子のことで話がある」

ヘスワースが息をのむ。

「君は何者だ？」

「おれのことを知る必要はない。アキラ加藤はチャイナマフィアのヘロインを略奪していた。そのヘロインを売って作った金をあんたの選挙資金にまわしていた。それが公にされれば、あんたの足元で原爆が爆発する」

「なんの話を――」

「くだらない駆け引きをしている暇はない。警察がアキラ加藤の死体を見つけたはずだ。だから、あんたはこんな時間なのに起きてるんだ。違うか？　こっちには、あんたを破滅からすくってやるためのシナリオがある。聞きたいか、聞きたくないかだけを答えろ」

「聞かせてもらいたい」

「シナリオの買い取り料は、米ドルで百万だ。これからいう口座にすぐに振り込んでくれ」

「まだ内容も聞いていないのに――」

「アキラ加藤の死体が見つかった現場には、新聞やテレビの連中も集まってるぞ。百万ぐらいの金がなんだっていうんだ？」

「わかった。すぐに手配させよう」

富永は自分の口座番号を告げた。

「一度しかいわないからよく聞け。ヘロインを略奪していたのは父親じゃなく、息子の方だ。息子が警察権力を利用して悪事を働いたんだ。協力者はヴァンクーヴァー市警のロナルド・ン。ここまでの話はわかるな？　ロナルド・ンが何者かもわかるだろう？」

「鄭奎が使っていた悪徳警官だな？」

「そうだ。ンの野郎は、アキラ加藤と同じ場所で死んだ。これがキィポイントだ。アキラ加藤は息子の悪事に気づいた。息子が父親の名義であちこちに不動産を買っていることに気づいた。そこにヘロインを隠匿していることに気づいた。息子がンという悪徳警官に誑かされていることに気づいた」

「それで？」

「それで、ロナルド・ンを説得して息子を悪事から切り離そうとした。だが、ロナルド・ンは聞く耳を持たなかった。それどころか、アキラ加藤を射殺した」

富永は唇を舐めた。ルームミラーに映る自分の顔が視界に入った。鏡の中の顔は死人のように蒼醒めていた。

「では、ロナルド・ンを殺したのはだれなのかね？」

「チャイナマフィアさ。やつらも気づいたんだ。それで、ンは殺された。実際、現場にはふたりの他に、チャイナマフィアのメンバーと、香港のマフィアのボスの娘の死体が転がっている。お誂え向きだ。いくらでも話をでっちあげることができる。あんたらがどんな嘘をつこうが、チャイナマフィアが文句をいってくることはないんだからな。それに、ハロルド加藤も、おそらく何人かの人間を殺している。それもうまく利用するんだ。悪事が公になるのを恐れたあいつが、証人になりそうな連中を次から次へ殺していったっていうふうに。あんたのバックには警察の大物がいるだろう？　うまく事を運べば、アキラ加藤は息子を救おうとして死んだ英雄になる。あんたも選挙に勝てる」

「しかし、ハリィはまだ生きているんだろう？」

「おれが口を塞いでやる。その金は百万ドルの中に含まれているってことでチャラにしてやる」

「ちょっと待っていてくれ」

ヘスワースの声が遠ざかる。富永はまた唇を舐めた。右手で拳を握り、小指のつけ根の部分でステアリングを叩いた。小指の疼きは消えなかった。消えることがなかった。

「金を振り込むように秘書に指示した。一時間後には、君の口座は百万ドル分増えているはずだ」

「ありがとうよ」

富永はいった。携帯電話を耳から離した。

「ハリィを殺してくれ。必ず殺すんだ」

ヘスワースの声が聞こえてきた。富永は電話を切った。車を停め、ドアを開けた。唾を吐き捨てた。

68

床が軋む音がした。ハリィは涙で濡れた顔をあげた。

床が軋む——足音。だれかが家の中に入り込んで来ている。

ハリィは銃を握りなおした——力なく笑った。

銃を使ってなにをしようというのか。侵入盗を逮捕する？　人を殺しまくった悪徳警官が？

銃が手から離れた。鈍い音を立てて床の上に転がった。

足音の主は階下をうろついている。

「金ならここにあるぞ」

ハリィは力なく呟いた。

69

どれだけ注意して歩いても、床が軋む。今にも倒壊しそうな家——しかたがない。

家の中には人の気配があった。床が軋む音は聞こえているはずだ。だが、反応はない。

リヴィングにもキッチンにも寝室にも人影はなかった。寝室の簡易ベッドの上に乗っていた枕を手にする。枕からは饐《す》えた臭いがした。

富永は螺旋階段をのぼった。

開け放たれたままのふたつのドア——奥の部屋から人の気配が漂ってくる。

富永は階段の途中で足をとめた。ショットガンを抱えなおした。

「ハリィ？　そこにいるのはハロルド加藤だろう？」

「君はだれだ？」

ハロルド加藤の声は死人が発した声のようだった。

「富永だよ。富永脩《おさむ》だ」

富永は日本語でいった。

「あんたか……」

ハロルド加藤が英語で答えた。それっきり、声は聞こえてこなかった。

富永はまた階段をあがった。もう、足音を殺す必要はない。ショットガンの銃口を水平に構え、部屋の中に足を踏み入れた。

段ボールがあった。ハロルド加藤は積みあげられた段ボールにもたれかかるようにして立っていた。ハロルド加藤の顔は濡れていた。

「この金を取りに来たのかい？」

ハロルド加藤が口を開いた。日本語だった。

「それだけじゃない」

富永はいった。ハロルド加藤の足元に拳銃が転がっていた。

「あんたが呉達龍《ンダツロン》と父を殺したのかい？」

ハロルド加藤がいった。今度は英語だった。

「そうだ。あんたの親父はとち狂っていた。死んだ方がましだったと思うね」

「李少芳《レイシウフォン》も君が殺したのか？」

「物知りだな」

「ずっと警察無線を聞いていたんだよ。鄭奎《ヂエンフィ》が戻ってくるのを待ちながらね」

ハロルド加藤が笑った。父親にそっくりな笑顔だった。

聞きだせ——覗き見野郎が煽りたてる。聞きだせ。すべてを聞きだせ。すべてを知り尽くせ。

「鄭奎は生きてたぜ。だから、おれがここにいる。人を殺すつもりなら、きっちりとどめをさした方がいい」

「今さら教訓を学んだってしかたないよ。李少芳を殺したのはまずいんじゃないのかい？」

「まずい。だから、金がいる。その段ボールの中には金が詰まってるんだろう？」

「カナダドルで六百万近くあるよ」

心臓が飛び出しそうになる。ヘスワースからふんだくった百万ドルに、段ボールの中の金。なんでもできる。どこにでも行ける。

聞きだせ——覗き見野郎の声が小さくなる。金の前ではだれもが沈黙する。

「父は、死ぬ間際になにかいっていたかい？」

「あんたの名前を繰り返していたよ」

ハロルド加藤の表情が歪んだ。目尻に涙が盛りあがる。だが、ハロルド加藤は泣かなかった。

「この金はあんたに進呈するよ」ハロルド加藤の声は聞き取りづらかった。「ただし、条件がある」

「なんだ？」

「ジム・ヘスワースと李耀明《レイイウミン》を殺してくれ」

ハロルド加藤はとち狂っている。親子そろって、とち狂っている。

「なんのために？」

「死んでほしい。ただ、それだけさ」

ハロルド加藤が笑った。空虚な笑い声が、埃っぽい部屋の空気に溶けこんでいく。

「やってやるよ」

富永はいった。嘘をつくのは苦痛ではなかった。ハロルド加藤が安堵したような表情を浮かべた。

「できれば、あんたにも死んでもらいたいんだけどね」

「それは無理な相談だな」

富永は笑った。ハロルド加藤も微笑んだ。

富永は無造作にハロルド加藤に近づいた。ハロルド加藤は微笑み続けていた。生きることを放棄した者の微笑み——自ら生命を断つことのできない腰抜けの微笑み。

ハロルド加藤は待っていたのだ。自分を殺しにだれかがやってくるのを。その人間に、自分の呪詛を託すために。

富永はショットガンの銃口をハロルド加藤の横っ面に叩きつけた。ハロルド加藤がふっ飛んだ。

うつ伏せに倒れたハロルド加藤の後頭部を枕で覆った。ショットガンを放り投げた。拳銃を抜き、銃口を枕に押しつけた。

撃った。

くぐもった銃声がした。ハロルド加藤がびくんと身体を顫わせた。それっきり、ハロルド加藤は動かなくなった。

第三部　ピーピング・トム

70

段ボールを車に積みこんだ。そのまま、ヴァンクーヴァーを離れた。東へ向かった。

小さな町で、ワゴン車を買った。キャッシュを見せつける——身分証明書を見せろとはいわれなくなる。

トロントには四日で辿りついた。安ホテルを確保し、そこに腰を落ち着けた。段ボールの中の金を数える。七百万と二千六百カナダドル。ハロルド加藤の見積もりは間違っていた。

中国人社会を避ける——ろくでなしの白人どもに慎重に話をつける。キャッシュをちらつかせる。

新しい身分を手に入れる。新しいパスポートを手に入れる。日本人、富永《とみなが》脩《おさむ》から、アメリカ合衆国市民、ハリィ・チョンに変身する。

名前は選べなかった。ハリィ・チョン——ハリィ加藤の呪いを感じる。

馬鹿げている。

新しい身分を待つあいだ、新聞を隅まで読み、ラジオのニュース番組に耳を傾けて時間を潰した。

ジェイムズ・ヘスワースは富永のシナリオをそのまま使いまわしていた。新聞はふたりの悪徳警官の物語を綴る。ラジオは悪に染まった息子のために命を投げだした父親の勇気を称える。

ヴァンクーヴァー市警本部長の談話が彩りをそえる。

このたびの事件はまことに遺憾だ。ブリティッシュ・コロンビア州の全警察組織は、その体制を刷新し、今後、二度とこのような事件が起こらぬことを市民に対して約束する。

茶番。

下院議員の補欠選挙は、ジェイムズ・ヘスワースの地滑り的勝利に終わった。支持者の歓声に笑顔で答えるヘスワースの写真が新聞に掲載された。

ヘスワースを殺してくれ——ハロルド加藤の声がくり返しよみがえる。

「そのうち、な」

富永は呟きながら新聞を折り畳む。

背を向けてはいても、黒社会《ハクセイウイ》の動向は耳に入ってくる。覗き見野郎が消えることはない。悪党どもが好んで口にする噂話――肌の色は関係がない。

ヴァンクーヴァー市警の発表はでたらめだ。白粉《パーファン》を略奪していたのは日本人だ。ヴァンクーヴァーの黒社会の連中は憤っている。トロントの連中が日本人から自分たちの白粉を手に入れたといって息巻いている。

そのうち、東と西の間で戦争が起こる。

まことしやかな噂。

香港のボスが激怒している。自分の娘を殺したクズ野郎を血祭りにあげるためにヴァンクーヴァーに乗り込んで来ている。

眉唾ものの噂――マカオの抗争はまだ終わっていない。李耀明《レイイウミン》が香港を離れるわけがない。

だが、近づかぬのに越したことはない。李耀明には近づけない。近づいてはいけない。

ハロルド加藤の霊が自分の周囲を飛び交っているような気がする。

富永はアルコールの力でハロルド加藤の悪霊を追い払う。

息を潜めて時を待つ。

＊　＊　＊

国境を越えて、シカゴに向かった。ハリィ・チョン名義で銀行の貸金庫を借りた。出所不明の大金を口座に預けるわけにはいかない。国税局がやって来る。

金を小出しにして株を買った。株で儲けた金は口座にたくわえた。ハリィ・チョンの身元を疑う人間はいなかった。

富永は頻繁に外出するようになった。うまい飯を食い、うまい酒を飲み、うまい葉巻を吸い、いい女を買った。

中国人社会には決して近づかなかった。

ハロルド加藤の声が聞こえなくなった。右手の小指が疼くこともなくなった。覗き見野郎の切迫した声が聞こえることもなくなった。

金はどんな人間をも沈黙させる。金は、腐るほどあった。

＊　＊　＊

食事の後で、行きつけのバーに寄った。スコッチをオン・ザ・ロックスで二杯、ゆっくり飲み干す。常連客たちが交わす冗談混じりの会話に口を挟む。

アルコールが神経を刺激する。長い逼塞《ひっそく》。溜まりに溜まったストレス。ハロルド加藤の声は聞こえない。覗き見野郎が消えてからも久しい。李耀明の影――近づいてくることもない。金が少しずつ確実に増えていく。倦怠が日増しに思考を侵しはじめる。

バーを後にする。暗がりに足を向ける。ぎらついた目の黒人が近寄ってくる。

「ヤクはいらないかい?」

凄まじいスラング。アルコールに陶酔した脳が翻訳する。

「スピードはあるかい?」

アルコールに緩んだ口が勝手に動く。

「スピード? コークかヘロインだったら腐るほどあるぜ」

「おれに必要なのはスピードだ。持っていないんだったら失せろ」

黒人の目が光る。

「ないわけじゃないが、少し高くつくぜ」

富永は笑う。黒人に金を払う。スピード――覚醒剤を手に入れる。

家に飛んで帰る。注射器はない。蒸留水もない。アルミフォイルを折り畳む。覚醒剤の結晶をフォイルの上に置く――ライターで焙《あぶ》る。煙を吸いこむ。

数年ぶりの陶酔――覚醒。だれに気兼ねすることもない。恐怖に脅える必要もない。

もう一度、煙を吸いこむ。

知りたい――声が響く。知りたい、知らずにはいられない。

よみがえる覗き見野郎。

知りたい。連中がその後どうなったのか、知らずにはいられない。

覗き見野郎が喚く。

富永は頭を抱える。床の上を這う。壁に背中を押しつけて、いつまでも顫《ふる》えつづける。

＊　＊　＊

スピード――覚醒剤。日ごとに量が増えていく。やめたい――やめられない。覚醒剤は覗き見野郎の金切り声を耳から締め出してくれる。

覚醒剤が切れると、覗き見野郎が力を盛り返す。

知りたい。知らずにはいられない。肥溜めに両足を突っ込んだジェイムズ・ヘスワースがどんなふうに暮らしているのか。マックがなにをしているのか。李耀明の怒りはまだ燃え盛っているのか。

知りたい、知らずにはいられない。

覗き見野郎が囁きつづける。

——約束を守ってくれ。

ハロルド加藤の亡霊が再び現われる。

富永は悲鳴をあげる。注射器で覚醒剤の溶液を吸いあげる。針を腕に射す。

＊　＊　＊

覗き見野郎は居座りつづける。覚醒剤の量が増えていく。このままでは破滅する。

記憶に埋もれた数字を引っ張り出す。李冠傑《レイグンキッ》——もうひとりのサムの携帯電話の番号。

やめろ——理性が抗う。

電話をかけろ——覗き見野郎がごり押しする。

覗き見野郎が勝つ。勝敗は最初からわかっている。

ダイアルボタンを押す。衛星回線がシカゴと香港を一瞬で繋ぐ。

「喂《ウァイ》？」

懐かしい広東語の響き。覗き見野郎が歓喜に身をくねらせる。

「おれだ、サム。元気か？」

「サムか？」

李冠傑の声が低くなる。

「おれの声を覚えていてくれたのか、サム」

「馬鹿なことをしたらしいじゃないか、サム。李耀明はまだ怒り狂っているぞ」

喉から手が出るほど欲しかった情報——覗き見野郎がエクスタシィを訴える。

「そっちの……香港の様子はどうだ、サム」

「クレイジィだ。観光客がクソみたいに押し寄せてきてる。物価がどんどん跳ねあがってる。マカオの戦争もエスカレートしている。李耀明はもう、二十人以上を殺してるはずだ。代わりに、李耀明の手下も十人以上が殺されてる」

李冠傑の声が低い。テレビの音が李冠傑の声にかぶさる。富永はテレビのリモコンを捜す——見つからない。テレビに近づき、ヴォリュームを下げる。テレビはニュースを放映している。ダウンタウンで起きた殺人事件を報じている。

「そうか……じゃあ、大老《ダーイロウ》がおれを殺すためにカナダに来るっていう話はガセネタだな」

富永はテレビを離れた。

「そうとばかりもいえないぜ。李耀明は香港を離れられないが、北米大陸にいる息のかかった連中全員に、おまえを捜しだせとはっぱをかけている。本当に馬鹿なことをしたもんだぜ、サム。おれに電話をかけてくるなんてのも、馬鹿のすることだ」

「そっちの様子が知りたかったんだ」

「もう、カナダは出たんだろう、サム？」

警戒心が目覚める。危険だ、この電話は危険だ――警報ベルが鳴り響く。

話を聞け、情報を引きだせ――覗き見野郎が警報ベルに負けない声で喚きたてる。

気が狂いそうになる。

「どうした、サム？　聞いているのか？」

「あ、ああ。おれがどこにいるのかはいえない。わかるだろう、サム？」

「もちろんさ。必要なものはないか？　なんだって調達してやるぞ、サム」

「結構だ。金はたんまりある。こっちじゃ、金さえ使えばなんだって手に入る」

「そうか……だったらいいんだが」

「ヴァンクーヴァーの様子はわからないか？　マックは――許光亮《ホイグオンリヨン》はどうなった？」

知らずにはいられない、知らずにはいられない、知らずにはいられない――覗き見野郎が呪文を唱える。

「目の色を変えてあんたを捜してるはずだ。あんたを見つけられなかったら、李耀明に殺されるだろうからな」

「他には？」

「おい、おれは香港にいるんだぞ」

「そうだな、悪かった」

覗き見野郎が抗議する。

ますます気が狂いそうになる。

「なあ、サム――」

「もう切るよ、サム。こんな時間に電話なんかして悪かったな」

富永は電話を切る。その場でしゃがみこむ。自分で自分の肩を抱く。

顫えが去るのをじっと待つ。

＊　＊　＊

恐怖が覗き見野郎を抑えこむ。馬鹿なことをした――馬鹿な電話をかけた。家から一歩も出られなくなった。

覚醒剤で恐怖を紛らす。覚醒剤が生みだす幸福な夢の世界に逃避する。

覚醒剤が底を突く。恐怖と狂気が反撃を開始する。覗き見野郎が休む暇もなく富永を責めたてる。

李冠傑に電話をかけてから一週間が経っていることに気づく。

一週間の間、不穏なことは起こらなかった。黒社会の連中の影がまわりをうろつくこともなかった。次の一週間も同じで悪いわけがない。

覚醒剤を調達にでかける。

今では顔なじみになった黒人の売人。富永のせいで、コカインやヘロインよりも覚醒剤を大量に仕入れるようになった。

金を渡し、覚醒剤を受け取る。車にとって返す。運転席に腰を落ち着けた途端、暗がりからいくつもの人影が飛び出てくる。

「やっと見つけたぜ、日本鬼《ヤップンクワイ》」

忘れていた声がよみがえる。呉達龍《ンダツロン》の面影が脳裏をよぎる。

「李冠傑に電話をかけたのは間違いだったな。あいつはテレビの音に気づいた。シカゴの殺人事件のニュースだ。おまえがシカゴにいることさえわかれば、見つけるのはわけもない。そうだろう、日本鬼？」

呉達龍は死んだ。富永の目の前で喋っているのはマックだった。マックは銃を持っていた。富永は銃で助手席に追いやられた。

人影が車に乗りこんできた。マックをいれて、四人。すべての顔に見覚えがあった。みんな、李耀明の手下だった。

車が発進した。

振り返る——黒人の売人が一目散に逃げていく。売られた——密告された。

「驚きすぎて口もきけねえのか、日本鬼？」

リアシートでマックが笑った。

「マック——」

「今すぐぶち殺してやりてえが、大老がおまえを待ってる」

「マック——」

凍りついていた思考が動きだす。大老——李耀明。殺される。嬲《なぶ》られながら殺される。

「マック——」

「大老はニューヨークに来てる。ちょっと長めのドライヴになるが、付き合ってもらうぜ」

「マック——」

「もう、諦めたらどうだ？　おれなら、天に祈るがな」

「マック——金がある。米ドルで五百万近い金だ」

「殺されるってわかってるのに、金を受け取る馬鹿がいるか？　大老を甘く見るなよ」

「逃がしてくれといってるわけじゃない。殺してくれ。おれを殺してくれ。逃がしたんじゃなけりゃ、大老にはいくらでもいい訳がつく。頼む、マック」

富永は懇願した。金も女もどうでもよかった。混じりけなしの恐怖が胸の中で渦巻いていた。

「五百万だぞ、マック」

「だめだな」マックが冷たい声でいった。「おまえの指を全部切り落としてやると大老はいっていた。おまえを死なせたら、おれが代わりに指を切り落とされる」

富永は運転席に座っている男に襲いかかろうとした。固いもので頭を殴られた。

富永はドアにもたれて頭を押さえた。富永は嗚咽《おえつ》した。知りたい、知らずにはいられない——覗き見野郎が歓喜している。

指を全部切り落とされるとき、残酷なやり方で殺されるとき、おまえがなにを感じるのか、すべて知りたい。覗き見野郎は貪欲だった。覗き見野郎は容赦がなかった。

富永は嗚咽しつづけた。

付記

本書で描かれる、カナダ、ブリティッシュ・コロンビア州の各警察機構の実体は、現実のそれとは異なる。

多くの人々の協力がなければ、本書が生まれることはなかった。名を記すことは避けるが、作者の心よりの謝意を表する。

　また、本書はフィクションであり、実在の団体、個人とは一切関係がないことをここに明記する。

この作品は「小説すばる」一九九八年九月号より二〇〇一年三月号まで連載されたものに、大幅に加筆されました。

著者略歴

一九六五年二月一八日、北海道生まれ。横浜市立大学文理学部卒業。出版社勤務を経てフリーライターに転身。書評家坂東齢人として「本の雑誌」などで活躍。九六年、書き下ろし長編『不夜城』にて華々しく作家デビュー。九七年、同作にて第一八回吉川英治文学新人賞を受賞。九八年、『鎮魂歌―不夜城Ⅱ―』にて第五一回日本推理作家協会賞を受賞。九九年、『漂流街』にて第一回大藪春彦賞を受賞。他の著書に『夜光虫』『M』『古惑仔』『虚の王』『雪月夜』などがある。日本を代表するロマン・ノワールの第一人者。第七作目の長編小説となる本書にて新境地を拓く。

ダーク・ムーン

二〇〇一年一一月一〇日　第一刷発行

著　者　馳《はせ》　星周《せいしゅう》

発行者　谷山尚義

発行所　株式会社集英社

東京都千代田区一ッ橋二―五―一〇　郵便番号　一〇一―八〇五〇

電話　編集部　〇三（三二三〇）六一〇〇
販売部　〇三（三二三〇）六三九三
制作部　〇三（三二三〇）六〇八〇

印刷所　凸版印刷株式会社
製本所　加藤製本株式会社

定価はカバーに表示してあります。

ISBN4-08-774558-9 C0093